Faye Kellerman · Der Schlange List

Faye
Kellerman

Der Schlange List

Roman

Aus dem Amerikanischen von Chris Hirte

Eichborn.

Titel der Originalausgabe: Serpent's Tooth

Wir danken Rachel Heuberger für ihre freundliche Unterstützung

Umschlaggestaltung: Christina Hucke
unter Verwendung eines Gemäldes von Cristofano Allori
Satz: Chris Hirte
Lektorat: Doris Engelke
Druck und Bindung: Wiener Verlag, Himberg
ISBN: 3-8218-0579-X
Verlagsverzeichnis schickt gern:
Eichborn Verlag, Kaiserstraße 66, 60329 Frankfurt am Main,
http://www.eichborn.de

Für Jonathan zum fünfundzwanzigsten Jahr:
Mag Deine Schläfe silbern sein,
Dein Herz ist pures Gold
Dank dir, Colonel.

Aber die Schlange war listiger als alle Tiere auf dem Felde.
SCHÖPFUNGSGESCHICHTE 3,1

Weil du das getan hast, seist du verflucht, verstoßen aus allem Vieh und allen Tieren auf dem Felde.
SCHÖPFUNGSGESCHICHTE 3,14

Daraus lernen wir, daß wir dem, der Menschen (zum Bösen) verführt, nicht gestatten, sein Tun zu rechtfertigen.
RASCHI, SANHEDRIN 29a

I

Niemand beachtete ihn.

Nicht Wendy Culligan, die viel zu sehr damit beschäftigt war, einem Halbdutzend Japaner Millionenimmobilien anzupreisen, obwohl die sich eher für ihr Hinterteil als für Eigentumswohnungen zu interessieren schienen. Trotzdem war Wendy mit Eifer bei der Sache, schwärmte von Toplage, Finanzierung und hohem Wiederverkaufswert.

Sie beugte sich vor, zeigte ein bißchen Busen, angelte eine Riesengarnele von der Vorspeisenplatte, auf der außerdem noch Austern, Miesmuscheln, Räucherlachs und rohe Seegurken lagen. Letztere standen bei den Asiaten hoch im Kurs – wegen angeblicher Potenzsteigerung.

Männer, gleich welcher Religion und Hautfarbe, dachten nur an Sex. Und sie, die versuchte, ihr Geld ehrlich zu verdienen, mußte mit ansehen, wie diese Typen sich glitschiges Zeug in den Mund schoben, ihre kleinen Leckerbissen mit Sake hinterspülten und sich lüstern die Lippen leckten. Was bleibt einem armen Mädchen anderes übrig?

Wendy wußte zu schätzen, daß Brenda, ihre Chefin, das Geschäftsessen im Estelle arrangiert hatte. Das Restaurant war absolute Spitzenklasse – es funkelte nur so von Silber, Kristall und Kerzenlicht. An den Wänden antike Mahagonibuffets, dazu edle orientalische Paravents, mit himmelblauer Seide bespannt. Exotische Blumengestecke auf den Tischen – riesige Lilien, eingeflogene Orchideen, zweifarbige Rosen. In der Luft ein Hauch Parfüm, nicht zuviel, nicht zuwenig. Die Stühle waren nicht nur seidengepolstert, sondern zudem noch bequem. Selbst die Bar hatte Klasse: samtbezogene Hocker, Rauchglasspiegel, üppige Nußbaumtäfelung, alles geschmackvoll illuminiert mit Tivoli-Lampen.

Völlig in ihre Aufgabe vertieft – schließlich ging es um eine fette und dringend benötigte Provision –, übersah Wendy den jungen Mann mit dem grünen Sportsakko, der den Raum betrat und sich mit kühlem Blick umsah.

Auch Linda und Ray Garrison bemerkten nichts.

Endlich genoß Ray ein wenig Zweisamkeit mit der Frau, mit der er seit fünfunddreißig Jahren verheiratet war. Beide dachten an die Party, die ihre Tochter Jeanine ihnen zu Ehren veranstaltet hatte, wenn auch mit seinem Geld. Wenigstens war alles gut über die Bühne gegangen. Wenn es etwas zu organisieren gab, war Jeanine Spitze. Die Gäste hatten die Party gelobt und Linda und Ray zu diesen tollen Kindern gratuliert ... Niemand hatte gewagt zu erwähnen, daß Jeanines Bruder David gerade aus dem Gefängnis entlassen war.

Eine formvollendete Veranstaltung. Ray wußte, daß es eigentlich Jeanines Party war. Sie hatte viele »Clubfreunde« eingeladen – Leute, die Ray kaum kannte.

Trotzdem, es hatte Spaß gemacht. Und David hatte sich zusammengerissen. Endlich schien der Junge die Kurve zu kriegen, sich auf seine guten Anlagen zu besinnen. Ray war schon vor Jahren drauf und dran gewesen, ihn zu enterben, aber Linda mit ihrem guten Herz hatte dafür gesorgt, daß die Verbindung nicht völlig abriß.

Linda, die Sanfte, die Schöne, die Großmütige und Verläßliche, sein Rückhalt seit dreieinhalb Jahrzehnten. Gelegentlich wurde ihm bewußt, daß sie alterte. Er sah die Fältchen um ihre Augen und Mundwinkel, sah, daß Kinn und Wangen an Straffheit verloren. Aber diese kleinen Unvollkommenheiten machten sie nur um so begehrenswerter.

Er liebte sie von ganzem Herzen, und er wußte, daß sie seine Gefühle erwiderte. Gelegentlich schien ihre enge Verbundenheit alle anderen auszuschließen, selbst die eigenen Kinder. Vielleicht war David deshalb schon als kleiner Junge so schwierig gewesen. Doch ihre Liebe füreinander hatte bestimmt nichts mit den Problemen ihres Sohnes zu tun. Willensschwach, begabt und charmant, war David schon früh in eine Bohème-Existenz abgedriftet.

Aber warum jetzt daran denken? Ray riß sich zusammen. Warum jetzt an Jeanine denken, an ihre Verschwendungssucht, ihre hysterischen Überspanntheiten, ihre Wutausbrüche, wenn sie nicht bekam, was sie wollte? Warum über Davids ständigen Kampf mit dem Kokain nachgrübeln? Genieß den Moment ... das Beisammensein mit der geliebten Frau.

Ray richtete alle Aufmerksamkeit auf Linda. Sein Blick streifte flüchtig den ernsten jungen Mann in der grünen Jacke mit dem Drink in der Hand, aber er nahm ihn nicht wirklich wahr.

Selbst wenn Walter Skinner dieser merkwürdige Typ an der Theke aufgefallen wäre, er hätte keinen Gedanken an ihn verschwendet. In seinem Alter mußte er sich nicht mehr mit dem jungen Gemüse abgeben, ihm konnten alle egal sein. Er blickte auf eine fünfzigjährige Hollywood-Karriere zurück, hatte ein beträchtliches Vermögen, ein wenig Anerkennung und Respekt verdient. Er wußte, was er wollte, und duldete keine Widerrede. Wem das nicht paßte, der konnte ihm gestohlen bleiben.

Und was Walter im Moment wollte, war die junge Dame, die ihm gegenübersaß. Eine hübsche Kleine mit üppigen roten Locken, wohlgeformten langen Beinen und einem runden, festen Po, der ihn außer Fassung geraten ließ.

Doch nicht *hier*! rief sich Walter zur Ordnung. Um sich abzukühlen, dachte er an Adelaide.

Eine gute Frau, eine tolerante Frau, seine Adelaide. Schön war sie damals gewesen, als Tänzerin in Vegas zu Zeiten von Bugsy Siegel. Walter hatte sie hartnäckig umworben, bis sie schließlich nachgab. Für sie hatte es sich gelohnt. Als Showgirl wäre sie mit ihrem mittelmäßigen Talent nie auf einen grünen Zweig gekommen. Statt dessen wurde sie eine Hollywood-Gattin. Er verschaffte ihr Status, Reichtum und eine Rolle, die sie ihr Leben lang spielen konnte – wenn sie ihn von Zeit zu Zeit gewähren ließ. Sie tat es mit Würde.

Die gute alte Addie. Zuverlässig wie ein ergrauter Ackergaul.

Walter blickte über den Tisch, vorbei an den Gläsern mit dem Diamantschliff, bestes Waterford-Kristall. Das Estelle hatte wirklich Stil. Eleganz ohne Protzerei. Und eine gute Küche. Kein Wunder, daß der Laden immer voll war.

Er war im Zweifel gewesen, ob er sich hier mit dem Rotschopf blicken lassen konnte. Sie hatte sich herausgeputzt, wirkte aber sehr zu Walters Überraschung nicht aufgedonnert.

Eine elegante alte Dame nickte ihm freundlich zu.

Walter nickte zurück.

Oh, Anerkennung. Wie nett.

Wenn auch nicht ganz so nett wie Rotschöpfchens Hintern. Walter schaute tief in die babyblauen Augen seiner Tischgefährtin, dann wanderte sein Blick zu ihrem perfekten, von Chirurgenhänden geformten Busen. Beglückt spürte er das gewisse Zucken in der Hose. Mit achtundsiebzig war es keine Selbstverständlichkeit mehr, daß sich da unten etwas tat.

Mach dir nichts vor, Walter. Mit achtundsiebzig darf man sich schon gratulieren, wenn man morgens überhaupt aufwacht.

Es war so verliebt in seine erotische Anwandlung und sein Herzklopfen, daß er den ernsten jungen Mann mit dem kalten Blick, der dort an der Bar lehnte und seinen ebenso temperierten Drink rührte, gar nicht wahrnahm.

Carol Anger hingegen registrierte den schlanken jungen Mann in der grünen Jacke genau, und er kam ihr irgendwie bekannt vor. Sie wußte nur nicht, wo sie ihn hinstecken sollte. Ein Gesicht, das sich verändert hatte, mehr als einmal. Aber sie war zu beschäftigt, um darüber nachzudenken. Gretchen hatte sich krankgemeldet, und sie mußte eine Doppelschicht fahren.

Zu ihrem Bereich gehörten ein paar nette Tische. Besonders gut gefiel Carol die Gruppe Sechzehnjähriger dort in der Ecke: acht kichernde Mädchen, die erwachsen taten, schicke Klamotten trugen und zuviel Make-up.

So wie auch Carol es mit sechzehn getan hatte – allerdings ohne den Schmuck und die Modellkleider. Da, wo sie herkam, war das Geld immer knapp gewesen. Aber im Grunde waren sich alle Sechzehnjährigen gleich.

Nach Carols Scheidung war das Leben ein einziges Meer von Tränen gewesen. Tränen der Wut auf ihren Verflossenen, Tränen der Dankbarkeit für ihre Eltern, ihre Liebe und ihr Verständnis.

Und für ihre Hilfe.

Mom war gekommen. Immer da, wenn Carol sie brauchte. Würde sich um Billy kümmern, damit Carol weiter zur Schwesternschule gehen konnte. Carol wollte ihren Teil beitragen, daher dieser Job. Und es war ein echter Traumjob.

Den hatte sie Olaf zu verdanken.

Sie hatte ihn in einer Bar getroffen und gelacht, als er seinen Namen nannte.

Olaf! Olaf der Wikinger!

Sie lachte, er wurde rot. Und das war ihr natürlich peinlich. Olaf war nach Amerika gekommen, um als Koch zu arbeiten. Als er erzählte, daß er bei Estelle arbeitete, wäre sie fast in Ohnmacht gefallen.

»Dann bist du kein Koch, sondern ein *chef de cuisine*!« hatte sie ihm erklärt.

Keinen Monat später hatte er ein Bewerbungsgespräch organisiert. Eine Woche darauf trug sie einen Smoking und fing an.

Olaf gefiel ihr. Sein leichtes Lächeln, seine Geduld, seine dicke Oberlippe, auf der oft Schweißperlen standen – von der Hitze in der Küche. Sie konnte gar nicht mehr begreifen, warum ihr die verkrachte Ehe so an die Nieren gegangen war – wo ihr Leben seitdem soviel einfacher geworden war.

Vertieft in ihre Arbeit und ihre Geschichte, übersah Carol das schmale Lächeln des jungen Mannes, dessen Augen kalt blieben wie Eiswürfel.

Ken Wetzel machte sich gleich gar keine Gedanken über ihn. Er war vollauf damit beschäftigt, Austern zu schlürfen und seiner Frau schlechte Nachrichten beizubringen. Er versuchte es so sanft wie möglich, aber irgendwie gelang es ihm nicht.

Nicht, daß er Tess nicht liebte. Das tat er nach wie vor. Sie war immer für ihn da, eine treue Gattin, gute Mutter, passable Bettgefährtin. Leider paßte sie nicht mehr so recht in seine Welt.

Besonders, seit er zum Zweiten Stellvertreter des Chefs aufgestiegen war. Er brauchte eine dynamische Partnerin, nicht irgendeine Durchschnittsfrau, die sich hauptsächlich mit Kindererziehung befaßte. Klar, die Kinder machten sich gut ... das war unstreitig ihr Verdienst. Aber das reichte nun mal nicht. Eine Frau brauchte das gewisse Etwas. Sie mußte wissen, wie man sich anzieht, wie man lächelt, wie man spritzig über die Launen des Marktes plaudert.

Eine solche Frau konnte ihm helfen, vorwärtszukommen. Tess dagegen hielt ihn auf.

Wirklich ein patentes Mädchen, aber leider vorzeitig von der Schule abgegangen und seit dem letzten Kind ein bißchen fett. Schrecklich, ihre sackartigen Kleider, und dann diese Vorliebe für schreiende Farben! Kapierte sie denn nicht, daß sie in einem schlichten schwarzen Kostüm viel vorteilhafter hätte aussehen können? Aber so war Tess nun mal.

Ken seufzte. Wenn sie sich doch endlich die Tränen abwischen würde! Diese Peinlichkeit fiel schließlich auf ihn zurück. Er schloß die Augen und dachte an Sherrie. Sherrie mit den Rehaugen, den sinnlichen Lippen, den unglaublichen Hüften, dem üppigen Busen und dem Examen in Stanford.

Sie hatten sich über die firmeninterne E-mail kennengelernt, Sherrie arbeitete in der Marketingabteilung, er zwei Stock höher in der Marktanalyse. Es war Liebe auf den ersten Klick, witzelte er, und ihre Affäre, befeuert durch beiderseitigen Ehebruch und wechselseitige Karrierehoffnungen, gedieh aufs prächtigste.

Trotzdem, in gewisser Weise liebte Ken seine Tess noch immer. Und die Kinder natürlich auch. Aber Leben hieß, seine Möglichkeiten ausschöpfen. Diese Ehe brachte es einfach nicht mehr.

Die Zeiten ändern sich, hatte er ihr erklärt.

Das Leben ändert sich.

Man muß sehen, wo man bleibt.

Jede dieser Eröffnungen löste bei Tess eine neue Tränenflut aus. Aber das konnte ihn nicht bremsen. Sosehr er sich dafür haßte, mußte er sich doch eingestehen, daß er es richtig genoß: Tess vor vollendete Tatsachen stellen, das Joch abwerfen, den Mühlstein um den Hals loswerden. Dieses köstliche Gefühl der Befreiung!

Im Rausch seiner neuen Freiheit ignorierte Ken den schlanken jungen Mann. Er nahm ihn nicht einmal war, als das Gesicht dieses Mannes ganz leer wurde, wie leblos, mit Augen so undurchdringlich wie Schlammpfützen.

Nicht einmal, als er in die Tasche seines erbsgrünen Sportsakkos griff, schenkte ihm jemand Beachtung.

Erst, als er die Kanone zog und die Kugeln flogen. Aber da war es zu spät.

2

Der Sekundenblitz einer alten Erinnerung mit erschreckend klaren Bildern schoß Decker durch den Kopf. Vertrautes Bild, vertraute Geräusche und Gerüche. Nach einem Überfall der Vietcong. Verdreht daliegende Leichen, das Stöhnen Verwundeter, ringsum Panik. Hastende Sanitäter, blutige Hände in zerfetztem Fleisch, der metallische Blutgeruch gemischt mit dem Gestank der Eingeweide. Surreal. Das Ausmaß von Tod und Zerstörung, an dem jeder Glaube zuschanden wurde.

Decker mußte schlucken. Sein Verstand wußte, daß Vietnam vorbei war. War das ein Spuk? Hatte jemand die Wiederholungstaste gedrückt? Die Umgebung stimmte nicht. Er war verwirrt. Aber nur kurz, denn es gab eine Menge zu tun.

Sofort krempelte er die Ärmel hoch und zog sich Handschuhe über; sah eine Frau, deren Beine durchlöchert waren wie ein Schweizerkäse. Sie lag in einer Blutlache. Sah sehr bleich aus, schweißgebadet. Er schob Scherben beiseite, schaffte Platz, kniete sich neben sie.

Blutung stoppen, Schockbehandlung, Rettungshubschrauber anfordern.

Nein, streich den Hubschrauber, Rettungswagen tut's auch.

»Alles wird gut.« Decker sprach besänftigend auf sie ein, während er sie versorgte. Unter den Achseln seines Jacketts breiteten sich Schweißflecken aus, auch sein Haar und sein Gesicht waren tropfnaß von Schweiß. Er wandte den Kopf und schüttelte sich wie eine Dogge, die aus dem Wasser kommt. »Bleiben Sie ganz ruhig«, sagte er.

Soviel Blut, auch arterielles, das hellrot und rhythmisch hervorschoß. Decker legte Druckverbände an, und die Frau schrie.

Er biß sich auf die Oberlippe, kaute an seinem roten Schnurrbart, versuchte ruhig und gleichmäßig zu atmen. Er untersuchte ihre Fleischwunden, stieß auf Knochensplitter. Die Oberschenkelarterie schien unverletzt, die anderen Hauptarterien auch. Wahrscheinlich waren kleinere Adern getroffen. Ihr war es nicht klar, aber sie hatte gewaltiges Glück gehabt. Mehr jedenfalls als ihr Begleiter. Dem war nicht mehr zu helfen.

»Ich brauch 'ne Decke!« brüllte Decker.

»Keine mehr da«, schrie jemand zurück.

»Dann ein Tischtuch, Servietten, irgendwas«, brüllte Decker. »Ich hab hier'n Fall von Schock.«

»Da bist du nicht der einzige. Such dir dein Zeug selber!«

»Zum Teufel noch mal ...«

»Hier!« Eine kleine Sanitäterin warf ihm ein Tischtuch zu. Sie war über einen Bärtigen gebeugt, verband ihm den Hals. Der gestärkte Damast färbte sich sofort tomatenrot. Sie sah Deckers Achselhalfter unter dem Jackett hervorlugen. »Von welcher Truppe bist *du* denn?«

»L. A. Police Department. Lieutenant Peter Decker.«

Die Sanitäterin machte große Augen. »Celia Brown. Wenn du was brauchst, sag Bescheid.«

»Danke.« Er breitete die Decke über die Verletzte, so gut es ging, winkelte ihr unverletztes Bein an, tupfte ihr das Gesicht ab, während sie schluchzend Auskunft gab. Sie hieß Tess und hatte es knallen gehört. Dann hatten alle angefangen zu schreien, waren in Deckung gegangen. Sie wurde am Bein erwischt, als sie unter den Tisch rutschte.

Sein Gedächtnis notierte alles.

Sie trug eine dicke Goldkette, ihr Täschchen lag neben ihr auf dem Boden. Ein grauenhaftes Verbrechen, aber Raub war offenbar auszuschließen. Oder der Räuber hatte sie übersehen. Sie strotzte nicht von Brillanten und Perlen wie ein paar andere Gäste, sie trug ein grellbuntes Blumenkleid, das ihr ein paar Nummern zu groß war. Sie fragte Decker, was mit ihrem Bein sei. Sie könne ihre Zehen nicht bewegen, spüre nur stechende Schmerzen.

»Ihr Bein ist noch dran.« Decker schaute noch einmal nach den Blutungen. »Sie sind sehr tapfer.«

»Mein Mann?«

Decker schwieg.

»Ist er tot?«

Keine Antwort.

»Ich will es wissen«, flüsterte Tess.

Decker atmete tief durch. »Der dunkelhaarige Mann mit dem blauen Anzug?«

»Ja.«

»Es tut mir leid, Madam. Er ist tot.«

Tess sagte nichts, schaute weg, Tränen in den Augen.

»Bleiben Sie ganz still liegen.« Dann fragte Decker die Sanitäterin: »Habt ihr Wundgel übrig? Verbandzeug?«

Celia reichte ihm ein paar Utensilien. »Brauchst du Gerinnungsmittel?«

»Die Blutung hat nachgelassen. Wäre mir lieber, wenn einer von euch die Medikamente verabreicht.«

»Klar.« Celia überlegte einen Moment, dann sagte sie: »Bist du ... bei der Polizei?«

»Ja.«

»Die haben wohl die ganz hohen Tiere geholt?«

Decker war nicht nach Geplauder zumute, das Ausmaß der Katastrophe machte ihn wortkarg.

»Die scheinen euch ja gut auszubilden in Erster Hilfe.«

»Ich war Sanitäter bei der Army.«

»Ah, verstehe. Vietnam?«

»Ja.«

»Da hast du sicher einiges gesehen.«

Zu viel, dachte Decker. Er trug das Gel auf und wickelte eine Mullbinde herum. »Sie braucht eine Halsstütze und eine Hüft- und Beinschiene. Kannst du das übernehmen, wenn du dort fertig bist?«

»Kein Problem. Und danke für die Hilfe. Wir brauchen jede Hand.«

Beide arbeiteten stumm und schnell weiter. Als sie den Mann mit der Halswunde versorgt hatte, brüllte sie: »Eine Trage, Abtransport.«

In Sekundenschnelle wechselte sie die Handschuhe und rutschte auf den Knien zu Deckers Patientin hinüber. »Unglaublich.«

»Ja.«

»Ich mache weiter.«

»Danke. Sie heißt Tess. Sie ist sehr tapfer.«

»Hey, Tess«, sagte die Sanitäterin. »Wir kümmern uns um dich.«

Decker stand auf. Ein Dutzend Ärzte kamen hereingestürzt, rannten zu den Verwundeten.

Vernichteten die Spuren.

Als ob das jetzt wichtig wäre. Aber später würde es seine Arbeit erschweren. Bis jetzt hatte noch niemand das Kommando übernommen. Da inzwischen genug Mediziner da waren, hatte er jetzt Zeit dafür. Er rief ein paar Beamte herüber, zeigte seine Marke.

»Der Tatort muß abgesperrt werden, ich will fünfzig Meter nach allen Seiten. An jedem Eingang zwei Beamte. Keiner darf rein, keiner darf raus – außer medizinisches Personal und Mordkommission. Und wenn ich *keiner* sage, meine ich *keiner*. Auch Überlebende dieses Massakers dürfen nicht raus ohne meine Erlaubnis. So hart es klingen mag: Angehörige haben keinen Zutritt. Bleiben Sie höflich und mitfühlend, aber hart. Sagen Sie ihnen, ich komme raus, erkläre ihnen die Lage und gebe Auskunft über den Zustand ihrer ... Angehörigen, sobald wir sie identifiziert haben. Auf keinen Fall darf jemand von der Presse rein. Kündigen Sie für später eine Pressekonferenz an. Reporter, die nicht spuren, werden verhaftet. Los geht's!«

Decker stellte sich mitten in den Raum und versuchte einen Überblick zu gewinnen – verwüstete Tische, umgeworfene Stühle, Einschußlöcher in den Wänden, zersplitterte Scheiben. Die elegante Tapete mit Blut und Speisen bekleckst, das gepflegte Parkett ein Matsch aus verschütteten Flüssigkeiten, Glas- und Porzellanscherben. Sein Blick wanderte über die Bar, die Küchentüren, den Flur zu den Toiletten, die Fenster und den Eingang. Er zückte sein Notizbuch und teilte den Tatort in Planquadrate auf. Jemand rief ihn – eigentlich nur seinen Dienstrang. Er drehte sich um, sah Oliver und winkte ihn herbei.

»Ich glaube, ich muß kotzen«, sagte der Detective.

Decker warf ihm einen Blick zu. Der gut gebräunte Scott Oliver, den nichts erschüttern konnte, war unrasiert und sah käsig aus, in seinen Augen stand das blanke Entsetzen.

»Wir müssen die Toten identifizieren«, sagte Decker und strich sich durchs schweißnasse, flachsblonde Haar. »Durchsuchen wir die Taschen.« Er zeigte Oliver die Skizze. »Ich die linke, du die rechte Hälfte. Wenn die anderen kommen, teilen wir neu auf.«

»Da ist Marge.« Oliver winkte sie mit heftigen Gesten heran. Sie zitterte, wirkte aschfahl und hatte den Kopf zwischen die Schultern gezogen.

»Es ist so furchtbar!« Sie strich sich blonde Strähnen aus dem Gesicht. »Was ist passiert? Ein Amokschütze?«

Oliver zuckte die Schultern. »Wir durchsuchen die Taschen der Toten, um die Identität festzustellen. Wer befragt die Überlebenden? «

»Du übernimmst die Durchsuchung, Oliver«, befahl Decker. »Marge, du bleibst bei Oliver und stellst die Fragen. Bert, du kommst zu mir!«

Bert Martinez drehte sich auf dem Absatz um, kam gerannt. »Heilige Mutter Gottes, ich glaube, mir wird schlecht.«

»Tief durchatmen«, sagte Decker. »Die Toiletten sind da hinten.«

Martinez hielt die Hände vors Gesicht und atmete langsam durch. »Dieser Gestank. Nein, eigentlich ist es ... alles. Mein Gott, ich ...«

Keiner sprach.

Dann wiederholte Decker: »Scott und Marge übernehmen die rechte Hälfte, du bleibst bei mir auf der linken.«

»Und was soll ich tun?« Martinez zupfte an seinem buschigen schwarzen Schnurrbart.

»Die Verletzten befragen oder die Identität der Toten feststellen. Du hast die Wahl.«

»Ich nehme die Verletzten«, sagte Martinez. »Tom ist schon unterwegs. Was ist mit Farrell Gaynor?«

»Ich hab seine Frau erwischt. Er kommt rüber.«

»Ist das wirklich eine gute Idee, Loo? Der Mann ist herzkrank.«

»Gaynor hat es fast dreißig Jahre bei der Polizei ausgehalten, da wird er auch das überstehen. Außerdem: in der Kleinarbeit ist er Spitze. Und das brauchen wir jetzt. Jede Menge Kleinarbeit.«

»Und der Captain?«

»Hatte 'ne Sitzung in Van Nuys, als die Meldung durchkam. Müßte jeden Moment hiersein.«

Decker fing in der linken Ecke an, ein großer runder Zwölfertisch. Zwei Asiaten, um die sich bisher niemand gekümmert hatte, lagen gekrümmt am Boden, bedeckt mit Scherben und Blumen, als wären sie schon fertig fürs Begräbnis.

Decker schaute sich um. Etwa fünfzehn Meter entfernt saßen eng aneinandergedrängt ein paar Japaner in schwarzen Anzügen, daneben zwei Weiße, ein Mann, eine Frau, in Decken gewickelt und verbunden. Er nickte der Frau zu, sie nickte zurück. Ihr Gesicht und ihre Hände waren zerkratzt, wahrscheinlich von umherfliegenden Scherben. Decker überwand sich, zog Handschuhe über, kniete sich vorsichtig hin und fühlte den beiden Männern den Puls.

Nichts.

Er griff dem ersten in die Hosentasche. Ein beleibter Mann, mehrfach ins Gesicht und in die Brust getroffen. Er fand eine Brieftasche und schrieb sorgfältig die Personalien des Toten vom Führerschein ab.

Hidai Takamine aus Encino. Haarfarbe schwarz, Augenfarbe braun, verheiratet, sechsundvierzig Jahre alt.

Decker zuckte. So alt wie er selbst.

Er blickte hoch. Martinez hatte sich nicht von der Stelle gerührt und starrte wie abwesend die Toten an.

Decker gab ihm einen sanften Schubs. »An die Arbeit, Bert.«

Martinez blinzelte nervös. »Warst du in Vietnam, Loo?«

»Ja.«

»Ich auch. Achtundsechzig bis siebzig.«

Decker sagte: »Ich von neunundsechzig bis einundsiebzig.«

Schweigen.

Martinez wischte sich übers Gesicht und fing an.

Als Strapp kam, hatte Decker alle Leichen auf seiner Seite des Restaurants identifiziert. Der Captain tat nicht so, als könnte ihn nichts aus der Ruhe bringen. Sein hageres Gesicht war wutverzerrt und bleich. Während Decker Bericht erstattete, wippte Strapp mit den Füßen und schlug ständig mit der geballten Faust in die linke Handfläche.

»Sieben Tote auf meiner Seite«, sagte Decker und hob die muskulösen Schultern, seine Knie knackten, als er die massigen Beine durchdrückte. Das Hocken war genau das richtige für seine kaputten Bänder. »Ich habe die Leichen anhand der Führerscheine identifiziert. Sobald ich die Zahlen und Daten von der anderen Seite habe, informiere ich die Angehörigen draußen,«

Er blickte sich um, sah, daß Tom Webster und Farrell Gaynor gekommen waren. Tom half Bert beim Befragen der Überlebenden. Farrell durchsuchte die Leichen auf der rechten Seite, während Marge und Scott versuchten, die Verzweifelten zu besänftigen.

Strapp schüttelte den Kopf und murmelte etwas vor sich hin.

»Sir?« fragte Decker.

»Nichts«, sagte Strapp. »Ich hab nur geflucht. Bei der letzten Zählung waren es etwa achtundzwanzig in der Notaufnahme des Valley Memorial. Draußen wartet eine ganze Mannschaft Psychiater auf die Angehörigen ... auch ein paar Notärzte, falls jemand einen Herzanfall kriegt oder in Ohnmacht fällt.«

»Soll ich jetzt rausgehen, Captain?«

Strapp schlug sich immer noch mit der Faust in die Hand. »Die Dreckarbeit machen wir zusammen.«

»Was wird mit der Presse?«

»Okay, okay!« Strapp wippte vor Anspannung. »Sie übernehmen die Presse, ich kümmere mich um die Angehörigen. Halten Sie die Geier im Zaum. Keine Verlautbarungen, bevor ich mit allen Angehörigen gesprochen habe.«

»Hier ist eine Teilliste«, sagte Decker. »Ich bringe Ihnen die komplette Liste der Toten, sobald ich kann.«

Beide zögerten einen Moment, dann gingen sie ihrer Wege.

3

Obwohl der Arm fest bandagiert war, tropfte noch immer Blut herunter. Aber die Kellnerin wich nicht von der Stelle und bewachte ihre acht Schützlinge mit scharfem Blick. Ihr Gesicht war verschmiert von Blut, Schmutz und Schweiß. »Ich lasse die Mädchen nicht aus den Augen, bis sie sicher und wohlbehalten bei ihren Eltern sind.«

»Das kann noch dauern, Ms. Anger«, sagte Marge. »Sie müssen sich wirklich um Ihren Arm kümmern.«

Bei ihnen saß der Zweite Koch, Olaf Anderson. Er war bleich, aber sein Blick war ruhig, unerschütterlich. »Wenn du dich gefährdest, hilft das keinem, Carol.«

»Mir fehlt *nichts*, Olaf!«

Eins der Mädchen – sie trug eine pinkfarbene Chanel-Kopie – meldete sich zu Wort. Sie hatte lange dauergewellte Haare und rotumränderte, blaue Augen. Die Mascara lief ihr die Wangen hinab. »Wir kommen schon zurecht, Madam. Sie müssen zum Arzt.« Augenblicklich brach sie in Tränen aus.

Die Kellnerin legte ihr den unversehrten Arm um die Schultern und blickte zu Marge auf. »Wann dürfen sie hier raus? Es ist unmenschlich, sie hier festzuhalten. Jetzt sind sowieso alle zu hysterisch, um irgendwelche Aussagen zu machen.«

»Das stimmt«, sagte das Chanel-Mädchen. »Keiner hat auf irgendwas geachtet. Wir haben einfach nur ... die Köpfe eingezogen. Und geschrien. Alle haben geschrien.«

»Und gebetet«, ergänzte eine andere.

»Du heißt ...« Marge warf einen Blick auf das pinkfarbene Mädchen, dann auf ihre Liste. »Amy Silver?«

Das Mädchen nickte.

»Du hast dich unter den Tisch geduckt, als die Schießerei anfing.«

Wieder nickte sie. »Und geschrien. Ich muß ewig geschrien haben. Mir tut der Hals weh.«

»Mir tut alles weh«, meinte ein Teenie im Matrosenanzug.

Marge prüfte ihre Liste. Der Matrosenanzug hieß Courtney. »Brauchst du medizinische Betreuung, Kleine?«

Courtney schüttelte den Kopf, ihre Augen füllten sich mit Tränen. »Wir hörten nur dieses Knallen. Dann fingen alle an zu schreien. Wir sind unter den Tisch und haben uns aneinander geklammert. Und geheult. Aber leise. Wir hatten so eine Angst!«

»Viel zuviel Angst, um irgendwo hinzugucken«, sagte Amy. »Außer diese ekelhafte grüne Jacke ... wie ein Punkt auf dem Radarschirm.«

»Ich hab überhaupt nichts gesehen«, sagte Courtney. »Ich hab nur die Augen zugekniffen und wie verrückt gebetet – bitte, bitte, laß es aufhören.« Tränen flossen. »Ich möchte meine Mutter anrufen, wenn ich darf.«

»Wann können wir zu unseren Eltern?« fragte Amy.

»Bald ...«

»Wie bald?« bohrte Carol. »Darf sie wenigstens ihre Mutter anrufen?«

»Die wartet bestimmt draußen.«

»Dann sagen Sie ihr, daß ihre Tochter wohlauf ist, verdammt noch mal! Und wann kann ich *meine* Mutter anrufen? Sie muß eine Heidenangst haben. Und ihre Gesundheit ist nicht die beste.«

»Bitte, Carol«, meinte Olaf. »Die Frau versucht nur, ihren Job zu machen.«

»Ich weiß, Olaf. Wir alle versuchen nur, unseren Job zu machen!«

»Du mußt jetzt Geduld haben ...«

»Ich hatte jede Menge Geduld«, schoß Carol zurück, »aber jetzt muß endlich was passieren.«

»Ich werde mit dem Chef reden«, sagte Marge. »Bleiben Sie alle, wo Sie sind.«

»Wo sollen wir auch hin, solange diese Nazis die Ausgänge blockieren!«

Marge wahrte die Fassung. »Es tut mir unendlich leid, glauben

Sie mir. Ich möchte Ihnen wirklich keinen zusätzlichen Kummer bereiten. Ich bin gleich wieder da.«

Carol blieb wütend, aber stumm.

Marge versuchte zu lächeln, aber Carol verdrehte nur die Augen.

Auf dem Weg zur Tür wurde Marge von Oliver aufgehalten. »Willst du zu Decker?«

»Ja. Wir müssen langsam die Leute rauslassen. Die beschweren sich zu Recht ...«

»Ich komme mit«, sagte Oliver.

Beide traten in die kalte Nachtluft hinaus und schirmten die Augen gegen das grelle Scheinwerferlicht ab. Marge zählte fünfzehn Fahrzeuge – Streifenwagen, Presse, Krankenwagen und eine ganze Reihe Leichentransporter. Ihre Augen gewöhnten sich schnell ans Dunkel, und sie sah eine Menschenmenge innerhalb der Absperrung, aber an die Seite gedrängt. Aufgeregte Rufe tönten ihr entgegen. Die Angehörigen.

Die Gaffer drängten sich mit den Presseleuten hinter der gelben Absperrung, mindestens fünfzig Meter entfernt.

Marge sah Decker vorbeilaufen. Er wirkte aschfahl, seine Pranken waren zu Fäusten geballt. Sie rief seinen Namen. Er blieb stehen, drehte sich um und kam auf sie zu.

»Habt ihr die endgültige Liste der Todesopfer?« fragte er.

Oliver zeigte ihm das schicksalsschwere Blatt. »Soll ich es dem Captain geben?«

»Ja bitte, ich habe schon genug schlechte Nachrichten verkündet.«

»Da ist eine Gruppe von Teenagern«, sagte Marge.

»Geh und sag den Eltern Bescheid«, befahl Decker. »Damit es ein paar Freudentränen statt Angsttränen gibt.«

Marge spürte einen Kloß in der Kehle. »Wie geht's dir? Eine blöde Frage, ich weiß.«

»Beschissen«, sagte Decker. »Aber kein Vergleich zu den Angehörigen dort.« Er atmete tief durch und blickte nach oben, eine dunstige Nacht ohne Sterne, eine vage Mondsichel trieb durch uferloses Grau. »Ich muß mich um die Presse kümmern. Gibt es schon brauchbare Aussagen?«

»Alle sind in Deckung gegangen, als die Schüsse anfingen, und haben geschrien«, sagte Oliver.

»Viel geschrien und viel gebetet«, fügte Marge hinzu.

»Die Schüsse kamen aus allen Richtungen.«

»Aus *allen* Richtungen?« fragte Decker.

»Ich glaube, das war eher übertrieben«, sagte Marge. »Die meisten waren voll damit beschäftigt, in Deckung zu gehen.«

»Irgendwelche Äußerungen vom Schützen?«

Mark schüttelte den Kopf. »Die Leute, die ich gesprochen habe, sagen, er hat einfach angefangen zu schießen. Keine Vorwarnung, nichts.«

»Bei mir dasselbe.«

»Raub scheint also als Motiv auszufallen.« Decker rieb sich die Augen und schickte die beiden weg, damit sie ihre guten Nachrichten loswerden konnten. Er versuchte seine Gedanken zu ordnen, das Schreien und Schluchzen der verzweifelten Angehörigen auszublenden. Langsam öffnete er die Fäuste, sah, daß seine Hände zitterten. Er wischte sie an der Hose ab und steckte sie in die Tasche.

Jetzt brauchte er was. Eine Zigarette.

Während er auf die Presseleute zuging, pumpte er sich eine Schachtel und Streichhölzer von einem Polizisten. Er versuchte, beim Anzünden die Hände ruhigzuhalten, sog den heißen Rauch tief in die Lungen. Der Tabak kratzte, aber während das Nikotin durch seinen Körper strömte, beruhigten sich seine Hände, sein Kopf wurde wieder klar.

Er erledigte die Zigarette mit vier tiefen Zügen und zündete gleich die nächste an. Erst als auch die aufgeraucht war, fühlte er sich den Kameras gewachsen. Er tauchte unter dem Absperrband durch und war sofort von der Medienmeute umringt. Mit erhobenen Händen hielt er sie auf Abstand, dann ertönte seine kräftige Stimme. »Ich werde mich nicht wiederholen, also soll jeder seine Chance haben. Braucht die Technik noch Zeit?«

»Fünf Minuten bitte!« rief einer.

»Lieber zehn!« ergänzte eine Frau.

»Dann zehn Minuten«, sagte Decker. »Ich verlese eine vorbereitete Mitteilung. Und bitte, Ladies and Gentlemen, wahren Sie Respekt. Ich stehe fünfzehn oder zwanzig Minuten für Ihre Fragen zur Verfügung, dann muß ich zurück an die Arbeit.«

Nach dieser Ankündigung war Decker nicht mehr ansprechbar, zündete sich die nächste Zigarette an und ignorierte die Fragen, die ihm zugerufen wurden. Er rauchte noch zwei weitere Zigaretten, dann war die Zeit um. Nach einem Blick auf die Uhr warf er die fünfte Kippe dieses Abends beiseite und zertrat sie heftiger als nötig mit dem Absatz. Er strich sich das Haar glatt und trat vor die Mikrofone, die einen Halbkreis um ihn bildeten. Blitzlichter und Scheinwerfer blendeten ihn.

»Unsere Hauptsorge gilt denjenigen, die sofort medizinische Versorgung brauchen. Sämtliche Krankenhäuser und Praxen der Umgebung sind benachrichtigt und stellen den Verletzten alles Nötige zur Verfügung. Die Hilfsbereitschaft der Ärzte ist überwältigend. Ihre Unterstützung ist notwendig und hochgeschätzt. Eine ernstgemeinte Bitte an alle Zuschauer vor den Bildschirmen: Bleiben Sie dem Ort der Katastrophe fern, damit Ärzte, Sanitäter, Krankenwagen und Polizei nicht behindert werden.«

Die Fragen begannen.

Was genau ist passiert?

Wie viele Tote, wie viele Verletzte?

Gibt es schon Verdächtige?

Motive?

Wie sieht der Tatort aus?

Decker wandte sich der letzten Fragestellerin zu, Sylvia Lopez vom lokalen Nachrichtensender. Eine der wenigen Sendeanstalten, die die Polizei von Los Angeles in den schlimmen Zeiten fair behandelt hatten.

»Wie es dort aussieht?« Unvermittelt brach ihm der Schweiß aus, und er schauderte. »Schlimmer als ein Alptraum.«

Er wischte sich übers Gesicht und wollte sich der nächsten Frage zuwenden, da sah er Martinez, der ihm über die Köpfe der Reporter hinweg zuwinkte. Einer der vielen Vorzüge, wenn man einsneunzig ist.

»Ich muß weg«, sagte Decker, »entschuldigen Sie mich.«

Er verschwand aus dem Brennpunkt der Kameras, der Lampen, der Mikrofone, duckte sich unter das Absperrband und traf Bert Martinez auf dem Parkplatz. Er legte den Arm um Berts breite Schulter. »Was ist los?«

»Es sind mehr Angehörige gekommen, als wir zuordnen können, Loo.« Bert wischte sich schwarze Strähnen aus dem verschwitzten Gesicht. »Wir schicken die Familien ins Valley Memorial, aber ein paar Verwundete könnten auch im Northridge liegen. Wir versuchen die Namen festzuhalten, aber es geht alles drunter und drüber.«

»Immer schön der Reihe nach.«

»Da fällt mir ein, es könnte sein, daß wir den Täter haben. Einer der Toten, aber es sieht wie Selbstmord aus. Ein Schuß aus kurzer Entfernung in die Schläfe, man sieht die Schmauchspuren.«

»Haben wir eine Waffe?«

»Smith and Wesson, Double Action, neun Millimeter, Automatic.«

»Mein Gott!«

»Ja, ein Mordsding. Die Waffe liegt etwa einsfünfzig von der Leiche entfernt. Die Gerichtsmediziner warten auf dich oder Captain Strapp, bevor sie anfangen. Farrell bewacht die Leiche. Keine Identitätshinweise. Aber ein paar Angestellte des Lokals kennen den Mann. Er heißt Harlan Manz.«

»Ein rachsüchtiger Briefträger?«

»Ein rachsüchtiger Barkeeper.«

4

»Harlan hat hier drei oder vier Monate gearbeitet ...«

»Ich glaube, es waren fast sechs Monate ...«

»Na gut, vielleicht auch sechs Monate.« Die Kellnerin Marissa warf einen Seitenblick auf Benedict, ihren Kollegen. »Mein Gott, ich kann's nicht glauben!« Sie saß auf einem Barhocker und zitterte trotz der Decke, in die sie gehüllt war. Das blonde Haar fiel ihr auf die Schulter. »Ich wußte, daß er sauer war, als er ging, aber wer hätte denn gedacht ...«

Decker stand an die glatte Eichenholzbar gelehnt zwischen den beiden Kellnern. Zehn Minuten vorher hatte er die leeren Taschen des Toten durchsucht, den verrenkten Körper und den blutüberströmten Kopf betrachtet. Ein sauberer Schuß aus nächster Nähe. Der Revolver lag ein Stück entfernt.

Die Leiche von Harlan Manz erweckte eher Bedauern als Empörung. Der Mann mit den düsteren Zügen, der einmal gut ausgesehen haben mußte, hatte nun ein blutverschmiertes Gesicht, die dunkle Hose, das weiße Hemd und die hellgrüne Jacke waren voller Blut – eine Farbkomposition, die an Weihnachten erinnerte. Der ganze Ablauf des Geschehens war widersinnig.

Decker konzentrierte sich wieder auf seine Zeugen. »Ist Manz gefeuert worden?«

»Ja.« Benedict rutschte auf dem Barhocker umher und kratzte sich die dicken schwarzen Locken. Er schlürfte heißes Wasser und zitterte.

»Und aus welchem Grund?«

»Irgendein Arschloch an der Bar war besoffen und fing an,

Harlan auf den Geist zu gehen. Harlan hat die Nerven verloren und wollte den Kerl rausschmeißen.«

»Das große Tabu!« fiel Marissa ihm ins Wort. »Wenn es Ärger mit einem Gast gibt, müssen wir es der Chefin melden, und die kümmert sich darum.«

»Haben Sie eine Ahnung, warum Harlan die Sache selbst regeln wollte?«

»Wahrscheinlich standen ihm die reichen Säcke bis hier.« Benedict verdrehte die Augen. »Irgendwann hat man es satt, von denen rumkommandiert zu werden.«

»Robin muß gehört haben, daß was im Gange war«, sagte Marissa. »Sie kam rein und ist dazwischengegangen.«

»Robin ist die Chefin?«

»Allerdings«, seufzte Benedict. »Sie hat sich Harlan gegriffen und ihm gesagt, er soll seine Sachen packen und verschwinden. Das war's.«

Decker war skeptisch. »Harlan ist gegangen, ohne sich zu wehren?«

»Jedenfalls ist er nicht handgreiflich geworden«, bestätigte Marissa. »Robin und er haben sich ein paar saftige Ausdrücke an den Kopf geworfen. Er war echt wütend. Aber sie mußte nicht die Polizei holen oder so.«

»Kam es öfter vor, daß Harlan explodierte?«

»Harlan war spontan«, sagte Marissa. »Er hat gemacht, was er wollte.«

Die beiden Kellner wechselten kurze Blicke. Deckers Augen wanderten zwischen beiden hin und her. »Was ist los?«

Marissa schaute zu Boden. »Ich bin ein paarmal mit ihm weggegangen. Nichts Ernstes. Nur auf einen kleinen Drink nach der Arbeit.«

Schweigen.

Marissa stiegen die Tränen in die Augen. »Ich hatte doch keine Ahnung, daß er ...«

»Natürlich nicht«, besänftigte Decker. »Erzählen Sie mir von ihm, Marissa.«

»Da gibt's nichts zu erzählen. Ich fand ihn irgendwie cool.«

Decker blickte zu Harlans Leiche hinüber, mit der sich jetzt die Gerichtsmediziner befaßten. Er lag etwa drei Meter vom Eingang entfernt in der Nähe der Bar, Gesicht nach oben, Augen und Mund weit offen, die Arme ausgebreitet, die Knie angewinkelt. Seine Haut wirkte grau, früher war sie wohl milchkaffeefarben gewesen. Und nicht mehr ganz jung. Um Augen und Mund zeigten sich bereits Fältchen. Dunkle Augen, schwarzes Haar, eine flache Nase und ein kräftiges Kinn. Ein Latino mit indianischem Einschlag, etwa einsachtzig groß, gut gebaut.

»Er war bestimmt ziemlich sexy.« Decker sah Melissas gerötete Wangen. »Vielleicht sollten wir unter vier Augen weiterreden.«

Melissa schaute zur Seite. »Es war nichts Ernstes. Ist das denn wirklich so wichtig?«

»Ich habe mich nur gefragt, ob der Anschlag vielleicht Ihnen galt.«

Marissa wurde bleich.

»Ausgeschlossen«, meinte Benedict. »Wenn er es hier auf jemand abgesehen hat, dann auf Robin.« Seine Stimme senkte sich zu einem Flüstern. »Und die ist tot, oder?«

Decker nickte. Der junge Kellner seufzte, Marissa hatte Tränen in den Augen.

»Das war nichts Ernstes, Lieutenant, ehrlich. Er hat nur ein bißchen rumgemacht. Das war so seine Art.«

»Was war so seine Art?«

»Na, rumhängen. Ich war nicht mal seine *richtige* Freundin.«

Decker bohrte nach. »Und wer *war* die richtige Freundin?«

»Rhonda Klegg«, sagte Benedict. »Die kam manchmal her, und Harlan hat ihr Drinks spendiert. Ihre Tequilas hat sie runtergekippt wie ein Kerl.«

»War sie Alkoholikerin?«

Wieder wechselten die beiden Blicke. »Na ja, sie konnte ganz schön heftig werden«, sagte Benedict. »Aber sie hat sich zusammengerissen. Ich habe nie erlebt, daß die beiden in der Öffentlichkeit aneinandergeraten sind.«

»Aneinandergeraten?« Deckers Blick war ein großes Fragezeichen.

»Ab und zu hatte Harlan ein blaues Auge«, sagte Marissa. »Wenn ich gefragt habe, hat er nur gelacht.« Sie musterte eingehend ihre Hände. »Wer weiß, wie *sie* nach so was ausgesehen hat.«

»Haben Sie jemals eine solche ... Auseinandersetzung zwischen den beiden erlebt?«

»Nein, nicht persönlich.«

»Ist sie auch Kellnerin ... äh, Schauspielerin?«

»Malerin«, sagte Benedict. »Sie verdient nicht mal schlecht mit ihrem Spezialgebiet. Das läuft wie geschmiert. Sie bemalt Wände in den Villen der Reichen.«

»Wandmalerei?« fragte Decker.

»Nein«, sagte Marissa. »Sie malt täuschend echte Gartenlandschaften an die Wand. Es gibt einen Ausdruck dafür.«

»*Trompe-l'œil*«, sagte Decker.

»Genau. Ihre Wohnung ist voll von diesem Zeug. Total irre. An die Wand von ihrem Klo hat sie die David-Statue von Michelangelo gemalt.«

»Ach, Sie waren in ihrer Wohnung?« fragte Decker. »Zusammen mit Harlan?«

Marissa wurde knallrot. »Na ja, nur einmal.«

»Haben die beiden zusammen gewohnt?«

»Nein, Harlan hat ... hatte seine eigene Wohnung. Aber er hat solche Gemeinheiten geliebt ... Mein Gott, was bin ich für ein Idiot.« Marissa wischte sich übers Gesicht. »Und mir kam das alles so harmlos vor.«

Regel Nummer eins: Rumvögeln ist niemals harmlos. »Hatte Harlan einen Schlüssel für ihre Wohnung?« fragte Decker.

Marissa nickte.

Decker spürte sein Herz klopfen. »Wo wohnt Rhonda, Marissa?«

»Das Haus heißt Caribbean. Dritter Stock. In der Nähe von Rinaldi. Ich kann Ihnen die Adresse besorgen.«

»Die haben wir.« Decker stand auf. »Sonst noch was? Irgendwelche Hinweise auf den Tatverlauf?«

»Sorry, aber ich hab nichts gesehen«, sagte Benedict. »Als die Schüsse anfingen, bin ich sofort in Deckung gegangen.«

»Und wo?«

»In der Garderobe. Ich bin reingesprungen, hab mich die ganze Zeit versteckt und die Luft angehalten.«

»Ich kann Ihnen auch nichts sagen«, schloß sich Marissa an. »Plötzlich haben alle geschrien. Ich bin unter den Tisch.«

»Wo war das?«

»Carol Anger und ich hatten den hinteren Teil, sie die geraden, ich die ungeraden Tische.«

»Können Sie sich erinnern, woher die Schüsse kamen?«

»Gott, nein. Ich glaube, die kamen aus allen Richtungen. Ich hatte zuviel Angst, um hochzugucken.«

Decker blätterte in seinen Notizen und zeigte ihnen eine Seite. »Sind das Ihre aktuellen Adressen und Telefonnummern?«

Beide nickten.

»Okay, Sie können gehen.« Er überreichte ihnen seine Karte. »Wenn Ihnen noch irgendwas zum Tathergang einfällt ... oder auch zu Harlan Manz, rufen Sie mich bitte an.«

»Ist Harlan nicht egal?« fragte Benedict. »Schließlich ist er tot.«

»Allerdings«, sagte Decker. »Aber wenn wir Täter wie ihn besser kennen, lassen sich vielleicht ähnliche Tragödien verhindern. Gewalt am Arbeitsplatz liegt zur Zeit im Trend. Zumindest können wir rechtzeitig warnen.«

»Und wie machen Sie jetzt weiter?« fragte Marissa.

»Ich werde erst mal Rhonda Klegg anrufen. Wenn ich Glück habe, ist sie noch am Leben und nimmt den Hörer ab.«

»O mein Gott!« rief Marissa. »Glauben Sie, daß Harlan vielleicht ... bevor er ...?«

Keiner sprach.

Dann fragte Marissa weiter. »Und wenn sie am Leben ist, werden Sie ihr das erzählen? Sie wissen schon ... von Harlan und mir?«

Von Harlan und mir, dachte Decker. Er musterte die Kellnerin, das strähnige Haar, das ihr ins Gesicht fiel. »Ich glaube nicht, daß das zum Thema wird.«

Marissa dankte ihm überschwenglich, tränenüberströmt. Decker tätschelte ihr die Schulter, dann machte er sich auf die Suche nach einem Telefon.

Im ersten Stock gab es zwei Büroräume, in jedem stand ein Telefon mit rotblinkendem Anrufbeantworter. Decker schaltete das Licht im größeren Büro an. Es war Estelle Bernsteins Privatsalon, holzgetäfelt und mit dicken grünen Teppichen ausgelegt, kostspielig möbliert mit Antiquitäten oder guten Kopien. Die abstrakten Bilder waren nicht sein Geschmack, aber sie sahen ebenfalls nicht billig aus. Decker schloß die Tür von außen und beschloß, das Telefon in Robin Pattersons Büro zu benutzen.

Ein kleiner Raum, nüchtern eingerichtet. Ein Metallschreibtisch mit Bürostuhl. Ein abgeschabtes Ledersofa, die hintere Wand mit Aktenschränken vollgestellt, in der Ecke eine schmale Schwingtür. Decker stieß sie auf. Ein altes weißes Klo, ein zerkratztes Waschbecken und ein Deckenventilator, der sich mit Getöse in Bewegung setzte, als er das Licht anschaltete. Zur Verschönerung hatte Robin einen Spiegel und einen gehäkelten Klopapierbehälter angebracht, auf dem Spülkasten stand eine Duftschale mit getrockneten Kräutern und Blüten. Decker starrte sie an, und Trauer überkam ihn.

Er rief die Dienststelle an und ließ sich die Nummer geben. Sekunden später klingelte es bei Rhonda Klegg. Ihr Anrufbeantworter schaltete sich ein. Decker wartete bis zum Piepston.

»Hier spricht Detective Lieutenant Peter Decker vom Los Angeles Police Department. Ich muß dringend mit Rhonda Klegg sprechen. Bitte nehmen Sie ab, wenn Sie zu Hause sind. Wenn Sie nicht abnehmen, bin ich gezwungen, Ihre Wohnung öffnen zu lassen. Es geht um Ihre Sicherheit. Wenn Sie also nicht ...«

»Mir geht's gut! Lassen Sie mich in Ruhe!«

Ende des Gesprächs. Offenbar also hatte sie die Nachrichten gesehen. Decker wählte erneut. Diesmal nahm sie sofort ab.

»Hören Sie ...« Ihre Stimme klang ein wenig schleppend. »Ich meine es ernst. Ich will mit niemandem sprechen, auch nicht mit der Polizei.«

»Ich bin im Estelle«, sagte Decker. »Und zwar seit halb neun. Dreizehn Tote, mindestens einunddreißig Verletzte, Rhonda.«

»Das ist nicht meine Schuld!«

Sie brach in Schluchzen aus. Decker wartete ab, dann sagte er mit ruhiger Stimme: »Natürlich ist es nicht Ihre Schuld. Niemand wirft Ihnen etwas vor.«

»Warum rufen Sie mich dann an?«

»Ich wollte nur sichergehen, daß es Ihnen gutgeht.«

»Mit fehlt nichts. Und nun lassen Sie mich in Ruhe!«

»Ich würde aber gern mit Ihnen reden, Rhonda.«

»Muß ich?«

»Nein.«

Schweigen.

Mit schleppender Stimme fragte sie schließlich: »Wie spät ist es denn?«

Decker schaute auf die Armbanduhr. »Halb zwei.«

Ein schwerer Seufzer. »Hat das bis morgen Zeit?«

»Ja. Ist irgend jemand bei Ihnen, Rhonda?«

»Nein.«

»Kann ich Ihnen jemand vorbeischicken?«

Sie seufzte wieder. »Nein. Lassen Sie mich einfach schlafen.«

»Haben Sie irgendwelche Schlafmittel genommen?«

»Ein paar Valium.«

»Weiter nichts?«

»Nein, weiter nichts. Was glauben Sie denn? Wie war gleich Ihr Name?«

»Lieutenant Decker, LAPD, Dienststelle Devonshire.«

»Vom LAPD?«

»Ja.«

»Wenn Sie von der Presse sind, verklage ich Sie.«

»Ich bin kein Reporter.«

»Mit Reportern rede ich nicht.«

»Gute Idee. Kann ich bei Ihnen vorbeikommen? Gegen ...« Er schaute erneut auf die Uhr. Es war kurz nach halb zwei. Zeugen mußten noch vernommen und Leichen abtransportiert werden, von dem Papierkram ganz zu schweigen. Auf ihn wartete eine lange Nacht. »Wie wär's mit acht Uhr morgen früh?«

»Okay.« Sie stockte. »Wenn Sie von der Presse sind ...«

»Ich bin Peter Decker, Detective Lieutenant, LAPD, Dienststelle Devonshire.« Er gab ihr seine Dienstnummer. »Rufen Sie dort an!«

»Darauf können Sie sich verlassen.«

»Tun Sie das. Also dann um acht, Rhonda?«

»Gut. Auf Wiedersehen.«

Wenigstens hatte sie nicht »Fahr zur Hölle« gesagt.

5

Decker hatte mit dem Anrufbeantworter gerechnet, aber Rina nahm sofort ab. »Warum schläfst du nicht?« fragte er.

»Ich hab mir Sorgen gemacht. Gut, daß du anrufst.«

»Kein Grund zur Sorge, mir geht's gut. Aber heut nacht wird's nichts mehr mit dem Nachhausekommen. Hast du dir vielleicht schon gedacht.«

»Kann ich irgendwas für dich tun?«

»Küß meine Kinder, sprich ein Gebet, was weiß ich.« Er klang erschöpft.

Sie sagte: »Ich liebe dich, Peter.«

»Ich dich auch.«

»Leg nicht auf.«

Beide schwiegen.

Dann sagte Rina: »Ich glaube, du mußt weiterarbeiten.«

Decker sah seine Frau vor sich, wie sie mit ihrem Haar spielte, sich eine lange schwarze Locke um den Finger wickelte, sah ihre sinnlichen Lippen ... Er spürte ein wohliges Kribbeln zwischen den Beinen. Obszön, nach einem solchen Massaker an Sex zu denken. Aber seine Reaktion erschreckte ihn nicht. Nach einem Angriff ... nach dem Bodycount ... wie oft war er als erstes zu den Huren gegangen. Ein alter Mann im Körper eines Neunzehnjährigen. Erst beim Sex hatte er sich wieder lebendig gefühlt. »Ein paar Minuten habe ich Zeit«, sagte er. »Erzähl mir von den Kindern.«

»Sie lassen dich grüßen.«

»Haben sie die Nachrichten gesehen?«

»Die Jungs – ja natürlich.«

»Sind sie verstört?«

»Ehrlich gesagt, ja. Sie waren fassungslos. Du hast so ... gequält ausgesehen. Kann ich nicht doch irgendwas für dich tun, Peter?«

»Fühlst du dich hilflos?«

»Ja.«

»Da geht's dir wie uns. Nein, mach dir keine Sorgen um mich. Der Schock ist schon im Abklingen ... dieselbe Betäubung wie damals im Krieg ...«

»O mein Gott! Das muß ja schreckliche Erinnerungen in dir wachrufen.«

Decker stockte einen Moment. »Früher hatte ich Alpträume, Rina. Am Morgen hab ich mich kaum noch erinnert, aber Jan sagte, es war ziemlich schlimm. Sie wollte es nie zugeben, aber ich glaube, sie hatte Angst vor mir. Vielleicht sollten wir ein paar Wochen getrennt schlafen ...«

»Kommt nicht in Frage.« Rina zögerte. »Ich liebe dich. Damit du es weißt.«

»Ich weiß, du willst mir helfen. Aber mach dir keine Sorgen. Es dauert einfach seine Zeit. Wenn du mir eine Freude machen willst, dann tu den Kindern und dir was Gutes. Ach übrigens, hat Sammy die Fahrprüfung bestanden?«

»Er darf jetzt mit amtlicher Genehmigung allein durch die Gegend fahren.«

Noch ein Grund, sich Sorgen zu machen, dachte Decker. »Richte ihm Glückwünsche aus. Ich bin wirklich stolz auf ihn.«

»Er möchte eine Spritztour mit dem Porsche machen.«

»Äh, ich fürchte, das muß warten.«

»Er hat sich schon so was gedacht.«

»Deine Stimme ist wundervoll. Ich möchte endlos weiterreden, aber du brauchst deinen Schlaf. Und ich habe noch einen Riesenberg Schreibkram vor mir.«

»Wirst du durcharbeiten?«

»Na, vielleicht schlafe ich ein paar Stunden zwischendurch im Büro. Aber am Abend komme ich nach Hause. Versprochen. Hab ich dir schon gesagt, daß ich dich liebe?«

»Kann ich gar nicht oft genug hören«, antwortete Rina und küßte den Hörer. »Darf ich dich in einer Stunde etwa noch mal anrufen?«

»Könnte sein, daß du mich nicht erreichst. Ich bin unterwegs.«

»Luftschnappen?«

»Schön wär's.« Decker lachte müde. »Ich will in die Wohnung eines Massenmörders einbrechen. Das stand nicht in der Stellenbeschreibung, als ich bei der Polizei anfing. Aber manchmal muß man den Dienstweg abkürzen.«

Mit Hilfe des Stadtplans und der schwach beleuchteten Straßenschilder fand Decker das Haus von Harlan Manz. Es lag in einer verlassenen Seitenstraße, die großen Eukalyptusbäume wirkten gespenstisch im nächtlichen Nebel. Bürgersteige gab es nicht, nur ungepflasterte Seitenstreifen. Rechts und links ein halbes Dutzend alte Mehrfamilienhäuser, allesamt zweistöckige Kästen mit kleinen Balkonen, dazwischen immer mal wieder ein unkrautüberwuchertes Grundstück. Wahrscheinlich hatten nicht alle Häuser das Erdbeben von 1994 überlebt.

Der ehemalige Barkeeper hatte im Obergeschoß gewohnt, zu seiner Wohnungstür führte eine rostige Außentreppe. Die Nacht war totenstill. Keine Menschenseele zu sehen, und das war gut so. Decker zog sich Handschuhe über, mit der Stiftlampe untersuchte er das Schloß – Billigware. Er ließ das Besteck in der Tasche und zog eine Kreditkarte, erwischte den Schnapper und drehte den Türknauf. Er schloß die Tür von innen und machte Licht.

Er stand im Wohnzimmer. Ein hellgraues Sofa, ein paar Stühle, ein Couchtisch, darauf die Fernbedienung, eine Tasse mit braunfleckigem Boden und die Lokalzeitung von gestern. Der Fernseher thronte dem Sofa gegenüber im Anbauregal, ein Sony mit vierundsechziger Bildröhre. In den Fächern ein paar Paperbacks und jede Menge Videos – meist Actionfilme, aber auch Pornos. Harlan stand auf Blondinen. Eine Stereoanlage mit Lautsprechern. Decker klapperte sich durch die CDs. Harlans Musikgeschmack reichte von Metal Punk bis Rap.

Decker musterte die Wände. Ein paar Filmposter waren an die weiße Tapete genagelt, Kabel-TV-Filme, von denen Decker nie gesehen oder gehört hatte. Der braune Teppich war ziemlich zerschlissen, ein paar Krümel, ansonsten sauber.

Die Kochnische schloß sich ans Wohnzimmer an. Im Einbaukühlschrank ein Liter Saft, ein Liter Milch, drei Sixpacks Bier und ein Becher Margarine. Decker öffnete das Gemüsefach – zwei angematschte Äpfel, eine Orange. In den Schränken Salsa,

Kartoffelchips, eine halbe Packung Knäckebrot, eine gelbe Plastikflasche mit französischem Senf, Heinz-Ketchup, eine Schachtel Rosinen-Cornflakes, zusammengewürfeltes Geschirr, eine tote Fliege. Ein Kombiherd mit zwei Kochplatten, Backofen und Mikrowelle. Kein Geschirrspüler, aber im Ausguß lagen weder Geschirr noch Besteck.

Alles vollkommen unauffällig.

Dasselbe im Schlafzimmer. Auf dem französischen Bett eine ältliche, aber saubere Tagesdecke, auf dem Nachttisch Kaugummipackungen, eine Flasche Aspirintabletten, eine Schachtel Zigaretten. In der Ecke stand ein kleiner Schreibtisch.

Decker kramte in den Fächern und stieß auf eine Reihe Schwarzweißfotos von Harlan, der mit glühendem Blick in die Kamera schaute, die fülligen Lippen leicht geöffnet, dazu ein gepflegter Dreitagebart. Er hatte alles getan, um seine exotische Sinnlichkeit zur Geltung zu bringen. Ein dunkelhäutiger Heathcliff.

Standfotos. Wie jeder in Hollywood hatte Manz sein Glück beim Film versucht und natürlich auch beim Fernsehen.

Der Kleiderschrank bot einen weiteren Einblick in seine Persönlichkeit. Er war vollgestopft mit Sachen, die nicht teuer waren, aber ein gewisses Flair hatten. Gut kopierte Designerware. Decker zählte sieben Paar Schuhe, darunter auch ein Paar teure Nike-Treter.

Das Badezimmer war winzig – eine Wanne mit Duschvorhang, Toilette, Waschbecken und ein Medizinschränkchen, das mit Schmerzmitteln, Durchblutungskapseln und Nasensprays vollgestopft war. Harlan hatte auch einen Vorrat von Wegwerfrasierern, etliche Deodorants, dazwischen ein weißbestäubtes Plastiktütchen. Decker betupfte sich den kleinen Finger und probierte.

Echter Stoff.

Er steckte das Zeug ein, vielleicht ein Beweismittel. Zwar wußte er nicht, was damit bewiesen werden sollte, aber Kokain ließ man nicht frei herumliegen.

Auf dem Wannenrand Eau de Cologne und Aftershave. Billiger Kram. Decker ordnete seine Eindrücke, ging ins Wohnzimmer zurück. Diesmal studierte er die Filmplakate genauer. Natürlich: Harlans war einer der Darsteller gewesen. Der Mann hatte irgendwann einen bescheidenen Erfolg gehabt. Das hatte weiter nichts zu bedeuten.

Decker setzte sich aufs Sofa, rieb sich die Augen, und in seinem übermüdeten Gehirn baute sich ein Puzzle zusammen.

Filmplakate an der Wand.

Standfotos im Schreibtisch.

Schicke Klamotten und jede Menge Schuhe.

Parfüm flaschenweise.

Jemand, der stolz auf sein Äußeres war.

Jemand mit Ego.

Trotzdem waren in der ganzen Wohnung keine persönlichen Dinge zu finden. Keine Notizbücher, Fotoalben, Kritzeleien, keine Drehbücher, auch kein Terminkalender für die Probeauftritte, kein Adreßbuch mit Telefonnummern, kein Schreibtischkalender ... überhaupt kein Kalender.

Im Kühlschrank Bier, auf dem Nachttisch Zigaretten, im Medizinschrank Kokain. Folglich war der Kerl ein User. Dann die schmutzige Kaffeetasse auf dem Couchtisch, die Zeitung von gestern, die Fernbedienung. Das Zimmer machte einen bewohnten Eindruck ... gerade verlassen ... unverändert.

Aber es fehlte etwas.

Als hätte jemand mit großer Sorgfalt alle Spuren des wirklichen Harlan beseitigt und nur ein paar oberflächliche, äußerliche Hinweise hinterlassen – zum Beispiel auf seine Vorliebe für Drogen. Die Wohnung eines Gestörten, eines kaltblütigen Massenmörders. Doch Decker fand keine einzige verräterische Zeile, kein psychotisches Geschreibsel, nichts, was auch nur im entferntesten auf einen durchgedrehten Killer und Selbstmörder schließen ließ.

Decker schnaufte, ihm brummte der Kopf.

Nicht alle Psychopathen hinterlassen ihre Krankengeschichte, eine säuberliche Fallbeschreibung, die Schritt für Schritt erklärt, was sie zu ihren Ungeheuerlichkeiten getrieben hat. Manche explodieren einfach, gehen plötzlich in die Luft und lassen ihre Bluttaten für sich sprechen.

Vielleicht war Harlan einer von diesen.

Vielleicht ist er eines Morgens aufgewacht und einfach durchgeknallt ...

6

Sie hatte Pfefferminzpastillen gelutscht, um ihre Alkoholfahne zu kaschieren, und Decker durfte raten, ob dem Glas Orangensaft, das Rhonda Klegg haltsuchend umklammerte, ein kräftiger Schuß Wodka beigemischt war. Sie prüfte gründlich seine Erkennungsmarke, dann ließ sie ihn ein. Die Wohnung war ein flimmerndes Farbenmeer, das ihm für einen Moment die Balance raubte. Erst die ins Schloß fallende Tür brachte ihm die Orientierung zurück.

»Tut mir leid, daß ich so paranoid war«, sagte Rhonda. »Ich dachte, Sie wären von der Presse.«

Decker blinzelte. »Sind Sie belästigt worden?«

»Nein, ich hab den Hörer daneben gelegt.«

Sie bot ihm Kaffee an, Decker nickte. Milch und Zucker? Nein, am besten stark und schwarz.

Mit zitternden Händen nippte Rhonda an ihrem Orangensaft und fixierte Decker. Er starrte in ihr müdes, bleiches Gesicht mit den leblosen blauen Augen, den dünnen, blassen Lippen. Vermutlich hatte sie eine schlaflose Nacht hinter sich. Sie wirkte wie Mitte Zwanzig, ihr Haar war rotgefärbt wie ein kandierter Apfel und zum Pferdeschwanz gebunden. Sie hatte einen Nasenring, ihre Ohren waren dicht besetzt mit winzigen Ringen und Stiften. An den durchlöcherten Ohrläppchen baumelten kleine Kettchen. Sie trug Jeans, ein weißes T-Shirt und ein Jeanshemd als Jacke. Ihre Füße steckten in hochgeschnürten Stiefeln.

Sie trank ihren Saft aus und meinte: »Ich habe wirklich nichts zu sagen.« Sie hielt ihr leeres Glas in die Höhe. »Wollen Sie auch so eins zum Kaffee?«

»Nein danke, eine Tasse Kaffee wäre genau das richtige.«

»Haben Sie was dagegen, wenn ich mir noch eins hole?«

»Natürlich nicht!«

»Tschuldigung.«

Sie verschwand hinter einer Schwingtür, auf die ein von rosaroten Rosen umranktes Ziergitter gemalt war. Rhonda hatte ihre ganze Wohnung in eine mediterrane Gartenlandschaft verwandelt. Gemalte Buchsbaumhecken ersetzten die Scheuerleisten, an der Wand darüber erstreckten sich Efeuspaliere und Weinlauben, Zitronenhaine mit antiken Statuen und Springbrunnen, den Hintergrund bildeten sanft geschwungene Hügel. Rhondas Sinn für Perspektive war verblüffend, Decker wurde angesichts der räumlichen Wirkung geradezu von Schwindel erfaßt. Die oberen Wände und die Decken waren eine Orgie in leuchtenden Blautönen, betupft mit Wolkengebilden, bevölkert von Amseln und kreisenden Habichten.

Der Eindruck war so verblüffend, daß Decker die Möbel erst mal gar nicht wahrnahm, aber auch sie waren sehenswert. Eine alte englische Parkbank, rechts und links umgedrehte Müllkübel als Tischchen, dazu ein Liegestuhl, auf dem ein Matchsack lag, und zwei Schaukelstühle aus gebogenem Weidenholz. In den Ecken hingen altmodische Straßenlaternen, und der Holzboden war in eine wogende Wiese mit Löwenzahn und Kleeblüten verwandelt worden.

Rhonda kam mit dem Kaffee und ihrem Orangensaft.

Decker bedankte sich. »Das ist ja eine aufregende Wohnung. Sie sind aber begabt!«

Sie schlürfte Orangensaft. »In den *Architectural Digest* komme ich damit nicht, aber mir gefällt's.« Ihr Blick wurde hart. »Diese Stadt ist voll von Starfuckers. Was zählt da noch die Ex eines durchgeknallten Killers?«

Decker schwieg.

»Hollywoodirrsinn. Mit einem Hang fürs Perverse. Wie wär's mit ein bißchen OJ – wie Orange Juice?«

»Danke, ich bin versorgt, Rhonda.« Sein Blick fiel auf den Matchsack. »Ferien?«

»Ich muß hier raus. Wenigstens, bis sich die Wogen geglättet haben. Diese Art von Berühmtheit ist das letzte, was ich brauche.«

Nicht dumm gedacht. Decker stellte seine Tasse auf einen der umgedrehten Müllkübel. »Darf ich?«

Rhonda lachte. »Das ist ein Mülleimer, Mann! Ich hab keine Angst vor Kaffeeringen.« Sie maß ihn von oben bis unten. »Nicht übel. Wie wär's mit 'nem Quickie?«

»Nein, danke.«

»Ich sehe aus wie ein Stück Scheiße, oder?«

»Sie sehen gut aus, Rhonda.« Decker zückte sein Notizbuch. »Je schneller wir anfangen, um so schneller sind Sie mich los.«

»Sie wollen mich über Harlan ausfragen?«

»Ja.«

»Wozu das Ganze? Der ist doch tot.« Sie hatte Tränen in den Augen. »Alle sind sie tot. Ich dachte, Bullen wären nur scharf drauf, im Zeugenstand 'ne gute Figur zu machen oder Minderheiten zu verprügeln. Sie sind ja'n echter Koloß. Ich wette, Sie haben mehr Nigger vertrimmt, als Ihnen zustanden.«

»Ich? Ich mache meine Arbeit am Schreibtisch.«

»Blödsinn!« blaffte Rhonda. »Sie reden sich nur raus. Ich hab wohl den wunden Punkt getroffen, was, Bulle? Wir haben eben alle unsere Vergangenheit. Behandeln Sie mich nicht wie ein Monster, bloß weil ich mit diesem Irren zusammen war.«

»Ich halte Sie nicht für ein Monster, Rhonda. Ich sehe nur, daß Sie ihm Moment sehr angegriffen sind.«

»Wo haben Sie denn das gelernt? Im Psychokurs für Bullen? Schlagen Sie lieber Autofahrer zusammen!«

Decker schwieg.

Sie starrte ihn an. »Sie waren gestern abend dort, stimmt's? Im Estelle.«

»Ja, die ganze Nacht.«

»Ich hab Sie im Fernsehen gesehen. Sie waren der, der sagte, es sähe dort aus wie in Ihrem schlimmsten Alptraum.«

»Nett, daß man wenigstens als Sprechblase im Gedächtnis bleibt.«

»Sie stehen auch in der Zeitung – mit Bild, Zitat, allem drum und dran.« Jetzt funkelte sie ihn an. »Sie hatten Tränen in den Augen.«

»Wirklich?«

»Allerdings. Haben sie euch im Psychokurs für Bullen beigebracht, wie man heult? Oder war es der Betroffenheitskurs?«

Decker antwortete mit einem traurigen Lächeln. »Ich wünschte, ich wäre so hartgesotten, wie Sie glauben. Dann würde ich nachts besser schlafen.«

Wieder wurden ihre Augen feucht. Sie wischte sich die Tränen weg. »Ich finde Sie echt attraktiv. Nicht doch einen kleinen Fick? Damit könnten Sie mich zum Reden bringen.«

»Leider muß ich passen.«

»Sind Sie etwa verheiratet?«

»Ja.«

»Mich stört das nicht.«

»Aber mich. Können wir anfangen?«

»Warum müssen Sie noch Fragen stellen, wenn der Fall schon gelöst ist?«

»Weil es noch viele offene Fragen gibt.«

»Zum Beispiel, *warum* er's gemacht hat?« Sie nahm einen Schluck. »Wenn ich das wüßte.« Sie schwenkte die Hüfte. »Klar, was Männer betrifft, hatte ich schon immer einen schlechten Geschmack. Aber dieser ...«

»Sie haben sich als seine Exfreundin bezeichnet.«

»Stimmt.«

»Wann haben Sie sich denn getrennt?«

»Sie meinen, wann ich ihn rausgeschmissen habe? Vor etwa vier Monaten.«

»Und warum?«

»Warum!« Rhonda lachte bitter. »Weil ich seine Rumvögelei satt hatte. Eigentlich hatte ich den ganzen Harlan Manz satt. Den Mann mit den Plänen, die nie was wurden.«

»War er Schauspieler?«

»Ein Arschloch war er.«

Decker wartete.

Rhonda seufzte. »Harlan war ein professioneller Möchtegern. Möchtegern-Schauspieler, Möchtegern-Model, Möchtegern-Tennisprofi, Möchtegern-Hengst, Möchtegern-Dies, Möchtegern-Das. In Wirklichkeit war er ein Niemand.«

»In seiner Wohnung habe ich Filmplakate mit seinem Namen gesehen«, sagte Decker.

»Ja, er war eingetragenes Mitglied beim SAG. Hat bei jeder Gelegenheit seine Karte gezeigt. Die Filme sind gleich im Keller gelandet. Haben es nicht mal in die Videothek geschafft ... Was war gleich Ihr Dienstrang?«

»Lieutenant.«

»Ein hohes Tier.«

»Hab ich auch immer gedacht.«

Rhonda lächelte flüchtig. »Harlan war ...« Sie seufzte. »Er war ein fauler Sack. Ein Loser mit 'ner guten Rückhand. Mehr nicht.«

»Ein Möchtegern-Tennisprofi, sagten Sie.« Decker wartete und schob dann nach: »Beim Tennis hatte er also Ehrgeiz.«

»Kann sein. Talentiert war er schon, aber zum Profi hat's nie gereicht. Er hat Tennisstunden in einem Country Club gegeben.«

»Wie bitte?«

»Ja, ohne Scherz. In dem großen Club zwei Meilen von hier.«

»Im Greenvale?«

»Ja, so heißt er. Greenvale Country Club.«

»Wissen Sie das genau, oder war das auch nur eine seiner Geschichten?«

»Prüfen Sie's nach.« Sie grinste. »Man wird Sie mit offenen Armen empfangen.«

Decker machte sich hastige Notizen. »Wie lange hat er im Greenvale unterrichtet?«

»Etwa drei Jahre, immer mit Unterbrechungen.«

»Mit Unterbrechungen?«

»Harlan hat nichts lange durchgehalten. Beim Greenvale war er in den Sommermonaten. Tagsüber hat er Tennisstunden gegeben, nachts hat er die Bar gemacht. Einen festen Job hatte er nicht nötig. Schließlich sah er gut aus, hatte einen gewissen Charme und sexuell ordentlich was zu bieten. Er war der Tröster der einsamen Frauen.«

»Verheiratete Frauen?«

»Ich sagte: *einsame* Frauen. Klar waren sie verheiratet.«

»Da hatte er aber Glück, daß ihm keiner die Kanone unter die Nase gehalten hat.«

»Nee, gefährliche Sachen hat er nicht gemacht. Im Greenvale wimmelt es von Frauen, deren Männer die süßen jungen Dinger vögeln. Ich weiß das, weil ich dort war. Die sind nicht scharf auf ihre alten einsamen Ehefrauen, sondern auf die heißen Feger. Es gibt 'ne Menge reiche Säcke in dieser Stadt. Schockiere ich Sie?«

»Kein bißchen.«

»Ja, Sie sehen ganz schön abgekocht aus. Gehen Sie auch fremd?«

»Nein. Harlan hat also mit einsamen Frauen Tennis gespielt?«

»Nein, mit jedem, der ihm zugeteilt wurde. Frauen, Männer, Alte, Junge.« Rhonda stockte kurz. »Manchmal war es auch ein

Starproduzent oder ein Regisseur. Im Angeben war Harlan ganz groß. Hat bei jeder Gelegenheit rumgetönt, daß er's bald geschafft hätte. So ein Versager! Was hätte der drum gegeben, so zu leben wie die Stars! ... Partys ... Tennis ... schöne reiche Frauen ...« Sie starrte auf ihr leeres Glas. »Entschuldigen Sie mich einen Moment.«

Sie ging hinaus und kam mit einem vollen Glas zurück. Ihr Getränk sah blaß aus. Viel Wodka, wenig Saft. Diesmal trank sie langsamer.

»Wenn er irgendeinem vertrottelten Regisseur den Aufschlag beibringt, heißt das noch lange nicht, daß der ihm die Hauptrolle im nächsten Film gibt. Wie oft hab ich ihm das erklärt! Aber Harlan ...«

»Er muß ein guter Spieler gewesen sein.«

»Gut genug für diese Trampel.«

»Aber nicht gut genug, um als Profi zu bestehen?«

»Mir hat er erzählt, daß er bald in die Liste der zweihundert Besten kommt oder so. Vielleicht stimmte es, aber wahrscheinlich nicht. Harlan war ein Traumtänzer.«

»Aber er war Mitglied beim SAG.«

»Klar. Er hat auch ein paar Rollen gekriegt. Gerade genug, um seine Illusionen zu pflegen. Harlan war ein Trittbrettfahrer. Eine Begleitdogge, wenn Sie wissen, was ich meine.«

»Nicht so richtig.«

»Eine Begleitdogge. Hier wimmelt's doch von Egomanen. Nichts gegen Barbra Streisand, aber Menschen, die andere brauchen, sind nicht glücklich, die haben ein Problem. Sie brauchen Publikum, dann sind sie jemand, haben was zu tun, fühlen sich wichtig und begehrt. Und sie haben genug Geld, um sich wie Kato ein dressiertes Äffchen zu kaufen – damit sie niemals einsam wirken. Und das war die Rolle, die Harlan gespielt hat. Er war die Begleitdogge.«

Sie wandte den Kopf und wischte sich wütend die Tränen ab.

»Ich hab immer noch Gefühle für ihn. Schockiert Sie das?«

»Kein bißchen.« Decker wartete einen Moment. »Können wir kurz über Harlans Rauswurf bei Estelle reden?«

»Da gibt es nichts zu sagen. Er hat gegen Regel Nummer eins verstoßen: Der Gast hat immer recht.«

»Aber er war sauer ...«

»Klar war er sauer. Er war außer sich. Irgend so ein besoffenes

Arschloch macht ihn blöd an, und er wird gefeuert. Ich war vielleicht wütend. Fast wär ich hin und hätte denen eine Szene gemacht.«

Sie schien zu erschlaffen. »Aber dann ... Ich weiß nicht. Geschieht ihm recht, dachte ich. Kriegt er auch mal 'n Tritt.«

»Hat Harlan später noch davon gesprochen?«

»Am Anfang hat er rumgetönt, er will es ihnen heimzahlen. Aber das war wohl nur Gerede ... heiße Luft.« Mit wäßrigen Augen fixierte sie den Lieutenant. »Mein Gott, ich will endlich ficken!«

»Warum haben Sie ihn rausgeschmissen, Rhonda?«

Sie seufzte. »Ich hab einen anderen gefunden. Auch ein Loser, aber wenigstens hat er einen guten Job. Als Pornodarsteller. Ernie Beldheim alias King Whopper. Unglaublicher Name, was?«

»Beweist ein gewisses Maß an Kreativität. Und wie hat Harlan die Trennung verkraftet?«

Rhonda setzte sich in einen der Schaukelstühle, schaukelte und blickte hoch an ihre Himmeldecke. »Ich war nicht sehr taktvoll. Ich hab gesagt, ich mache Schluß, weil mir sein Schwanz zu klein ist.«

Ihre Tränen strömten. »Ich wollte ihm weh tun. Weil er mich so verdammt lange betrogen hat. Hätte ich gewußt, daß er so ausrastet, wäre ich nicht ...«

»Das konnten Sie nicht wissen, Rhonda.«

Sie blickte in ihr Glas, als wollte sie im Kaffeesatz lesen. »Als es aus war mit uns, hat er Sachen angestellt. Blödheiten. Ich wußte irgendwie, daß er durchdreht. Aber ich wußte nicht, daß es so enden würde.«

»Natürlich nicht. Was hat er gemacht?«

Rhonda wandte sich Decker zu. »Er wollte mir Angst einjagen. Hat mitten in der Nacht angerufen und gefaselt, daß er's mir heimzahlt. Aber ich hab ihn nicht ernst genommen.« Sie blickte wieder nach oben. »Wenn ich's mir überlege, habe ich wahrscheinlich Riesenglück gehabt.«

Wohl wahr. Decker zeigte auf den Matchsack. »Wohin wollen Sie denn verreisen?«

Rhonda hörte auf zu schaukeln und schnaufte verächtlich. »Ich hab da einen Auftrag in Hawaii. Irgendein reicher Sack will, daß ich ihm Playmates aus dem *Playboy* an die Wände male. Keinen Geschmack, aber Kohle.«

»Die Erholung tut Ihnen sicher gut.«

»Hoffentlich.«

»Haben Sie noch Fotos von Harlan?« fragte Decker.

»Ein paar vielleicht. Warum?«

»Ich hab in seiner Wohnung keine aktuellen Fotos von ihm gefunden.«

Rhonda staunte. »Das ist ja komisch. Er hatte doch die Mappe mit den Bewerbungsfotos.«

»Die habe ich gesehen. Ich meine so etwas wie ein privates Fotoalbum.«

Sie zog die Schultern hoch. »Seltsam. Wir haben eine ganze Menge Fotos gemacht ...« Mit einem Lächeln fügte sie hinzu: »Ganz schön verfängliche waren dabei. Als Schluß war, hat er gedroht, er würde sie meiner Mutter schicken. Tu's nur, hab ich gesagt. Es ist nichts dabei, was sie nicht kennen würde.«

»Und hat er's getan?«

»Wenn, dann hat sie nie ein Wort drüber verloren.«

»Rhonda, noch etwas: Wenn Harlan Mitglied beim SAG war, müßte er auch einen Agenten gehabt haben.«

»Vor Ewigkeiten hatte er ein paar. Hat sie alle gefeuert.«

Deckers Piepser ging los. Rhonda stand auf. »Das Telefon ist an der Wand.«

Decker suchte das Wandbild ab, bis er eine gemalte Telefonzelle entdeckte. Dort, an der Stelle, wo er hingehörte, hing tatsächlich ein Telefonautomat. »Brauche ich Geld zum Telefonieren?« fragte er.

»Kreditkarte reicht.«

»Ich bin etwas schwer von Begriff und hab wenig geschlafen. Könnte es sein, daß Sie mich veralbern?«

Rhonda lächelte dünn. »Es war ein Scherz.«

»Entschuldigen Sie meine Blödheit.«

»Ja, ja, der reinste Dorftrottel.« Sie verdrehte die Augen. »Lahm wie ein Windhund, verschlagen wie ein Fuchs. Warum traue ich Ihnen überhaupt? Ist das Ihr Trick, um Geständnisse aus den Leuten rauszuholen? Sich ins Vertrauen einschleichen, dann zuschlagen?«

»Ich schlage niemanden, am wenigsten jemanden wie Sie.« Decker las die Nummer von seinem Pager ab. Strapps Büro.

»Bin gleich wieder da«, sagte Rhonda. »Sie kommen schon klar mit dem Telefon.«

»Danke.« Decker tippte die Nummer ein, nach dem fünften Klingeln meldete sich der Captain.

»Kommen Sie ins Büro. Heute Nachmittag soll eine Gedenkfeier für die Opfer des Anschlags stattfinden. Man erwartet Ihre Teilnahme. Zeigen Sie ein bißchen Gemeinsinn und helfen Sie mir, die Presse im Zaum zu halten.«

»Ich bin in zehn Minuten da.«

»Das war ein guter Spruch gestern«, sagte Strapp. »Als Sie den Schauplatz Ihren schlimmsten Alptraum genannt haben. Wenn Sie sich noch so ein paar einfallen lassen könnten ... irgendwas, was Betroffenheit demonstriert ... das wäre gut für uns ... für das ganze LAPD.«

Decker blieb stumm.

»Hören Sie, ich weiß, das klingt nicht besonders nett, aber wir müssen hart dranbleiben. Das ist unsere Chance, einen guten Eindruck zu machen. Die Presse hat uns lange genug gargekocht. Wäre gut, wenn wir endlich als die Ordnungsdiener dargestellt werden, die wir wirklich sind.«

»Verstehe, Sir.«

»Dann ist es gut. Kommen Sie rüber. Wir müssen eine Strategie entwickeln.«

7

Nach einem Tag voller Krankenhausbesuche, Beileidsbekundungen und herzzerreißender Totenfeiern kehrte Decker ins Revier zurück. Seine Energie war auf dem Nullpunkt, sein Gehirn schwappte im Schädel hin und her wie eine Flutwelle. Aspirin half nicht. Mit trockenem Mund schluckte er ein paar stärkere Pillen, wußte aber schon, daß auch die nicht ausreichen würden. Er holte die Zigaretten aus der Hemdtasche, zündete eine an und rieb sich die hämmernden Schläfen. Marge kam herein, in der Hand ein paar große Umschläge, mit denen sie den Rauch wegwedelte.

»Du mußt dich ja fühlen wie ausgekotzt«, meinte sie.

Decker drückte die Zigarette aus. »Ich muß mich nur ein bißchen einkriegen, bevor ich nach Hause gehe. Rina soll mich nicht so sehen. Was haben die Vernehmungen gebracht? War irgendwas dabei?«

»Deprimierend wenig. Darf ich mich setzen?«

»Klar.« Decker zeigte auf einen Stuhl und beäugte den Rauch.

»Mach nur so weiter, Pete. Ich erinnere mich gut an deine Raucherzeiten.«

»Ist nur ein vorübergehender Rückfall.« Decker zündete sich eine neue an. »Also, was haben die Aussagen gebracht?«

»Nichts Nennenswertes. Plötzlich Schüsse, die Leute schrien, suchten nach Deckung. Der echte Horror.« Marge hielt inne und sortierte ihre Gedanken. »Offenbar hat Harlan kein bestimmtes Ziel anvisiert. Er hat nicht auf jeden einzeln geschossen oder überhaupt auf Menschen gezielt. Er hat einfach nur in die Gegend geballert und eine Menge Blei verschossen. Wir haben unsere

Notizen verglichen und sind uns darin einig.« Marge schwieg einen Moment. »Da so was nicht oft vorkommt, weiß ich nicht, ob das für einen Massenmörder typisch ist.«

»Die vergleichbaren Sachen, die mir auf Anhieb einfallen, sind Tasmanien, die Bahnschießerei auf Long Island, McDonald's in San Yisidro und Brisbane ...«

»Und die Grundschule in Schottland«, ergänzte Marge. »Gott, was für eine Welt!«

Decker zog an seiner Zigarette und zwang sich zur Konzentration. »In Tasmanien und San Yisidro, erinnere ich mich, haben die Täter auf die Leute gezielt. Sie abgeknallt wie die Hasen. Aber du sagst ja, daß Harlan blind um sich geschossen hat.«

»Scheint so. Wir haben ein Ablaufschema erstellt. Wie viele Minuten hat die eigentliche Schießerei gedauert? Bei solchen Katastrophen geht das Zeitgefühl verloren. Minuten kommen einem wie Stunden vor. Im Moment sind wir auf Schätzungen angewiesen.« Sie hielt die Umschläge in die Höhe. »Die hab ich dir mitgebracht. Sind gerade von der Gerichtsmedizin gekommen. Wahrscheinlich ein paar vorläufige Autopsieberichte. Soll ich sie für dich durchsehen? Du siehst fertig aus.«

Decker ließ sich zurücksacken und schloß die Augen. »Wer ist denn noch da?«

»Alle – Scott, Tom und Bert. Wir schreiben noch unsere Berichte. Ach ja, Farrell Gaynor ist vor einer Stunde gegangen. Er meinte, du hast gesagt, er soll zu Hause weitermachen.«

»Er soll Computerrecherchen machen. Sein Heimcomputer ist besser als das, was wir hier haben.« Decker drückte die Zigarette aus. »Gib mir die Berichte und hol die anderen.«

»Wird gemacht.« Marge reichte ihm die Umschläge und ging.

Decker brach das amtliche Siegel auf und zog die Fotos heraus. Sie trafen ihn wie ein Schlag auf den Solarplexus. Er blätterte sie durch, bedächtig und konzentriert. Marge kam mit den Kollegen zurück. Sie zogen Stühle heran und setzten sich, alle waren ungewohnt still.

»Ich hab hier ein paar vorläufige Autopsieberichte«, sagte Decker. »Die endgültigen werden noch ein paar Tage brauchen, also halten wir uns an diese, um ...«

Oliver unterbrach ihn. »Bringen sie denn was, was wir noch nicht wissen?«

»Möglich ist alles.« Decker schob die Fotos in den Umschlag zurück. »Wir müssen den Ablauf rekonstruieren. Wo Harlan Manz stand, als er das Feuer eröffnete, wer sein ersten Opfer wurde, wer das zweite und so weiter und so fort. Wir fangen mit der Lageskizze an. Wo jeder Tisch stand und wer wo gesessen hat. Dazu benutzen wir das Reservierungsbuch. Wer hat das Buch sichergestellt?«

»Ich.« Marge hob die Hand.

»Okay«, sagte Decker. »Erst die Zeichnerei, dann die Kopfarbeit und der Kleinkram. Dafür brauchen wir ein bißchen Geometrie und die Schußwinkel. Da wir die Opfer nicht am Ort festnageln konnten, müssen wir uns auf die Gerichtsmediziner verlassen.« Decker beugte sich vor. »Harlan Manz wurde tot an der Bar gefunden. Ich weiß nicht, ob er von dort aus das Feuer eröffnet hat, aber wir gehen mal davon aus, daß es so war. Die Bar ist neben dem Eingang, stimmt's?«

Alles nickte.

»Nehmen wir also an, er ist reingekommen und hat sofort geschossen. Das ist unser Ausgangspunkt. Wir müssen uns überlegen: Wenn Manz von der Bar aus das Feuer eröffnet hat und sich nach links gewandt hat: Wo sind die ersten Schüsse eingeschlagen? Sagen wir, Tisch 3. Wir schauen im Reservierungsbuch nach, wer am Tisch 3 saß und gleichen das mit der Art der Verletzungen ab, wenn es welche gab. Wenn sie zum Standort von Manz passen, gehen wir zur nächsten Hypothese über. Wenn nicht, müssen wir unsere erste Hypothese ändern.«

»Das ist mir zu hoch«, sagte Martinez.

»Wir versuchen die Geschoßbahnen mit Hilfe der Geometrie zu rekonstruieren«, erklärte Decker. »Die ganze verdammte Liste durch. Wenn Manz von der Bar aus geschossen hat, wo sind dann die ersten Treffer gelandet? Wenn das zusammenpaßt, machen wir weiter. Das heißt, wer war sein erstes Opfer, wenn Manz sich nach links gedreht und dann geschossen hat? Und wenn er sich nach rechts gedreht hat, wer war es dann? Angenommen, er hat ein paar Schritte vorwärts gemacht, wen hat er dann getroffen? Wenn er ein paar Schritte nach vorn gemacht und dann nach rechts geschossen hat, wen hat es erwischt? Wenn er ein paar Schritte nach vorn gemacht und dann nach links geschossen hat, wer wäre dann fällig gewesen?«

»Das kann ja Monate dauern«, stöhnte Oliver.

»Wahrscheinlich *wird* es Monate dauern«, erklärte Decker.

»Loo, entschuldige meine Blödheit« beklagte sich Webster, »Aber was willst du eigentlich damit erreichen?«

»Werden wir mal einen Moment politisch. Wir müssen mit Klagen rechnen – gegen das Estelle, vielleicht sogar gegen die Stadt. Unsere Berichte werden streng unter die Lupe genommen. Und man wird über uns zu Gericht sitzen. Über jeden von uns. Euch, mich, die ganze Abteilung, die schon so lange unter Beschuß steht.« Decker rieb sich die Schläfen. »Ich will die Flugbahn jeder einzelnen Kugel wissen. Stellt sicher, daß sie alle aus Harlans Kanone kamen und nicht aus einer Fremdquelle, die wir übersehen haben, weil wir zu faul waren, um ...«

»Eine Fremdquelle?« Marge zog eine Grimasse. »Du glaubst, es gab noch andere Schützen?«

»Wer weiß? Nach dem letzten Stand haben wir dreizehn Tote, zweiunddreißig Verletzte. Verdammt viel für einen einzigen Schützen, Margie.«

»Harlan hatte eine Neun-Millimeter Automatic«, wandte Martinez ein. »Vierzehn Schuß pro Magazin ...«

»Wie viele Magazine hat er denn verfeuert, Bert?«

Martinez stutzte. »Keine Ahnung.«

»Weiß das jemand?«

Schweigen.

»Dreizehn Tote, zweiunddreißig Verletzte, und wir wissen nicht mal, wie viele Magazine dieser Kerl verfeuert hat«, rief Decker.

»Zählen wir also die Geschosse«, meinte Oliver.

»Wer werden noch viel mehr tun als das. Ich will den ganzen Ablauf bis ins letzte Detail. Jeden Schritt, den Manz gemacht hat, jeden Schuß, den er abgegeben hat.« Decker lehnte sich zurück. »Morgen fangen wir damit an. Dunn und Oliver, ihr beide nehmt euch die Leichen vor, auch die Hülsen und Geschosse im Estelle. Sucht die Wände ab, die Einrichtung, die Blumentöpfe, krempelt den ganzen Laden um, wenn's sein muß. Ich will jede Kugel, jede Hülse, jedes leere Magazin gesichert und registriert haben.«

»Wie gesagt: Kleinkram«, murrte Oliver.

Decker, erschöpft, zerzaust, zermürbt, starrte seinen Ermittler an. »Ich beneide dich nicht um diesen Job, Scott. Aber jemand muß es tun.«

Oliver fuhr sich mit beiden Händen durch das glänzendschwarze Haar. »Ich beklage mich ja nicht, Loo. Ich bin nur müde.«

»Ich weiß.« Decker wandte sich Webster und Martinez zu. »Ihr zwei geht in die Krankenhäuser und sprecht mit den Ärzten. Sie sollen euch helfen, die Zahl der Geschosse zu ermitteln, anhand der Krankenakten, der OP-Protokolle oder der Röntgenbilder. Und wenn der eine oder andere Verletzte reden will, könnt ihr schon mal Aussagen aufnehmen. Sobald wir alle Geschosse beisammen haben, untersuchen wir die Schußbahnen.«

»Hast du schon mal dran gedacht, einen Computer zu benutzen, Loo?« fragte Webster.

»Während wir hier quatschen, arbeitet Farrell schon an einem Programm. Das kann sehr nützlich werden, aber erst müssen wir die Daten zum Einfüttern haben. Dann dauert es wahrscheinlich Monate, bis er mit den Ergebnissen kommt. Aber das macht nichts. Wir haben Zeit. Wenn wir unsere Berechnungen präzise genug hinkriegen, spuckt der Computer vielleicht eine Rekonstruktion all dessen aus, was Manz im Estelle gemacht hat.«

»Es lebe der Cybermord«, sagte Webster.

»Mit dem Unterschied, daß die Opfer aus Fleisch und Blut sind.« Decker stand auf. »Wir fangen morgen an. Jetzt aber ab nach Hause alle miteinander.«

Als Decker die Ranch erreichte, sah er Licht in den Erkerfenstern des Wohnzimmers. Sofort fing sein Herz an zu rasen. Es war zwar noch nicht spät, erst Viertel nach zehn, aber wenn Rina auf ihn wartete, dann immer in der Küche oder im Schlafzimmer.

Er stellte den Volare ab, rannte zur Haustür und schloß auf. Seine Frau schlief auf dem Wohnzimmersofa. Ginger, der Hund, hatte es sich auf dem Fußboden zwischen Papierbergen bequem gemacht. Neben den Akten ein Rechner, Stifte und ein paar Ordner.

Decker atmete auf. Alles in Ordnung. Dann erwachte seine Neugier. Woran hatte Rina gearbeitet? Er wollte die Papiere ansehen, dann verwarf er den Gedanken. Alles zu seiner Zeit. Jetzt sollte sie schlafen.

Er blickte sich um. Im trüben Licht wirkte das Zimmer schäbig, die Einrichtung über zehn Jahre alt, aus der Zeit seiner Scheidung. Das Wildledersofa war stellenweise blankgewetzt, der Couchtisch zerkratzt, die beiden Ohrensessel verschossen. Wenigstens stand da am Fenster der Schaukelstuhl aus Kiefernholz, den Rina nach Hannahs Geburt gekauft hatte – das einzige neue Möbelstück.

Doch Rina hatte sich noch nie über die angejahrten Stücke beschwert. Wahrscheinlich wartete sie, bis er sich freiwillig von den letzten Überbleibseln seiner Junggesellenjahre trennte. Und natürlich hatte sie ihre weibliche Note beigesteuert. Die seidenen Blumenkissen auf dem Sofa, zwei handgehäkelte Diwandecken, frische Blumen und jede Menge gerahmte Familienfotos. Er betrachtete seine schlafende Frau – sie hatte wirklich Besseres verdient ...

Sie regte sich. Auch ohne Make-up war sie eine Schönheit, obwohl ihre zarte Haut noch einen Hauch bleicher war als sonst. Ihre Lippen – üppig, rot und wie immer verführerisch. Ihre Augen bewegten sich unter den fast durchsichtig zarten Lidern. Sie trug den schwarzen Angorapullover und den schwarzen Strickrock. Beides paßte vorzüglich zu dem pechschwarzen Haar, das ihr über die Schultern fiel wie ein Zobelkragen.

Er machte das Licht aus, schob Ginger hinaus, überlegte, ob er im Pferdestall nach dem Rechten sehen sollte, verwarf jedoch den Gedanken. Verdammte Müdigkeit!

Er ging ins Schlafzimmer, zog sich in Sekunden aus, dann unter die Dusche. Er drehte voll auf und ließ das Wasser auf sein Stoppelgesicht prasseln. Glühendheiße Nadeln stachen seinen schmerzenden Rücken und röteten ihm die sommersprossige Haut. Er hielt der Feuertaufe stand, bis das Wasser kalt wurde. Als er fertig war, hatte Rina ins Bett gefunden. Sie war im Halbschlaf und bekam die Augen nicht auf. »Alles in Ordnung?« fragte sie.

»Keine Sorge.« Decker rubbelte sich trocken. »Schlaf nur weiter.«

»Grüße von den Jungs.«

»Grüße zurück.« Er strich sich das nasse rotblonde Haar zurück, dann beugte er sich über sie und gab ihr einen Kuß. Erst einen kurzen, dann einen langen.

Sie schnurrte. »Hmmm. Wunderbar.«

Er schlüpfte unter die Decke. »Aber nur, weil du nicht ganz wach bist.«

Jetzt öffnete sie die Augen. »Wie hältst du das nur durch?«

»Mir ging's schon mal besser, aber ich werd's überleben.« Er wechselte das Thema. »Was hast du da im Wohnzimmer mit all den Papieren gemacht? Baust du ein Nest?«

Rina dachte einen Moment nach. »Ach, das. Rabbi Shulman hat mich angerufen ...«

»Warum? Gibt es Probleme?«

»Nein. Er hatte ein paar Fragen zur Buchhaltung. Die waren dann doch etwas komplizierter, also bin ich bei der Jeschiwa vorbeigefahren und hab ein paar Ordner eingeladen.«

»Hat denn die Jeschiwa keinen Buchhalter?«

»Peter, ich hab ihn nicht ausgefragt. Er hat mich um einen Gefallen gebeten, und ich habe ja gesagt.«

»Du hast wohl zuviel Zeit? Mach nur so weiter.«

Rina blieb still. Decker hielt sich zurück, aber er wußte, daß da noch etwas war. Neulich hatte sich Rina bei dem gelehrten Rabbiner Trost geholt ... wie auch Decker selbst schon oft. Sie war sehr niedergedrückt, weil ein alter Freund – und der Freund ihres verstorbenen Mannes – gestorben war. Abram Sparks war auch mit Rabbi Shulman befreundet gewesen. Decker vermutete, daß sie über Abram gesprochen hatten. Er ließ es dabei bewenden, drehte sich weg und vergrub den Kopf in den Kissen.

Rina knipste das Licht aus. »Dein Vater hat heute angerufen.«

Decker hob den Kopf. »Und?«

»Die Schießerei hat auch dort für Aufsehen gesorgt. Er machte sich Sorgen.«

»Was hast du ihm gesagt?«

»Ich hab ihn belogen. Ich hab gesagt, dir geht es gut.«

»Das war keine Lüge. Mir geht es gut.«

Rina antwortete nicht.

Decker zögerte. »Hat er meine Mutter erwähnt?«

»Nein, warum?«

»Nur so. Schlafen wir jetzt.«

Rina hörte an seinem Tonfall, daß etwas nicht stimmte. Er machte sich Sorgen um seine Mutter. Rina überlegte, ob ihre Schwiegermutter vielleicht krank war. Mit geschlossenen Augen lag sie da und wartete, schließlich gab sie es auf. Sie war fast eingeschlafen, als er doch noch mit der Sprache herausrückte.

»Sie hat mich vor zwei Wochen angerufen ... hatte die Garage entrümpelt. Sie war auf meine alten Spielsachen gestoßen. Was damit werden sollte. Ich sagte, sie soll sie herschicken ... oder wegwerfen ... was ihr lieber ist. Dann ...«

Er stockte.

»Dann fragte ich warum ... warum sie ausgerechnet jetzt die Garage ausräumt, die seit wer weiß wie vielen Jahren die Rumpelkammer der Familie ist. Sie sagte nur: Wann, wenn nicht jetzt?«

Rina legte die Hand auf seinen Arm. »Hast du sie gefragt, ob mir ihr alles in Ordnung ist?«

»Natürlich. Aber wie zu erwarten, hat sie abgewehrt.«

»Hast du ein bißchen nachgebohrt?«

»Das ist bei meiner Mutter zwecklos, Rina. Mehr kriege ich nicht aus ihr raus.«

Er schwieg eine Weile.

»Meinen Vater kann ich nicht fragen. Vielleicht verbirgt sie auch vor ihm etwas. Also hab ich Randy angerufen. Er scheint nichts zu wissen, und ich vermute, sie lassen ihn im unklaren.«

»Oder es gibt überhaupt kein Problem.«

»Möglich. Entweder das, oder mein Bruder hat einfach nichts mitgekriegt. Er ist kein Ausbund an Feingefühl.«

»Peter, warum hast du mir nicht früher davon erzählt?«

»Keine Ahnung. Du hast deine eigenen Eltern ... und deine eigenen Probleme.«

Rina schwieg. Schuldgefühle machten sich in ihr breit. »Ich weiß. Ich bin sehr aus dem Gleichgewicht seit ...«

»Das macht nichts.«

Beide schwiegen erneut.

»Willst du sie besuchen, Peter?«

»Das würde ihr nicht passen ... wenn ich einfach so reinschneie. Sie braucht ihre Privatsphäre. Das muß ich respektieren.«

»Aber Liebling, kannst du nicht versuchen, mit ihr zu reden? Sich hinter einer Mauer aus Stoizismus zu verschanzen tut weder dir noch ihr gut.«

»Rina. Ich respektiere eure Sitten. Respektiere du unsere.«

Sie zählte bis zehn und zwang sich, ruhig zu bleiben. »Wenn *ich* sie nun anrufe und ...?«

»Nein.«

»Läßt du mich bitte ausreden?«

Decker schwieg einen Moment. »Sorry, red weiter.«

»Ich möchte deine Leute zu Thanksgiving einladen.«

»Ein netter Gedanke, Liebling, aber ich fürchte, das ginge meiner Mutter gegen den Strich. Du weißt doch, was Thanksgiving für sie bedeutet.«

»Ja. Aber hör doch mal zu, okay?«

»Klar.«

»Peter, ich bin wirklich nicht scharf auf Thanksgiving. Mich reizt es nicht, einen Monat nach unseren großen Feiertagen schon wieder ein aufwendiges Fest vorzubereiten. Trotzdem verstehe ich, was ihr dieser Feiertag bedeutet. Peter, wir waren zweimal zu Thanksgiving in Gainesville. Es ist sehr nett dort, aber nicht so, wie sie es sich wünscht. Es verletzt sie unendlich, daß wir ihre wunderbaren Mahlzeiten und ihr Festtagsporzellan nicht würdigen können.«

»Wieso? Hat sie das gesagt?«

»Natürlich nicht! Aber ich sehe doch, wie sie zusammenzuckt, wenn wir an ihrer Tafel sitzen und Obst und rohes Gemüse von Papptellern essen.«

Decker blieb stumm.

»Ich kann es nicht ändern, daß wir orthodox sind und koscher leben, und sie sind Baptisten. So ist es nun mal. Ich kann in ihrer Küche nichts machen. Aber sie kann meine übernehmen. Ich will sie zu uns einladen, damit sie *ihr* Thanksgiving-Essen in meinen Töpfen und Pfannen zubereiten kann. Alles in *meinem* Haus und in *meiner* koscheren Küche kocht ...«

»Rina ...«

»Ich kaufe das Fleisch und alle Zutaten, und sie bekommt freie Hand. Ich fahre sogar mit ihr los und kaufe ein Service ihrer Wahl. Ich habe soviel Geschirr, daß es darauf nicht mehr ankommt. Sie kann nach Herzenslust schalten und walten und alle ihre Lieblingsgerichte kochen, auch ihren Kürbisauflauf. Das einzige Zugeständnis an die koschere Küche ist, daß sie Margarine und Kaffeeweißer statt Butter und Milch benutzen muß. Und natürlich keinen Schinken.«

»Das wird sie nicht machen.«

»Sie mag doch gar keinen Schinken ...«

»Ich meine nicht den Schinken, Rina, ich meine das Ganze. Sie wird sich deplaziert fühlen.«

»Laß es mich wenigstens versuchen. Ich glaube, sie wird kommen. Ich glaube, sie wird mit Begeisterung kochen und sich freuen, daß wir uns ihre Mahlzeit endlich einmal schmecken lassen. Und vergiß nicht die Enkelkinder. Cindy und unsere Hannaleh ...«

»Das bedeutet, daß Randy zu Hause bleibt.«

»Dann lade ich auch Randy ein, die Kinder und Frau Nummer ...«

»Es ist immer noch die dritte.«

»Deinen Nichten und Neffen wird es hier gefallen. Wir können nach Disneyland ...«

»Sie haben Disney World, Epcot Center und die Universal Studios. Erlebnisparks reißen sie nicht vom Hocker.«

»Na gut, aber wir haben Las Vegas ...«

»Das wird meine Schwägerin aber freuen!«

Rina seufzte. »Denk doch einfach mal drüber nach.«

»Du willst dir die Familie meines Bruders antun?«

»Aber klar. Ich finde Randy ... interessant.«

»Ich liebe meinen Bruder.«

»Das weiß ich doch.« Rina lächelte. Obwohl Randy zwei Jobs hatte – als Polizist beim Drogendezernat und außerdem bei einem Wachdienst –, war er immer pleite. Peter schickte ihm seit Jahren Geld.

Sie schwiegen. Dann sagte Decker: »Morgen rufe ich Mom an.«

»Nein, ich rufe sie an«, widersprach Rina. »Bei dir wird sie nein sagen, bei mir wird sie ja sagen.«

Decker wußte, daß sie recht hatte. Er legte ihr den Arm um die Schulter, zog sie an sich und gab ihr einen ausführlichen Kuß. »Ich liebe dich.«

»Ich dich auch.« Sie küßte ihn zurück. »Wollen wir mehr draus machen?« fragte sie.

»Schön wär's.« Er lachte. »Ich fürchte nur, ich werde verhaftet wegen Hantierens mit einer tauben Waffe.«

Rina lachte und gab ihm einen Klaps auf die Schulter. Sie küßte ihn zärtlich, ihre Hände glitten wie Schlangen über seinen Körper, zarte Fingerspitzen streichelten seinen langen, muskulösen Rücken.

Er knurrte behaglich. »Oh, das ist gut.«

»Ich glaube, ich spüre Lebenszeichen.«

»Das ist kein Leben, das ist reiner Reflex.«

»Egal, was es ist, für mich reicht es aus.«

8

Decker erwachte im Morgengrauen, duschte und rasierte sich und sprach sein Morgengebet im Freien, im Glanz der aufgehenden Sonne. Dann ließ er den Hund raus, brachte den vier Pferden im Stall frisches Heu und wechselte das Wasser. In der Küche ging er die Post vom Vortag durch und ließ den Kaffee durchlaufen, während Rina die Kinder für die Schule fertigmachte.

Obwohl es ihn zur Arbeit drängte, knapste sich Decker ein bißchen Zeit fürs Frühstück und die Familie ab. Heute ging es um den Führerschein seines Stiefsohns Sam, ein neueres Auto für Rina und die Übergabe des alten Volvos an den frischgebackenen Fahrer. Decker versprach, am Sonntag mit der Familie die Gebrauchtwagenmärkte abzuklappern. Und wenn Rina wollte, würden sie sich auch gleich nach neuen Wohnzimmermöbeln umsehen. Rina war überrascht, beglückt und plötzlich voller Ideen. Decker fühlte sich prächtig. Wann hatte er Rina das letzte Mal so fröhlich gesehen?

Als die Jungs mit dem Bus zur Schule gefahren waren, spielte Decker mit Hannah ein wenig Zoo. Die Stofftiere waren blutrünstige Monster, und Ginger, der Irish Setter, spielte Simba, den Löwen. Dann brachte Decker seine Tochter zur Schule. Sie schlang ihm die dünnen Ärmchen um den Hals und küßte ihn mit ihren weichen Kinderlippen auf die Wange. Decker spürte den unbändigen Drang, sie festzuhalten, auf den Rücken zu schnallen und mit zur Arbeit zu nehmen. Statt dessen ließ er sie zu Boden und schaute ihr nach. Meinten die Psychologen die Kinder oder die Eltern, wenn sie von Trennungsängsten sprachen? Wehmütig kehrte Decker dem neonfarbenen Schulhaus den Rücken, und um halb neun betrat er sein Büro.

Er telefonierte, unterschrieb Papiere, las Protokolle, sprach mit seinen Ermittlern, dann vertiefte er sich für die nächsten vier Stunden in Autopsieberichte und Schußbahnskizzen. Mit brummendem Kopf machte er um halb zwei endlich Mittagspause. Am Schreibtisch sitzend öffnete er die braune Tüte – zwei Sandwiches mit Huhn, Obst, zwei Flaschen Apfelsaft mit Kohlensäure und ein halbes Dutzend Kekse. Alles auch bequem im Auto zu essen.

Er nahm die Tüte und seinen Aktenkoffer und ging hinaus zu seinem Volare. Minuten später fädelte er sich in den Verkehr ein. Er spürte, wie sich seine Schultern entspannten, seine Stirn glatt wurde; er begann sich freier zu fühlen.

Das Revier Devonshire umfaßte sehr unterschiedliche Gegenden. Es gab Wohnsiedlungen, Gewerbegebiete, ein paar Fabriken und viel hügliges Vorgebirgsland mit brachliegenden Grundstücken – seit langem wartete man auf den großen Boom. Die Landbesitzer machten sich Sorgen, und das nicht ohne Grund. Die Gegend war das Epizentrum zweier großer Erdbeben gewesen, im Sommer war es hier heiß wie in der Sahara, und alles städtische Leben lag weit entfernt. Trotzdem: im Spätherbst war Devonshire das reinste Paradies – prächtiger blauer Himmel, blühende Wiesen ohne Ende, über die eichenbestandenen Hügel zogen sich meilenweit die Wander- und Reitwege. Riesige Platanen und duftende Eukalyptusbäume wiegten sich im Wind.

Zum Bezirk gehörten auch etliche millionenschwere Wohnanlagen – protzige Bauten mit Luxuswohnungen, die in einem Meer aus grünem Rasen schwammen. Die umzäunten Anlagen hatten alles, was man brauchte: Swimmingpools und Heilbäder, Tennisplätze, Turnhallen und Bankettsäle. Als der Greenvale Country Club vor fünfzehn Jahren eröffnet worden war, hatte sich Decker gewundert, warum die Reichen in einen solchen Club drängten und deftige Gebühren für Annehmlichkeiten zahlten, die sie auch auf dem eigenen Grundstück hatten.

Doch Greenvale hatte sich einen besonderen Ruf erworben. Obwohl es hier nicht so vornehm zuging wie in einigen älteren Clubs von L. A., konnte sich auch Greenvale mit prominenten Mitgliedern schmücken und war eine erstklassige Adresse für

Hochzeitsfeiern oder Wohltätigkeitsveranstaltungen. Der Mensch schien ein unerschöpfliches Bedürfnis nach Rangordnungen zu haben und sich immer von neuem in Gruppen zu formieren, in solche, die dazugehörten – oder solche, die eben nicht dazugehörten.

Zum Club gehörten zehn Hektar Land, die Gebäude verschwanden fast unter den dichten Bäumen. Als Decker in seinem Volare die lange, schattige Zufahrt entlangtuckerte, sah er etliche Gärtner auf den weitläufigen Rasenflächen und Blumenrabatten beschäftigt. Für den Herbst pflanzten sie leuchtendblaue Stiefmütterchen. Schon kamen die Gebäude in Sicht: Tudor im kalifornischen Stil – die Backsteinfassaden waren nur aufgeklebt, weil echte Ziegelmauern bei Erdbeben zu leicht zerbarsten. Es gab mehrere verzweigte Anbauten, die vermutlich nach und nach entstanden waren, viel buntes Glas, Rundbögen, spitze Giebel. Und eine Miniaturversion des Londoner Towers.

Als Decker das Torhaus erreichte, hatte er gerade seinen Lunch beendet. Er zeigte seine Marke und erklärte dem uniformierten Wachmann, daß er den Geschäftsführer sprechen wolle. Nein, einen Termin habe er nicht. Sein plötzliches Auftauchen brachte den schläfrigen Gang der Dinge durcheinander. Die Wachen berieten sich kopfkratzend und telefonierten, bis sich schließlich einer herbeiließ, die Schranke zu öffnen und Decker zum Empfang zu schicken.

Statt auf dem großzügigen Parkplatz zu parken, hielt Decker an der kreisförmigen Auffahrt zum Hauptportal und wies die Hausdiener an, den Wagen fahrbereit zu halten. Vornehm schweigend stellte ein rotbefrackter Page den zehnjährigen, algengrünen Volare zwischen einem geschniegelten Jaguar und einem dunkelbraunen Mercedes ab.

Durch die Flügeltür betrat Decker eine Kuppelhalle mit weißem Marmorfußboden. Die Wände waren unten walnußgetäfelt, oben in Cremefarbe gehalten, den Abschluß zur Decke bildete weißer Stuck mit Rokokodekors. In der Mitte der Kuppel hing ein gigantischer Kronleuchter. Rings um die verschnörkelte Schlußrosette schwebten gemalte Engel und Cherubine auf wattigen Wölkchen durch einen türkisblauen Himmel. Eine geschwungene Treppe mit pfirsichfarbenen Veloursteppichen führte zu einer Balustrade hinauf. Unten ging ein kurzer Korridor in die getäfelte Bibliothek über. Decker bewegte sich gemächlich zum Empfangsschalter, der sich rechter Hand in einem Winkel verbarg. Hinter dem Schiebefenster saß eine blonde, bebrillte Mittdreißigerin. Sie schob die Scheibe zur Seite und lächelte.

»Kann ich Ihnen helfen?«

»Schon möglich.« Decker zückte seine Marke. »Lieutenant Peter Decker, LAPD. Wer ist hier im Moment zuständig?«

Das Lächeln der Blondine erstarb, mißtrauische braune Augen taxierten ihn. »Da muß ich erst telefonieren, Sir.«

Die Frau schloß das Fenster und wählte. Ihre Miene war vielsagend: gerunzelte Stirn, geschürzte Lippen. Offensichtlich tobte jemand am anderen Ende der Strippe. Sie legte auf und öffnete das Fenster. »Darf ich Ihren Namen und Ihre Telefonnummer notieren? Wir rufen Sie dann heute nachmittag zurück.«

Decker machte ein freundliches Gesicht. »Gehen Sie doch noch mal ans Telefon und sagen Sie Ihrem Chef, daß ich langsam ungeduldig werde.«

Sie schloß das Fenster ein zweites Mal, öffnete es wieder und verkündete, daß jemand kommen werde, er möge so lange Platz nehmen. Decker warf einen Blick auf die satinbezogenen Sitzbänke im Stil von Versailles. Irgendwie viel zu klein und ungemütlich. Er zog es vor zu stehen.

Ein paar Minuten später kam ein Mann durch den Flur gehastet. Klein, untersetzt, den Kopf voller Löckchen und mit blauem Bartschatten, obwohl er frisch rasiert war. Der Mann war gebaut wie ein Panzer. Eine massige Brust wölbte sich vor, kräftige Oberschenkel spannten seine graue Hose, die hochgekrempelten weißen Hemdsärmel entblößten muskulöse Unterarme. Er streckte eine fleischige Hand aus und lief weiter.

»Ich bin Barry Fine. Folgen Sie mir.«

Fine wurde kein bißchen langsamer. Decker hielt mit ihm Schritt, durch die Bibliothek, die groß war wie eine Arena. Mehr Ledersessel hier als Rinder beim Rodeo. Besucher waren bei der gedämpften Beleuchtung nicht zu erkennen. Vielleicht hatten sie sich in die Ecken verkrümelt und hinter den hohen Lehnen versteckt. Aber Decker vernahm ein paar Lebenszeichen – ein Räuspern, das Rascheln einer Zeitung, ein geflüstertes Gespräch per Handy. Ein livrierter Kellner wand sich durch den Irrgarten der Tische und Sessel, ein Tablett mit Drinks auf der erhobenen Handfläche balancierend.

»Hier lang«, sagte Fine.

Er winkte ihn aus der Bibliothek heraus, und die Botschaft war klar: Bei der Elite hatte Decker nichts zu suchen. Fine fingerte an einem Stück Holztäfelung, das sich als Tür entpuppte. Er hielt sie auf, und Decker trat über die Schwelle.

Das Büro. Hier gab es keinen Luxus, nur Arbeitsraum, und eng war es außerdem. Als sich seine Augen an das grelle Neonlicht gewöhnt hatten, registrierte er weiße Wände und Linoleumboden. Ein Telefon klingelte, Computertasten klapperten. Fine führte Decker zu seinem Glaskasten und schloß die Tür. Er setzte sich in seinen Schreibtischsessel und faltete die dicken Wurstfinger im Schoß.

»Wenn Sie sich bitte ausweisen wollen?«

Decker zeigte ihm die Dienstmarke, klappte die Hülle auf und steckte sie wieder weg, als Fine genickt hatte.

»Bitte sehr!« Fine zeigte auf einen Klappstuhl, und Decker setzte sich. »Muß ja was Bedeutendes sein, wenn die einen Lieutenant schicken.«

»Besten Dank für Ihre Bereitschaft, mit mir zu sprechen. Ich hätte da ein paar Fragen und dachte, daß Sie mir vielleicht weiterhelfen könnten.«

»Fragen wonach?«

»Nach Harlan Manz.«

Fines Gesicht blieb unbewegt. »Das ist der Killer vom Estelle.«

»Ich habe gehört, daß er hier eine Weile beschäftigt war.«

»Da sind Sie falsch informiert«, sagte Fine.

Decker legte den Kopf schräg. »Sein wann sind Sie hier tätig, Mr. Fine?«

»Seit sieben Jahren.«

»Und Sie behaupten, daß Harlan Manz hier nie gearbeitet hat?«

»Soweit ich mich erinnern kann, ist das korrekt.«

»Soweit Sie sich erinnern können?« Decker wartete ein wenig. »Sir, Sie stehen hier nicht vor Gericht.«

Fine zuckte nicht mit der Wimper. »Ich versuche immer, mich so präzise wie möglich auszudrücken.«

»Vielleicht kannten Sie ihn unter einem anderen Namen?«

»Das glaube ich nicht.« Fine stand auf. »Wenn ich Sie dann hinausgeleiten darf?«

Decker blieb sitzen. »Mr. Fine, wollen Sie mir allen Ernstes erzählen, daß Harlan Manz nie in diesem Country Club gearbeitet hat?«

»Von dem Mann habe ich erst aus den Nachrichten erfahren«, sagte Fine. »Nicht, daß ich dazu bereit wäre, aber wenn es hart auf hart käme, könnte ich Ihnen die Bücher öffnen. Harlan Manz stand nie auf unserer Gehaltsliste.«

»Ah ...« Decker leckte sich die Lippen. »Sie haben also bar bezahlt.«

Fines freundliche Miene gefror. »Lieutenant, ich muß nicht mit Ihnen reden. Wenn Sie Ärger machen, rufe ich die Gesellschafter an. Die Gesellschafter werden sich aufregen und rufen ihre Anwälte an. Die Anwälte werden sich aufregen und rufen Ihren Vorgesetzen an. Und Sie kriegen einen kleinen Vermerk in Ihre Akte.«

Decker maß ihn von oben bis unten. »Wollen Sie mir etwa drohen, Sir?«

Fines Nasenspitze wurde rot. »Nein«, stammelte er. »Ich erkläre Ihnen nur den logischen Ablauf der Dinge.«

»Harlan Manz hat die Einkünfte aus dem Greenvale Country Club in seiner Steuererklärung aufgeführt«, log Decker.

»Sie bluffen! Was soll das? Ist das ein Verhör?«

»Nein, Mr. Fine. Ich ziehe nur Erkundigungen ein. Ruhig, diskret, freundlich. Es wäre ja auch peinlich, wenn die Presse erfahren würde, daß Sie hier einen verrückten Massenmörder beschäftigt haben.«

Fine wurde laut. »Er gehörte nie zur Belegschaft!«

»Erklären Sie doch den Unterschied der Presse.«

»Wer droht hier wem?«

»Ich drohe Ihnen nicht, ich informiere Sie nur. Die Presse möchte Fakten über Harlan Manz, und ich liefere ihr diese Fakten mit Freuden. Wenn Sie mich wegen falscher Anschuldigungen verklagen wollen, bitteschön. Aber vor Gericht können Sie nicht bluffen. Wenn Sie das versuchen, nennt man das Meineid.«

Fine wollte aufbrausen, sank dann in sich zusammen. »Dieser verdammte Idiot! Ich hab ihm gesagt, daß es nicht durch die Bücher geht. Er hat mir versprochen ...« Er schaute Decker an. »Sie mit Ihrem Pokerface!«

Decker zückte das Notizbuch. »Erzählen Sie mir von Manz.«

Fine schnaufte. »Vor zwei Jahren hat er hier gearbeitet. Unter dem Namen Hart Mansfield ... angeblich sein Künstlername.

Obwohl ich ihn nie in irgendeinem Film gesehen habe. Er war eine Urlaubsvertretung. Alles bar auf die Hand. Das lief nicht durch die Bücher. Und mehr war nicht.«

»Was hatte er zu tun?«

»Nicht viel. Deshalb war er ja nicht fest angestellt. Er hat Tennisstunden gegeben, wenn wir Personalmangel hatten. Im Sommer machen unsere regulären Tennislehrer Urlaub.«

»Ich hörte, er hat auch an der Bar gearbeitet.«

»Ja, als Aushilfe, bei besonderen Anlässen.«

»Und auch dafür haben Sie ihn in Cash bezahlt?«

»Ja.« Fine biß sich auf die Lippe und raufte seine Locken. »Nicht, was Sie denken. Die Gelder sind alle unter Sonderausgaben abgerechnet. Ich hatte bloß keine Lust, ihn auf die Gehaltsliste zu setzen.«

»Wissen die Gesellschafter, daß er hier gearbeitet hat?«

Fine rieb sich das Kinn. »Bis jetzt ist keiner draufgekommen.«

»Sie hatten keine Anrufe von Clubmitgliedern?«

»Klar, ein paar schon. ›Hat dieser Typ im Estelle nicht früher mal hier gearbeitet?‹ Solche Sachen eben. Da er sich anders nannte, sagte ich nein.«

»Sie haben gelogen?«

»Im Zweifelsfall habe ich mich einfach geirrt, weil er anders hieß.« Fine zog eine Grimasse. »Wissen Sie was, Lieutenant? Die Leute, die angerufen haben, die waren nicht gerade zimperlich, eher enttäuscht. Sie fanden es spannend, so ein Monster gekannt zu haben, ohne daß ihnen was passiert ist. Mir persönlich kommt das pervers vor. Andererseits bin ich hier ja auch nur angestellt. So richtig verstehe ich diese Reichen nicht.«

»Aber die haben Ihnen das geglaubt?«

»Ich sage nein, es war ein anderer, und sie haben nicht das Rückgrat, mir zu widersprechen.«

»Und die Gesellschafter wissen nicht, daß Harlan Manz hier gearbeitet hat?«

»Nein. Die kennen die Mitgliederliste, aber kaum das Personal. Mit dem Verwaltungskram wollen sie nichts zu tun haben. Dafür bezahlen sie mich. Wie schon gesagt, ich habe Harlan Manz bezahlt, aber nicht über die Gehaltsliste laufen lassen ...«

»Um Steuern und Sozialversicherung zu sparen ...«

»... sondern als Freiberufler beschäftigt. Der Club muß nur für Festangestellte Steuern und Sozialversicherung zahlen. Und

Harlan Manz hat nie so viele Stunden gearbeitet, daß er es auf die Gehaltsliste geschafft hätte. Unsere Bücher sind sauber. Und wenn Sie sich auf den Kopf stellen. Sie werden bei uns nichts finden.«

»Die Gesellschafter dürften nicht erfreut sein, wenn die Presse den Künstlernamen von Harlan Manz erfährt.«

»Nein, ganz bestimmt nicht. Wahrscheinlich werden sie mir die Schuld geben. Und ich werde meinen Job verlieren.«

»Das ist nicht meine Absicht, Sir.«

»Trotzdem kann es passieren. Aber was soll's. Wollen Sie sonst noch was wissen, Lieutenant?«

»Harlan Manz hat Tennisstunden gegeben?«

»Ja.«

»Für Gruppen oder Einzelpersonen?«

»Meistens Einzelunterricht.«

»Wie kam er mit seinen Schülern zurecht?«

»Klagen hat es nie gegeben. Wenn, dann wäre er sofort geflogen.« Fine lächelte, und es war kein nettes Lächeln. »Wenn sich doch nur einer beschwert hätte! Ich würde viel besser bei den Bossen dastehen, wenn ich den Typ gefeuert hätte.«

»Warum haben Sie ihn nicht fest angestellt?«

»Weil er ein Idiot war. Als Aushilfe okay, mehr aber nicht. All diese Traumtänzer!« Er schüttelte den Kopf. »Wenn ich nur die zuverlässigen Tennislehrer und Barkeeper behalten würde, hätte ich bald keine Leute mehr. Außerdem kam er ständig zu spät und hat zuviel getrunken. Aber ...!« Fine hob den Finger. »Er ist gekommen, wenn man ihn gerufen hat. Das ist schon viel. Sie ahnen ja nicht, was man von diesen Aushilfen so geboten kriegt!«

»Ich habe gehört, daß Harlan Manz gar kein schlechter Tennisspieler war.«

»Stimmt, er war ganz gut. Nicht gerade Profiformat natürlich. Einen starken Aufschlag hatte er. Und ziemlich schnell war er auch. Ein sportlicher Typ. Aber das reicht nicht. Wenn man was werden will, muß man dran arbeiten ... trainieren. Wir haben ein paar Tennisprofis unter unseren Mitgliedern. Die spielen jeden Tag, fangen meistens schon früh um sechs an. Klar sind sie talentiert, aber vor allem haben sie Ausdauer. Und Harlan Manz? Der hatte schon Talent, aber ihm fehlte der Antrieb. Zum Profi braucht man eine Menge von beidem.«

»Hatte er feste Schüler?«

»Nein, er war Springer. Mal hier, mal da, je nachdem, wer Urlaub hatte oder krank gemeldet war.«

»Hat er sich mit manchen näher angefreundet?«

»Nicht, daß ich wüßte.«

Decker hatte das Gefühl, daß Fine mauerte. »Vielleicht haben Sie keine Klagen gehört, sondern Lob?«

Fines Blick flackerte kurz auf. »Nein.«

»Hat keine Ihrer Damen von seinen Qualitäten als Lehrer geschwärmt?«

»Wollen Sie etwas unterstellen?«

»Ich stelle nur Fragen, Sir.«

»Das ist lange her, Lieutenant. Ich kann mich nicht erinnern.«

»Gehe ich recht in der Annahme, daß Sie keine Namen nennen wollen?«

»Absolut. Weitere Fragen?«

»Nur noch eine. Waren unter den tragischen Todesopfern des Estelle zufällig auch Clubmitglieder?«

Fine wurde rot. »Sie wissen, daß ich darauf nicht antworten werde. Ich war schon äußerst entgegenkommend.«

Decker lächelte. »Sie haben mir sehr geholfen. Vielen Dank.«

»Erklären Sie mir doch bitte etwas, Lieutenant«, sagte Fine.

»Gern, wenn ich kann.«

»Was wollen Sie eigentlich erreichen, wenn Sie in der Vergangenheit dieses Manz alias Hart wühlen? Er ist tot. Und ich dachte immer, Irre wären ein Fall für die Ärzte, nicht für die Bullen.«

Irgendwie hatte der Mann recht. Deckers Job war es, Verbrechen aufzuklären und nicht, als Psychiater zu dilettieren. Eigentlich wußte er selbst nicht genau, warum er hier war ... Nur um Erklärungen für das Unbegreifliche zu finden?

»Es war ein grausames Verbrechen, ein großer Fall mit sehr viel Resonanz. Jede Menge Fragen und Schuldzuweisungen. Wir vom LAPD haben ein begründetes Interesse, alle losen Enden zu verknüpfen.«

Fine zeigte sich fassungslos. »Das ist alles? Sie stehlen mir meine wertvolle Zeit und löchern mich, bloß weil Sie lose Enden verknüpfen wollen?«

»Yes, Sir. Stimmt genau. Ich verknüpfe lose Enden. Und wissen Sie warum, Mr. Fine? Wenn Sie so ein loses Ende rumhängen lassen, entwickelt es die fatale Neigung, sich aufzuräufeln.«

9

Marge klopfte an den Rahmen der offenen Tür und trat zu Decker ins Büro. »Während du weg warst, haben wir 'nen Totschlag reingekriegt. Ein Familienkrach, der übel ausging. Die Frau hat 'ne Kugel abgekriegt, genau zwischen die Augen. Ich war im Gericht, Oliver und Martinez haben die Meldung aufgenommen. Wenn du willst, fahre ich ihnen nach.«

Decker zog die Stirn kraus und nahm die Lesebrille ab. »Warum hat mich keiner auf dem Piepser benachrichtigt?«

»Haben wir«, sagte Marge, »aber du hast dich nicht gemeldet.«

»Was?« Decker blickte auf seinen Pager. »Wie zum Teufel ...« Er starrte auf das leere Display und klopfte ans Gehäuse. Es tat sich nichts, und er warf den Pager auf den Schreibtisch. »Erinnere mich daran, daß ich mir bei Bessie einen neuen hole. Und jetzt bitte den Fall.«

»Das Ehepaar hat zusammen einen getrunken, als der Streit ausbrach. Ein Nachbar hat sie gehört, sich aber nicht viel dabei gedacht.«

»Das Übliche.«

»Ja. Nur, daß diesmal der Ehemann – er heißt Meryl Tobias – durchgedreht ist. Er erschien beim Nachbarn, die Kanone in der Hand, und flennte wie ein Baby. Der Nachbar hat die Polizei gerufen, und das war's.« Sie hob die Hände. »Er hatte über zwei Promille, seine Frau etwas weniger. So eine Sinnlosigkeit!«

Decker schaute auf die Uhr. »Es ist fast vier. Wir haben alle reichlich Überstunden gemacht. Mach Schluß für heute.«

Marge setzte sich und stützte den Kopf auf die Hand. »Ehrlich gesagt, Pete, bin ich noch ganz frisch. Hauptsache, du läßt mich keine Kugeln zählen.«

Decker lachte auf. »Wieso das?«

»Ich bin kein guter Erbsenzähler.«

»Wie meinst du das?« Plötzlich war sein Interesse erwacht. »Gibt es Widersprüche?«

»Das weiß ich nicht.« Marge hob den Kopf. »Wir sind noch nicht durch. Bis jetzt haben wir eine gräßliche Menge Hülsen eingesammelt. Viel zu viele für einen Schützen, selbst wenn er eine Double Action Automatic hatte.«

»Interessant.« Er zückte den Stift. »Red weiter.«

Marge blieb nachdenklich. »Und überall Einschüsse: in den Wänden, im Fußboden, im Mobiliar. Das hat Scott zum Grübeln gebracht. Er meinte dasselbe wie du gestern. Massenmörder schießen gern gezielt auf ihre Opfer. Das ist für sie der eigentliche Reiz.«

»Aber hier war es nicht so«, meinte Decker.

»Nein. Laut Zeugenaussagen hat der Schütze einfach wild herumgeballert.«

Beide schwiegen. Dann sagte Marge: »Ein Wunder, daß nicht noch mehr Leute umgekommen sind.«

»Wie viele Geschosse sind bisher sichergestellt?«

»So viele, daß wir von zehn, vielleicht sogar zwölf verschossenen Magazinen ausgehen müssen. Acht leere Magazine haben wir gefunden.«

»Also um die hundertfünfzig Schuß oder mehr. Und wie lange hat Harlan geschossen? Drei bis sechs Minuten?«

»Man kann mit einer Double Action zwölf Magazine in sechs Minuten verschießen, wenn man nicht zielt. Aber man muß schnell sein. Eins nach dem anderen leerballern und hoffen, daß die Knarre nicht klemmt.« Marge betrachtete Decker, der nicht nur ihr Chef, sondern auch ihr ehemaliger Geliebter war. »Fällt dir dazu was ein, großer Meister?«

»Nur Vermutungen.« Decker kritzelte vor sich hin. »Nichts, was uns weiterbringt.«

Marge strich sich das Haar aus dem Gesicht, blickte ihn abwartend an. »Raus damit.«

»Ich habe mir ein paar vorläufige Autopsieberichte genauer angesehen.« Decker stockte. »Sie geben mir Rätsel auf.«

»Inwiefern?«

»Die Geschoßbahnen. Leute, die am selben Tisch saßen, sind aus verschiedenen Richtungen getroffen worden.«

»Schließlich haben sie sich gegenübergesessen.«

»Das hab ich natürlich berücksichtigt. Trotzdem gibt es Sachen, die nicht zu erklären sind.« Decker breitete Tatortfotos aus. »Guck dir dieses Pärchen an zum Beispiel. Opfer neun und zehn, Linda und Ray Garrison.«

Marge beugte sich über die Fotos und zuckte zusammen.

»Die beiden saßen hier.« Decker zeigte auf den Grundriß des Estelle. »Tisch Nummer fünfzehn. Ich gehe davon aus, daß sie mit als erste getroffen wurden, weil sie noch am Tisch gestorben sind. Sie hatten nicht mal Zeit, in Deckung zu gehen.«

Marge schaute auf den Fotos umher. »Aber sie saßen nicht in der Nähe des Eingangs.«

»Etwa dreißig Meter entfernt. Wenn wir davon ausgehen, daß Harlan Manz sofort zu schießen anfing, hätten sie genug Zeit gehabt, zu sehen, was los war, und wegzurennen oder unter den Tisch zu kriechen.«

»Was bedeuten könnte, daß die Schießerei in der Nähe ihres Tisches anfing«, meinte Marge.

»Oder sie sind einfach vor Schreck erstarrt«, fügte Decker hinzu. »Wie auch immer. Guck dir das Foto an. Beide sind auf ihren Stühlen gestorben. Sie sitzen sich gegenüber und sind vornüber gesunken. Beide sind von Schüssen durchlöchert. Auf den ersten Blick gibt es keinen Unterschied. Doch die Gerichtsmedizin sieht das anders. Linda Garrison wurde in den Rücken geschossen, und die Kugeln traten vorn aus. Mr. Garrison wurde ebenfalls in den Rücken geschossen.« Decker wartete. »Überleg doch mal, Margie. Wie soll das gehen? Erst auf den Mann schießen, dann um den Tisch rennen und auf die Frau feuern?«

»Verrückt«, sagte Marge.

»Ein bißchen eigenartig«, meinte Decker.

»Vielleicht hat Harlan erst den Mann erledigt, ist weitergelaufen, hat noch ein bißchen rumgeballert, sich umgedreht und dann die Frau erschossen.«

»Aber das widerspricht dem, was du gerade gesagt hast ... daß der Schütze nicht auf bestimmte Leute gezielt hat.« Decker lehnte sich zurück. »Wenn wir mal den Tatort beiseite lassen, auch die Zeugenaussagen, und nur den Befund der Gerichtsmedizin betrachten, dann sieht es nach gezielten Schüssen aus. Das heißt, wir müssen weiter ermitteln.«

»Einverstanden.«

»Ich möchte daher, daß du dir die Liste der Opfer vornimmst und rausfindest, wer von ihnen Mitglied beim Greenvale Country Club war.«

Marge starrte ihn an. »Wo ist da der Zusammenhang?«

»Harlan Manz hat mal dort gearbeitet.«

»Wirklich?«

»Ja. Ich sehe das so: Eine Menge verirrte Kugeln und unerklärbare Geschoßbahnen. Könnte sein, daß es mehr als einen Schützen gab ...«

»Möglich.«

»Ich habe ja gesagt, daß es nur Vermutungen sind.«

»Weiter«, drängte Marge.

»Ich frage mich also, ob es sich nicht um einen mißglückten Mordanschlag handeln könnte, der als Massenmord getarnt wurde. So gesehen lohnt es sich, nach einer Verbindung zwischen Harlan Manz und einem der Opfer zu suchen.«

»Harlan Manz hat Selbstmord begangen, Pete. Mörder bringen sich normalerweise nicht selber um.«

»Vielleicht hat er das ja gar nicht getan. Wenn es ein mißglückter Anschlag war, hat ihn der zweite Schütze vielleicht aus Versehen ...«

Marge zog ein Gesicht.

»Ich weiß, ich weiß. Die Ballistik hat bestätigt, daß die Kugel in seinem Kopf aus seiner Waffe stammt.« Decker überlegte. Ich versuche ja, eine Erklärung zu finden ... den Auslöser, der zu der Tat führte. Selbst wenn ich völlig falsch liege, kann es uns und der ganzen LAPD nicht schaden, wenn wir gründlich sind. Wenn wir alle möglichen Kombinationen durchspielen, damit uns keiner was anhängen kann.«

Marge nickte. »Dürfte ja nicht schwer sein, die Namen der Opfer mit der Mitgliederliste des Clubs zu vergleichen. Wie komme ich an die Liste ran?«

»Äh ... das könnte ein bißchen schwierig werden.«

Marge schaute ihn fragend an. »Hast du die Liste verlangt?«

»Ja.«

»Und sie haben sich geweigert.«

»So kann man sagen.«

»Was nun?«

»Sie wollen verheimlichen, daß Harlan Manz dort gearbeitet hat. Er taucht nicht in den Büchern auf. Du könntest sie also unter Druck setzen und damit drohen, daß du die Information an die Presse gibst, wenn sie nicht kooperieren. Oder du gehst still und diskret vor. Es gibt dreizehn Opfer. Du könntest deren Angehörige und Freunde beiläufig fragen, ob das jeweilige Opfer Mitglied des Clubs war.«

»Und wenn sich das bestätigt?«

Decker drehte die Daumen. »Dann müssen wir rauskriegen, ob sie dort Tennisstunden genommen haben. Und ob sie einen Tennislehrer hatten, der Hart Mansfield hieß, auch unter dem Namen Harlan Manz bekannt.«

Decker berichtete von seinem Gespräch mit Fine. »Oder ob sie Mansfield/Manz auf einer Party kennengelernt haben.«

»Und dann?«

»Keine Ahnung, Marge. Schau dich um, vielleicht wirst du fündig. Oder, wenn du zu müde bist, laß es gut sein für heute. Die Sache hat Zeit.«

»Nein, schon gut.« Sie lächelte bitter. »Zum Glück für dich hab ich mein heutiges Rendezvous abgesagt.«

Decker blickte ihr in die Augen. »Brauchst du ein paar Tage Urlaub?«

Jetzt strahlte sie wieder. »Du sorgst dich um mich. Wie lieb von dir!«

Decker lachte leise. »Willst du nicht am Sonntag mit Scott zu uns zum Grillen kommen?«

»Warum lädst du mich immer mit Scott zusammen ein?«

»Margie! Immer, wenn ich dich einlade, kriegt er es raus und ruft dich an. Und jedesmal bringst du ihn mit, weil er dir leid tut. Ich erspare euch nur die Umstände.«

Er hatte recht. »Klar, ich komme«, sagte sie. »Ich bin mit den Nerven runter und einsam und habe keine Lust, mich rar zu machen. Deine Familie ist das einzige, was mir ein Gefühl von Normalität gibt. Es ist wirklich bescheuert.«

»Margie, meine Familie ist auch für mich das einzige, was mir ein Gefühl von Normalität gibt.«

»Dann sind wir eben beide bescheuert.«

»Ich nenne es hingebungsvoll.« Decker grinste. »Aber ich habe schon immer zu Euphemismen geneigt.«

Er hielt in der Einfahrt und schaltete den Motor aus. Er blieb sitzen und genoß das Dunkel und die Stille. Für ein paar kostbare Sekunden war er ganz allein und ohne Verpflichtungen, ein wunderbares Gefühl. Er atmete tief durch, entspannte sich und ließ seinen Augen Zeit, sich an die Schatten und ans Sternenlicht zu gewöhnen. Er wäre noch ein Weilchen so sitzen geblieben, hätte er nicht den roten Camaro entdeckt, der am Straßenrand parkte.

Cindys Wagen.

Sein Herz fing an zu pochen. Seine Tochter sollte eigentlich an der Uni sein, viertausend Kilometer von hier entfernt. Was hatte das zu bedeuten? Als er sich diese Frage gestellt hatte, wußte er nicht, ob er die Antwort hören wollte.

Er sprang aus dem Auto und öffnete die Haustür. Cindy stand vor ihm, als er über die Schwelle trat, winkte ihm verhalten zu und sagte »Hi, Daddy«.

Ein schönes Mädchen – auf ihre kraftvolle Art. Sie war etwa einsfünfundsiebzig, ihr Gesicht mit den hohen Wangenknochen war voller Sommersprossen, aber ihre Haut war glatt wie Marmor. Weit auseinanderstehende, dunkelbraune Augen, langes, flammendrotes Haar, ein offenes Lächeln. Sie war fotogen und hatte sich vor Jahren ihr Taschengeld als Model verdient. Aber das war es nicht, was sie wollte. Ihr Beruf sollte Herz und Verstand gleichermaßen beanspruchen. Cynthia war extrem großzügig und ausgesprochen intelligent.

Sie trug Jeans und ein weißes T-Shirt, dazu Armeestiefel. Sie sah bekümmert aus. Zweifellos der Grund, weshalb sie hier war und nicht in New York.

»Donnerwetter!« Decker verpaßte seiner Tochter eine herzhafte Umarmung. »Was verschafft mir die Ehre deines Besuchs? Müßtest du nicht an der Uni sein?«

»Könnte man so sagen.«

Bevor er weiterfragen konnte, kam Rina herein und sagte lächelnd: »Sie stand plötzlich vor der Tür. Ich hab sie reingelassen und hoffe, das ist dir recht.«

»Mehr als das.«

»Hast du Hunger?«

»Wie ein Bär.«

»Dann wasch dich und setz dich an den Tisch.«

»Schläft die Kleine?«

»Schon seit einer Stunde. *Baruch Hashem!* Sie wird immer lebhafter. Und rotzfrech. Kommt ganz nach ihrem Vater ... und ihrer Schwester.«

»Meinst du die Lebhaftigkeit oder die Frechheit?«

»Beides.«

Cindy lachte.

»Vielleicht sollte ich erst mal nach den Jungs sehen«, sagte Decker.

»Die sind nicht da. Sammy und Jake sind mit ein paar Freunden Pizza essen gegangen.«

Seltsamerweise war Decker erleichtert. Kein schöner Zug von ihm, wie er schuldbewußt feststellte. Schließlich waren sie seine Söhne. Andererseits machten sie sowieso, was sie wollten. Warum sollte er sich wie ein Rabenvater vorkommen, wenn sie sich irgendwo amüsierten? Er stellte fest, daß seine Gefühle innerhalb weniger Sekunden die ganze Skala durchlaufen hatten. Was bedeutete, daß er angeknackst war. Nicht die beste Voraussetzung für ein Gespräch mit seiner Tochter, die offensichtlich einen Anschlag auf ihn vorhatte.

Als er aus dem Badezimmer kam, führte ihn Cindy an den Tisch. »Setz dich. Rina hat einen herrlichen Eintopf gekocht. Eins dieser Gerichte, die vom langen Kochen immer besser werden.«

»Bei meinen Überstunden krieg ich die fast jeden Tag«, erwiderte er trocken. »Setz dich und erzähl mir, was los ist.«

»Das kann warten.«

»So schlimm?«

»Schlimm ist es überhaupt nicht.«

Rina kam zurück und servierte ihrem Mann das Essen. »Ich hab ihnen gesagt, sie sollen um elf zurück sein. Glaubst du, ich lasse ihnen zuviel Freiheit?«

»Nein, ganz und gar nicht.«

»Sammy ist nur so schrecklich aufgeregt.«

»Ist ja auch ein großes Ereignis im Leben eines Jungen.«

»Für Mädchen genauso«, sagte Cindy. »Ich weiß noch, als ich meinen Führerschein kriegte. Dieses Gefühl der Freiheit ... es war wirklich umwerfend.«

»Ich wußte gar nicht, daß du vorher so unterdrückt wurdest.« Decker lächelte.

»Ich meine damit nicht, daß ich ...«

»Cindy, er nimmt dich doch nur auf den Arm«, warf Rina dazwischen. »Darauf verdient er keine Antwort.« Sie gab ihrem Mann einen zarten Klaps auf die gesunde Schulter. »Ich weiß, daß du müde und überdreht bist. Aber ein bißchen nett sein kannst du trotzdem.«

»Ich bin überdreht, stimmt.« Decker aß ein paar Löffelvoll. »Das schmeckt ja wundervoll. Hast du gegessen, Cindy?«

Cindy nickte und lächelte. Aber sie wirkte beklommen. Decker spürte seinen Magen und wußte nicht, ob es die ansteckende Nervosität seiner Tochter war oder sein Hunger. Aber nach zwei Tellern Eintopf, zwei Portionen Salat und ein paar Tassen koffeinfreien Kaffees fühlt er sich der Herausforderung gewachsen.

»Schieß los«, sagte er, als wären sie zur Schlacht angetreten.

Rina entschuldigte sich und verschwand in der Küche. Cindy schlug vor, ins Wohnzimmer hinüberzugehen. Decker setzte sich aufs Wildledersofa und zeigte auf den Platz neben sich. Cindy setzte sich, blieb aber steif wie ein Ladestock. Nach langem Drucksen sagte sie: »Ich habe Schluß gemacht.«

Decker ließ ihre Worte nachwirken. »Du hast also Schluß gemacht. Heißt das, du bist nicht mehr an der Uni?«

»Ja. Ich habe schließlich mein Diplom. Und dieser ganze akademische Kram steht mir bis hier. Ich brauche keinen Doktor. Der hat nur den einen Sinn, daß ich dasselbe Zeug, das ich gelernt habe, anderen Doktoranden einpauke.«

Decker schob die Zunge in die Backe. »Nach sechs Jahren Büffeln mit Unterkunft und Verpflegung und allem drum und dran willst du *aufhören*? Jetzt, wo du dich endlich von Stipendien und Stiftungen ernähren kannst?«

Cindy funkelte ihn an. »Soll das etwa ein Scherz sein?«

»Klar, ein Scherz, was denn sonst?« Decker lehnte sich zurück. »Also ...«

»Also was?«

»Ich vermute, ich soll mich wie ein Vater benehmen. Vielleicht nach deinen Plänen fragen. Zum Beispiel ... hast du welche?«

»Ich glaube, ich muß mir einen Job suchen.«

»Das wäre nicht schlecht für den Anfang.« Decker kaute seinen Schnurrbart. »Soll ich vielleicht in der Abteilung rumfragen, ob jemand einen Teilzeitberater braucht?«

»Das wird nicht nötig sein.«

»Du hast also schon was gefunden.«

»Allerdings.« Sie schloß kurz die Augen. »Daddy, ich bin in die Polizeiakademie eingetreten. Angemeldet habe ich mich schon vor einer ganzen Weile. Du weißt ja, wie das geht. Erst die Aufnahmeprüfung, dann die Personenüberprüfung, dann die Wartezeit. Jedenfalls ist alles gelaufen. Ich fange in drei Monaten an, genau am Ersten.«

Decker starrte seine Tochter entgeistert an. »Das ist doch ein Witz, oder?«

»Das ist kein Witz.« Sie öffnete ihre Handtasche und zog ein paar Papiere heraus. »Hier ist die Kopie der Aufnahmebestätigung. Hier ist meine Verpflichtungserklärung ...«

»Du hast sie also noch nicht abgeschickt.«

»Doch. Das hier sind nur die Kopien. Die Originale hab ich zu Hause, oder sie sind in der Hochschule.« Sie hielt ihrem Vater die Papiere hin. »Schau hier.«

Decker schob sie wütend beiseite. Er stand auf, lief hin und her. »Cynthia, was in aller Welt hat dich dazu verleitet ...«

»Dad, können wir bitte versuchen, vernünftig zu bleiben?«

»Nein, wir können nicht vernünftig bleiben, weil du etwas sehr Unvernünftiges getan hast. Wie konntest du nur so ... unüberlegt sein?«

»Es war nicht unüberlegt. Ich sage dir doch, daß ich schon vor einer ganzen Weile unterschrieben habe.«

»Du hast es also schon lange vor?«

»Ja.«

»Und es ist dir nicht ein einziges Mal in den Sinn gekommen, mit mir darüber zu sprechen?«

»Natürlich hab ich dran gedacht, Daddy. Und wie. Aber ich wußte, daß du in dieser Sache nicht objektiv bist.«

»Cindy, was du da erzählst, ist einfach Blödsinn.«

»Wollen wir nicht lieber auf dem Teppich bleiben?«

»Willst du mir etwa heimzahlen, daß ich nicht für dich da war, als du groß wurdest?«

»Wovon redest du?«

»Du willst mich ganz offensichtlich fertigmachen ...«

»Dad, glaub mir oder nicht, ich möchte wirklich zur Polizei, genauer gesagt zur Kripo.« Sie strahlte. »So wie du.«

»Hör endlich mit diesem Scheiß auf!«

»Peter!« rief Rina.

Decker drehte sich um und sah seine Frau an. »Rina, das geht dich nichts an. Würdest du bitte rausgehen?«

»Soviel ich weiß, gehört das Haus auch mir.«

»Du sollst ja nicht aus dem Haus gehen, nur aus dem Zimmer.«

»Sie kann bleiben«, sagte Cindy. »Mir macht es nichts aus.«

»Du hältst dich da raus!« Decker zielte mit dem Zeigefinger auf seine Tochter. »Das geht nur mich und meine Frau etwas an!«

»Nein, Daddy. Es geht um mich und dich, und du läßt es an ihr aus.«

»Was bildest du dir ein, so mit mir zu reden?«

»Ich gehe«, sagte Rina.

»Eine gute Idee«, erwiderte Decker.

Rina ging ins Schlafzimmer, ohne mit der Tür zu knallen. Cindy staunte. Sie hätte an Rinas Stelle einen ganz anderen Abgang hingelegt. Ihr Vater redete, eigentlich war es eher ein Räsonieren ... das Übliche.

» ... und du hältst es nicht mal für nötig, mit mir darüber zu sprechen.«

»Ich wußte doch, was du sagen würdest.«

»Dann kannst du Gedanken lesen.«

»Nein, nur meinen Vater. Und ich hatte recht. Du bist nicht objektiv.«

»Das ist keine Frage der Objektivität«, gab ihr Vater zurück. »Ich hätte nicht nur dir davon abgeraten, zur Polizei zu gehen. Ich hätte *jedem* abgeraten.«

»Na, ein Glück, daß du nicht die Werbetexte für das LAPD schreibst.«

Decker hakte sofort ein. »Cindy, es gibt solche und solche Polizisten. Und die meisten sind nicht mal gute Beamte. Aber *wenn* man aus dem richtigen Holz geschnitzt ist, *wenn* man ein klein wenig Grips hat, *wenn* man grenzenlose Geduld aufbringt, und *wenn* man die Klappe halten kann, und *wenn* man einen Riecher hat, und *wenn* man erst denkt und dann handelt, *dann* kann man vielleicht ein guter Polizist werden. Ach ja, und egal, wie politisch unkorrekt das sein mag, es ist gut, wenn man groß und stark ist. Und das bist du *nicht*!«

»Ich bin kein Schwächling!«

»Jeder Mann von deiner Größe, der bei Kräften ist, haut dich im Nu um.«

»Das ist der Punkt, wo meine geistige Überlegenheit einsetzt.«

»Du bist also geistig überlegen. Davon merke ich aber nichts. Cynthia, du hast keine Geduld, du magst keine Befehle, du hast keinen Blick fürs Detail, du bist viel zu emotional und außerdem noch unüberlegt ... was man daran sieht, daß du einfach dein Studium schmeißt ...«

»Ich habe sehr lange darüber nachgedacht.«

»Dann hast du trotzdem nicht zu Ende gedacht. Und ganz egal, wie hart du trainierst, für die meisten Männer bist du einfach kein Gegner. Jemand von meiner Statur zerquetscht dich wie eine Tomate.«

»Daddy, wir drehen uns im Kreis.«

»Du hast weder das Temperament noch die Entschlossenheit. Du würdest ein lausiger Polizist sein. Und ein schlechter Polizist ist ein toter Polizist.«

»Vielen Dank schon mal für deine Ermutigung, Dad!«

»Besser, dich jetzt wütend zu sehen als später mit einer Fahne auf dem Sarg.« Sein Blick flammte vor Zorn. »Tu dir einen Gefallen. Denk dir was Besseres aus, wenn du's mir heimzahlen willst.«

»Du glaubst also, ich mache das aus einer Art freudschem Rachemotiv?«

»Ehrlich gesagt, ich weiß nicht, warum du das machst. Es ist nicht das erste Mal, daß du den Bogen überspannst. Aber das ist wirklich das schärfste Ding, das du je gedreht hast.«

Cindys Augen füllten sich mit Tränen. »Du bist weder sachlich noch gerecht.«

»Und du, Cynthia Rachel, du *heulst*. Wenn du denkst, ich bin zu hart zu dir, dann wart's nur ab. Meinst du, deine Ausbilder lassen sich von Tränen beeindrucken? Oder gar die Täter: ›Hören Sie mit diesen Rührstorys auf, sonst brumme ich Ihnen zehn bis fünfzehn Jahre wegen gemeingefährlichen Tränentreibens auf.‹«

Wütend wischte sich Cindy die Tränen aus den Augen. »Volltreffer!« sagte sie.

Decker blieb stehen. Er schloß die Augen und versuchte, seine Wut ein wenig zu dämpfen. Schließlich war sie seine Tochter. Er legte ihr versöhnlich die Hand auf die Schulter. Gekränkt riß sie sich los. Was erwartete er denn?

»Cindy, ich will dich nicht kleinkriegen. Aber ich bin einfach brutal offen zu dir. Auf diesem Gebiet kenne ich mich schließlich aus.«

Ihre Stimme war zu einem Flüstern geworden. »Und ich weiß das zu würdigen. Aber bei allem Respekt vor deiner Erfahrung: Ich bin vierundzwanzig, ich muß für mich selbst entscheiden und auch die Konsequenzen tragen. Dad, ich glaube, wir haben beide genug gesagt.«

»Nein, wir haben noch nicht annähernd genug ge...«

»Peter, Telefon!« Rina schaute zur Tür herein.

Decker warf den Kopf herum und fragte gereizt: »Wer ist es?«

»Marge.«

»Ist es dringend?« bellte er.

»Das weiß ich nicht«, erwiderte Rina ruhig. »Möchtest du, daß ich sie frage?«

Decker ballte die Fäuste, dann ließ er die Hände sinken. »Du bleibst hier, meine Liebe. Wir sind noch nicht fertig.«

Decker stürmte ins Schlafzimmer und warf die Tür hinter sich zu, daß Cindy zusammenzuckte.

Kaum war er draußen, sprang sie auf. »So ein Hornochse! Kein Wunder, daß Mom fremdgegangen ist.« Dann fiel ihr ein, daß Rina im Zimmer war. Ihr wurde heiß und kalt zugleich, und sie machte ein Schafsgesicht. »O mein Gott! Hast du ... hast du etwa ...?«

»Schon gut, Cindy, ich weiß Bescheid.«

Cindy hielt sich den Mund zu. »O mein Gott! Ich kann nicht glauben, daß mir das rausgerutscht ist. Ich bin so ein Idiot!«

»Du bist nur gereizt. Möchtest du einen Kaffee oder Tee?«

»Eher 'ne Handvoll Beruhigungstabletten.«

»Wie wär's mit einer?«

»Er hat ja so recht!« Cindy plumpste in den Sessel und wischte sich die Tränen ab. »Ich hab eine unglaublich große Klappe. Und kann mich nicht beherrschen.«

Rina sagte nichts.

Cindy blickte zu ihr hoch. »Er hat's dir erzählt?«

Rina nickte.

»Da muß er dir sehr vertrauen.«

Rina unterdrückte ein Lächeln. »Ich denke schon.«

»Das meine ich nicht so blöd, wie es klingt. Dad hat nie drüber geredet. Und aus dem ganzen Scheidungskram hat er es auch rausgehalten. Selbst aus den schlimmsten Streitereien. Dad hat es ihr nie an den Kopf geworfen. Manchmal hab ich mich sogar gefragt, ob er's überhaupt wußte. Aber natürlich wußte er es. Mom war nicht sonderlich vorsichtig. Wie oft hat das Telefon geklingelt, und es war keiner dran, wenn ich abnahm!«

Rina nickte.

»Es war nicht nur ihre Schuld. Er war nie zu Hause. Und selbst wenn er da war, war er abwesend. Er war ein guter Vater. Hat alles für mich gemacht. Ist zu den Schulveranstaltungen gegangen und zu den Elternabenden. Aber da war immer diese Distanz. Er war fürchterlich unglücklich. Und Mom auch. Sie mußten heiraten, weißt du? Meinetwegen.«

»Beide haben dich sehr lieb.«

»Das weiß ich. Sie haben durchgehalten, solange sie konnten, obwohl ich sie nicht drum gebeten habe. Sie sind so verschieden. Weißt du, wie sie sich kennengelernt haben?«

Rina nickte. »Dein Vater hat deine Mutter verhaftet.«

»Irgendeine blöde Antikriegsdemo. Weil sie schwanger wurde, mußte sie vom College abgehen. Mit zwanzig saß sie zu Hause fest, ein heulendes Baby auf dem Arm und ohne jede Unterstützung, weil alle ihre Freunde Partys feierten. Ich verstehe nicht, warum sie es nicht hat abtreiben lassen.«

Im Zimmer war es still.

»Nein, eigentlich weiß ich es. Dad hätte es nicht erlaubt. Aber sie war verbittert. Noch heute redet sie von ihrer verlorenen Jugend.«

»Deine Mutter kommt doch mit Alan wunderbar zurecht. Ich glaube, du siehst das Ganze schlimmer als deine Eltern.«

»Könnte sein.« Sie seufzte. »Dad kommt mir jetzt glücklich vor .... sagen wir, glücklicher.«

Rina lächelte. »Na ja, dein Vater ist nicht gerade eine Frohnatur.«

Auch Cindy lächelte.

»Du hast dich sehr gut geschlagen«, sagte Rina.

»Ja, ein Schwerverbrecher dürfte ein Klacks dagegen sein.« Sie stutzte. »Hast du uns etwa gehört? Haben wir so laut gebrüllt?«

»Das Haus ist nicht sehr groß.«

»Mein Gott, hab ich Kopfschmerzen.«

»Ich hol dir eine Tablette.«

»Danke.«

Wenig später kam Rina zurück. »Hast du es deiner Mutter schon gesagt?«

»Nein. Ob du es glaubst oder nicht: Dad ist das kleinere Übel von beiden. Mom wird nicht nur hysterisch wie Dad, sie gibt ihm auch noch die Schuld. Und das halte ich nicht aus. Die beiden sind unglaublich. Die hassen sich bis aufs Blut.«

»Ich bin sicher, daß das nicht stimmt.«

»O doch, das stimmt!«

»Warum hast du dich nun für die Akademie entschieden?«

»O Wunder! Endlich fragt auch mal jemand nach *meinen* Gründen.«

Rina nickte aufmunternd.

Cindy räusperte sich. »Ich glaube, ich will kriminelles Verhalten verstehen. Ich bin drauf gekommen, daß es mich am meisten reizt, Kriminalfälle zu lösen. Abweichendes Sozialverhalten zu analysieren, ist zwar nützlich, aber mir zu akademisch. Das macht das Leben in den Städten nicht sicherer. Das gibt den Opfern keine Genugtuung. Es verbessert nicht die Lebensqualität. Die Kriminalwissenschaftler interessieren sich für ihre Publikationen, nicht für den Dienst an der Öffentlichkeit. Aber genau das will ich. Das Gelernte auch anwenden. Menschen helfen. Das klingt zwar pathetisch, aber ich meine es so, wie ich es sage.«

»Für mich klingt es wunderbar.«

»Theoretisch ja. Leider hat Dad auch ein bißchen recht. Ich bin impulsiv, emotional, und ich lasse mir nicht gern befehlen.« Sie rutschte auf dem Sessel nach vorn. »Aber ich bin sehr anpassungsfähig. Schließlich mußte ich mit meinen Eltern zurechtkommen. Ich kann lernen, Rina. Weil ich es wirklich schaffen will, und das werde ich auch. Am liebsten natürlich mit seiner Hilfe und seinem Segen, aber es geht auch ohne. Wenn er sich damit nicht abfinden kann, dann tut es mir leid.« Sie ließ sich zurücksinken. »Ich liebe meinen Vater, aber manchmal benimmt er sich einfach unmöglich. So rechthaberisch! So chefmäßig! Wie kommst du damit zurecht?«

»Er ist ein guter Mann.«

»Ich behaupte nicht, daß er schlecht ist. Nur daß er zuviel rumkommandiert. Du weißt, ich nehme meine Mutter nicht in Schutz. Aber mein Vater ist immer so ... bestimmend. Ich glaube, sie fühlte sich irgendwie untergebuttert. Ich weiß nicht, wie du damit fertig wirst.«

Rina zuckte die Achsel. »Ich bin nicht sehr kämpferisch veranlagt.«

»So wie du wäre ich auch gern. Aber ich lasse mir nicht gefallen, daß man auf mir rumtrampelt.«

»Ich habe nicht gesagt, daß er auf mir herumtrampelt.«

Cindy wurde rot. »Oh, tut mit leid. Das hab ich nicht gemeint. Mein Gott, ich und meine große Klappe! Ich bin meiner Mutter ähnlicher, als ich dachte.«

»Ich bin nicht stumm, Cindy. Zu Dingen, die mir wichtig sind, stehe ich auch. Ich habe gelernt, daß nur wenig wirklich wichtig ist. Aber wir alle ... die Baby-Boomer ... sind so fordernd. Kämpf um deine Rechte! Sag ihnen deine Meinung! Laß alles raus. Diese rechtschaffene Empörung! ... Ich finde das alles so laut.«

»Besser, als auf sich rumtrampeln lassen.«

»Keiner will ein *schmatte* sein ... ein Waschlappen. Aber manchmal ist es klüger, einfach den Mund zu halten, zu überlegen, ob sich die Aufregung überhaupt lohnt. Ja, ich gebe zu, gelegentlich bin ich nicht ganz aufrichtig. Es ist schon passiert, daß ich deinem Vater versprochen habe, Dinge so zu tun, wie er wollte, und sie dann doch auf meine Weise angegangen bin. Aber meistens hat er gleich wieder vergessen, worauf er so heftig bestanden hat. Und die paar Male, wo er nachgefragt hat, hab ich mich dumm gestellt. Schon möglich, daß mir ein Psychologe Verschlagenheit oder ein geringes Selbstwertgefühl bescheinigt. Oder mir erzählt, ich wurde durch eine dominante Mutter und einen unnahbaren Vater blockiert. Aber ich nenne es einfach pragmatisch. Denn am Ende bekomme ich, was ich will, und er wahrt sein Gesicht.«

»Ich glaube nicht, daß Gloria Steinem deine Methoden gutheißen würde.«

»Ach die! Die hat nie einen krebskranken Ehemann gepflegt und ihm beim Sterben zugeschaut. Die hat nie ein Kind zur Welt gebracht, mußte nie zwei Kinder allein großziehen, war nie mit einem Polizeileutnant verheiratet, hatte keine Totaloperation mit dreißig, und sie ist keine orthodoxe Jüdin. Also versteht sie nichts von *shalom bais* – vom Hausfrieden. Was nach meinem bescheidenen Dafürhalten sehr gegen sie spricht.«

Cindy starrte sie an. »Du bist aber hart!«

»Hart genug, um mit deinem Dad zurechtzukommen.« Rina

setzte sich zu Cindy. »Wie du auch.« Sie gab ihr einen Kuß auf die Wange. »Du wirst es schon schaffen.«

»Wenn ich jemals lerne, die Klappe zu halten.«

»Cindy, die Jugend ist impulsiv – Gott sei Dank. Sonst wärst du gar nicht auf der Welt, wie du selbst festgestellt hast. Sonst wäre ich nicht von zu Hause ausgerückt und hätte mit siebzehn geheiratet, ein Jahr später schon ein Baby gehabt und das nächste gleich danach. Sonst wäre ich nicht in diese katastrophale Beziehung reingeschliddert, nachdem mein Mann tot war, obwohl ich von Anfang an wußte, daß sie zum Scheitern verurteilt war. Sonst hätte ich die bösen Blicke der Nachbarn nicht ignoriert, als ich mit deinem Vater anfing. Schon nach ein paar Tagen war ich Hals über Kopf in ihn verknallt. Alles ist aus Impulsivität passiert, und das war gut so.«

»Ja, ich bin impulsiv«, sagte Cindy. »Aber zur Akademie zu gehen war keine impulsive Entscheidung. Das wollte ich wirklich.«

»Von wegen!« rief Decker. »Du hast doch keine Ahnung, was es bedeutet, Polizist zu sein!«

Die beiden Frauen drehten sich zu ihm um, als wäre er ein Eindringling. Na gut, sollte Rina doch die Sache zu Ende bringen! Am liebsten hätte er den Porsche rausgeholt und wäre mit zweihundert Sachen über die Landstraße gejagt. Statt dessen setzte er sich aufs Sofa und rieb sich die Schläfen.

»Was hältst du davon?« begann er. »Wir reden in aller Ruhe darüber. Ich erzähle dir, wie es bei der Polizei zugeht. Du stellst deine Fragen. Wenn du dann noch immer entschlossen bist ... nachdem ich mit dir fertig bin ... dann kannst du tun, was du für richtig hältst.«

»Was ist denn mit dir passiert?« staunte Cindy. »Vor zehn Minuten hast du noch ganz anders geredet.«

»Er hat uns belauscht und gehört, wie sehr ich ihn liebe«, sagte Rina. »Da hat er sich für seine Ausbrüche geschämt.«

»Ich habe nachgedacht«, knurrte er.

»Hab ich recht oder nicht?«

Decker reagierte nicht und wandte sich Cindy zu. »Also?«

»Nichts würde mir größere Freude machen, als mit dir über meine Entscheidung zu reden, Daddy. Über deine Erfahrungen und deine Einsichten. Aber das ändert nichts daran, daß ich zur Akademie gehe.«

»Das nenne ich bockbeinig!«

»Peter!« mahnte Rina.

»Sie ist stur wie ein Bock!«

»Das ist kein Grund, sie zu beschimpfen!«

»Warum hat sie Angst vor der Wahrheit?« fragte Peter.

»Hört mal, ich bin todmüde«, sagte Cindy. »Ich will jetzt nach Hause.«

»Hast du deiner Mutter davon erzählt?«

Cindy seufzte.

»Du hast ihr also nichts gesagt?« Decker sprang auf und lief umher. »Das ist ja großartig. Als hätte ich noch nicht genug am Hacken mit diesen verdammten Massenmördern ...«

»Dad, das tut mir wirklich leid. Es muß furchtbar für dich sein. Ich will dir ganz bestimmt nicht noch mehr Kummer machen.«

»Aber genau das machst du.«

Keiner sagte etwas. Cindy seufzte. »Dann geh ich jetzt. Wir reden später. Wenn sich die Dinge beruhigt haben.« Sie lächelte ihren Vater an. »Gute Nacht.«

Decker blieb abrupt stehen, ließ sich in den Sessel sinken und schaute verdrossen zum Fenster hinüber.

»Sie hat sich verabschiedet, Peter.«

»Gute Nacht«, murmelte er.

»Nun drück sie wenigstens mal, um Himmels willen!«

Cindy wartete. Decker blieb unbewegt, und Rina fragte: »Peter, hast du nicht gehört?«

»Doch, ich hab dich gehört.«

Cindy spürte die Tränen hochkommen, aber sie hielt sie zurück. »Schon gut, Rina. Jeder braucht seine Zeit. Auch Eltern.«

Wieder wartete sie vergebens. Sie verabschiedete sich von Rina und ging leise hinaus. Bald war das Motorengeräusch verklungen. Rina brach das Schweigen.

»Du hättest sie wenigstens umarmen sollen, Peter. Deine Sturheit ist wirklich verletzend. Wenn sie nun einen Unfall hat, wie wär dir dann zumute?«

»Schrecklich. Das würde ich mir nie verzeihen.«

»Wie konntest du sie dann so gehen lassen?«

Er drehte sich zu ihr um. Seine Augen waren feucht. »Weil ... Ich hatte Angst, wenn ich sie umarme, lasse ich sie überhaupt nicht mehr weg.«

IO

Im Büro herrschten arktische Temperaturen. Warum verwandelte die Stadt die Polizeistation in ein Kühlhaus? Oder vielleicht war es nur die Stimmung, in der Decker sich befand. Die Dinge liefen nicht gut. Er saß an seinem Schreibtisch, umgeben von verständnisvollen Blicken. Seine Leute scharten sich um ihn, schützend wie eine Mauer. In seinem Kopf hämmerte es. Hoffentlich wirkte das Schmerzmittel. Er nickte Oliver zu, bat ihn zu beginnen.

Scott schaute auf seine Notizen, fuhr sich durch das schwarze Haar. »Loo, wir haben jeden Zentimeter im Estelle abgesucht. Jeden Winkel von oben bis unten. Aber weder Dunn noch ich konnten genug leere Magazine finden, um die Menge der Geschosse und Hülsen zu erklären.«

Decker sah die Zeitung auf dem Schreibtisch liegen. Ein paar Tage waren inzwischen vergangen, aber das Estelle beherrschte noch immer die Titelseite. Er blieb ruhig. »Und wenn ihr noch mal nachschaut?«

»Wir sind absolut gründlich gewesen.« Marge strich die beigefarbenen Hosenbeine glatt. Sie trug heute luftige Kleidung – weiße Baumwollbluse, eine Hose aus Kunstseide. Aber wenn das Wetter weiter abkühlte, würde sie bald was Wärmeres brauchen. »Wenn du willst, zeige ich dir unsere Rasterskizzen. Im Moment sieht man noch nicht viel. Nur einen Haufen Punkte.«

»Wir haben jede Stelle markiert, an der wir eine Kugel extrahiert oder eine Hülse gefunden haben«, erklärte Oliver.

Bert Martinez zwirbelte seinen buschigen Schnurrbart, der Klappstuhl ächzte unter seinem beträchtlichen Gewicht. »Die verdammte Geschichte fängt langsam an zu stinken. Hast du schon den Autopsiebericht Harlan Manz gesehen?«

Decker horchte auf. »Wann ist denn der gekommen?«

»Du warst gerade zur Sitzung im Rathaus mit dem Bürgermeister und mit Strapp«, sagte Marge. »Wir haben versucht, dich über den Piepser zu kriegen.«

Decker zog ein Gesicht. Er hatte vergessen, sich einen neuen Pager zu holen.

»Wie ist es denn gelaufen?« fragte Oliver besorgt. »Stehen wir wieder mal am Pranger?«

»Warum sollten wir?« fragte Martinez. »Wir haben schließlich den Täter ... gewissermaßen.«

»Es wird ein Verfahren geben«, vermutete Oliver. »Die Polizei hätte früher am Tatort sein sollen, stimmt's? Dann hätten mehr Menschen gerettet werden können, stimmt's? Wie lange hat es diesmal gedauert? Zwei Minuten?«

»Der erste Streifenwagen war nach zwei Minuten und achtundzwanzig Sekunden da«, sagte Webster.

»Ich hab doch recht, Pete, oder?« meinte Oliver.

»Du bist nahe dran.«

»Egal, was passiert, wir kriegen die Schuld. Wenn ein Erdbeben die ganze Stadt verschluckt, sind wir auch schuld.«

»Im Moment sind wir noch nicht in der Schußlinie«, sagte Decker. »Aber ... wie soll ich sagen? Wenn das mehr ist als ein ganz normaler Massenmord, dann sind wir dran. Wer hat denn nun den Autopsiebericht?«

Webster reichte ihm die Mappe mit erwartungsvollem Blick. Heute trug er einen schwarzen Anzug, in der Brusttasche steckte eine Sonnenbrille. In dieser piekfeinen Kluft mit Bügelfalte sah er eher wie ein FBI-Mann aus, aber Decker nahm es ihm nicht übel. Webster war ein verdammt guter Cop.

Decker blätterte die Mappe durch. »Wo steht das Wichtige?«

»Der Schuß, der Harlan Manz getötet hat, ist aus sechzig bis achtzig Zentimeter Abstand abgegeben worden.«

»Was?« Decker blätterte hektisch im Bericht. »Wo steht das?«

»Seite elf oder zwölf. Die Stelle ist angestrichen.«

Decker las den Absatz und las ihn ein zweites Mal. Dann ließ er sich nach hinten sacken und strich sich übers Gesicht.

»Ich hab schon in der Gerichtsmedizin nachgefragt, ob sie wirklich sicher sind, was den Abstand betrifft«, sagte Martinez.

»Und?«

»Absolut sicher. Sie sagen, wenn die Waffe aus kürzerer Distanz abgefeuert worden wäre, hätte es das Gehirn heftiger erwischt.«

»Größere Ein- und Austrittswunden«, ergänzte Webster, »größerer Gewebsschaden, stärkere Schmauchspuren an Kopf und Händen.«

»Als Harlan auf sich geschossen hat, sah er also so aus.« Oliver formte mit der Hand eine Pistole, streckte den Arm aus und richtete den Zeigefinger auf seinen Kopf. »Wieviel Zentimeter sind das, Jungs? Etwa neunzig?«

»Hat jemand ein Maßband dabei?« fragte Marge.

Decker zog eins aus dem Schreibtisch.

Marge maß nach. »Zweiundneunzig Zentimeter. Du kannst den Arm noch ein bißchen anwinkeln, Scotty.«

Oliver gehorchte. »Jetzt ziele ich aber über meinen Kopf.«

»Dann senk den Arm ein bißchen.« Martinez stand auf und rückte Oliver zurecht wie eine Schaufensterpuppe. »Ja, so ist es gut. Das sieht aus wie achtzig Zentimeter.«

Marge maß erneut. »Siebenundsiebzig, um korrekt zu sein.«

»Jetzt ziele auf deinen Kopf«, sagte Webster.

Oliver tat es. Alle starrten ihn an.

»Ich kann mich zwar irren«, sagte Marge, »aber für meine Begriffe sieht das seltsam aus.«

»Einfach lachhaft«, meinte Martinez. »Wer sich erschießen will, hält die Pistole an die Schläfe und nicht über einen halben Meter entfernt.«

»Ich könnte es verstehen bei einem, der unentschlossen ist oder nicht mit Waffen umgehen kann«, sagte Marge. »Eine Art Vermeidung.«

»Ein bißchen Abstand mag ja sein«, sagte Martinez. »Aber nicht so. Da müßte Manz ja ein wahrer Schlangenmensch gewesen sein.«

»Vielleicht hatte er kurze Arme«, schlug Marge vor.

»Eher nicht«. sagte Martinez.

»War es vielleicht ein Versehen?« fragte Oliver.

Martinez zog ein Gesicht. »Du meinst, er hat auf was anderes gezielt und sich dabei in den Kopf geschossen?«

»Nein. Ich meine, daß sich der Schuß aus Versehen gelöst hat.«

»Und hat ihn genau in die Schläfe getroffen?« Marge schüttelte den Kopf.

»Das sind doch alles Hirngespinste«, meinte Webster. »Warum sagen wir nicht, was wir alle denken?«

»Zwei Schützen«, sagte Oliver.

»Wie du gestern schon vermutet hast, Loo«, seufzte Marge.

»Ach wirklich?« Oliver war verblüfft.

»Ich hab ein paar Autopsieberichte verglichen«, sagte Decker. »Manche der Geschoßbahnen machen unsere Einzeltäter-Theorie sehr fragwürdig.«

»Und die große Zahl der Geschosse hat dich auch stutzig gemacht.«

»Für nur einen Schützen sind es sehr viele«, bestätigte Webster, »selbst wenn er eine Double Action benutzt hat. Wie viele haben wir insgesamt gefunden? Etwa zweihundert?«

»Zwei Täter, das bedeutet, es war ein geplanter Überfall«, sagte Martinez.

»Was meinst du mit geplant, Bert?« fragte Oliver.

»Harlan ging mit der Absicht ins Estelle, jemand Bestimmten umzubringen. Er und der Mittäter haben das kaschiert, indem sie auch andere erschossen. Als würde man eine Bombe im Flugzeug plazieren, um die Versicherung zu kassieren.«

»Ein Anschlag, der aus dem Ruder gelaufen ist«, sinnierte Marge. »Also ist die nächste Frage, auf wen sie es eigentlich abgesehen hatten.«

»Schau dir doch die Liste der Opfer an«, meinte Webster.

»Wir müssen uns die Opfer vornehmen, die schon früher mal mit Harlan Manz zusammengetroffen sein könnten«, erklärte Decker.

Marge zog ein Blatt Papier aus ihrer überdimensionalen Handtasche. »Damit sind wir bei meinen gegenwärtigen Ermittlungen: Welche Opfer waren eventuell Mitglieder des Greenvale Country Club?«

»Wieso das?« fragte Webster.

Decker klärte seine Leute über den neuesten Stand und über sein Gespräch mit Marge auf. »Harlan Manz hat vor etwa zwei Jahren beim Country Club gearbeitet. Ihr kennt doch diese Snobs. Behandeln ihre Hilfskräfte wie Dreck. Ich wollte herausfinden, ob Harlan Manz mit einem der Toten aus dem Estelle eine alte Rechnung zu begleichen hatte.«

»Aber Pete, wenn hinter der Schießerei im Estelle ein Racheakt gegen den Country Club steckt, warum hat Harlan dann nicht den Club zusammengeschossen?« fragte Oliver.

»Vielleicht ist der zu gut gesichert. Ich weiß auch nicht mehr als du. Aber irgendwas stimmt da nicht.«

»Du meinst, Harlan wollte jemanden erschießen, der ihm im Country Club *und* im Estelle dumm gekommen ist? Und ist aus diesem Grund zur Wildsau geworden?« Oliver blickte ungläubig.

»Ich suche nur nach einer Verbindung«, sagte Decker.

»Möchtest du vielleicht hören, ob es wirklich welche gibt?« fragte Marge.

Decker lachte. »Wir lassen hier unsere Phantasie ins Kraut schießen und nehmen nicht mal die Fakten zur Kenntnis. Was hast du rausgefunden?«

Marge setzte sich zurecht. »Okay. Tisch Nummer 22. Die Leute waren von der Firma Ashman/Reynard. Die Immobilienmaklerin Wendy Culligan hat dort mit mehreren japanischen Geschäftsleuten verhandelt. Ein paar Japaner wurden ermordet, aber sie hat überlebt ... was mir meine Befragung sehr erleichterte. Die Firma ist Mitglied bei Greenvale. Und das seit Eröffnung des Clubs vor fünfzehn Jahren.«

»Ist Culligan selbst auch Mitglied?« fragte Oliver.

»Über ihre Firma. Wendy war etwa sechsmal im Club, immer zu Geschäftsessen. Theoretisch könnte sie Harlan dort begegnet sein.«

»Aber sie ist noch am Leben«, sagte Oliver. »Also war sie nicht das Ziel des Anschlags.«

»Oder Harlan hat sie verfehlt«, meinte Webster.

»Aber was hat Greenvale mit einer Gruppe von japanischen Geschäftsleuten zu tun, die wahrscheinlich nie dort gewesen sind?« fragte Martinez.

Marge zuckte die Achseln. »Na ja, sie haben mit Ashman/Reynard Geschäfte gemacht, Bert. Vielleicht hatte Harlan etwas gegen diese Maklerfirma, oder er wollte einfach den Deal mit den Japanern blockieren.«

Decker machte sich Notizen. »Was haben wir noch?«

»Walter Skinner, den Schauspieler. Er war auch Mitglied im Greenvale«, sagte Marge.

»Das ist wirklich ein Jammer«, rief Martinez. »Ich fand ihn so toll in *High Mountain*. Kennt ihr die Serie?«

»Logo«, sagte Oliver. »Jeden Samstagmorgen um zehn kam sie.«

»Da konntest du die Uhr nach stellen«, schwärmte Martinez. »Ich hab keine Folge verpaßt. Erinnerst du dich an die Szenen, wo die Rinder durchgehen? In jeder Folge gab es mindestens eine davon. Immer der Sand, der Staub und die stampfenden Hufe. Mann, hatte ich als Kind einen Schiß!«

»Habt ihr den *König der Löwen* gesehen?« fragte Webster. »Ich bin mit meinem Kleinen hin. Da gab's dasselbe als Zeichentrick. Der hatte vielleicht Angst! Und wochenlang Alpträume!«

»Ja, in *High Mountain* brachen immer die Rinder aus, oder es kam ein Wirbelsturm. Oder auch beides«, versicherte Oliver.

»Wißt ihr noch, die eine Folge, wo der Zug mit dem Viehtransport in Laredo, Texas, hält?« fragte Decker.

»Ja, genau!« rief Oliver und klatschte in die Hände. »Mein Gott, das weckt Erinnerungen! Wie der Wind heulte! Und dann kam Walter Skinner alias Kirk Brown: fest im Sattel, das Pferd im Griff, treibt er die durchgedrehten Viecher zusammen, während der Tornado nur so wütet.«

»Könnten wir wieder zur Sache kommen?« fragte Marge.

Die vier Männer starrten sie enttäuscht an. Decker unterdrückte ein Lächeln. »Walter Skinner war also auch Mitglied im Greenvale.«

»Ja. Gründungsmitglied«, bestätigte Marge. »Er und seine Begleiterin wurden am Tisch sitzend erschossen.« Sie blickte Decker an. »Ihr Tisch stand neben dem der Garrisons.«

»Aha, interessant.« Decker notierte es. »Ich hab mir die Schußbahnen bei ihnen nicht angesehen. Man müßte prüfen, ob sie nach demselben Muster verlaufen wie bei den Garrisons.«

»Skinner und Begleiterin ...« sagte Webster nachdenklich. »Also nicht seine Frau. Hat er denn eine?«

»Ja«, sagte Marge. »Adelaide Skinner. Ich hab noch nicht mir ihr gesprochen.«

Es wurde still im Raum.

Oliver grinste. »Hat der alte Bock sie also betrogen.«

»Deshalb hat er noch lange nicht den Tod verdient«, meinte Marge.

»Hab ich das etwa behauptet? Aber seine Frau könnte ja der Meinung gewesen sein.«

»Also hat sie einen Killer gemietet, der das ganze Lokal zusammenschießen sollte?« Webster zog ein Gesicht. »Wie alt ist sie überhaupt?«

»Siebenundsiebzig«, meinte Marge.

»Könnt ihr euch eine alte Dame vorstellen, die vierzehn unschuldige Leute abknallen läßt, nur um ihren Mann zu erledigen?«

»Vielleicht hat sie den Auftrag gegeben, ohne zu ahnen, was die Killer dort anrichten würden«, sagte Oliver.

»Du meinst, um den Mann umzulegen, haben sie gleich das ganze Lokal niedergemäht?«

»Bei der Mafia lief das früher so«, knurrte Oliver.

»Und um die Sache abzurunden, hat dann noch der eine Killer den anderen abgeknallt«, ergänzte Martinez.

»So kriegt er das ganze Geld«, meinte Oliver, »und er liefert der Polizei einen Täter.«

»Ist denn Skinners Frau Mitglied beim Greenvale?« fragte Webster.

»Ja, natürlich«, sagte Marge.

»Jetzt mal Schluß mit den wilden Spekulationen«, unterbrach Decker. »Gibt es sonst noch Verbindungen, Marge?«

»Linda und Ray Garrison. Nach allem, was die Leute sagen, waren sie sehr gut betucht.«

»Und wer erbt nun?«

»Das weiß ich nicht. Aber sie haben zwei erwachsene Kinder, einen Sohn und eine Tochter. Der Sohn, David, ist sechsundzwanzig. Und wißt ihr was? Er ist vorbestraft. Wegen Drogen. Das erste Mal hatte er Bewährung, das zweite Mal hat er achtzehn Monate abgesessen. Jetzt ist er frei, aber unter Auflagen. Ich hab einen Termin mit seinem Bewährungshelfer.«

»Gute Arbeit, Marge Dunn«, sagte Webster.

»Tochter Jeanine ist ganz anders gestrickt. Sie ist achtundzwanzig, liebt Künste, Theater, Ballett. Überall, wo was los ist, ist sie dabei ... sammelt Geld für wohltätige Zwecke. Und jetzt hört zu, Jungs! Das Geld sammelt sie hauptsächlich bei Tennisturnieren!«

»Hat Harlan nicht im Greenvale Tennisstunden gegeben?« fragte Oliver.

»Ja«, bestätigte Decker. Sein Telefon klingelte. Er entschuldigte sich und nahm ab. Eine Vergewaltigung, und die ganze Abteilung für Sexualverbrechen sei unterwegs. Ob er nicht jemanden von seinen Leuten rüberschicken könne. Decker blickte Marge an. Die Frau war sechs Jahre lang eine Spitzenkraft auf diesem Gebiet gewesen – bis er sie mit schlechtem Gewissen zur Mordkommission geholt hatte. Er legte auf. »Ich brauche jemanden mit Erfahrung, Detective Dunn.«

Marge blickte auf die Uhr. »Klar, ich kann das übernehmen.«

»Danke.«

»Sind wir hier soweit fertig?«

»Größtenteils«, sagte Decker. »Nur noch ein paar Sachen. Bert, du kannst dich doch so gut an Skinner als Schauspieler erinnern. Willst du dir nicht seine Frau vorknöpfen?«

»Aufknöpfen? Wen soll ich aufknöpfen?« fragte Oliver.

»*Vor*knöpfen habe ich gesagt. Und was hast du jetzt vor, Scotty?«

»Ich hab in einer halben Stunde einen Gerichtstermin. Meryl Thomas.«

Martinez stöhnte. »Ach, unser Mister Tutmirleid. So ein Idiot.«

»Wenigstens tut es ihm leid«, sagte Marge.

»Das macht seine Frau auch nicht wieder lebendig.«

»Was sagt denn die Anklage?« fragte Decker.

»Mord.«

»Mit allem drum und dran?«

»Sieht so aus.«

»Wenn du dort fertig bist, gehst du zu Ashman/Reynard. Finde raus, was sie im Estelle besprochen haben. Guck dir die anderen Makler an, die dort arbeiten, und fühle ihnen auf den Zahn, ob sie mit Harlan Kontakt hatten.« Er wandte sich an Webster. »Du bist der jüngste, Tommy. Du nimmst dir David Garrison vor.«

Oliver grinste. »Zwei hübsche weiße Jungs, die die Klingen kreuzen.«

»Woher weißt du, ob David Garrison hübsch ist?« fragte Marge.

»Ich weiß nicht, wie er aussieht«, sagte Oliver. »Der Name hört sich so an. Aristokratisch.«

»Und was ist mit Jeanine Garrison?« fragte Webster.

»Willst du die übernehmen, Marge?«

»Du meinst, wenn ich mit der Vergewaltigung fertig bin?«

»Richtig. Ich werde langsam senil.« Decker blickte hoch zur

Uhr. »Nein, du kümmerst dich um die Vergewaltigung, dann hilfst du Scotty bei Ashman/Reynard. Ich hab mittags noch eine Stunde Zeit. Ich spreche mit Jeanine.«

II

Das Haus war enttäuschend klein. Martinez hatte keinen Palast erwartet, aber ein Cowboyheld vom Format eines Kirk Brown hätte sich doch wenigstens einen Hauch Wildwest leisten können – ein Ranchhaus etwa, inmitten einer Einöde voller Steppenläufer und Kakteen, eventuell noch ein paar Pferdeställe. Statt dessen hatte Walter Skinner seinen Lebensabend in einem Bungalow inmitten einer Siedlung unten im Tal verbracht. Ein schlichtes Haus, umgeben von einem erst kürzlich gedüngten Stück Rasen. Der letzte Rest Cowboyromantik, den Martinez sich bewahrt hatte, wurde vom Dunggeruch abgetötet.

Die Dienstmarke in der Hand, ging er über den rotgestrichenen Betonweg zur Veranda hinauf, klopfte an die Tür, und als sich nichts tat, klopfte er erneut. Diesmal hörte er eine Frauenstimme, die alt klang, aber nicht schwach. Wenig später öffnete sich die Tür gerade weit genug, daß Martinez seine Marke zeigen konnte. Dann ging die Tür ganz auf.

Die Frau war unter einsfünfzig, gebeugt, auf einen Stock gestützt. Sie hatte ein rundes Gesicht, freundliche Falten, auf den Wangen einen Tupfer Rot, ihre Lippen waren rosa geschminkt. Die Augen waren wasserblau, ihr Haar, füllig und silberweiß, war zu einem ordentlichen Dutt gesteckt. Sie trug einen roten Rollkragenpullover und eine schwarze Hose, an den Füßen leichte Pantoffeln. Die Hände mit den Altersflecken waren knochig und verkrümmt. Trotz ihres Alters und trotz ihrer achtzig Pfund wirkte sie noch immer beeindruckend.

Eine Hand ließ sie auf dem Stock, die andere streckte sie Martinez entgegen. »Adelaide Skinner. Treten Sie näher, Mr. Detective.«

Martinez drückte die vogelartige Hand. »Bert Martinez. Danke, daß Sie mich hereingebeten haben.«

»Ich hatte nur Angst, daß Sie mich sonst verhaften.« Sie lächelte flüchtig. »Kommen Sie, bevor ich mich erkälte.«

Adelaide Skinner schloß die Tür hinter ihm. »Wenn Sie kondolieren wollen, kann ich Ihnen sagen, daß schon einer von der Polizei da war. Ein Mister Strapp.«

»Das ist mein Vorgesetzter.«

»Ein netter Mann. Sehr schneidig. Und ein guter Politiker.«

Martinez folgte ihr. »Ehrlich gesagt bin ich gekommen, um mit Ihnen zu reden, Mrs. Skinner.«

»Mit mir?«

»Wenn Sie nichts dagegen haben.«

»Warum sollte ich?«

Sie blieb stehen, um zu verschnaufen. »Schön, reden wir eben. Aber erst zeige ich Ihnen das Haus. Das wird nicht lange dauern. Es ist ja klein. Das war meine Idee, nicht seine. Wenn es nach ihm gegangen wäre, würden wir auf einer großartigen *Ponderosa* leben.«

Martinez grinste innerlich. Dieses Bekenntnis tat ihm wohl.

»Nicht, daß Walter der typische Rancher gewesen wäre.« Sie tapste mit winzigen Schritten vor ihm her. »Aber als Kirk Brown ist man das seinem Ruf schuldig.« Sie blieb stehen und blickte zu Martinez auf. »Sie sind vielleicht zu jung, um das zu wissen ...«

»O nein, Madam! Ich bin sozusagen auf dem *High Mountain* groß geworden.«

Sie strahlte. »Jedenfalls, das war Walters Zimmer. Es zeigt seine Persönlichkeit, glaube ich.«

Martinez blickte sich um, sein Herz klopfte, als wäre er ein kleiner Junge. Die private Welt seines Westernhelden – ein Raum voller Wildleder und Gehörn, die Tische waren aus Treibholz zusammengezimmert, ein handgearbeiteter Navajoteppich auf den Kieferndielen. Dazu ein gewaltiger Kamin aus Feldsteinen. Und die Wände voller Bilder von Skinner als Kirk Brown in perfekter Westernkluft, einträchtig vereint mit anderen Filmgrößen – Hopalong Cassidy, Roy Rogers, The Lone Ranger, Wild Bill Hickock und Sky King. Dann noch die Fotos mit den Serienhelden der Abendprogramme – Kirk mit Bat

Masterson, Sugarfoot und Mr. Favor. Und jede Menge Bilder von Skinner in *Gunsmoke* mit Matt Dillon, mit Chester und der verführerischen Miss Kitty. Als Junge hatte Martinez von Kittys Brüsten geträumt – jahrelang. Dann wurde die Serie älter und mit ihr auch Amanda Blake.

Die Bilder waren nicht das einzige, was die Wände zierte. Sie mußten sich den Platz mit präparierten Fischen teilen – mit einem riesigen Lachsweibchen, einem zähnefletschenden Barracuda, mit wehrhaften Schwertfischen und Speerfischen. Der Bücherschrank diente als Vitrine für weitere Fotos und für Skinners Anglertrophäen. Adelaide sah, daß Martinez die glänzenden Goldpokale bestaunte, sie nahm einen heraus und wog ihn in der Hand.

»Ja, der Walter. In seinen besten Jahren war er ein richtiger Ismael. Als er zu alt wurde, um Barracudas zu angeln, hat er sich die kleinen Mädchen gefischt.« Sie zwinkerte. »Was kein großer Unterschied war. Ich bin sicher, wenn es nach Walt gegangen wäre, hätte er sich auch seine Flittchen an die Wand genagelt. Für ihn war es nur eine andere Art von Fischerei. Und viel billiger, soviel ist sicher.«

»Wieso billiger?« fragte Martinez.

»Sie haben wohl noch nie ein Fischerboot gemietet?«

»Nein, Madam.«

»Alles kostet: das Boot, der Kapitän, die Fahrt, die Ausrüstung, die Vorräte und so weiter. Verglichen damit sind die Flittchen billig wie im Ausverkauf.«

Ein tiefer Seufzer.

»Haben Sie genug gesehen, Detective? Ich schon.«

»Ich richte mich nach Ihnen, Madam.«

»Ich zeige Ihnen gern noch die hinteren Zimmer. Aber für mich ist der Weg ein bißchen weit, und viel gibt es nicht zu sehen.«

»Machen Sie sich nicht die Mühe.«

»Dort ist nur mein Schlafzimmer, Walters Schlafzimmer und ein Gästezimmer für unsere Tochter, den Schwiegersohn oder die Enkel. Von denen hab ich drei.« Ihre Miene hellte sich auf. »Und neuerdings noch einen Urenkel dazu. Ein Mädchen. Ashley.«

»Wie schön.«

»Oh, sie ist ja so ein Schatz!« Ihr Blick wurde sehnsuchtsvoll, eine Träne rollte. »Walter hat sie vergöttert. Er war so ein begeisterter Großvater. Ein guter Vater auch. Und ein anständiger Ehemann. Ich glaube ...« Sie schaute zur Decke. »Ich glaube, er wollte nur nicht zum alten Eisen gehören. Kommen Sie, ich zeige Ihnen mein Wohnzimmer.«

Sie machte kehrt und führte ihn in einen großen Raum, der vielleicht einmal als Speisezimmer gedient hatte. Das war ihr Reich. Stofftapeten und altmodische Landschaftsgemälde, Plüschsofas mit Spitzenüberwürfen und Satinkissen, dick gepolsterte Stühle, mehrere Teetischchen mit Spitzendecken. Dazu plissierte und fransenverzierte Lampenschirme, Silberrähmchen, Nippes und zimtduftende Kräuterschalen, die wahrscheinlich den Miststank von draußen überdecken sollten.

»Ist es Ihnen recht, wenn wir hier reden?« fragte Adelaide und setzte sich.

»Ja, natürlich.« Martinez stand da und hielt nach einer Sitzgelegenheit Ausschau.

»Setzen Sie sich auf das Sofa dort.« Adelaide streckte ihren knochigen Zeigefinger aus. »Das ist ganz stabil. Es hat drei hüpfende und springende Enkel ausgehalten.«

Martinez versank zwischen den Sofakissen und mußte sich vorbeugen, um Halt zu finden. »Das ist aber weich!«

»Ja, es hängt ein bißchen durch. Was die Kinder nicht geschafft haben, hat die Schwerkraft erledigt. Wie unhöflich von mir! Kann ich Ihnen Tee anbieten?«

Sie nahm ein Glöckchen vom Tisch und klingelte laut und ungeduldig. Nach einer Minute trat eine magere junge Frau ein. Sie trug weiße Schwesterntracht mit Haube. »Ja, Mrs. Skinner?«

»Zwei Tassen Tee, Nicky. Und bring auch die Kekse. Aber die guten. Die Butterkekse.«

Nicky drehte sich um und verschwand.

Adelaide grinste. »Ist das nicht lustig? Wie in *Arsen und Spitzenhäubchen*.«

Martinez lächelte nervös. »Hoffentlich nicht zu sehr.«

Adelaide stutzte, dann lachte sie. »Nein, nein, nein. Das hieße die Dinge zu weit treiben.«

Beide schwiegen.

»Glauben Sie mir, ich bedaure Ihren schweren Verlust«, sagte Martinez schließlich.

»Ich auch«, erwiderte sie, und ihre Augen wurden wieder feucht. »Ich hab Walter geliebt. Meine Bitterkeit ist nur äußerlich. Vielleicht denke ich deshalb an die schlechten Zeiten, damit ich die guten nicht so sehr vermisse.« Ihre Lippen zitterten. »Mit allen seinen Schwächen. Ich hab ihn geliebt.«

Martinez räusperte sich. »Der Mann, der Ihrem Gatten das angetan hat ... und allen Opfern ...«

»Harlan Manz.« Ihr Gesicht wurde hart. »Wer ist dieser ... dieser ...?«

»Das wollen wir gerade herausbekommen.« Martinez zückte ein Foto. »Ich weiß, es ist eine Zumutung für Sie. Aber könnten Sie einen Blick auf sein Foto werfen?«

»Wozu?«

»Ich würde gern wissen, ob er Ihnen bekannt vorkommt.«

Martinez hielt ihr das Bild hin. Sie nahm es und brachte es langsam auf Sichtweite. »Warum sollte er mir bekannt vorkommen?« Sie blickte auf und sah die Schwester mit dem Tablett kommen. »Ah, Nicky mit dem Tee. Welche Sorte hast du denn genommen, meine Kleine?«

»Kamillentee. Passen Sie auf, er ist sehr heiß. Verbrennen Sie sich nicht wieder die Zunge wie letztes Mal.«

»Immer meckern, immer meckern!« Sie zog ein Gesicht. »Wo sind die Butterkekse?«

»Die stehen nicht auf Ihrem Diätplan. Ich habe Ihnen Teegebäck gebracht.«

»So ein Quatsch!« Sie nahm einen harten Keks und knabberte an ihm herum. »Die schmecken wie Pappe. Die kann ich nicht anbieten.«

»Ich hab sowieso keinen Hunger«, sagte Martinez. »Tee reicht mir vollkommen.«

»Er ist aber heiß«, warnte Nicky beim Eingießen erneut. »Sie will ihn sehr heiß.«

»Tee muß man heiß trinken«, beharrte Adelaide.

Martinez faßte sich in Geduld und schlürfte seinen Tee. Sie plauderten zwanglos – über den Tee, über Butterkekse und das Wetter. Dann nahm er einen neuen Anlauf.

»Was sagen Sie nun zu dem Foto? Haben Sie diesen Mann schon mal irgendwo gesehen?«

Adelaide nahm sich das Bild noch einmal vor. »Ein *bißchen* könnte er mir bekannt vorkommen. Ich bin zwar alt, aber noch nicht hirntot. Ich glaube nicht, daß ich jemals einen Harlan Manz kennengelernt habe.«

»Was sagt Ihnen der Name Hart Mansfield?«

Die alte Frau furchte die Stirn. »Der kommt mir bekannt vor. Aber woher?«

»Er war Tennislehrer im Greenvale Country Club.«

Ein Lächeln zeigte sich auf ihren Lippen. »Sehe ich so aus, als würde ich Tennis spielen?«

Martinez brach der Schweiß aus. »Er hat auch an der Bar gearbeitet. Bei Festen und Wohltätigkeitsveranstaltungen.«

Adelaide dachte nach, dann wurde sie bleich. »Ja ... ja wirklich! O Gott! Ogottogott!«

»Was ist denn, Mrs. Skinner?«

Sie preßte die Hand an die Brust. »O mein Gott!«

Martinez stand auf. »Ist Ihnen nicht wohl, Mrs. Skinner?«

»O doch ... keine Sorge. Das ist der Barkeeper, mit dem Walter auf der Hausner-Party Krach hatte.«

Martinez spürte sein Herz klopfen. Er zückte Notizbuch und Bleistift und begann hektisch zu kritzeln. »Krach? Was für einen Krach?«

»Nichts Weltbewegendes. Ich erinnere mich nur, weil ich mit ihm geredet hab ... nur ganz kurz ... nachdem Walter die Nerven durchgegangen waren.«

»Was war denn passiert?«

»Oh, das Übliche. Es ging ihm zu langsam an der Bar, die Schlange wurde nicht kürzer. Walter hatte schlechte Laune und fing Streit an. ›Laß endlich die Mädchen in Ruhe und mach mir meinen Scotch‹, hat er gerufen, glaube ich.« Sie blickte zu Boden. »Und einen Schwachkopf hat er ihn genannt. Er hatte getrunken, und es sollte ein Witz sein. Aber er war ziemlich laut und hat den Jungen in Verlegenheit gebracht ...«

Sie brach ab, ihr Gesicht zeigte Ärger, ihre Hände zitterten, sie blickte zur Seite.«

»Jedenfalls sagte ich diesem jungen Mann, wie immer er hieß, daß Walter einfach ein bißchen schlecht gelaunt war. Er hat das akzeptiert, dann ist jeder seiner Wege gegangen.«

Sie fixierte Martinez. »Sie können doch nicht im Ernst glauben, daß er ... sich das zu Herzen genommen hat!«

Martinez zupfte an seinem Schnurrbart. »Die Sache scheint mir nicht so bedeutend. Hatten Sie noch bei anderer Gelegenheit miteinander zu tun?«

»Nicht, daß ich wüßte.« Sie dachte nach. »Aber mir ist

bekannt« – sie schloß einen Moment die Augen –, »daß Walter manchmal mit anderen Frauen in den Club ging.«

»Verstehe.«

»Daher könnte es sein, daß Walter noch öfter mit diesem ... diesem Filou aneinandergeraten ist.«

»Hat Ihr Mann ihn irgendwann noch einmal erwähnt?«

»Nein, das nicht. Trotzdem, ist das nicht furchtbar? Mein Mann wird zufällig Opfer eines Verbrechens, und ich sitze hier und bin dem Mörder meines Mannes leibhaftig begegnet.«

Martin nickte.

»Sie glauben nicht, daß es Zufall war, oder?« fügte sie hinzu.

»Wir gehen allen Spuren nach.«

»Eine Beleidigung, die zwei Jahre her ist? Das ist kein besonders starkes Mordmotiv!«

»Da haben Sie recht.«

»Trotzdem ...« Sie hob ihre Tasse und nippte. »Man weiß nie, was Menschen zu solchen Greueltaten treibt.«

»Wollen Sie etwa behaupten, dieses blutige Massaker war eine Verschwörung?«

Marge schaute aus dem Fenster des zehnten Stocks auf andere Hochhäuser und einen fernen Berggipfel; die Firma Ashman/Reynard hatte ihre Büros im Gewerbepark von Woodland Hills, den es schon an die zwanzig Jahre gab, und damit zählte er zu den älteren Industrieansiedlungen in dieser Gegend. Marge wandte sich Brenda Miller zu, der stellvertretenden Geschäftsführerin. Sie trug ein knallrotes Kostüm, dazu schwarze Strümpfe und Stöckelschuhe, die ebensogut als Hieb- und Stichwaffen hätten dienen können. Eine kleine Frau Mitte Dreißig mit kurzem dunklem Haar, lebhaften braunen Augen und gesunder Haut.

»Nein, das ist damit nicht gesagt«, erklärte Oliver. »Wir fragen nur, ob Sie oder andere Mitarbeiter von Ashman/Reynard vor diesem Gewaltverbrechen Kontakte zu Harlan Manz unterhalten haben.«

»Kontakte? Wo? Im Estelle?«

»Egal wo«, sagte Marge.

»Welche Art Kontakte meinen Sie? Oder wollen Sie wissen, ob ich ihn kannte? Die Antwort ist ja. Ein Draufgänger. Er hat dort an der Bar gearbeitet.«

»Im Estelle?« fragte Oliver beim Mitschreiben nach.

»Ja, im Estelle.« Brenda stützte die Ellbogen auf und zog die Stirn kraus. »Davon reden wir doch, oder?«

»Er hat auch im Greenvale Country Club an der Bar gearbeitet. Und Ihre Firma ist Mitglied dieses Clubs«, sagte Marge.

»Das weiß ich selbst.« Brenda wirkte verunsichert.

»Kennen Sie Harlan Manz auch vom Greenvale?« fragte Marge. »Es könnte sein, daß er sich dort Hart Mansfield nannte.«

Brenda atmete tief durch, dann kam sie langsam mit der Sprache heraus. »Ich ... hab ein paar Tennisstunden bei ihm genommen.«

Marge versuchte ihre Überraschung zu verbergen. Das schien spannender zu werden als vermutet. Sie bremste erst einmal ab. »Erzählen Sie mir von ihm.«

»Was ist da zu erzählen?« Sie lachte, doch ihrem Lachen fehlte die Heiterkeit. »Der gute alte Hart, ein Charmeur eben. Er hat dort gearbeitet, vielleicht einen Sommer lang. Und plötzlich war er weg. Wie die meisten Angestellten dort. Eigentlich alle. Gutaussehend, aber ohne Hirn.«

Sie verstummte.

»Etwa ein Jahr später ging ich mit ein paar Klienten ins Estelle, und da traf ich ihn an der Bar. Ich hab ihn umarmt.« Sie schauderte unwillkürlich. »Es gruselt mich, wenn ich nur dran denke. Jedenfalls hab ich ihn dort ein paarmal gesehen. Dann war er weg. Sie kennen doch diese Sorte. Die bleiben nirgends lange.«

»Hatten Sie jemals eine Auseinandersetzung mit ihm?« fragte Oliver.

Brenda überlegte kurz. »Nicht, daß ich wüßte.«

»Könnte es sein, daß Sie ihn irgendwann einmal gekränkt haben?«

»Ich kränke öfter jemanden. Aber ihn im besonderen?« Sie zuckte die Schultern.

»Hat er Sie jemals angepumpt oder um einen Gefallen gebeten, und Sie haben abgelehnt?« fragte Oliver.

Sie zögerte. »Tatsächlich hat er mal angedeutet, daß er vorübergehend einen Job brauchte ... bis zu seinem großen Durchbruch.« Sie lächelte sarkastisch. »Ich sagte ihm, er solle vorbeikommen. Wir können immer mal Aushilfen gebrauchen. Aber er hat sich nie gemeldet. Was mich nicht weiter überraschte.

Mindestens zwanzig Leuten hab ich so was angeboten, und kein einziger wollte wirklich arbeiten.«

Brenda stand auf, trat ans Fenster und ließ den Blick wandern. »Versager, alle miteinander. Immer kurz vorm großen Durchbruch. Klüger werden die dabei nie, nur älter, und dann rücken die hoffnungsvollen Jungstars nach. Es ist immer dasselbe. Die Konkurrenz ist hart.«

Im Raum war es still.

»Sie haben also Tennisstunden bei ihm genommen«, sagte Marge.

»Ein paar. Er war nur eine Aushilfe. Aber kein schlechter Spieler. Kräftige Beine. Wer hätte gedacht ...«

»Hat er Ihnen jemals Avancen gemacht?« fragte Marge.

»Mir?« Sie schüttelte den Kopf. »Nein. Wenn ich mich recht erinnere, hat er sich an die älteren Jahrgänge gehalten – über fünfzig und mit dickem Bankkonto. Außerdem war er hinter den Püppchen her. Ich bin weder das eine noch das andere, vor mir hatte er eher Angst. Zu unabhängig, zu erfolgreich.«

»Hat er es je bei Wendy Culligan probiert?«

»Das weiß ich nicht. Fragen Sie Wendy.«

»Hab ich schon getan«, sagte Marge. »Sie sagt nein, aber ich weiß nicht, ob ich ihr glauben soll. Ich habe mich zurückgehalten, weil sie noch nicht auf dem Posten ist. Aber ich frage Sie, Ms. Miller: Hat Harlan Manz sich je an Wendy Culligan herangemacht?«

Oliver blickte Marge fragend an. Daß es eine Verbindung zwischen Wendy und Harlan Manz geben sollte, war ihm neu. Marge warf ihm einen schnellen Blick zu, und er begriff, daß die Frage nur ein Versuchsballon war.

Brenda wich aus. »Wenn Wendy nein sagt, dann stimmt das auch.«

Marge wartete. »Sind Sie auch ganz aufrichtig zu mir, Ms. Miller?«

Brenda schaute sie an, wurde streng. »Hören Sie. Das arme Mädchen hat ein schweres Trauma durchgemacht ... in drei Tagen vier Pfund abgenommen. Sie ißt nicht, schläft nicht, kann nicht arbeiten. Ich hab sie bekniet, zum Therapeuten zu gehen. Die Firma bezahlt es. Wendy ist eine Perle, eine unserer besten Maklerinnen. Aber sie weigert sich. Im Moment ist sie überhaupt nicht belastbar. Machen Sie nicht alles noch schlimmer.«

»Deshalb stelle ich Ihnen diese Frage und nicht ihr.«

Oliver mischte sich ein. »Wenn es eine Verbindung gibt, kommt das sowieso raus. Erzählen Sie lieber uns die Geschichte, bevor irgendein Schweinehund Wind davon kriegt und sie an die Presse verkauft.«

»Wie bitte?« zischte Brenda. »Wer würde so was tun?«

»Ich meine rein theoretisch ...«

»Reden Sie etwa über sich selbst?« Ihre Augen funkelten böse. »Haben Sie derartige Absichten?«

»Würde ich darüber reden, wenn ich die hätte?« Oliver lachte. »Ob Sie es glauben oder nicht, Ms. Miller. Es gibt etwas, das nennt sich Integrität.« Leise fügte er hinzu: »Und das ist auch das einzige, was ich besitze.«

Brenda wirkte besänftigt und wandte sich an Marge. »Ist er verheiratet?«

»Geschieden.«

»Anderweitig gebunden?«

»Nicht, daß ich wüßte.«

»Ich bin anwesend, meine Damen«, sagte er. »Sie können direkt mit mir verhandeln.«

Brenda winkte ab. »Männer frage ich das nie. Sie lügen grundsätzlich.« Sie blickte Oliver an. »Wenn Sie mir ein Abendessen versprechen, könnte es sein, daß ich ein bißchen netter bin.«

Oliver grinste breit. »Mit dem größten Vergnügen, Ms. Miller. Aber ganz bestimmt nicht im Estelle.«

»Wie wär's mit dem Crab and Barrel?«

»Für meine Brieftasche ist das ein bißchen viel ...« Oliver schien zu überlegen. »Vielleicht können Sie nachhelfen.«

»Wann?« fragte Brenda.

»Schlagen Sie was vor.«

»Freitag?«

»Gemacht.«

»Erzählen Sie uns von Wendy Culligan und Harlan Manz«, sagte Marge.

Brenda wurde wieder ernst. »Sie sind ein paarmal zusammen ausgegangen. Aber es war nichts Ernstes. Er hatte eine Freundin, sie hatte einen Freund. Du bist ja verrückt, hab ich gesagt. Klar, Harlan sah gut aus, besser als ihr Freund. Aber Ken, so heißt er, hat einen Job, er hat seinen Wagen, seine eigene Wohnung ... er hat eine Zukunft. Harlan war ein Loser. Ich glaube, Wendy hat das kapiert, denn irgendwann hat sie Schluß gemacht ... aber sie sagt, sie haben sich im Guten getrennt.«

»Sie hat mit Ihnen darüber gesprochen?« fragte Marge.

»Ja. Als ich sie besucht habe, hat sie mich gleich beiseite genommen und gebeten, es niemandem zu sagen. Erstens wollte sie nicht, daß es ihr Freund erfährt, zweitens wollte sie nicht mit ihm in Verbindung gebracht werden. Kann man es ihr verübeln?«

»Nein«, sagte Marge. »Aber der Polizei gegenüber hätte sie ehrlich sein sollen.«

»Werden Sie das zur Sprache bringen?« Brenda wurde nervös. »Sie ausfragen?«

»Ja«, sagte Marge. »Aber ich muß ja nicht verraten, daß ich es von Ihnen weiß.«

»Da wäre ich Ihnen dankbar.« Brenda seufzte. »Ich möchte nicht als Petze dastehen. Ich hab es nur erzählt, damit kein anderer mehr draus macht, als wirklich gewesen ist.«

»Denken Sie an einen Bestimmten?« fragte Marge.

»Nein. Und das ist die reine Wahrheit. Aber Sie wissen ja, wie die Leute reden. Nach so einer Sache wie im Estelle ist man fertig ... hilflos. Manch einer erfindet Geschichten, aber wenn Wendy sagt, es war nichts dran, dann stimmt das auch.«

»Vielleicht war für sie nichts dran«, sagte Marge. »Aber für Harlan Manz könnte es eine ernste Sache gewesen sein.«

Oliver schob sich eine Handvoll Kürbiskerne in den Mund und grinste. Er platzte fast vor Stolz. Marge verdrehte die Augen und schloß die Beifahrertür des Zivilfahrzeugs auf. Oliver stieg ein, beugte sich hinüber und entriegelte die Fahrertür von innen. Als sie zustieg, wühlte er demonstrativ in seiner Brieftasche. »Na ja, drei Dollars hab ich flüssig. Vielleicht kann ich Brenda auf ein Glas Hauswein einladen.«

»Ich weiß, was ich verdiene, und ich weiß, was du verdienst.« Marge startete den Wagen. »Darauf falle ich nicht rein, Scotty.«

Oliver lachte und bot Marge Kürbiskerne an. Marge schüttelte den Kopf und fuhr vom Parkplatz herunter in Richtung Freeway 405. Sie nahm die Auffahrt nach Norden und gab Gas, bis der Wagen nur so dahinflog.

»Vielleicht haben wir eine heiße Spur«, sagte sie. »Manz kannte Wendy. Sie hatten sogar ein Verhältnis.«

»Aber Wendy ist nicht tot, Marge.«

»Er hat sie eben verfehlt.«

»Und beim Versuch, sie umzubringen, hat er dreizehn andere erwischt, auch zwei an ihrem Tisch?« Oliver war skeptisch.

»Vielleicht wollte er angeben. ›Sieh nur, wozu du mich getrieben hast.‹«

»Warum mußten zwei Schützen dort rumballern, wenn Manz nur Wendy beeindrucken wollte? Das hätte er auch ohne Hilfe geschafft.«

»Wir wissen nicht, ob es wirklich zwei Schützen waren.«

»Aber wir vermuten es.«

»Ehrlich gesagt weiß ich nicht, was wir vermuten. Ich weiß nicht mal, wonach wir eigentlich suchen.«

Oliver schwieg. Dann sagte er: »Vorhin habe ich mit Bert über Skinners Witwe gesprochen. Sie schwärmt von *Arsen und Spitzenhäubchen*.«

»Meinst du den Film?«

»Natürlich den Film!«

»Ist doch klar, warum sie ihn mag. Die Hauptfiguren sind zwei alte Damen.«

»Zwei alte Damen, die morden.«

»Die Leute im Estelle wurden erschossen, nicht vergiftet, Scotty.«

»Trotzdem wird man da nachdenklich. Ihr Mann hat sie betrogen.«

»Hat Bert gesagt, daß sie deshalb zur Furie wurde?«

»Nein. Er sagt, sie schien zu schwanken zwischen der Wut auf seine Untreue und der Trauer über seinen Tod.«

»Das klingt mir ganz normal«, sagte Marge. »Das einzige, was mir an dem ganzen Fall normal vorkommt.«

»Ja, die Sache wird kompliziert.« Oliver kaute noch mehr Kürbiskerne. »Hast du auch Hunger, Marge? Von diesem Zeug wird man nicht satt.«

»Einen Happen könnte ich vertragen.«

»Wie wär's mit Oscar's Deli?«

»Wo ist denn das? Ecke Woodley und Ventura?«

»Noch eine Kreuzung weiter.« Oliver warf die letzte Ladung Kürbiskerne ein. »Du kannst bezahlen. Ich muß meine Mäuse zusammenhalten für das Crab and Barrel .«

12

Jeanine Garrison war schwer zu erreichen. Decker landete in der Warteschleife, er redete mit einer Reihe von Sekretärinnen und Assistenten und fragte sich die ganze Zeit, welche bedeutsame Tätigkeit Jeanine ausübte, daß sie so viele Leute beschäftigte. Marge hatte angedeutet, daß sie die Künste und irgendwelche gemeinnützigen Projekte förderte. Wie sie sich damit ihren Lebensunterhalt verdiente, war ihm ein Rätsel. Als er sie endlich am Apparat hatte, klang sie recht freundlich. Sie vereinbarten ein Treffen in ihrem Büro, das in einem Gebäude im altenglischen Stil mit bunten Butzenscheiben untergebracht war. Genauso wie Greenvale. Decker fragte sich, ob der Bau vom selben Architekt stammte.

Ihr Büro befand sich im Penthouse. Das Wartezimmer war klein, aber elegant mit hochglanzpolierter Walnußtäfelung, ein glänzendes Ledersofa stand an der Wand, flankiert von zwei Serviertischchen. Auf dem einen frische Blumen, auf dem anderen die lokalen Wochenzeitschriften und mehrere Nummern des *Architectural Digest*. Ein Sekretärin mittleren Alters bat Decker, Platz zu nehmen, Jeanine werde sofort kommen. Aus dem »Sofort« wurde eine halbe Stunde. Aber wäre Decker ledig gewesen, hätte er das Warten lohnend gefunden. Denn die Frau war sehr, sehr attraktiv.

Sie hatte ein entzückendes Gesicht und eine erstklassige Figur. Schulterlanges blondes Haar, das locker fiel und sanft schimmerte. Weit auseinanderstehende Augen, so aquamarinblau, daß Kontaktlinsen sicher nachgeholfen hatten. Dazu ein ovales Gesicht, hohe Wangenknochen und Lippen, die feucht und sinnlich aussahen. Mit ihrer klassischen Figur – etwa einssiebzig groß, mit wohlgeformten Beinen – wirkte sie wie eine Tänzerin. Schlanke Fesseln und zarte Füße, blasse, makellose Haut, blasse Hände. Sie trug ein zurückhaltendes Zweireiher-Kostüm, dazu einen bunten, fast schrillen Schal von Versace.

Ihr Blick traf den seinen, ihre Hand schloß sich sanft um seine Finger. Sie seufzte schwer. »Wären Sie mir sehr böse, wenn ich Sie bitten würde, in einer Stunde wiederzukommen?«

Decker entzog seine Hand. »Ganz und gar nicht. Ist Ihnen etwas dazwischengekommen?«

»Irgendwas kommt *immer* dazwischen, nicht wahr?« Sie blickte zur Seite, ihr Gesicht zeigte einen zarten Anhauch von Besorgnis. »Sie sind ein Schatz. Dann sehe ich Sie in einer Stunde.«

Ein Schatz? dachte Decker.

»Sicher«, sagte er.

Ohne ein weiteres Wort drehte sie ab und schwebte davon, sehr langsam, mit elegantem Hüftschwung.

Decker ging zum Auto zurück, ihm war heiß geworden. Was war das für eine Frau? fragte er sich verwirrt. Egal. Eine Stunde Wartezeit. Er konnte genausogut ins Büro zurückfahren.

Körperliche Verletzungen sind leichter zu ertragen als Exfrauen. Decker wußte das, weil er beides kannte.

Auf dem Anrufbeantworter fand er fünf Nachrichten von Jan. Er ließ sich in den Schreibtischsessel sinken und starrte das Telefon an. Mit gequälter Miene tippte er die Nummer ein und zuckte bei jedem Klingeln zusammen. Als er die Stimme seiner Tochter hörte, atmete er auf. Sie war kühl zu ihm, wie erwartet. Aber es war ihm egal. Hauptsache, er mußte nicht mit Jan sprechen.

»Ich rufe nur zurück, weil deine Mutter ...«

»Sie ist nicht zu Hause.«

»Sag ihr, daß ich angerufen habe. Sag ihr, ich stecke bis zum Hals in Arbeit und melde mich morgen wieder. Dann muß sie nicht immer hier auf dem Revier anrufen.«

»Wie oft hat sie es denn versucht?«

»Fünfmal.«

»Ich rede mit ihr.«

»Bitte nicht, Cynthia. Du sollst dir nicht noch mehr Kummer aufbürden.«

Sie schwieg. Dann: »Ich war schließlich der Auslöser.«

»Ich weiß deine Hilfe zu schätzen, aber bitte bleib neutral, sonst wird alles noch komplizierter. Bist du mir noch böse?«

»Ich hab dich sehr lieb, Dad.«

Sie war noch abweisend, aber schon am Auftauen.

»Cindy«, sagte er, »ich möchte mich entschuldigen. Du hast dich sehr gut benommen gestern abend. Ich nicht.«

»Du warst wütend.«

»Ja.«

»Und verletzt, weil ich nicht vorher mit dir gesprochen habe.«

»Ein bißchen.«

»Frustriert?«

»Allerdings. Ich habe meine Meinung nicht geändert. Deine Entscheidung finde ich immer noch falsch. Aber du bist vierundzwanzig. Wenn ich dich schon nicht umstimmen kann, sollten wir wenigstens nächste Woche essen gehen. Vielleicht hast du ja Verwendung für ein paar Tips von einem alten Hasen. Wann soll es losgehen?«

»Gleich nach Neujahr.«

»Schade, daß die Baseballsaison vorbei ist«, sagte Decker. »Du bist einen Steinwurf vom Vorverkaufsbüro der Dogders entfernt.«

Cindy lachte. »Daddy, ich habe eine Bitte.«

»Schieß los.«

»Ich höre dir sehr gern zu. Ich achte dich nicht nur als Vater, sondern auch als Polizisten. Aber bitte, misch dich nicht in meine Ausbildung ein. Ruf nicht in der Akademie an. Sprich nicht mit meinen Lehrern und erkundige dich nicht nach mir. Ich hab wirklich überlegt, ob ich nicht Moms Mädchennamen annehme. Es soll nicht jeder wissen, daß du mein Vater bist. Ich hab schon so genug Probleme. Alle messen mich an dir ...«

»Wow, das klingt ja ernst.«

»Du willst mir helfen, das ist in Ordnung. Solange du meinen Wunsch respektierst. So ist es für uns beide am besten.«

Decker seufzte schwer. »Ich tue, was ich kann, Cynthia.«

Beide verstummten. Aber trotz aller Probleme war er froh, daß er Cindy und nicht Jan am Apparat hatte.

»Haben wir das jetzt abgehakt?« fragte sie.

»Abgehakt würde ich nicht sagen. Ich habe nur aufgegeben, deine Entscheidung zu bekämpfen.«

»Ich ruf dich später an, Dad. Paß auf dich auf.«

»Mach's gut, Kleine.«

»Du auch. Tschüs.«

Abrupt legte sie auf. Decker blieb einen Moment so sitzen, den Hörer am Ohr, und hörte den Wählton. Dann legte auch er auf, schaltete Computer und Modem ein und wählte die Datenbank der Bibliothek von L.A. an. Diese Errungenschaft, dem Sparhaushalt des vergangenen Jahres abgetrotzt, hatte den Ermittlern schon unendlich viele Stunden ödester Recherche erspart. Er gab sein Paßwort ein, und nach ein paar Minuten hatte er gefunden, was er suchte: die Lokalzeitungen des West Valley. Er tippte den Namen Jeanine Garrison in den Suchbefehl ein. Am häufigsten wurde sie in den Gesellschaftsnachrichten und Artikeln über Wohltätigkeitsveranstaltungen erwähnt. In einer zehn Jahre alten Zeitung fand er auch das Foto ihrer ermordeten Eltern, Ray und Linda Garrison. Ein hübsches Paar. Linda war blond und schön gewesen. Freundliche Augen. Ein jugendliches Gesicht. Decker konnte kaum glauben, daß sie damals dreiundvierzig war, sie sah eher wie dreiundzwanzig aus. Ray jedoch war unverkennbar älter. Graumeliertes Haar, auf rauhe Art gutaussehend. Der Typ Vater, den sich jede Tochter wünscht.

Decker ging weiter die Artikel durch.

Erstmals wurde Jeanine bei ihrem Debütantenball erwähnt. Komisch, daß es so etwas noch immer gab, besonders hier in Los Angeles. Aber da stand sie in ihrer ganzen Pracht. Eine betörend schöne Achtzehnjährige in einem Gewand, das alles andere als jungfräulich wirkte. Ein langes, enganliegendes Kleid mit einem Schlitz bis zur halben Schenkelhöhe und einem Ausschnitt, der tiefe Einblicke in viel Weiblichkeit gewährte.

Decker nahm kurz die Brille ab, rieb sich die Augen. Aus irgendeinem Grund strengte ihn der Bildschirm mehr an als eine Zeitung. Vielleicht wegen der steifen Haltung. Jeanine und Eltern bei einem Fest für die Jugendfürsorge. Jeanine und Eltern bei den Vorbereitungen für ein Essen zugunsten eines Altersheims.

Jeanine kam nun immer häufiger vor, ihre Eltern dagegen seltener. Jeanine und ihre Wohltätigkeitsveranstaltungen. Eine nach der anderen, alle für gute Zwecke. Voll mit Prominenten. Vertreten war nicht die erste Garnitur, eher die angejahrten Charakterdarsteller, die auf ihr Comeback hofften. Die kamen in Scharen. Auch Strapp war zu sehen, zusammen mit dem Bürgermeister; umrahmt von beiden stand Jeanine und präsentierte den Fotografen ihr blendendes Gebiß.

Wieder rieb sich Decker die Augen, warf einen Blick auf die Uhr. Eine volle Stunde war vergangen. Nun hatte er die Zeit verpaßt. Egal. Es war eben etwas dazwischengekommen. Irgendwas kommt immer dazwischen.

David Garrison öffnete in Bademantel, Pyjamahose und Schlappen; Webster fragte sich, ob der Mann zu Hause immer so herumlief oder ob er ihn tatsächlich um drei Uhr nachmittags aus dem Bett geholt hatte. Webster zeigte seine Dienstmarke. Die überraschten braunen Augen musterten erst die Marke, dann den Detective. Es waren rotumränderte Augen mit Ringen darunter. Garrison war blaß, schmal und unrasiert, hatte fettige blonde Locken. Mußte eine rauschende Party gewesen sein, gestern nacht.

»Darf ich reinkommen?« fragte Webster. »Oder wollen wir hier draußen reden?«

Die Tür ging auf, und Webster trat ein. Garrison hatte noch kein Wort gesagt.

Ein atemberaubender Blick. Zwei Fensterfronten umrahmten die Berghänge und die Skyline der Stadt. Der Raum selbst war von glatter Eleganz – kalt, nüchtern, monochrom. Eine Komposition aus Schwarz, Weiß und Grau mit Marmorfußboden und grellweißen Wänden, schmucklosen schwarzen Ledersofas und Glastischen. Sparsam verteilt abstrakte Kunst, eine Stereoanlage auf dem schwarzen Bücherregal, Metalljalousien. Nur der Blick auf die Landschaft brachte einen Hauch Farbe.

»Hab ich Sie geweckt, Sir?« fragte Webster höflich.

Garrison schüttelte den Kopf. »Schön wär's. Und nennen Sie mich Dave. Der Sir ist ... war reserviert für meinen Vater.«

»Ist mir recht.« Webster blieb vor der Stereoanlage stehen und schaute sich die CDs an. Klassische Musik, gute Komponisten, gute Einspielungen. Er überflog die Titel. »Das ist ja interessant!«

»Mein kleines Hobby.« Garrison klang gelangweilt.

»Ich meinte insbesondere die zweiundsechziger Aufnahme von Bernstein, *Die Ozeaniden* von Sibelius. Ich hab die Platte. Seit wann gibt es die auf CD?«

Schweigen. Dann sagte Garrison. »Die ist neu rausgekommen.«

»Offensichtlich.« Webster strahlte. »Hab zu viele Überstunden gemacht. Aber ich weiß, was ich tue, wenn ich mal wieder frei habe. Darf ich mich setzen?«

Garrison zeigte auf ein Sofa. »Einen Drink?«

»Nein, danke.«

»Was dagegen, wenn ich mir einen mache?«

»Sie sind hier zu Hause, Mr. Garrison«, sagte Webster. »Ich bin nur Gast.«

»Gut gesagt.« Garrison trat an seine verspiegelte Hausbar und nahm sich ein Kristallglas. »Wollen Sie die CD hören?«

»Wenn sie läuft, werd ich nicht meutern.«

»Also laß ich sie laufen.« Er goß sich einen dreistöckigen Johnny Walker pur ein. »Sie bringen ja den Südstaaten-Slang perfekt rüber. Die Girls müssen nur so auf Sie fliegen.«

Webster grinste. »Das war mal. Als ich noch Single war.«

Garrison nahm einen Schluck, dann schob er die Sibelius-CD ein. »Und jetzt sind Sie treusorgender Ehemann und ein pflichtbewußter, fleißiger Cop.«

»Genau.«

Garrison drehte auf, und der Raum füllte sich mit erhabenen Klängen. Webster wollte die Augen schließen und sich von der Musik davontragen lassen. Statt dessen zückte er das Notizbuch und wartete mit erhobenem Stift, daß Garrison austrank und sich setzte. Der goß sich ein zweites Glas ein und ließ sich in den Ledersessel sinken. Sein Bademantel stand offen und entblößte eine schmächtige, feinbehaarte Brust. Er saß mit gespreizten Beinen, der Pyjamaschlitz klaffte. Garrison trug keine Unterhose.

»Ich möchte Ihnen mein Beileid aussprechen, Mr. Garrison«, sagte Webster.

David blickte ihm in die Augen. »Meine Trauer hält sich in Grenzen.«

Webster schluckte kurz. »Was dagegen, wenn ich ein paar Fragen stelle?«

»Das klingt, als hätte ich eine Wahl.« David lächelte. »Hab ich die?«

»Nur ein paar Fragen, Sir.«

»Wie Sie wünschen, *Sööhr*!«

»Sie sind ja ein harter Brocken!« sagte Webster lachend.

»Geben Sie mir genug zu trinken, und ich werde zu Wachs.«

Er zwinkerte mit einem Auge. »Hab ich Sie erschreckt, *Söhr*? Keine Angst, Sie sind nicht mein Typ.« Er beugte sich vor. »Ich habe alles Mögliche probiert, aber leider, leider, bin ich ganz normal. Es geht mir zwar gegen die Bohèmenatur, aber ich stehe nun mal mehr auf Mädchen. Zu schade. Ohne diesen kleinen Fehler wäre ich eine exzellente Schwuchtel.«

Er trank aus, stand auf und holte sich Nachschub. »In Wirklichkeit bin ich nur ein langweiliger bisexueller Säufer.«

»Arbeiten Sie?« fragte Webster.

Garrison schluckte Whisky. »Bühnenbild. Ich habe gerade *Tosca* im Dorothy Chandler gemacht. Berticelli dirigiert, wenn Ihnen das was sagt.«

»Den kenne ich nicht.«

»Mittelmaß, würde ich meinen ... Ich hab da was ganz Gewaltiges hingesetzt. Riesig, pompös, jede Menge Spezialeffekte. Absolut schrill und hart dran an Disneyland. Genau das richtige für das öde L. A.-Publikum.«

Noch ein Schluck Whisky.

»Ich arbeite auch fürs Kino. Aber immer seltener, weil die Ausstattung zunehmend mit Computergraphik gemacht wird. Kein Grund zur Sorge. Ich hab einen sehr guten Vertrag mit einer Computerfirma für Filmeffekte.« Er zog ein dümmliches Gesicht. »Muß die Computergraphik ran, ist Garrison der beste Mann.«

»Sie kommen finanziell gut zurecht, Sir?«

»Ich komme extrem gut zurecht, seit meine Eltern tot sind.«

Webster zögerte, dann fragte er: »Wie groß ist im Moment Ihr Vermögen?«

»Sie sind aber neugierig.« Garrison gönnte sich einen Fingerbreit Whisky. »Nicht annähernd so groß wie das meiner Schwester. Aber wenigstens bin ich nicht enterbt. War ein richtiger Schock für mich. Ich dachte, bei meinem Vater wäre ich abgemeldet. Mama muß ihm gut zugeredet haben, kurz bevor sie ...«

Er blickte in sein Glas.

»Ich weiß wirklich nicht, wieviel es genau ist. Irgendwas im unteren siebenstelligen Bereich, vermute ich. Jeanine weiß das genau. Sie muß mir mein Geld in bestimmten Abständen anweisen, sie ist mein ...Vormund. Was mich zum Mündel meiner Schwester macht. Wenn es nicht so absurd wäre, könnte ich drüber lachen.«

»Trauen Sie Ihrer Schwester nicht?«

»Kurz gesagt: nein.« Garrison hob den Finger. »Aber selbst wenn sie alles beiseite schafft, bin ich nicht schlimmer dran als vor zwei Jahren. Da saß ich im Knast und war enterbt. Ah, jetzt kommt's! Meine Lieblingsstelle! Dieser Sound!«

Webster hörte einen Moment zu, versuchte, dem Sirenengesang zu widerstehen. »Sehr schön.«

»Es ist einzigartig, Detective.«

»Ja, das stimmt.«

»Aber Sie müssen Ihre Arbeit machen.«

»Ja, das muß ich.« Webster wandte sich mit säuerlicher Miene seinen Notizen zu. »Was meinen Sie, warum Ihr Vater Sie enterbt hat?«

»Wegen des Kokains. Drogen konnte er einfach nicht leiden.« Er hielt das Glas in die Höhe. »Das hier zählte für ihn natürlich nicht.«

Garrison nahm einen Schluck.

»Er war anscheinend beeindruckt, daß ich die Kurve gekriegt ... das ganze letzte Jahr gearbeitet habe. Letztlich ging es wohl nur darum, daß ich ohne ihn zurechtkam. Als ich sein Geld nicht mehr brauchte, hab ich meinen Anteil vom Kuchen gekriegt. Prost!«

Er leerte sein drittes Glas und ließ sich wieder in den Sessel sinken.

»Meine Schwester ...« Er lächelte böse. »Meine Schwester dagegen war immer verwöhnt und verzogen, weil sie erstens das süße, süße kleine Mädchen war und zweitens schon als Kind absoluter Durchschnitt und ohne jedes Talent. Jetzt ist sie achtundzwanzig und hat noch keinen Tag in ihrem Leben gearbeitet. Nicht die geringste Verantwortung, nicht die geringsten Konsequenzen aus dem, was sie tut. Ich durfte diesen Luxus natürlich nicht genießen, weil ich frühreif war. Ich war intelligent, ich war begabt. Da haben Sie's. Meine Familiensaga, rein und unverfälscht. Noch irgendwelche Fragen, *Söhr*?«

Webster wartete einen Moment. »Haben Sie in der letzten Zeit mit Ihren Eltern gesprochen?«

»Ja.«

»Waren Sie oft bei ihnen?«

»Nein. Aber geredet haben wir miteinander. Manchmal hab ich den braven Sohn gespielt und meine Mutter angerufen.« Er stockte kurz und schluckte. »Meine Mutter ... hab ich gemocht.« Er blickte zur Seite und sprach leise weiter. »Niemand ... nicht mal mein Alter, den ich nicht ausstehen konnte ... verdient so einen Tod. Abgeschlachtet wie die Beute irgendeines durchgeknallten Jägers. Das ist gräßlich! Der Mann, der das getan hat, gehört ausgemerzt ... vollständig ... gründlich ... ohne Gnade.«

Garrison stand auf und ging wieder an seine Hausbar. Mit zitternden Händen goß er sich ein. Jetzt erst merkte Webster, wie sehr Garrison litt. Sein Trinken, seine Schlampigkeit, das war seine Art zu trauern. Webster fragte sanft: »In letzter Zeit mal rausgekommen, David?«

»Was?«

»Ich meine: Sind Sie überhaupt arbeiten gegangen?«

Garrison fuhr herum. »Ich sage doch, daß ich gerade ein Bühnenbild fertig hab!«

»War das vor oder nach dem Estelle?«

Garrison blickte zu Boden.. »Nächste Woche fang ich einen neuen Auftrag an. Keine Sorge, Detective.« Er kippte einen kräftigen Schluck hinunter. »Ich krieg mich schon wieder ein.«

»Ihre Eltern waren Gründungsmitglieder des Greenvale Country Club, stimmt's?«

David starrte ihn an. »Ich hoffe, die Frage hat einen Sinn.«

»Habe ich recht? Waren sie Gründungsmitglieder?«

»Sie haben recht, *Söhr.*«

»Haben Sie in Ihrer Jugend dort viel Zeit verbracht?«

»Ich habe diesen Club gehaßt. Und jeden, der sich da rumtrieb.«

Webster wartete. »Dann waren Sie nicht so oft dort?«

»Ich glaube ich sagte bereits, daß ich ihn *gehaßt* habe, Detective.«

»Als Erwachsener sind Sie also nie dort gewesen ... zum Beispiel zum Essen mit Ihren Eltern oder so?«

»Nie.« Garrison zögerte. »Sie fragen doch aus einem bestimmten Grund. Hängt das irgendwie mit dem Estelle zusammen?«

»Der Täter, Harlan Manz ...«

»Was ist mit dem?«

»Der hat beim Greenvale gearbeitet, bevor er im Estelle anfing.«

Schweigen. Garrisons Miene war undurchdringlich. »Was hat das zu bedeuten?«

»Wir wissen nicht, ob es von Bedeutung ist. Wir wollen uns nur ein Bild vom Täter machen, vielleicht eine Erklärung finden, warum er durchgedreht ist. Ich dachte, Sie hätten möglicherweise im Greenvale Kontakt zu ihm gehabt ... und könnten uns einen Tip geben.«

»Wann hat er denn im Club gearbeitet?«

»Vor etwa zwei Jahren.«

»Nein ...« Garrison schüttelte den Kopf. »Da war ich nicht dort. Da hab ich meine Drogenstrafe abgesessen, *Söhr.* Ich nehme an, daß Sie das wissen.«

Webster nickte. Er hoffte, daß Garrison ihm die Verlegenheit nicht ansah. Zu dumm, daß er sich die Daten nicht gemerkt hatte.

Garrison setzte sich. »Dieser Mörder ... Harlan Manz ... er hat auch im Estelle gearbeitet?«

»Ja.«

»Erst im Greenvale, dann im Estelle. Meine Eltern waren Mitglied im Greenvale und sind oft ins Estelle gegangen.« Er wurde bleich. »War dieses Schwein hinter ihnen her?«

»Ich habe keine Hinweise ...«

»Warum stellen Sie dann einen Zusammenhang her?«

»Das liegt nicht in meiner Absicht. Wie gesagt, wir versuchen nur zu verstehen, warum Manz geschossen hat. Sie scheinen einen wachen Blick zu haben. Ich hatte gehofft, daß Sie ihn aus dem Greenvale kennen ... und mir vielleicht etwas über ihn sagen könnten.«

»Ich bin dem Kerl noch nie im Leben begegnet. Glauben Sie mir nicht? Dann schließen Sie mich doch an den Lügendetektor an!«

Webster lachte auf. »Das wird nicht nötig sein. Sie stehen nicht unter Verdacht.«

Noch nicht. Denn eine siebenstellige Erbschaft war wirklich kein schlechtes Motiv.

»Was hat denn dieser Manz im Club gemacht?« fragte Garrison.

»Barkeeper.«

»Ah, jetzt verstehe ich, warum Sie dachten ...« Garrison hob das Glas und lachte. »Nein, früher war Koks meine Droge. Ich versichere Ihnen, daß meine Freundschaft mit Mr. Scotch noch ganz frisch ist.« Er wirkte nachdenklich. »Mein Vater hat getrunken. Er war kein Trinker, aber er hat getrunken. Schon möglich, daß er im Club mit diesem Manz in Berührung gekommen ist. Sie könnten meine Schwester fragen.«

»Ist sie in den letzten Jahren öfter im Greenvale gewesen?«

»Sie spielt dort praktisch jeden Nachmittag Tennis. Geradezu fanatisch. Obwohl sie nicht sehr gut ist. Stellt sich ungeschickt an. Wenn man sie sieht, würde man's nicht glauben. Denn sie sieht echt umwerfend aus.«

»Harlan Manz hat im Greenvale auch Tennisstunden gegeben.«

Garrison riß die Augen auf und lachte ein bißchen zu laut. »Fragt zufällig auch jemand meine Schwester aus?«

»Ja, sie wird ebenfalls befragt.« Webster blickte von seinem Notizbuch auf. »Könnte sie Harlan Manz getroffen haben?«

»Wenn Manz Tennislehrer im Greenvale war, Detective, dann hat Jeanine ihn nicht nur gekannt, dann hat sie mit ihm geschlafen.«

»Sind Sie sich da ganz sicher?«

Garrison hob das Glas und grinste. »Allerdings, *Söhr*!«

13

Mit einer Handbewegung winkte sie ihn in ihr Büro. Eine fabelhafte Aussicht, Kunst an den Wänden, elegante Möbel, ein großer Schreibtisch. Der Computer vom Feinsten, aber zu sehen war nur der Bildschirmschoner, ein Gewirr kreisender geometrischer Figuren. Sie setzte sich wortlos an ihren Schreibtisch.

»Danke, daß Sie mich empfangen«, sagte Decker.

Sie sprach mit gedämpfter Stimme. »Warum sind Sie gekommen? Ist es Höflichkeit? Oder eher schlechtes Gewissen?«

»Wieso schlechtes Gewissen?«

»Die Kriminalität in dieser Stadt nimmt überhand. Die Polizei hat total die Kontrolle verloren. Wie sonst wollen Sie erklären, was in dem Restaurant passiert ist?«

Decker wartete. Jeanine ballte die Fäuste, aber ihr Blick verriet keine Erregung. »Wie kann ich Ihnen helfen?«

Decker schaute ihr in die Augen. »Ich möchte Ihnen mein Beileid ausdrücken, Ms. Garrison. Ich hoffe, Sie finden meine Fragen nicht zu aufdringlich oder zu schmerzhaft.«

»Vielleicht sind sie beides.«

Decker überlegte. Ihr Verhalten war seit der ersten Begegnung völlig verändert. Hatte sie in der Zwischenzeit juristischen Rat eingeholt? Am besten, er machte es kurz. »Bei den Ermittlung zu den tragischen Ereignissen im Estelle haben sich einige Widersprüchlichkeiten ergeben.«

»Widersprüchlichkeiten?«

»Ja, Madam.«

Jeanines Blick ruhte fest auf ihm, sie ließ nicht locker. »Reden Sie weiter.«

Decker zwang sich, ihren Blick zu erwidern. »Daher einige Fragen. Ihre Eltern waren Mitglieder des Greenvale Country Clubs. Stimmt das?«

Jeanine blieb einen Moment stumm, ihre Lippen waren leicht geöffnet. »Warum fragen Sie?«

»Wie bitte?«

»Warum stellen Sie diese Fragen über meine Eltern? Warum ziehen Sie sie in diese Sache hinein?«

Eine lange Pause. Betont locker lehnte sich Decker zurecht. »Es ist eine einfache Frage, Madam. Und wir beide kennen die Antwort: Ja.«

»Warum fragen Sie, wenn Sie die Antwort schon wissen?«

»Wie lange waren Ihre Eltern dort Mitglied?«

»Ich nehme an, daß Sie auch diese Antwort schon kennen.«

»Nach meiner Information waren sie Gründungsmitglieder, das heißt, sie waren fünfzehn Jahre dabei.«

»Sie können also rechnen.«

»Waren Sie in diesen Jahren oft dort, Madam?«

»Was verstehen Sie unter oft?«

»Haben Sie Ihre Wochenenden dort verbracht, zum Beispiel?«

»Manchmal.«

»Und was haben Sie dort getan?«

»Ich glaube, auch das geht Sie nichts an.«

Decker klopfte mit dem Stift aufs Notizbuch, gereizt durch ihre plötzliche Feindseligkeit oder Anmache. Er wollte schließlich nur ein paar Auskünfte. Doch aus irgendeinem Grund fühlte sie sich wie im Verhör. »Gehen Sie auch jetzt manchmal in den Club, Ms. Garrison? Ich weiß, daß Sie dank Ihrer Eltern dort gewisse Privilegien genießen.«

Jeanine forschte in Deckers Blick. »Verschweigen Sie mir irgend etwas Wichtiges?«

Decker fiel es schwer, diesem Blick standzuhalten. Er merkte, daß er steif und aufrecht dasaß. Also lockerte er die Schultern. »Ich wollte, es wäre so. Leider habe ich nichts zu verbergen.«

»Was soll dann das Ganze?«

Decker hielt sich zurück. »Bin ich im Moment ungelegen, Ms. Garrison? Wenn das so ist, komme ich gern ein andermal wieder.«

Sie funkelte ihn an. »Ihre Fragen ärgern mich. Eigentlich nicht die Fragen, sondern Ihre Täuschungsmanöver.«

»Wie bitte?«

»Scheinbar sind Sie gekommen, um mir Fragen zu stellen. Aber in Wirklichkeit wollen Sie die Schuld von der Polizei auf die Opfer abwälzen. Als wäre es irgendwie deren Schuld, daß sie im Restaurant saßen.«

»Ms. Garrison, ich weiß nicht, wieso ...«

»Die typische LAPD-Masche«, sagte sie. »Meine Eltern wurden in dieser von Verbrechen geplagten Stadt förmlich *abgeschlachtet*, und irgendwie wird mir das angelastet. Oder dem Greenvale Country Club. Wissen Sie was? Tun Sie mir einen Gefallen: Gehen Sie nicht zu Beerdigungen, auf denen Sie nichts zu suchen haben. Als hätte ich nicht auch so genug Ärger. Belästigungen durch die Polizei haben mir gerade noch gefehlt!«

Decker ließ ihre Worte im Raum stehen. Ja, ihre Eltern wurden abgeschlachtet. Aber er stand auf der Seite der Opfer. Warum war sie so feindselig? Möglich, daß sie – wie viele andere – Harlan gekannt hatte und sich daher schuldig fühlte.

Von Marge wußte er, daß die Familie vermögend war. Also eine Erbschaft. Vorsicht.

Er fragte aufs Geratewohl weiter. »Ich hörte, Sie spielen Tennis. Und ziemlich gut sogar.«

Jeanine blieb still. Sie schloß kurz die Augen, dann richtete sich ihr Zielradar wieder auf Decker. »Wo haben Sie das gehört?«

Er überging ihre Frage. »Wie lange spielen Sie schon?«

»Sehr lange.«

»Spielen Sie lieber Rasen oder Sand?«

»Ich spiele nur auf Sand.«

»Klar. Auf dem Rasen bleibt zuviel dem Zufall überlassen, das Können kommt weniger zum Tragen.«

»Versuchen Sie mich zu beeindrucken, Lieutenant?«

Decker grinste spitzbübisch. »Schon möglich.«

Jeanine senkte den Blick, zückte ein Taschentuch und tupfte sich die trockenen Augen. »Spielen Sie auch Tennis, Lieutenant?«

»Nicht mehr allzu oft. Ich werde wohl alt. Man muß in Form sein dafür.«

Jeanine taxierte ihn von oben bis unten. »Sie sind kräftig. Gut gebaut. Wenn Sie zehn Pfund abnehmen würden, wären Sie natürlich beweglicher.«

»Da haben Sie sicher recht.«

»Na ja, wir kämpfen alle gegen die Pfunde.«

War das ein Versuch, ihm ein Kompliment zu entlocken? Diese Frau hatte wirklich kein Gramm zuviel – dünn wie Zellophanpapier. Ein aufreizendes Lächeln mit perfektem Gebiß ... wie auf dem Zeitungsfoto. Es wurde heiß in ihrem Büro. Ohne den Blick von ihm abzuwenden, fragte sie: »Machen Sie auch Wohltätigkeitsspiele?«

»Was sind Wohltätigkeitsspiele?«

»Turniere für wohltätige Zwecke. Besonders Tennis.«

»Dafür bin ich nicht gut genug.«

»Polizeitennis ... Hat das LAPD überhaupt ein Tennisteam?«

»Ich glaube schon.«

»Wir sollten etwas organisieren ... für wohltätige Zwecke. Polizei gegen Feuerwehr. Wie wäre das? Die Erträge könnten in den Bau eines Gemeindezentrums fließen. Oder in den Ausbau des Zentrums, das wir schon haben.«

»Klingt großartig.«

»Ich könnte dafür sorgen, daß die Presse mitzieht, und die Übertragung im Kabelfernsehen sichern. Ich stell was auf die Beine. Dafür bin ich bekannt.«

»Ich bin heute ein bißchen schwer von Begriff«, sagte Decker. »Was genau machen Sie eigentlich?«

Jeanine wurde ungeduldig, aber nicht feindselig. »Ich organisiere Events für wohltätige Zwecke. Früher waren es Partys, jetzt konzentriere ich mich auf Tennisturniere. Das lockt die richtigen Leute an.«

»Die richtigen Leute?«

Jeanine lächelte. »Die Reichen.«

»Aha.«

»Die sich Spenden leisten können. Tennis ist der Sport für die gehobenen Schichten. Also fließt mehr Geld. Viele zahlen, um eine gute Figur zu machen. Ob sie sich's leisten können oder nicht.«

Decker schien zu überlegen. »Und Sie ... bekommen für Ihre Arbeit einen Anteil an den Einnahmen.«

»Aber nein!« Jeanine war entrüstet. »Der ganze Gewinn geht an die Wohlfahrt. Ich bekomme nur die Kosten erstattet ... für die Miete oder das Buffet ... je nachdem. Das Ganze nennt sich Philanthropie – eine vergessene Tugend.« Sie seufzte. »Mein Vater war ein großer Philanthrop. Aber er hatte zu wenig Zeit, seine guten Absichten in die Tat umzusetzen. Das war dann meine Aufgabe. Ich hab alles organisiert.«

»Aber Ihr Vater finanziert doch das ...«

»Über seinen Wohltätigkeitsfonds, der alle Unkosten trägt und die Gehälter zahlt, auch meins. Und das ist sehr großzügig. Mein Vater war ein äußerst großzügiger ...«

Wieder senkte sie den Kopf und tupfte sich die Augen mit dem Taschentuch. »Entschuldigen Sie bitte.«

»Ms. Garrison, es tut mir leid, daß ich Wunden aufreiße ...«

»Ich weiß. Sie tun nur Ihre Pflicht.« Sie blickte wieder auf. »Sie waren doch derjenige im Fernsehen, der das mit dem schlimmsten Alptraum gesagt hat.« Ihr Blick wurde feierlich. »Das war so ... einfühlsam ausgedrückt.«

»Danke!«

Noch immer ernst fuhr sie fort. »Also ... wollen wir etwas auf die Beine stellen? Der Welt zeigen, daß die Überlebenden dieser schrecklichen Katastrophe keinerlei Animositäten gegen das LAPD hegen?«

Decker staunte. Von der trauernden Tochter zur Event-Managerin in Sekundenschnelle. »Ich werde das mit meinem Vorgesetzten bereden«, sagte er.

»Ich rufe ihn an, wenn Sie möchten.«

»Warum nicht? Die Nummer kann ich Ihnen gleich ...«

»Oh, ich hab seine Nummern.« Sie zeigte auf ihr elektronisches Adreßbuch. »Ich bin schon eine Weile im Geschäft und hab eine Menge Kontakte.«

»Und wie lange hatten Sie Tennisunterricht im Greenvale?« fragte Decker beiläufig.

»Jahrelang«, antwortete sie. »Ich hab zwar Talent, aber es reichte nicht aus. Im Profitennis stößt man schnell an seine Grenzen. Statt mich lange zu quälen, habe ich meine Energien auf das Finanzielle konzentriert. Und darin, mein Freund, bin ich Spitze. Wußten Sie, daß die Prominentenparty unseres Kulturkomitees letzten Monat über dreißigtausend Dollar für das Valley Art Museum erbracht hat?«

»Tatsächlich?«

»Ja. Ich glaube, Ihr Chef war auch da. Weil der Bürgermeister kam. Und wo Bürgermeister sind, ist auch die Polizeispitze.«

Decker nahm sich vor, auf der Hut zu sein. Sie war nicht nur aufreizend, sondern auch durchtrieben. Verführerisch wie eine

Schlange, eine Femme fatale hinter der Maske der Wohltätigkeit.

»Waren Sie schon mal dort? Im Museum? Wir sind stark in der kalifornischen Landschaftsmalerei. Im Moment laufen zwei Sonderausstellungen. Grandville Redmond und Edgar Payne. Beide hervorragend.«

»Da werd ich wohl mal hingehen.«

Jeanine warf einen Blick auf Deckers Ehering. »Wenn Sie möchten, führe ich Sie mit dem größten Vergnügen persönlich durchs Museum.«

Decker lächelte. »Danke, aber ...«

»Wie wäre es denn ...« Jeanine zückte ihren Terminkalender. »Morgen ginge es. Paßt Ihnen zwölf oder gegen eins?«

Decker lächelte erneut. »Diese Woche bin ich leider ausgebucht.«

»Ich kann Ihren Chef anrufen und ihm sagen ...«

»Nein, Ms. Garrison, lassen Sie nur. Ich bin altmodisch. Die Stadt zahlt für meine Arbeit, also arbeite ich.«

»Sehr vernünftig.« Wieder dieser aufreizende Blick. »Und nach der Arbeit? Ich könnte eine Privatführung arrangieren, wenn das Museum schon geschlossen ist.«

»Danke, aber meine Familie erwartet mich zum Abendbrot zu Hause.«

»Und nach dem Abendbrot?« Ihr Lächeln hatte sich in ein Grinsen verwandelt. »Frau und Kinder können Sie mitbringen. Ich nehme doch an, daß Sie Kinder haben – wie die meisten verheirateten Männer.«

Sie spielte mit ihm, spielte den Vamp. Und gewann die Oberhand. Er blickte ihr in die Augen. »Danke für die Einladung. Ich werde drauf zurückkommen.«

»Tun Sie das.«

»Bei wem hatten Sie Tennisunterricht, Ms. Garrison? War es ein bestimmter Lehrer im Greenvale?«

Jeanine schaute ihn an und schob den Kalender beiseite. Ihr Blick wurde eisig. »Sie können mich Jeanine nennen. Was interessiert Sie so an meinen Tennisjahren?«

Decker zuckte die Schultern und hielt dem Blick stand. »Ich fragte mich nur, ob irgendwelche Berühmtheiten im Club Tennisstunden gegeben haben.«

»Berühmtheiten?« Ihr Ton wurde herablassend. »O ja! Meine

Lehrer waren Martina und Jimmy und Chris und Pete Sampras und Andrew Agassi ...«

»Verstehe.« Decker verstummte. Sie kam ihm keinen Millimeter entgegen. »Ich habe mich nur gefragt, ob mal ein relativ prominenter Spieler dort gelehrt hat ... Ihr Interesse am Tennis ausgelöst hat.« Er stand auf. »Nicht so wichtig. Verzeihen Sie die Störung. Und danke für den Tip mit dem Museum. Hoffentlich schaffe ich es, hinzugehen.«

Jeanine bekam einen abwesenden Blick. »Wissen Sie, *wer* im Greenvale gespielt hat?«

»Wer?« fragte Decker im Stehen.

»Wade Anthony.«

Decker setzte sich wieder und versuchte vergeblich, den Namen mit einem Gesicht zu verbinden. »Den kenne ich nicht.«

»Ich weiß«, sagte sie leise. »Es ist zu schade. Er war mal die ganz große Hoffnung, noch keine Zwanzig, als er im Greenvale spielte. Sechzehn, genau gesagt. Ich war vierzehn. Und total in ihn verknallt.«

Sie lächelte traurig.

»Ich und alle anderen Teenies. Er war einfach unglaublich. Und hemmungslos. Mindestens zwei meiner Freundinnen haben mit ihm geschlafen. Angeblich soll er auch die Mütter nicht verschmäht haben.«

»Ganz nach Art der Tennisspieler.«

»Ja, er gehörte eindeutig zu den bösen Jungs. Mein Vater hat mir jeden Kontakt verboten. Ich hab natürlich das Gegenteil gemacht. Ich hab ihn fast täglich spielen sehen. Ein toller Anblick.«

Sie verstummte. Decker wartete. Als nichts kam, fragte er weiter. »Was ist aus ihm geworden?«

»Er war zwar ein Tennis-As, aber trotzdem erst sechzehn. Eines Abends hat er sich betrunken und den Ferrari seines Vaters zu Schrott gefahren. Jetzt sitzt er im Rollstuhl.«

»Das ist sehr traurig«, sagte Decker verhalten.

»Es war mehr als traurig, es war schrecklich. Ich war verzweifelt. Er kam nicht mehr in den Club. Ist einfach von der Bildfläche verschwunden.« Sie blickte ihn an. »Ich habe jahrelang nicht mehr an ihn gedacht. Dann, vor einem Jahr etwa, sah ich sein Foto im Sportteil der *Times*. Nicht auf der Titelseite natürlich. Seite zwei oder drei.«

»Tatsächlich? Was macht er denn?«

»Offenbar gehört er zu den Stars des Rollstuhltennis.«

»Rollstuhltennis?«

Jeanine nickte. »Das wird auf regulären Tennisplätzen gespielt. Der einzige Unterschied ist, daß der Ball zweimal auftreffen darf statt nur einmal. Faszinierend, wie schnell sie sind.«

Ihr Blick verdüsterte sich. Decker wußte, daß er sich auf heißem Boden befand. »Und was wurde über ihn geschrieben?«

»Es war die Ankündigung für irgendein Wohltätigkeitsturnier in New York City – eine größere Aktion für Körperbehinderte. Fünfhundertfünfzig Dollar das Ticket. Wissen Sie, wer sein Partner war? Ivan Lendl!«

»Ist ja unglaublich.«

»All die Erinnerungen kamen in mir hoch, Lieutenant. Ich bin froh, daß er so erfolgreich ist.«

»Ich möchte nicht blöd klingen, aber ... hat Lendl im Rollstuhl gespielt?«

»Nein.« Jeanine blickte zur Decke. »Wade und Lendl haben zusammen gegen Pete Sampras und einen anderen Querschnittsgelähmten gespielt. Vor einem Riesenpublikum.«

Sie starrte ins Leere. »Wade und Ivan haben gewonnen. Die *Times* hat ein Bild gebracht ... von ihm. Er sieht immer noch gut aus ... umwerfend, um genau zu sein.«

»Haben Sie jemals daran gedacht, ihn zu einem Wohltätigkeitsturnier zu holen?«

Jeanine lächelte wehmütig. »Ich fürchte, wir sind ein bißchen unter seinem Niveau. Ich wollte, daß mein Vater draufsattelt, damit wir größere Themen angehen konnten – Aids zum Beispiel –, aber er war ja *so* konservativ!«

»Eine schreckliche Tragödie hat Ihre Eltern das Leben gekostet«, sagte Decker. »Mit vielen Opfern. Sie sind auch eins. Vielleicht könnten Sie ein Tennisturnier für die Opfer dieses Verbrechens organisieren.«

Jeanine schnappte kurz nach Luft. »Ich ... ich weiß nicht. Darüber hab ich noch nicht nachgedacht.« Ihr hübsches Gesicht leuchtete auf. Wieder griff sie nach dem Kalender. »Das ist ja eine wunderbare Idee. Ich könnte was ganz Großartiges auf die Beine stellen. Etwas, was den Open Konkurrenz macht.«

Träum nur weiter, dachte er. »Das Ganze könnte doch im Greenvale stattfinden.«

»Noch eine gute Idee!« Ihre Körpersprache wurde plötzlich beredt. »Es tut mir leid, daß ich so unfreundlich zu Ihnen war. Es ist bloß diese Sache mit meinen Eltern. Die hat mich ein bißchen aus der Bahn geworfen.«

»Natürlich.«

»Hatten Sie ... noch irgendwelche Fragen an mich?«

Er hatte jede Menge Fragen an sie. Ursprünglich hatte er nur wissen wollen, ob sie oder ihre Familie mit Harlan Manz Kontakt hatte, beim Tennis oder bei anderer Gelegenheit, ob sie ihn womöglich gekränkt hatten. Aber warum benahm Jeanine sich so merkwürdig? In ihm zuckte ein Verdacht auf.

Sei ehrlich Decker. Es zuckte auch noch etwas anderes. Wenn er das beiseite ließ – was ihm nicht leichtfiel –, sagte ihm sein Verstand, daß sie sich sehr seltsam verhielt. Erst ihre Feindseligkeit, ihre schnippische Art, dann die Verführungsmasche. Die Tragödie im Estelle hatte sie als »diese Sache mit meinen Eltern« bezeichnet, der Frage nach ihren Tennislehrern war sie ausgewichen, ohne ihre Tennisleidenschaft zu verleugnen. Dann ihre Begeisterung bei der Vorstellung, eine große Veranstaltung zu organisieren, die mit dem Tod ihrer Eltern zusammenhing. Sehr merkwürdig. Wie eng war ihre Beziehung zu Harlan Manz wohl gewesen?«

Gleichzeitig spürte er, daß eine gewisse Verbundenheit zwischen ihnen entstanden war. Wenn er versuchte, irgendeine Beziehung zwischen dieser so beunruhigenden wie schönen Frau und dem Massenmörder Harlan Manz herzustellen, würde dieses Vertrauen sofort zerstört. Ihm fiel der Satz eines befreundeten Psychologen ein: *Die Therapie ist eine Kunst. Alles hängt vom richtigen Zeitpunkt ab.*

Deckers Ton war sachlich, aber nicht ohne Wärme. »Ich hab tatsächlich noch einige Fragen, doch die können warten.«

Bis er mehr über sie herausbekommen hatte.

Bis er sich selbst wieder im Griff hatte.

»Sie können ruhig fragen.«

Decker stand auf. »Ein andermal. Ich melde mich wieder.«

»Das hoffe ich doch sehr.« Ihr Lächeln war strahlend. »Nett, Sie kennenzulernen.«

»Ganz meinerseits.«

Sie reichte ihm die Hand, Decker schüttelte sie sanft.

14

Manch einer hätte ihn besessen genannt. Decker selbst bezeichnete sich als gründlich. Er suchte so lange weiter nach Informationen über ihre Privatsphäre, bis er fündig wurde – in den Klatschspalten einer Lokalzeitung. Eine kurze Notiz über eine Scheidung vor zwei Jahren. Brent Delaney. Kein Foto. Decker forschte weiter nach der Heiratsanzeige. Die gab es tatsächlich, aber nicht in den Lokalblättchen, sondern in der *L. A. Times.* Brent hatte dunkles Haar, kräftige Augenbrauen ... gutaussehend. Eine auffällige Ähnlichkeit mit Harlan Manz. Als Beruf war Schauspieler angegeben, als Hobbys Autorennen und Tennis. Ihre Ehe hatte ganze sieben Monate gedauert.

Dann nichts weiter. Decker suchte und suchte. Nach irgendeinem winzigen Hinweis auf eine Verbindung zu Harlan Manz. Vergebens. Doch seine Mühe war nicht ganz umsonst gewesen.

Farrell Gaynor zelebrierte seinen Hustenanfall. Der Senior des fünfköpfigen Ermittlerteams hatte seinen Auftritt und genoß ihn in vollen Zügen.

»Die Kinder erben ...« Wieder ein Hustenkrampf. »... erben eine Menge Geld ...«

Decker klopfte ihm auf den Rücken und sagte zu Oliver: »Bring dem Mann einen Schluck Wasser.«

Oliver zog ein Gesicht. »Bin ich etwa sein Diener?«

»Meine Güte, Scott!« rief Marge und stapfte erbost aus dem Zimmer.

»Ich hätt's ja gemacht«, maulte Oliver.

»Geht's wieder, Farrell?« fragte Decker.

»Das ist die Jahreszeit.« Er würgte etwas hoch und spuckte es ins Taschentuch.

»Farrell, also wirklich!« Oliver schüttelte sich.

»Halt die Klappe, sonst spuck ich dich an.«

Marge kam mit einem Glas Wasser. Gaynor trank gierig. Von seinen Allergien abgesehen, war er bei guter Gesundheit. Alt, ja. Übergewichtig, ja. Jeden Morgen brauchte er sein Schlückchen. Aber wenn er bedachte, wo so mancher seiner Altersgenossen lag, war er bei *bester* Gesundheit. Seine Frau hatte ihm eine neue Strickjacke gestrickt – die jägergrüne, die er heute trug. Er mochte sie. Paßte gut zu der grauen Hose. Er dankte Marge für das Wasser und räusperte sich.

»Du wolltest was sagen«, drängte Martinez.

»Was wollte ich sagen?«

»Was die Garrison-Kinder erben ...«

»Geld«, sagte Gaynor. »Aber nicht alles auf einmal. David kriegt ein Drittel sofort und den Rest mit fünfunddreißig. Jeanine kriegt auch ein Drittel und den Rest mit dreißig.«

»In etwa vier Jahren also«, konstatierte Oliver.

»Hat Jeanine einen Beruf?« fragte Marge.

»Ihr Bruder sagt nein«, stellte Webster fest.

»Also hat sie im Moment keine Einkünfte?«

»Sie organisiert Wohltätigkeitsveranstaltungen«, sagte Decker. »Die Unkosten und ihr Gehalt werden durch eine Stiftung ihres Vaters bezahlt, sagt sie.«

»Welche Unkosten?« fragte Oliver.

»Das Buffet, die Saalmiete, die ganze Durchführung und wahrscheinlich auch ihr Zeitaufwand. Die Details kenne ich nicht.« Decker schaute Farrell an. »Vielleicht kümmerst du dich darum.«

»Ich kann's versuchen.«

»Was wird nun aus ihr nach dem Tod ihres Vaters?« fragte Marge.

»Die Erbschaft wird sie schon über Wasser halten«, meinte Gaynor. »Roy Garrison hatte zehn bis zwölf Millionen ...«

»Wie können Leute soviel Geld anhäufen?« fragte Marge.

Oliver hob abwehrend die Hände. »Schau mich nicht an!«

Decker überlegte. »Das Alter, in dem sie an das Vermögen herankommen, kann das geändert werden? Oder ist die Verfügung unantastbar?«

»Theoretisch ja«, sagte Gaynor. »Aber das heißt nicht viel. Man kann sie jederzeit anfechten.«

»Hat das schon jemand versucht?«

»Bis jetzt nicht.«

»Wer ist der Vollstrecker?« fragte Oliver.

»Des Testaments?«

»Nein, des Familienvermögens.«

»Dafür gibt es keinen Vollstrecker, nur einen Treuhänder«, belehrte ihn Gaynor.

Oliver beherrschte sich mit Mühe. »Also wer ist der Treuhänder, Farrell?«

»Jeanine Garrison, für sich selbst und für ihren Bruder David.« Wie das Geld aufgeteilt wird, weiß ich nicht. Ich weiß nicht mal, ob sie das ganze Vermögen erben. Das konnte ich aus meinem Maulwurf nicht herausholen, ohne die Grenzen der Legalität zu verletzen.«

»David geht davon aus, daß sich seine Erbschaft im unteren siebenstelligen Bereich bewegt«, berichtet Webster.

»Mit anderen Worten, Jeanine erbt eine Summe im oberen siebenstelligen Bereich?« fragte Oliver.

Gaynor erklärte: »Wenn das Vermögen aufgeteilt wird, sagen wir, vierzig zu sechzig, bedeutet das, daß Jeanine jetzt etwa zwei Millionen bekommt, David eine satte Million.«

»Dann sind sie reich«, sagte Marge.

»Millionäre, um mal das Wort zu gebrauchen«, sagte Decker. »Trotzdem, es fallen Vermögenssteuern an, alle möglichen versteckten Kosten. Waren Ray und Linda Garrison versichert?«

»Du meinst eine Partnerlebensversicherung?«

»Genau.«

»Dazu hab ich nichts gefunden.«

»Dann muß sie an das Finanzamt Erbschaftssteuern abführen. Wie hoch sind die jetzt? Um die sechzig Prozent?«

»So etwa.«

»Von dem Rest wird sie gut leben können«, sagte Decker, »aber nicht gerade wie eine Prinzessin.«

»Mir kommen die Tränen«, seufzte Oliver.

»Womit hat denn dieser Typ all das Geld verdient?« fragte Martinez.

»Er besaß eine Anwaltskanzlei mit sieben Partnern. Wahrscheinlich hat er klug investiert – Grundstücke, Aktien, Wertpapiere. Dazu ein paar riskante Sachen – Termingeschäfte, Optionen. Offensichtlich mit viel Erfolg.«

»Und Sohn David war auf Drogen«, sagte Oliver. »Wieder so eine amerikanische Tragödie. Es ist zum Gähnen.«

»Sei nicht so hochnäsig.«

»Und warum nicht?« Oliver grinste. »Ich hab zwar keine Millionen, aber meine Kinder sorgen für sich selbst.« Sein Grinsen wurde hämisch. »He Peter, was macht eigentlich Cindy? Zieht sie dir immer noch das Schulgeld aus der Tasche?«

Deckers Miene verfinsterte sich.

Oliver merkte sofort, daß er einen Nerv getroffen hatte. Vielleicht war Decker pleite? Er erweckte immer den Anschein, gut betucht zu sein, aber Studiengebühren konnten jeden Geldbeutel plattmachen. »He, war nur Spaß. Du hast 'ne Mordstochter. Und schlau ist sie. Ich fühle mich von ihr bedroht ... von deiner ganzen Familie ... besonders von ...«

»Oliver, halt die Klappe«, sagte Marge.

Im Raum wurde es still. Schließlich brach Webster das Schweigen. »David Garrison hat Probleme. Aber er ist kein Dummkopf. Er ist intelligent und talentiert.«

»Und warum saß er dann achtzehn Monate im County Jail?«

»Weil Leute eben manchmal Mist bauen«, sagte Decker.

»Aus Davids Sicht sieht es so aus, als hätte er den kürzeren gezogen«, sagte Webster. »Jeanine war die Schönheit, aber was den Grips betraf, eher einfach gestrickt, also hat niemand etwas von ihr verlangt, während David alle möglichen Erwartungen erfüllen mußte. Besonders die seines Vaters. Wahrscheinlich war er nicht stark genug, seinem Vater auf direktem Weg Paroli zu bieten, also hat er's auf andere Art gemacht.« Er wandte sich an Decker. »Hast du Jeanine gefragt, ob sie Harlan Manz kannte?«

»Ich hab es versucht, aber sie ist mir ständig ausgewichen. Ganz offensichtlich wollte sie nicht über ihre Tennislehrer im Greenvale reden.«

»David war überzeugt, daß Jeanine ihn nicht nur kannte, sondern auch mit ihm geschlafen hat«, sagte Webster und erzählte, was er noch so gehört hatte.

»Aber er hat keinen Beweis, daß Jeanine und Harlan Manz sich kannten«, insistierte Oliver.

»Jeanine kannte ihn.« Decker zeigte ihm ein Zeitungsfoto.

Aufgenommen war es auf einem Match, dessen Erlöse an die Röntgenabteilung des New Christian Hospital gingen – Jeanine Garrison und Harlan Manz alias Hart Mansfield im Doppel gegen Sonia Eaton und Terrance Howell. Alle vier lächelten in die Kamera – festgehalten für die Ewigkeit.

Oliver reichte das Bild herum, dann sagte Decker: »Jetzt bleibt nur noch die Frage, wie gut sie sich kannten.«

Wieder wurde es still im Raum.

»Wir haben einen Massenmörder, der mehr Munition verschossen hat, als wir Magazine finden konnten. Wir haben einen Täter, der Selbstmord begangen hat, aber die Waffe war mindestens sechzig Zentimeter von seiner Schläfe entfernt. Wir haben Ray und Linda Garrison, die wahrscheinlich zu den ersten Opfern zählten, aber Einschüsse aus verschiedenen Richtungen aufweisen. Wir wissen, daß der Sohn der Garrisons Drogenprobleme hatte oder hat und die Tochter Jeanine ohne eigene Einkünfte ein Büro mit viel Personal unterhält. Vom Geld des Vaters mal abgesehen. Nun erzählt uns Gaynor, daß eine Erbschaft von etwa fünfzehn Millionen Dollar auf die beiden wartet. Wenn das nicht stinkt!«

»Es riecht mir sehr nach Elternmord. Der Fall Menendez«, meinte Oliver.

»Nur daß sich Brüderchen und Schwesterchen nicht grün sind«, sagte Webster.

»Das behauptet David«, sagte Marge. »Vielleicht sollen wir das glauben.«

»Mag die Schwester ihren Bruder?« fragte Martinez.

»Soweit bin ich nicht gekommen. Wie gesagt, Jeanine ist clever. Sie hat nicht über ihre Lehrer im Club geredet, Harlan Manz hat sie mit keiner Silbe erwähnt. Außerdem wechselt sie ständig ihre Launen. Zuerst war sie die Nettigkeit in Person – überströmend herzlich mit Händedruck und Augenkontakt, wie es diese Sektengurus machen. Sie bat mich, eine Stunde später wiederzukommen. Ich war einverstanden, und als ich dann wiederkam, war sie plötzlich ganz auf der Hut ... übervorsichtig. Ich hatte das Gefühl, daß sie sich inzwischen mit einem Anwalt beraten hat.«

Oliver zog die Stirn kraus. »Wenn sie ihren Anwalt anruft, hat sie etwas zu verbergen.«

»Ich sage nicht, daß sie's getan hat«, stellte Decker klar, »nur daß mir ihre plötzliche Veränderung seltsam vorkam. *Sie selbst ist seltsam.* Den Mord an ihren Eltern hat sie als ›diese Sache‹ bezeichnet.«

»Mangelnder Familiensinn ist nicht strafbar, Pete«, sagte Marge.

»Hat nicht einer dieser französischen Existentialisten ein Buch geschrieben, wo einer verhaftet und des Mordes angeklagt wird, weil er beim Begräbnis seiner Mutter nicht geweint hat?« fragte Webster.

Alle starrten ihn an.

»Vielleicht stand der unter Schock«, meinte Farrell schließlich. »Man weiß doch, daß die Leute unterschiedlich auf Trauerfälle reagieren.«

»Darum ging es nicht in dem Buch, Farrell!«

»Können wir bitte wieder zum Thema kommen?« ging Oliver dazwischen.

Martinez fragte: »Sieht die Frau im Leben auch so gut aus wie auf diesem Bild hier?«

»Wißt ihr was? Wir haben Wendy Culligan völlig übersehen. Dabei hatte Harlan Manz ein Verhältnis mit ihr«, stellte Marge fest.

»Wer ist Wendy Culligan?« fragte Farrell.

»Die Immobilienmaklerin.« Oliver berichtete von seinem Besuch mit Marge bei Brenda Miller, ohne seine Verabredung zum Dinner zu erwähnen. Auch Marge hielt dicht.

»Aber Wendy Culligan hat überlebt«, sagte Webster.

»Saß sie in der Nähe der Garrisons?« fragte Decker.

»Nein, sie saß auf der anderen Seite.«

»Und die japanischen Geschäftsleute, wurden die auch an ihrem Platz erschossen?«

»Unter dem Tisch.«

»Die Garrisons saßen noch, als sie getroffen wurden. Ich nehme an, sie hatten nicht mehr die Zeit, in Deckung zu gehen«, sagte Decker.

»Du hältst also noch an Jeanine und David Garrison fest?« fragte Marge.

»Ich halte an nichts und niemandem fest, weil es nach wie vor Zufallstreffer gewesen sein könnten. Der Racheakt eines gekränkten Angestellten.«

»Ich weiß nicht, wie es dir geht, aber mich machen zehn Millionen Dollar sehr mißtrauisch, was die Einzeltätertheorie betrifft«, meinte Oliver.

»Okay, versuch es mal mit dieser Hypothese: Angenommen, die Schießerei im Estelle war ein bestellter Mord, der schiefgelaufen ist. Wenn Jeanine und David Garrison ihn in Auftrag gegeben haben, müssen wir eine enge Beziehung zwischen Jeanine und/oder David Garrison und Harlan Manz nachweisen.« Decker hielt das Zeitungsfoto in die Höhe. »Aber erst brauchen wir konkrete Beweise für eine persönliche Beziehung zwischen Manz und Jeanine Garrison. Ich werde mich mal mit Sonia Eaton und Terrance Howell unterhalten. Mal sehen, ob die mir Auskunft geben können.«

Marge blickte ihn zweifelnd an. »Angenommen, du stellst ein enges Verhältnis zwischen Manz und Jeanine Garrison fest. Was dann?«

Decker lächelte. »Immer schön eins nach dem anderen.«

Oliver blieb, als die anderen Deckers Büro verließen. Er schloß die Tür und setzte sich wieder. »Pete, ich hab mich ein bißchen vergriffen mit meiner Bemerkung über das Schulgeld. Cindy ist ein begabtes Mädchen, und ich weiß, daß du stolz auf sie bist. Ich finde es gut, daß du sie zur Uni schickst. Je mehr Bildung, desto besser. Meine Exfrau hätte alles drum gegeben, unsere Jungs im College zu halten. Aber es war einfach nicht ihr Ding.«

»Du hast gute Söhne, Scott.«

»Danke.« Er wirkte zerknirscht. »Ich habe eine Dummheit begangen, Pete. Ich habe eine Frau, die ich zur Sache befragen sollte, zum Essen eingeladen. Brenda Miller, die stellvertretende Chefin von Ashman/Reynard. Das heißt, eigentlich hat sie mich eingeladen, irgendwie überrumpelt. Aber ich habe zugesagt.«

Decker blickte ihn an. »Wie bist du denn in diese Falle getappt?«

Oliver seufzte. »Sie wollte nicht mit der Sprache raus. Und als Gegenleistung für die Einladung hat sie dann über das Verhältnis zwischen Wendy Culligan und Harlan Manz geplaudert. Und ich habe mich wohl verpflichtet gefühlt, mein Versprechen zu halten. Zu dumm. Aber du weißt ja, wie manche Frauen sind. Wenn sie nicht kriegen, was sie wollen, können sie ganz schön Ärger machen. Ich kann ja noch absagen.« Er überlegte. »Oder, da ich es dir nun gebeichtet habe, kann ich auch hingehen und so tun, als wäre es für die Arbeit. Vielleicht ist es günstiger, wenn ich ... mich einfach nur so mit ihr treffe.«

»Sag ab.«

Oliver verstummte. »Na gut. Darf ich ihr sagen, daß ich mich melde, wenn der Fall abgeschlossen ist?«

Decker atmete tief durch. »Ist sie nachtragend?«

»Wer weiß das schon?«

Decker atmete noch einmal tief durch. »Okay, sag ihr, du meldest dich danach ... Willst du das denn wirklich tun?«

Oliver wurde rot. »Ja, schon. Sie ist nicht so schön wie Jeanine Garrison. Aber sie ist quicklebendig. Könnte sein, daß sie im Bett zur Furie wird.«

»Paß auf dich auf, Scotty.«

»Mach ich.«

»Weiß Marge davon?«

»Ja. Sie saß doch die ganze Zeit dabei.«

Decker schmunzelte. »Mir hat sie kein Wort gesagt. Eine gute Partnerin.«

»Ja, das ist sie wirklich.«

Decker stand auf und Oliver auch. Er legte Oliver die Hand auf die Schulter, gab ihm dann einen Klaps auf die Wange. »Laß ihn in der Hose, Junge.«

»Ein einfacher Rat, aber schwer zu befolgen.« Oliver lächelte. »Danke.«

»Dein Schuh ist offen«, sagte Decker. »Stolper nicht.«

Als Oliver sich bückte, fiel ihm das Kleingeld aus der Hosentasche. Decker sammelte die Münzen auf und gab sie ihm zurück. »Dein Automatengeld, Scotty.«

»Es ist mehr wert, als man glaubt.« Oliver zählte die Münzen nach. »Wenigstens hab ich die Sicherheit, daß mein Sohn mich nicht umlegen wird. Dreiundsiebzig Cent lohnen sich nicht als Beute.«

15

Es war schon nach zehn, aber Rina war noch auf. Mehr als das. Sie hatte den ganzen Eßzimmertisch mit ihrer Arbeit bedeckt – Stifte aller Art, Ordner, Papierstapel, Quittungen. Am Bleistift kauend, brütete sie über Zahlenkolonnen. Sie blickte kurz auf, als Decker ihr einen Kuß gab und sie liebevoll in die Wange kniff. Dann wandte sie sich gleich wieder ihren Berechnungen zu.

»Das Essen steht im Backofen.«

Es klang abwesend, beschäftigt.

Na, das war ja eine tolle Begrüßung, dachte Decker. »Haben wir heute Selbstbedienung?«

Rina unterbrach ihr Tun und machte ein überraschtes Gesicht. »Möchtest du etwa, daß ich dich bediene, Peter?«

»Nicht, wenn du es so formulierst.«

Der vernachlässigte Decker stürmte in die Küche, riß die Backofentür auf, zog die Wärmeplatte heraus und verbrannte sich die Finger. Der Teller krachte auf den Fußboden, Essen mischte sich mit Scherben.

»Scheiße!« brüllte er, rannte zum Spülbecken und hielt die Hand unter das kalte Wasser. »Scheiße, Scheiße, Scheiße!«

Rina kam herein. »Ich bring dir Eis ...«

»Ich komm schon zurecht. *Vielen* Dank!«

Rina sagte nichts, holte den Eisbehälter aus dem Gefrierfach und klopfte das Eis lose. Sie wickelte die Würfel in ein Handtuch, dann wischte sie den Fußboden, stellte aus Resten eine neue Mahlzeit zusammen und schob den Teller in die Mikrowelle.

Decker drehte den Wasserhahn zu. »Ich hab ja keinen roten Teppich erwartet. Aber du hättest wenigstens ein bißchen Freude zeigen können.«

»Ich freue mich, daß du da bist.«

»Wenn das deine Freude war, dann möchte ich nicht wissen, wie es ist, wenn du dich ärgerst.«

»Hier ist dein Eis.«

Decker starrte sie an, dann nahm er den Eisbeutel. »Danke.«

»Bitte.« Rina holte Messer und Gabel aus der Schublade.

Decker entriß ihr beides. »Nur keine Umstände. Das kann ich selbst ...«

»Peter, wenn du eine Affäre daraus machst, dann bedien dich bitte selbst. Klar?«

Sie ging aus der Küche, Decker folgte ihr auf dem Fuße. »Ist es denn zuviel verlangt, wenn ich ein bißchen liebevolle Zuwendung erwarte?«

Rina musterte ihren Ehemann. »Sieht aus, als hättest du einen schweren Tag gehabt.«

»Spiel nicht den Psychiater.«

Sie stellte sich auf die Zehenspitzen, drückte ihm die Lippen auf den Mund. »Geh zurück in die Küche, und wir fangen noch mal an, okay?« Er rührte sich nicht. Sie gab ihm einen Klaps auf den Hintern. »Na los, ich komme gleich.«

»Na, fein.« Er stapfte davon.

Rina hörte leises Lachen und drehte sich um. Sammy stand da und schüttelte den Kopf. Rina legte den Finger auf den Mund. »Er wird dich hören, Schmueli ...«

»Benimmt er sich wie ein Arsch...«

»Rede nicht so.«

»Okay. Benimmt er sich wie ein Trottel?«

»Bitte hör auf, Schmuel, du machst es nur schlimmer.«

»Soviel Geduld müßtest du mal mit mir haben!«

»Heute ist wohl großes Rina-Kritisieren angesagt?«

Schmuel küßte seine Mutter auf die Wange. »Ich gehe mit dir rein ... die Situation entspannen.«

»Keine schlechte Idee.« Rina blickte ihn streng an. »Aber benimm dich!«

»He, Dad! Nett, dich zu sehen«, rief Sammy unbeschwert, als er in die Küche kam. Er küßte seinen Stiefvater auf die Stirn. »Wie war's heute?«

Decker musterte seinen Sohn, dann seine Frau. »Was denn? Hast du Verstärkung mitgebracht?«

Rina machte ein fröhliches Gesicht. »Wie geht's deiner Hand, *Liebling*?«

»Tut weh.«

»Was ist denn passiert?« fragte Sammy.

»Ich hab mich verbrannt ... weil ich ein Trottel bin.«

Die Mikrowelle piepte. Rina nahm den Teller heraus und stellte ihn Decker hin.

»Danke«, murmelte der.

»Guten Appetit.« Sie setzte sich zu ihm, Sammy ebenfalls. Beide schauten ihm erwartungsvoll beim Essen zu. Als wollten sie ihn einem Geschmackstest unterziehen.

»Wo steckt Jake?« fragte er endlich.

»Ist noch bei einem Freund«, sagte Sammy. »Ich hole ihn gleich ab.«

»Es ist wunderbar, daß er fahren kann«, sagte Rina. »So eine Erleichterung, daß ich die Kleine nicht mehr überallhin mitschleppen muß. Und Unterstützung habe ...«

»Weil ich ja nie zu Hause bin, stimmt's?« sagte Decker.

»Armer, armer Peter. Überarbeitet und unterschätzt.«

»Du machst dich über mich lustig, aber es stimmt trotzdem.« Decker blickte von seinem Teller auf. »Was esse ich hier eigentlich?«

»Lammcurry auf Basmatireis. Schmeckt's?«

»Es ist absolut köstlich!«

»Möchtest du noch eine Portion?«

»Auf jeden Fall.«

»Ich glaube, er ist nur unterernährt«, sagte Sammy. »Jetzt kriegt er wieder langsam Farbe.«

»Du hast recht.«

»Hört auf, von mir in der dritten Person zu sprechen«, knurrte Decker.

»Du kannst wieder übernehmen, Ima«, meinte Sammy. »Alarmstufe eins ist abgewendet.«

»Macht nur eure Späße auf meine Kosten!«

Sammy küßte seine Eltern. »Ich fahr jetzt los. Können wir noch zu Berger und uns einen kleinen Nachtisch bestellen?«

»Es ist nach zehn, Schmueli.«

»Morgen ist keine Schule. Die Lehrer haben Lehrplankonferenz. Wir können ausschlafen. Bitte! Alle sind dort. Wir sind vor Mitternacht zu Hause. Ich verspreche es!«

»Habt ihr denn niemals Schule?« fragte Decker. »Ich sollte das Schulgeld tageweise bezahlen.«

»Ist nicht meine Schuld.« Sammy wandte sich an seine Mutter. »Darf ich nun?«

Sie schaute Decker an. »Halb zwölf?«

»Ich glaube, das ist angemessen.«

Sam grinste. »Danke.« Sie hörten die Autoschlüssel klappern, und weg war er. In der Küche wurde es still. Decker schlang weiter sein Essen herunter.

»Du bist ja ein richtiger Feinschmecker.«

»Der Curry ist wunderbar. Je länger er kocht, um so besser wird er.«

Sie schwieg.

»Du fragst dich vielleicht, warum ich so gereizt bin?«

»Ehrlich gesagt, ich hab mich schon fast daran gewöhnt.«

»Sehr witzig, Rina. Zur Strafe sag ich's dir nicht.«

»Wie du willst.« Sie stand auf. »Möchtest du etwas trinken?«

»Bier wäre großartig, vielen Dank.«

Rina brachte eine Flasche Michelob, goß das Glas voll, daß der Schaum überfloß. Sie setzte sich wieder und wartete. Als er sie ansah, lächelte sie.

»Halte ich dich von irgend etwas ab?« fragte er.

»Überhaupt nicht.«

Decker legte die Gabel hin. »Jemand hat mich heute aus der Fassung gebracht. Der einzige Mensch, der das darf, bist du.«

»Wer ist die Frau?« fragte Rina.

»Wer sagt dir, daß es eine Frau war?« Decker lächelte verunsichert.

»Mein sechster Sinn.«

Vielleicht hat sie meine Pheromone gerochen, dachte Decker.

»Wer war es denn?«

»Nicht so wichtig.« Decker schob den Teller weg. »Diese Tragödie im Estelle ... sich vorzustellen, daß irgendein Verrückter dort seine Phantasien auslebt, ist schon gräßlich genug. Aber ich fürchte, die Sache ist viel komplizierter.«

Rina horchte auf. »In welcher Hinsicht?«

»Die verschiedenen Schußwinkel sprechen gegen die Einzeltäter-Theorie. Und einige Leute profitieren sehr von den

Todesfällen. Ein Mord aus Habgier ist schon schlimm genug. Aber dreizehn unschuldige Menschen umzubringen, nur um Spuren zu verwischen, das ist wahrhaftig ungeheuerlich ... bestialisch.«

»Hast du denn Beweise dafür, Peter?«

Decker schaute sie an, Rina klang erschreckt, und sie war es auch. Zivilisten durfte man mit solchen Dingen nicht belasten. Er versuchte sachlich zu wirken. »Nur einen sechsten Sinn. So ähnlich wie du, wahrscheinlich. Tut mir leid, daß ich dich so angefahren habe. Ich hab heut eine frauenfeindliche Ader. Erst hab ich gestern was von Cindy zu hören gekriegt. Dann hat Jan pausenlos im Büro angerufen und schließlich noch diese Frau ... die mir auf die Nerven gegangen ist ... ihre Spielchen mit mir getrieben hat ...«

»Warum, meinst du, hat sie das getan?«

»Wahrscheinlich, weil sie etwas zu verbergen hat.« Er nahm die Gabel, spießte ein weiteres Stück Lamm auf und fühlte, wie er rot wurde. Hoffentlich schrieb Rina das seiner Entrüstung zu, nicht seiner erotischen Verlegenheit. »Jedenfalls ist das alles nicht deine Schuld. Geh nur wieder an die Arbeit. Was machst du da eigentlich?«

»Die Buchhaltung der Jeschiwa.«

»Ach, richtig. Wie läuft es denn?«

»Ehrlich gesagt, die Unterlagen sind ein einziges Chaos. Spenden von Institutionen, die keiner kennt. Aktien und Beteiligungen statt Schulgeldzahlungen. Angeblich hat die Jeschiwa Grundbesitz und Guthaben im Ausland. Zumindest steht es so in den Büchern.«

»Und was meinst du?«

»Nun ja.« Rina runzelte die Stirn. »Die Jeschiwa hatte eine ganze Reihe von Buchhaltern aus dem eigenen Haus, und jeder hat die Sache anders angepackt. Manche haben offensichtlich die kreative Buchführung erfunden ... nicht, daß ich auf irgendwelche Schwindeleien gestoßen wäre.«

»Aber?«

Rina seufzte. »Die Bücher wurden nicht so ordentlich geführt, wie es hätte sein müssen. Weil die Jeschiwa anstelle von Fachleuten ihre *kollel bochers* drangelassen hat. Du weißt schon, jemand macht die Buchhaltung und bekommt als Gegenleistung freie Unterkunft und Verpflegung. Nach ein paar Jahren zieht der Mann weiter, und ein anderer übernimmt die Sache. Keine Beständigkeit.«

»So wie jetzt.«

»Was meinst du damit?«

»Warum bittet er dich, die Bücher zu führen, und holt sich keinen Profi?«

»Ein Fachmann muß unbedingt noch dazukommen. Ich glaube, Rabbiner Shulman weiß, daß die Bücher in einem schrecklichen Zustand sind. Ich soll erst mal eine Linie reinbringen, bevor er den Profi anheuert. Er will sicher sein, daß alles koscher ist.« Rina stand auf. »Die alten Europäer sind ein Völkchen für sich. Ständig dieser Tauschhandel. In diesem Fall ging es um Aktien statt Schulgeld.«

»Und was dabei abfällt, ist ein gutes Leben, das man auch noch von der Steuer absetzen kann.«

»Du bist aber boshaft heute! Warum läßt du's nicht endlich gut sein und gehst ins Bett?«

»Wolltest du nicht nett zu mir sein?«

»Nein, jetzt bin *ich* sauer. Und du bist schuld daran.«

»Dann geh du doch ins Bett!« Seine Augen leuchteten auf. »Oder, ich hab eine großartige Idee: Wir gehen beide ins Bett!«

Rina blickte ihn an. »Die Jungs kommen bald nach Hause ...«

»Die sind noch mindestens eine Stunde weg. Na, wie wär's?«

»Wir sind beide nicht bei Laune.«

»Dann machen wir es eben mal schlechtgelaunt. ›Nicht so langsam, nicht so schnell, nein, nicht so, und so schon gar nicht, paß auf, mein Rücken, meine Knie, meine Haare ...‹«

Rina gab ihm einen Klaps. »Du bist unmöglich.«

»Ich meine doch mich selbst!« Decker lachte. »Du hast weder schlimme Knie noch einen kranken Rücken.«

»Hören Sie mal, Sie Leutnant der Geriatrie«, schimpfte Rina. »Darf ich Sie daran erinnern, daß einer von uns erst vierunddreißig ...«

»Das war unter der Gürtellinie!«

»Allerdings läßt einen der Streß mit einem überarbeiteten und äußerst launischen Gatten vorzeitig altern.«

»Wohl wahr. Was Ehestreß betrifft, schlägst du mich um Längen. Wollen wir nicht ins Bett gehen? Ich verspreche, daß ich mich den Rest des Abends gut benehme.«

»Das reicht nicht. Du hast mir die Laune verdorben.«

»Das mache ich wieder gut.«

»Und wie? Ich sehe keine Blumen.«

»Wenn ich dir sage, daß ich dich liebe?«

»Reicht auch nicht.«

»Ich übernehme den Abwasch.«

»Vergiß es.«

»Mache Hannah morgen früh fertig.«

»Zu wenig.«

»Morgen komme ich früher nach Hause.«

»Bis dahin ist es mir zu lange.«

»Ich massiere dir den Rücken.«

»Wir haben schon festgestellt, daß du derjenige mit dem kranken Rücken bist.«

»Eine Fußmassage?«

»Meine Füße sind in Ordnung.«

»Vielleicht ein Schaumbad?«

»Ich hab schon geduscht.«

Langsam gingen ihm die Ideen aus. »Hey!« Er schnipste mit den Fingern. »Ich hab's! Das unfehlbare Aphrodisiakum für Frauen. Ich sage einfach, daß du recht hast.«

»Recht womit?«

»Mit allem. Egal, was du sagst, du hast recht. Bedingungsloses Rechthaben.«

»Und wie lange?«

»Vierundzwanzig Stunden.«

»Achtundvierzig Stunden.«

»Abge...«

»Ab Freitagabend. Ich möchte das zum Wochenende. Wenn du zu Hause bist.«

»Du treibst den Preis ganz schön in die Höhe.«

Rina zuckte die Schulter. »Das bin ich wert.«

»Da hast du recht.« Er nahm sie in die Arme und hob sie hoch. »Wie findest du das?«

»Ist ein Anfang«, sagte sie und legte ihm die Arme um den Hals. »Und gar nicht mal ein schlechter.«

Mit einem Ruck fuhr er hoch – Augen aufgerissen, das Herz raste, der Kopf dröhnte, ein Kreischen im Ohr, er sah die Leichen vor sich, klar und deutlich wie im Tageslicht. Ein Vietnamtraum.

Zum ersten Mal seit vielen Monaten. Wenigstens war er rechtzeitig aufgewacht, bevor er um sich schlagen konnte, bevor er Rina aufgeschreckt hatte. Offenbar hatte er selbst im Schlaf seine Reaktionen unter Kontrolle. Wie sonst war es möglich, so lautlos von der Hölle zu träumen?

Er tat, was er in solchen Situationen immer tat. Ging auf Zehenspitzen in die Küche, knipste das Licht über dem Herd an, setzte Wasser auf. Wenig später saß er am Tisch, schlürfte den heißen Tee, der ihm ins Gesicht dampfte.

Er blickte auf die Küchenuhr. Es war erst Viertel nach elf, die Jungen waren noch nicht zurück.

Er war froh, daß Rina ihn nicht, wie sonst meist, gehört hatte. Sie war einfach erledigt. Eine gute Nacht. Sie waren beide zusammen explodiert. Das reinste Feuerwerk. Danach hatte Rina glücklich gewirkt ... so, wie schon lange nicht mehr.

Sie hatte es eigentlich noch schwerer als er. Seit Brams Tod war sie eine andere Frau geworden. Problematisch fand Decker daß sie ihm nie das Ausmaß ihrer Gefühle für Bram offenbart hatte. In gewisser Weise hatte sie ihn geliebt. Bram war die letzte Verbindung zu ihrem verstorbenen Ehemann Yitzhak gewesen. In Brams vorzeitigem Ende hatte sie beide Verluste auf einmal durchlebt. Eine schlimme Zeit für sie. Für ihn und die Jungen auch. Vielleicht wurde jetzt alles besser. Wenn er seine eigenen Dämonen vertreiben konnte.

Elf Uhr zwanzig. Noch nicht zu spät für eine Nachteule wie Cindy. Sie nahm sofort ab. Er fragte, wie ihr Tag so gelaufen war.

»Nichts Aufregendes heute.« Sie zögerte. »Ich hab mit meinem ehemaligen Kriminalistikprofessor gesprochen und ihm gesagt, daß ich ins LAPD eintreten werde. Er sagte, ich hätte beim FBI anmustern sollen.«

»Das ist doch wohl ein Scherz!«

»Er sagt, das LAPD ist ein Haufen Spinner.«

»Oh, verd...! Für derartige Ratschläge habe ich nun zwanzig Riesen pro Jahr lockergemacht!«

»Er sagt, das FBI ist professioneller, die Leute sind besser ausgebildet ...«

»Alles Hornochsen.«

»Die haben die Einstellungssperre gelockert, Dad. So etwas wie mich suchen sie geradezu. Jung, weiblich, gute Ausbildung, Eltern im Justizapparat.«

»Gratuliere. Jetzt hast du mich wirklich geschafft.«

»Aber ich will tatsächlich Verbrechen aufklären, Vater. Nicht bloß mit der Sonnenbrille rumlaufen.«

Decker lachte so laut, daß er fast Rina geweckt hätte. »Jetzt weiß ich wieder, wieso ich dich liebe, Cindy.«

»Aber ein paar gute Agenten haben sie trotzdem.«

»Den einen oder anderen vielleicht.«

»Also: Warum rufst du mich abends um halb zwölf an? Nein warte, ich werd's dir sagen. Wie die meisten Männer telefonierst du nicht, um einfach nur zu quatschen, sondern entweder dienstlich oder um dich zu verabreden. Wenn du reden willst, lädst du mich zum Essen ein oder irgendwohin zum Frühstück. Also, was willst du jetzt wissen?«

Decker staunte über ihren Scharfsinn. »Welcher französische Existentialist hat das Buch über einen Mann geschrieben, der verhaftet wird, weil er bei der Beerdigung seiner Mutter nicht geweint hat?«

»Camus, *Der Fremde*. Warum?«

»Ich nehme an, du hast das Buch gelesen.«

»Auf französisch sogar.«

Decker lachte leise.

»Was ist?«

»Eine Columbia-Absolventin, die Camus auf französisch liest, wird Polizistin. Vielleicht paßt du wirklich besser ins FBI. Den ganzen Tag rumsitzen, übers Leben nachgrübeln und Täterprofile zusammenbasteln. Aber Massenmorde aufklären? Nie und nimmer!«

»Was du da sagst, ist engstirnig und kleinkariert.«

»Dein Kriminalistikprofessor ist ein Trottel. Und überhaupt, was ist Existentialismus?«

»Alles ist Zufall ... und ohne Sinn. Jeder Mensch lebt für sich allein.«

»Klingt wie das FBI.«

»Daddy!«

»Ist das wieder so 'ne Jeder-gegen-jeden-Philosophie?«

»Eigentlich nicht. Da die Welt sinn- und bedeutungslos ist, ist es die Aufgabe des Menschen, ihr einen humanen Inhalt zu geben. Letztlich ist es unsere Aufgabe, die Gesellschaft zu zivilisieren. Aber wieso fragst du nach Camus?«

»Wollte bloß mal wissen, ob deine Uni ihr Geld wert war.«

Cindy lachte. »Da steckt doch mehr dahinter. Aber ich laß dich in Ruhe. Wenn du drüber reden willst, lad mich zum Frühstück ein.«

»In Ordnung.«

»Wunderbar. Wann und wo?«

»Muß was Koscheres sein. Wie wär's mit Noahs Bagels? Wir treffen uns auf dem halben Weg in Sherman Oaks. Punkt halb sieben bei Noah.«

»Halb sieben? Am Morgen?«

»Manche Leute haben einen Job. Halb sieben bei Noah, okay?«

»Wenn du mir versprichst, von deinem Fall zu erzählen.«

»Kommt nicht in Frage. Wenn ich mit dir frühstücke, wird nicht gearbeitet, nur gequatscht.«

»Vielleicht rutscht dir das eine oder andere raus?«

»So früh am Morgen kann das leicht passieren.«

Beide lachten und legten auf. Aber seine Gedanken waren nicht bei Cindy. Sie waren bei dem Film, der sich in seinem Kopf zurückspulte. Zurück zu Jeanine Garrison. Ihr Büro, die erste Begegnung. Wieder durchzuckte ihn dieser Blitz. Er durchlebte das Gespräch noch einmal, genüßlich, Wort für Wort. Ihre Feindseligkeit am Anfang, dann das aufreizende Flirten, die Begeisterung, mit der sie vom Tennis sprach.

Eine Frau in Schwarz, ungeheuer erotisch. Tupft sich die Augen mit einem schwarzen Seidentaschentuch.

Jeanine. Wieder durchzuckte es ihn, diesmal war es ein Gedankenblitz. Jeanine hatte sich die Augen getupft. Dann hatte sie aufgeschaut. Decker hatte ihr Gesicht, ihre Augen gesehen. Klar und blaßblau wie Diamanten.

Und völlig trocken.

16

Ein amüsantes Frühstück mit Cindy, dann ein Vormittag voller Sitzungen, Schreibarbeiten und Ermittlungen. Decker machte um halb drei Mittagspause, aß seine Brote und ging die Artikel durch, die der Computer zu Jeanine Garrison ausgeworfen hatte. Nach einer halben Stunde klopfte es, Scott Oliver kam herein und sah die Artikel auf seinem Schreibtisch. »Irgendwie hast du dich an dieser Frau festgebissen.«

»Die beiden kannten sich.« Decker reckte die Arme. »Beim Gespräch hat sie es nicht zugegeben.«

»Warum sollte sie? Wer will schon mit einem Massenmörder in Verbindung gebracht werden?«

»Das ist ja der Punkt, Scott. Hätte sie ihn nicht so gut gekannt, hätte sie es offen zugegeben ... sich gewundert. Zumindest hätte sie es von sich aus erwähnt. Merkwürdig, daß sie es nicht gemacht hat.«

»Wendy Culligan hat auch nicht von sich aus erwähnt, daß sie Harlan Manz kannte.«

»Aber sie hat es Brenda Miller gesagt. Außerdem hatte sie nichts zu gewinnen – im Unterschied zu dem Garrison-Nachwuchs. Harlan Manz mäht dreizehn Leute nieder, und schon ist Jeanine Garrison Millionärin.«

»Genauso wie ihr Bruder.« Oliver wartete auf eine Antwort. »Warum denkst du, daß sie es war und nicht David Garrison?«

»Auf dem Foto sieht man Manz mit Jeanine und nicht mit David.«

»Darf ich mal einen Moment den Advokaten des Teufels spielen?«

»Schieß los.«

»Pete, warum sollte sie das tun? Nun sag nicht, wegen des Geldes. Daddy hat sie offensichtlich gut versorgt. Selbst ihr Bruder sagt das. Außerdem – jemand wie Jeanine kriegt jeden Millionär vor den Altar.«

»Aber in beiden Fällen wäre sie vom Wohlwollen anderer abhängig.«

»Ich sage nur: Ihr Junkie-Bruder hat bei der Sache genausoviel zu gewinnen wie sie.«

»Wohl wahr.« Decker räkelte sich. »Und Webster meint, David konnte seine Eltern nicht ausstehen ... seinen Vater. Aber ...« Er sortierte seine Gedanken. »Webster hält ihn für einen talentierten Menschen. David hat Erfolg als Künstler. Meinst du, er würde mit einem Loser wie Manz zusammenhocken?«

»Nicht zusammenhocken, Pete. Aber ihn *benutzen.*«

Decker dachte nach. Was Oliver da sagte, war nicht von der Hand zu weisen. »Gib mir irgendeine Verbindung zwischen Manz und David Garrison, und ich knöpfe mir auch ihn vor.« Er sammelte die Ausdrucke ein, legte sie ordentlich auf den Schreibtischrand. »Wie lief dein Anruf bei Brenda Miller?«

Oliver strahlte über das ganze Gesicht. »Großartig! Sie hat mich total verstanden, hat sogar meine Integrität bewundert.« Er rieb sich die Hände. »Ich kann's kaum abwarten, bis der Fall abgehakt ist. Egal wie, Hauptsache, wir bringen die Sache hinter uns.« Er musterte seinen Chef. »Jeanine hat's dir angetan. Oder irre ich mich, Rabbi?«

Decker spürte, wie ihm heiß wurde. »Sie ist gefährlich, Scotty. Ein Biest mit dem Blick einer Eisprinzessin, daß einem die Hosenknöpfe abspringen. So was gibt's nicht alle Tage.« Er stockte. »Männer begehen unglaubliche Dummheiten, nur um sich von so einem Klasseweib aufs Kreuz legen zu lassen. Irgendwas sagt mir, daß sie das weiß und ganz schön Gebrauch davon macht.«

Olivers Blick fiel auf die Zeitungsartikel. »Da du sie nicht in natura vögeln kannst, machst du's eben in Gedanken.«

Decker lächelte. »Glaub mir, ich will sie nicht vögeln. Und obwohl sie mir nicht ganz geheuer ist, hab ich nicht vor, ihr etwas anzuhängen. Trotzdem prüfe ich, welche Anhaltspunkte sie bietet. Bis jetzt deutet nichts direkt auf Jeanine hin. Es sieht mehr so aus, als würden die Dinge ... um sie kreisen.«

»Willst du auch um sie kreisen, Pete?«

»Nein, Scott. Meine Ehe soll intakt bleiben.«

»Aber es hat dich erwischt.«

»Stimmt. Sie hat etwas von einer Hexe an sich ... ihre Stimme, ihre Art. Hypnotisch. Sehr elegant, sehr suggestiv. Eine Frau wie sie kann selbst ehrliche Männer dazu bringen, krumme Dinger zu drehen, von Typen wie Harlan Manz ganz zu schweigen.«

»Auch dazu, ihre Eltern umzulegen? Und dann sich selbst?«

»Wer sagt, daß er sich umgebracht hat?«

»Die Ballistik.«

»Nicht unbedingt. Die sagt nur, daß die Kugel in Harlans Kopf aus der Waffe stammt, die neben ihm lag. Nirgendwo steht geschrieben, daß er diesen Schuß auch tatsächlich abgefeuert hat.«

»Jetzt wirst du spitzfindig.«

»Na gut.« Decker lachte. »Vielleicht ist mir das lieber, als mit den großen Bossen beim Arbeitsessen im Parker Center zu sitzen.«

»Glaub ich dir gern.« Oliver überlegte. »Eine Eisprinzessin, sagtest du? Die Frau muß ich kennenlernen.« Er lächelte maliziös. »Allerdings ist meine Erfolgsquote beim anderen Geschlecht nicht allzu hoch.«

»Du bist ja heute überraschend selbstkritisch.«

Oliver wand sich. »Peter, du bist manchmal so steif, daß ich denke, du hast einen Besenstiel verschluckt. Wenn ich sehe, daß sie selbst dich um den Verstand bringt, dann wird mir angst und bange.«

Bevor sich Decker abmeldete, machte er noch schnell zwei Anrufe. Der erste galt Terrance Howell, der nicht zu Hause war oder nicht abnahm. Decker hinterließ eine Nachricht auf dem Anrufbeantworter. Aber er hatte Glück und erwischte Sonia Eaton, die gerade das Haus verlassen wollte. Im Moment habe sie keine Zeit, vielleicht morgen abend, und worum es sich handele.

Decker wich aus, dann erwähnte er Harlan Manz alias Hart Mansfield. Er habe gehört, daß Sonia ein paarmal Tennis mit ihm gespielt habe. Es gäbe nur ein paar Fragen dazu. Die Polizei wolle sich ein Bild von dem Massenmörder machen, um ähnliche Tragödien in Zukunft eventuell zu verhüten.

Sonias Stimme kühlte merklich ab. »Das klingt mir aber sehr weit hergeholt. Ich wußte gar nicht, daß das LAPD so fürsorglich ist.«

Decker schwieg.

»Hören Sie, ich hab ihn kaum gekannt. Vielleicht ein Dutzend Worte mit ihm gewechselt.«

»Beim Wohlfahrtsturnier für das New Christian Hospital sind Sie im Doppel gegen ihn angetreten. Vor etwa zwei Jahren. Oder?«

Sie schwieg lange. »Wo haben Sie das ausgebuddelt? Und warum? Wollen Sie das etwa an die Presse geben?« Sie klang erschrocken.

»Nein, ganz bestimmt nicht«, besänftigte Decker.

Sie seufzte ungeduldig. »Ich kann mich kaum an ihn erinnern.«

»Aber Sie haben Tennis mit ihm gespielt.«

»Nur das eine Mal. Und nur, weil mich eine Freundin darum gebeten hat.«

»Vielleicht könnte ich dann diese Freundin befragen?«

Sonia schnaufte. »Ich nenne keine Namen und Telefonnummern am Telefon. Ich weiß ja nicht mal, ob Sie echt sind.«

»Ich kann Ihnen die Nummer meines Büros geben, und Sie ...«

»Ich habe zu tun. Für diesen Unsinn ist mir die Zeit zu schade. Wie war gleich Ihr Name?«

»Lieutenant Peter Decker.«

»Hören Sie, Lieutenant. Wenn Sie von diesem Tennismatch wissen und meinen Namen kennen, dann wissen Sie auch über meine Freundin Bescheid. Also, was soll das Ganze?«

Decker überlegte und entschied sich für die Wahrheit – für eine Halbwahrheit zumindest. »Ich hab ein Foto von Ihnen und Hart oder Harlan gefunden – in der *Valley Voice.* Darauf sind noch zwei andere Personen – Terrance Howell und Jeanine Garrison, die Partnerin von Harlan Manz. Ja, ich werde beide anrufen. Es würde mir sehr weiterhelfen, wenn Sie mir sagen, wer Sie gebeten hat, gegen Manz zu spielen.«

Wieder eine lange Pause. Dann sagte sie: »Sie kriegen es ja sowieso raus. Es war Jeanine.«

»Hatten die beiden etwas miteinander, Madam?«

»Mehr sage ich dazu nicht, Detective Lieutenant Peter Decker vom LAPD.«

Decker lachte. »Vielen Dank, daß Sie sich die Zeit genommen haben. Sie waren sehr hilfreich.« Er versuchte es noch einmal, diesmal auf die sympathische Tour. Er seufzte tief. »Dieses schreckliche Massaker im Estelle ... Ich weiß nicht ... irgendwie hat uns das alle verändert.«

In der Leitung wurde es still. Decker sprach weiter. »Wenn wir solche Dinge in Zukunft doch verhindern könnten.«

»Wie wollen Sie das tun?« Sie klang verstört. »Wie kann man solche Monster daran hindern, durchzudrehen?«

»Nun ... indem wir mit den Leuten reden.« Jetzt mußte er improvisieren. »Wir versuchen, Täterprofile zu erstellen, Madam. Damit wir abschätzen können, wer zu so etwas neigt.«

»Ich hoffe doch, daß es nicht zu viele solche Leute gibt!«

»Nein, nein, nein«, beruhigte Decker. »Kein Grund zur Besorgnis. Aber wenn wir als Strafverfolgungs- und Schutzbehörde ein bißchen besser begreifen, was diese Leute zu Tätern werden läßt ... wie soll ich sagen? ... dann haben sich die lästigen Fragen schon gelohnt.«

»Das könnte sein.«

Sonia hielt sich bedeckt. Wenigstens legte sie nicht auf. »Hören Sie. Ich würde Ihnen ja gern mehr erzählen, aber nicht hinter Jeanines Rücken. Wir sind nicht sehr eng befreundet, sie ist eher eine ... Bekannte. Eine sehr starke Persönlichkeit. Wenn Sie ihr begegnen, werden Sie verstehen, was ich meine.«

»Sie haben sicher recht.« Decker stockte. »Sehr stark also?«

»Ja. Zur Feindin möchte man sie nicht haben.«

»Aha. Können Sie mir sagen, ob sie mit Harlan Manz ein Verhältnis hatte?«

»Jeanine hat keine Verhältnisse.« Sonia flüsterte fast. »Sie hat ... Bewunderer. Und die schiebt sie umher wie Schachfiguren.«

»Sie steht auf Tennisspieler, hab ich recht?«

»Nein, sie ...« Sonia brach ab. »Ich hab schon zuviel gesagt. Jetzt muß ich los.«

»Ms. Eaton, tun wir uns beide einen Gefallen. Ich erwähne unsere Unterhaltung nicht, wenn Sie auch dichthalten. Alles bleibt streng vertraulich.«

»Einverstanden.«

»Können Sie mir noch einen Gefallen tun?«

»Welchen?«

»Da es ja unter uns bleibt, möchte ich Sie bitten, Ihren Satz zu vollenden. Den über die Vorlieben von Jeanine.«

Ein angestrengtes Lachen. Dann sagte sie: »Jeanine liebt alles, was sich ihr nicht in den Weg stellt.«

Es war erst halb sieben, sicher würde er noch ein offenes Blumengeschäft finden. Decker verließ die Stadtautobahn und fuhr den Boulevard entlang. Wenn es hier nichts gab, konnte er immer noch zum Markt hinüber. Da sah er schon welche, aber keine schönen. Irgendwelche Trockenblumen in Tonschalen. Echte Notfallblumen. Für den Fall, daß man den Geburtstag der Sekretärin vergessen hat. Nichts für Rina, die würde das durchschauen. Außerdem wollte er wirklich was ganz Besonderes. Blumen, die all das zum Ausdruck brachten, was er über viele Jahre in sich unterdrückt hatte.

Müde war er, erschöpft und enttäuscht. Er hatte geglaubt, über alle weiblichen Tricks erhaben zu sein, nach der Scheidung hatte er sich einen Panzer zugelegt, eine abgeklärte, gesetzte Haltung. Nie wieder würde ihn so ein Miststück um den Verstand bringen, nein, besten Dank.

Als er Rina traf, wußte er sofort: Er hatte einen Schatz gefunden, einen seltenen, kostbaren Diamanten. Trotzdem hatte er sich Zeit genommen, ihr den Hof gemacht, bis ganz klar war, daß *sie* ihn so sehr wollte wie er sie. Und als sie nach New York fuhr, um über alles nachzudenken, hatte er das prima gefunden. Obwohl er froh war, als sie wiederkam.

Froh, aber vorsichtig.

Nichts übertreiben, nicht über die Stränge schlagen, alles ruhig angehen.

Es lief wunderbar, sie stellte keine Forderungen an ihn – abgesehen von den religiösen.

Religion. Ja, das war eine große Sache. Aber dann ging alles glatt. Er mußte natürlich genau die Art Jude werden, die sie wollte. Ein orthodoxer Jude. Koscher leben, den Sabbat einhalten, die Familie rein halten. Sonst wäre eine Heirat nicht in Frage gekommen. Und heiraten wollte er. Unbedingt.

Aber er fühlte sich nie im Nachteil. Rina war eine traditionelle Frau. Sie kümmerte sich um Haushalt und Kinder, er kümmerte sich um alles andere.

Eine altmodische Familie, und das war in Ordnung. Er hatte das Steuer in der Hand ... war der würdige Familienvater.

Wie hatte er sich nur so täuschen können? Da tauchte eine Jeanine auf, und schon war er überrumpelt. Mußte begreifen, was eine sinnliche Frau alles mit ihm anstellen konnte. Wenn

Jeanine ein reizendes Kätzchen war, dann war Rina eine Tigerin. Eine menschenverschlingende Tigerin in voller Pracht. Es hatte Zeiten gegeben, in denen Decker, wenn er an sie dachte, besonders nachts, von Lust überwältigt wurde. So verdammt stark, daß er von selbst zum Orgasmus kam. Er mußte gar nichts tun. Nur die Augen schließen ... sich ihr Gesicht vorstellen ...

Er hätte alles getan, um sie zu erobern, einfach alles. Und wäre ein anderer Mann auf der Bildfläche erschienen, hätte er alles getan, um sie zu behalten. Lüge, Betrug, Diebstahl ...

Vielleicht sogar Mord.

Ihm brach der Schweiß aus. Immer diese Macho-Allüren. Daß er damit durchkam, hatte er nur Rinas Geduld zu verdanken. Nach der Scheidung von Jan war er nicht klüger geworden. Er hatte nur Glück gehabt. Richtiges Glück. Er hatte eine Femme fatale gefunden, aber Gott sei Dank war sie innerlich genauso schön wie äußerlich.

Danke, lieber Gott. Danke!

17

Als Decker ins Büro kam, sah er den Zettel auf seinem Schreibtisch.

Bitte sofort melden.

Das fing ja gut an. Was mochte Strapp morgens um halb acht von ihm wollen? Er ging um die Ecke zum Captain.

Strapp winkte ihn herein. »Machen Sie die Tür zu.«

Decker gehorchte, studierte Strapps Miene. Sein hageres Gesicht mit dem bohrenden Blick sah böse aus, sein Mund war hart. Und dann die Hände ... er knetete die Finger. Kein Frage. Strapp hatte ein Problem.

»Setzen Sie sich.«

Decker setzte sich stumm, sein Blick wanderte durch den Raum. Die Wände waren voller Zeugnisse und Diplome, Fotos, auf denen Strapp mit Prominenten abgebildet war – mit dem Bürgermeister von L. A., dem Gouverneur von Kalifornien, dem Präsidenten. Trotzdem, die Einrichtung war schlicht und büromäßig. Ein solider Schreibtisch, Standardbestuhlung, Stahlschränke für die Akten. Der Mann hatte seinen Stolz, aber er war nicht eitel wie ein Pfau.

Decker wandte sich seinem Vorgesetzten zu. »Was gibt's, Sir?«

»Haben Sie stichhaltige Beweise gegen Jeanine Garrison?«

Decker starrte ihn an und sagte nichts.

Strapp erwiderte seinen Blick. »Ich bin heute früh aus dem Bett geklingelt worden. Sie unterstellen ihr eine Beziehung mit Harlan Manz ...«

»Das nennt sich nun Vertraulichkeit«, murmelte Decker.

»Sie zeigen Fotos von Jeanine Garrison und Harlan Manz bei

den Freunden der Garrisons herum. Meinen Sie etwa, das fällt nicht auf Sie zurück? Haben Sie den Verstand verloren? Sie ist wütend, fühlt sich von der Polizei belästigt, droht mit Klage.«

»Ich habe keine Fotos gezeigt. Ich habe das fragliche Foto nur erwähnt, als ich eine Freundin nach der Beziehung zwischen Jeanine Garrison und Harlan Manz fragte. Ich leite eine Ermittlung, Captain ...«

»Allerdings. Eine Ermittlung, aber keine Hexenjagd.«

Decker blickte zur Lampe hoch. »Netter kleiner Anruf vom Bürgermeister, Cap?«

»Decker, ich verbitte mir diesen Ton!«

Decker verstummte, auch Strapp schwieg. Der Captain atmete schwer, seine Wangen und seine Nasenspitze waren gerötet. Aber da war noch etwas. Decker wußte, daß jemand dem Captain die Hände gebunden hatte. Strapp machte keine gute Figur.

»Wir haben es mit einer sehr rührigen Persönlichkeit des öffentlichen Lebens zu tun, Pete«, sagte er leise. »Sie hat schon zig Wohltätigkeitsveranstaltungen organisiert, allesamt für löbliche Zwecke. Eine Menschenfreundin mit sehr guten Kontakten. Und sie hat gerade ihre Eltern verloren, bei einer äußerst tragischen, entsetzlichen Katastrophe ...«

»Ach ja, Sie meinen die *Sache*.«

»Wie bitte?«

»Schon gut.«

Strapp funkelte ihn an. »Und Sie laufen mit einem Zeitungsartikel rum, der über zwei Jahre alt ist, und unterstellen, daß Jeanine Garrison bei der Ermordung ihrer Eltern die Hand im Spiel hatte.«

»Nicht im geringsten. Wollen Sie die Wahrheit hören?«

»Interessiert mich nicht. Ich will, daß Sie diesen Unsinn sein lassen, solange Sie keine Beweise haben. Gute, solide, konkrete, in Stein gemeißelte *Beweise*!«

»Wenn ich aufhöre, kriege ich keine Beweise.«

»Solange Sie keine Beweise haben, lassen Sie sie in Ruhe. Und jetzt können Sie gehen.«

Schweigen.

»Wenigstens ist sie keine Lügnerin«, sagte Decker. »Sie hat tatsächlich Beziehungen ...«

»Decker!?«

»Wie O. J. und Menendez in einer Person ... nur schöner verpackt.«

»Sind Sie endlich fertig?«

»Ja, glaube schon.«

»Dann gehen Sie an Ihre Arbeit.«

Decker atmete tief durch. »Captain, sagen Sie mir bitte, wie ich Beweise zusammentragen soll, wenn ich keine Ermittlung durchführen darf.«

Strapp antwortete: »Harlan Manz kam ins Estelle, mähte dreizehn Leute nieder, verletzte zweiunddreißig weitere, dann beging er Selbstmord. Wir haben die gerichtsmedizinischen Gutachten, wir haben Zeugen, wir haben einen glasklaren Fall. Warum wollen Sie denn unbedingt eine Verschwörung daraus machen?«

Decker setzte zu einer Erwiderung an, doch Strapp fuhr ihm dazwischen. »Sie behauptet, von Ihnen sexuell belästigt worden zu sein. Und weil Sie zurückgewiesen wurden, wollen Sie sich jetzt rächen.«

Decker verzog keine Miene, aber das Herz klopfte ihm bis zum Hals.

»Haben Sie etwas dazu zu sagen?« fragte Strapp.

»Sie ist sehr sexy«, sagte Decker.

»Und?«

»Nichts weiter.«

Strapp rieb sich die Schläfen. »Sie haben Sie nicht bedrängt?«

»Nein.«

»Ihnen ist auch nichts rausgerutscht?«

Decker wollte antworten, dann mußte er über die ungewollte Anzüglichkeit lachen. Strapp lachte mit.

»Nein, ich bin absolut sachlich geblieben. Sie ist attraktiv. Deshalb war ich besonders korrekt.«

»Vielleicht wollen Sie ihr was anhängen, weil Sie sie so außerordentlich attraktiv finden?«

»Von ›außerordentlich‹ war nicht die Rede.«

»Keine Haarspaltereien, Decker. Wollen Sie ihr was anhängen oder nicht?«

»Nein, das will ich nicht, Sir. Ich will nur ein paar krasse Widersprüche in einem sehr verwirrenden Fall aufklären.«

Strapp beäugte seinen Lieutenant. Leise fragte er: »Wurden Sie von ihr bedrängt, Pete?«

»Sie hat demonstrativ auf meinen Ehering gestarrt und mich zu einer Privatführung durch das neue Museum eingeladen.«

»Was haben Sie geantwortet?«

»Danke nein. Meine Familie möchte mich abends zu Hause haben. Soll ich das Gespräch wörtlich wiedergeben?«

»Kommen Sie mir nicht auf diese Tour!«

Decker blinzelte. »Will sie etwa mich oder das LAPD verklagen?«

»Noch nicht. Aber ihr Anwalt hat angerufen ... und ein paar andere Leute. Er hat rumgetönt. Ich soll meine Leute besser im Griff behalten.«

»Meine Güte!« Decker gab sich Mühe, das Kinn wieder zu entspannen. »Also, was soll ich nun tun?«

»Wenn es nur jemand anders wäre«, sagte Strapp. »Irgend jemand anders ...«

Sie schwiegen beide.

»Ich glaube Ihnen, aber das hilft uns nicht weiter. Wenn die Frau klagt, sitz ich in der Tinte. Dann läuft das ganze Spiel ab.«

»Ich weiß.«

»Warum macht sie das? Will sie die Ermittlungen behindern? Haßt sie Männer? Oder hat sie schlicht eine Meise?«

»Vielleicht alles zusammen.«

»Was haben Sie bis jetzt rausgekriegt?«

Decker zögerte, dann zog er sein Notizbuch und berichtete. Er schilderte die Selbstmordhypothese, die unerklärlichen Schußbahnen, die Vielzahl der Geschosse und der leeren Magazine. Dann das Gespräch mit Jeanine. Ihr Versuch, Zeit zu gewinnen, dann, nach seiner Rückkehr, die plötzliche Feindseligkeit, das zu erwartende Millionenerbe, ihre Tennisbegeisterung, ihre Bekanntschaft mit Harlan Manz. Wie eng diese Beziehung war, galt es als nächstes zu klären.

»Was Sie bisher haben, beweist gar nichts.«

»Natürlich nicht. Deshalb ermittle ich ja. Hätte ich Beweise, wäre meine Arbeit getan.«

»Niemand gibt Ihnen das Recht, die Opfer als Mörder hinzustellen.«

»Ich beschuldige niemand, ich sammle Beweismaterial. Die Anklage muß von der Staatsanwaltschaft kommen. Wollen Sie hören, was der Stand ist?«

Strapp blieb ruhig. »Nur zu.«

»Ich habe Zeugenaussagen, daß die Schüsse aus allen Richtungen kamen.«

»Weil die Zeugen hysterisch waren.«

»Natürlich. Hysterisch waren sie alle. Wenn wir nicht mehr hätten als das, könnten wir den Fall abschließen. Aber dann kam das Gutachten der Gerichtsmedizin. Manche Schußbahnen passen nicht zur Position des Schützen, *und* der Selbstmord ist fraglich.«

Jetzt wurde Strapp hellhörig. »Inwiefern?«

»Manz müßte die Waffe etwa fünfundsiebzig Zentimeter vom Kopf entfernt gehalten haben.«

»Manche Leute haben Hemmungen, die Mündung an die Schläfe zu setzen.«

»Na gut, fünfzehn Zentimeter. Aber fünfundsiebzig? Ich hab lange Arme, aber selbst ich hab Mühe, die Waffe so weit weg zu halten und dann auf meine Schläfe zu zielen.«

»Wie lang ist der Arm des Täters?«

»Etwa neunzig Zentimeter von der Schulter bis zu den Fingerspitzen. Aber um die Waffe auf sich zu richten, muß er den Arm beugen. Ich sage nicht, daß es unmöglich ist. Aber ungewöhnlich ist es schon.«

»Sonst noch was?«

»Wir haben mehr Geschoßhülsen als Magazine.«

»Dann sind eben im Tohuwabohu ein paar Magazine verlorengegangen.«

»Sir, alles das ist möglich. Aber diese Häufung von Merkwürdigkeiten ... Also bin ich einen Schritt weitergegangen. Ich habe mich gefragt, wie sich die Ungereimtheiten erklären lassen.«

»Ein zweiter Schütze.«

»Genau.« Decker versuchte, die Erregung zu unterdrücken. »Zuerst hab ich mich auf Harlan Manz konzentriert. Um Raub ging es nicht, das wissen wir. Aber wenn es kein Raub war und auch nicht das Werk eines wahnsinnigen Einzeltäters, der Selbstmord beging, was dann? Mir dämmerte langsam, daß es ein Anschlag gewesen sein könnte.«

»Reden Sie weiter.«

Decker stockte. »Hier beginnt meine Spekulation, okay? Ich vermute, daß die Person, die Manz mit dem Anschlag beauftragt hat, noch einen zweiten Schützen angeheuert hat. Sie sollten die Sache gemeinsam angehen. Dann hat ihn der andere Schütze reingelegt. Entweder aus eigenem Kalkül oder ebenfalls im Auftrag.«

»Eine Verschwörung, die Oliver Stone alle Ehre machen würde«, sagte Strapp mit tonloser Stimme.

Decker redete unverdrossen weiter. »Wenn wir von einem Anschlag ausgehen, dann war eins der Opfer im Restaurant die Zielperson.«

»Also sind Sie die Liste durchgegangen, haben sich die Angehörigen, Freunde und Feinde der Opfer angesehen und sich gefragt, wer von diesem Anschlag profitiert.«

»Genau.«

»Dann sich auf diejenigen konzentriert, die sehr viel zu gewinnen haben *und* Harlan Manz kannten.«

»Sie treffen den Nagel auf den Kopf.«

»Und sind bei Jeanine Garrison gelandet.«

»Drei Gruppen sind in die engere Wahl gekommen, weil sie Mitglied im Greenvale Country Club waren, wo Harlan Manz einmal gearbeitet hat.« Decker zählte seine Kandidaten auf. »Eine Immobilienmaklerin und ihr Anhang, Walter Skinner und seine Geliebte, Ray und Linda Garrison. Marge und Oliver haben sich die Maklerin vorgenommen, Martinez hat die Witwe von Skinner besucht, Webster war bei David Garrison, ich bei Jeanine Garrison. Erwartet habe ich mir davon wenig. Nichts eigentlich. Doch dann, aus heiterem Himmel, benahm sie sich verdächtig.«

»Sie haben einen Nerv getroffen.«

»Das war kein Nerv, das war ein Volltreffer ins Nervenzentrum.«

»Sie war also nicht die einzige Befragte?«

»Nein, Captain. Und ich kannte diese Frau nicht. Es gab keine Vorgeschichte.«

»Webster hat den Bruder befragt?«

»Aber ja.«

»Das ist gut. Das stärkt Ihre ... unsere Position.« Strapp faltete die Hände. »Trotzdem haben Sie nichts gegen sie in der Hand. Selbst wenn es eine Verbindung zwischen ihr und Manz gab, heißt das nicht, daß sie ihn zu irgendwas angestiftet hat.«

»Sir, hier geht es um einen Mordfall mit dreizehn Opfern. Die Frau hat ihre Eltern verloren. Sie müßte eigentlich wild darauf sein, daß der Fall aufgeklärt wird – wenn sie unschuldig ist.«

»Aber nicht, wenn die Ermittlungen sich gegen sie richten.

Selbst Unschuldige wollen nicht mit einem Massenmörder in Verbindung gebracht werden. Benutzen Sie Ihren Verstand, Decker.«

Oliver hatte genau dasselbe gesagt. »Sie lügt, was die Belästigung betrifft«, überlegte Decker. »Also ist die Frage berechtigt, ob sie in anderen Punkten ehrlich war. Warum will sie mich aus dem Feld räumen?«

»Weil Sie ihr üble Dinge unterstellen. Jeanine hat Ihnen einen roten Teppich ausgerollt, sagt sie, hat Ihnen wertvolle Zeit geopfert, war höflich und hat alle Fragen beantwortet. Doch dann wollten Sie nicht gehen. Jeanine wußte nicht weiter und hat Ihnen zu trinken angeboten ... ein Glas Wein.«

»Im Dienst trinke ich nicht.«

»Sie haben den Wein angenommen, noch ein paar Gläser mehr getrunken, wollten mit Jeanine ausgehen. Sie war schockiert, versuchte, nett zu bleiben, aber Sie ließen nicht locker. Jeanine mußte Ihre Annäherungsversuche brüsk abwehren, und Sie wurden wütend. Und nun, sagt Jeanine, verbreiten Sie Gerüchte über ihr Vorleben.«

»Diese Anschuldigungen sind schlicht lächerlich! Ich hab sie nicht bedrängt, ich hab mich nicht bei ihr festgesetzt, ich habe keinen Schluck getrunken, erst recht keinen Wein. Im Dienst trinke ich nicht. Das wäre ein Entlassungsgrund.« Decker schnaufte. »Sie lügt wie gedruckt, Captain. Ja gut, sie ist attraktiv, aber das ist meine Frau auch. Warum sollte ich so was Dummes tun?«

»Weil wir nicht immer mit dem Kopf denken.«

»Sir, ich bin über sexuelle Anfechtungen nicht erhaben. Aber ich kann mich beherrschen, die Hände still und den Hosenstall geschlossen halten. Weil ich meine Frau und meine Familie liebe. Soviel zu diesem Thema, Sir. Sagen Sie mir, was ich tun soll. Wenn Sie einen Rückzieher wollen, mache ich einen Rückzieher.«

»Unternehmen Sie nichts, bis wir das mit ihren Anwälten geregelt haben.«

Decker ballte die Faust. »So ein Miststück!«

»Das hab ich nicht gehört«, sagte Strapp. »Ich verbiete ihnen, dieses Foto von Jeanine Garrison und Harlan Manz herumzuzeigen. Wir sind schließlich nicht von der Boulevardpresse. Und halten Sie sich von den Freunden der Garrisons fern.«

»Was ist mit den Feinden?«

»Decker!«

»Mit wem darf ich denn reden?«

»Über Harlan Manz können Sie reden, mit wem Sie wollen. Und wenn dabei zufällig der Name Jeanine Garrison fällt ... wenn jemand plaudern will ... dann werden Sie zuhören, oder?«

Leise trat er ein, hörte Rina nebenan singen, ein sanftes Kinderlied, mit dem Mütter ihre Kinder in den Schlaf wiegen. Hannah sollte also Mittagsschlaf halten. Er sah das Bild förmlich vor sich: Rinas fürsorgliches Lächeln, Hannah zugedeckt im Bett, so daß nur ihr kleines Köpfchen mit den karottenroten Locken hervorsah, Rinas streichelnde Hand. Die Rührung schnürte ihm fast die Kehle zu.

Er schluckte, setzte sich an den Eßtisch und wartete, den Kopf auf die Hände gestützt. Sein Magen war zusammengekrampft, im Kopf hämmerte der Schmerz. Endlich kam Rina ins Zimmer, überrascht und froh, ihn zu sehen.

»Erst die Rosen und dann das ...« Plötzlich schaute sie ihn erschrocken an. »Du siehst so bleich aus, Peter. Was ist los?«

Decker zögerte ein wenig, dann begann er. »Erinnerst du dich an die Frau, die ich vor ein paar Tagen befragt habe? Die mich beim Gespräch so aufs Kreuz gelegt hat?«

Rina wurde blaß und setzte sich nun auch. Sie holte tief Luft. »Ja, ich erinnere mich.«

»Also ... könnte sein, daß sie mich wegen sexueller Belästigung verklagt.«

Sie legte die Hand aufs Herz und flüsterte: »Gott sei Dank!«

Decker starrte sie an. »Gott sei Dank?«

»Nein, ich meinte, das ist ja furchtbar. Was ist denn passiert?«

Decker blieb stumm, dann fragte er: »Verstehe ich dich falsch, oder hast du gerade gedacht, daß ich dir etwas beichten will, eine Affäre etwa?«

»Na, ich war mir nicht sicher.« Rina atmete auf. »Erst die Rosen aus heiterem Himmel, und nun kommst du so bleich und mit hängenden Ohren nach Hause.«

»Danke für dein Vertrauen.« Er stand abrupt auf und ging in die Küche.

Rina lief ihm nach. »Es tut mir leid, Peter«, sagte sie sanft. Es tut mir wirklich leid. Aber ich kann doch nichts für meine Gefühle.«

»Vertraust du mir?«

»Natürlich. Was denkst du denn?«

»Wie konntest du dann so etwas von mir glauben?«

»Peter, ich liebe dich so sehr ... und in letzter Zeit war alles ein bißchen angespannt. Wahrscheinlich hab ich bloß Angst gehabt.« Sie wischte sich Tränen weg. »Außerdem bist du rot geworden, als du von ihr sprachst.«

»Bin ich nicht!«

»Bist du doch!«

Er zögerte. »Na gut, dann bin ich eben rot geworden.«

»Ist sie schön?«

»Ja.«

»Sexy?«

»Vielleicht. Wenn man arglos ist.« Decker spürte ein Zucken um den Mund. »Am liebsten würde ich dieses Weibsstück umbringen.«

»Du hast also eine andere Frau verlockend gefunden.«

»Habe gefunden, ja, so stimmt es.«

»Du mußt mir nichts versüßen, Peter. Es ist alles in Ordnung. Ich kenne dich doch. Diese Frau hat sich die ganze Geschichte ausgedacht. Du bist viel zu professionell, um dich von einer attraktiven Frau ablenken zu lassen.«

Decker starrte sie an.

Rina zuckte die Schultern. »Der Vorwurf ist absurd. Mach dir keine Sorgen. Wie wär's mit Kaffee? Normal oder koffeinfrei?«

»Koffeinfrei.« Peter beäugte sie mißtrauisch. »Du verkraftest das so gut. Viel besser wie ich.«

»Als ich.« Rina kramte nach der Kaffeetüte. »Ist es etwa deine Schuld, wenn diese Frau sich so benimmt? Ich könnte wetten, sie hat sich an dich herangemacht. Genauso wie Lilah Brecht. Stimmt's?«

»Gott, die hab ich ganz vergessen.« Decker blickte auf. »Du offensichtlich nicht.«

»Sieht so aus. Wollte sie dich verführen?«

»Gewissermaßen.«

»Also hast du sie ganz sachlich zurückgewiesen. Und das hat sie wütend gemacht. Um wen geht es überhaupt?«

»Jeanine Garrison.«

Rina runzelte die Stirn. »Wieso kommt mir der Name nur bekannt vor?«

Decker erzählte, während Rina Kaffee in den Filter schüttete und die Maschine einschaltete.

»Dann hab ich ihr Foto vielleicht in der Klatschspalte gesehen.«

»Ich kann einfach nicht fassen, wie ruhig du das aufnimmst. Ich war auf der Herfahrt völlig mit den Nerven fertig.«

»Du mußt dich nicht dafür schämen, daß du ein Mann bist.«

Decker wurde nicht klug aus ihrem Verhalten. So leidenschaftslos. Sehr bedenklich. Verbarg sie ihre Ängste, um ihn zu schonen? Oder steckte mehr dahinter? Er blickte sie an. »Rina, verschweigst du mir irgendwas?«

Ihre Wangen wurden rosig. »Was sollte ich dir denn verschweigen?«

Decker forschte in ihrem Gesicht und sagte lange nichts. »Du hast an Bram gedacht, stimmt's?«

Rina wurde still. »Er ist tot, Peter. Können wir das Thema wechseln?«

»Als du mit ihm hier allein warst ... da ist nichts gewesen, stimmt's?«

Rina drehte sich wütend zu ihm um. »Danke für dein Vertrauen.« Sie lief hinaus.

Decker folgte ihr, sein Herz pochte, im Kopf dröhnte der Schmerz. »Du mußt zugeben, daß meine Frage nicht aus der Luft gegriffen ist. Ich hab gesehen, wie er dich angeschaut hat – und wie du *ihn* angeschaut hast.«

Rina nahm sich eine Illustrierte, setzte sich an den Eßtisch und begann zornig zu blättern.

»Ignoriere mich nicht einfach!«

»Warum nicht?«

»Weil ich dein Mann bin, zum Teufel noch mal!«

Rina antwortete nicht.

Decker riß ihr die Illustrierte aus den Händen.

Rina blickte erschrocken auf. »Entschuldige. Da, wo ich herkomme, wird man nicht zu Gesprächen gezwungen.«

Decker spürte, daß seine Gefühle überkochten. Er schaute auf seine Hände, sah, daß sie zitterten. Er atmete tief durch, schloß die Augen. »Es tut mir leid.« Er hielt ihr die Illustrierte hin. »Nimm sie. Bitte!«

Rina sah die zitternden Hände ihres Mannes. Irgendwas lief

schrecklich falsch. Sie bewegte sich nicht, Tränen rollten ihr über die Wangen.

Decker legte die Illustrierte auf den Tisch. »Rina, es tut mir leid. Ich weiß doch, daß nichts vorgefallen ist. Wir sind in einer schwierigen Phase. Seit Brams Tod ist es kompliziert zwischen uns. Aber wir stehen das durch. Zusammen schaffen wir das, stimmt's?«

Rina nickte, ihre Miene wurde sanfter. Decker zog sie zu sich hoch, nahm sie in die Arme, hielt sie fest. »Ist schon gut, Schatz. Ich weiß ja, daß du ihn geliebt hast. Er war ein guter Mann. Du hast Geschmack, was Männer betrifft.«

Rina umarmte ihn, sagte unter Tränen: »Ja, einen sehr guten.«

»Ich wollte dir kein Kompliment entlocken, aber ich nehme es trotzdem gern an.«

Rina löste sich von ihm und wischte sich die Augen. »Möchtest du jetzt deinen Kaffee?«

»Ja!« Decker folgte ihr in die Küche und setzte sich. »Was für eine Woche!«

Rina nahm zwei Tassen aus dem Schrank. »Was für ein Jahr!«

»Das auch.«

»Du hast es nicht immer leicht mit mir gehabt«, sagte Rina.

Decker blieb stumm.

»Sein Tod hat mich schwer getroffen, Peter.«

»Ich weiß.«

»Ich fühle mich so ... schuldig. Als wäre sein Tod eine Strafe Gottes gewesen.«

Decker fuhr auf. »Das ist doch lächerlich!«

Rina schwieg.

»Ich hab es nicht so gemeint«, sagte er. »Ich wollte deine Gefühle nicht mißachten.«

»Schon gut.« Rina wischte sich wieder die Augen.

»Weder du noch er habt etwas falsch gemacht, Rina. Du hast keinen Grund, dich schuldig zu fühlen.«

»Außer, daß mein Mann noch keine drei Monate unter der Erde war – und ich als religiöse Frau ... Außerdem war Bram ein Goi. Nicht nur das. Er war auf dem Priesterseminar *und* der beste Freund meines toten Manns. Ich hatte das Gefühl, ich hätte alles mit Füßen getreten, was mir teuer war. Diese Untreue ...«

»Yitzhak war doch tot, Rina. Untreu kann man nur den Lebenden sein, nicht den Toten.«

»Man kann ihrem Andenken untreu sein.« Rina goß den Kaffee ein. »Bram hat sich auch nicht gut gefühlt. Es war schrecklich – diese Mischung aus Liebe und Schuld. Wir hätten nie damit anfangen dürfen.« Sie stellte ihm die Tasse hin. »Jetzt weißt du es. Bist du dadurch klüger geworden?«

»Ja, schon möglich. Weil ich jetzt besser verstehe, was dich quält, Rina. Es war nicht Gott, der Bram getötet hat. Es war ein Mensch.«

»Vielleicht war sie ein Werkzeug in Gottes Hand.«

»Vielleicht sind wir nur Protozoen unter dem Mikroskop.«

»Was soll denn *das* bedeuten?«

»Nur ein Gedanke, der genauso absurd ist.«

»Wie war das gleich mit der Mißachtung meiner Gefühle?«

Decker zwang sich, ruhig zu bleiben, und wog seine Worte. »Schatz, ich versuche doch nur, dich zu stützen. Damit du nicht noch tiefer in diese düsteren Stimmungen hineingerätst. Bram war ein wunderbarer Mann, Rina. Ein brillanter Gelehrter, ein warmherziger Mensch und noch dazu gutaussehend. Er war auch sehr kompliziert und belastet durch seine kaputte Familie.«

»Das stimmt.«

»Glaub mir, Schatz, du warst das Beste, was ihm je begegnet war. Er hätte für dich Bäume ausgerissen, so sehr hat er dich geliebt. Und du warst eine junge Witwe, die ihren Mann an eine schreckliche Krankheit verloren hatte. Du hattest zwei kleine Kinder und nicht sonderlich viel Unterstützung.«

»Meine Eltern waren doch da.«

»Ich kenne deine Eltern, Rina. Sie sind wunderbare Menschen. Aber sie haben das Lager überlebt und sind sehr emotional. Ich weiß, daß du sie nicht so belasten konntest wie Bram.«

Rina schwieg.

»Du warst einsam und allein, genauso wie Bram. Ihr habt euch in einer schwierigen Phase eures Lebens gegenseitig geholfen. Und das war nichts Schlechtes. Das hat mir den Weg geebnet.«

Rina setzte sich mit ihrem Kaffee zu ihm und gab ihm einen Kuß. Armer Peter. Schlug sich mit ihren alten Geschichten rum, obwohl er selbst genug Probleme hatte. »Mach dir keine Sorgen wegen dieser Frau, okay? Du bist ein sehr attraktiver Mann mit einem sehr attraktiven Beruf ...«

»Ich dachte, das LAPD rangiert noch unter einer Leprastation, was seine Beliebtheit betrifft.«

»Vergiß doch, was die Zeitungen schreiben. Ein Polizist genießt immer noch Ansehen. Um so mehr, wenn er Detective ist. Wenn diese albernen Vorwürfe gegen dich erhoben werden, wirst du dich wehren. Und du wirst gewinnen, weil sich am Ende die Wahrheit durchsetzt.«

»Wenn es nur so einfach wäre.« Er fuhr sich mit den Händen übers Gesicht. »Danke, daß du mir nicht böse bist ...«

»Warum sollte ich? Vielleicht hattest du Wünsche, aber du hast nicht gehandelt.«

»Nein, das nicht. Trotzdem, jetzt ist mir viel leichter.« Decker schaute sie treuherzig an. »Du hältst also zu mir.«

»Komme, was wolle.«

»Meine kleine Frau stellt sich hinter mich?«

»Ich stelle mich *vor* dich, du Dummerjan. Wer dir was anhaben will, kriegt es mit mir zu tun.«

18

»Ich kann einfach nicht glauben, daß die so was mit dir machen«, rief Marge empört.

»So schlecht ist das gar nicht«, sagte Decker. »Jeanines Reaktion zeigt doch, daß wir eine heiße Spur haben.«

»Das verdammte Miststück!« knurrte Oliver.

»Wir müssen die Sache nur anders anpacken«, meinte Marge. »Du kannst nicht an ihr dranbleiben. Das übernehme ich. Wollen mal sehen, ob sie den Spruch von der sexuellen Belästigung auch bei mir probiert.«

»Ich könnte doch Fotos von Jeanine Garrison und Harlan Manz rumzeigen«, sagte Webster. »Ihren Freunden und ihrem Ex-Mann ein paar Fragen stellen ...«

»Nein, nein, nein«, unterbrach ihn Decker. »Keine Fotos von Jeanine Garrison mit Harlan Manz. Da war Strapp ganz knallhart.«

»Wie sollen wir eine Verbindung zwischen ihnen nachweisen, wenn wir sie nicht in einem Atemzug nennen dürfen?« fragte Martinez.

»Ich sage euch, wie wir's machen«, erklärte Decker. »Wir nehmen die Verbindung zwischen Harlan Manz und Jeanine Garrison einfach als gegeben an. Klar? Wir suchen nach dem Phantom – dem zweiten Schützen. Ob er nun existiert oder nicht.«

»Wie soll das aussehen?« fragte Oliver.

»Wir müssen rausfinden, mit wem Jeanine vor dem Massaker Kontakt hatte.« Decker wandte sich an Farrell Gaynor. »Das ist deine Spezialität. Ich möchte eine lückenlose Aufstellung aller ihrer Aktivitäten – jedes Telefongespräch, jeden Kreditkartenbeleg, alle Konten und Bankauszüge, Testamente, Verfügungen und andere Dokumente ...«

»Ach du lieber Himmel.«

»Aber wir müssen diskret vorgehen«, warnte Decker. »In aller Stille. Keine Patzer bitte. Jeanine Garrison lügt wie gedruckt ... und sie hat Beziehungen. Von der sexuellen Belästigung, die sie mir anhängen will, ist es nur ein kleiner Schritt zur Klage wegen Belästigung durch die Polizei. Deswegen will ich dieselbe Untersuchung für den Bruder. Nicht nur, weil das besser aussieht, sondern weil er genauso verdächtig ist – als ehemaliger Drogenabhängiger mit Vorstrafenregister, der seinen Vater haßt. Harlan Manz hat auch ihn zum Millionär gemacht.«

»Soll ich mich um ihn kümmern, Loo?« fragte Webster.

»Jetzt noch nicht. Erst brauchen wir ein bißchen Material über ihn.« Zu Marge gewandt sagte er: »Du behältst Jeanine im Auge. Dir kann sie keine sexuelle Belästigung anhängen. Wenn sie befragt werden muß, übernimmst du das.«

»Einverstanden.«

»Wäre es nicht sinnvoll, ein Täterprofil von diesem mysteriösen zweiten Mann zu erstellen, wenn wir alle hinter ihm her sind?« fragte Webster.

»Wie stellst du dir das vor, Tom?«

»Wir tragen zusammen, was wir haben und basteln uns daraus einen Phantomtäter.«

»Ich mag keine Täterprofile. Die führen meist in die Irre.«

»Ich meine mehr allgemeine Dinge«, wandte Webster ein. »Nur als Beispiel: Wenn der zweite Mann einer von Jeanines Liebhabern war, dann müßten wir eher nach einem jungen, gutaussehenden Täter suchen als nach einem alten Profikiller.«

»Warum?«

»Weil diese Frau ihren Körper einsetzt, um ans Ziel zu kommen. Je jünger der Mann, um so leichter macht er Fehler.«

»Du meinst also, erfahrene Profis kriegen keinen mehr hoch?« fragte Martinez.

»Sie steht auf *Macht*, Bert«, meinte Webster. »Ein junger, unerfahrener Rammler läßt sich leichter manipulieren als ein alter Hase.«

»Da ist was dran«, sagte Marge. »Vergiß nicht, was für eine Frau sie ist. Sie organisiert, sie hält die Fäden in der Hand und koordiniert alles.«

»Seht euch nur an, was sie mit Peter gemacht hat. Sie hat ihren Sex eingesetzt, um ihn durcheinanderzubringen. Als das nicht lief, ist sie ihm an die Kehle gegangen. Sie steht auf Macht. Macht über Männer ...«

»Und sie manipuliert«, sagte Marge. »Hat sie ihrem Vater aus dem Weg geräumt, weil sie damit bei ihm keinen Erfolg hatte?«

»Sehr gewagt, diese Idee«, sagte Martinez. »Aber sie gefällt mir.«

Oliver schaute Webster an. »Du meinst also, Jeanine hat mit irgendeinem jungen Typ geschlafen und ihn so dazu gebracht, die Dreckarbeit für sie zu erledigen?«

»Oder sie hat ihn nur mit dem Versprechen gelockt«, meinte Webster. »Es muß nicht mal etwas gelaufen sein. Ich kenne solche Frauen. Südstaaten-Schönheiten, die eiskalt sind. Angeln sich gern solche Verehrer. Und brauchen dafür weder Angel noch Würmer.«

»Du meinst, Jeanine hat sich neben Manz noch andere Liebhaber gehalten?« fragte Oliver.

»Warum denn nicht?« antwortete Marge. »Organisieren ist doch ihre Stärke.«

»Männer sind keine Sachen.«

»Wohl wahr. Die sind noch leichter zu manipulieren. Man muß nur ein bißchen stöhnen.«

Oliver warf ihr einen fiesen Blick zu, und sie machte das Friedenszeichen.

Webster musterte Decker. »Du bist ja so still.«

»Ich denke an das, was Sonia Eaton über Jeanine Garrison gesagt hat. Daß diese Frau Verehrer hat, die sie umherschiebt wie Schachfiguren.«

»Ich würde sie nicht aus den Augen verlieren«, sagte Martinez. Laß mich die Beschattung machen. Selbst wenn sie es merkt: Ich sehe total harmlos aus. Ich gehe einfach in der Menge unter.«

»Mit Kußhand würde ich dir die Beschattung überlassen, Bert. Das Problem ist nur, du hast eine Menge Arbeit, die nicht einfach liegenbleiben kann wegen irgendeiner Vermutung.«

Martinez rieb sich den Bauch. »Ach weißt du, ich fühle mich gar nicht gut. Hätte nichts dagegen, für heute Schluß zu machen.«

»Vergiß es«, sagte Decker.

»Ist doch schon zwei Uhr, Loo«, beharrte Martinez. »Ich

schau mich nur mal um. Gerade jetzt, wo du sie nervös gemacht hast. Könnte sein, daß sie irgendwas Dummes anstellt.«

Decker schüttelte den Kopf. »Wenn ich einen von euch auf Jeanine Garrison ansetze, ohne Beweise zu haben, kriegen wir Ärger mit den Anwälten.«

»Wer leitet eigentlich diese Untersuchung?« fragte Oliver. »Strapp oder irgend so ein aalglatter Anwalt aus Beverly Hills?«

Marge blickte Webster an, dann sagten sie einstimmig: »Der aalglatte Anwalt aus Beverly Hills.«

»Das ist nicht ganz fair«, sagte Decker. »Strapp ist unter Druck gesetzt worden. Wenn er wirklich nur seinen Arsch retten wollte, hätte er mich sofort von dem Fall abgezogen.«

»Loo, ich hab morgen nicht so viel zu tun. Den Papierkram und die Anrufe kann ich im Auto erledigen. Ist meine Idee, nicht deine. Klar?«

»Wie wär's, wenn wir uns abwechseln?« schlug Marge vor. »Ich ein paar Stunden, Bert ein paar Stunden, Oliver ein paar Stunden ...«

»Ich übernehme die erste Schicht«, sagte Webster. »Hätte Lust auf eine schöne lange Mittagspause.«

»Um acht Uhr morgens?« Decker lächelte.

»Na gut, dann eine Frühstückspause«, erwiderte Webster. »Ihr wißt ja, wie ungesund es ist, ohne ausreichende Mahlzeit zu arbeiten. Außerdem ist Überwachung ein Genuß für mich. Ich schiebe mir ein paar Bach-Kantaten in den Player, dann bin ich nicht nur glücklich, sondern auch hellwach.«

»He, Loo, das ist unser Problem«, sagte Martinez. »Nicht deins.«

»Vielleicht werde ich es bedauern ...« Decker nickte.

Martinez klatschte unternehmungslustig in die Hände. »Großartig. Ich muß nur noch ein paar Prozeßberichte fertigmachen. Gegen drei oder halb vier kann ich los.«

»Hast du eine Videokamera, Bert?« fragte Webster.

»Ich hol mir eine aus dem Magazin.«

»Unbezahlte Überstunden«, sagte Oliver, »aber was soll's. Wir lassen uns doch von diesem Miststück nicht rumschubsen.« Er blickte um sich und grinste. »Das dürfen nur Ehefrauen.«

»Du klingst ja kein bißchen frustriert, Scotty«, sagte Marge.

»Ich?« Er deutete auf sich. »Niemals!«

Marge drückte sich im Büro herum, bis alle gegangen waren, schloß die Tür, versuchte ein Lächeln. »Wie hat Rina die schlechte Nachricht verkraftet?«

»Gut. Danke der Nachfrage.«

Sie wartete. Als nichts weiter kam, lächelte sie erneut und verabschiedete sich.

»Margie, ich bin wirklich froh über deine Unterstützung«, sagte Decker. »Ich danke dir.«

»Ist doch selbstverständlich«, sagte sie. »Diese Frau ist einfach nicht bei Sinnen.«

»Das kann man wohl sagen. Und das macht sie gefährlich.« Er stand auf. »Ich bring dich raus.«

»Wo willst du denn hin?«

»Ein paar Kleinigkeiten erledigen. Keine Angst, von Jeanine Garrison halte ich mich fern.«

Marge betrachtete ihn prüfend. Er wußte, daß sie argwöhnisch war, aber sie sagte nichts. Eine kluge Frau.

Er fuhr mit dem Zivilauto etwa eine halbe Meile, dann hielt er an einem Fernsprecher. Er wählte, nach dem zweiten Klingeln nahm Cindy ab. »Ich brauche deinen fachlichen Rat«, sagte er.

»Meinen fachlichen Rat?«

»Kannst du zu uns rauskommen? Wenn nicht, treffen wir uns irgendwo.«

»Nein, ich komme. Worum geht es denn?«

»Das sag ich dir dann. Komm zum Abendbrot, danach können wir reden.«

Seit einer Stunde hockten sie schon zusammen. Sie redeten leise, um Rina oder Hannah nicht zu stören. Die Jungen waren wie üblich unterwegs. Decker musterte seine Tochter mit einem Gemisch aus Liebe, Bewunderung und Neugier. Langsam schaffte er es doch, sie als ein eigenständiges und erwachsenes Wesen zu sehen.

Cindy studierte ihre Notizen und auch die ihres Vaters. Ganze Stapel davon lagen herum. Sie runzelte die Stirn vor Anstrengung. »Um Mißverständnisse zu vermeiden, sollten wir vielleicht einmal zusammenfassen«, sagte sie.

»Eine gute Idee.«

»Da gibt es also diesen Harlan Manz, der nach Ansicht der

Zeugen und der Presse im Estelle wie ein Wilder um sich geschossen hat.«

»Richtig,«

»Aber du denkst, er war bloß ein bezahlter Killer.«

»So etwa.«

»Daddy, ich hab deine Aufzeichnungen gelesen, die du direkt nach der Schießerei am Tatort gemacht hast.«

»Du kannst meine Handschrift lesen? Da bist du ja gut.«

»Nicht nur das. Ich kann auch deine Unterschrift fälschen.«

Decker machte große Augen. »Wie bitte?«

»Das ist ein anderes Thema.« Cindy zog eine Grimasse. »Nach deinen eigenen Feststellungen zu urteilen, ist Harlan Manz der typische Massenmörder ... was immer das heißen mag.«

»Nämlich?«

Cindy zählte es an ihren Fingern ab. »Männlich, unter dreißig, benutzte eine Waffe, hat mal am Tatort gearbeitet und war gekündigt worden, hat Kollegen gegenüber von Rache gesprochen.«

»Nur direkt nach dem Rausschmiß. Spätere Äußerungen dieser Art sind nicht bekannt.«

»Das ist nichts Ungewöhnliches. Solche Dinge werden häufig lange vorher ausgebrütet. Als sein Plan erst mal feststand, hat er natürlich geschwiegen.«

»Cynthia, ich habe seine Wohnung auf den Kopf gestellt. Kein Hinweis darauf, daß er das Estelle im Visier hatte. Keine Briefe, keine Notizen, keine Bilder von seinen ehemaligen Chefs als Zielscheiben, nichts, was auf einen Mann kurz vorm Durchdrehen hinweist.«

»Dad, du hast so gut wie gar nichts in seiner Wohnung gefunden. Das hast du selbst geschrieben.«

»Wo?«

Cindy zeigte ihm die Seiten. »Siehst du? Hier. Die Wohnung eines Einzelgängers. Auch das paßt ins Bild des Massenmörders.«

»Oder jemand war vor mir da und hat alle persönlichen Dinge beiseite geschafft.« Decker verschränkte die Arme. »Harlan war kein Einzelgänger. Ein Bummelant, ja. Aber kein Eremit. Er sah gut aus, zog sich gut an, hatte Freundinnen, tummelte sich in der Szene, war Tennislehrer, Barkeeper, hat sich um Rollen bemüht ...«

»Also war er eher eine Art Ted Bundy, der Ränke schmiedet,

um seine Opfer zu locken. Nur, daß er kein Serientäter war. Aber Ähnlichkeiten könnte es geben. Ich wette, er hat vor der Tat Drogen genommen. Ist sein Blut im Gas-Chromatographen untersucht worden?«

»Ich rufe gleich morgen früh in der Pathologie an und frage nach. Wenn nicht, lasse ich es nachholen. Die haben ja sein Blut, da dürfte es nicht schwer sein, eine komplette Analyse zu machen.«

»Nicht, daß ich dir in allen Punkten widersprechen will, Daddy. Manz war nicht der typische Schizo. Ich habe den Eindruck, daß er durchaus in der Lage war, das Gesicht zu wahren.« Sie überlegte. »Schließlich war er ja auch Schauspieler.«

Ein sehr guter Gedanke. Decker lobte sie.

Cindy lächelte stolz. »Also halten wir mal fest: Du denkst, daß Manz von Jeanine Garrison angeheuert wurde, um ihre Eltern aus dem Weg zu schaffen, und er hat alle Spuren verwischt, indem er ein Blutbad im Estelle anrichtete. Gleichzeitig ist ein anderer von Jeanine angeheuert worden, um ebenfalls im Estelle rumzuballern und Harlan Manz mit einer Waffe vom selben Typ zu erledigen.«

»So könnte es gewesen sein. Die Ballistik hat bis jetzt keine vollständige Analyse geliefert. Entweder sind es zu viele Geschosse, oder sie haben zu wenig Leute.«

»Aber Harlan Manz ist durch die Waffe umgekommen, die bei ihm gefunden wurde?«

»Ja, sieht so aus.«

»Wie ist die Waffe dorthin gekommen, wenn es kein Selbstmord war?«

»Jemand hat sie am Tatort ausgetauscht.«

»Okay.« Cindy war skeptisch. »Und dann ist dieser mysteriöse Zweittäter geflohen und hat den toten Harlan Manz zurückgelassen – den einsamen Einzeltäter, der aus Rachsucht gehandelt hat.«

»Ja.«

»Ganz schön raffiniert.«

»Und ganz schön kaltblütig.«

»Stimmt.« Cindy dachte nach. »Das perfekte Verbrechen.«

»Aber die Gerichtsmedizin spielt nicht mit.« Decker erwähnte, daß die Geschosse aus verschiedenen Richtungen gekommen waren.

»Aha.« Cindy nickte. »Also hat Harlan Manz nichts von dem geheimnisvollen Mittäter gewußt.«

»Wer weiß, Cindy? Vielleicht hat er geglaubt, sie würden die Sache gemeinsam durchziehen. Und der andere hat ihn aufs Kreuz gelegt.«

»Dann wären also beide ins Restaurant gegangen und hätten zusammen das Feuer eröffnet.«

Decker überlegte. »Nein, die Zeugen haben nur Harlan gesehen. Keiner hat von einem zweiten Schützen gesprochen.«

»Aber du hast die Aussage mehrerer Zeugen, daß die Kugeln aus allen Richtungen kamen ... was darauf hinweist, daß mehr als einer geschossen hat. Vielleicht wußte Harlan Manz wirklich nichts von einem zweiten Schützen.«

»Vielleicht.«

»Dann hätte Jeanine beide unabhängig voneinander angeheuert.«

»Möglich.«

Cindy blickte ihren Vater an. »Ich verstehe nicht ganz, wie das funktionieren soll.«

»Nimm doch mal an, daß Jeanine ihr Spiel mit Manz getrieben hat. Sie hat seine Wut über die Entlassung angestachelt und ihm klargemacht, daß sie ihre Eltern loswerden muß. Als sie ihn soweit hatte, haben beide die Tatzeit verabredet. Dann hat sie einen anderen Killer geholt, der Manz umlegen sollte und die Eltern gleich mit, falls Manz die Sache verpatzt.«

»Und währenddessen hat Manz all die anderen Morde begangen?« Cindy schüttelte den Kopf. »Alle Achtung.«

Decker lächelte. »Klingt ziemlich weit hergeholt. Andererseits ist Jeanine Garrison ein ausgesprochenes Organisationstalent.«

»So wie du sie schilderst, muß sie das wohl sein.«

»Was wir jetzt brauchen, ist ein Profil des Zweittäters. Hast du irgendwelche Vorstellungen?«

Cindy zuckte die Achseln. »Wenn sie wirklich Manz dazu gebracht hat, ihre Eltern zu töten, wird sie einen ähnlichen Typ als zweiten Täter gesucht haben. Mörder sind nicht sehr erfinderisch. Sie benutzen immer etwa dieselben Methoden. Nur Serienmörder, die ihre Spielchen treiben, sind vielseitiger. Aber du hältst Jeanine ja nicht für eine Serienmörderin.«

»Nein, ich glaube, sie ist nur habgierig und auf die Erbschaft aus«, sagte Decker.

»Ich halte es mit deinem Detective Webster. Auch der Zweittäter dürfte jung sein, einer, den sie psychologisch und sexuell manipulieren konnte. Vielleicht sogar ein Teenager, der in ihren Bann geraten ist. Was Impulsivität betrifft, liegen Teenager an der Spitze.« Cindy verzog die Miene. »Ich frage mich nur, wie sie das alles koordiniert haben soll.«

Decker schlürfte seinen Kaffee. »Vielleicht überinterpretiere ich ja. Könnte es nicht sein, daß sie – wie soll ich sagen? – unschuldig ist?«

Cindy überlegte einen Moment. »Nur, daß sie ziemlich heftig reagiert ... dir sexuelle Belästigung vorwirft. Das paßt zu Leuten, die aus Habgier morden. Jeanine sieht sich als Opfer, unterstellt anderen, sie wollen ihr verweigern, was ihr von Rechts wegen zusteht. Oder sie ist ein pathologischer Fall. Die Fassade stimmt, aber wenn man die wegnimmt, dann Gnade Gott.«

»Was kannst du mir noch über den Phantomkiller erzählen, außer daß er wahrscheinlich jung ist?«

»Na, wie gesagt: Die meisten Menschen sind nicht sehr erfinderisch. Wenn sie sich den Killer Nummer eins aus ihrem Club geholt hat, könnte sie dort auch Killer Nummer zwei rekrutiert haben. Vielleicht einen anderen Tennislehrer oder Barkeeper oder irgendeine Hilfskraft.« Cindy dachte nach. »Wenn ich in dieser Richtung weitersuchen soll, kann ich morgen meinen Professor fragen, ob ich den Computer des Instituts benutzen darf.«

»Ist das der Professor, der dir geraten hat, zum FBI zu gehen?«

»Genau der. Ist übrigens ein netter Typ. Wir hatten eine Beziehung miteinander, weißt du?«

Decker brauchte etwas länger für eine Antwort. »Nein. Das wußte ich nicht. Dann ist es jetzt vorbei?«

»Ja. Aber wir sind Freunde geblieben. Ich bin sicher, er läßt mich per Modem an seine Datenbank heran. Ich gebe ein, was wir an Fakten haben, und sehe, ob es ähnliche Fälle gibt. Ich werde auch Täterprofile von Frauen anfordern, die Männer zum Mord angestiftet haben. Davon gibt es eine ganze Menge. Dann habe ich einen viel größeren Fundus, eine größere Täterdatei.« Sie überlegte. »Ich kann mich an keinen Fall erinnern, in dem eine Frau zwei Killer für ein und denselben Mord anheuert. Aber es gibt immer ein erstes Mal.«

»Du hilfst mir sehr, Cindy, vielen Dank.«

»Für dich tue ich alles.«

Decker küßte sie gerührt auf die Stirn. »Du siehst müde aus. Du schläfst doch heute nacht hier, oder?«

Cindy blickte auf die Uhr. »Ja, ist schon ein bißchen spät. Ich werde mich in Hannahs Zimmer legen. Kinder riechen so gut.«

Decker blickte seiner Tochter in die Augen. »Paß auf dich auf, okay?«

»Mach ich, Dad.« Sie musterte ihren Vater. »Du siehst schon besser aus. Und wirkst zufriedener. Das muß mein positiver Einfluß sein.«

»Ja. Und die Tatsache, daß sich dein Schulgeld allmählich bezahlt macht.«

Cindy gab ihm einen Klaps. Genau wie Rina.

Warum schlugen ihn Frauen immer? Vielleicht war es Ausdruck ihrer Hilflosigkeit. Oder ihres Dominanzstrebens.

Selbst Jeanine hatte ihn geschlagen. Sie allerdings hatte so zugeschlagen, daß es weh tat.

19

Er hatte sich in Schale geworfen, einfach so. Das machte ihm Spaß. Bei einer Beschattung kam es auf das richtige Outfit an. Dunkler Anzug, gestreifte Seidenkrawatte, weißes Hemd, eine dicke Aktentasche mit goldener Schließe. Diese Kluft suggerierte, daß er *dazugehörte*. Er mußte gar nicht erst nachschauen, um zu wissen, daß es im Gebäude von Jeanine Garrison jede Menge Anwaltskanzleien geben würde.

In der Jackentasche steckte sein Discman, die winzigen Kopfhörer waren unauffällig verborgen. Chopins Klavieretüden. In seiner Brusttasche steckte das Diktiergerät, das er anstelle des Notizbuchs verwendete. So fiel es weniger auf. Anwälte diktieren viel und gern. Er stand im Fahrstuhl und paßte auf, wer auf Jeanines Etage ausstieg, wer in ihr Büro ging.

Sie hatte nicht viele Besucher. Der Briefträger, dann ein Bote von Federal Express, eine UPS-Frau. Aus dem Café im Erdgeschoß brachte jemand Cappuccino. Wenn er nicht Fahrstuhl fuhr, hielt er sich in der Toilette auf und lauschte den Klavierläufen. Die Zeit verging. Zehn Uhr dreißig. Er ging zum Zivilfahrzeug, in dem Marge schon auf ihn wartete. Sein Bericht dauerte keine Minute. Jeanine war gegen neun gekommen, sie trug eine rote Jacke mit schwarzem Besatz, einen schwarzen Rock und hochhackige Schuhe. Perfekte Beine, perfektes Hinterteil.

»Ihr Gesicht sah auch nicht übel aus«, sagte Webster. »Eine Frau, die einen auf gewisse Gedanken bringen könnte. Wenn sie nicht so durchgeknallt wäre.« Er schüttelte den Kopf. »Ich glaube, das ist der Knackpunkt bei der Sache.«

»Warst du im Gebäude?« fragte Marge.

»Die ganze Zeit.«

»Ohne aufzufallen?«

»Ich bin eben der typische Anwalt aus dem West Valley.«

Marge musterte ihre Garderobe: schwarze Kunstseidenhose, weiße Bluse, schwarze Bomberjacke. Sie wippte mit dem Fuß. »Ich falle sofort auf, wenn ich so reingehe.«

»Wohl wahr.«

»Was schlägst du vor?«

»Äh, ich sag es ja nicht gern, aber ...«

»Was aber?«

»Da oben ist eine Beratungsstelle für Frauen mit Gewichtsproblemen ...«

Marge versetzte ihm einen Hieb.

»Da gehen ständig Frauen ein und aus.«

»Und ich passe dort prima hin. Wolltest du das sagen?«

»Es gibt auch ein Fitneßstudio.« Er zwinkerte ihr zu. »Da kannst du dich austoben, Baby.«

»He, wie redest du mit mir!«

»War nur so ein Ausrutscher.« Er schaltete den Discman ab und warf die mit Papier ausgestopfte Aktentasche auf den Rücksitz. »Endlich bin ich das Ding los. Du kannst auch vom Auto aus arbeiten.«

Marge machte ein finsteres Gesicht. »Hast du zufällig einen Trainingsanzug bei dir?«

»In meinem Kofferraum hab ich einen. Dürfte dir ein bißchen zu weit sein, aber Eitelkeit ist jetzt nicht angesagt.« Er stieg aus und kam mit einem Trainingsanzug wieder. Er roch am Stoff. »Ist erträglich.«

Sie nahm ihm den Anzug ab. »Danke. Behalt bitte die Tür im Auge, solange ich mich umziehe.«

»Mit Freuden, meine Süße.«

»Und werd bloß nicht so anzüglich.«

Webster grinste. »Wie Sie wünschen. Ich streite nie mit einer Dame. Besonders wenn sie einen Revolver in der Tasche hat.«

Martinez wartete schon auf dem Parkplatz, machte ein spöttisches Gesicht. »Auf wieviel Kalorien pro Tag haben die dich gesetzt?«

»Es war gräßlich!« Sie wischte sich den Schweiß von der Stirn. »Erst haben sie mich gewogen, dann wurde ich von so einem

Klappergestell beraten. Sie haben mich ins Fitneßstudio geschickt – zu einem Gratistraining. Aerobics mit einer Stufe. Rauf, runter, rauf, runter. Total bescheuert. Alles, was ich davon haben werde, ist ein tierischer Muskelkater.«

»Bist du überhaupt zum Arbeiten gekommen?«

»Nur zu deiner Information: Ich hab eine Stufe am Fenster genommen. Von dort konnte ich die ganze Zeit ihr Büro sehen. Sehr ruhig dort. Keiner kam, keiner ging. Ich frage mich, was sie den ganzen Tag treibt. Wahrscheinlich steht sie vorm Spiegel.«

»Oder sie quält Männer.« Martinez zuckte die Achseln. »Ich hab mir eine gute Tarnung einfallen lassen.« Er zog die Uniform einer Reinigungsfirma aus der Tasche. »Ich nix verstehen.«

»Schön. Aber wo willst du saubermachen? Du hast doch keine Schlüssel für die Büros.«

Martinez hob den Finger, öffnete den Kofferraum und holte einen Staubsauger heraus. »Tommy sagt, die Flure sind mit Teppichen ausgelegt.«

Marge lachte. »Und was machst du, wenn sie plötzlich wegfährt? Mit dem Staubsauger in der Hand kannst du ihr kaum unauffällig folgen.«

»Schon klar. Deshalb hab ich ihr einen Positionsmelder unter das Auto geklemmt.«

»Das ist illegal.«

»Ja, ich glaube auch.«

Marge hielt sich die Augen zu. »Mußt du eigentlich gegen alle Regeln verstoßen?«

»Nein, ein paar hab ich übriggelassen.«

»Na dann viel Glück.« Marge winkte ihm zu. »Muß jetzt in den Zeugenstand.«

»In welchem Fall?«

»Tobias.«

»Ach der Mann, dem es leid tut, daß er seine Frau umgelegt hat.«

»Warte nur bis zum Urteil«, rief Marge. »Dann hat er was, was ihm wirklich leid tut!«

»Jeanine Garrison darf also frei über den verbleibenden Anteil ihres Bruders verfügen?« fragte Decker.

»Na ja, sie darf David nicht betrügen oder das Geld unterschlagen«, sagte Gaynor. »So was würde auffliegen, wenn sie jemand verklagt. Aber es gibt kleine Kniffe, mit denen sie sein Geld auf ihre Konten überführen kann.«

»Zum Beispiel?«

»Als Treuhänderin des Fonds und als Testamentsvollstreckerin kann sie ihm Gebühren für die Verwaltung seines Anteils abziehen. Und sie darf seine Gelder nach eigenem Gutdünken anlegen.«

»Damit hat sie wirklich alle Freiheiten, Farrell. Irgendwo muß es doch eine Grenze geben.«

»Sie kann machen, was sie will, Loo. Solange sie nicht allzu leichtsinnig wird. Sie kann erst dann belangt werden, wenn sie gegen die Spielregeln des Investments verstößt. Aber das läßt ihr jede Menge Möglichkeiten. Sie kann ihn auf tausend Arten schröpfen.«

»Als da wären?«

»Ganz einfach: Sie kann sein Geld festlegen. Gerade die sicheren und gesunden Investitionen sind langfristig. Solche Sachen wie Anleihen und Schatzbriefe.«

»Auch die lassen sich zur Not abstoßen.«

»Ja. Aber wenn man schnell an sein Geld will, dann nur mit großen Verlusten. Und außerdem ist dagegen eine Klausel eingebaut.«

»Eine Klausel gegen das Anzapfen des Fonds?«

»Eine Ausnahmeregelung für Notfälle. Wenn David dringend Geld braucht, kann er sich an seine Schwester wenden. Sie kann nach eigenem Gutdünken entscheiden, ob sie seine Bitte erfüllt und ob es sich um eine wirkliche Notlage handelt.«

»Und wer legt das fest?«

»Darüber muß man sich gegebenenfalls einigen.«

»Er kann also sagen, er ist in Not, und sie sagt nein.«

»Genau.«

»Und dann geht's vors Gericht?«

»Ja.« Farrell hustete. »Wenn sie gnädig ist, kann sie David ausnahmsweise einen Teil seines Vermögens auszahlen, die Summe richtet sich nach dem aktuellen Wert des Fonds. Das ist der Punkt, an dem sie ihn über den Tisch ziehen kann.«

»Okay.«

»Jeanine könnte nämlich behaupten, daß sein Vermögen fest angelegt und Bargeld nicht vorhanden ist. Aber ...« Gaynor hob den Finger. »Als nette und liebevolle Schwester könnte sie ihm einen Gefallen tun. Sie könnte einen Teil seiner Papiere zum aktuellen Kurswert kaufen. Und wenn der Kurswert unter dem Nennwert liegt, was bei langfristigen Anlagen normalerweise der Fall ist, dann kann Jeanine absahnen.«

»Trotzdem sitzt sie auf den entwerteten Papieren.«

»Der Trick ist, daß sie sich nach dem Markt richten kann. Entweder abwarten oder verkaufen, wenn die Zinsen sinken. Denn sie hat die Kontrolle über die Erbschaft. Ihr eigenes Vermögen bindet sie nicht an langfristige Investitionen.«

»Also kauft sie seinen Anteil zum Bruchteil des ursprünglichen Wertes.«

»Genau.«

»Und wenn David dagegen protestiert?«

»Solange Jeanine ihrer Sorgfaltspflicht im Handel mit den Papieren nachkommt, hat er keine Chance. Anleihen und Schatzbriefe sind nun einmal seriöse Geldanlagen.« Gaynor runzelte die Stirn. »Ich an Davids Stelle würde mich nicht allzu sicher fühlen. Wenn sie tatsächlich ihre Eltern ermordet hat, wird sie nicht zögern, auch ihren Bruder zu beseitigen, sowie er ihr in die Quere kommt.«

»Nur würde das dann doch ein bißchen verdächtig wirken.« Decker überlegte. »Natürlich könnte ihm beim Hantieren mit Drogen ein Mißgeschick passieren.«

»Geh mal einen Schritt weiter«, sagte Gaynor. »Wenn Jeanine schnell ist und zuschlägt, bevor er seinen Erbteil angezapft hat, dann fällt die ganze Erbschaft ihr allein zu.«

Sie verstummten.

»Wir könnten ihn warnen«, sagte Gaynor.

»Aber wenn er zu Jeanine geht, um es ihr brühwarm zu erzählen, dann haben wir eine Verleumdungsklage am Hals.«

»Und dazu noch eine Klage wegen Verletzung der Privatsphäre. Ich hab mich natürlich auf gefährlichem Gelände bewegt, um das rauszukriegen.«

Decker dachte einen Moment nach. »Trotzdem sollten wir noch mal mit David reden. Schicken wir Webster hin, er soll die Sache geschickt einflechten. Oder noch besser: Scott übernimmt das.«

Gaynor lachte. »Scott? Sagtest du nicht, er soll es geschickt machen?«

Decker lachte auch. »Oliver gewinnt dem Gespräch vielleicht

eine andere Perspektive ab. Außerdem könnte er Davids Gedächtnis auf Trab bringen.«

»Na, sagen wir, Scott kann nicht viel falsch machen.« Gaynor lachte begütigend. »Und vielleicht ist er sogar nützlich.«

Der Typ rauchte so viel, daß seine prächtige Aussicht von gelben Nikotinschwaden verhängt war. Er hatte genug Zigaretten vertilgt, um R. J. Reynolds wieder in die schwarzen Zahlen zu bringen. Trotzdem fand Oliver diesen David Garrison sympathisch, besonders seine sachliche und nüchterne Reaktion, als es um die Erbschaft ging. Er erwartete nichts. Und wenn wider Erwarten etwas für ihn heraussprang, dann um so besser.

»Sie sind aber ein großzügiger Bruder«, sagte Oliver.

»Ich denke nur praktisch«, entgegnete er.

Heute trug er ein schwarzes Seiden-T-Shirt, weite schwarze Chinos und Wildlederslipper ohne Socken. Er saß im Schneidersitz auf dem Sofa, hatte die Arme verschränkt und rauchte eine nach der anderen. Auf dem Tisch vor ihm stand ein leeres Cocktailglas.

»Wollen Sie wirklich nichts trinken?« fragte Garrison.

»Nein, nichts. Danke.«

»Auch keine Tropfen gegen Ihre roten Augen?« Garrison lächelte und drückte die Zigarette im überfüllten Aschenbecher aus. Eine danebengefallene Kippe schnipste er quer über den Tisch. »Ein schreckliches Laster.«

»Ich weiß«, sagte Oliver. »Man glaubt gar nicht, wie es die Leute aufregt.« Er grinste. »Aber das macht Ihnen ja Spaß, oder?«

David lachte laut heraus. »Das gehört zu meinen wahren Freuden. Leute ärgern.« Er musterte Oliver. »Bei Ihnen ist es offensichtlich genauso. Oder warum sind Sie Bulle geworden?«

»Das war einer der Gründe.«

»Welche sonst noch?«

»Ich bringe gern Ganoven hinter Gitter.«

»Ah! Sie sind also ein edler Bulle.«

»Na ja, mit ein paar Flecken auf der Weste ... und arm außerdem.«

Garrison lächelte, dann wurde er ernst. »Eine Befragung würde ich als Routinepraxis der Polizei abbuchen. Aber zwei Befragungen?«

»Wir sind eben gründlich.«

»Nein, Sie vergeuden Ihre Zeit. Ich möchte zweierlei wissen: Erstens, warum ist die Polizei so sehr an meiner Erbschaft interessiert? Zweitens, stellen Sie Jeanine dieselben Fragen?«

Oliver befingerte seinen Krawattenknoten. Heute trug er ein Sportsakko aus braunem Schottenkaro über einem weißen Hemd und einer Khakihose. »Ich entnehme Ihrer Frage, daß Sie mit Ihrer Schwester nur wenig Kontakt haben.«

»Der Kontakt läuft über ihre Anwälte.«

»Vertragen Sie sich nicht mit Ihrer Schwester?«

»Nein. Obwohl wir keinen offenen Krieg haben. Wir ignorieren uns einfach. Und jetzt, wo unsere Eltern ... weg sind ...« Er seufzte. »Ist alles viel einfacher geworden.«

»Es gibt keinen Anlaß mehr für Kontakte«, half ihm Oliver nach.

»Genau.« Garrison zündete sich die nächste Zigarette an. »Sehen Sie, daß ich rauche, ist schon ein sehr gutes Zeichen. Es bedeutet, daß ich bald produktiv werde.«

»Gratuliere.«

Garrison inhalierte tief und stieß eine wabernde Rauchwolke aus. »Ja. Ein sehr gutes Zeichen. Ich hab einen Auftrag. Die Spezialeffekte für den nächsten Film von Van Grek. Eine Art Remake von *The Blob*. Ich hab mir das Original angesehen, um ein Gefühl dafür zu kriegen, was die damals gemacht haben.« Er lachte. »Aus technischer Sicht völlig lächerlich, hat aber starke Momente. Als dieser Glibber plötzlich aus dem Vorführraum in den Kinosaal quoll, wurde selbst mir ganz anders.«

Oliver lächelte. »Als ich klein war, hab ich mir fast in die Hose gemacht.«

»Ja. Das verstehe ich total.« Garrison rauchte schweigend, seine Gedanken weilten woanders. »Diese ganze Computergraphik ...« Er schüttelte den Kopf. »Mein Nebenmann im Studio arbeitet seit drei Monaten an einer einzigen Einstellung. Van Greks Oberkörper zerfließt langsam zu einem flammenden Lavameer.« Er schaute Oliver an. »Ich frage mich, ob das Endprodukt nicht viel zu perfekt sein wird, um noch jemanden zu schocken.«

Oliver schwieg.

»Na ja«, sagte Garrison. »Das sind so alberne Gedanken. Sie haben aber meine Frage nicht beantwortet: Warum interessieren Sie sich für meine Erbschaft?«

Er benahm sich so unbeschwert, daß Oliver unwillkürlich

überlegte, ob Jeanine bereits gehandelt hatte ... ihm Geld angeboten hatte, um die Wogen zu glätten.

»Wegen der Versicherungen«, log Oliver.

»Wie bitte?«

»Es ist wirklich absurd, daß die Polizei ihre Zeit damit verschwendet«, sagte Oliver. »Aber das LAPD steht schon so lange in der Schußlinie. Die Versicherungen werden offenbar kräftig zur Kasse gebeten.«

»Ist ja wohl logisch«, sagte David. »Es hat schließlich Tote gegeben.«

»Ja, die Versicherungen untersuchen aber sehr intensiv.« Oliver beugte sich vor, als würde er David ein Geheimnis anvertrauen. »Sie wollen sicher sein, daß die Schießerei im Estelle tatsächlich so gelaufen ist. Sie wissen schon – ein Verrückter dreht durch. Daß es kein geplanter Anschlag von jemand war, der nur Geld wollte.«

»Aber der Typ hat sich doch umgebracht!«

»Mir kommt das auch bescheuert vor. Aber ich mache nur meinen Job und sehe zu, daß man der Polizei keine Versäumnisse anhängen kann.«

»Hatten meine Eltern eigentlich eine Lebensversicherung?«

»Ich dachte, das könnte ich vielleicht von Ihnen erfahren.«

»Ich weiß es nicht. Ich war geschockt, als ich hörte, daß ich was erben soll ... so eine Menge Geld.«

»Wissen Sie denn, wieviel es ist?«

»Etwa eine Million. Ich kann Ihnen sagen, ich war platt.« Garrison dachte nach. »Ich mußte wohl nicht länger den Sündenbock spielen, als mein Vater merkte, daß Jeanine nicht so war, wie er glaubte.«

Oliver zögerte. »Wie darf ich das verstehen?«

Garrison lachte. »Na, sie war doch total verwöhnt. Immer mußte sie im Mittelpunkt stehen. Irgendwann hatte selbst mein Vater ihre Launen satt. Ständig verlangte sie Geld für ihre Wohltätigkeitsgeschichten.«

»Hat er Ihnen das gesagt?«

»Nein. Aber meine Mutter hat angedeutet, daß zwischen Jeanine und ihrem Vater nicht alles zum besten stand.« Er seufzte. »Trotzdem hat er Jeanine zu einer Art Bienenkönigin aufgebaut. Wenn Sie über unser Geld reden wollen, müssen Sie zu ihr gehen.«

»Man kommt so schlecht an sie heran.«

»Ja. Sie umgibt sich mit Arbeitsbienen ... und mit Drohnen.«

»Hat sie viele Liebhaber?«

»Ich bitte Sie!«

»Tennisspieler?«

»Sind das rhetorische Fragen?«

Oliver zuckte die Schulter.

»Ja. Tennisspieler. Vor allem, weil Tennis eine bestimmte Sorte Hochstapler und Trittbrettfahrer anzieht. Und auf die ist sie scharf. Männer, die an ihr kleben ... die sie bewundern und für was Besonderes halten. Als wir Kinder waren, galt sie zwar als die Schöne, aber ich war der Besondere. Sie hatte ja keine Ahnung, wie gern ich mit ihr getauscht hätte, wie gern ich derjenige gewesen wäre, der einfach nur ein nettes Gesicht machen muß. Na, wahrscheinlich ist ja keiner glücklich mit seiner Rolle im Leben.«

»Sie hatten demnach nie ein enges Verhältnis?«

»Nie. Unser Vater hat uns perfekt programmiert: Wir sollten uns gegenseitig hassen.« Garrison drückte die Zigarette aus und zündete eine neue an. »Er hat uns seine Kategorien aufgezwungen – Jeanine war die Schöne, ich war der Unauffällige. Jeanine war die Schlaue, ich war der Intelligente. Sie war gesellig, ich scheu und eigenwillig, sie fürsorglich, ich distanziert und kühl. Jeanine ordentlich, ich total chaotisch.« Er lachte. »Wenigstens bin ich ich selbst geblieben. Jeanine hing immer vom Wohlwollen meines Vaters ab, wenn sie ihren Spaß haben wollte. Jetzt ist sie natürlich unabhängig. Vielleicht fängt sie jetzt was mit ihrem eigenen Leben an, statt die Talente anderer auszubeuten.« Er lächelte böse. »Aber eher nicht.«

20

Decker trank seinen Kaffee und blätterte die Morgenzeitungen durch. Es war vier Uhr nachmittags. Im *Valley Voice* war das Estelle immer noch ein heißes Thema. Eine ganze Spalte auf der Titelseite befaßte sich mit Harlan Manz. Doch die *Times* hatte das Drama schon nach hinten verbannt: Der Kulturteil brachte eine Würdigung des Hollywood-Schauspielers Walter Skinner.

Der Artikel, der Deckers Aufmerksamkeit fesselte, stand allerdings auf Seite drei des Sportteils. Genauer gesagt interessierte ihn das Foto: Jeanine Garrison neben einem gutaussehenden Mann im Tennisdreß. Hohe Stirn, kräftiges Kinn, kurze Locken, ausdrucksvoller Blick, ein gepflegter Dreitagebart. Er saß im Rollstuhl. Und Jeanines Hand lag auf seiner Schulter.

Wade Anthony.

Beide sahen aus wie Models – umwerfend gut und ernst. Die Bildunterschrift war knapp. Nur ihre Namen und der Anlaß des Zusammentreffens – ein Rollstuhltennis-Turnier zugunsten der Opfer vom Estelle. Bedeutende Stars wurden erwartet. Aber der wahre Champion war Anthony Wade. Er würde dem bedeutenden Anlaß die gebührende Presse sichern.

Decker studierte das Foto, dann lachte er laut auf. Wenigstens diente das Turnier wohltätigen Zwecken.

Es klopfte. Decker bat Farrell herein und zeigte ihm das Foto. »Guck mal. Sie hat meine Idee verbraten.«

»Und nun will sie dich plattmachen. Ein richtiges Herzchen.« Gaynor setzte sich.

»Jeanine macht sich für die Opfer stark. Das ist gerade so, als würde O. J. Simpson Geld für mißhandelte Frauen sammeln. Was ist nur aus der Welt geworden?«

Marge und Oliver kamen herein. Decker blickte auf. »Hat jemand ein Treffen angesetzt?«

»Ich war so frei«, sagte Gaynor.

Oliver zog sich einen Stuhl heran. »Wäre gut, wenn wir vor dem Wochenende noch mal alles durchgehen.«

»Was denn?« fragte Decker. »Jeanines Belästigung?« Er reichte Oliver die Zeitung.

»So ein Mist!« rief der. »Jetzt kommen wir überhaupt nicht mehr an sie ran.«

Marge las die Bildunterschrift. »Deshalb also hat Strapp vom Bürgermeister einen Schuß vor den Bug gekriegt.«

Webster und Martinez traten ein. Oliver schob Bert die Zeitung hin. »Guck dir das an.«

»Schwachsinn!« brummte Martinez.

Webster blickte ihm über die Schulter. »Scheiß drauf. Wir kriegen sie trotzdem.«

»Sie legt die Latte höher und höher«, sagte Oliver. »Und ich rede nicht von meiner.«

»Welchen Eindruck macht David Garrison auf dich?« fragte Webster bei Oliver an.

»Er raucht zuviel.«

»Hat er über seine Schwester geredet?« fragte Marge.

»Ja. Er kann sie nicht ausstehen.«

»Hältst du das für echt?« fragte Webster.

»Ich würde sagen, ja. Was meinst du?«

»War auch mein Eindruck.«

»Also keine Eintracht zwischen Brüderchen und Schwesterchen?« fragte Marge.

»Da müßte er schon ein sehr guter Schauspieler sein«, sagte Webster. »Ich glaube, er kann sie wirklich nicht leiden.«

»Ich auch«, bestätigte Oliver. »Weil sie immer Papas Liebling war.« Er stockte. »Was er dann noch sagte, war ziemlich aufschlußreich.«

»Nämlich?« fragte Webster.

»Er meinte, als er nicht mehr der Sündenbock der Familie war, sah der Vater seine Tochter mit anderen Augen. Er bekam ihre Launen satt und hatte keine Lust mehr, ihre Partys zu bezahlen.« Oliver wandte sich zu Decker. »Wir hatten doch nach einem Motiv für den Mord an ihren Eltern gesucht. Langsam wird ein Schuh draus.«

»Warum?« fragte Decker.

»Die Mutter ... Linda Garrison ... hat gegenüber David angedeutet, daß es zwischen Vater und Tochter nicht zum besten stand. Vielleicht hatte Jeanine eine mörderische Wut auf ihren Vater.«

»Ja, klingt plausibel«, sagte Decker. »Trotzdem müssen wir aufpassen. David war drogenabhängig und im Gefängnis. Keine sehr vertrauenerweckende Kombination. Könnte auch sein, daß er sie ans Messer liefern will.«

»Wie kommen wir bloß an die beiden ran?« fragte Marge.

»Laßt es sein«, seufzte Decker. »Wir suchen den zweiten Schützen. Ich hab mich ein bißchen umgehört und ein erstes Profil dieses Phantomkillers erstellt.«

Decker faßte Cindys Ergebnisse zusammen. Wenn der eine Killer im Greenvale angeheuert worden war, dann vielleicht auch der zweite, der zudem Ähnlichkeiten mit Harlan Manz haben konnte: jung, beeinflußbar, labil, mit übersteigertem Ego, einer gewaltigen Wut im Bauch und Jeanine Garrison treu ergeben.

»Und das ist alles, was wir haben?« fragte Martinez.

Gaynor hob die Hand. »Ich glaube, ich kann noch was ergänzen.«

Alles blickte ihn an.

»Mir sind da ein paar Terminkalender vom Greenvale in die Hände gefallen.«

Decker explodierte. »Farrell, warum hast du das nicht gleich gesagt?«

»Ich wollte euch nicht unterbrechen.« Er zuckte die Achseln. »Wenn der Boß redet, halte ich den Mund. Vielleicht kann auch ein alter Hase noch was lernen.«

Oliver sandte ihm einen finsteren Blick. »Darf ich dich mal was fragen?«

»Und was?«

»Wie kommst du an so was ran?« Er äffte Farrell nach: »Mir sind da zufällig ein paar Terminkalender in die Hände gefallen ...«

»Über den Pensionärsklatsch. Im Greenvale kann man wunderbar Bekanntschaften schließen. Alte Leute reden gern. Und sind hilfsbereit. Dort gibt es eine Menge Pensionäre ...«

»Und wie bist du da reingekommen?« fragte Marge.

»Der Schwager meiner Schwägerin ist dort Mitglied. Elwood Halstead. Netter Bursche. Hat sein Geld mit Plastikartikeln gemacht und hat diesen großen Supermarkt ...«

»Farrell, erspar uns die Details«, seufzte Marge.

Gaynor lächelte gütig. »Wie du meinst. Jedenfalls hab ich El gebeten, mich dorthin zum Essen einzuladen. Ich kümmere mich eben um meine Familie.«

Oliver schlug sich ungläubig vor die Stirn. »Du hast ihn als Brechstange benutzt!«

»Und es hat uns was gebracht«, erwiderte Farrell.

»Das muß sich erst noch zeigen.«

»Hört auf zu quasseln!« sagte Decker und blickte Gaynor scharf an. »Farrell, in einer Stunde muß ich weg!«

»Kein Problem, Loo«, versicherte Gaynor. »Jedenfalls, weil ich schon mal dort war, hab ich mich massieren lassen. Gut für die alten Knochen. Der Masseur ist so alt wie ich und arbeitet seit der Gründung im Greenvale.« Er zögerte. »Aber an Hart Mansfield kann er sich nicht erinnern.«

Im Zimmer herrschte Stille.

»Ja, und?« bohrte Decker.

»Oh, tut mir leid. Jetzt hab ich den Faden verloren.« Gaynor räusperte sich. »Jedenfalls war er sehr ... kooperativ. Und ich hab mir die älteren Terminbücher gewissermaßen unter den Nagel gerissen. Manche sind schon Jahre alt. Jedenfalls läßt sich Jeanine wöchentlich bei einer Jane massieren. Seit mindestens vier Jahren.«

»Ist denn diese Jane in irgendeiner Weise verdächtig?« fragte Martinez.

»Einen Revolver kann jeder abdrücken. Ansonsten: nein, verdächtig ist sie nicht.«

Schweigen.

»Und weiter?« fragte Webster.

»Nichts weiter«, sagte Gaynor. »Ich hab sie von der Liste gestrichen. Jeanine hatte noch mehr Termine – im Restaurant, bei der Kosmetikerin, beim Friseur, der Aromatherapie, der Maniküre ... Jeanine kümmert sich wirklich sehr um ihre Nägel.«

Wieder schwieg alles.

Gaynor fuhr fort. »Das klingt nun alles völlig normal ...«

»Willst du dich endlich mal beeilen?« fuhr ihm Oliver dazwischen.

»Bin schon dabei, okay?« Farrell räusperte sich ein weiteres Mal. »Nun, wie gesagt: Die schlechte Nachricht ist, daß keiner so richtig verdächtig wirkt. Weil die meisten Termine bei Frauen sind.«

»Sagtest du nicht eben, daß jeder einen Revolver abdrücken kann?« rief Webster.

»Das wär ja mal interessant«, sagte Marge. »Jeanine bearbeitet einen Mann und eine Frau gleichzeitig.«

»Jetzt sind wir aber wirklich vorschnell«, meinte Martinez. »Nicht nur, daß wir ihr ein Verbrechen anhängen, ohne Beweise zu haben, jetzt vertiefen wir uns auch noch in ihre sexuellen Vorlieben.«

»Nein«, sagte Gaynor. »Ihre Massagetermine sind nicht weiter interessant. Nicht so sehr jedenfalls wie ihre Tennistermine.«

»Tennistermine?« rief Decker. »Nun spuck's schon aus!«

»Seit sechs Wochen spielt sie immer mit demselben Partner.«

Alle Blicke hefteten sich an Gaynor, doch der schwieg.

»Und?« Decker wedelte ungeduldig mit der Hand.

»Mit einem Gentleman namens Sean Amos.«

Decker knirschte mit den Zähnen. »Und wer ist dieser ...«

»Ein sehr reicher Knabe.«

»Knabe? Wie alt ist er denn?« fragte Marge.

»Sechzehn ... warte mal.« Farrell blätterte in seinen Notizen. »Gerade siebzehn geworden.«

Oliver klatschte begeistert in die Hände. »Endlich haben wir sie! Unzucht mit Minderjährigen!«

»Das zieht nicht«, sagte Marge. »Dafür ist er zu alt.«

»Aber es ist kein Sex unter Gleichaltrigen«, knurrte Martinez. »Jeanine ist achtundzwanzig.«

»Woher wissen wir denn, ob sie überhaupt was miteinander haben?« fragte Martinez.

»Du hast doch Augen im Kopf, oder?« sagte Oliver.

»Hm. Stimmt.«

»Wie sieht der Junge denn aus?« wollte Oliver wissen.

»Das Reservierungsbuch hat keine Bilder, Scott«, sagte Gaynor. »Aber ich hab mich diskret nach der Familie erkundigt. Ihr wißt ja: der Seniorenklatsch.«

Decker öffnete sein Notizbuch. »Mach schon!«

»Der Vater heißt Lamar Amos. Zweiundsechzig, Ölbaron aus Texas. Hat eine Raffinerie in Long Beach.«

»Und wohnt im West Valley?« fragte Martinez ungläubig. »Das sind fast fünfzig Meilen Entfernung!«

»Nein, er wohnt nicht im West Valley, sondern auf der Halbinsel Palos Verdes, zusammen mit seiner vierten Frau, die vierundzwanzig Jahre alt ist und Amber heißt.«

»Wer ist die Mutter von Sean?« fragte Decker.

»Lily Amos, vierzig Jahre alt, wohnt in West Valley Estates. Sie ist das Clubmitglied.«

Decker dachte an Cindys Täterprofil – Clubmitglied, vielleicht sogar Teenager, sehr impulsiv. »Hat du rausgekriegt, wo er zur Schule geht?«

»Ja, natürlich. Westbridge.«

»Oh, ich liebe diese schicken blauen Jacken«, sagte Oliver. »Soll ich mich mit dem Knaben mal unterhalten?«

»Mit welcher Begründung?« fragte Marge. »Weil er mit Jeanine Garrison Tennis spielt? Sie will Loo eine lächerliche Belästigung anhängen, und mit uns wird sie es ähnlich machen, wenn wir uns ihren minderjährigen Tennispartner vornehmen.«

»Farrell, seit wann wohnt Mrs. Amos an der jetzigen Adresse?« fragte Decker.

Gaynor blätterte in seinem Notizbuch. »Seit sechs Jahren. Seit fünf Jahren Clubmitglied.«

»Gut. Dann hat sie sich ja eingelebt. Der Sohn wird uns übers Wochenende nicht davonlaufen. Montag sehen wir weiter.« Decker wandte sich an Webster. »Ich brauche einen, der den Akademikerjargon beherrscht. Kriegst du das hin?«

»Sag mir, was du vorhast, Loo.«

»Sean Amos spielt Tennis. Stimmt's? Seine Mutter war schon Clubmitglied, als Harlan dort vor zwei Jahren Tennislehrer war. Nehmen wir also an, daß Sean Unterricht bekommen hat, sich vielleicht ... nur vielleicht ... an einen Hart Mansfield erinnert.«

»Also fragen wir Sean nach Harlan und nicht nach Jeanine Garrison«, sagte Oliver.

»Genau«, bestätigte Decker. »Ihr kennt doch die Teens. Wollen immer im Mittelpunkt stehen. Selbst wenn Sean nur einen kurzen Blick auf Harlan geworfen hat, wird er eine große Geschichte draus machen.«

»Was willst du ihn fragen?« erkundigte sich Webster.

»Ob er sich an Manz erinnert, an irgendwelche Merkwürdigkeiten in seinem Verhalten, ob er leicht wütend wurde ... egal, was. Hauptsache, wir bringen ihn zum Reden.«

»Und wenn er von sich aus auf Jeanine zu sprechen kommt?« fragte Webster.

Decker überlegte. »Wenn er sie beiläufig erwähnt, wenn er etwa sagt ›Sie sollten meine Tennispartnerin fragen, die spielt schon länger als ich‹, dann ist an unserer Vermutung vielleicht nichts dran. Dann spielen sie einfach nur Tennis miteinander.«

»Und wenn nicht?« fragte Marge.

Decker zuckte die Schulter.

»Ich könnte ihn ja nach seinen Tennispartnern fragen, ohne Namen zu nennen«, meinte Webster.

»Zu auffällig«, befand Martinez.

»Stimmt«, sagte Decker. »Am wichtigsten ist, daß ihr euch bedeckt haltet. Tom soll nicht auch noch eine Klage wegen Belästigung angehängt kriegen.«

»Wozu sollen wir dann überhaupt mit Sean sprechen?« wollte Oliver wissen.

»Jeanine hat nicht selbst geschossen, Scotty. Wir suchen nach einem Phantom, dem Schützen Nummer zwei – wenn er denn existiert.«

»Aber Loo«, wandte Martinez ein, »selbst wenn Sean mit ihr gevögelt hat, heißt das doch nicht, daß er irgendwas mit dem Estelle zu tun hat.«

Decker grinste. »Nein. Aber *wenn* sie miteinander vögeln, sagt das etwas über Jeanines Charakter aus. Und kann mir nur nützen, falls sie mit ihrer Klage durchkommt.«

Bevor Decker sein Büro verließ, rief ihn Strapp zu sich, schloß die Tür und begann ohne Einleitung. »Wir haben wieder von Jeanines Anwälten gehört. Sie sagt, ihr Bruder wird von euch belästigt.«

»Das ist lachhaft. Die beiden können sich nicht ausstehen. Nach Davids Auskunft haben sie nicht einmal Kontakt miteinander.«

»Zumindest erzählt er *euch* das. Hinter eurem Rücken kann alles ganz anders laufen.«

»Captain, hat sich David beschwert?«

Strapp schüttelte den Kopf.

Decker breitete mit einer Hab-ich's-nicht-gewußt-Geste die Arme aus.

»Sie behauptet, daß Sie Ihre Leute auf ihn ansetzen, um sich an ihr zu rächen.«

Decker zwang sich zur Ruhe. »Natürlich sind sie in meinem Auftrag zu David gegangen. Darüber haben wir uns doch geeinigt. Ich führe eine Ermittlung.«

»Ja, schon. Aber von ihrem Standpunkt aus ...«

»Ihr Standpunkt ist mir scheißegal. Sie will nur die Ermittlungen behindern.«

»Allmählich glaube ich das auch.«

Decker sagte nichts und fühlte sich ein bißchen entspannter. »Ich hab sie fast den ganzen Tag beobachten lassen. Sie hat David nicht besucht. Angerufen hat sie ihn auch nicht.«

»Woher wollen Sie das wissen?«

»Ich arbeite gründlich, Sir. Eben gerade habe ich einen Anruf von der Telefongesellschaft bekommen. Zwischen den beiden wurden keine Verbindungen registriert.«

Strapp war still.

»Sie muß jemanden vor seinem Apartment postiert haben. Jemanden, der gesehen hat, daß Oliver bei ihm war ...« Decker staunte. »Sie ist wirklich ein Organisationstalent.«

»Haben Sie gegen David Garrison irgend etwas in der Hand?«

»Nein.«

»Irgendwelche heißen Spuren?«

»Nichts.«

»Also ist es nicht so schlimm, wenn ich Sie bitte, sich von ihm fernzuhalten, bis wir uns mit den Anwälten geeinigt haben?«

»Kein Problem. Wenigstens im Moment nicht.« Decker stand auf. »Darf ich jetzt gehen? Ich möchte zum Sabbatbeginn zu Hause sein.«

Strapp blickte seinen Lieutenant scharf an. »Sie führen doch was im Schilde, stimmt's?«

»Wie meinen Sie das, Sir?«

»Stellen Sie sich nicht dumm, das paßt nicht zu Ihnen. Ich rede von Jeanine Garrison. Wenn Sie auf Umwegen gegen sie ermitteln wollen, sagen Sie es lieber gleich.«

Decker erzählte ihm von Sean Amos.

Strapp ging auf und ab. »Lassen Sie's sein. Mir gefällt die Sache nicht. Haben Sie heute die Zeitung gesehen?«

»Ja, den Sportteil.«

»Dann wissen Sie, mit wem wir es zu tun haben. Außerdem:

Was haben Sie für Gründe, diesen Sean Amos zu befragen, außer daß er Jeanine Garrisons Tennispartner ist?«

»Genau das ist der Grund, Sir.«

»Da müssen Sie sich was Besseres einfallen lassen.«

»Sir, im Moment gehen wir davon aus, daß Harlan Manz einen Komplizen hatte. Einen solchen versuche ich zu finden. Ich werde Sean Amos nicht nach seiner Beziehung zu Jeanine Garrison fragen. Ich will ihn zu Harlan Manz befragen. Einfach so, denn Amos war im Club, als Harlan Manz dort Tennisunterricht gegeben hat.«

»Sie wollen ihn wirklich nur nach Harlan Manz fragen?«

»Ja. Keiner wird Jeanine Garrison erwähnen.« Decker zögerte kurz. »Wenn er von sich aus auf das Thema kommt, werden wir ihm natürlich nicht den Mund verbieten.«

Strapp grübelte eine Weile. Schließlich sagte er: »Okay, so machen wir's. Hiermit ordne ich die Befragung an, und Sie sind aus der Schußlinie.«

Decker war verblüfft. »Danke sehr.«

»Das heißt aber, daß die Befragung nach meinen Anweisungen laufen muß. Wenn Sie mit Sean Amos sprechen, müssen Sie auch mindestens ein halbes Dutzend anderer junger Leute kontaktieren, die vor zwei Jahren im Club Tennis gespielt haben.«

Decker grinste. »Eine gute Idee! Wenn Sean Amos etwas mit Jeanine Garrison hat, wird er uns das nicht verraten. Aber vielleicht hat er bei seinen Freunden damit geprahlt. Und einer von denen verplappert sich.«

»Okay. Der Fall Sean Amos ist also geregelt.« Strapp zögerte. »Jetzt kommen die schlechten Nachrichten. Jeanine macht mehr als nur Wind. Unsere Jungs wollen mit Ihnen reden. Ich habe für Montag früh um neun einen Termin angesetzt.«

»Eine Protokollerklärung?«

»Ja.«

Decker nickte. Wenn es Beschwerden zu untersuchen galt, nahm normalerweise der diensthabende Lieutenant die Aussagen des Detective zu Protokoll. Da er selbst Lieutenant war, würde er wahrscheinlich von Myerhoff befragt werden, dem Lieutenant der Streifenabteilung. Oder von der Abteilung Inneres, wenn Jeanine tatsächlich eine Personenbeschwerde nach Paragraph 181 eingereicht hatte. »Macht Myerhoff die Befragung?«

»Die Abteilung Inneres.«

»Mein Gott!« Decker verdrehte die Augen. »Warum?«

Strapp zuckte die Schultern. »Vielleicht hat Jeanine ihre Leute auch dort Alarm schlagen lassen.«

»Wer ist denn ihr Anwalt?«

»Er heißt Silverberg. Kennen Sie ihn?«

»Nein.«

»Ich auch nicht. Aber der Schutzverband für Polizeibedienstete wird ihn sich ansehen.«

»Die schicken mir doch hoffentlich einen guten Mann? Einen der kompetent ist?«

»Natürlich kriegen Sie einen Verteidiger.«

»Ich wiederhole: einen, der *kompetent* ist.«

»Das werden wir am Montag erfahren. Wenn Sie sich privat einen Anwalt nehmen wollen, ist das Ihre Sache.«

»Da bin ich ja gespannt, wie weit die es treiben.« Decker schnaufte wütend. »So eine Sauerei!«

»Das ist die übliche Prozedur, Peter.«

»Deshalb muß ich sie nicht toll finden.«

»Stehen in Ihrer Akte schon andere Verfahren?«

»Eins. Etwa zehn Jahre her. Irgendein Spinner hat behauptet, ich hätte ihn zu hart angefaßt.«

»Und wie wurde damals entschieden?«

»Als unbegründet.«

»Das ist gut.«

»Es war ein Kinderspiel. Der Typ hat gelogen, wenn er nur den Mund aufmachte. Bei Jeanine wird das nicht so glattlaufen.«

»Keine Schwachpunkte in ihrer Version?«

»Glauben Sie mir, ich hab mir den Kopf zerbrochen. Bis jetzt steht Aussage gegen Aussage. Wie es aussieht, kann ich nur auf Mangel an Beweisen hoffen. Wenn wir ihr keine Beteiligung an den Morden im Estelle nachweisen.«

»Das wäre wunderbar.« Strapp druckste ein wenig. »Haben Sie es Ihrer Frau gesagt?«

»Gleich als erstes.«

»Und wie hat sie reagiert?«

»Rina verhält sich großartig. Viel besser, als ich's verdient habe. Wenn ich bedenke, wie unausstehlich ich in letzter Zeit war.«

»Sie waren also in dieser Sache völlig ehrlich zu ihr?«

»Zum Glück habe ich keinen Grund zur Unehrlichkeit. Ich habe nichts verbrochen.«

»Sie haben mir erzählt, daß Sie Jeanine attraktiv fanden, Decker. Was, wenn man Ihnen einen Lügendetektor vorschlägt?«

»Nur zu.«

»Dann wird man Ihnen eine Menge intime Fragen stellen. Über Sie und die Frauen. Über Ihr Sexleben. Ob Sie Jeanine sexy fanden, ob Sie Lust hatten, mit ihr zu schlafen. Wie wollen Sie das beantworten?«

»Die Wahrheit sagen.«

»Und wenn die Sache vors Schwurgericht geht? Dort könnten dieselben Fragen kommen. Ihre Frau würde Verschiedenes erfahren.«

»Ich sehe da kein Problem.«

»Sie haben Ihrer Frau also erzählt, daß Sie auf Jeanine sexuell scharf waren?«

Decker schnaufte. »Nicht wörtlich, aber sinngemäß.«

Strapp hob die Augenbrauen. »Und?«

»Ich mach mir um sie keine Sorgen.« Decker warf den Kopf zurück und schlug sich mit der Faust vor die Stirn. »Mein Gott, wie kann man denn von einer Frau angezogen sein und sie schon im nächsten Moment total abstoßend finden?«

»Behalten Sie das lieber für sich. Es klingt rachsüchtig.«

»Ich weiß. Immer schön ruhig bleiben.«

Strapp schwieg einen Moment. »Wenn Sie glauben, daß Ihre Frau das durchsteht, wäre es gut, wenn sie bei der Befragung anwesend ist.«

Decker schoß hoch. »Das ist doch ein Scherz!«

»Nein. Sie kann Ihnen zwar rechtlich nicht helfen, aber sie kann Ihnen auch nicht schaden. Die Ehefrau darf gegen ihren Mann nicht aussagen.«

»Warum soll ich sie da hineinziehen?«

»Ganz ehrlich, Decker. Ihre Frau ist hübsch. Und sie ist jung. Ein ganzes Stück jünger als Sie ...«

»Zwölf Jahre.«

»Ein Vorwurf wie Belästigung kann sehr subjektiv sein. Wie Sie sagen, steht Aussage gegen Aussage. Ich kenne doch diese Typen von der Inneren. Jeanine ist eine Traumfrau. Die zweifeln keinen Moment, daß Sie sich an ihr vergriffen haben. Und diesem Eindruck müssen Sie begegnen. Führen Sie Ihre Stärken vor – Ihre blütenweiße Akte und Ihre hübsche, charmante Frau, die sich nicht die geringsten Sorgen macht. Das wird das Urteil der

Inneren beeinflussen. So sollte es zwar nicht sein, aber es ist so. Glauben Sie, daß Ihre Frau die intimen Fragen, die man Ihnen stellen wird, verkraftet?«

Decker rieb sich die Stirn. »Es wird für sie kein Kinderspiel, aber Rina ist stark. Sie hält das aus.«

»Sie muß sich aber richtig verhalten, Peter. Gelassen. Keine Tränen. Und zu defensiv darf sie auch nicht sein.«

»Okay.«

»Oder gar hysterisch werden.«

Decker lächelte schief. »Nein, Sir. Das ist eher meine Spezialität.«

21

Ohne Zweifel hatte Rina gemerkt, wie kribblig er war. Aber sie zog es vor, nicht zu fragen. Statt dessen setzte sich die Familie, aß ihre Mahlzeit und begann den Sabbat. Die Kinder übernahmen die Unterhaltung. So sollte es sein. Tischgespräch waren die Machenschaften der Schülervertretung und Sammys Interpretation der Verkehrsregeln. Mit seinem frischen Führerschein war er nun der Experte. Während seiner Vorträge servierte Rina ein »bescheidenes« Sabbatmahl – dicke Karottensuppe, danach Hähnchenbrust, gestopft mit Wildreis und garniert mit Broccoli dijonnaise. Zum Nachtisch frischen Apfelstrudel. Als Decker sie fragte, was an dem Essen »bescheiden« war, erwiderte sie, daß es keinen Salat gegeben hatte.

Decker nippte an seinem Kaffee. »Das Essen war köstlich.«

»Absolute Spitze«, bestätigte Sammy.

»Nach einer Woche Kantinenessen findet man alles köstlich«, sagte Rina.

»Das war ein Kompliment, Mom!«

»Schön, wenn's dir geschmeckt hat.«

Jacob fragte: »Gehen wir morgen zur Jeschiwa?«

»Ja, natürlich.«

»Und auch zurück?«

»Wenn du keine Lust hast, soviel zu Fuß zu gehen, kann ich dir auch eine Einladung zum Essen bei Rabbiner Shulman beschaffen.«

Jacob verstummte. Er strich sich das dunkle Haar aus den strahlend blauen Augen. »Wir sollten umziehen«, sagte er dann.

Rina und Decker wechselten einen Blick.

»Wir wohnen hier mitten in der Einöde. Es ist eine Stunde Fußweg zur Jeschiwa und anderthalb Stunden, wenn ich jemanden aus meiner Schule besuchen will. Ihr wißt doch, Hannah ist vier. Bald muß sie auch zur Vorschule. Wir können sie doch nicht ewig einem Babysitter überlassen. Wir sollten entweder in die Nähe der Jeschiwa oder ins Zentrum von West Valley ziehen.«

Keiner sagte etwas.

Decker schloß kurz die Augen. »Du hast recht.«

Jacob grinste. »Wirklich?«

»Ja, wirklich.« Decker stellte die Tasse ab. »Es war sicher nicht leicht für dich, sechs Jahre lang so isoliert zu wohnen.«

»Schlecht war es nicht.« Sam nahm sich noch ein Stück Strudel. »Eigentlich sogar ganz gut. Nach dem Tod von Abba hatte ich keine Lust, am Sabbat Leute zu sehen. Immer diese mitleidigen Blicke. Und dann war es auch gut, ein bißchen Zeit mit ... ihr wißt schon ... mit Dad zu haben.«

Decker mußte schlucken. »Ich danke dir. Mir ging es genauso. Aber nun ist das etwas anders.«

»Was sollen wir denn mit den Pferden machen?« fragte Rina.

»Wir reiten sowieso kaum noch«, sagte Jacob. »Einfach verkaufen.«

»Immer langsam, mein Sohn. So einfach ist das nicht«, bremste Rina.

»Gib uns ein paar Tage Zeit zum Nachdenken, wir lassen uns was einfallen«, sagte Decker zu Jacob.

»Wir sind auch mit einem kleineren Haus zufrieden. Es muß ja nichts Großartiges sein. Hauptsache praktisch.«

Decker lächelte. »Jetzt wäre es sehr praktisch, wenn ihr den Tisch abräumen und euch ein bißchen um eure Schwester kümmern würdet. Ich muß mit eurer Mutter reden.«

»Ich esse noch«, sagte Sam.

Alle schwiegen und sahen Sam beim Essen zu. Er schob den Teller weg und stand auf. »Okay, okay, ich weiß schon, wenn ich nicht erwünscht bin.«

»Hannah, hilf uns abräumen.« Jacob gab ihr eine leere Mineralwasserdose. »Bring das in die Küche.«

Strahlend lief sie los, hielt die Büchse fest an sich gedrückt. Die Jungen stapelten die schmutzigen Teller.

Decker wandte sich an seine Frau. »Wie steht's?«

»Nicht schlecht, außer daß ich langsam blind werde von den vielen Zahlen.«

»Ach ja, die Bücher der Jeschiwa.« Decker merkte auf. »Gibt es Neues?«

»Die Jeschiwa scheint reicher zu sein, als ich dachte. Sehr viele Dividenden. Die Jeschiwa hat einen ganzen Berg Aktien.«

»Wer hat die denn gekauft?«

»Niemand. Die meisten hat sie geschenkt bekommen. Und wie es aussieht, haben die Spender sie vor Jahren erworben.«

»Zu niedrigen Preisen.«

»Genau.« Rina gab Hannah eine weitere leere Dose, und wieder rannte sie eifrig in die Küche.

»Was sie für zehntausend gekauft haben, ist jetzt zwanzigtausend wert«, sagte Decker.

»Eher Hunderttausend.«

»Was ist hundert Riesen wert?« fragte Sam.

»Bringt die Kleine in ihr Zimmer, Jungs. Ich erledige den Rest«, sagte Rina.«

»Wollt ihr uns etwa loswerden?«

»Mit einem Wort: ja.« Rina lächelte breit. »Tschüs dann!«

Jacob nahm seine Schwester auf den Arm. »Was wollen wir denn spielen, Hannah?«

»Na ... Dinosaurier.«

»Okay.«

»Und Barney.«

»Okay.«

»Dann lesen wir Bücher!« Hannah zappelte, bis Jacob sie wieder absetzte. Sie nahm Jacob bei der einen Hand, Sam bei der anderen. »Schaukeln!«

Die beiden Brüder gehorchten, und Decker lachte. »Wer hat in diesem Haus eigentlich das Sagen?«

»Das ist doch gar kein Thema.«

»Aber die Bücher der Jeschiwa.« Decker lächelte. »Aktienspenden sind übrigens nichts Ungewöhnliches. Man kauft eine Aktie, sie gewinnt an Wert. Dann spendet man sie für wohltätige Zwecke. So spart man nicht nur Kapitalertragsteuer, man kann außerdem die Aktie zum gesteigerten Wert von der Steuer absetzen.«

»Jedenfalls hat Rabbiner Shulman erschreckend hohe Beträge angesammelt. Die Dinger liegen schon seit Jahren in irgendeiner Schublade.«

»Weiß der Rabbiner denn, was er da hat?«

»Ich glaube, er hat keine Ahnung. Ich verstehe auch nicht, warum er sie keinem Bankmenschen anvertraut.« Rina zuckte die Schultern. »Aber vielleicht ist es besser so. Sonst hätte jemand die Aktien schon vor Jahren abgestoßen. Jetzt liegen sie immer noch da und wachsen und mehren sich.«

Decker erschien plötzlich nachdenklich. »Hat Jake schon öfter vom Umziehen gesprochen?«

Rina seufzte. »In Andeutungen. Er ist gern unter Freunden. Du weißt doch, wie das ist in dem Alter. Am Sabbat ist er wirklich von allem abgeschnitten.«

Decker legte die Hände um seine Kaffeetasse. »Er hat sich's nicht anmerken lassen. Es ist wirklich Zeit für einen Umzug.«

Rina kaute Nägel. »Wieviel werden wir denn für dieses Haus kriegen?«

»Nicht allzuviel.«

»Das Grundstück ist über viertausend Quadratmeter groß.«

»Das Haus hab ich irgendwie zusammengeschustert. Baulich ist es nach Vorschrift, aber leider fehlt alles außer dem Nötigsten. Wir nehmen, was wir kriegen, und kaufen, was wir uns leisten können. Jake geht's offensichtlich nicht um Luxus.«

Rina strich sich über die Arme. »Du weißt, ich habe Geld.«

»Ich brauche nicht das Geld meiner Frau, um meiner Familie ein Haus zu kaufen.« Decker schob das Kinn vor.

»Es ist nicht *deine* Familie, es ist *unsere* Familie. Sei nicht so altmodisch. Wozu ist das Geld gut, wenn man es nicht für solche Dinge ausgibt?«

Decker sprach nicht aus, was sie beide wußten. Er hatte zwar seine Lebensversicherung, aber sie reichte nicht annähernd aus, um eine Familie zu ernähren und drei Kindern das College zu bezahlen. Das Geld von Rinas Eltern war für Notfälle reserviert – für den Fall, daß ihm etwas zustieß. Und da er bereits zweimal angeschossen worden war, hatte dieser Fall nichts Theoretisches. Er sagte: »Wir haben Ersparnisse. Ich kriege ein gutes Gehalt, wir werden es schon schaffen.«

Rina blickte zur Seite. »Warum nimmst du alles auf deine Schultern, Peter? Warum läßt du mich nicht helfen?«

»Du hilfst doch. Du führst das Haus, kümmerst dich um die Familie. Du erledigst alles Finanzielle. Seit wir verheiratet sind, habe ich keine einzige Rechnung mehr bezahlt. Du könntest unser ganzes Geld auf ein Schweizer Nummernkonto schaffen und dich still und heimlich auf deinen Abschied vorbereiten, ohne daß ich es merke.«

»Warum sagst du so seltsame Dinge?« Sie starrte ihn an und griff nach seiner Hand. »Was ist los mit dir? Hat das mit diesem blöden Belästigungsvorwurf zu tun? Verklagt sie dich etwa?«

Decker zog seine Hand weg, stützte den Kopf auf beide Hände und blickte sie an. »Am Montag muß ich in der Abteilung Inneres eine Protokollerklärung abgeben.«

»Was ist das?«

»Sie befragen mich zu dem Tatvorwurf.«

»Und dann?«

»Sie vergleichen meine Aussage mit den Vorwürfen gegen mich ... dann fällen sie eine Entscheidung. Es gibt drei Möglichkeiten. Entweder sie betrachten die Vorwürfe als begründet, dann brauchen sie Fakten und Zeugen ...«

»Zum Beispiel Hotelrechnungen.«

»Nicht mal das. Nur Zeugen, die bestätigen, daß sie uns zusammen gesehen haben. Etwa in einem Restaurant oder in einem Kino. Und Beweise dafür. Darum mache ich mir aber keine Sorgen. Was sie erreichen können, ist die zweite Möglichkeit – ein ›Nicht beweisbar‹. Die Beweise reichen weder für eine Belastung noch für eine Entlastung. Die dritte Möglichkeit ist das ›Unbegründet‹, das heißt, die Vorwürfe werden als falsch zurückgewiesen. Das können wir erreichen, wenn wir Jeanine beim Lügen ertappen, wenn sie sich in Widersprüche verwickelt.«

»Zum Beispiel?«

»Etwa wenn sie sagt, wir hätten um vier miteinander etwas getrunken, und ich habe Zeugen, daß ich um vier in meinem Büro war.«

»Das wird kaum passieren.«

Decker wandte den Blick ab. »Nein.«

»Alles, was du dir erhoffen kannst, ist also ein ›Nicht beweisbar‹?«

Deckers Fäuste waren geballt. »Es sei denn, ich kann beweisen, was ich weiß – daß Jeanine irgendwie in die Morde im Estelle verwickelt ist. Ihre albernen Vorwürfe sind mir ganz egal. Was mich beschäftigt, sind dreizehn Tote und zweiunddreißig Verletzte. Das Unglück, das eine abgrundtief böse Frau über so viele unschuldige Menschen gebracht hat. Ich nagle sie fest, Rina. Ich schwöre dir, und wenn es mich Kopf und Kragen kostet, daß ich dieses Biest dorthin befördere, wo die Sonne nicht scheint.«

Im Zimmer war es still. Mit leiser Stimme sagte Rina: »Deine Leidenschaft und dein Gerechtigkeitsgefühl in Ehren, Peter. Aber wenn du bei der Befragung so viel Emotionen zeigst, sieht das schlecht aus.«

Er biß sich auf die Lippe. »Strapp hat dasselbe gesagt.« Er blickte ihr in die Augen. »Er möchte, daß du dabei bist.«

»Ich?«

»Als eine Art Verzierung. Die charmante, schöne Ehefrau. Um ihnen zu zeigen, daß ich nicht den geringsten Anlaß hatte, fremdzugehen.«

»Ändert das die Lage, wenn du eine attraktive Frau hast?«

»Strapp ist davon überzeugt. Ich auch.«

»Dein guter Ruf, den du dir über zwanzig Jahre erworben hast, soll davon abhängen, wie ich aussehe?« Sie schüttelte den Kopf. »Das ist doch Schwachsinn!«

»Die ganze Angelegenheit ist Schwachsinn. Aber die Leute lassen sich nun mal von Äußerlichkeiten beeinflussen. Sie sehen eine junge, strahlend schöne Frau ... sie sehen dich, Rina, und dann gibt es für sie keinen Grund mehr, warum ich dich betrügen sollte.«

»Als ob Männer so logisch wären. Zahllose Männer brennen mit Frauen durch, die viel langweiliger sind als ihre Ehefrau.«

»Zahllose ist übertrieben ...«

»Scott Oliver ist das beste Beispiel. Du hast immer gesagt, seine Freundinnen sind wie Hühner. Und seine Frau war sehr attraktiv.«

»Ja, das war sie.«

»Warum hat er es dann gemacht? Kannst du mir das erklären?«

»Vielleicht die Midlife-Crisis.«

»Die muß sich ja lange hinziehen.«

»Ich weiß es nicht, Rina. Manche Leute werden nie erwachsen.« Decker öffnete die Fäuste und legte die Hände flach auf den Tisch. »Tut mir leid, daß ich dich da reinziehe.«

»Wenn du möchtest, daß ich dabei bin, dann komme ich.«

»Ich glaube, es ist sinnvoll.« Er lächelte schwach. »Außerdem wär es schön, dort ein freundliches Gesicht zu sehen.«

Rinas Augen wurden feucht. Sie nahm seine Hand und küßte sie. »Ich liebe dich.«

»Ich liebe dich auch.« Decker schluckte schwer. »Die werden viele persönliche Fragen stellen. Vielleicht ... es wäre gut, wenn ich dir die Fragen vorher aufschreibe. Dann wissen wir beide, was auf uns zukommt. Und mir ist es nicht mehr so peinlich, sie in deiner Gegenwart zu beantworten.«

Sie unterdrückte ihre Tränen. »Das ist ja wirklich entehrend, nicht wahr?«

Decker lächelte sanft. »He, denk an das, was deine Mutter immer sagt: Solange wir gesund sind ...«

»Gehen wir die Fragen zusammen durch, dann besprechen wir, was ich anziehen soll, wie ich mich verhalten soll, was ich sagen soll.«

»Sei einfach du selbst.« Er seufzte. »Statt mir leid zu tun, sollte ich mich lieber vorbereiten. Vielleicht finde ich ein paar gute Stellen in der heiligen Schrift. Dort kommt sicher auch ein Mann vor, den eine böse Frau zur Strecke bringen will.«

Rina dachte nach. »Das erinnert mich an Elia, den Propheten. Der hat sich in der Wüste in einer Höhle versteckt, und Raben mußten ihn ernähren.«

»Vor wem hat er sich versteckt?«

»Vor Izevel ... Isebel.«

»Was ist passiert?«

»Mit Elia? Es gab einen Knall, dann ist er im feurigen Wagen gen Himmel gefahren.«

»Ah ja. Die Sonntagsschule erhebt ihr Haupt. Elia war ein Eiferer, stimmt's?«

Sammy kam in die Küche. »Alle Propheten waren Eiferer.«

»Wo ist Hannah?« fragte Rina.

»Sie schläft.«

»Schmuel ...?«

»Nun dreh nicht durch, Mom. Ich hab ihr eine Windel umgelegt und den Schlafanzug angezogen.«

Rina war geschockt. »Du bist tatsächlich von dir aus auf die Idee gekommen, sie ins Bett zu bringen?«

»Nicht er, sondern ich«, unterbrach Jacob. »Stören wir?«

»Wir reden gerade über eifernde Propheten«, sagte Sammy.

»Sie waren keine Eiferer«, widersprach Rina. »Sie haben nur Dinge verkündet, die niemand hören wollte.«

Decker kniff die Augen zusammen und wühlte in seinen Erinnerungen. »An Elia kann ich mich erinnern. Aber Isebel ...

von der haben wir damals nichts gelesen. Ich weiß nur, daß sie eine böse Versucherin war.«

»Verheiratet war sie mit ...« Rina brach ab und blickte ihre Söhne an. »Mit wem war sie verheiratet?«

»Auf zum fröhlichen Prophetenquiz«, sagte Sammy.

Jacob sang: »*Achab the Arab ...*«

»Er war kein Araber, sondern ein jüdischer König«, berichtigte Rina. »Der König von Israel, um genau zu sein. Und wer war der König von Judäa?«

Jacob und Sammy zuckten die Achseln.

Rina blickte sie tadelnd an. »Habt ihr denn die Newiim – die Propheten – nicht in der Schule?«

»Die Newiim sind was für Waschlappen. Richtige Männer lernen den Talmud.«

»Antwortet einfach auf meine Frage!«

»Schüler sollen vor den Lehrern nicht mit ihrem Wissen prahlen. Du kannst die Frage beantworten, Ima.«

Rina lächelte. »Josafat war der König von Judäa.«

»Ich weiß gar nicht, wovon ihr redet«, sagte Decker.

»Das Königreich Israel wurde nach dem Tod von Salomon geteilt«, erklärte Jacob. »Rehabeam war der König von Judäa, der rechtmäßige König. Die Stämme Levi, Juda und der halbe Stamm Benjamin blieben ihm treu. Die anderen zehn Stämme zogen mit Jerobeam, dem König von Israel. Judäa war gerechter als Israel. Daher zerstreuten sich die zehn Stämme schließlich in der Diaspora.« Er blinkerte seine Mutter an. »Zufrieden, Ima?«

»Annähernd.«

»Was wurde aus Isebel?« fragte Decker.

»Sie starb«, sagte Sammy. »Alle sind sie gestorben. Die Navi sind Bücher über tote Leute.«

»Schmuel ...!«

»Sie wurde aus dem Fenster gestürzt«, sagte Sammy, »dann von Pferden zertrampelt und schließlich von den Hunden gefressen.«

»Das ist ja reizend«, sagte Decker.

»Es war ein verdienter Tod«, meinte Rina. »*Middah kenneged middah* – Maß für Maß. Sie hat Leute bestochen, falsches Zeugnis abzulegen gegen einen Mann, dessen Weinberg sie haben wollte. Der Arme wurde gesteinigt, und die Hunde leckten sein Blut auf. Deshalb wurde prophezeit, daß die Hunde ihr einst das gleiche antun würden.«

»Die haben aber mehr gemacht, als nur ihr Blut aufgeleckt, Ima«, wandte Jacob ein. »Sie haben sie gefressen.«

»Die Hunde haben sie mit Haut und Haar gefressen?«

»Alles bis auf den Schädel, die Hände und die Füße«, sagte Rina. »Genaugenommen blieben nur die Handflächen und die Fußsohlen unversehrt.« Sie wandte sich wieder an ihre Söhne. »Also Jungs, was ist nun die logische Frage?«

Decker antwortete: »Warum wurde sie nicht vollständig gefressen?«

»Genau«, sagte Rina. »Daß der Schädel übrigblieb, kann man verstehen.«

»Zu hart«, sagte Decker. »Aber warum die Handflächen und die Fußsohlen? Die würde doch ein Hund als erstes fressen ...«

»Jetzt wird's aber abartig«, sagte Sammy.

»Mag ja sein, aber dein Vater hat völlig recht.« Rina blickte ihren Mann an. »Du hast den Verstand eines Gelehrten, Peter.«

»Und was ist die Erklärung?« fragte er.

Rina blickte Sammy an. »Warum hat Hashem ihre Hände und Füße verschont? Weil sie mit ihnen eine Mizwa gemacht hat, eine gute Tat, die von Herzen kam. Was könnte sie gemacht haben?«

Niemand antwortete.

»Was tut man mit den Handflächen?« Rina klatschte in die Hände. »Was tut man mit den Füßen außer Laufen?«

Wieder schwiegen alle.

»Man tanzt«, sagte Rina.

»*Kaitzad merakdim lifnai Hakallah?*« fragte Jacob.

»Bruder, ich bin beeindruckt!« sagte Sam.

»Hab ich gewonnen, Ima?«

»Du hast gewonnen«, bestätigte sie.

»Was hat er denn gesagt?« fragte Decker.

»*Kaitzad merakdim lifnai Hakallah* heißt: Wie tanzt man vor einer Braut?«, erklärte Sammy. »Es gibt tatsächlich Regeln, wie man sich vor einer Braut verhält ... wie man sie auf die Hochzeit vorbereitet, was man zum Bräutigam sagt.«

»Die einzige gute Tat, die Isebel je vollbracht hat, war das Tanzen mit frohem Herzen vor einer Braut. Also hat Gott ihre Hände und Füße verschont.«

Decker nickte, doch plötzlich prustete er los und wurde rot vor Lachen.

»Was ist?« fragte Rina.

»Nichts!«

»Na klar! Sonst würdest du nicht so kichern!« rief Sammy.

»Komm schon, Dad! Sonst lachst du doch auch nicht so. Sag schon!« drängte Jacob.«

»Nein, dann krieg ich Ärger mit eurer Mutter.« Decker blickte Rina an.

»Bitte, Ima«, sagte Sammy. »Hör einfach mal weg.«

»Ich bin nicht seine Mutter«, sagte Rina. »Er kann sagen, was ihm paßt. Und das tut er oft genug.«

Decker wurde ziegelrot. »Na ja, ich habe nur überlegt, was von einem Mann übriggeblieben wäre, wenn seine einzige gute Tat gewesen wäre – fruchtbar zu sein und sich zu mehren.«

Die Jungen blökten lauthals los.

Rina verbiß sich ein Lächeln. »Redet man so am Sabbat?«

»Du hast mich dazu gebracht!« sagte Decker.

»Ich nahm an, du würdest was Geschmackvolles sagen.«

Sammy kicherte. »Das war eben der Irrtum.«

Jacob hatte Tränen in den Augen. »Ima, du mußt zugeben, daß es eine witzige Vorstellung ist.«

Sie stand auf.

»He, Rina, wo willst du hin?« fragte Decker.

»Nach Hannah sehen. Ich bin gleich zurück.« Sie überließ die Männer ihrem infantilen Humor. Sowie sie draußen war, brach auch sie in Gelächter aus.

22

Sie wählte und verwarf eine Garderobe nach der anderen. Zu den verschmähten zählte das braune Kostüm für ernste Anlässe, das rote Kleid Marke »Vamp« und der geblümte, knöchellange Sarong im »Boheme-Look«. Am Ende beschloß Rina, sich treu zu bleiben, und zog einen schwarzen, langärmligen Pulli über einen weiten schwarzen Rock, der ihre Knie bedeckte. Ihr hüftlanges schwarzes Haar band sie in ein schwarzes Haarnetz, das ihr bis zu den Schultern reichte. Darüber zog sie ein schwarzes Seidentuch mit einer Goldborte, die ihren Kopf schmückte wie ein Diadem. Sie legte nur ein wenig Rouge auf, und an den Ohren glänzte je eine Perle.

Sie betrat das Polizeigebäude und suchte nach dem Konferenzzimmer. Ein großer Sitzungstisch, umgeben von Klappstühlen. Alle Blicke richteten sich auf sie. Sie nickte Peter zu, Peter nickte zurück.

Drei weitere Männer in dunklen Anzügen waren da. Rina erkannte Strapp, nickte auch ihm zu. Eine Frau saß am Tisch. Sie hatte kurzes dunkles Haar und musterte sie streng mit ihren braunen Augen. Ein tadelnder Blick, fand Rina und wollte schon wegschauen, doch dann erwiderte sie den Blick und lächelte. Im Reflex lächelte die Frau zurück – nur ein wenig, dann hatte sie sich wieder in der Gewalt.

Strapp bat Rina, Platz zu nehmen, stellte sie vor. Der erste war Jack Nickerson, der Verteidiger vom Schutzverband für Polizeibedienstete. Peters Anwalt sozusagen. Er war in den Vierzigern, kräftig gebaut. Kantiges Gesicht, breite Schultern und ein Bauch. Er trug die Jacke offen, seine Krawatte war zu kurz für die beachtliche Wölbung. Ein Football-Spieler, der in die Jahre gekommen war.

Der jüngere Anzugträger und die Frau kamen von der Abteilung Inneres – James Hayden und Catherine Bell. Beide wirkten wie Mitte Dreißig und waren modischer gekleidet. Der Mann trug einen Einreiher, die Frau eine zweireihige Jacke und eine maßgeschneiderte Hose, gerades Bein mit Schlitz am Knöchel.

Rina saß ein wenig von den anderen entfernt, am hinteren Ende des Konferenztischs. Sie stellte ihre Tasche neben sich auf den Boden und legte die Hände locker in den Schoß. Sie saß aufrecht, aber nicht steif. Ihrem wachsamen Blick entging nichts.

Peter, Nickerson und Strapp saßen an der Längsseite des Tisches, Hayden stand hinter Peter, Catherine Bell stand ihm gegenüber, auf der anderen Seite des Tisches. Strapp teilte den anderen mit, daß er Rina gebeten hatte, zur Verhandlung zu kommen, und fragte, ob es irgendwelche Einwände gebe.

Es gab keine, die Sitzung begann. Die Videokamera wurde auf Peter gerichtet, seine Personalien wurden aufgenommen, dann der Gegenstand der Verhandlung. Alle Teilnehmer standen unter Eid. Hayden verlas die Beschuldigungen, die Jeanine gegen Decker erhob. Er und die Frau, Catherine Bell, wollten mit den Fragen beginnen, da meldete sich Nickerson zu Wort.

»Mein Klient macht von seinem Zeugnisverweigerungsrecht Gebrauch, falls er sich mit seiner Aussage selbst belasten könnte.«

Mit ruhiger Stimme verkündete Strapp: »Als Captain der Devonshire Division des Los Angeles Police Department und als Lieutenant Deckers unmittelbarer Vorgesetzter weise ich Lieutenant Decker an, alle Fragen bezüglich der gegen ihn erhobenen Vorwürfe vollständig zu beantworten. Andernfalls riskiert er die sofortige Entfernung aus dem Dienst.«

Nickerson setzte nach. »Der Anweisung seines vorgesetzten Captain folgend, wird sich Lieutenant Decker ausschließlich zu den gegen ihn erhobenen Beschuldigungen äußern. Alle Beteiligten der Befragung sind sich einig, daß seine hier gemachten Aussagen in keiner Weise vor Gericht oder in eventuellen späteren Verfahren gegen ihn verwendet werden.«

»Einverstanden«, erklärte Catherine Bell.

»Einverstanden«, sagte Hayden. »Ich darf Lieutenant Decker daran erinnern, daß er nach wie vor unter Eid steht.«

»Er ist hiermit pflichtgemäß informiert worden.«

Rina blieb gelassen. Decker hatte ihr erklärt, daß diese Dinge zum normalen Ablauf gehörten. Nickerson nickte Decker zu. »Sie können jetzt die Fragen beantworten, Lieutenant.«

Catherine Bell beugte sich ein wenig zu nahe an ihn heran. »Wie alt sind Sie, Lieutenant Decker?«

»Sechsundvierzig.«

»Seit wieviel Jahren sind Sie Polizeibeamter?«

»Fünfundzwanzig Jahre.«

»Wie lange sind Sie beim LAPD?«

»Siebzehn Jahre.«

»Wie viele Jahre als Detective?«

»Sechzehn Jahre als Detective.«

»Gab es jemals ein Disziplinarverfahren gegen Sie?«

»Ja.«

»Wie oft?« fragte Hayden hinter Deckers Rücken.

»Haben Sie jemals auf der Liste der Vierundvierzig gestanden?« schob Catherine Bell nach. »Sie kennen doch die Liste, oder?«

»Äh ...«

»Das sind die vierundvierzig Polizisten mit der schlechtesten Personalakte«, erklärte sie.

»Wie sieht Ihre Personalakte aus, Lieutenant?« bohrte Hayden.

»Können wir bitte eine Frage nach der anderen bekommen?« fragte Nickerson gereizt.

Decker drehte sich zu Hayden um. »Gegen mich als Beamten des LAPD wurde ein Disziplinarverfahren durchgeführt. Und auf der Liste der Vierundvierzig habe ich nie gestanden.«

»Sind Sie sicher?« fragte Catherine Bell.

Decker wandte sich von Hayden ab und blickte sie an. Bevor er etwas sagen konnte, fragte Hayden: »Welche Verstöße hat man Ihnen vorgeworfen?«

Decker reckte den Hals und wandte sich wieder zu Hayden um.

»*Angebliche* Verstöße«, sprach Nickerson dazwischen. »Die Vorwürfe wurden fallengelassen.«

»Warum lassen Sie den Lieutenant nicht selbst zu Wort kommen?« fragte Hayden.

Decker blickte Nickerson an. »Soll ich darauf antworten?«

Hayden reagierte verärgert. »Allerdings sollen Sie antworten!«

»Könnten Sie vielleicht ein bißchen in mein Blickfeld treten, Sergeant? Ich kriege noch einen steifen Hals.«

Hayden machte widerwillig einen Schritt zur Seite, stellte sich neben Decker, beugte sich zu ihm herunter. »So besser?«

»Sehr viel besser. Danke.«

»Welche Beschuldigungen wurden gegen Sie erhoben, Lieutenant?«

»Gewaltsamer Übergriff.«

»Meinen Sie nicht vielmehr Mißhandlung?« fragte Hayden.

»Ja, der Vorwurf lautete fälschlich auf Mißhandlung.«

»Fand dazu ein Disziplinarverfahren statt? Wurden Sie zu dem Vorfall befragt?«

»Ja.«

»Ging das Verfahren vor Gericht?« fragte Catherine Bell.

»Nein, so weit ist es nicht gekommen.«

»Aber es wurden derartige Anschuldigungen gegen Sie erhoben.«

»Es gab dazu eine Protokollerklärung und eine Befragung.«

»Warum fragen Sie nicht, ob die Vorwürfe geklärt wurden?« warf Nickerson ein.

»Ich denke, wir stellen hier die Fragen, Sir«, knurrte Hayden.

»*Wurden* denn die Vorwürfe geklärt?« fragte Catherine Bell.

»Ja.«

»Von was für einem Gremium?« fragte Hayden.

»Von *welchem* Gremium«, korrigierte ihn Decker.

Strapp blickte ihn warnend an.

»Von *welchem* Gremium?« wiederholte Hayden mit rotem Gesicht.

»Von der Dienststelle«, sagte Decker.

»Und wie lautete das Urteil?«

»Unbegründet.«

»Sind Sie sicher, daß es nicht eher ein ›Nicht beweisbar‹ war?« fragte Hayden.

»Nein, die Beschuldigungen waren unbegründet«, beharrte Decker.

»Wie lange liegt der Vorfall zurück?« fragte Catherine Bell dazwischen.

»Der *angebliche* Vorfall«, betonte Nickerson.

»Beantworten Sie bitte die Frage, Lieutenant«, sagte Hayden.

»Zehn Jahre.«

»Wurden noch andere Vorwürfe gegen Sie erhoben?«

»Nein.«

»Sie sagten, Sie sind seit fünfundzwanzig Jahren Polizeibeamter«, wiederholte Catherine Bell.

»Ja.«

»Und seit zwanzig Jahren beim LAPD.«

»Ja.«

Hayden setzte sich und schob sich dicht an Decker heran. »In *welchen* Dienststellen waren Sie sonst noch tätig?«

»In was für welchen Dienststellen ich sonst noch tätig war?«

»Decker!« ermahnte ihn Strapp.

Auch Rina warf ihm einen Reiß-dich-zusammen-Blick zu. Trotzdem bewunderte sie seinen Mut. Die Befrager waren Idioten. Aber sie zu verprellen, wäre nicht gut. Hayden schob sich noch näher an Decker heran, er wartete auf eine Antwort.

Decker blieb gelassen. »Ich war bei der Polizei in Gainesville und in Miami beschäftigt. Ich habe drei Jahre im Normaldienst gearbeitet, zwei Jahre als Zivilbeamter bei der Drogenfahndung, drei Jahre als Ermittler für Sexualstraftaten.«

Catherine Bell beäugte ihn intensiv. »Wurden gegen Sie irgendwelche Beschuldigungen erhoben, als Sie bei der Polizei in Gainesville waren?«

Decker zögerte. »Da muß ich erst überlegen ...«

»Es ist eine einfache Frage, Lieutenant«, Catherine Bells Stimme klang schneidend. »Ja oder nein.«

»Es ist eine Weile her.« Decker blieb ruhig. »In meinem ersten Jahr als Streifenpolizist wurde eine Beschwerde gegen mich erhoben, aber sofort wieder fallengelassen ...«

»Welcher Art waren die Vorwürfe?« fragte Hayden.

»Der Vorwurf – im Singular bitte – lautete auf Mißhandlung.«

»Sie sind also schon zweimal wegen Mißhandlung belangt worden!«

Nickerson ging dazwischen. »Sergeant Hayden, darf ich Sie erinnern, daß die Beschuldigungen gegen meinen Klienten als Beamten des LAPD als unbegründet zurückgewiesen wurde. Und ›Unbegründet‹ bedeutet, daß ...«

»Ich weiß, was ›Unbegründet‹ bedeutet!«

»Warum wurden die Vorwürfe, die in Gainesville gegen Sie erhoben wurde, fallengelassen?« fragte Catherine Bell.

»Es war eine Beschwerde.« Decker lächelte kurz. »Ich weiß

nicht, wie sie zustande kam, ich weiß auch nicht, warum sie zurückgezogen wurde.«

Hayden berührte seine Schulter. »Was ist denn so komisch, Lieutenant? Sie haben gelacht. Darf ich Sie erinnern, daß Sie noch unter Eid stehen?«

»Ich bin mir dessen bewußt.«

»Und Sie bleiben dabei, daß Sie nicht wissen, warum die Beschuldigungen gegen Sie erhoben wurden?«

»Ich vermute, daß die Beschwerde von einem der vielen Demonstranten stammte, die ich während einer der vielen Demos gegen den Vietnamkrieg verhaftet habe.«

»Waren Sie im Vietnamkrieg?« fragte Hayden.

»Ja.«

»Hat Sie zur Raserei gebracht, daß Ihnen dieses Gesocks ins Gesicht gespuckt hat, was?«

Nickerson schnitt Decker das Wort ab. »Können wir bitte mit der Befragung zu den Vorwürfen fortfahren?«

»Sie wissen also nicht, wer die Beschwerde eingereicht hat?« beharrte Hayden.

»Sergeant Hayden!« ging Nickerson wieder dazwischen. »Lieutenant Decker ist nicht hier, um Fragen nach einem Vorfall zu beantworten, der seit über zwanzig Jahren geklärt ist.«

»Er hat nicht gesagt, daß der Vorfall geklärt wurde.«

»Er sagte, daß die Beschwerde fallengelassen wurde.«

»Das heißt nicht, daß sie geklärt wurde. So wie es aussieht, könnte er die beschwerdeführende Person genauso belästigt haben, wie er Jeanine Garrison belästigt hat.«

»*Angeblich* belästigt hat«, korrigierte Nickerson. »Da wir einmal dabei sind, warum fragen Sie nicht nach den Beschuldigungen, die hier zur Verhandlung stehen?« Er wandte sich an Decker. »Die Beschuldigungen wurden verlesen, Lieutenant. Möchten Sie sich dazu äußern?«

»Ja.«

Es wurde still im Raum.

Catherine Bell nickte. Ohne Eile und auf seine Notizen gestützt, gab Decker sein Gespräch mit Jeanine Garrison wieder. Rina war beeindruckt von seiner klaren und einfachen Sprache. Dem Bericht folgten neue Fragen – Fragen zu Jeanines Anschuldigungen, Verfahrensfragen. Dann wurde es, wie erwartet, persönlich.

»Jeanine Garrison ist eine attraktive Frau«, sagte Hayden.

Decker blieb stumm.

»Haben Sie mich gehört, Lieutenant?«

»Ja, Sergeant. Sie haben etwas festgestellt und nicht gefragt.«

»Stimmen Sie mit dieser Feststellung überein?«

»Ja.«

»Haben Sie bemerkt, daß sie eine attraktive Frau ist, als Sie mit ihr zusammentrafen?«

»Ja.«

»Fanden Sie sie schön?«

»Mir fiel auf, daß sie gut aussah ...«

»Beantworten Sie meine Frage, Sir.«

Decker zuckte ein wenig zurück. »Ja. Ich fand sie schön.«

»Sexy?«

»Ja.«

»Sehr sexy ...«

Nickerson unterbrach ihn. »Sergeant Hayden ...«

»Lieutenant Decker hat sich bereit erklärt, Fragen zu den gegen ihn erhobenen Beschuldigungen zu beantworten. Lassen Sie ihn antworten«, erwiderte Hayden scharf.

»Wie war die Frage?« sagte Decker.

»Fanden Sie Jeanine Garrison sehr sexy?«

»Ja.«

»Spürten Sie eine sexuelle Erregung? Denken Sie daran, daß Sie unter Eid stehen.«

»Und ich darf Sie daran erinnern, daß Sie bereit waren, sich dem Lügendetektor zu stellen«, fügte Catherine Bell hinzu.

Mit anderen Worten, Lügen war zwecklos.

»Fanden Sie Jeanine Garrison sexuell anziehend?« fragte Hayden.

Decker seufzte. »Zu dieser Zeit, ja.«

»Hatten Sie zu dieser Zeit sexuelle Phantasien, die sich auf sie richteten?« fragte Hayden.

Rina war über die Direktheit der Fragen sichtlich erschrocken. Decker warf ihr einen Blick zu, dann schaute er Hayden an. »Ich kann mich nicht erinnern ...«

»Lieutenant, Sie stehen unter Eid«, beharrte Hayden. »Wollten Sie Jeanine Garrison *ficken*?«

»Sergeant Hayden!« rief Nickerson mit einem Seitenblick auf Rina. »Bitte nehmen Sie Rücksicht auf die Anwesenden!«

»Wollten Sie Sex mit ihr, Lieutenant?« wiederholte Hayden.

Rina nickte Decker ermunternd zu.

»Vielleicht«, sagte Decker.

»Vielleicht?«

»Das ist korrekt.«

»Sind Sie sicher, daß Sie nicht *ja* sagen wollten?«

»Nein, ich sage und meine *vielleicht*.«

»Fühlten Sie sich durch sie erregt?«

»Ja ...«

»Äußerst erregt?«

»Äußerst würde ich nicht sagen.«

»Wollen Sie behaupten – und das unter Eid –, daß Sie keine sexuellen Vorstellungen im Hinblick auf Jeanine Garrison hatten?«

»Ich hatte ein paar sexuelle Vorstellungen«, sagte Decker.

»Zum Beispiel?«

»Ich fand Jeanine Garrison attraktiv.«

»Meine Mutter ist für mich auch attraktiv.« Hayden lachte höhnisch. »Deshalb löst sie noch lange keine sexuellen Phantasien bei mir aus. Sie wollten Jeanine Garrison besitzen, stimmt's, Lieutenant?«

»Sergeant ...« mahnte Nickerson.

Decker antwortete ruhig. »Genau kann ich mich an meine Gedanken nicht erinnern, weil sie sehr schnell kamen und wieder gingen. Danach habe ich nur noch an meine dienstlichen Aufgaben gedacht.«

»Und während des ganzen Gesprächs haben Sie kein einziges Mal daran gedacht, mit Jeanine Garrison ins Bett zu gehen?« fragte Catherine Bell.

»Nein.«

»Eben haben Sie noch *vielleicht* gesagt«, korrigierte Hayden.

»Ich sagte, daß ich die Gedanken *vielleicht* hatte, als ich sie das erste Mal sah. Während des eigentlichen Gesprächs habe ich nur an meine dienstlichen Aufgaben gedacht.«

»Erstaunlich, wie schnell Sie sich an- und ausschalten können!« Hayden lächelte fies. »Sie müssen ein Mann von beachtlicher Selbstbeherrschung sein.«

Da er keine Frage gestellt hatte, schwieg Decker.

Hayden blickte zu Rina hinüber. »Wie alt ist Ihre Frau, Lieutenant?«

»Vierunddreißig.«

»Und Sie sind sechsundvierzig?«

»Ja.«

»Da ist Ihre Frau ein ganzes Stück jünger als Sie«, konstatierte Catherine Bell.

»Ja.«

»Ihre erste Frau?« fragte Hayden.

»Nein, sie ist ...«

»... die zweite, die dritte, die vierte?«

»Die zweite.«

»Sie sind sechsundvierzig?« fragte Hayden.

»Ja.«

»Aha, die Midlife-Crisis. Nicht wahr, Lieutenant?«

Decker lächelte. »Nein. Die hab ich schon hinter mir. Daher der Altersunterschied zwischen mir und meiner Frau.«

Wieder warf ihm Rina einen Reiß-dich-zusammen-Blick zu.

Hayden setzte eine tückische Miene auf. »Waren Sie verheiratet, als Sie Ihre jetzige Frau kennenlernten?«

»Geschieden.«

»Und die Gründe Ihrer Scheidung?« fragte Catherine Bell.

»Unlösbare Differenzen.«

»Hatten Sie ein Verhältnis, als Sie noch mit Ihrer ersten Frau verheiratet waren, Lieutenant?« fragte Hayden.

»Nein.«

»Sie stehen unter Eid«, erinnerte ihn Catherine Bell.

»Das weiß ich. Nein, ich hatte kein Verhältnis.«

»Jemals irgendwelche außerehelichen Beziehungen?«

»Nein.«

»Nicht einmal ein kurzer Seitensprung während der unlösbaren Differenzen mit Ihrer ersten Frau?«

»Nichts, bis wir vor dem Gesetz geschieden waren.«

»War Ihre zweite Frau verheiratet, als Sie sie kennenlernten?« fragte Hayden.

»Verwitwet«, sprach Rina dazwischen.

Hayden warf ihr einen strengen Blick zu. »Ich hatte Ihren Ehemann gefragt, Madam!«

»Bitte um Entschuldigung.« Rinas Stimme war fest, sie blickte ihm in die Augen. Hayden schaute abrupt weg. Ihr Einwurf hatte ihn sichtlich aus dem Konzept gebracht. Catherine Bell sprang ein.

»Wie ist es um Ihr Sexualleben bestellt, Lieutenant?«

»Gut.«

»Wie würden Sie es bewerten? Hervorragend, sehr gut, gut oder ...«

»Hervorragend.«

»Wie oft haben Sie Verkehr?«

»Wie soll ich das beantworten?«

»Einmal die Woche? Zweimal die Woche?«

»Unter hervorragend stelle ich mir aber was anderes vor«, ging Hayden dazwischen. »Also, Lieutenant: Wie oft haben Sie Verkehr?«

Decker blickte zu Rina hinüber.

»Warum sehen Sie Ihre Frau an, Lieutenant? Können Sie die Frage nicht allein beantworten?« fragte Hayden.

»Es ist kompliziert ...«

»Eine einfache Frage«, sagte Catherine Bell.

»Mit einer komplizierten Antwort.«

»Wir sind orthodoxe Juden«, mischte sich Rina ein. Sie zögerte kurz. »*Ich* bin orthodoxe Jüdin. Die Religion verbietet sexuelle Kontakte während der Periode – und sieben Tage danach. Dann unterzieht sich die Frau einer rituellen Reinigung, indem sie auf vorgeschriebene Weise in der Mikwe badet. Erst dann kann sie wieder eheliche Beziehungen mit ihrem Mann ...«

»Ist das Ihr Ernst?« fragte Hayden höhnisch.

»Ja, Sir, das ist mein Ernst«, erwiderte Rina ohne Bosheit. »Wenn Sie möchten, gebe ich Ihnen ein paar Bücher, die dieses heilige Ritual besser erklären, als ich es konnte.«

Hayden wandte den Blick ab, sagte leise: »Nein danke. Das wird nicht nötig sein.«

Rina ließ seine Bemerkung eine Weile im Raum stehen, dann fuhr sie fort. »Im allgemeinen läuft das auf zwei Wochen Abstinenz hinaus, gefolgt von zwei Wochen sexueller Aktivität. In unserem Fall ist die Zeit der Abstinenz ein bißchen kürzer, etwa zehn Tage, dann kommen zwanzig aktive Tage.«

»Warum das?« fragte Catherine Bell.

»Haben Sie eine Art Sondergenehmigung?« fragte Hayden.

»Wenn man so will ...«

»Was ist der Grund dafür?« Hayden grinste höhnisch. »Kann er nicht warten?«

»Sergeant Hayden!« mahnte Nickerson.

»Sie hat es zur Sprache gebracht!« verteidigte sich Hayden.

»Medizinische Faktoren«, erklärte Rina. »Und ich hatte einen Grund, Ihnen das mitzuteilen. Ich wollte Ihnen erklären, warum mein Mann Ihre einfache Frage nach dem wöchentlichen Verkehr nicht beantworten konnte.«

Sie senkte kurz den Blick und schaute dann Hayden direkt in die Augen. »Zu Ihrer Information: Während der aktiven Zeit sind *alle* Formen des sexuellen Spiels zwischen Mann und Frau erlaubt.« Sie musterte ihn mit heiterer Gelassenheit. »Anything goes.«

Hayden wurde rot, blickte wieder zur Seite. Dieser verdammte Hund ist scharf auf sie, dachte Decker. Trotz ihrer zurückhaltenden Kleidung.

Warum auch nicht?

Decker schaute sie an, ihr markantes Gesicht, ihre leuchtenden Augen, ihre roten, feuchten Lippen. Auf ihrem Kopf glänzte die Goldborte, ihr Haar sah aus wie die Frisur der Kleopatra. Rina strahlte das Selbstvertrauen einer ägyptischen Königin aus.

Hayden versuchte, seinen aggressiven Ton wiederzufinden. »Sie betrachten sich also als eine religiöse Frau?« stieß er hervor.

»Ja.«

»Und Sie befolgen diese ...« Er wedelte mit der Hand. »Diese ...«

»... religiösen Rituale?« versuchte Rina zu helfen.

Nickerson ging dazwischen. »Sergeant Hayden, gegen Mrs. Decker sind keinerlei Anschuldigungen erhoben worden.«

»Sie behauptet, daß ihre Religion das Sexualleben ihres Mannes bestimmt.«

»Ja, und?« fragte Nickerson.

Hayden stockte, sein Blick irrte zwischen Rina und Decker hin und her.

Catherine Bell blickte ihren Kollegen böse an und sprang ein. »Lieutenant! Waren Sie in der Zeit, auf die sich die Vorwürfe von Jeanine Garrison beziehen, in ehelicher Hinsicht abstinent?«

Decker lächelte. Alles nur eine Frage des Zeitpunkts, oder was? »Nein. Wir waren in dieser Zeit aktiv.«

»Sie haben also mit Ihrer Frau Sex gehabt?« fragte Hayden nach.

»Ja.« Decker verkniff sich die Frage, ob er Details beschreiben solle.

»Wann hatten Sie das letzte Mal Verkehr?«

»Gestern nacht.«

»Mit Ihrer Frau?«

Diesmal ging Strapp dazwischen. »Sergeant Hayden, war das wirklich nötig?«

»Wir haben ernstzunehmende Beschuldigungen gegen Ihren Lieutenant vorliegen«, konterte Hayden. »Wir tun, was nötig ist.«

»Das denken *Sie*«, sagte Decker.

Hayden nahm ihn ins Visier. »Was sagen Sie da?«

Decker zog die Schultern hoch. »Ich habe genau dasselbe getan. Eine *Ermittlung* durchgeführt. Was anfangs wie die Tat eines Psychopathen wirkte, sah bald nach einem Auftragsmord aus. Und keinem einfachen. Dreizehn Tote, zweiunddreißig Verletzte, dazu viele, die für den Rest ihres Lebens traumatisiert sind. Ich würde sagen, diese Dinge wiegen schwer genug.«

»Schwerwiegend oder nicht«, sagte Catherine Bell. »Das gibt Ihnen nicht das Recht zu sexuellen Belästigungen.«

»Ich stimme Ihnen zu, Officer Bell. Und ich versichere Ihnen, daß niemand von mir sexuell oder sonstwie belästigt wurde. Jeanine Garrison schlägt Krach, weil sie etwas zu verbergen hat.«

»Können Sie diese Behauptungen beweisen, Lieutenant?« fragte Hayden.

»Verzeihen Sie, wenn ich mich als Laie einmische«, sagte Rina. »Aber wozu sollte Lieutenant Decker ermitteln, wenn er die Beweise schon hätte? Ich dachte, das wäre der Zweck von Ermittlungen – Beweise zu sammeln.«

»Wir kommen vom Thema ab«, zischte Catherine Bell.

»Nein«, sagte Strapp. »Ganz im Gegenteil. Mrs. Decker hat den Nagel auf den Kopf getroffen. Wir versuchen eine Ermittlung durchzuführen, und die lächerlichen Anschuldigungen der Jeanine Garrison behindern unsere Arbeit.«

»*Wir* entscheiden hier, ob diese Beschuldigungen lächerlich sind«, sagte Hayden.

»Schließen Sie mich an den Lügendetektor an«, sagte Decker. »Stellen Sie mir dieselben Fragen. Ziehen Sie Ihre Schlüsse. Die Entscheidung liegt bei Ihnen.«

Hayden und Catherine Bell tauschten Blicke.

»Stützen sich die Anschuldigungen auf den Belästigungsparagraphen?« fragte Decker.

»Ja«, sagte Hayden.

Decker schloß kurz die Augen. »Dann kann mir nur noch der Lügendetektor helfen. Was halten Sie davon: Wenn ich bestehe, behandelt die Dienststelle die Beschuldigung als unbegründet. Wenn ich *nicht* bestehe, akzeptiere ich das Disziplinarverfahren für begründete Fälle.«

Endlich setzte sich Catherine Bell. »Wir können unsere Entscheidung nicht auf den Lügendetektor gründen. Aber Sie können sich dem Test unterziehen.«

»Dann stellen Sie das Ding auf.«

Sie zückte ihren Kalender und blätterte eine Weile. »Der früheste Termin wäre in zwei Wochen.«

»Warum erst in zwei Wochen?« fragte Strapp.

»Der Prüfer, den ich verwende, hat gerade Urlaub.«

»Dann nehmen Sie einen anderen«, sagte Decker.

»Ich will aber diesen.«

»Mein Ermittler soll wochenlang warten, nur weil sich Ihr Prüfer irgendwo in der Sonne aalt?«

»Wenn er unschuldig ist, wird er's durchstehen«, zischte Hayden.

»Ich kann warten«, sagte Decker. »Darf ich jetzt zurück an die Arbeit?«

Catherine Bell blickte Hayden an, Hayden nickte, stellte die Videokamera ab und nahm die Kassette heraus. »Wegen der Einzelheiten rufe ich Sie noch an.«

»Ich bin gespannt.« Decker lächelte.

Strapp stand auf. »Ich möchte eine Kopie der Kassette.«

»Gern«, sagte Catherine Bell. »Auch wenn Sie es nicht glauben wollen: Die Abteilung Inneres ist unvoreingenommen.«

»Eine Bastion der Ehrlichkeit«, sagte Strapp. »Wenn es länger als zwei Wochen dauert, mache ich Krawall.«

Hayden nickte ergeben. Obwohl er nicht Strapps Befehl unterstand, mußte er seinen Dienstrang respektieren. Kaum waren sie gegangen, schloß Strapp die Tür hinter ihnen. »Kotzbrocken!« Er wandte sich an Nickerson. »Was meinen Sie?«

Nickerson gähnte. »Das sind Leichtgewichte. Viel Getue und nichts dahinter. War ein brillanter Schachzug, die Ehefrau mitzubringen.« Er drehte sich zu Rina um. »Sie waren sehr gut.«

»Danke«, erwiderte Rina und setzte nach: »Gut worin?«

Nickerson lachte. »So, wie Sie denen Ihre religiösen Überzeugungen zum Thema Sex erklärt haben. Offen, ohne Peinlichkeit. Geradeaus und direkt ...« Er lächelte. »Entschuldigen Sie, Lieutenant, wenn ich so ehrlich bin, aber Ihre Frau ist sehr ... ansprechend. Zumindest Hayden empfand das so. Haben Sie gesehen, wie er rot geworden ist?«

»Er wurde rot?« fragte Rina.

»Kannst es ruhig glauben«, versicherte Decker. »Du hast ihn heißgemacht.«

»Hab ich nicht!«

»Doch«, sagte Nickerson. »Es war die Kombination. Das Reden über Sex in diesem tantenhaften Kleid. Ja, ja, die stillen Wasser. Jedesmal fallen sie drauf rein. Sehr clever, Mrs. Decker!«

»Ich kleide mich immer so, Mr. Nickerson«, sagte Rina.

Nickerson stotterte. »Oh. Na dann, natürlich ...«

»Nicht immer so düster«, erklärte Decker, »aber so zurückhaltend. Kann ich kurz mit meiner Frau allein sprechen?«

Nickerson stand auf. »Das haben Sie sich redlich verdient.« Er salutierte und wandte sich zum Gehen. »Wir bleiben in Kontakt.«

Als der Verteidiger gegangen war, legte Strapp seine schwere Hand auf Deckers Schulter. »Egal was die sagen, auf den Lügendetektor halten sie große Stücke. Wenn Sie den durchstehen, haben wir nichts mehr zu befürchten.«

»Danke für Ihre Unterstützung, Sir.«

»Wir dürfen nicht zulassen, daß die uns Knüppel zwischen die Beine werfen.«

Decker nickte.

Strapp verabschiedete sich von Rina. »Mrs. Decker!«

»Captain!« erwiderte sie.

Kaum war Strapp auf dem Raum, atmete Decker erleichtert auf und ließ sich wieder in den Stuhl sinken.

»Wie fühlst du dich?« fragte Rina.

»Gut, gut.« Er zog sie auf seinen Schoß. »Du warst wundervoll. Das Wort Liebe reicht dafür nicht aus. Du hast mehr für mich getan, als man mit Worten ausdrücken kann. Das werde ich dir nicht vergessen, Rina. Niemals.«

»Es war nicht so schwer.« Ihre Augen wurden feucht. »Ich liebe dich.«

»Ich liebe dich auch«, sagte Decker, dann verhärtete sich sein Gesicht. »Dieser Hund! Mich so anzugehen!« Er machte Haydens Stimme nach: »*Was ist der Grund? Kann er nicht warten?*«

Rina lächelte. »Ich habe kurz überlegt, ob ich ihm nicht von meiner Hysterektomie erzähle ...«

»Wehe! Das geht den überhaupt nichts an!«

Sie zuckte die Schultern. »Ich hab's mir verkniffen, weil ich dachte, das könnte gegen dich sprechen. Weil es mich weniger ... begehrenswert macht.«

»Das ist einfach unmöglich«, sagte Decker.

»Außerdem hätte ich dann erklären müssen, warum ich überhaupt eine Periode habe und wie sie nach jüdischem Gesetz definiert ist. In Wirklichkeit hab ich dem Sergeant nicht zugetraut, daß er von solchen Sachen wie verbleibender Gebärmutterschleimhaut nach einer subzervikalen Hysterektomie allzu viel versteht. Hayden ist nicht sehr helle.«

»Ein Idiot ist das!« Decker zog sie an sich und küßte ihren Nacken. »Weißt du, wie ich mich gerade fühle? Wie der glücklichste Mann auf Erden. Um ehrlich zu sein, die Sache war gefährlicher, als ich glaubte. Ich hab sie nämlich angelogen.«

Rina wischte sich die Augen und wandte sich zu ihm um. »Du hast die angelogen?«

Er nahm sie wieder in die Arme und küßte sie erneut auf den Nacken. »Hmmm, du riechst gut!«

»Was war die Lüge, Peter?«

»Die Beschwerde gegen mich, als ich in Gainesville war – die war berechtigt.« Er küßte sie wieder. »Hayden hat mich ganz schön festgenagelt. Ich hatte mich wirklich in diese Antikriegssache verbissen. Aber von der anderen Seite. Ich kam frisch aus Vietnam, völlig durcheinander, voller Angst und Selbstzweifel ... aber vor allem wütend. Ich war in einer üblen Verfassung, Rina.«

»Du?«

»Man kann kein ausgeglichener Mensch sein, wenn von der Persönlichkeit nicht viel übrig ist. Meistens hab ich mich zusammengerissen. Aber dann ... ich weiß nicht. Es war eine dieser Studentendemos. Nichts Besonderes. Nur die üblichen kleinen Schreier, die immer dasselbe brüllten ...«

Er blickte zur Seite.

»Irgendwas ist bei mir ausgehakt. Ich hab mir den lautesten, den aufsässigsten Typ geschnappt, auf den Bauch geworfen und dreißig Meter über die frisch geteerte und mit Splitt bestreute Fahrbahn geschleift ...«

»Mein Gott!«

»Danach sah der Bauch aus wie rohes Fleisch.«

Rina schüttelte seinen Arm ab. »Das ist schrecklich!«

»Ja, es war schlimm. Nicht zu verstehen, wenn man nicht dabei war.«

Rina holte tief Luft. In ihrem Kopf dröhnte es. Gut, das war viele Jahre her. Jetzt brauchte er die Standpauke nicht mehr. »Vielleicht hast du recht.«

Ihr Hals hatte sich merklich verhärtet, als Decker sie erneut in den Nacken küßte.

»Ich hab aus Wut gehandelt, und das war falsch. Aber ehrlich gesagt ... diesen Zorn rauszulassen ... das war ein gutes Gefühl.«

Wieder zuckte Rina zurück und starrte ihn an.

Er fing ihren Blick auf und schwieg einen Moment. »Keine Angst. Es wird nie wieder passieren.«

»Warum erzählst du mir das?«

»Weil ich dir die Wahrheit zumuten kann.«

Rina wollte sich entspannen, aber es gelang ihr nicht. »Wenn wir schon bei den ehrlichen Geständnissen sind ... Wie hast du ihn dazu gebracht, die Vorwürfe gegen dich zurückzuziehen?«

»Es war eine Sie. Als das Verfahren angesetzt war, bin ich ohne Wissen meines Vorgesetzten zu ihr und hab sie in ihrem Wohnheim besucht. Ich hab Jeans und T-Shirt angezogen ... und Sandalen. Um möglichst wenig nach Cop auszusehen. Ich hab mich wortreich entschuldigt, bin förmlich auf die Knie gefallen und hab versprochen, alles zu tun, um das wiedergutzumachen. Ich hab den Charmeur gespielt und auf das Beste gehofft. Zu meiner großen Überraschung hat sie dann am nächsten Tag die Anschuldigung zurückgezogen.«

»Und?«

»Der Rest ist, wie man so sagt, Geschichte.«

Rina starrte ihn mit offenem Mund an. »War es Jan?«

Decker lachte. »Das war der einzige Vorwurf, den sie jemals zurückgenommen hat.«

23

Keine leichte Sache, mit Teenagern zu reden. Kehrte er den Polizeibeamten heraus, blieben sie ablehnend; den »coolen« Erwachsenen zu markieren, war auch out. Sie mißtrauten jedem, der sich zu offensichtlich an sie heranmachte. Wie sollte er sie zum Sprechen bringen?

Webster hoffte, sie beim Gefühl ihrer eigenen Wichtigkeit zu packen. Ihre Meinung über Harlan Manz zählte für die Polizei.

Er stellte den Pkw eine Straße weiter ab und kam gerade zum Tor der Westbridge School, als es klingelte. Halb fünf – Schulschluß. Das Gebäude im Neuenglandstil war von weitläufigem Rasen umgeben. An den vierstöckigen Mittelbau mit Glockenturm schlossen sich Seitenflügel und Nebengebäude an. Die Klinkerfassaden wirkten zwar im erdbebengefährdeten L. A. reichlich fehl am Platz, aber das spielte keine Rolle. Den betuchten Eltern signalisierte das Ziegelrot die Aura der Eliteschulen Neuenglands.

Webster hatte sich für seinen Auftritt mit einer schwarzen Seidenjacke ausstaffiert, dazu ein schwarzes T-Shirt und Jeans. Professionell, aber nicht abschreckend.

Das Portal ging auf, Halbwüchsige schwärmten in Scharen heraus und machten Lärm. Die männlichen Exemplare ließen Dampf ab, brüllten, fluchten, gestikulierten, die Mädchen spulten ihren Valley-Jargon ab, untermalten ihn mit affektierten Handbewegungen. Auf dem Parkplatz heulten die Motoren auf: Geländewagen, Jeeps, Sportwagen und Cabrios – Mustangs, Camaros, Thunderbirds, hier und da ein alter Jaguar, auch BMWs, ein Mercedes und ein Porsche Carrera. Der Porschefahrer war schwer von

Akne gezeichnet. Ob ihm sein Gefährt half, dieses Handicap bei den Mädchen auszugleichen?

Webster sah dem Treiben eine Weile zu, bis er sich eine Gruppe normal gekleideter Schüler auserkoren hatte, die auf dem Gehweg zusammenstanden. Drei Jungen in blauen Pullovern und zwei Mädchen mit weißen Blusen und karierten Röcken. Die Jungen waren groß und muskulös – Football-Spieler oder Ringer. Das eine Mädchen war blond, das andere hatte langes hennarotes Haar. Webster schlenderte zu ihnen hinüber und präsentierte die Dienstmarke. Er wartete, bis der Groschen gefallen war, dann stellte er seine Frage.

»Ist einer von euch zufällig Mitglied im Greenvale Country Club ... vielleicht durch seine Eltern?«

Der größte von den Jungen machte einen Schritt auf ihn zu und faßte ihn in Auge. Etwa einssechsundachtzig, Gorillafigur, buschiges Haar, dunkler Teint, zusammengekniffene Augen, der leicht geöffnete Mund eines Halbstarken. »Was is los?«

»Wir führen einige Recherchen zu der Tragödie im Estelle durch«, sagte Webster. »Über den Schützen ...«

»Harlan Manz«, rief der Rotschopf. Sie war sonnengebräunt, ihr Haar zum Pferdeschwanz gebunden.

Webster zückte das Notizbuch. »Und Sie sind ...«

»Kelly Putnam.«

»He, sag dem doch nicht deinen Namen!« rief die Blonde.

Langes glattes Haar, blaue Augen, rosige Haut und endlos lange Beine. Jung und knusprig, dachte Webster, dann fiel ihm das Verfahren vom Vormittag ein. Wie die Decker auf offenem Feuer geröstet hatten ...

»Darf ich Ihre Dienstmarke noch mal sehen?« fragte Blondie.

»Klar.« Webster zeigte sie. »Detective Tom Webster, LAPD, Mordkommission.«

Das Mädchen starrte auf das Blech, leckte sich die Lippe. »Wie soll ich wissen, ob das echt ist? Sie können ja auch ein Perverser in Polizeiklamotten sein.«

»Vorsicht ist immer gut«, sagte Webster. »Ihr müßt nicht mit mir reden. Ich will mir nur ein Bild von Harlan Manz machen.«

»Wozu?« fragte der Gorilla. »Der ist doch tot.«

»Wir wollen die Gründe für die Tat verstehen. Das schulden wir den Opfern dieser schrecklichen Tragödie. Kennt zufällig einer von euch den Täter? Harlan Manz?«

»Wieso sollen wir den kennen?« fragte der Gorilla.

»Deshalb hab ich ja gefragt, ob jemand von euch Mitglied im Greenvale ist. Er hat dort gearbeitet. Vor zwei Jahren etwa.«

Einer der Jungen meldete sich zu Wort. Boxergesicht, glattes dunkles Haar, grüne Augen. Er streckte Webster die massige Hand entgegen. »Rudy Wright.« Er zeigte auf den Gorilla: »Jack Goldsteen.« Dann auf den kleinsten der drei, der Webster immer noch überragte. Er war blond, gutaussehend, aber alles andere als zierlich. »Das ist Dylan Anderson.«

»Freut mich, Jungs.« Webster schüttelte ihnen der Reihe nach die Hand. »Und danke, daß ihr mit mir redet. Wir sind ziemlich ratlos wegen des Dramas im Estelle. Dachten, es wäre gut, die Öffentlichkeit einzubeziehen.«

Er wandte sich dem blonden Mädchen zu. »Ihren Namen hab ich nicht gehört, Miss.«

»Ms. bitte. Und meinen Namen habe ich Ihnen nicht gesagt.«

Kelly schnaufte genervt. »Sarah Amos heißt sie ...«

»Kelly!«

»Sei nicht so pubertär, Sarah!«

»Leck mich.« Sarah wandte sich an Webster. »Was wollen Sie über Harlan wissen?«

Webster blickte ihr in die Augen. Hoffte, daß sie ihm nichts ansah.

Sarah *Amos*. Wie viele mit dem Namen mochte es hier geben?

»Haben Sie ihn gekannt, Ms. Amos?«

»Klar.«

»Den kennen doch alle«, rief Kelly dazwischen. »Hart Mansfield. Ich hab ihn sofort erkannt. Mein Vater hat mir nicht geglaubt, daß es der ist ... Er sagte nur, ich wäre ...« – sie seufzte – »ein überemotionaler, hormongesteuerter, hysterischer Teenager. Für meinen Dad ist Begeisterung gleich Hysterie. Den bringt nichts aus der Ruhe außer ein Eagle am achtzehnten Loch.«

»Ja, dein Alter ist immer so ernst«, sagte Jack, dann an Webster gewandt: »Der ist Sportanwalt. Handelt die Millionenverträge für die freien Agenten aus.« Wieder zu Kelly: »Vielleicht lieg ich da falsch, aber ich glaube, er hat mich im Visier.«

»Wäre kein Wunder, Lug. Du siehst zwar aus wie ein Neandertaler, aber Talent hast du.«

»Ist Ihr Vater Mitglied im Greenvale, Kelly?« fragte Webster.

»Aber natürlich!« Sie hatte einen französischen Akzent. »Der ist überall dabei, wo man Mitglied sein muß.«

»Ich dachte, das kann doch nicht wahr sein«, sagte Rudy. »Ich meine Harlan. Ein echter Schock. Der Typ sah ganz normal aus, eine gute Rückhand hatte er. Und dann knallt der so mir nichts, dir nichts zwölf Leute ab.«

»Dreizehn«, korrigierte Webster.

Rudy zog eine Grimasse. »Ganz schön übel.«

»Sie sollten mal mit Cassie Gold reden«, meinte Jack. »Die war dabei. Im Restaurant.«

»Ach ja. Sie war eine von den sechs Mädchen«, sagte Webster. »Mit ihr wurde schon gesprochen.«

»Sie ist noch nicht wieder zur Schule gekommen«, sagte Kelly. »Wir waren nicht gerade befreundet, aber ich hab sie besucht. Die ist wirklich fertig, die Arme.«

»Und Sie, Ms. Amos?« fragte Webster. »Sie erinnern sich also auch an Manz. Sind Sie ihm jemals begegnet?«

Sie schauderte. »Ein paarmal.«

»Hatten Sie Unterricht bei ihm?«

»Nie.«

»Ich glaube, Teens hat er keine Stunden gegeben. Eher Frauen wie meiner Mutter«, erklärte Kelly.

»Doch, er hat auch Teens unterrichtet«, sagte Sarah. »Zum Beispiel meinen Bruder.«

Jetzt festhalten, dachte Webster. »Und wer ist Ihr Bruder?«

»Sean Amos«, sagte Dylan Anderson. »Auch Mister Schönling genannt.«

»Klappe!« fuhr ihn Sarah an.

»Laß sie in Ruhe, Dyl«, sagte Kelly. »Sie kann schließlich nichts dafür, daß er dieselben Eltern hat.«

Sarah wirkte gereizt. »Sean redet nicht gern über das Estelle. Der war echt fertig, als er das von Harlan gehört hat.«

»Ich auch«, sagte Jack.

»Da wir gerade von Mister Schönling sprechen«, sagte Rudy, »dort in dem roten Acura-Cabrio, das ist er.«

Webster sah einen blonden jungen Mann mit weißem Hemd und Sonnenbrille. Sein Haar war schulterlang. »Nette Karre«, sagte Webster.

»Ja«, meinte Dylan Anderson. »Wenn man nicht alle fünftausend Meilen die Reifen wechseln müßte.«

»Die wetzen sich schneller ab als 'ne Jungfrau in der Kaserne«, bestätigte Jack Goldsteen. »Irgendwas stimmt nicht mit der Aufhängung.«

»He, Sarah, gab es nicht eine Rückrufaktion für diese Autos?« fragte Dylan Anderson.

»Wie soll ich das wissen? Ich rede doch nicht mit Sean über sein Auto.« Etwas leiser fügte sie an: »Wenn's nicht sein muß, rede ich überhaupt nicht mit ihm.«

»Hätte er was dagegen, wenn ich mit ihm rede?« fragte Webster.

Sarah zuckte mit den Schultern. »Wahrscheinlich schon. Er kann es nicht leiden, wenn man in seine *persönliche Sphäre* eindringt.«

Sean hupte, Sarah winkte ihn herüber. Er zog ein Gesicht, hupte noch einmal. Sarah bewahrte die Ruhe und winkte weiter. Endlich hielt er in der zweiten Reihe, stieg aus und kam näher. »Was soll'n das? Ich muß weg!«

»Sean, hier ist einer von der Mordkomm...«

»Was!?« Sean nahm die Sonnenbrille ab. Sah erst Kelly, dann Webster an. Mitternachtsblaue Augen. »Wer sind Sie?«

Der Knabe hatte einen leichten texanischen Akzent. Webster zückte ein weiteres Mal die Dienstmarke, stellte sich vor. Seans Miene verfinsterte sich. »Bist du verrückt, Sarah? Mit einem Cop zu reden?«

Sarah wurde rot. »Ich hab nichts gesagt, was ...«

»Halt die Klappe und steig ein!«

»Sean, ich ...«

Er packte ihren Arm. »Du sollst endlich die Klappe ...!«

»Lassen Sie sie los! Sofort!« befahl Webster.

Sean ließ seine Schwester los, hob beide Hände. »Ist ja schon gut ... *Sir.*«

Webster funkelte ihn an. »Kennst du das Reglement, mein Sohn?«

»Ich weiß nicht, wovon Sie reden.«

»Zum Beispiel: Die Hände immer am Mann behalten. Ist das klar?«

»Klar. Kann ich jetzt gehen ... *Sir*?«

»Alles in Ordnung, Ms. Amos?« fragte Webster.

»Ihr fehlt nichts!« rief Sean Amos, fuhr seine Schwester an: »Was hast du jetzt wieder verbockt! Steig endlich ein!«

Sarah umklammerte ihre Bücher, rührte sich nicht von der Stelle.

»Wenn Sie möchten, bringe ich Sie nach Hause, Ms. Amos«, sagte Webster.

Zornrot stand Sean da und befahl ihr mit lautlosen Lippenbewegungen: »Steig! Endlich! Ein!«

Sarah blinzelte verschreckt und rannte zum Acura. Sean Amos maß Kelly mit einem langen Blick, dann knurrte er Webster an. »Auf Minderjährigen rumzuhacken gibt Ihnen wohl einen Kick, Detective? Ich werde Ihre Vorgesetzten informieren.«

»So-so«, machte Webster. »Hören Sie lieber auf, sich an Mädchen zu vergreifen, auch wenn es Ihre Schwester ist.«

Sean biß sich auf die Lippe und wandte sich an die anderen. »Ihr blöden Arschlöcher! Ihr wißt doch, daß euch die Bullen jedes Wort im Mund umdrehen! Geht nach Hause!« Er setzte die Sonnenbrille auf, murmelte »bekloppte Idioten« und rannte davon.

»Meine Güte!« Webster ließ Luft ab. »Was hat er denn für ein Problem?«

Aber die Schüler waren verstummt. Sean hatte sein Ziel erreicht. Schließlich sagte Rudy: »Sorry, ich muß los.«

»Ich auch«, sagte Jack. »Training.«

»Ist doch kein Problem, oder?« fragte Rudy.

»Überhaupt nicht. Danke für die Hilfe.«

Dylan zuckte die Achseln »Wir haben ja nichts gemacht. Kommst du, Kelly?«

»Gleich.«

Rudy zögerte, dann sagte er: »Sean ist ein Arschloch, aber wo er recht hat, hat er recht, Kelly. Wir sollten uns nicht um Sachen kümmern, die uns nichts angehen.« Er wandte sich zu Webster. »Nichts für ungut.«

»Kein Problem«, versicherte Webster. »Noch mal vielen Dank.«

Als die Jungen außer Hörweite waren, sagte Webster zu Kelly: »Sie müssen auch nicht mit mir reden.«

Kelly blieb stumm.

»Sie waren mit Sean zusammen, stimmt's?«

»Warum fragen Sie?«

»Er hat Sie so angeschaut.«

»Er war mit Tara, meiner großen Schwester, zusammen.«

»Und?«

»Was meinen Sie mit und?«

Webster blickte sich um. »Kelly, können wir nicht woanders weiterreden? Irgendwo draußen, aber nicht so auffällig? Ich hole meine Kollegin dazu, Detective Marge Dunn. Rufen Sie bei der Polizeistation Devonshire an und erkundigen Sie sich nach ihr und auch nach mir. Wir sind völlig legal.«

»Schon gut. Ich glaub Ihnen.«

»Schlagen Sie einen Ort vor.«

Sie nestelte an ihrem Pferdeschwanz. »Ich habe nichts zu sagen.«

»Sie mögen Sean nicht besonders, oder?«

»Tut das was zur Sache?«

»Er benimmt sich in Ihrer Gegenwart so ... vorsichtig.«

»Warum fragen Sie nach Sean? Ich denke, Sie wollten was über Harlan Manz erfahren?«

Jetzt hatte sie ihn ertappt. »Na ja ...«, Webster suchte nach einer plausiblen Erklärung. »Seine Schwester sagte doch, er wäre außer sich gewesen, als er das von Harlan Manz hörte. Er hätte sich seltsam verhalten.«

»Ja, und?«

Webster bremste sich. »Vielleicht wußte er etwas über Harlan Manz und hatte Schuldgefühle, als das im Estelle passiert ist.«

Kelly spielte mit ihrem Haar.

»Waren die beiden gut befreundet?« fragte Webster. »Er und Harlan?«

»Woher soll ich das wissen?«

Er drängte sie zu sehr. »Wohl wahr. Na jedenfalls vielen Dank, daß Sie sich die Zeit genommen haben.«

»Ich kann ihn nicht ausstehen!« stieß Kelly hervor.

Webster wartete. »Harlan Manz?«

»Nein, Sean Amos. Ich hasse diesen Typ wie die Pest!« Kellys Stimme wurde zum Flüstern. »Er hat meine Schwester schwanger gemacht. Die Abtreibung hat er bezahlt, natürlich. Aber dann hat er sie sitzenlassen. Als ob das nicht übel genug wäre, hat er auch noch Gerüchte über sie verbreitet. Ekelhafte Lügen ... daß sie *Krankheiten* hat.«

»Das ist ja widerwärtig.«

»Meine Schwester hat das nicht verkraftet. Sie war immer die Beste in der Schule. Jetzt kann sie schon froh sein, wenn sie

Dreien kriegt. Er hat sie kaputtgemacht. Ihr Selbstvertrauen zerstört.«

Ihre Augen wurden feucht, aber sie unterdrückte tapfer die Tränen.

»Wissen Ihre Eltern von der Abtreibung?«

»Natürlich nicht.«

»Wie alt ist Ihre Schwester?«

»Siebzehn.«

»Und Sie?«

»Fünfzehneinhalb.« Kelly zögerte. »Ich hab gesehen, wie er sie geschubst hat. Nachdem er Schluß mit ihr gemacht hatte. Sie wollte nur mit ihm reden, und er hat sie weggestoßen, als hätte sie die Pest oder so was. Ich war vielleicht wütend!«

»Das verstehe ich.«

»Am selben Tag hab ich ihn allein erwischt. Ich hab gesagt, wenn er weiter solche Sachen über meine Schwester verbreitet, gehe ich zu seiner Mutter. Er wollte mir angst machen und hat mich am Arm gepackt wie Sarah eben. Ich hab ihm mit der anderen Hand eine gelangt. Aber kräftig. Das hat er sich gemerkt. Seitdem wird er nervös, wenn er mich sieht. Große Klappe und nichts dahinter.«

»Seine Mutter hat also auch nichts von der Abtreibung gewußt?«

»Nein.«

»Wie ist er denn an das Geld gekommen?«

»Wer so reich ist wie dieser Typ, kriegt immer das Geld zusammen.«

»Und glauben Sie, daß seine Mutter entsetzt wäre über die Abtreibung?«

»Einen Anfall würde die kriegen, und das nicht zu knapp. Sie ist nämlich in der Anti-Abtreibungsbewegung aktiv. Schwenkt auf den Demos Plakate mit abgetriebenen Embryos und lauter so Zeug. Angezogen ist sie zwar wie die letzte Nutte aus der Bourbon Street. Aber wenn es um Politik geht, ist sie erzreaktionär!«

»Wieso Bourbon Street?« fragte Webster. »Kommt sie aus New Orleans?«

Kelly nickte.

»Aber Sean kommt aus Texas«, sagte Webster.

Kelly stutzte. »Woher wissen Sie das?«

Mist, dachte Webster. Manchmal ist es gefährlich, wenn man zuviel weiß. »Man hört es an seinem Akzent«, sagte er schnell.

»Was? Sean hat einen Akzent?«

»Für meine Südstaatlerohren klingt er nach Dallas, Texas.«

»Ah!« Kelly lächelte. »Sie kennen sich ja aus. Sind Sie wirklich aus dem Süden?«

»Aus Biloxi, Mississippi. Die Heimat der Dixie-Mafia.«

»Aber Sie waren doch auf der Uni, oder?«

»Tulane University. Wollen Sie vielleicht auch Detective werden?«

Kelly lächelte wieder und schaute auf ihre Uhr. »Ich muß jetzt wirklich los.«

»Nur eine neugierige Frage«, sagte Webster. »Mit welchem Mädchen ist Sean jetzt zusammen?«

Kelly zuckte die Schultern. »Keine Ahnung. Warum?«

Wieder mußte Webster improvisieren. »Wenn sie auch so jung ist, wäre es vielleicht ganz gut, sie zu warnen.«

»Oh.« Kelly nickte. »Das ist nett von Ihnen.« Sie dachte nach. »Könnte sein, daß er eine im Greenvale hat. Er ist immer dort und trainiert seine Rückhand. Er ist im Tennisteam unserer Schule.«

»Haben Sie ihn dort einmal mit einer Freundin gesehen?«

Kelly schüttelte den Kopf. »Nur mit seiner Tennispartnerin, Ms. Garrison.«

»Garrison ...« Webster zögerte einen Moment. »Meinen Sie etwa Jeanine Garrison?«

Kelly nickte. »Ihre Eltern wurden im Estelle ermordet.«

»Sean und sie sind *Tennispartner*?«

Kelly nickte.

»Vielleicht ist ihm deshalb die Sache so nahegegangen. Dieser Manz hat die Eltern seiner Tennispartnerin ermordet!«

Kelly blickte Webster an. »Gut kombiniert.«

»Danke.« Webster schien zu grübeln. »Jeanine Garrison. Die ist ein ganzes Stück älter als Sean.«

»Sie ist Ende Zwanzig, glaube ich. Warum?«

»Könnte es sein, daß sie mit Sean ...«

»*Was*?«

»War nur so ein Gedanke.« Webster machte einen Rückzieher.

Kelly lachte. »In der High School ist Sean eine heiße Nummer. Aber Ms. Garrison ist eine ... die siehst ja so was von gut aus! Und hat immer einen ganzen Schwarm Männer um sich rum. Also, Sean ist wirklich nicht ihr Jahrgang.«

»Verstehe. Danke für das Gespräch, Kelly. Können Sie mir einen Gefallen tun? Behalten Sie bitte für sich, was wir besprochen haben. Das macht die Sache für mich leichter.«

Kelly lächelte traurig. »Ich behalte schon eine Million Dinge für mich. Eins mehr oder weniger, darauf kommt es nicht an.«

24

Decker konnte es nicht glauben. »Du belästigst Minderjährige, hat er gesagt?«

»Ja. Tatsache. Dann sagte er noch, daß er meine Vorgesetzten informieren wird. Weil ich die Schüler ausfrage.«

»Ganz schön keß, der Kleine«, bemerkte Oliver. »Wahrscheinlich denkt er, Angriff ist die beste Verteidigung.«

»So kann man's nennen.«

Decker lehnte sich zurück. »Jeanine hat ihn präpariert.«

»Den Eindruck hatte ich auch«, sagte Webster.

»Könnte sein, daß sie sich damit in die Nesseln setzt«, meinte Marge. »Wenn Sean Amos darauf pocht, daß er minderjährig ist ... Stellt euch vor, die haben was miteinander. Da kann sie wohl kaum so tun, als hätte sie nicht gewußt, wie alt er ist.«

»Sie kann immer behaupten, er hätte gesagt, er wäre achtzehn«, wandte Oliver ein.

»Strafbar macht sie sich trotzdem.« Martinez wandte sich an Webster. »Was meinst du? War das eine leere Drohung von Sean?«

»Könnte sein.«

Decker nahm einen Schluck von seinem kalten Kaffee. »Wir werden es ja erfahren. Wahrscheinlich ist er zu Hause gleich ans Telefon und hat es Jeanine erzählt.«

»Und sie sagt ihm, wo's langgeht«, meinte Webster.

Oliver setzte nach. »Sicher will sie, daß er bei der Polizei anruft und Stunk macht.«

»Doch nicht bei der Polizei!« sagte Decker. »In der Schule. Die Schule soll Stunk machen.« Er wandte sich an Webster. »Wo hast du mit den Schülern gesprochen?«

Webster überlegte. »Etwa fünfzig Meter vom Portal entfernt.«
»Auf dem Schulgelände?«
»Nein, auf dem Gehweg.«
»Das ist öffentlicher Raum«, sagte Marge.
»Aber noch auf der Höhe der Schule. Stimmt's?«
»Ja.«
Ohne anzuklopfen, kam Strapp ins Büro marschiert.
»Wir haben Sie schon erwartet«, sagte Oliver. »Haben Sie einen Anruf von einem Schüler bekommen? Von Sean Amos, Captain?«
»Von der Westbridge School.« Strapp nahm Webster ins Visier. »Waren Sie heute dort, Tom?«
»Ja, Sir.«
»Captain, es war abgesprochen, daß wir die Schüler nach Harlan Manz befragen«, sagte Decker.
»Aber nicht auf dem Territorium der Schule, Pete.«
»Ich war nicht auf dem Schulgelände. Ich stand auf dem Gehweg.«
»Sie haben das Gelände nicht betreten?«
»Nein.« Webster wurde unwillig. »Bis jetzt dachte ich, daß die höfliche Befragung von Schülern noch nicht unter den Tatbestand ›polizeilicher Übergriff‹ fällt.«
»Erzählen Sie, was gewesen ist«, sagte Strapp.
Webster gab seinen Bericht zum zweitenmal. Strapp hörte aufmerksam zu.
Dann fragte Decker: »Wann genau kam der Anruf von der Schule, Captain?«
»Vor fünf Minuten.«
»Und wann bist du von der Schule weg, Tom?«
»Viertel nach fünf.«
Decker warf einen Blick auf die Wanduhr. Halb sieben. »Okay. Sean hatte genug Zeit, bevor er sich bei der Schule beschwerte. Also hat er sich vorher mit Jeanine abgesprochen.«
»Und auf eine Version geeinigt«, ergänzte Oliver.
»Was tun?« fragte Marge. »Wollen wir prüfen, ob er Jeanine von zu Hause aus angerufen hat? Ist er wirklich so dumm, von dort zu telefonieren, wenn er in die Sache verwickelt ist?«
»In der Panik macht man Fehler«, befand Oliver.
»Ich würde vorschlagen, wir lassen überprüfen, welche Anrufe Jeanine bekommen hat«, sagte Martinez.

Decker blickte Strapp an. »Verstößt das auch gegen irgendwas?«

»Nein. Machen Sie das.«

Decker nahm den Hörer ab, rief die Telefongesellschaft an, gab seine Dienstnummer durch und wartete.

»Wenn er sie anruft, besagt das allerdings nicht viel«, meinte Martinez. »Schließlich sind sie Tennispartner.«

»Es kommt auf den Zeitpunkt an, Bert«, sagte Marge. »Sean Amos droht Tom, fährt nach Hause, es vergeht eine Weile, dann ruft er die Schule an. Wenn er vorher bei Jeanine angerufen hat, wird er sich wohl kaum zum Tennis verabredet haben.«

»Beweisen kann man damit gar nichts, Marge«, sagte Strapp.

»Ja, ich bin noch dran.« Decker zückte den Bleistift und schrieb die Telefonnummer auf. »Danke.«

Er legte auf und schwenkte den Zettel. »Eine Nummer aus dem West Valley.«

»Ich schau mal nach«, sagte Martinez.

»Ruf die Telefongesellschaft an, wenn sie nicht im Nummernverzeichnis steht«, sagte Decker.

Martinez verschwand mit dem Zettel.

»Selbst wenn dieser Sean Amos bei Jeanine angerufen hat«, wandte Strapp ein, »was wollen Sie damit eigentlich beweisen?«

»Daß Sean Amos der zweite Schütze ist«, sagte Oliver.

»Wenn es überhaupt einen zweiten Schützen gibt«, wandte Strapp ein.

»Sollte Sean Amos in die Estelle-Geschichte verwickelt sein, dann sehe ich ihn nicht als den zweiten Schützen«, sagte Webster. »Kelly Putnam, die Schülerin, mit der ich sprach, hat ihn als Blender beschrieben. Große Klappe und nichts dahinter. Ich sehe das auch so. Sean ist aufbrausend, aber ein Feigling. Hat sofort einen Rückzieher gemacht, als ich ihn aufs Korn genommen hab.«

»Er hat sich bei der Schule beschwert«, sagte Oliver.

»Mit einem Anruf umgeht er die direkte Konfrontation.«

»Tommy, ein heißblütiger Teenager ist komplett schwanzgesteuert.«

»Ich glaube nicht, daß diese Rotznase den Nerv hat, im Estelle herumzuballern.«

Martinez kam zurück. »Der Anruf kommt von einem Münztelefon. Etwa eine halbe Meile von Seans Haus entfernt.«

»Wir sollten gleich jemanden hinschicken, Fingerabdrücke nehmen«, sagte Marge.

»Darf etwa Sean Amos kein Münztelefon benutzen?« fragte Strapp.

»Na hören Sie, Captain!« sagte Decker. »So ein Knabe hat entweder ein Handy oder ein Autotelefon oder beides. Warum bemüht er sich denn zu einem öffentlichen Fernsprecher, wenn er nichts zu verbergen hat?«

»Tom glaubt nicht, daß Sean Amos in die Schießerei verwickelt ist. Warum schikanieren wir ihn dann?« fragte Strapp.

»Doch, Sir«, sagte Webster. »Ich glaube schon, daß er damit zu tun hat. Nur nicht, daß er abgedrückt hat.«

»Was soll er denn sonst gemacht haben?« fragte Martinez. »Regie geführt? Die Sache ausgebrütet?«

»Vielleicht beides.«

Strapp hob die Hände. »Mir gefällt das alles nicht. Sie jagen hier Gespenster. Kehren Sie lieber zu den normalen Methoden zurück.«

»Dann fahre ich jetzt zu diesem Fernsprecher und hole die Fingerabdrücke, Captain«, sagte Marge. »Normaler geht es ja nun nicht.«

»Das werde ich verhindern«, sagte Strapp. »Eine grundlose Zeitverschwendung. Gut, Sie werden die Fingerabdrücke auf dem Telefon finden. Und dann?«

»Sir, wir bringen Sean Amos mit Jeanine Garrison in Verbindung, keine zwanzig Minuten später ruft die Schule an und wirft uns Belästigung ihrer Schüler vor«, sagte Oliver.

»Wenn hier einer belästigt wird, sind wir das«, meinte Marge. »Wißt ihr was? Wir lassen uns die Anrufe in der Schule auflisten und sehen nach, ob eine Nummer dabei ist, die auf Sean Amos paßt.«

»Das hieße nun wirklich die Bestimmungen umgehen«, sagte Strapp.

»Aber er steht unter Verdacht«, wandte Oliver ein.

»Unter welchem Verdacht denn? Sie haben nicht den kleinsten Beweis, daß Sean Amos in die Sache verwickelt ist.«

»Das wollen wir doch gerade herausbekommen, Captain«, sagte Webster.

»Aber erst brauchen Sie einen begründeten Anfangsverdacht, Tom! Bis jetzt haben Sie einen Dreck!«

»Was halten Sie davon, Captain«, meldete sich Decker mit ruhiger Stimme zu Wort. »Sean Amos hat seine Schwester grob angefaßt.«

»Er hat sie am Arm gepackt ...«

»Laut Gesetz ist das ein tätlicher Übergriff«, fuhr Decker fort. »Richtig oder falsch?«

»Reden Sie weiter.« Strapp war irritiert.

»Nach Aussage von Kelly Putnam macht er das öfter. Als Tom ihn ansprach, wurde er wütend ... richtig jähzornig. Vielleicht sollten wir ihn überwachen. Nur um zu verhindern, daß er seiner Schwester oder Kelly Putnam oder sonstwem etwas antut.«

Webster grinste. »Da hat Loo recht, Sir. Sean Amos ist gewaltbereit. Ich glaube, eine Überwachung läßt sich vertreten. Was denken Sie?«

»Jetzt dehnen Sie aber die Bestimmungen wie Gummi!«

»Natürlich dehnen wir! Wir müssen ja auch durch die Hintertür ermitteln«, sagte Decker.

»Und warum wollen Sie ihn *wirklich* beobachten?« Strapp zog ein Gesicht.

»Weil Tom den Eindruck hat, daß er unreif und unbeherrscht ist. Und Bert hat recht: Sean Amos könnte so etwas wie ein Verbindungsmann für den Anschlag sein. Schließlich hat er schon eine Beschwerde gegen uns losgelassen ...«

»Die Schule hat nicht gesagt, daß Sean Amos dahintersteckt«, wandte Strapp ein.

»Sir, das können wir doch prüfen«, sagte Martinez. »Wir müssen nur bei der Telefongesellschaft anrufen.«

»Ich möchte ja nicht klingen, als hätte ich 'nen Sprung in der Platte«, sagte Marge. »Aber ich will wirklich die Fingerabdrücke am Münztelefon sichern.«

Strapp knurrte.

»Was schadet es, wenn wir sehen, wie Sean Amos reagiert?« fragte Webster.

»Scheuchen wir ihn ein bißchen auf, führt er uns vielleicht zum Schützen Nummer zwei.« Marge grinste.

»Oder zu Jeanine«, ergänzte Martinez.

»Kann sein, daß er mucksmäuschenstill bleibt«, meinte Strapp. »Wenn Jeanine Garrison nur halb so durchtrieben ist, wie wir denken, wird sie ihm genau das befehlen. Die Klappe halten und nichts tun, weil wir keine Beweise haben. Und damit hat sie verdammt recht.«

»Ein guter Grund mehr, ihm angst zu machen«, setzte Marge nach.

»Und wie wollen Sie das tun, ohne direkten Kontakt mit dem Jungen, Detective Dunn?«

»Also gut«, sagte Decker. »Kein Kontakt mit Sean Amos, weil er minderjährig ist. Aber ihn aus der Reserve zu locken, ist nicht schwer, Sir. Wir müssen ihn nur auffällig genug beschatten.«

Oliver grinste breit. »Mit zwei Wagen. Der erste für die Show, der zweite zur Beobachtung.«

»Was meinen Sie, Captain?« fragte Decker. »Wollen wir eine Ermittlung, oder wollen wir kneifen?«

»Das ist nicht fair!«

Decker wartete und schwieg.

Strapp fluchte leise. Dann sagte er: »Okay, an die Arbeit.«

Gaynor hob die Hände. »Sorry, Pete. Ich hab Jeanine Garrisons Kontenbelege von sechs Monaten durchgesehen, aber keine größeren Abbuchungen gefunden.«

Decker rieb sich die Augen und blickte auf die Uhr. Halb acht. Seit einer halben Stunde wollte er zu Hause sein, mit Rina essen und dann ins Kino gehen. Wenn er sich beeilte, klappte es vielleicht noch mit dem Kino ... »Was verstehst du unter einer größeren Abbuchung, Farrell?«

»Alles über zweieinhalbtausendt«, erklärte Gaynor. »In der letzten Woche gab es etliche Überweisungen von etwa tausend Dollar. Aber ich habe die Empfänger überprüft – das Geld war für einen Buffet-Service und für die Sporthalle, in der das Rollstuhltennis-Turnier stattfindet.«

»Erzähl mir doch nichts!« Decker griff sich den Radiergummi und warf ihn durchs Büro. »Wenn sie einen Killer fürs Estelle gemietet hat, muß sie ihn auch irgendwie bezahlen.«

»Auf die versteckte Art«, sagte Gaynor. »Jede Woche ein paar hundert Dollar. Dann hat sie auch bald eine nette Summe beisammen.«

»Ein paar hundert die Woche? Da braucht sie aber eine Weile, bis sie zwei Killer bezahlt hat.«

»Zwei?«

»Ich zähle Harlan Manz mit.«

»Vielleicht hat sie nicht mit Geld bezahlt«, sagte Gaynor. »Sondern mit Sex.«

»Wenn Sean Amos einen zweiten Killer beschafft hat, kann sie den nicht auch mit Sex bezahlen. Irgendwie muß Geld geflossen sein.«

»Oder Sean hat bezahlt, und sie hat ihm das Geld wiedergegeben.« Gaynor zog die Stirn kraus. »Nein, dann müßte das Geld ja auch von ihren Konten abfließen.« Er dachte nach. »Vielleicht hat sie ein verstecktes Konto. An alles komme ich auch nicht heran.«

Decker raufte sich die Haare. Marge kam herein, Nase und Wangen geschwärzt vom Spurenpulver. »Die gute Nachricht: Ich hab wunderbare Fingerabdrücke. Die schlechte Nachricht: Sean Amos ist nicht vorbestraft. Also können wir die Abdrücke nicht identifizieren.«

»Leg sie in Jeanine Garrisons Akte ab ... bis wir wissen, was wir damit anfangen.«

»Sollen Scott und Tom jetzt Sean überwachen?« fragte sie.

»Vorerst nur Oliver. Weil der Junge sich zu Hause verkrochen hat und nicht rauskommt.« Decker schnaufte. »Strapp hat recht. Er wird sich mucksmäuschenstill verhalten. Das Ganze ist eine gewaltige Zeitverschwendung.« Abrupt stand er auf und zog sich die Jacke über. »Das war ein langer Tag heute. Ich mach jetzt Schluß.«

»Wenn du mich mitnimmst, ersparst du meiner Frau die Fahrt«, sagte Gaynor.«

»Ich bring dich nach Hause, Farrell«, schlug Marge vor. »Ich muß bloß ein bißchen Schreibkram erledigen.«

»Kein Problem.«

»Quatsch«, sagte Decker. »Ich fahr dich jetzt, Farrell.«

»Ich brauch auch nicht mehr lange, Pete.«

»Ist doch keine Mühe für mich, Marge.«

»Das ist aber nett«, sagte Gaynor.

Decker stutzte. »Was ist nett, Farrell?«

»Daß sich zwei um mich reißen.« Der alte Polizist lächelte. »Das hab ich schon lange nicht mehr erlebt.«

25

Gebete vorm Spiegel waren verboten.

Decker hatte kein Problem mit diesem Verbot. Um sechs Uhr war er nicht scharf drauf, sein zerknautschtes Gesicht im Spiegel zu sehen. Das war natürlich nicht der Grund für das Verbot. Der Blick sollte sich nach innen richten, auf Gott, und sich nicht von der Eitelkeit verführen lassen. Trotzdem sah er oft sein Spiegelbild im Erkerfenster des Wohnzimmers – gehüllt in den *tallith*, den langen, gefransten Gebetsschal, und angetan mit den *Tephillin*, den Gebetsriemen. Das eine Paar war längs um seinen rechten Arm gewunden, das andere um den Kopf, und die Enden hingen ihm über die Schulter. Sie dienten dazu, die zwei schwarzen Lederkapseln mit den Gebeten zu befestigen – die eine an der Stirn, die andere am Oberarm.

Verrückte Sitte.

Doch das urtümliche Ritual zeigte Wirkung. Jeden Morgen, wenn Decker die Riemen anlegte, dachte er über Gott nach, und sei es auch nur für einen kurzen Augenblick. Über Rabbiner Shulmans Erklärungen, die schönen Allegorien, die er benutzt hatte ... Die Kapsel auf der Stirn sollte daran erinnern, daß Gott dem Menschen Verstand geschenkt hat, die Kapsel auf dem Oberarm war Mahnung, die rohe Kraft der Muskeln durch den Geist zu bändigen.

Aber seltsam sah er schon aus. Was seine Kollegen wohl denken würden, wenn sie ihn so sähen, in Lederschnüre gewickelt wir für irgendwelche SM-Sexspiele. Er dachte darüber nach, während er die Schnüre löste und sich von der symbolischen Knechtschaft befreite.

Das Telefon klingelte. Der Dienstapparat. Noch halb gefesselt nahm er den Hörer ab. »Decker.«

Es war Strapp. »David Garrison ist vor zehn Minuten tot in seiner Wohnung aufgefunden worden. Sieht nach einer Überdosis aus.«

Decker unterdrückte einen Fluch. Gottes Name ruhte noch an seiner Stirn. »Wer hat ihn gefunden?«

»Die Putzfrau.«

»Ist sie sicher, daß er tot ist?«

»Kalt wie russischer Wodka.«

»Eine Überdosis. Lassen Sie mich raten. Er hat die Spritze dekorativ in der Hand.«

»Die liegt neben ihm.«

»Jeanine hat sie ...«

»Es gibt keinerlei Hinweise, daß Jeanine Garrison dort war.«

»Da irren Sie sich, Sir. Wir haben konkrete, felsenfeste Beweise dafür, daß Jeanine in der Wohnung war.«

»Wovon reden Sie?«

»Von David Garrisons Leiche. Die ist der Beweis.«

»Decker ...«

»Ich komme hin.«

»Wir sehen uns am Tatort.«

Er duckte sich unter dem gelben Absperrband durch – er war der erste Detective, aber nicht der erste Polizist am Tatort. Vier Beamte standen da, einer sprach mit einer jungen Latinofrau in weißer Uniform, die sich die Arme rieb. Neben ihr stand ein Eimer mit Putzmitteln, Lappen und Bürsten. Decker zeigte seine Dienstmarke und ging hinüber zur Leiche.

Garrison lag auf dem Rücken, Arme und Beine gekrümmt – so wie er gefallen war oder wie man ihn plaziert hatte. Sein Kopf war in den Nacken gebogen, der Mund stand offen. Blondes Haar umrahmte sein graues Gesicht, fiel in die offenen Augen mit den schon erstarrten Pupillen. Links neben ihm lag ein umgeworfener Stuhl, rechts die Spritze und eine Aderpresse. Er trug Jeans und T-Shirt. In der Ellenbeuge befanden sich zwei Einstiche an der Stelle, die Junkies bevorzugen, bis die Gefäße dort zerstört sind, dann weichen sie auf den Handrücken aus, auf die Beine, die Füße, den Bauch und schließlich überallhin, wo sie eine Arterie spüren.

Eine häßliche Angelegenheit.

Decker hörte ein Knirschen, blickte sich um. Ein Rollstuhl durchbrach das Absperrband, als hätte er ein Rennen gewonnen. Der Fahrer wirkte ausgesprochen muskulös. Blonde Locken, gepflegter Dreitagebart.

Wade Anthony.

Hinter ihm kam Jeanine – mit aufgerissenen Augen, aufgesperrtem Mund, gekleidet in einen Jogginganzug.

»Davids Vermieterin hat angerufen!« schrie sie an niemand Bestimmten gerichtet. »Was ist hier los?«

Decker trat ihr einen Schritt entgegen, versperrte die Sicht auf die Leiche. »Madam, würden Sie bitte einen Moment draußen warten?«

Wut blitzte in ihren Augen auf. »Was machen Sie hier!« zischte sie.

»Ms. Garrison ...«

»Aus dem Weg! Aber sofort!«

Anthony Wade mischte sich ein. »Kann uns mal jemand erklären, was hier vorgeht?«

»Gern, Sir, aber bitte draußen.«

»Aus dem Weg!« Jeanine stürzte sich auf Decker und prallte von seiner Brust ab. An dem Fleck auf seinem Hemd sah er, daß sie Make-up trug, einschließlich Grundierung. Sie trug auch Ohrringe und war parfümiert.

Zwei Beamte, ein Mann und eine Frau, kamen gerannt. Schoben sich zwischen Decker und Jeanine. Stellten sich breitbeinig, mit verschränkten Armen hin. »Zurück, Madam!« befahl die Polizistin.

Jeanine fuchtelte mit den Armen, schrie: »Du verdammter Hurensohn, du Bastard!«

»Zurück!« wiederholte die Polizistin.

»Ich will meinen Bruder sehen, und dieses Schwein läßt mich nicht durch!«

»Ms. Garrison, hören Sie mir zu!« rief Decker.

»Raus hier, du Dreckskerl!«

In diesem Moment kam Strapp herein. Jeanine drehte sich um. »Schaffen Sie mir dieses Monster aus dem Weg. Der will mich nicht zu meinem Bruder lassen. Der will ihn gegen mich aufhetzen. Das hat David selbst gesagt. Die Polizisten haben eine Gehirnwäsche mit ihm gemacht!«

»Ms. Garrison«, entgegnete Strapp, »wir sind hier, weil wir gerufen wurden. Ich muß Ihnen leider mitteilen, daß Ihr Bruder verstorben ist. Vermutlich an einer Überdosis.«

Jeanine schlug die Hände vors Gesicht. »O Gott! O nein!« Sie raufte sich die Haare. »Erst meine Eltern und jetzt das! Das kann nicht sein! Das kann nicht sein!«

Mit haßverzerrtem Gesicht ging sie erneut auf Decker los. »Du hast ihn ermordet, du Schwein!« Abrupt holte sie aus und schlug ihn heftig ins Gesicht.

Decker hielt sich die brennende Backe und spürte, wie ihn die Wut übermannte. Die Polizistin – Heather Morgan – nahm Jeanine in den Polizeigriff und drückte sie mit dem Kopf gegen die Wand. »Beruhigen Sie sich! Auf der Stelle!«

»Ich kriege dich, Decker!« Jeanine zappelte unter dem Griff der Beamtin. »Ich kriege euch alle!«

»Bringen Sie sie raus«, sagte Decker.

Anthony Wade stemmte sich im Rollstuhl hoch und brüllte: »Laßt sie los! Sie hat gerade einen schrecklichen Schock erlitten!«

Strapp befahl: »Lassen Sie sie los, Officer Morgan!«

Deckers Augen weiteten sich vor Entsetzen. »*Waas?*«

»Ich sagte, loslassen!« bekräftigte Strapp. »Das ist ein Befehl.« Zu Decker sagte er: »Gehen Sie spazieren, Pete.«

Der zweite Schlag ins Gesicht. Diesmal nicht physisch, sondern viel schlimmer, viel schmerzhafter. »Sie wollen doch nicht etwa ...«

»Sofort!« Strapp packte Decker am Arm und schob ihn zur Tür. »Einen *langen* Spaziergang!«

Jeanine schüttelte Officer Morgan ab, in ihrem Gesicht zeigte sich Genugtuung. »Wir sehen uns vor Gericht wieder, Lieutenant!« kreischte sie. »Wenn ich mit Ihnen fertig bin, betteln Sie an der Straßenecke!«

»Soll das eine *Drohung* sein?«

»Nein, ein *Versprechen*!«

Strapp stieß Decker mit Gewalt fort. »*Raus*, Lieutenant!«

»Ich mach dich fertig, du Bastard!« schrie Jeanine

Decker riß sich los. »Ich Sie auch, Lady!«

»Raus jetzt, Decker!« Trotz Hebelgriff und Körpereinsatz konnte Strapp seinen Lieutenant kaum bändigen. Zentimeterweise schob er den massigen Mann zur Wohnungstür.

Und Decker wehrte sich nicht einmal. Leistete nur passiven

Widerstand. Der Kerl muß Kräfte haben wie eine Elefantenbulle, dachte Strapp. Was wäre passiert, wenn Decker zugeschlagen hätte?

Raus auf die Straße mit ihm. Decker war schweißgebadet. Er hechelte, er zitterte, er war drauf und dran, den nächstbesten Idioten, der ihm in die Quere kam, zu erwürgen. Jeanine hatte ihn in Rage gebracht, Strapp zum Überkochen. Er war wütender auf ihn als auf sie.

So ein verdammter Hund!

Draußen schüttelte Decker seinen Chef ab wie eine lästige Fliege. »Sie haben mir in Gegenwart dieser Fotze in die Eier getreten!«

»Nehmen Sie Nachhilfeunterricht, Decker!« bellte Strapp. »Regel Nummer eins: Konfliktgegner trennen.«

»Scheiße!« Decker spuckte aus. »Scheiße! Scheiße!«

»Das grenzt an Subordination«, knurrte Strapp. »Gehen Sie spazieren, Lieutenant. Kühlen Sie sich ab!«

Deckers Schädel dröhnte, hinter seinen Augen explodierten weiße Feuerwerksraketen. Er preßte die Lider zusammen, zwang sich, bis zehn zu zählen. Dann hörte er Strapps sanfte Stimme.

» ... war nicht leicht in der letzten Zeit, Pete. Nehmen Sie sich heute frei. Gehen Sie nach Hause zu Ihrer hübschen Frau. Morgen früh reden wir dann über alles.«

Wieder zählte Decker bis zehn. Öffnete die Augen. Langsam wurde ihm klarer im Kopf. Er lachte bitter auf. »Nicht zu fassen. Sie ziehen mich aus dem Verkehr.«

Strapp blinzelte. »Peter, Sie sind der beste Lieutenant, den ich je hatte. Unglaublich zäh und hart an der Sache dran. Nicht nur in der Theorie, auch in der Praxis. Ob Sie's glauben oder nicht, ich versuche nur, Ihre Haut zu retten.«

»Guter Gott, ich danke dir!«

»Ich mußte Sie da rausholen, bevor Sie dem Miststück echte Gründe für eine Klage liefern konnten.«

Decker hielt sich unwillkürlich die Wange. Er sagte nichts.

Strapp schnaufte. »Gehen Sie nach Hause, Pete.«

Decker wartete einen Moment. Dann sagte er: »Ich bin ein guter Soldat, Captain. Aber ich bin nicht hirnlos.« Er zog die Dienstmarke aus der Tasche und nahm die Dienstwaffe aus dem Holster. Hielt sie dem Captain hin. »Bitte sehr.«

»Stecken Sie das weg, Peter.«

»Das ist mein Ernst.«

»Ich weiß. Stecken Sie's weg.«

Decker rührte sich nicht.

Strapp ballte die Fäuste. »Machen Sie keine Dummheiten, Pete. Sie haben zuviel zu verlieren.«

»Schön. Dann verliere ich eben. Ich gebe meinen Job auf und behalte meinen Stolz.«

»Seien Sie doch kein Trottel, verdammt. Sie haben Kinder zu ernähren!«

»Ich quittiere den Dienst. Die halbe Pension reicht mir aus. Meine Frau hat einen Beruf. Und eine Erbschaft. Außerdem steh ich nicht mit leeren Händen da. Fünfundzwanzig Jahre Polizeierfahrung – dazu meine Anwaltslizenz. Also leckt mich ...«

»Decker, hören Sie ...«

»Sie treten mir in die Eier, und ich soll kuschen? Nehmen Sie die verdammte Dienstmarke oder verschwinden Sie.«

Patt.

Strapps Kiefern mahlten. »Hören Sie mir wenigstens zu.«

Decker antwortete nicht.

Strapp warf einen Blick über die Schulter. »Stecken Sie ihre Marke und die Waffe weg. Wir haben unsere Meinungsverschiedenheiten. Aber wir tragen sie nicht auf offener Straße aus.«

»Stimmt ja, wir sind in Hollywood. Das Image könnte leiden.«

»Idiot!« würgte Strapp heraus.

Decker erwartete einen wütenden Abgang. Aber Strapp blieb stehen. Widerstrebend steckte Decker seine Sachen ein. »Nun machen Sie schon, Strapp. Bevor mir die Sicherung durchbrennt.«

Strapp funkelte ihn böse an. »Sie Arschloch! Treiben Sie's nicht zu weit. Noch bin ich Ihr Vorgesetzter. Sie haben mich mit Sir anzureden, wenn Sie mit mir sprechen.«

Decker hob ironisch die Hände und wich einen Schritt zurück.

Strapp atmete tief durch. »Pete, was ich getan habe, war nur zu Ihrem Besten. Genauso wie das, was ich jetzt tun werde. Ich muß Ihnen den Fall entziehen ...«

»Das darf doch nicht wahr sein!«

»Ich kann diesem Weibsstück nicht noch mehr Material für

ihre Klage liefern. Und die Ermittlungen zu David Garrison dürfen nicht durch neue Vorwürfe gegen die Polizei behindert werden. Der arme Kerl ist tot! Wir schulden ihm die Wahrheit ...«

»Was glauben Sie denn, wonach ich suche?«

»Die Klage von Jeanine Garrison blockiert Ihre Arbeit. Ich muß Sie von dem Fall abziehen. Aber ...«

»Ah, jetzt kommt das Aber!«

Strapp ließ sich nicht beirren. »Pete, das heißt nicht, daß Ihre ganze bisherige Arbeit am Fall Estelle im Eimer ist. Das heißt nicht, daß Jeanine Garrison fein raus ist. Das heißt, daß wir weiter ermitteln, daß Sie weitermachen. Aber nach außen hin übernehme ich das Kommando. Also spiele ich auch den Prellbock. Sie verlieren nichts, sparen sich nur ein bißchen Ärger. Und wenn wir diesem verdammten Schlamassel jemals auf den Grund kommen, müssen wir uns den Ruhm eben teilen.«

Beide schwiegen.

Strapp seufzte. »Können Sie damit leben?«

»Der Ruhm ist mir scheißegal.«

»Dann haben Sie nichts zu verlieren. Lieutenant, Sie haben alle Hände voll zu tun. Sie haben ein ganzes Ermittlerbüro zu leiten. Ich will nicht, daß Sie sich noch länger von diesem Dreckstück an der Nase herumführen lassen.«

Decker sagte nichts, in seinem Kopf ratterte ein Preßlufthammer. Er zwang sich zum Durchatmen, er lauschte auf die Geräusche der Umgebung: Vogelzwitschern, Hundegebell, irgendwo ein Hubschrauber, von weitem das Rauschen des morgendlichen Verkehrs.

»Wir machen täglich eine Lagebesprechung«, sagte Strapp. »Nur *offiziell* müssen Sie sich heraushalten. Überlassen Sie mir die Leitung.«

»Damit hab ich kein Problem. Mir ist scheißegal, wer die Leitung hat, wenn wir nur zu Resultaten kommen. Ich bin fest davon überzeugt, daß diese Frau dreizehn ... nein, vierzehn Menschen auf dem Gewissen hat. Dafür muß sie büßen.«

»Wenn sich das durch handfeste Beweise untermauern läßt, wird sie büßen. Und nicht zu knapp. Lassen Sie mich nur machen.«

Was immer dabei herauskam. Decker musterte seinen Chef. Verkrampft, nervös, verbittert. Meinte er, was er sagte? Schwer zu sagen.

Strapp zog sein Taschentuch und wischte sich den Schweiß ab. »Rufen Sie Dunn und Oliver her. Trauen Sie den beiden?«

»Ja, absolut.«

»Dann sollen sie den Tatort sichern, Spuren sammeln und mit der Gerichtsmedizin reden. Überlassen Sie den beiden den Fall David Garrison, okay?«

Decker gab sich einen Ruck. »Okay.«

Strapp wischte sich wieder das Gesicht ab. »Auch wenn Sie es nicht glauben wollen, Decker: Er kann sich den Schuß auch selbst gesetzt haben. Schließlich war er drogenabhängig.«

»Wie praktisch für Jeanine.«

Strapp sagte nichts.

Decker schloß kurz die Augen. »Ein guter Gedanke ... *Sir.*«

»Gehn Sie nach Hause!« befahl Strapp.

»Ich fahre ins Büro.«

»Ist mir auch recht. Kümmern Sie sich um Ihre Abteilung. Wir haben beide genug zu tun.«

Strapp drehte sich um und lief zurück zum Tatort.

26

»Wir haben die volle toxikologische Untersuchung angeordnet, einschließlich Blutchromatographie«, sagte Oliver. »Vielleicht lassen sich irgendwelche Beruhigungsmittel nachweisen.«

»Wir lassen auch prüfen, ob das Heroin mit Cyaniden, Arsen oder Thallium versetzt war, mit irgendwelchen Schwermetallen oder anderen Giften«, ergänzte Marge.

Oliver fuhr sich durchs Haar. »Glaube allerdings nicht, daß wir was finden werden.«

»Wieso nicht?«

»Erstens ergab die Durchsuchung, daß der Junge seinen eigenen Vorrat hatte. Klar, den könnte ihm einer untergeschoben haben. Aber es sah so aus, als hätte er sich schon öfter bedient.«

»Und er roch nach Alkohol«, fügte Marge hinzu. »Wir haben noch vor Ort einen Bluttest gemacht. Zwei Komma fünf Promille.«

Decker ließ die Schultern kreisen. »Alle Achtung, da war er ja schon gut konserviert.«

Oliver nickte. »Hat ihr damit wahrscheinlich die Dreckarbeit erleichtert. Sich bis zum Umfallen besoffen. Jeanine mußte nur reinkommen und ihm die Spritze verpassen.«

»Keine Einbruchspuren«, sagte Marge. »Aber das hat nichts zu bedeuten. Jeanine hat einen Schlüssel.«

»Hat sie das zugegeben?«

»Ohne weiteres.«

Decker rieb sich die Stirn. »Mit zwei Komma fünf Promille kann man nicht mehr geradeaus gucken, geschweige denn eine Vene finden.«

»Er hat zwei Einstiche im Arm«, sagte Oliver. »Vielleicht hat er sie nicht auf Anhieb getroffen.«

»Er hätte sie überhaupt nicht getroffen, basta!«

»Vielleicht hat er sich erst den Schuß gesetzt und dann die Drinks hinuntergekippt«, meinte Marge. »Scott und ich, wir haben das lange überlegt. Jeanine müßte schon sehr blöd sein, ihn ausgerechnet jetzt umzubringen.«

»Und noch mehr Verdacht auf sich zu lenken.«

»Da wir wissen, daß sie nicht dumm ist«, erklärte Marge weiter, »muß sie einen zwingenden Grund gehabt haben – falls sie es war.«

»Zum Beispiel?« fragte Decker.

»Vielleicht ist David auf etwas gestoßen«, sagte Oliver.

Decker hob den Kopf. »Nämlich?«

»Vielleicht hat er rausbekommen, was sie mit seinen Erbteil vorhatte«, sagte Marge.

»Mal angenommen, David Garrison wollte sein Geld auf die eine Art investieren und sie auf die andere.«

»Vielleicht wollte sie sein Geld einsacken, bevor er es ausgeben konnte?« fragte Marge.

»Ich hab schon mit Farrell Gaynor gesprochen«, sagte Decker. »Deshalb hab ich doch Scott zu David geschickt.«

»Und was habt ihr besprochen?«

»Wenn Jeanine schnell genug ist, das heißt, wenn sie David sofort aus dem Weg räumt, bevor das ganze Vermögen aufgeteilt wird, bekommt sie gleich den ganzen Kuchen.«

Webster kam ins Büro, zog einen Stuhl heran und setzte sich neben Oliver. »Sie hat sich gedacht, ihr Geld behält sie für sich, und mit seinem Geld bezahlt sie die Erbschaftssteuern.«

»Und daß sie ungeschoren aus der Estelle-Sache herausgekommen ist ...« Marge überlegte. »Dieses Machtgefühl ... da kann man schon arrogant werden.«

»Von ihrer Arroganz können wir alle ein Lied singen«, stöhnte Oliver. »Und Strapp, dieser Hund, kriecht ihr auch noch in den Arsch.«

»Die ganze Sache stinkt«, sagte Marge.

»Zum Himmel stinkt sie«, bekräftigte Oliver. »Dieses Weibsstück bringt es fertig, dich auszuschalten. Aber sie kann nicht die ganze Mordkommission lahmlegen.« Er überlegte. »Obwohl sie auf dem besten Weg ist.«

»Ganz schön unverfroren ... den eigenen Bruder eiskalt abzuservieren«, sagte Webster.

»Oder die Überdosis kam ihr als glücklicher Zufall zu Hilfe«, überlegte Marge. »So was passiert. Selbst ganz miesen Typen.«

»Haben die Nachbarn was Verdächtiges bemerkt?« fragte Decker.

»Nichts.«

Decker wandte sich an Webster. »Wie läuft es mit Sean Amos?«

»Ist zur Schule gefahren und wieder nach Hause.«

»Hat er was von der Überwachung gemerkt?«

»Wenn, dann hat es ihn nicht sehr gekümmert. Keine Auffälligkeiten. Er war den ganzen Tag in der Schule. Möglich, daß er dort Morde ausgeheckt hat. Kann man nie wissen.«

Decker sank auf seinen Stuhl. »So kommen wir nicht weiter.«

Martinez kam herein, Decker fuhr hoch. »Wo hast du gesteckt, Bert?«

Martinez lehnte sich an die Wand. »Ich hab die Nummernschilder überprüft. Alles in Ordnung, Loo?«

»Danke der Nachfrage«, sagte Decker. »Was für Nummernschilder, Bert?«

»Sean hat nach der Schule mit einem halben Dutzend Schüler gequatscht ... auf dem Weg zum Parkplatz«, sagte Webster.

»An diesem Punkt haben wir uns getrennt«, erklärte Martinez. »Tom blieb an Sean Amos dran, ich hab mich um die anderen gekümmert.«

»Und?«

»Drei von denen hab ich zurückverfolgt. Zuerst die dralle Blonde mit dem Mercedes 300. Sie hat kurz mit Sean geredet, er hat ihr was gegeben, sie ist abgerauscht. Danach hat er mit einem anderen Mädchen gesprochen, halb Asiatin, halb Schwarze, wie's aussah. Hübsche Göre. Fährt einen Range Rover. Er hat ihr die Tür aufgehalten, und sie ist abgedüst. Dann war da noch so ein schlaksiger Typ, Jeans und Skimütze. Fährt einen zehn Jahre alten Saab.«

»So eine alte Karre? Sind die in Westbridge überhaupt erlaubt?« fragte Oliver.

»Ich hab die Nummernschilder überprüfen lassen«, sagte Martinez. »Der Mercedes gehört Barry und Susan Door. Der Range Rover ist auf eine Jane Highsmith registriert ...«

»Jane Highsmith ... woher kenn ich den Namen?« Oliver schnipste mit den Fingern. »Richtig! Ein Familienkrach. Muß zehn Jahre her sein. Terence und Jane Highsmith. Er war so was wie'n englischer Lord, und sie war auch 'ne heilige Kuh. Im wahrsten Sinne. Stammte aus einer indischen Adelskaste.«

Die anderen stöhnten auf.

Oliver schnalzte mit der Zunge. »Mann, waren die beide besoffen! Haben sich gegenseitig die Einrichtung an den Kopf geworfen, Teller, Schüsseln, Blumenvasen.« Er schüttelte den Kopf. Und die zwei kleinen Mädchen hatten sich ins Bett verkrochen, die Decke über die Köpfe gezogen, waren total verängstigt. Große blaue Augen und dunkle Haut. Ganz süße Dinger.«

»Zumindest von der einen kann man das noch immer sagen«, bestätigte Martinez.

»Was ist mit dem Saabfahrer?« fragte Marge.

»Dr. Kenneth und Dr. Elizabeth Rush«, sagte Martinez. »Aber Ärzte sind sie nicht. Herr Doktor ist Mathematikprofessor am Northridge College, Frau Doktor ist Physikprofessorin am UCLA. Ihr Sohn Joachim besucht die Abschlußklasse in Westbridge. Er hat ein Stipendium.«

»Und das hast du alles von der Zulassungsstelle erfahren?« fragte Oliver.

»Nicht ganz.« Martinez lächelte. »Weil Tom hinter Sean Amos her war, hab ich mir Joachim vorgenommen. Nur wußte ich noch nicht, daß er Joachim heißt. Ich bin ihm nach, er fuhr zu Mycroft & Cranepool ...«

»Der neue Buchladen in Devonshire?« fragte Marge.

»Ja, der Laden, der auch eine Espressobar hat«, sagte Oliver.

Marge starrte ihn ungläubig an. »Sag bloß, du warst schon mal in einer Buchhandlung!«

»Steck's dir sonstwohin, Mädchen«, schoß Oliver zurück. »Ja, ich gestehe. Ich war schon mal in einem Buchladen.«

»Die machen doch immer die Abende für Singles«, stichelte Webster.

»Klappe, Onkel Tom«, sagte Oliver. »Nur zu deiner Information: Bei der Kerouac-Lesung saßen ein paar ganz heiße Miezen rum.«

Martinez berichtete weiter. »Ich bin ihm also nach, und er hielt vor dem Buchladen, ging mit einem Papierstapel rein. Ich mußte nicht hinterher, weil ich alles durchs Schaufenster sehen konnte. Er hat sich nicht weiter aufgehalten, nur den Stapel auf den Ladentisch gelegt, und ist wieder raus. Ich blieb an ihm dran, bis er zu Hause war. Dann bin ich zurück zum Buchladen und hab mir einen der Zettel geholt, die er da abgeworfen hatte.«

Martinez holte Luft.

»Es waren Werbezettel für ein Scrabble-Turnier. Ich hab einen Verkäufer gefragt, einen Knaben namens James Goddard, der die Public School besucht. Der kennt Joachim von den Scrabble-Turnieren. Einmal im Monat finden sie bei Mycroft statt, aber auch an anderen Orten. Sieht so aus, als wär Joachim 'ne ganz große Nummer im nationalen Scrabble-Verband. Und ein totaler Fanatiker. Hat den Spitznamen Cyberword, weil er spielt wie ein Roboter. Goddard hat mir erzählt, daß Joachim ein Stipendium für die Westbridge School hat. Und daß er wahrscheinlich eine Frühzulassung für Yale kriegen wird. Das muß was ganz Besonderes sein.«

»Ich bin beeindruckt«, sagte Webster. »Ein furchterregender Knabe.«

»Ist James Goddard mit Joachim befreundet?« fragte Decker.

Martinez schüttelte den Kopf. »Hatte nicht den Eindruck. Nur, daß sie sich kannten. Wollte auch nicht zu tief bohren. Wir haben nur so geredet. Zum Beispiel über die Veranstaltungen des Buchladens.« Er blickte Oliver an. »Über den Abend für Singles.«

»Arschloch«, sagte Oliver.

»Brauchst dich doch nicht zu schämen, Scotty«, sagte Martinez. »Goddard hat mir erzählt, daß der Singles-Abend neben den Signierstunden und den Märchenstunden für die Kinder die beliebteste Veranstaltung ist.«

Oliver sagte nichts mehr, er schien besänftigt.

»Jedenfalls hab ich bei der Gelegenheit auch was über Joachims Eltern erfahren. Sie sind gute Kunden und treue Mitglieder des Science-fiction-Buchklubs bei Mycroft & Cranepool. Kriegen Ermäßigung auf alle SF-Bücher und ein monatliches Mitteilungsblatt mit den Neuerscheinungen.«

»Beam me up, Scotty«, sagte Marge und schob gleich hinterher: »Das ist ein Spruch aus *Star Trek* und keine Aufforderung zum Anbaggern, Scotty.«

Scott Oliver war erledigt.

»Ist Joachim auch Mitglied in diesem Buchklub?« fragte Webster.

»Das hat James nicht gesagt, und ich hab ihn nicht gefragt.«

»Spielt Sean Scrabble?« fragte Marge.

»Hab ich auch nicht gefragt. Kam mir zu aufdringlich vor.«

Webster lockerte seine Krawatte. »Da haben wir also Sean Amos. Den scharfen Typ mit den scharfen Klamotten und dem scharfen Cabrio. Das Tennis-As, das ein bißchen rabiat mit den Mädchen umspringt ... seine Freundin anbumst und dann sitzen läßt.«

»Wenigstens hat er die Abtreibung bezahlt«, sagte Marge.

»Der schwimmt nur so im Geld«, meinte Webster. »Außerdem wird er denken: Gott nimmt und Gott gibt. Und dreimal dürft ihr raten, wen er für Gott hält.«

»Tommy, sag uns, was du wirklich von diesem Sean Amos hältst«, sagte Marge.

»Ihr hättet sehen sollen, wie der mit seiner Schwester umgesprungen ist. Als wär sie Dreck.«

»Da fragt man sich doch, warum so ein cooler Typ wie Sean Amos mit dem Bücherwurm Joachim Rush spricht. Dem bettelarmen, zerlumpten Professorensohn mit dem alten Saab«, sagte Decker.

»Die zwei wirkten nicht gerade wie Blutsbrüder«, bestätigte Webster.

»Wer sagt denn, daß sie Freunde sind«, sagte Martinez. »Ich hab sie nur miteinander sprechen sehen.«

»Und warum hast du dich an den Bücherwurm angehängt, Bert?«

»Gute Frage.« Martinez sortierte seine Gedanken. »Ich glaube deshalb, weil Sean ihn angesprochen hat, und nicht umgekehrt.«

Decker zückte das Notizbuch. »Und dann?«

»Viel mehr war nicht. Sie gingen zusammen zu Joachims Saab und haben dabei geredet. Meist hat Sean gesprochen.«

»Wirkte er nervös?« fragte Marge.

»Eher lebhaft«, sagte Martinez. »Hat mit Händen und Füßen geredet. Joachim dagegen schien gar nicht richtig hinzuhören. Hat nur ab und zu genickt, irgendwie apathisch. Dann stieg Joachim in sein Auto, und Sean redete weiter. Auch als Joachim schon drin saß. Schließlich griff Sean in die Tasche, zog einen Briefumschlag raus und gab ihn Joachim.«

»Eine Übergabe?« fragte Marge erregt.

»Sah ganz so aus«, sagte Martinez. »Denn gleich danach griff

Sean wieder durchs Fenster. Ich nehme an, das war ein Handschlag. Dann fuhr Joachim los.«

»Er hat ihn ausgezahlt«, sagte Webster.

»Okay, fassen wir zusammen.« Oliver lehnte sich zurück. »Da ist Joachim, ein Eierkopf ...«

»Eher ein Spinner«, warf Webster ein. »Läßt sich Cyberword nennen und ist Scrabble-Fan.«

»Meine Kinder spielen auch Scrabble«, warf Decker ein. »Ich spiele auch Scrabble. Ich bin kein Eierkopf, ich bin kein Spinner, ich bin auch kein Auftragskiller. Wir wissen nicht das geringste über diesen Jungen. Und wir phantasieren hier drauflos, daß mir ganz schwindlig wird.«

Keiner sagte etwas.

Decker lächelte schwach. »Wenn ich allerdings fürs Fernsehen die Rolle des Außenseiters besetzen müßte, würde ich einen Typ wie ihn nehmen. Hat ein Stipendium in einer Schule für Reiche. Ist ein Einzelgänger, weil er aus dem sozialen Raster fällt. Seine Eltern sind nicht nur Professoren, sondern auch fanatische SF-Leser. Und er ist ein fanatischer Scrabble-Spieler. Bei Fanatikern werd ich immer mißtrauisch ...«

»Auch bei Religionsfanatikern?« fragte Oliver provokativ.

»Bei Religionsfanatikern erst recht«, konterte Decker. »Die Familie Rush scheint mir nicht typisch für die Bevölkerung des West Valley zu sein. Weder die Eltern noch der Sohn.«

»Und dazu kommt noch die Kohle, die Sean Amos ihm rübergereicht hat«, sagte Oliver.

»Wer redet denn von Geld?« fragte Martinez. »Ich sagte: Briefumschlag.«

»Was soll's denn sonst gewesen sein?« fragte Webster.

»Möglich ist vieles ...«

»Zum Beispiel das Geld für einen Mord, der wie eine Überdosis aussehen sollte und letzte Nacht über die Bühne ging ...«

»Nur zu«, sagte Decker. »Bin gespannt, wo wir noch hinkommen mit diesen wilden Theorien. Aber interessant klingt das schon. Schade nur, daß wir nichts davon überprüfen können.«

»Warum nicht?« fragte Martinez. »Ich kann doch ein paar Tage an Joachim dranbleiben.«

»Ich hätte nichts dagegen. Nur bin ich nicht mehr zuständig.« Decker spürte ein Würgen im Hals. »Das mußt du mit Strapp ausmachen.«

Oliver runzelte die Stirn. »Du weißt doch, was er sagen wird, Loo.«

»Laß mich wenigstens morgen noch dranbleiben«, bat Martinez.

»Ich bin nicht befugt, dir grünes Licht zu geben, Bert. Rede mit Strapp.«

»Der wird abwinken«, seufzte Webster.

»Wahrscheinlich.«

»Das heißt, unsere ganze Arbeit – auch deine, Loo – war für die Katz. Das weißt du.«

»Klar weiß ich das«, bestätigte Decker.

»Macht dich das nicht fertig?« fragte Marge.

»Und ob.«

»Was wirst du also tun?«

»Im Moment sitze ich hier und mache ein nettes Gesicht. Aber in Zukunft ...« Decker zuckte die Schultern. »Ich hab gehört, in Montana soll es schön sein um diese Jahreszeit.«

»Wenn du nichts gegen Privatarmeen und Nazis hast«, wandte Marge ein.

»Margie, ich bin seit fünfundzwanzig Jahren Polizist. An bewaffnete Idioten hab ich mich langsam gewöhnt.«

Strapp hatte die Last von ihm genommen, die permanent drückende Last der Verantwortung für die Opfer des Estelle ... Decker war gegen sieben mit dem Papierkram fertig. Er dachte über seine Arbeit, über sein Leben nach. Was war aus all den Träumen geworden, all den Urlaubsphantasien? Hand in Hand mit Rina, barfuß an menschenleeren Stränden, die Füße umspült von den Wellen? Oder durch unberührte Berglandschaften wandern, die Lungen voll würziger Luft? Wie hatte er zulassen können, daß er hier in diesem Sumpf versank? Die Auseinandersetzung mit Strapp hatte seinen langgestauten Unmut entladen. Er mußte sich nur offen eingestehen, daß irgendwann Schluß war.

Und das war vielleicht gar nicht schlecht.

Die Gewißheit, es gab ein Leben nach dem LAPD.

Ein Klopfen an der Tür riß ihn aus seinen Träumereien. Marge rief herein. »Eine Frau namens Tess Wetzel ist hier. Sie möchte mit dir sprechen.«

»Worum geht's?«

»Will sie nicht sagen.«

Decker zögerte. Der Name kam ihm bekannt vor. »Tess Wetzel?«

»Ja. Mehr hat sie nicht gesagt.« Marge sah auf die Uhr. »Ist schon ziemlich spät. Soll ich sagen, daß du schon weg bist?«

»Nein, laß sie rein.«

»Okay, du bist der Boß.«

Decker lachte. »Genau.«

Gleich darauf kam eine schlicht gekleidete Frau um die Dreißig hereingehumpelt. Sie ging an Krücken, und man sah, daß sie Schmerzen hatte. Sie wirkte müde, eher rundlich, hatte aber ihre Figur noch nicht verloren. Weite Jeans, ein locker gestrickter Pullover, kein Make-up, kein Schmuck. Eine schlichte Erscheinung, doch irgend etwas an ihr strahlte Kraft aus. Decker stand auf und schob ihr den Stuhl zurecht.

Ächzend nahm sie Platz. Ihre Stimme war freundlich. »Vielen Dank, daß Sie Zeit für mich haben.«

»Keine Ursache.« Decker setzte sich ihr gegenüber und streckte die Hand aus. »Sie sind Mrs. Wetzel, nicht wahr?«

»Nennen Sie mich Tess.« Sie drückte ihm kurz die Hand. Ihre Augen wurden feucht. »Sie erinnern sich nicht, oder?«

Decker studierte ihr Gesicht. Dieser Ausdruck von Schmerzen, der eiserne Wille ... Er blinzelte, dann sagte er: »Die ganze Nacht verschwimmt mir im Gedächtnis, aber an Sie kann ich mich deutlich erinnern. Obwohl ich nicht mal weiß, ob wir uns richtig miteinander bekanntgemacht haben.« Er streckte erneut die Hand aus. »Lieutenant Peter Decker. Freut mich, Sie kennenzulernen.«

Sie lächelte, dann schlug sie die Hände vors Gesicht und fing an zu weinen. »Es tut mir leid.«

Decker beugte sich vor, wollte ihr die Hand auf die Schulter legen. Der Gedanke an Jeanines Klage wegen sexueller Belästigung durchzuckte ihn. Ach, Blödsinn! Er strich ihr sanft über den Arm. Bot ihr ein Taschentuch an. Sie nahm es und trocknete sich die Augen.

»Schön, daß Sie wieder auf den Beinen sind«, sagte er.

»Na ja, eher schlecht als recht.«

»Kann ich Ihnen was anbieten, Tess?«

»Nein, danke.« Sie schneuzte sich. »Ich wollte mich nur bedanken.«

»Das freut mich, aber ich hab nur meine Arbeit getan.«

»Ich wußte gar nicht, daß Polizisten lernen, wie man Beine schient.«

»Bei der Armee hatte ich eine Sanitäterausbildung. Ich habe selbst gestaunt, was ich noch wußte.«

»Sie hätten Arzt werden sollen«, sagte sie. »Sie können großartig mit Kranken umgehen.«

Decker lächelte. »Danke. Wie kommen Sie zurecht?«

Tess Wetzel blickte zur Seite. »So einigermaßen. Ich hatte soviel mit mir selbst zu tun, daß ich kaum dazu kam, über ... Ken nachzudenken.«

Decker nickte.

In ihren Augen blitzten Tränen. »Wir haben uns nicht so gut verstanden, wissen Sie.«

Decker hörte zu.

»An dem Abend ...« Tess räusperte sich. »An dem Abend hat er mir eröffnet, daß er Schluß machen wollte mit mir. Daß er mich verlassen wollte ... wegen so einem Flittchen aus seinem Büro.«

»Das tut mir leid.«

»Ich weiß genau, wie ich dasaß, Lieutenant. Wie ein Holzklotz. Völlig gefühllos. Nur die Tränen, die wollten nicht aufhören.«

Decker nickte.

»Ich weiß noch ... ich saß da und wünschte, ich wär tot. Ich wünschte, *er* wäre tot. Kaum hatte ich das gedacht, war er schon tot.«

Sie weinte lautlos, den Blick zur Seite gerichtet.

Mit sanfter Stimme sagte Decker: »Sie haben das nicht gewollt, Tess. Wirklich nicht. Denken Sie lieber an sich – und an Ihre Kinder. Sie haben doch Kinder?«

»Zwei.«

»Mit dem Tod Ihres Mannes haben Sie nichts zu tun. Es gibt nur einen Mann, der schuld ist an dem, was an jenem Abend passiert ist.«

»Harlan Manz«, flüsterte sie.

»Er allein ist verantwortlich für den Tod Ihres Mannes.« Decker wartete. »Ist das klar?«

Tess Wetzel antwortete nicht sofort. Dann sagte sie: »Im Krankenhaus haben wir eine Gruppe gegründet ... diejenigen, die verletzt wurden, aber nicht in Lebensgefahr schwebten.«

»Eine Betroffenengruppe?«

»Ja. Wir haben miteinander geredet. Weil nur wir wissen, wie es wirklich war.«

»Eine sehr gute Idee.«

»Mit ein paar Frauen bin ich noch in Kontakt. Mit Carol, der Kellnerin, hab ich mich angefreundet. Unsere Kinder sind im selben Alter. Ich dachte, vielleicht könnten Sie mal kommen und mit uns reden.«

»Jederzeit.« Decker überlegte. »Was schwebt Ihnen so vor?«

»Nur ein Gespräch über das, was da passiert ist ... und warum.«

»Das ist sehr schwer. Wir wissen letztlich auch nicht, warum. Wir haben Theorien, Vermutungen, Täterprofile, wir haben Psychologen, Kriminalisten – und alle zerbrechen sich den Kopf darüber. Wir können uns austauschen, mehr nicht. Trotzdem komme ich gern zu Ihrer Gruppe, und Sie können mir alle Fragen stellen, die Sie bedrücken.« Decker schlug den Kalender auf. »Haben Sie einen bestimmten Termin im Auge?«

Sie schüttelte den Kopf. »Da muß ich erst ein paar Mitglieder anrufen. Kann ich mich noch mal melden?«

»Aber natürlich.«

Sie erhob sich mühsam. Decker sprang auf, um ihr zu helfen, doch sie wehrte ab. »Ich schaff das schon.«

»Okay.«

Sie stand da und stützte sich auf ihre Krücken. »Es klingt vielleicht verrückt, aber ...«

Decker nickte aufmunternd.

Sie setzte an, stockte und begann erneut. »Diese Schüsse ... es waren so viele Schüsse.«

»Ja, sehr viele.«

»Ken und ich ... ich glaube, er wurde sofort getroffen.« Ihre Augen wurden wieder feucht. »Gleich zu Anfang.«

»Verstehe.«

»Und dann diese vielen Schüsse. Obwohl es ihn schon erwischt hatte.«

»Ja, es wurde sehr viel geschossen.«

»Ich hab eine schlechte Angewohnheit ... ich bin neugierig ... zu neugierig. Auch nachdem ich getroffen war. Statt einfach stillzuliegen, wie es jeder normale Mensch tun würde, mußte ich gucken.«

Deckers Herz begann zu pochen. »Was haben Sie gesehen, Tess?«

»Viele Leute, die schreckliche Angst hatten. Und irgendwie hat das meine eigene Angst ein bißchen gemildert. Klingt verrückt, oder?«

»Nicht im Geringsten.«

Tess verstummte, und Decker versuchte seine Enttäuschung zu verbergen. Was hatte er auch erwartet? »Nein, es klingt kein bißchen verrückt.«

Tess senkte die Stimme zum Flüstern. »Plötzlich hörte es auf, das Schießen ... Alles stöhnte und schrie ... aber keiner wagte, sich zu rühren. Alle hatten Angst, daß es ... Sie wissen schon ... daß es wieder losgehen würde.«

Decker nickte.

»Also, keiner rührte sich. Auch als es vorbei war. Bis auf den jungen Mann.«

»Ein junger Mann?« Decker zwang sich zur Ruhe. »Welchen jungen Mann meinen Sie, Tess?«

»Einer in einer dicken grünen Jacke. Es war kalt an dem Abend.«

Decker ruckte hoch. Eine grüne Jacke? Harlan Manz hatte eine grüne Jacke getragen, aber er lag tot am Boden. »Sie haben einen Mann in einer grünen Jacke herumlaufen sehen, *nachdem* die Schießerei vorbei war?«

Tess wirkte verwirrt. »Er stand eher herum. Aber ich bin nicht sicher. Denn als ich das erzählte, konnte keiner aus unserer Gruppe was damit anfangen. Aber wie gesagt, ich hab die schlechte Angewohnheit, neugierig zu sein. Deshalb hab ich auch rausgekriegt, daß Ken und dieses Flittchen ...«

Decker sprach bemüht langsam. »Erzählen Sie mir von dem Mann. Was hat er gemacht?«

»Eigentlich nichts. Er hat sich nur gebückt, dann hat er sich wieder aufgerichtet, die Hände in die Taschen gesteckt ... hat sich umgesehen und ist rausgegangen. Ist das nicht seltsam?«

Decker nickte. Das war wirklich seltsam. Er würde der Sache nachgehen, sagte er so gelassen wie möglich.

27

Strapp saß an seinem Schreibtisch und drückte die Fingerspitzen aneinander. »Wie viele Leute aus dem Estelle haben Sie vernommen?« fragte er Decker.

»Alle. Aber das heißt nicht ...«

Strapp unterbrach ihn. »Sagen Sie mir, wenn ich falsch orientiert bin, Lieutenant.«

Strapps Blick wanderte von Decker zu seiner Mannschaft. Nur der alte Gaynor fehlte. Sie umkreisten ihn wie Wölfe ihre Beute. Na und? Sollten sie doch. Er führte die Ermittlungen auf seine Art, nach seinem eigenen Rhythmus. So passierten weniger Fehler – methodische und politische.

»Ich lasse mich gern korrigieren«, sagte Strapp. »Von allen Anwesenden. Sie haben also jeden Gast und jeden Angestellten im Estelle einzeln vernommen. Ist das korrekt?«

Eine rhetorische Frage. Keiner antwortete.

»Wie viele waren das im ganzen, Lieutenant?«

Decker sah schon, wohin das führte. »Einhundertachtundvierzig.«

»Und nicht einer davon hat den Phantom-Mann gesehen ...«

»In einer grünen Jacke«, unterbrach Marge.

»Ja, Detective. Ich kenne die Details. Darf ich fortfahren?«

»Pardon, Sir«, erwiderte Marge.

»Ich habe also richtig verstanden, Decker? Kein einziger hat dieses Phantom gesehen, den Mann in der grünen Jacke?«

Oliver meldete sich zu Wort. »Sir, viele Zeugen haben ausgesagt, daß der Schütze eine grüne Jacke trug.«

»Ja, Harlan Manz trug eine grüne Jacke, Detective.« Strapp

klang gereizt. »Vergessen Sie die Jacke. Ich möchte wissen, welcher von Ihren einhundertachtundvierzig Zeugen diesen Phantom-Mann erwähnt hat.«

»Captain«, setzte Decker an. »Es war sofort, nachdem ...«

Strapp brachte ihn mit erhobener Hand zum Schweigen. »Ich weiß, ich weiß. Der Schock. Und es dauert, bis der abklingt ... bis die Erinnerungen zurückkommen. Alles unbestritten. Ich bin bereit, Mrs. Wetzels Aussage zu würdigen – wie war doch gleich ihr Vorname, Pete?«

»Tess«, sagte Decker.

Strapp faltete die Hände. »Na gut. Sagen wir, Mrs. Wetzel hat sich das nicht nur eingebildet. Bevor wir weiter über halbwüchsige Auftragskiller und Verschwörungstheorien Außerirdischer spekulieren, fangen wir noch mal von vorn an. Wie wär's mit ein bißchen Ermittlungsarbeit?«

»Ich hatte sowieso vor, jeden Zeugen nachvernehmen zu lassen«, sagte Decker.

»Gut«, sagte Strapp. »Denn jetzt ist das ein Befehl. Setzen Sie nur niemanden unter Druck. Wer nicht reden will, wird später befragt. Schließlich ist der Anschlag erst drei Wochen her. Die Wunden sind noch nicht verheilt. Mit anderen Worten, wir konzentrieren uns auf die Zeugenbefragungen.«

Der Captain blickte Martinez scharf an. »Und wir hören auf damit, alberne Teenager zu überwachen, die nichts verbrochen haben, außer Scrabble zu spielen.« Dann war Webster dran. »Und wir lassen Sean Amos in Ruhe, der nichts verbrochen hat, bloß ein Schmock ist.«

»Er mißhandelt Frauen«, sagte Webster.

»Er hat seine Schwester am Arm gepackt, Detective«, entgegnete Strapp. »Stimmt, das ist nicht sehr nett. Aber wenn wir jeden großen Bruder verhaften, der seine kleine Schwester mal hart anpackt, dann haben wir bald die ganze Welt hinter Gittern.«

»Wenn das einer in Gegenwart der Polizei macht, ist es was anderes«, sagte Webster. »Dann hat es einen Aussagewert.«

»Das sagt gar nichts, Webster. Und schon gar nicht, was die Morde im Estelle angeht. Lassen Sie diesen Amos in Ruhe. Ist das klar?«

»Ja, Sir.«

»Gut.« Strapp blickte in die Runde. »Und wir vergessen Jeanine Garrison.«

»Was ist mit David Garrison?« fuhr Marge dazwischen. »Vergessen wir den auch?«

Strapp lief rot an. Seine Hände ballten sich zu Fäusten. »Detective Dunn, Sie unterstehen hier meinem Kommando, nicht *seinem.*« Er zeigte mit dem Daumen in Deckers Richtung.

»Das war eine berechtigte Frage, Captain«, kam Decker ihr zu Hilfe. »Betrachten wir David Garrison als Selbstmord oder nehmen wir Ermittlungen auf?«

»Vorerst bleibt es beim Selbstmord«, entschied Strapp. »Wenn die Gerichtsmedizin was anderes sagt, steigen wir in die Ermittlungen ein.«

Strapp sah auf die Uhr. »Es ist halb neun. Heute abend hat es keinen Sinn mehr, die Leute zu belästigen. Alle Befragungen finden in der Arbeitszeit statt, aber nicht auf Kosten Ihrer anderen Ermittlungen. Ist das klar?«

»Könnte nicht klarer sein«, sagte Oliver.

»Machen Sie sich über mich lustig, Detective Oliver?«

»Nein, so bin ich immer«, erwiderte Oliver. »Das ist ein Charakterzug von mir.«

»Aber ein sehr schlechter.«

»Meine geschiedene Frau wäre da vollkommen Ihrer Meinung, Sir.«

Decker verkniff sich ein Lächeln.

Strapp merkte es, wollte aufbrausen, dann atmete er tief durch, lächelte und ließ den Blick über die Gruppe wandern. »Sie sollten sich mal sehen. Wie ein Rudel Hyänen, das sich auf mich stürzen will. Und warum? Nur weil ich eine solide Ermittlungsarbeit von Ihnen verlange.«

Er wandte sich an Decker. »Lieutenant, was würden Sie angesichts der Aussage von Mrs. Wetzel unternehmen?«

Decker strich sich übers Gesicht. »Ich würde die Ermittlungen etwa genauso führen. Im Moment haben wir nichts gegen Jeanine Garrison in der Hand – bis auf das Foto von ihr und Manz. Und das hat keinen Beweiswert. Ich glaube Mrs. Wetzel. Deshalb würde ich der Nachbefragung noch mehr Priorität einräumen. Aber im wesentlichen bin ich mit dem Captain einer Meinung.«

»Dann haben wir kein Problem«, sagte Martinez.

»Doch, ich schon«, sagte Webster. »Wir lassen eine Mörderin laufen, weil sie gute Beziehungen hat.«

»Dann bringen Sie Beweise!« Strapp war plötzlich wütend. »Ich fasse es nicht! Was ist das nur für ein Sauhaufen! Endlich kommt der Durchbruch, eine Bestätigung durch Zeugen, daß es vielleicht wirklich einen zweiten Schützen gab ... und Sie? Sie wühlen in der Scheiße. Hören Sie endlich auf, große Töne zu spucken, und stellen Sie die *richtigen* Fragen. Dann kriegen Sie vielleicht auch die *richtigen* Antworten.«

Er wandte sich an Decker. »Es müssen ja nicht alle befragt werden. Stellen Sie eine Liste der wichtigen Leute zusammen und teilen Sie sie auf, wie's Ihnen paßt.«

»Dann sollen wir auch Jeanine Garrison nicht befragen, denn die war ja gar nicht dabei«, sagte Webster.

»Ganz recht, Webster«, sagte Strapp. »Das können Sie sein lassen. Es wäre nicht nur sinnlos, sondern auch dumm.«

»Ist sinnlos und dumm nicht dasselbe?« fragte Oliver.

»Man kann auch was Sinnloses machen, ohne daß es dumm ist«, befand Webster.

»Möglich. Aber was Sie vorhatten, Webster, war dumm und sinnlos zugleich«, sagte Strapp und wandte sich an Decker. »Sonst noch etwas?«

Decker schüttelte den Kopf.

»Die Sitzung ist zu Ende. Mit Ihnen muß ich noch reden, Decker. Die anderen bitte raus.«

Sie erhoben sich und trotteten übellaunig davon. Strapp spürte ihre Ablehnung. Pech für sie. Wer Aufmunterung fürs Ego braucht, soll sich eine Hure kaufen. Er wartete, bis der letzte draußen war, dann schloß er ein wenig zu heftig die Tür und atmete auf. »Wollen Sie Kaffee, Pete?«

»Sie bieten mir Kaffee an? Das verheißt nichts Gutes.«

Strapp setzte sich und vergrub den Kopf in den Händen. »Mein Gott, was für ein Schlamassel.«

Decker wartete.

»Ich hab eine Entschuldigung von Jeanines Anwälten bekommen ... wegen ihres Auftritts heute morgen.«

»Aha.«

»Sie hatte einen Schock, schreiben sie, verursacht durch den überraschenden Tod ihres Bruders. Sie war außer sich und wußte nicht, was sie tat. Sie bedauert den Vorfall zutiefst.«

Decker rutschte unbehaglich auf seinem Stuhl herum. »Offenbar hat ihr jemand gesagt, daß das Austeilen von Ohrfeigen eine

Straftat darstellt. Ihre Anwälte wollen nur vorfühlen, ob ich Anzeige wegen tätlicher Beleidigung erstatte.«

»Jedenfalls wissen sie, daß die Möglichkeit besteht.«

»Nicht nur die Möglichkeit.«

»Die Anwälte wollen einen Deal. Wenn Sie sich großzügig zeigen, läßt sie die Belästigungsklage fallen. Also schlage ich vor: Schwamm drüber.«

»Und was wird aus dem Disziplinarverfahren?«

»Was soll damit sein?«

»Ruft sie die Abteilung Inneres an und sagt, daß sie gelogen hat?«

»Decker, wenn sie die Klage nicht weiterverfolgt, können Sie das Verfahren vergessen.«

»Nein, das stimmt nicht. Dann wird das Verfahren mit einem ›Nicht beweisbar‹ abgeschlossen. So würde es wahrscheinlich in jedem Fall ausgehen. Ich will eine saubere Akte. Das hab ich ja wohl verdient. Sie soll zu Protokoll geben, daß sie gelogen hat. Ich will eindeutig entlastet werden.«

»Decker!«

»Rufen Sie ihre Anwälte an und sagen Sie, daß ich die Klage fallen lasse, wenn sie ihre Lüge zugibt. Im Unterschied zu ihr hab ich nämlich Zeugen ...«

Strapp unterbrach ihn. »Pete, hören Sie zu. Jeanine wird niemals zugeben, daß sie gelogen hat. Stimmt, das ist unfair. Aber sehen Sie's mal von der positiven Seite: Sie haben die einmalige Chance, diesen Klotz am Bein loszuwerden. Seien Sie kein Idiot.«

»Kommt nicht in Frage.«

Strapp warf sich im Stuhl zurück und sah zur Decke. »Würde es Ihnen helfen, wenn ich den Befehl dazu erteile?«

»Sie können mir meine Rechte nicht beschneiden.«

Der Captain schaute ihn bohrend an. »Vielleicht sollten Sie erst mit Rina sprechen, bevor Sie so pauschale Entscheidungen treffen.«

»*Ich* werde beschuldigt, nicht sie.«

Doch Strapp spürte, daß er bereits gewonnen hatte. Niemals würde Decker mutwillig einen Prozeß riskieren, sich zum Gespött machen, Rina und die Kinder der Blamage aussetzen. Sich in die Enge treiben lassen wie ein Zirkuslöwe, wutknirschend und ohnmächtig um sich schlagen, während die Teufelin mit der Peitsche knallt ...

»Sagen Sie den Anwälten, ich denke drüber nach«, lenkte Decker leise ein.

Strapp räusperte sich. »Peter, wir wissen beide, daß Jeanine unberechenbar ist. Heute bietet sie Ihnen diesen Deal an. Morgen hat sie ihre Meinung vielleicht schon geändert. Wenn ich jetzt anrufe, haben ihre Anwälte morgen früh die Papiere fertig. Ich lasse sie von der Rechtsabteilung prüfen, und morgen mittag liegt die Sache unterschriftsreif auf Ihrem Schreibtisch. Wenn Sie von der Mittagspause zurückkommen, sind Sie den ganzen Schlamassel los. Was sagen Sie dazu?«

»Ich besprech's mit Rina.«

Strapp drängte nicht weiter. »Ich rufe die Anwälte trotzdem an. Sie können es sich immer noch anders überlegen. Seien Sie morgen früh um acht hier in meinem Büro.«

Decker gab sich einen Ruck. »Okay.«

»Ich glaube übrigens auch, daß die Sache stinkt.«

»Ist noch was?«

»Ja.« Strapp blickte an ihm vorbei. »Sie will was wiedergutmachen ... Jeanine, meine ich.«

»O Gott.«

»Nicht unbedingt bei Ihnen, aber beim LAPD. Haben Sie von dem Rollstuhl-Tennisturnier gehört?«

»Ja.«

»Angeblich war das Ihre Idee.«

»Sprechen Sie weiter.«

»Jedenfalls ... Wie Sie sicher in der Zeitung gelesen haben, gehen die Einnahmen an die Hinterbliebenen des Anschlags vom Estelle ...«

»Das hieße den Bock zum Gärtner machen.«

»Decker! Nicht alle, die dort saßen, waren reich.«

»Während andere über Nacht zu Millionären wurden.«

»Hat Ihre Mrs. Wetzel nicht den Mann verloren?« unterbrach ihn Strapp. »Und hat sie keine Kinder?«

»Ja, sie hat ihren Mann verloren, ja, sie hat Kinder!« Decker wurde immer gereizter. »Was soll das jetzt? Wird Jeanine heiliggesprochen?«

»Nein. Aber das Turnier dient einem guten Zweck.« Strapp wurde schwärmerisch. »Sie hat wirklich einen Volltreffer gelandet, Rabbi. Einen Tausender für die Logenplätze. Gehen weg wie warme Semmeln, weil sich Tennisstars angekündigt haben.

Also steigen auch die Medien groß ein. Prima PR. Der Bürgermeister hat eine Loge gebucht, der Gouverneur auch.« Strapp tippte sich auf die Brust. »Mir persönlich sind solche Veranstaltungen natürlich egal. Aber ich muß meine Pflicht tun.«

Wieder spürte Decker die Wut in sich hochschießen. Er wußte nur zu genau, was jetzt kam.

»Jeanine hat eine Loge für uns reserviert«, sagte Strapp. »Für die Polizei. Sie vermutet ganz richtig, daß auch wir diese Hilfsaktion unterstützen wollen. Als Captain der Polizei ist es daher meine Pflicht, anwesend zu sein.«

Decker starrte ihn an, sein Kopf dröhnte, sein Herz hämmerte. Ganz leise sagte er: »Jeanine Garrison schlägt mir ins Gesicht, und Sie treten mir in ihrer Gegenwart in die Eier.«

»Decker ...«

»Nur aus Respekt vor Ihrer Autorität schweige ich und wehre mich nicht. Sie sagen, ich soll mich mit ihren Anwälten einigen, also einige ich mich mit ihren Anwälten. Und das vergelten Sie mir damit, daß Sie diesem Weibsstück die Ehre erweisen ...«

»Ich gehe doch nicht ihretwegen, verdammt noch mal!« Strapp schlug auf den Tisch. »Wenn Sie nur mal für eine Sekunde von Ihrem hohen Roß runterkommen würden, würden Sie meine Lage verstehen. Ich *muß* einfach dort sein!«

»Nein, müssen Sie nicht.«

»Decker, was soll ich den Angehörigen der Opfer sagen, wenn sie mich fragen, warum ich als Captain der Veranstaltung ferngeblieben bin?«

»Sagen Sie ihnen die Wahrheit! Sagen Sie, daß Sie Jeanine Garrison für eine dreckige Lügnerin halten!«

»So was nennt man Verleumdung.«

»Ich nenne das Integrität.«

Strapp setzte zu einer Erwiderung an und stockte. Er wich Deckers Blick aus. »Mehr hab ich dazu nicht zu sagen. Es bleibt dabei: morgen früh punkt acht im Büro. Das ist alles. Sie können gehen.«

Decker erhob sich. »Sir, ich bin nicht so selbstgerecht, wie Sie glauben ... auch nicht so gerecht, wie ich selber gern glauben möchte. Aber ich weiß, wie der Hase läuft. Deshalb will ich Ihnen was sagen.«

Strapp wartete.

»Jeanine Garrison ist in das Massaker verwickelt. Und Jeanine

Garrison wird überführt. Jeder, der sich mit ihr und ihren Aktionen gemein gemacht hat, wird am Ende sehr dumm dastehen.«

»Lassen Sie das meine Sorge sein, Lieutenant. Guten Abend.«

Decker ging zur Tür, öffnete sie und drehte sich um. »Tun Sie sich einen Gefallen, Captain. Kriegen Sie eine kräftige Grippe, wenn es soweit ist.«

28

Und es ward Abend und es ward Morgen. Und am siebenten Tag ruhte Gott.

Mit ein bißchen Glück würde auch Decker das schaffen. Er brauchte immer eine Weile, um in die richtige Sabbatstimmung zu kommen, gutes Essen und guter Wein halfen ihm dabei. Er trank seinen Tee und schaute Rina zu, die in Papieren blätterte.

»Das erste Angebot ist ein Haus mit vier Schlafzimmern und drei Bädern, etwa 380 Quadratmeter«, verkündete sie. »Ein großer Wohnraum, ein Eßzimmer und ein Arbeitszimmer. Zentralheizung und Klimaanlage, Einbauküche. Und ein Schwimmbecken mit Whirlpool.«

»Kalifornischer Standard«, kommentierte Jacob grinsend.

»Swimmingpools brauchen Wartung«, wandte Decker ein, »Whirlpools brauchen Extrawartung.«

»Kann Ginger schwimmen?« fragte Sammy.

Als der Setter seinen Namen hörte, spitzte er die Ohren. Decker befahl der Hündin, weiterzuschlafen. »Ja, sie kann schwimmen. Aber das hat mir gerade noch gefehlt. Hundehaare, die den Filter verstopfen.«

»Ich halte den Pool sauber«, sagte Jacob. »Du mußt mir nur zeigen, was ich machen soll.«

Der Eifer des Jungen ging ihm zu Herzen. So wild darauf, von hier weg und in die Zivilisation zu kommen! Decker umfaßte die Teetasse und starrte versonnen in die flackernden Sabbatkerzen. Das Essen war köstlich gewesen, und alle, auch Hannah, hatten gute Laune gehabt. Als Rina sie nach dem Dessert ins Bett brachte, räumten die Jungs das Geschirr ab und stellten die Vase mit den Rosen wieder auf den Tisch. Decker räumte den Geschirrspüler ein und machte Tee. Zum ersten Mal seit Wochen fühlte er sich wieder halbwegs entspannt.

»Das Haus ist ein bißchen mitgenommen«, sagte Rina, »aber eine Weile werden wir es wohl dort aushalten. Nur sechs Straßen weiter ist die Schul ...«

»Und was soll es kosten?« fragte Decker.

»Sie wollen 325 000, aber der Makler meint, da gäbe es noch Spielraum.«

»Bei dem Preis darf man das wohl erwarten.«

»Und das Grundstück ist ziemlich klein.«

»Wie klein?«

»600 Quadratmeter.«

Decker zuckte zusammen. »Mehr nicht?«

»Genug Platz für die Schaukel und die Gartenmöbel.« Rina zeigte ihm den Grundriß.

Er studierte die Zeichnung. »Na, für Hannah wird der Platz reichen. Hier haben wir immerhin 4000 Quadratmeter.«

Rina seufzte. »Du würdest dich dort fühlen wie Gulliver in Liliput.«

Jacob zögerte und sagte schließlich: »Wir brauchen kein so großes Haus, Rina. Zeig ihm das mit den drei Schlafzimmern. Bei dem ist das Grundstück größer, Dad. Genug Platz für einen Pool. Nicht, daß ich einen will. Ich sage nur: Platz ist genug.«

Jacob war wirklich hartnäckig. Decker hatte nicht geahnt, daß es ihn so sehr in die Stadt zog. »Wir werden schon was finden, Jake«, sagte er. »Und was meinst du, Sammy?« fragte er seinen anderen Sohn.

Sam zuckte die Schultern. »Mir macht es nichts aus, das Zimmer mit Jacob zu teilen, wenn du das größere Grundstück willst. Ich hätte auch nichts gegen ein eigenes Zimmer, wenn dir das größere Haus lieber ist. Ganz wie du willst.«

Rina zögerte, dann sagte sie: »Da gibt es noch ein Haus – wenn man es so nennen kann. Das Grundstück ist schön groß, 1400 Quadratmeter.«

Decker überlegte. »Nicht schlecht«, sagte er.

»Zur Synagoge ist es ein bißchen weiter, so um die zwei Kilometer.«

»Zwei Kilometer sind doch ein Klacks gegen die Strecken, die wir sonst gelaufen sind«, meinte Jacob. »Außerdem liegt das innerhalb des Eruv. Das heißt, wir können richtig Sabbat feiern. Und Hannah im Kinderwagen schieben. Das wird ihr gefallen. Die Synagoge hat einen Kinderspielplatz, da kann sie hin. Sie ist jedesmal traurig, wenn wir allein zur Schul gehen.«

»Ja, Jacob, ich weiß«, sagte Decker.

»Ich will dich nicht drängen, Dad«, versicherte Jacob rasch. »Laß dir Zeit.«

Decker hob die Augenbrauen. »Was ist mit dem Haus?«

»Es ist winzig. Was zum Ausbauen.«

»Eigentlich eher zum Neubauen«, lachte Sam.

»Man kann was draus machen«, meinte Rina. »Aber klein ist es wirklich. Zwei Schlafzimmer ...«

»Wir haben drei Kinder, Rina«, sagte Decker.«

»Und ein kleines Arbeitszimmer. Das können sich die Jungs teilen, bis wir ein oder zwei Zimmer angebaut haben.«

»Du meinst, bis *ich* ein oder zwei Zimmer angebaut hab ...«

»Und auch ein oder zwei Badezimmer«, sagte Sammy. »Es gibt nämlich nur eins.«

»Für fünf Leute«, sagte Decker. »Na prima.«

»Wir können uns ja solange ein Bauarbeiterklo in den Hof stellen«, sagte Rina.

»Jetzt machst du Witze, stimmt's?« sagte Decker.

Sie schlug ihm auf die gesunde Schulter. »Na klar mach ich Witze.«

»Aber eigentlich ist die Idee gar nicht schlecht«, meinte Sam. »Und da wir schon dabei sind: Im Sommer können wir im Garten zelten. Das Haus hat nämlich auch keine Klimaanlage.«

Decker stöhnte.

»Ich dachte, du liebst Camping«, sagte Rina.

»Das Grundstück ist toll, Dad«, sprudelte Jacob hervor. »Viele große Bäume. Sehr schattig im Sommer.«

»Junge, du machst aber Druck!« sagte Rina.

Jacob wurde rot. »Ich sehe es nur von der positiven Seite.«

Sie küßte ihn auf die Stirn. »So ist's richtig«, sagte sie. »Dann bist du immer glücklich.«

Sammy kam seinem Bruder zu Hilfe. »Das Grundstück ist wirklich sagenhaft.«

»Das, was wir jetzt haben, ist dreimal so groß«, sagte Decker.

»Schon«, erwiderte Sammy. »Aber du mußt mal sehen, was da alles wächst. Das hier ist fast kahl.«

»Wir haben einen Obstgarten«, verteidigte sich Decker.

»Dad, auf dem neuen stehen drei oder vier *riesige* Avocadobäume ...«

»Und Orangenbäume«, ergänzte Jacob. »Ganz große.«

»Valencia-Orangen«, erklärte Rina. »Die werden nicht mehr gepflanzt, weil sie so riesig werden. Müssen dreißig oder vierzig Jahre alt sein. Es gibt auch Zitronen-, Limonen- und Pampelmusenbäume. Und Eukalyptus – ein herrlicher Duft!«

»Was soll das kosten?«

»175 000.«

»Viel zu billig.«

»Eigentlich ist das der Grundstückspreis.«

»Kann man in dem Haus wohnen?«

»So oft, wie du zu Hause bist, wirst du es auch dort aushalten«, sagte Rina.

»Sehr witzig!« Decker funkelte sie an. »Hast du ein Exposé von dem Haus?«

»Nein. Es kommt direkt vom Eigentümer. Auch ein Grund, warum es so billig ist.«

»Das klingt nicht nach einem Haus, eher nach einem Bauplatz«, sagte Decker.

Rina zuckte die Schultern. »Dann hat dein Vater wenigstens was zu tun, wenn uns deine Eltern zu Thanksgiving besuchen. Er bastelt und baut doch so gern.«

»Ich soll in eine Hütte ziehen, um meinem Vater einen Lebensinhalt zu geben?«

»Um dir einen Lebensinhalt zu geben«, murmelte Rina.

»Das hab ich gehört!« fuhr Decker auf.

»Solltest du auch«, sagte Rina.

Beide verstummten.

Sammy räusperte sich. »He, Yonkie, wollen wir noch ein bißchen lernen?«

»Was?«

Sammy wies mit dem Kopf auf die Eltern und zog Jacob vom Stuhl hoch. »Komm schon.«

»Oh«, sagte Jacob. »Ich hab's geschnallt.«

Sie gingen in die Küche. Decker sprach mit gedämpfter Stimme, aber er war eingeschnappt. »Ich hab sie satt, deine Rüffeleien! Ich tu wirklich, was ich kann!«

Rina nahm seine Hand. »Ich mach mir Sorgen um dich.«

»Danke, mir geht's gut. Und es würde mir noch viel besser gehen, wenn du nicht immer wütend auf mich wärst wegen der Überstunden.«

»Ich bin nicht wütend auf dich ...«

»Dann müßte ich mich sehr täuschen. Denkst du etwa, mir macht das Spaß, jeden Abend so spät zu kommen, das Essen zu versäumen, nichts von Hannah mitzukriegen? Wir haben Hunderte Fälle zu bearbeiten, Rina.«

»Ich weiß ...«

»Und jeden Tag kommen neue dazu.« Decker zählte an den Fingern ab: »Ständig kommen Anrufe, ständig diese Sitzungen, dann die Berichte, die Termine, die vielen Leute mit ihren Problemen. Ganz zu schweigen von meinen eigenen Leuten. Meine halbe Zeit geht damit drauf, sie bei Laune zu halten. Wie soll ich da noch auf die Uhr gucken?«

»Das ist mir doch klar.«

»Ich geh nicht mal einen trinken mit den Jungs. Obwohl das ganz normal wäre. Nicht mal zum Tennisspielen komm ich mehr.«

»Ich wünsche mir auch, daß du wieder spielst.«

»Was soll das heißen? Soll ich etwa noch seltener nach Hause kommen?«

»Ich möchte, daß du glücklich bist.«

»Dann hör auf, mich zu veralbern.«

»Abgemacht.«

Sie schwiegen einen Moment. Decker rollte die Schultern. »Worauf wolltest du denn wirklich hinaus, Darling?«

»Ich liebe dich, Peter«, sagte Rina. »Selbst wenn du zu Hause bist, wirkst du irgendwie abwesend. Ich rede mit dir, und du kriegst es nicht mit. Du denkst an deine Fälle. Du läßt dich von deiner Arbeit auffressen, und das ist nicht gesund.«

Decker schwieg.

»Früher hast du dich so viel mit den Pferden beschäftigt. Jetzt stehen die armen Viecher nur noch im Stall rum. Die Pferde sind nicht das Problem. Die können wir verkaufen. Mein Problem ist, daß du nur noch arbeitest und dein Leben nicht mehr zu genießen scheinst.«

»Dieser Monat war wirklich scheußlich.« Decker rieb sich den Hals.

»Ist es das Estelle?«

»Zum größten Teil ja.«

»Das ist doch kaum einen Monat her.«

»Die Spur wird mit jedem Tag kälter. Ist schon fast gefroren.«

Rina lächelte bemüht. »Wenigstens ist das Verfahren gegen dich eingestellt.«

»Genau das macht mich so wütend! Ich hätte es durchkämpfen müssen. Statt dessen hab ich nachgegeben.«

Rina schwieg.

»Trotzdem ist es blöd, sich aufzuregen. Die Sache ist vorbei.«

Rina küßte seine Hand. »Du hast nicht nachgegeben. Du hast dich verhalten wie ein guter Ehemann.« Sie überlegte. »Vielleicht ist es dasselbe.«

Decker lachte auf. Wieder bewegte er die Schulter, versuchte den dumpfen Schmerz der alten Verletzung loszuwerden. »Ich muß mir was Neues einfallen lassen. So kommen wir nicht weiter.«

»Bringt denn die Befragung der Gäste nichts?«

Decker verdrehte die Augen. »Klar, es war ein Mann. Nein, es war eine Frau. Nein, es war bestimmt kein Mann. Er war groß, er war klein. Er war blond, er war dunkelhaarig, er hatte eine Glatze. Er war dick, er war dünn. Er trug einen Mantel, er trug keinen Mantel. Er lief nackt durchs Lokal. Er hatte einen Revolver. Nein, er hatte keinen Revolver, es war eine MP. Nein, keine MP, eine Kanone. Nein, keine Kanone, ein Panzer.« Er blickte Rina an. »Die Leute erzählen uns, wovon sie denken, daß wir es hören wollen. Und das Ergebnis ist gleich Null.« Er trank von seinem kalten Tee. »Ich zweifle schon an meinem Instinkt. Vielleicht hatte Jeanine gar nichts damit zu tun und ist nur eine hysterische Person, die sich dummerweise mit einem Massenmörder zusammen fotografieren ließ. Und ich hatte das Pech, bei ihr auf den falschen Knopf zu drücken.«

»Peter, warum nimmst du keinen Privatdetektiv? Die können sich mehr erlauben. Und du weißt doch, was die alles an Dreck zutage fördern.«

Decker starrte in seine Teetasse. »Das hab ich auch überlegt, aber aus eigener Tasche kann ich den nicht bezahlen. Und die Beweislage ist so dünn, daß die Verwaltung niemals die Kosten übernimmt.«

Rina überlegte. »Wieviel kostet denn so was?«

»Ungefähr zweihundert am Tag plus Spesen.«

»Und Kollegenrabatt?«

Decker lachte. »Nein, das gibt es nicht. Außerdem sind sie in solchen Fällen auch nicht sonderlich nützlich. Sie sind gut dafür, Vermißte oder zahlungsunwillige Väter aufzuspüren, heimliche Treffen zu fotografieren, bei Industriespionage und Werksdiebstahl vielleicht auch noch. Für alles, wo man die Täter in flagranti ertappen kann. Jeanine ist eine gesetzestreue Bürgerin, die ganz nebenbei vierzehn Menschen ermordet hat. Sie hat ihr Ding gedreht, jetzt muß sie sich nur unauffällig verhalten. Was soll mir ein Privatdetektiv erzählen? Daß sie sich unauffällig verhält?« Decker dachte nach. »Was ich wirklich brauche, ist ein Informant. Jemand, der in den Anschlag verwickelt war und auspackt. Oder einen Insider, dem sie sich anvertraut hat.«

»Was für ein Insider?«

»Gute Frage.«

Decker erhob sich. Ging auf und ab.

»Zum Beispiel das Rollstuhl-Tennisturnier, das sie veranstaltet. Da wird's von Behinderten wimmeln. Wenn ich das Geld hätte, würde ich einen anheuern, der da arbeitet. Einen, der unauffällig ist und die Ohren spitzt. Einen, der ihr Vertrauen gewinnt und sie zum Reden bringt. Dann könnte ich ihn verkabeln und hätte Jeanines Geständnisse auf Band.«

»Wie wär's mit Wade Anthony?«

Decker blieb stehen. »Da kann ich mir auch gleich die Kugel geben. Der würde es ihr sofort stecken, und ich hätte die nächste Klage am Hals.«

Sie schwiegen, dann nahm er Rinas Hand. »Rina, diese Hütte ... Der Preis ist sicher günstig. Das können wir uns leisten. Wollen wir nicht einen Fachmann hinschicken und sehen, was an dem Haus zu machen ist? Wenn die Sache gut aussieht und ich sie in den Griff kriegen kann, laß es uns einfach tun.«

Rina begann zu lächeln. »Du hast gerade Yaakov sehr glücklich gemacht.«

»Da es so billig ist, können wir dieses Haus noch behalten, bis die Umbauten fertig sind. Vielleicht am Wochenende im neuen wohnen und in der Woche hier, wo es bequemer ist. Zumindest so lange, bis ich ein zweites Bad angebaut habe. Wenn wir ein paar Monate lang die Sonntage dafür freihalten, müßte das zu schaffen sein.«

»Das mit deinem Vater hab ich ernst gemeint, Peter«, sagte Rina. »Wenn wir das Haus kaufen, ist das ein guter Grund für ihn, herzukommen. Er liebt doch alles, was mit Werkzeugen zu tun hat. Dein Bruder übrigens auch.«

»Na, dann werd ich mal die Familie zusammentrommeln. Alle Mann ran zum Scheunenbau! Und Sie, kleine Lady, was können Sie beitragen?«

»Ich kann nähen, ich kann pinseln, ich kann sogar tapezieren.«

»Ein richtiges Familienunternehmen.« Er wurde wieder ernst. »Meine Eltern haben sich also immer noch nicht wegen Thanksgiving entschieden?«

»Sie überlegen noch. Aber ich krieg sie schon her. Jetzt erst recht. Ich werde deinen Vater mit dem neuen Haus ködern.«

»Das neue Haus ...« Er lachte. »Wunderbar! Wir reden, als hätten wir's schon gekauft.«

»Wir müssen nur das Geld lockermachen.«

»Klar. Vielleicht gibt uns Jeanine einen netten kleinen Kredit. Die schwimmt ja neuerdings im Geld.«

Rina wurde ernst. »Peter, du wirst die Morde im Estelle aufklären. Es dauert vielleicht ein bißchen, aber du wirst es schaffen.«

»Die Eltern dieser Frau sterben einen furchtbaren Tod, ihr Bruder stirbt einen furchtbaren Tod, und sie spielt die Dame von Welt, sammelt Geld für die armen Opfer, zu denen sie sich selber zählt.«

Rina sagte nichts.

»Ich weiß, sie sind wirklich Opfer. Warum soll man ihnen nicht helfen?« Er ließ sich auf den Stuhl sinken. »Ich bin einfach nur ... frustriert. Weil diese Frau so clever ist. Verklagt mich und legt damit die Ermittlungen lahm! Dann macht sie sich für die Opfer stark. Benutzt sie als Schutzschild. Verschanzt sich hinter einem ganzen Kordon aus Bürokraten und Honoratioren.« Er schnaufte. »Hätten wir Beweise, würde ihr das alles nicht helfen. Aber wir haben keine. Wir kriegen nicht einmal den Tatablauf zusammen. Wie zum Beispiel hat sie den Killer bezahlt? Wir haben heimlich ihre Konten überprüft. Weder vor noch nach den Morden wurden größere Summen bewegt. Nicht mal kleinere, die man zu einer großen Summe addieren könnte. Natürlich kann sie die Bezahlung auch kaschiert haben.«

Rina dachte nach. »Sie hat doch das Vermögen ihrer Eltern geerbt, oder?«

»Ja. Daran haben wir gedacht. Auch auf diesen Konten keine größeren Geldbewegungen.«

»Ich kann mir nicht vorstellen, Peter, daß die Eltern ihr gesamtes Vermögen auf Konten deponiert haben. Denk doch mal an die Jeschiwa, die vielen Spenden in Form von Aktien und Wertpapieren. Damit kann man auch Leute bezahlen.«

Decker schlug sich vor die Stirn. »Wie konnte ich nur so blöd sein? Sie hat die Mörder mit Wertpapieren bezahlt!«

»Oder mit Schuldverschreibungen aus dem Erbe ihrer Eltern.«

»Aber klar doch!« Decker sprang auf. »Die Garrisons *müssen* einfach solche Papiere gehabt haben! Das paßt genau ins Bild: ältere Leute mit viel Vermögen. Außerdem sind diese Papiere ein ideales Zahlungsmittel, weil sie nicht zurückverfolgt werden können.«

»Die neuen schon«, sagte Rina. »Seit einiger Zeit sind die registriert, damit die Kapitalsteuer nicht hinterzogen werden kann. Statt der Kupons kriegen die Besitzer jetzt eine jährliche oder halbjährliche Zinsausschüttung.«

»Aber es sind immer noch viele alte Wertpapiere im Umlauf. Die Garrisons haben sich bestimmt schon vor Jahrzehnten solche Schuldverschreibungen gekauft. Und die sind nicht zurückzuverfolgen.«

»Zumindest nur sehr schwer.«

Decker merkte auf. »Man kann es also?«

»Theoretisch ja. Und zwar über den Kupon. Aber du mußt dem Makler oder dem Banker eine Menge privater Informationen abluchsen. Das ist mit Sicherheit illegal.« Rina schaute ihn prüfend an. »Hast du was Bestimmtes im Sinn?«

»Eigentlich nicht. Wir haben kaum konkrete Hinweise.«

»Was habt ihr überhaupt?«

Decker runzelte die Stirn. »Wir haben Jeanine Garrison, die sich seit etwa einem halben Jahr einen Siebzehnjährigen als Tennispartner hält.«

»Und?«

»Das ist schon alles.«

»Du glaubst, der Tennispartner hat was mit dem Massaker im Estelle zu tun?«

»Ja, vielleicht.«

»Warum? Weil er ihr Tennispartner ist?«

»Ja.«

Rina zuckte die Schultern. »Bloß gut, daß wir in einem Rechtsstaat mit ordentlichen Gerichtsverfahren leben.«

Decker lächelte.

»Und du denkst, Jeanine hat diesen Jungen zum Mord angestiftet.« Sie blinzelte. »Aber wen soll er ermordet haben?«

»Harlan Manz.«

»Und woher wußte Jeanine, daß Harlan Manz ein ganzes Lokal zusammenschießen würde?«

»Da gibt es zwei Theorien«, sagte Decker. »Entweder sie hat auch Manz angestiftet und wußte, daß er nicht dichthalten würde. Oder das Ganze war von vornherein so geplant, daß es aussehen sollte wie ein ... blinder Gewaltakt. Angenommen, Jeanine hat zwei Killer angeheuert und den einen aufs Kreuz gelegt. Hat ihn vom anderen erschießen lassen. So sah das Ganze dann aus wie die Bluttat eines Irren.«

»Das ist aber *sehr* weit hergeholt.«

»Nein. Zumindest dieser Teil der Theorie ist gut untermauert. Wir haben Beweise, die für mehr als einen Schützen sprechen.«

»Okay.«

»Vage wird es erst bei diesem zweiten Mann. Wir haben Jeanines Tennispartner unter die Lupe genommen. Er heißt Sean Amos ... ein aufgeblasenes Bürschchen – und reich. Webster meint, der hat nicht den Nerv, so was durchzuziehen. Also vermuten wir, daß Sean vielleicht den zweiten Killer besorgt hat.«

»Mit oder ohne Jeanines Wissen?«

»Keine Ahnung.«

»Und habt ihr auch Vermutungen, wen er angeheuert haben könnte?«

»Da gibt's einen Knaben aus der Westbridge ...«

»Geht Sean auf diese Schule?«

»Ja. Kennst du sie etwa?«

»Vom Hörensagen. Eine Art Karrieresprungbrett für die Kinder vom Country Club.«

»Genau.« Decker nahm einen Schluck Tee. »Der Junge heißt Joachim Rush und ist mit Sean in einer Klasse. Er hat ein Stipendium. Ein Einzelgänger und Scrabble-Fan.«

»Ja und? Ich spiele auch gern Scrabble.«

»Nein, Rina. Ein richtiger Fanatiker. Spielt auf Turnieren und so.«

»Trotzdem finde ich das harmlos.«

»Es geht auch nicht um Scrabble«, erklärte Decker. »Dieser Joachim Rush hat mit Sean Amos irgendeinen Deal gemacht. Martinez hat gesehen, daß Sean ihm einen Umschlag zugesteckt hat.«

»Aha, jetzt wird's spannend!«

»Fand ich auch. Aber als wir Rush unter die Lupe nehmen wollten, hat uns Strapp den Hahn abgedreht.«

Rina seufzte. »Der gute Captain. Hat er euch zurückgepfiffen. Das tut mir leid.«

Decker lachte. »Vielleicht war es gut so. Man kann seine kostbare Zeit sicher nützlicher verbringen, als irgendeinen Spinner mit dem Spitznamen Cyberword auf seine Scrabble-Turniere zu verfolgen.«

»Wohl wahr.« Rina lachte. »Aber es könnte den Wortschatz unglaublich bereichern.«

Sammy lag in seinem Zimmer, starrte zur Decke hinauf und lauschte auf das Gepfeife der Spottdrossel. Das dämliche Vieh wollte einfach nicht den Schnabel halten, trillerte, zirpte, tschilpte ununterbrochen. Trotzdem, es hatte auch was Beruhigendes – eine Art Schlaflied von Mutter Natur.

Er hörte seine Eltern reden, streiten, dann wieder leise sprechen. Das Grundstück war zwar groß, aber das Haus reichlich klein. Früher hatten ihn die Streitereien gestört. Jetzt konnte er einfach abschalten, und das wunderte ihn. Woran lag diese Gleichgültigkeit? Vielleicht daran, daß er jetzt seinen Führerschein hatte.

Joachim Rush, ein Scrabble-Fan. Wie Yermie Cohen.

Sammy hatte mal mit einem Freund an einem Scrabble-Turnier teilgenommen. Gesiegt hatte er nicht, aber auch nicht schlecht abgeschnitten. Wen juckte es, wenn er noch mal zu einem Turnier ging? Und wenn er dabei zufällig auf diesen Joachim Rush stieß? Was, wenn Peter recht hatte? Wenn Cyberword ein Auftragskiller war?

Wie blöd, Ideen zu haben und sie nicht in die Tat umsetzen zu können. Seiner Mutter konnte er damit nicht kommen. Nicht jetzt jedenfalls. Und seinen Vater traute er sich nicht zu fragen. Weil ... naja, weil man ihm so was nicht sagen konnte. Er mochte Peter sehr. Aber manchmal kam er einfach nicht gegen ihn an.

So ganz anders als Abba.

Abba ... Die Erinnerungen an ihn wurden immer blasser. Nur

ein paar blieben ganz deutlich. Solche, die so oft hervorgekramt wurden, daß sie schon fast zur Legende geworden waren.

Abba.

Der Umzug in das neue Haus bedeutete den endgültigen Abschied von der Jeschiwa, von dieser Phase seiner Kindheit. Das Leben ging weiter.

Trotzdem schnürte es Sammy den Hals zu.

An die Gegenwart denken. Zum Beispiel an Joachim Rush. Das war einfacher. Und es war auch nichts dabei, zu einem Scrabble-Turnier zu gehen.

Trotzdem wollte er es nicht auf eigene Faust machen. Erst mußte er mit jemandem reden. Jacob? Nein, seinen Bruder wollte er nicht in die Sache hineinziehen.

Vielleicht doch Ima einweihen?

Nein, unmöglich. Wenn er Geheimnisse mit ihr hatte, würde er einen Keil zwischen sie und Peter treiben. Ima kam nicht in Frage.

Aber wer dann? Wer würde verstehen, worum es ging? In die Kissen gekuschelt, dachte er nach, allmählich eingelullt von den Vogelstimmen. Plötzlich war er wieder hellwach.

Na klar!

Gleich nach Ende des Sabbat würde er anrufen. Zufrieden schlief er ein.

29

Cindy griff nach der Kaffeetasse, schlürfte die geschäumte Milch. »Das ist alles sehr interessant, was du mir da erzählst. Aber bis jetzt weiß ich nicht, worauf du hinauswillst.«

»Das weiß ich selber nicht«, sagte Sam. »Deshalb rede ich doch mit dir.« Er biß in seinen Bagel. »Ich dachte, du kämst vielleicht auf eine Idee.«

Cindy knabberte an ihrem Zimtbagel, frisch aus der Hausbäckerei von Harold's East. Ein nostalgisch gestaltetes Deli im New Yorker Stil, das nur Milchprodukte anbot. Eins der wenigen Lokale, die Sam besuchen konnte, weil das Essen koscher war.

»Ich hab keinen Plan, Sam«, sagte sie. »Und es gibt nichts zu planen. Wenn du irgendwas weißt, solltest du's Dad erzählen.«

»Das kann ich nicht, Cindy.« Sam war enttäuscht. »Erstens habe ich ihm nichts Wichtiges zu sagen. Zweitens soll er nicht wissen, daß ich ihn und Mom belauscht habe. Drittens weiß er von den Scrabble-Turnieren und hat sich entschlossen, nicht hinzugehen. Oder Strapp hat's ihm verboten. Ich dachte, wir könnten uns dort mal umsehen ...«

»Ich bringe die Wanzen an und du die versteckten Kameras?«

»Laß mich doch wenigstens ausreden!«

»Entschuldige. Sprich weiter.«

Sam überlegte. »Ich weiß nicht. Ich dachte nur ... weil keiner von Dads Leuten sich mit diesem Joachim befassen darf ... daß du ihn vielleicht ein paar Tage beschatten könntest.«

»Miss Marple war schon immer mein Schwarm.«

»Vergiß es!« Sammy war eingeschnappt. »War eine blöde Idee. Tut mir leid, daß ich dich belästigt hab. Ich zahle.«

Cindy seufzte. »Mein Gott, ich rede ja genauso wie er. Negativ und sarkastisch.« Sie leckte sich die Milch von den Lippen. »Es muß schrecklich sein, so eine Abfuhr zu kriegen. Tut mir leid, Sam.«

»Du bist nur ehrlich.« Er rückte seine Brille zurecht. »Und du hast recht. Es ist lächerlich. Aber es tut mir nicht leid, daß ich's versucht habe.«

Cindy sagte nichts und musterte ihren Stiefbruder. Ein stiller Junge in Jeans und einem frischen weißen Hemd mit langen Ärmeln. Schlank, das sandfarbene Haar zum Teil von der gestrickten Jarmulke bedeckt. Dunkle, intelligente Augen. Er war im Begriff, ein sehr hübscher Bursche zu werden.

Sam stützte sich auf die Ellbogen. »Du kriegst nicht so mit, was mit ihm los ist. Du siehst ihn nicht Tag für Tag. Er ist sehr frustriert.«

Cindy ärgerte sich. »Ich hab ihn schon öfter frustriert gesehen, als du dir vorstellen kannst.«

»Hör mal, ich poche hier nicht auf Verwandtschaft oder so.« Sam senkte den Kopf. »Biologie bleibt Biologie. Du bist nun mal seine richtige Tochter ...«

»O *bitte*!« Wieder ertappte sich Cindy bei diesem schroffen, sarkastischen Tonfall, den sie von ihrem Vater hatte. Biologie war allerdings Biologie und heimtückischer, als sie vermutet hätte. Sie schlug einen sanfteren Ton an. »Sam, es ist wirklich albern, die Zuneigung meines Vaters ... unseres Vaters zu portionieren. Er liebt *alle* seine Kinder. Ja, und ich weiß, daß er frustriert ist. Wenn er von unserem Treffen wüßte, wäre er sicher gerührt. Aber ich sehe nicht, wie wir ihm helfen könnten.«

»Wem schadet es denn, wenn wir einfach mal zu so einem Turnier gehen?« beharrte Sam.

»Angenommen, wir tauchen dort auf. Angenommen, wir sehen diesen Joachim, wir reden sogar mit ihm. Was dann? Weißt du überhaupt, wie der Typ aussieht?«

»Keine Ahnung. Aber das kriegen wir raus. Dad sagte, er ist bei den Scrabble-Fans sehr bekannt.«

»Na gut. Diesen Typ zu finden, dürfte der leichteste Teil der Übung sein.« Cindy dachte nach. »Gehen wir also vom günstigsten Fall aus, Sam. Ich gehe zum Turnier und komme mit ihm ins Gespräch. Ich eise ihn los und lade ihn zu einem Kaffee ein. Was dann? Ich kann ihm nicht einfach Namen wie Sean Amos oder Jeanine Garrison an den Kopf werfen. Du hast mir gesagt, er hätte eine Frühzulassung für Yale in der Tasche. Der Kerl ist kein Idiot.«

»Das stimmt.«

»Selbst wenn ich ihn zum Reden bringen könnte, sein Vertrauen gewinnen würde ... so was dauert Wochen oder Monate, Sam. Soviel Zeit hab ich nicht. Bald fängt meine Akademie an.«

»Dann beeil dich eben.«

»Wenn ich ihn zum Reden bringe und rausfinde, daß er total unschuldig ist? Dann hab ich nicht nur Dads Dienstgeheimnisse ausgeplaudert, sondern auch mit einem Typ rumgespielt, der nichts verbrochen hat, bloß ein bißchen merkwürdig ist.«

Sammy nahm einen Schluck aus der Seltersflasche. »Da ist was dran.«

Cindy trank ihren Kaffee aus. »Ich könnte ihn schon ein bißchen beobachten. Sehen, was er so treibt. Aber machen wir uns nichts vor. Wenn er irgendwie mit Sean Amos zusammenhängt, wird er in der Schule oder am Telefon mit ihm reden. Daß ich ihn bei einer Missetat erwische, halte ich für ziemlich unwahrscheinlich.«

»Deshalb fand ich ja die Idee mit dem Turnier so gut. Da können wir ihn in Aktion erleben.«

»Und ...«

Sam lächelte. »Unterschätz nicht den Wert einer einfachen Observation.«

Cindy schüttelte den Kopf. »Eigentlich bin ich dagegen.« Sie seufzte. »Wann findet die Sache statt?«

»Nächsten Donnerstag.«

Es war Samstag abend. Nicht mal eine Woche hatte sie, um an ihrem Wortschatz zu feilen. »Wir vergessen eine wichtige Tatsache«, sagte sie. »Ich bin nicht gut im Scrabble.«

»Ich kenne jemanden, der dir helfen könnte ...«

»Kommt nicht in Frage. Wir ziehen keinen Dritten in diesen Schlamassel rein. Dann sind Dads Ermittlungen wirklich im Eimer. Du darfst mit niemandem darüber reden außer mit mir. Das ist die Bedingung.«

Sam dachte nach. »Ich könnte dir ein paar Tricks zeigen. Du bist ja nicht auf den Kopf gefallen. Mußt nur ganz locker ins Spiel gehen.«

»Ich weiß, wie's geht. Ich bin einfach nicht besonders gut.«

»Nur eine Frage der Übung«, sagte Sam. »Und des Wortschatzes. Du mußt dir all diese seltsamen Wörter mit zwei und drei Buchstaben merken. Dazu die verkorksten Wörter, die mit X oder Q anfangen.«

»Das ist wirklich nicht meine Stärke.«

»Außerdem wird auf Zeit gespielt.«

»Auf Zeit?«

»Normalerweise hat jeder fünfzehn oder zwanzig Minuten pro Spiel. Jeder Spieler hat eine Schachuhr. Die ist mit der des Gegners verbunden. Wenn du dein Wort gelegt hast, drückst du auf den Knopf, und die Zeit des anderen fängt an.«

»Unter Zeitdruck klappt es erst recht nicht bei mir. Ich hasse Druck.«

Sammy schaute sie scharf an. »Und warum willst du dann ausgerechnet Cop werden?«

Cindy machte den Mund auf und gleich wieder zu. »Volltreffer!«

»Ich will dich nicht fertigmachen«, sagte Sam. »Ich frage nur.«

»Ich hab meine Gründe.«

Sam blickte zur Seite. Ihr Tonfall ließ weitere Nachfragen nicht ratsam erscheinen. Er widmete sich seinem Bagel und seiner Selters.

Cindy knabberte an ihrem Zimtbagel, sie war rot vor Verlegenheit. Der Junge hatte wirklich einen wunden Punkt getroffen, aber er schien nichts davon zu merken.

»Cindy, du wirst zur Scrabble-Queen, wenn du erst den Bogen raus hast. Schließlich hast du studiert.«

»Das beweist gar nichts.«

»Du hast doch den Eignungstest bestanden. Da warst du auch unter Zeitdruck.«

»Aber ich hatte mehr als fünfzehn Minuten Zeit.«

»Hier ist es genau dasselbe. Nur ein bißchen schneller. Der Trick ist einfach, deine Wörter zusammenzustellen, während der Gegner dran ist. Das ist nicht schwer, wenn du erst den richtigen Rhythmus hast. Das schaffst du.«

Cindy betrachtete Sams ernstes Gesicht. »Okay, versuchen wir's. Nur um zu sehen, ob ich's kann.«

»Außerdem, was soll bei einem Scrabble-Turnier schon passieren? Scrabble-Spieler neigen nicht zur Gewalttätigkeit.« Er sah auf die Uhr. »Schon elf durch. Um zwölf muß ich zu Hause sein, sonst schickt Ima die Nationalgarde aus. Nein, schlimmer noch, sie schickt Dad!« Er zögerte. »Wie wär's, wenn ich morgen gegen zehn bei dir vorbeikomme?«

»Das wirst du nicht. Auch anrufen kommt nicht in Frage. So eng befreundet waren wir nie.«

»Wir sind doch keine Feinde, Cindy!«

»Nein, natürlich nicht. Aber wir hatten auch nicht viel miteinander zu tun, von den üblichen Familientreffen abgesehen.«

»Stimmt.«

»Wenn meine Mutter uns ohne besonderen Grund zusammen sieht, fängt die Fragerei an. Das können wir gerade brauchen. Daß Dad die ganze Sache brühwarm von meiner Mutter aufgetischt kriegt.«

»Wo dann?«

»Um elf im McGregor-Park«, sagte Cindy. »Du, ich und all die russischen Rentner, die dort rumsitzen. Entweder du kommst oder du kommst nicht. Machen wir für heute Schluß, Sam?«

»Okay, geh du nur. Ich muß noch *bentschen* ... das Tischgebet sprechen.« Sam griff nach der Rechnung, aber Cindy war schneller.

»Arbeitsteilung«, sagte sie. »Du dankst Gott für das Essen, ich bezahle die Rechnung.«

30

Rina fand Hollywood von Jahr zu Jahr häßlicher und schmuddliger. Und nun noch der U-Bahnanschluß ... all die Baustellen, der Dreck, der da in die Luft gepustet wurde. Ganz zu schweigen von der hemmungslosen Zurschaustellung nackten Fleisches. Kaum zu glauben, daß dieser Ort immer noch die Touristenmassen anzog. Leute aus aller Herren Länder, Fotoapparate um den Hals und selbst im Winter im kurzärmligen Hawaiihemd. Dann die Einheimischen. Schäbige Unisex-Klamotten, fettiges Haar, zerfetzte Jeans, Tattoos und jede Menge Piercings. Wahrscheinlich fliegen die nie, dachte Rina. Weil sie durch keinen Metalldetektor kommen.

Rina fand das Haus ohne Mühe, stellte den alten Volvo auf einem bewachten Parkplatz ab. Ihre Hände schwitzten, ihr Herz klopfte. Sie hoffte, er wäre nicht zu Hause, fürchtete aber, daß ihre Hoffnung vergebens war. Er ging selten weg.

Sie hatte sich etwas Schlichtes angezogen. Schwarzer Pullover und Jeansrock. Das Haar geflochten und mit einem Kopftuch bedeckt. Sie klopfte an die Tür, hörte die schleppenden Schritte näherkommen. Es dauerte eine Weile, bis er öffnete. Auf seinem Gesicht malte sich Überraschung.

Er stützte sich auf den Stock und grinste. »Ich glaube, wir kennen uns.«

»Ich glaube auch.« Rina lächelte. »Sie waren auf unserer Hochzeit.«

»Ah! Die Hochzeit. Ich erinnere mich. Das Essen! Diese wunderbare Pekingente. Ich hab mich für ein ganzes Jahr sattgegessen.«

»Dann müssen wir wohl wieder mal Hochzeit feiern. Sieht so aus, als hätten Sie seitdem kaum was gegessen.«

Er klopfte sich auf den flachen Bauch. »Es geht so.«

Sie musterte ihn, dann blickte sie zur Seite. Abel Atwater. Peters Kumpel aus dem Vietnamkrieg. Kaum zu glauben, daß dieser Mann jemals kriegstauglich war – so entsetzlich mager. Das hagere Gesicht durch einen grauen Vollbart kaschiert. Sein Haar war silbegrau und nach Hippie-Mode zum Zopf geflochten. Der Jogginganzug schlackerte um seinen ausgemergelten Körper. Das einzig Lebendige an ihm waren die Augen ... ein klarer, wacher Blick. »Ihnen fallen ja förmlich die Sachen vom Leibe!« sagte Rina.

»Sie haben wohl was gegen den Schlabberlook?« Er zog die Hose ein wenig höher.

»Darf ich reinkommen, Abel?«

»Klar.« Er wedelte einladend mit dem Stock.

Das Zimmer war eng und stickig vor Hitze. Man blickte auf einen Parkplatz, die Küche hatte die Größe eines Kleiderschranks. Dünne Mullgardinen, ein abgeschabter brauner Teppich, die Möbel wie vom Sperrmüll. Ein Resopaltisch mit orangefarbenen Plastikstühlen. Aber sauber war es hier. Blitzsauber.

»Darf's ein Bier sein, Mrs. Decker?«

»Sie können mich doch Rina nennen!«

Abel lächelte. »Rina ... ein schöner Name. Für eine schöne Frau. Möchten Sie ein Bier, Rina?«

»Nein, danke.«

»Außer Bier hab ich nichts Besonderes anzubieten.« Abel öffnete den Uraltkühlschrank und steckte den Kopf hinein. »Nicht zu glauben! Da ist ja Orangensaft! Möchten Sie Orangensaft?«

»Nein, danke. Ich möchte nichts.«

Abel richtete sich wieder auf und schloß den Kühlschrank. »Sie sind ja ein pflegeleichter Gast!«

Wieder schwenkte er den Stock und wies auf das Sofa, das mit einer ehemals rotgoldenen Diwandecke bedeckt war. Rina setzte sich, Abel ließ sich in die andere Sofaecke plumpsen. »Da Sie so bei mir reingeschneit kommen, mach ich mir gleich Sorgen um Pete. Aber so schlimm kann es nicht sein. Dafür sind Sie zu ruhig.«

»Peter geht's gut.«

»Schön, das zu hören. Wollen wir noch ein bißchen weiterplaudern? Oder wollen Sie gleich zum Thema kommen?«

»Es geht natürlich um Peter.«

»Planen Sie eine Geburtstagsparty für ihn?«

»Nein. Solche Überraschungen mag er nicht.«

»Wer mag das schon«, sagte Abel wie zu sich selbst. »Worum geht es dann?«

»Ich brauche Ihre Hilfe, Abel.«

Der dürre Mann lächelte, dann grinste er, dann lachte er. Sein knochiger Finger bohrte sich in seine magere Brust. »Sie brauchen *meine* Hilfe?«

Rina seufzte. »Vielleicht hätte ich nicht kommen sollen ... Ich war nicht sehr nett zu Ihnen, als wir uns kennenlernten. Kann sein, daß ich eifersüchtig auf Ihre Freundschaft mit Peter war. Deshalb ist es ein bißchen heuchlerisch, Sie jetzt um Hilfe zu bitten.«

»Ich hab Ihnen die Pistole an den Kopf gesetzt, Rina«, sagte er. »Das hat Sie vorsichtig gemacht, was mich betrifft.«

Rina senkte die Augen. Sie erinnerte sich an den Vorfall. »Die große Abrechnung«, hatte Peter das genannt. »Ja, ich hatte wohl meine Gründe, reserviert zu sein«, sagte sie.

Abel lachte. Er stand auf, humpelte zum Fenster und öffnete es. »Tut mir leid, daß es hier so stickig ist. Ich hatte keinen Besuch erwartet. Wollen Sie mir erzählen, worum es geht?«

»Um einen von Peters Fällen«, sagte sie. »Der Massenmord im Estelle.«

»Hab davon gelesen. Die Schießerei hat ihn an seine schlimmsten Alpträume erinnert, hat er gemeint.« Abel sah zur Decke. »Seine Vietnam-Träume ist er inzwischen los, hoffe ich.«

»O nein. In letzter Zeit war's ziemlich schlimm. Dieses Blutbad ... das hat schreckliche Erinnerungen in ihm wachgerufen.«

Abel nickte.

»Er hat sich richtig in diesen Fall verbissen, Abel. Eins der Opfer, genauer gesagt die Tochter von einem dort umgekommenen Ehepaar ... Er glaubt, sie hat was mit der Sache zu tun.«

»Mit der Schießerei?«

»Ja. Er hat sie befragt. Am nächsten Tag hat sie ihn wegen sexueller Belästigung verklagt.«

»Den Doc?« Abel zog eine Grimasse. »Das ist eine Lüge.«

»Ich weiß. Das Verfahren war eine Farce und wurde schließlich niedergeschlagen. Aber die Anschuldigung hat seine Arbeit erschwert. Er mußte einen großen Bogen um die Frau machen.

Dann wurde es noch schwieriger, weil sein Chef ihm den Fall entzogen hat.«

Abel humpelte zur Couch zurück und ließ sich behutsam nieder. »Ich dachte, der Mörder hätte sich noch am Tatort erschossen.«

»Das ist die offizielle Version.«

Rina erzählte ihm, was sie wußte. Abel hörte zu, die Beine ausgestreckt, die Hände in den Falten seines Sweatshirts vergraben. Als sie fertig war, richtete er sich auf und zog mit den Händen sein rechtes Bein heran. Das linke folgte ohne Hilfe.

Er überlegte. »Eine Frau bringt zwei Typen dazu, ein Restaurant zusammenzuschießen. Dann muß der eine den anderen abknallen ...«

»Der zweite Schütze ist bis jetzt nur ein Phantom«, sagte Rina. »Eine Zeugin erinnert sich, daß direkt nach der Schießerei ein Mann das Lokal verlassen hat. Ging einfach zur Tür hinaus. Ein seltsames Verhalten für einen, der nicht in den Anschlag verwickelt ist, finden Sie nicht?«

»Was ich glaube, spielt keine Rolle.« Er neigte zweifelnd den Kopf. »Und Doc denkt, daß der zweite Schütze ein siebzehnjähriger Scrabblespieler ist?«

»Ich weiß, es klingt albern.«

Abel kratzte sich den Bart. »Da bewegt er sich auf dünnem Eis.« Er stand auf und ging ans Fenster. »Trotzdem, Doc ist ein intuitiver Typ. Sollte man nicht unterschätzen. Wenn ihm die Frau verdächtig vorkommt, dann ist auch was dran.«

»Ich bin sehr froh, daß Sie das sagen.« Rina nestelte an ihrem Kopftuch, legte die Hände wieder in den Schoß. »Man hat seine Ermittlungen blockiert, Abel. Die Frau hat ihre Verbindungen spielen lassen, um seine Arbeit zu behindern. Er braucht jemanden, der an sie rankommt.« Sie zögerte. »Und deshalb bin ich hier.«

Abel schwieg eine Weile. »Ich gehöre nicht gerade zur High-Society. Was genau stellen Sie sich vor?«

Rina wurde rot. »Peter scheint zu glauben, daß er mehr erfährt, wenn er jemanden hat, der dabei ist.«

»Wobei?«

»Bei dem Rollstuhl-Tennisturnier, das sie veranstaltet.« Wieder wurde sie rot, stockend sprach sie weiter. »Da jobben viele Behinderte. Wenn Peter jemanden einschleusen könnte ... Sie wissen schon ... in ihre engere Umgebung ... einen, dem sie nicht mißtraut, dann könnten sich vielleicht irgendwelche Hinweise ergeben. Mache ich mich verständlich?«

»Allerdings. Sie brauchen einen Krüppel.«

»Abel ...!«

»Sie glauben wohl, daß alle Krüppel in einer Art Geheimbund sind.«

»Bitte, Abel, machen Sie's mir nicht noch schwerer, als es sowieso schon ist.«

Beide schwiegen.

»Entschuldigen Sie, das war fies von mir.«

»Ich habe lange überlegt, wer eine solche Sache hinkriegen könnte. Sie sind der einzige, dem ich das zutraue, und der einzige, dem ich auch *trauen* kann. Weil Sie Peter fast genauso eng verbunden sind wie ich.«

Abels Augen wurden feucht. »Das stimmt«, sagte er, »abgesehen von dem Wörtchen ›fast‹.« Er legte die Stirn in Falten. »Aber, Rina, solche Turniere sind hochgestochene Angelegenheiten. Man geht da nicht einfach rein ... oder humpelt rein, um seine Dienste anzubieten. Und man kriegt keinen Job, nur weil man behindert ist. Selbst wenn ich wollte, würden die mich kaum nehmen. Nicht einmal für einfache Arbeiten. Die haben ihre eigenen Leute.«

Rina überlegte. »Sie haben wahrscheinlich recht.«

»Außerdem betrachten die Querschnittsgelähmten die Amputierten nicht als ihresgleichen. Weil wir laufen können. Es gibt eine ungeschriebene Rangordnung unter den Krüppeln. Die vollständig Gelähmten wollen lieber Querschnittsgelähmte sein, die Querschnittsgelähmten wollen lieber Amputierte sein, und wir Amputierten wollen komplett sein. Und meine Amputation ist nicht mal sehr gravierend – nur ein halbes Bein fehlt. Für die Querschnittsgelähmten gehöre ich beinahe nicht dazu. Stehe ganz unten in der Hierarchie.«

»Natürlich. Lassen wir's also lieber.« Sie stand auf. »Abel, trotzdem sollten Sie sich nicht so rar machen.«

»Laden Sie mich doch mal zum Essen ein, wenn es Ihr Gewissen erleichtert.«

»Wie wär's mit Sonntag abend?«

»Meinen Sie nicht, daß Doc Verdacht schöpfen wird?«

»Ich kann doch sagen, wir hätten uns zufällig getroffen.«

»Ich treffe niemanden.« Wieder kratzte er sich den Bart. »Also warten wir lieber erst mal ab.« Er zögerte. »In einem haben Sie recht. Ich hab diesen Hundesohn verdammt gern. Ein toller Kerl. Ich schulde ihm was, und jetzt ist es wohl an der Zeit, das zurückzuzahlen.«

»Abel, das ist überhaupt nicht nötig!«

»Trotzdem. Lassen Sie mir ein paar Tage Zeit. Ich kenne ein paar Leute über den Verband. Vielleicht krieg ich raus, ob einer was mit dem Turnier zu tun hat. Ob er mir einen kleinen Job zuschanzen kann.«

Rina biß sich auf die Lippe. »Danke, daß Sie mir zugehört haben. Ich halte es nicht aus, Peter so bedrückt zu sehen. Ich will ihm nur helfen, obwohl das sicher ein Fehler ist.«

»Wahrscheinlich ein Riesenfehler. Aber ich finde es toll, daß Sie sich so um ihn sorgen. Wenn es auch überzogen ist.«

Rina lachte. »Das ist ja fast ein Kompliment!«

Abel musterte sie von oben bis unten. »Sie sind sehr schön. Doc hat wirklich Glück.«

»Wenn Sie eine Schwäche für schöne Frauen haben, werden Sie sich in Jeanine verknallen.«

»Sieht sie so gut aus?«

»Umwerfend.«

»Eine echte Isebel?«

»Isebel ...« Rina staunte. »Bist du zur Sonntagsschule gegangen, Abel?«

»Ich stamme aus dem ärmsten Winkel der Appalachen. Da gab's nur Staub und den lieben Gott. Die Bibel war das einzige Buch im Haus. Die Bibel und der Versandhauskatalog. Lesen gelernt habe ich mit beiden. Als ich dann richtige Bücher in die Finger kriegte, hab ich mich gewundert, warum dort nicht ›wahrlich‹, ›ward‹, ›daselbst‹ und solche Wörter drinstanden ...«

Rina lächelte.

»Ja, ich kenne diese Isebel«, wiederholte Abel. »Ein durch und durch böses Weib.«

»Allerdings.«

»Sei's drum.« Abel strich sich über den Bart. »Ich hab meinen Anteil an bösen Frauen weg. Auf eine mehr kommt's nicht an.«

31

Das Scrabble-Turnier fand im Obergeschoß der Buchhandlung statt, im hinteren Winkel zwischen der Video/Audio-Ecke und der Spiele-Abteilung.

Cindy musterte die alten und neuen Brettspiele, die in den Regalen aufgereiht waren, als Sam ihr auf die Schulter tippte. Sie fuhr herum. »Der da mit der Wollmütze und der orangegelben Jacke.«

Cindy sah sich den Jungen an. Lang und dünn. Ein bleiches, aber offenes Gesicht, Sommersprossen auf Stirn und Nase, lange, schlanke Finger. Brauner Bartflaum auf der Oberlippe und am Kinn. Seine dunklen Augen huschten umher und taxierten die anwesenden Spieler. Unter der Jacke trug er ein übergroßes weißes T-Shirt und abgewetzte Jeans. An den Füßen hatte er echte oder nachgemachte Doc Martens.

»Sieht mir nicht wie ein Killer aus«, sagte Cindy.

»Nee. Mir kommt er auch ganz normal vor ... Und wir stehen schön dumm da.«

»Wer nicht wagt, der nicht gewinnt.«

»Hast du dich schon angemeldet?«

»Nein.«

»Komm, ich zeig dir, wo es ist.«

»Hör mal, Sam. Wenn wir was erreichen wollen, dürfen wir hier nicht zusammen rumstehen.«

Sam rührte sich nicht von der Stelle. »Das seh ich nicht so. Stell dir vor, du sprichst nachher mit ihm, er erwischt dich allein und legt dich um ...«

»Ich gehe nicht weg von hier«, sagte Cindy. »Und überhaupt:

Wozu jetzt kalte Füße kriegen? Ich melde mich an, und du verdrückst dich. Wir sehen uns später.«

Sam zögerte, dann nickte er. »Paß auf dich auf.«

»Bis dann.« Cindy schlenderte davon und blickte sich weiter um.

Überall standen Spieltische und Klappstühle zwischen Regalen, in denen sie Bücher über Spielstrategie sah, über Schach, Bridge, Whist, Backgammon und Poker, aber auch Werke über Logik, Spieltheorie und Wahrscheinlichkeitsrechnung – Fächer, die sie an der Columbia-Universität tunlichst gemieden hatte.

Im ganzen waren es sechzehn Tische. Auf den meisten standen schon die Uhren und die Spielbretter bereit. Ein Tisch war für Snacks reserviert – Salzstangen, Popcorn, Kartoffelchips, mehrere Krüge Wasser, Stapel von Servietten, Papierbecher. Auf einem anderen Tisch lagen die Teilnehmerlisten aus – sortiert nach Zweier-, Dreier- und Vierergruppen. Die Preise gingen an die Spitzenreiter jeder Gruppe. Ehrgeizige Spieler hatten sich auf allen drei Listen eingetragen. Joachim gehörte zu den Ehrgeizigen.

Cindy tat es ihm nach. Auf diese Weise würde sie ihm wenigstens einmal bei einem Zweiermatch gegenübersitzen. Und wenn sie Glück hatte, würde sie auch in einer Dreier- oder Vierergruppe gegen ihn antreten.

Sie goß sich Wasser ein, jemand tippte ihr auf die Schulter. Sie drehte sich um und versuchte, sich die Überraschung nicht anmerken zu lassen.

Joachim musterte sie mit einem forschenden Blick. Sie biß sich auf die Lippe, nahm einen Schluck Wasser, schob die Hüfte vor. »Ja, was ist?«

»Bist du die Cindy von der Teilnehmerliste?«

»Ist das ein Problem?«

»Nein, überhaupt nicht.« Er hatte eine weiche Stimme. »Ich muß nur wissen, ob du eine ISN hast.«

»Eine was?«

»Eine internationale Scrabble-Nummer.«

»Wie wär's mit meiner Sozialversicherungsnummer?«

Er lächelte. »Leider ...«

»Führerschein?«

»Das hier ist ein ISN-Turnier. Ohne Nummer kannst du nicht teilnehmen.«

»Und wo kriege ich die her?«

»Ich kann dir eine geben. Kostet allerdings fünf Dollar.«

»Wie bitte!?«

»Tut mir leid, ich hab die Regeln nicht gemacht.«

»Da bleibt mir ja keine Wahl.« Cindy schaute ihm in die Augen und hielt seinen Blick fest. Er wurde rot. Sie lächelte, zog das Portemonnaie und sah nach. »Ich hab aber nur zwei ... nein, drei Dollar.«

»Dann lege ich die restlichen zwei dazu«, sagte Joachim.

Sie legte ihm die drei Scheine in die aufgehaltene Hand. »Wenn du mir deine Adresse gibst, zahle ich's dir zurück.«

»Schon gut.« Joachim schob das Geld in die Tasche. »Warte hier. Ich hol dir die Nummer.«

Cindy schaute ihm nach. Nichts Auffälliges. Der typische schlaksige Teenager.

Er kam mit einem Mitgliedsausweis wieder. Vorsichtshalber hatte sie sich mit dem Mädchennamen ihrer Mutter eingetragen: Cohen. »Nummer 4782!« rief sie. »Meine Glückszahl!«

Wieder lächelte er. »Viel Spaß!«

Er ging, Cindy drehte sich weg und atmete tief durch. Das war cool, sagte sie sich.

Nach drei belanglosen Spielen wurde Joachim ihr Gegner. Ein Zweiermatch. Er lächelte, als er sie sah, setzte sich und prüfte die Schachuhren.

»Wie läuft's?« fragte er.

»Nicht besonders.«

»Spielst du viel?«

»Früher, an der Uni«, sagte Cindy. »Aber hiermit ist das nicht zu vergleichen. Ziemlich witzlos, gegen die Typen dort anzutreten. Die sind total benebelt von William Burroughs und dem Kraut, das sie auf dem Fensterbrett züchten.«

»Ich steh auf Burroughs«, sagte Joachim.

»Du bist eben jung und leicht zu beeindrucken.«

»Im Gegensatz zu dir, Omi?«

»Gib mir 'nen Schaukelstuhl, und ich bin zufrieden.«

Er lachte. »Du kannst anfangen.«

Cindy sah ihn an. »Das ist aber gegen die offiziellen Regeln.«

»Ich weiß, ich weiß. Aber ich schlag dich auch so. Wahrscheinlich mit der doppelten Punktzahl. Zu Ehren von William Burroughs.«

»Bist ja ganz schön eingebildet, Kleiner.«

»Ich kenn bloß meine Stärken. Fang an.«

Cindy legte ihre Buchstaben aus. Und plötzlich wurde sie vom Kampfgeist gepackt. Auf faire Art würde sie ihn nie besiegen. Ich muß unter die Gürtellinie gehen, dachte sie. Sie schaltete die Uhr ein, legte das erste Wort und schaltete aus.

Er zog nach, sie war wieder dran. Uhr ein.

Sie streifte den Schuh ab, legte ihr Wort, schaltete aus und strich mit dem nackten Fuß über seine Wade.

Er blickte kurz auf, sagte nichts, legte sein Wort und drückte den Knopf.

Sie war dran, dann er, dann sie, dann er.

Wieder streichelte sie seine Wade. Zweimal auf und ab.

»Du trittst mich«, sagte er mit rotem Gesicht.

Ihre Stimme klang harmlos. »Entschuldigung.«

Sie war dran, dann wieder er. Ihr Fuß wanderte an seinem Bein hoch. Blinzelnd vor Verlegenheit und hochrot legte er seine Buchstaben.

Das Spiel dauerte achtzehn Minuten. Cindy grinste. »Du hast gewonnen. Aber bei weitem nicht mit der doppelten Punktzahl, mein Junge.«

»Weil ich gespielt hab wie ein Anfänger.« Joachim stand wütend auf. »Bis nachher.«

»Bist du etwa sauer?« fragte Cindy.

»Das hast du mit Absicht gemacht!«

»Na und?«

»Was heißt na und?« Er blickte sie finster an. »Das hat mich abgelenkt.«

»Sollte es auch.« Cindy grinste. »Sonst hätte ich ja überhaupt keine Chance gehabt.«

Joachim starrte noch eine Weile, dann fing er an zu lachen. »Ich glaub's einfach nicht ...« Er wurde wieder rot. »Nächste Runde. Es geht weiter.«

In den restlichen Spielen traf Cindy nicht mehr auf Joachim. Er gewann in allen Kategorien und verzichtete großmütig auf die Preise, die daher an die Zweitplazierten gingen.

Cindy lauerte auf einen Blick von ihm. Als er sie ansah, wandte sie sich weg. Er zögerte eine Weile, dann kam er zu ihr. »Du langweilst dich wohl?«

»Allerdings.«

»Wie wär's mit 'ner Tasse Kaffee oder so?«

»Willst du mir damit etwa die Langeweile vertreiben?«

Wieder wurde er rot, scharrte verlegen mit den Füßen und machte einen Rückzieher. Cindy nahm ihn beim Arm. »He, das war doch nur Spaß! Der richtige Aufhänger wäre gewesen, wenn du gesagt hättest: So also ist es an der Uni.«

Sein Lachen war genauso weich wie seine Stimme.

Sie hielt noch immer seinen Arm fest. »Gegen einen Kaffee hätte ich nichts einzuwenden. Nur hat mir leider so ein Typ meine letzten Dollars abgeknöpft.«

»Ich lade dich ein.«

»Dann gern.«

»Ich muß erst noch ein paar Sachen wegräumen«, sagte Joachim.

»Schon gut. Teffen wir uns unten im Lesecafé. Sagen wir in ... zehn Minuten?«

»Das könnte klappen.«

»Gut«, sagte Cindy. »Würde mich freuen, wenn das klappen könnte.« Sie ließ seinen Arm los. »Bis dann.«

Als sie unten war, außer Sicht, schwenkte sie triumphierend die Faust. Im nächsten Moment tauchte Sammy auf. »Was hat er gesagt?«

»Er hat alle Morde gestanden.«

»Cindy ...!«

»Gar nichts hat er gesagt! Ich gehe gleich mit ihm Kaffee trinken, und du gehst nach Hause. Ich rufe dich an.«

»Kommt nicht in Frage«, sagte Sam. »Das war nicht ausgemacht.«

»Was war nicht ausgemacht?«

»Daß du mit ihm allein bist.«

»Sam, wie soll ich was rauskriegen, wenn ich nicht mit ihm rede?«

»Heute abend wollten wir ihn nur beobachten.«

»Es ist aber ein bißchen mehr draus geworden.«

»Das war nicht abgesprochen.«

»Ich improvisiere eben. Aber jetzt geh, bevor er uns zusammen sieht.«

»Ich laß dich nicht allein.«

»Sam, hast du dir den Knaben mal genau angeguckt? Kann man überhaupt harmloser aussehen?« Sie tätschelte die Jarmulke ihres Stiefbruders. »Hör zu, Brüderchen: Dieser Junge ist kein Auftragskiller. Nie und nimmer. Aber vielleicht können wir seine Unschuld beweisen und rausfinden, wo er am Abend des Anschlags war. Dann muß Dad wenigstens keine falsche Fährte verfolgen, wenn Strapp ihn überhaupt noch mal an den Fall ranläßt.«

Da hatte sie recht. Trotzdem war Sam nicht überzeugt. »Mir gefällt das nicht.«

Cindy versuchte es mit einem neuen Trick. »Hast du deiner Mutter nicht gesagt, du wärst um elf zu Hause?«

»O verd...!« Er stampfte mit dem Fuß auf. »Cindy, aber du mußt mich anrufen! Damit ich weiß, ob alles in Ordnung ist.«

»Hast du denn einen eigenen Anschluß? Was soll ich sagen, wenn deine Mutter abnimmt?«

»Du mußt die Zwei drücken und dann das Sternchen. Dann klingelt es nur bei mir im Zimmer und nirgends sonst. Abgemacht?«

»Na gut. Ich ruf dich an.«

»Und wann?«

»Gegen zwölf. Bist du dann noch auf? Morgen hast du Schule.«

»Klar. Ich bin eine Nachteule.« Sam rieb sich die Hände. »So gegen zwölf.«

»Okay. Aber krieg keine Panik, wenn's ein bißchen später wird. Ich werd dir schon nicht als Gespenst erscheinen.«

Gespenst wäre ja okay, dachte er. Hauptsache keine Leiche. Doch das behielt er lieber für sich. Seine Hände waren eiskalt. Er machte sich nur fertig. Zu blöd. Dieser Joachim sah wirklich absolut harmlos aus. Sam gab sich einen Ruck, beschloß, nach Hause zu fahren. Nach Hause zu fahren und zu beten. Wenigstens mit Einem zu reden, der etwas Gutes tun konnte.

»Dann hatte ich diese Phase, wo ich all die amerikanischen Autoren gelesen habe. Du weißt schon. Fitzgerald, Hemingway, Faulkner, Eudora Welty, Steinbeck ...« Joachim tunkte seinen Schokokeks in den Espresso. »Das lief alles prima, bis ich mir *Licht im August* vornahm. Ich wußte zwar, das ist so was wie 'ne Allegorie auf die Vertreibung aus dem Paradies und den Sündenfall. Aber Mann, diese Prosa war mir echt zu fett ...«

»Das ist eben sein Stil«, sagte Cindy.

»Klar. Aber warum kann er nicht ein bißchen leserfreundlicher schreiben? Ich hab mich durch den *Magus* durchgeackert, durch *Clockwork Orange* und sogar den *Beowulf*. Gegen experimentelle Literatur, die mit Wörtern und Sätzen spielt, hab ich wirklich nichts. Mich stört einfach die Ausdrucksweise. Ich nehme an, Faulkner sagte sich, warum nur ein Adjektiv nehmen, wenn's auch zwanzig sein können.«

»Er ist ein Südstaatenautor, Joachim. Deren Bücher strotzen vor Atmosphäre. Das hat irgendwas mit der hohen Luftfeuchtigkeit an der Golfküste zu tun.«

»Schon möglich.« Joachim biß von seinem Keks ab. »Hast du ihn gelesen?«

»Vor Ewigkeiten.«

»Wie alt bist du denn?«

»Einundzwanzig«, log sie.

»Da bist du schon ein höheres Semester?«

»Bin gerade fertig.«

»Ah ja. Und was jetzt?«

»Ich häng in der Luft.«

»Willst du nicht promovieren?«

»Keine Lust.«

Joachim sagte nichts.

»Ich hab die Uni satt bis hier«, fuhr Cindy fort. »Das wirst du noch kapieren, wenn du erst mal dahin kommst, wo ich jetzt bin.«

»Tu nicht so herablassend, dafür bist du zu jung«, sagte Joachim.

»Nach vier Jahren an der Uni – da liegen Welten zwischen uns. Nicht, was die Intelligenz betrifft, Joachim. Ich sage nur, daß ich diesen kleinkarierten Akademikerscheiß satt habe. Das Gequatsche und Getue und dann die müden Sprüche, mit denen sie dich ins Bett kriegen wollen.«

»Haben sie's denn geschafft?«

»Nicht bei mir!«

Joachim wurde rot. »Entschuldige, das war taktlos.«

»Schon gut.« Cindy musterte ihn. »Du wirst schnell rot. Weißt du das?«

Wieder wurde er rot. »Ich hab nicht viel mit Mädchen zu tun. Oder wie ist überhaupt die korrekte Bezeichnung?«

»Im Zweifelsfall kannst du ›Frauen‹ sagen.« Cindy nippte an ihrem Milchkaffee. »Ja, du erscheinst mir ein bißchen ...«

»Sprich's nur aus!«

»... ein bißchen naiv.«

»Oh, vielen Dank.« Er lächelte. »Ich dachte, du wolltest sagen, ich bin ein Eierkopf. Weil es stimmt. Ich bin einer. Aber das macht mir nichts aus.« Seine Miene wurde finster. »Lieber das als hochnäsig, mit Drogen vollgepumpt, schlaff, arschlos und hirnlos wie meine reichen Mitschüler.«

»Und was denkst du wirklich von der Schule?«

Joachim blieb ernst. »Die Schule ist schon okay. Was mich stört, sind die Schüler.«

»Machen sie dich fertig?«

»Jetzt geht's. Mit etwas Grips kann man einiges kompensieren. Aber es gab Zeiten ...« Er schlang den restlichen Keks hinunter und knirschte mit den Zähnen. »Lag nicht nur an den anderen. Ich paß da einfach nicht rein. Hab ich nie ... Wenn du mich komisch findest, solltest du erst mal meine Eltern sehen.«

»Ich finde dich nicht komisch«, versicherte Cindy. »Du paßt nur nicht an die High-School, weil du zu intelligent bist.«

Joachim senkte den Blick. Sein Gesicht war hochrot. Wie leicht ist es doch, diese Boys um den Finger zu wickeln, dachte Cindy. Dabei war sie nicht einmal ein Vamp wie Jeanine Garrison. Die mußte ja die Kerle reihenweise um den Verstand bringen.

Joachim sah auf die Uhr. »Wird langsam spät.«

Cindy warf einen Blick auf ihre Armbanduhr. Viertel nach elf. »Geh nur. Ich bleibe noch ein Weilchen.«

Joachim fuhr sich über die Lippen. »Mußt du nicht nach Hause oder so?«

»Ich bin einundzwanzig, Joachim«, sagte sie. »Ich *muß* überhaupt nichts.«

»Wohnst du allein?« fragte er schüchtern.

»Bei meiner Mutter. Ich such mir was Eigenes, sobald ich genügend Kohle verdiene.«

Er trommelte mit den Fingern auf der Tischplatte. »Möchtest du ... vielleicht mit zu mir nach Hause kommen? Einen Spätfilm sehen oder so was?«

Sie machte große Augen. »Haben denn deine Eltern nichts dagegen?«

»Meine Eltern sind gerade verreist.« Er rutschte auf dem Stuhl hin und her. »Ich kann Popcorn machen, und wir ziehn uns einen Horrorfilm rein. Das ist zwar nichts Besonderes, aber wenigstens brauchst du keine dummen Sprüche von mir zu befürchten. Ich bin total harmlos.«

Cindy zögerte einen Moment. »Bist du schwul?«

»Nein, nein!« Schon wieder wurde er knallrot. »Das wollte ich damit nicht sagen. Ich find's nur schön, sich ein bißchen zu unterhalten. Das ist alles.«

Cindys Gedanken überstürzten sich. Was für eine Chance! Und was für eine Dummheit! Sie war selbst erschrocken, als sie sich sagen hörte: »Klar, warum nicht?«

Der Junge strahlte. »Toll. Du kannst hinter mir herfahren.«

»Mach ich. Aber erst muß ich noch telefonieren.«

»Das kannst du bei mir machen. Ich wohne nicht weit von hier.«

Sie standen auf. Joachim legte einen Zwanziger auf den Tisch.

»Du gibst aber üppiges Trinkgeld«, sagte Cindy.

»Ich hab da eine kleine Goldgrube.«

»Eine was?«

»Äh ... ich gebe Nachhilfe. Dreißig Mäuse die Stunde.« Er grinste. »Manchmal lohnt es sich, ein bißchen schlauer zu sein.«

32

Sie hatte ein komisches Gefühl. Aber die Pistole in ihrer Handtasche machte sie verwegen. Sie überlegte: Ein Schüler, der eine Sechs-Dollar-Rechnung mit einem Zwanziger bezahlte? Ein Schüler, der einen lukrativen Nebenjob hatte? Nachhilfe, hatte er gesagt. Womit verdiente er wirklich sein Geld?

Was wollte sie überhaupt von ihm? Sie mußte rauskriegen, was ihn mit diesem abscheulichen Sean Amos verband. Entweder das oder ein Alibi, das seine Unschuld bewies.

Er fuhr einen alten Saab und bog flink um mehrere Ecken, bis er vor der Einfahrt eines flachen, holzverkleideten Ranchhauses hielt. Struppiger Rasen, ein paar Büsche. Sie parkte ihren Toyota hinter dem Saab; beide stiegen gleichzeitig aus. Er suchte an seinem Schlüsselbund, öffnete die Haustür und ließ ihr den Vortritt.

»Danke.«

Sie warf einen Blick in die Runde. Ein schlicht möbliertes Wohnzimmer – Couch und zwei Sessel, alter grauer Spannteppich, Fensterläden aus Holz. An den Wänden gerahmte Poster von Maxfield Parrish und Peter Maxx.

Joachim warf die Jacke aufs Sofa. »Mach's dir bequem.«

»Waren deine Eltern Hippies?« fragte Cindy.

»Wieso Hippies?«

»Wegen der Poster.«

»Ach so.« Joachim schaute kurz zur Wand. »Eigentlich sind sie SF-Fans. Und gegen einen guten Fantasy-Roman haben sie auch nichts einzuwenden.« Er blickte auf. »Aber von Büchern verstehen sie mehr als von Kunst.«

»Parrish ist doch in Ordnung.«

»Ja, wenn man auf Kitsch steht. Du kannst ruhig die Jacke ausziehen.«

»Ich muß telefonieren.«

»Ach richtig.« Joachim zeigte auf das durchsichtige Telefon auf dem Tischchen neben dem Sofa.

Cindy nahm den Hörer ab. »Welcome to space age«, sagte das Telefon.

»Mein Vater hat da einen Chip eingebaut. Du sagst die Nummer, und es wählt für dich.«

Cindy blickte ihn an, dann das Telefon. »Ich komm schon zurecht. Du hast doch gesagt, du kannst Popcorn machen. Ich bin plötzlich wild auf Popcorn!«

»Klar. Bin gleich wieder da.«

Hastig tippte sie die Nummer ein, dazu eine Zwei und das Sternchen. Als Sam abnahm, flüsterte sie: »Ich bin bei ihm, es ist alles in Ordnung, ich ruf dich später an.«

»Das ist doch nicht dein Ernst!« sagte Sam mit erstickter Stimme.

»Ich muß jetzt Schluß machen ...«

»Du bist wahnsinnig«, flüsterte Sam. »Hau sofort ab.«

Cindy hörte Rinas Stimme im Hintergrund. »Sammy, hör auf zu telefonieren und geh endlich ins Bett!«

»Sieht aus, als müßtest *du* abhauen«, sagte Cindy.

»Cindy, hör auf mit dem Wahnsinn!«

»Ich ruf dich später an.« Sie legte auf, ihr Herz raste im Galopp. Das war wirklich Wahnsinn. Was sollte diese ganze Trickserei? Was konnte sie überhaupt erreichen? Sie griff nach ihrer Handtasche und war erleichtert, als ihre Finger den kühlen Stahl berührten.

Was sollte schon passieren? Sie raffte ihren Mut zusammen und ging zur Küche. Ploppende Geräusche kamen aus der Mikrowelle.

»Möchtest du noch was anderes?« fragte er.

Sie mußte ihn beschäftigen.

»Hast du irgendwelches Gemüse?«

»Ich kann dir was zurechtmachen, wenn du möchtest.«

»Wenn's dir nichts ausmacht?«

»Es macht mir nichts aus.«

»Oder wie wär's mit Nachos?«

Joachim drehte sich zu ihr um. »Soll ich auch den Bankettsaal eindecken, Eure Majestät?«

»Hör mal, wenn dir das zuviel Arbeit ist ...«

»Nein.« Joachim wurde wieder ernst. »Nein, ich zaubre schon irgendwas hin.«

»Das wäre toll.«

»Was zu trinken?«

»Eine Cola.«

»Warum keinen Wein? Du bist doch volljährig.«

»Eine Cola reicht mir, Mister Harmlos.«

»Ich will dich nicht betrunken machen! Das war ein ehrliches Angebot. Meine Mutter trinkt ständig Wein.«

»Nein, ich bleibe dabei. Aber wenn du da irgend 'ne Dröhnung reintust, dann bring ich dich um.«

»Doch nicht ich!« Er nahm eine Colabüchse aus dem Kühlschrank, öffnete sie und trank einen Schluck, dann gab er sie an Cindy weiter. »Ich bin eingeschriebenes Mitglied beim Verein Drogenfreies Amerika.«

Cindy nahm die Büchse. »Hast du einen Fernseher in deinem Zimmer?«

Er wurde sofort wieder rot. »Schon. Willst du etwa dort fernsehen?«

»Wir können es uns doch bequem machen.«

»Ja, warum nicht?« flüsterte Joachim. Aber seine Stimme klang gepreßt. »Geh schon vor. Ich komme gleich nach.«

Cindy zögerte. »Ist was mit dir?«

»Äh, nein.« Er salutierte mit einer Mohrrübe. »Alles in Ordnung.«

Sie hängte sich die Tasche über die Schulter, verließ die Küche. Kaum hatte sie die Tür zu seinem Zimmer geschlossen, warf sie die Tasche aufs Bett und machte sich ans Werk.

Hier sah es so ähnlich aus wie bei ihren Stiefbrüdern. Ein großer Schreibtisch mit Computer, Fax, Telefon, Anrufbeantworter und einem Ding, das aussah wie ein digitales Mischpult. Dazu andere Apparaturen, die sie überhaupt nicht einordnen konnte. An der Wand Filmplakate. Schräges Zeug, verzerrte Gesichter und aufgerissene Münder.

Als erstes durchwühlte sie die Schreibtischschubladen, suchte nach einer Pistole, nach Telefonrechnungen, Einkaufsquittungen oder einem kleinen Vorrat von dem Heroin, mit dem er

David Garrison ins Jenseits befördert hatte. Oder auch nur *irgendwas*, was ihn mit Sean oder Jeanine in Verbindung brachte. Sie arbeitete schnell und leise, aber sie fand nichts – wie zu erwarten.

Sie öffnete die Tür und lauschte. Er rumorte noch in der Küche.

Sie schlich sich an den Kleiderschrank und durchsuchte seine Jackentaschen. Ein paar Bücherquittungen, ein Kassenzettel vom Computerladen. Sie tastete sich durch die obere Ablage. Nichts.

Als nächstes war das Bett dran. Sie hob die Matratze, die Kissen, fuhr unter die Decken und Laken. Sie legte sich auf den Bauch und blickte unter das Bett. Auch nichts.

»Was machst du da?« hörte sie ihn fragen.

Noch auf den Knien, richtete sie sich auf. Er starrte sie an, in den Händen hatte er einen Teller mit Gemüse und einen anderen mit Nachos. Sie lächelte verlegen. »Ich hab meinen Ohrring verloren.«

»Du trägst doch gar keine Ohrringe.«

»Hab ich Ohrring gesagt? Ich meinte meinen Ring.«

Seine Miene verfinsterte sich. Er stellte die Teller aufs Bett, befeuchtete sich die Lippen.

Sie stand auf. »Du siehst sauer aus. Was ist los?«

»Nichts. Hier ist dein Essen.«

»Danke.«

Wieder spürte sie ihr Herz pochen. Sie griff nach ihrer Handtasche, aber er war schneller. Er angelte sich die Tasche, schob die Hand hinein.

Er zog ihre Pistole heraus.

Cindy erstarrte.

Er hielt sie mit beiden Händen, den Finger am Abzug, und zielte abwärts in die Ecke. Mit Waffen konnte er also umgehen. Dann ließ er sie sinken und prüfte den Sicherungshebel. »Warum schleppst du eine Zweiundzwanziger mit dir rum?«

»Das ist meine Sache.«

»Bei allem Respekt, da muß ich widersprechen.« Seine Stimme klang eisig. »Wenn du hier mit 'ner Pistole aufkreuzt, ist das auch meine Sache.«

Schnell, eine Idee! »Ich bin in New York zur Schule gegangen. Da hab ich mir angewöhnt, immer eine bei mir zu tragen.«

»Dafür kannst du in den Knast kommen, weißt du das? Unerlaubter Waffenbesitz.«

»Rufst du jetzt die Bullen?«

Er zuckte die Schulter und wog die Pistole in der Hand. »Nicht besonders schwer.«

»... kann aber einiges anrichten.«

»Allerdings«, sagte er mehr zu sich selbst. Er betrachtete die Pistole, während er weitersprach. »Die Kugeln schlagen ein, kommen aber oft nicht wieder raus. Besonders bei Kopfschüssen. Das Geschoß prallt gegen die harten Schädelknochen und springt im Schädel hin und her wie ein Gummiball. Das Gehirn wird dabei zermatscht wie Kartoffelbrei.«

»Du machst mich nervös«, murmelte Cindy.

Joachim sah sie an, als hätte er sie jetzt erst bemerkt. Er steckte die Pistole in die Handtasche zurück und warf die Tasche aufs Bett.

Cindy wollte nach der Tasche greifen, hielt sich aber zurück.

»Wenn du so auf Waffen stehst, kann ich dir ein paar richtige zeigen«, sagte Joachim.

Er nahm ein Filmplakat ab. Dahinter war ein Safe. Ein paar flinke Griffe am Zahlenschloß, und die Tür sprang auf. Er zog einen Revolver heraus. »Wenn du dich wirklich schützen willst, brauchst du so was. Weißt du, was das ist?«

»Eine Smith and Wesson, Kaliber 38, Saturday Night Special. kurzer Lauf, schnell zu laden, leicht zu verstauen.«

»Ich bin beeindruckt.«

»Steck sie weg, Joachim.«

»Meine Eltern ...« Er räusperte sich und starrte auf den Revolver in seiner Hand. »Wie gesagt, die sind ziemlich durchgeknallt. Keine Rassisten, aber sie pflegen eine gewisse ... Pioniermentalität. So nach dem Motto: Jeder kämpft für sich allein. Und was sie ganz toll finden, ist Survival-Training. Ich hab so manchen Sommer in kahlen Gebirgsgegenden verbracht, bei irrsinniger Hitze, mußte überfahrene Tiere essen und mit zerstochenen Händen Wasser aus den Kakteen pressen.«

»Das ist ja furchtbar.«

»Ja, es war echt übel. Trotzdem waren die Sommer immer noch besser als die Winter in den Rockys. Wenn meine Freunde Skiferien machten, mußte ich bei dreißig Grad minus im Schnee zelten. Klar, wir hatten kleine Öfchen, damit wir keine Frostbeulen kriegten. Aber die Dinger wärmten nicht. Es war so kalt, daß ich nicht mal die Kälte spürte ...« Sein Gesicht war ohne

Ausdruck. »Keine Ahnung, was das sollte. Hat mich irgendwie hart gemacht. Und ein guter Schütze bin ich geworden, das ist mal klar.« Joachim starrte auf den Revolver. »Eins muß man diesen Dingern lassen. Die klemmen nie.« Er legte den Revolver in den Safe zurück und holte eine andere Waffe heraus. »Ganz im Gegensatz zu dieser. Ich wette, die kennst du auch.«

»Eine Beretta Halbautomatic, elf Schuß.«

Sein Blick bohrte sich in ihre Augen. »Wird gern von Cops benutzt. Von Leuten wie Peter Decker.«

Der Name traf Cindy wie ein Schlag in den Magen. Sie sagte nichts.

»Wahrscheinlich wunderst du dich, wie ich darauf komme.«

»Ich bin gespannt.«

»Das Telefon ist an unser Computernetz angeschlossen, und ich kann mir sofort die gewählten Nummern anzeigen lassen. Als du angerufen hast, hab ich im Nummernverzeichnis nachgesehen. Ich nehme an, du weißt, was das ist.«

»Wie bist du denn da rangekommen?«

»Survival-Spezialisten haben ihre Methoden.« Joachim behielt sie im Blick. »Natürlich stand dort nur der Name. Peter Decker. Kein Beruf. Aber ich lese Zeitung, Cindy. Massenmorde kommen hier nicht alle Tage vor. Lieutenant Decker. Die Zeitungen waren voll davon. Ich bin Scrabble-Champion. Ich merke mir Wörter. Sogar Eigennamen. Geht bei mir ganz automatisch.«

Cindys Blick wanderte zu ihrer Handtasche. Joachim bemerkte es. »Nimm sie nur, die Tasche. Zück deine Pistole. Ich hindere dich nicht.«

»Du hast die Beretta in der Hand. Das hält mich zurück.«

Joachim legte die Waffe in den Safe und blickte Cindy bohrend an. »Du warst von Anfang an hinter mir her. Gleich als du mich angeguckt hast, wußte ich, daß was im Busch ist. Weil mich Mädchen nie so angucken. Schon gar keine, die älter sind ... und gutaussehende College-Absolventinnen erst recht nicht. Du denkst vielleicht, du warst clever, aber das warst du nicht. Ich hab dich nur machen lassen, weil ich dachte, im Zweifel für den Angeklagten. Und weil es schön war, mit dir zu reden ...«

»Joachim ...«

»Spar's dir, okay?«

Cindy verstummte.

»Du benutzt eine weiche Lederhandtasche und hängst sie über die Schulter. Man sieht nicht, was drin ist, aber man sieht, daß es irgendwas Schweres und Kantiges sein muß. Dann der Anruf bei Lieutenant Decker. Da wußte ich, daß es eine Pistole war.« Er setzte sich aufs Bett und verdrehte die Augen. »Du bist ein Cop. Das ist ja wohl klar. Ich kapiere nur nicht, *warum* du mir nachschnüffelst. Das kann keine normale Ermittlung sein, weil ich nichts ausgefressen habe.« Er starrte sie an. »Vielleicht arbeitest du schwarz. Hat Krieg dich geschickt? Zahlt der dich etwa dafür, daß du das machst?«

Cindy wippte mit dem Fuß, spielte auf Zeit. Sie mußte sich was einfallen lassen. »Wofür soll er mich bezahlen, Joachim?«

»Dafür, daß du mich quälst! Weil ich seine Abschlußarbeit nicht schreiben will. Dieser Idiot begreift nicht, daß solche Sachen kontrolliert werden. Soll ich mir etwa meine Zukunft versauen, bloß damit dieses Arschloch in Harvard studieren kann?«

Laß dir endlich was einfallen! beschwor sie sich. »Aber für andere hast du es doch gemacht«, sagte sie aufs Geratewohl.

»Das ist eine fette Lüge!« Joachim wurde dunkelrot. »Wer hat das behauptet? Wo hast du das her? Ich hab nie irgendwelche Prüfungsarbeiten für andere gemacht. Denkst du, ich bin verrückt?«

Endlich ging ihr ein Licht auf. *Manchmal lohnt es sich, ein bißchen schlauer zu sein*, hatte er gesagt. Seine *kleine Goldgrube*. Sam hatte ihr erzählt, daß er von Sean Amos einen Umschlag bekommen hatte. »Und wie steht's mit Sean Amos? Seine Abschlußarbeit hast du geschrieben ...«

»Niemals!«

»Aber jede Menge Aufsätze«, sagte sie scharf. »Für ihn und Krieg und all die anderen. Wir wissen Bescheid, Joachim. Es hat keinen Zweck zu leugnen.«

Joachim wurde aschfahl. »Wer ist ... wir?« flüsterte er.

Cindy ballte die Fäuste und fixierte ihn streng. »Joachim, ich bin von deiner Schule beauftragt worden, Betrügereien aufzudecken.«

»O Gott«, stöhnte er.

»Ich soll den Dingen auf den Grund gehen. An der Schule gibt's einen regelrechten Schwarzmarkt ...«

»Mir ist schlecht!« Er rannte ins Badezimmer.

Cindy hatte Magensausen wie im Riesenrad. Jetzt war klar, wie er sich die reichen Mitschüler vom Hals hielt und dabei noch eine hübsche Stange Geld verdiente. Geld für Nachhilfeunterricht, für die Hausaufgaben, für Jahresarbeiten und Aufsätze. Die Frage war nur: Machte er auch schlimmere Sachen für Geld? Cindy war nicht bereit, ihn als gänzlich unschuldig abzuschreiben. Noch nicht.

Kurz darauf kam er zurück, grün im Gesicht, mit triefender Nase. »Tut mir leid.« Er lächelte hilflos. »Keine starke Leistung für einen Survival-Spezialisten.«

Cindy reichte ihm die Coladose. »Trink!«

»Ich hab keinen Durst.«

»Trink!«

Joachim nahm einen kleinen Schluck. »Macht die Schule eine allgemeine Überprüfung? Oder richtet sich das speziell gegen mich?«

»Ich stelle hier die Fragen.« Cindy versuchte, möglichst professionell zu klingen. »Wenn du aus der Sache rauskommen willst, erwarte ich mehr Kooperation.«

»Ja, klar doch.«

»Dann fangen wir mal an. Erzähl mir von Sean Amos.«

»Warum denn gerade der?«

»Wie lange schreibst du ihm schon die Arbeiten?«

Seine Stimme wurde zum Flüstern. »Etwa vier Jahre.«

»Vier Jahre?«

»Ja. Für ihn, für Krieg, für Denny, für die alle. Sonst lassen mich diese Arschlöcher doch nicht in Ruhe.«

»Und wofür haben sie dich bezahlt?«

»Hausaufgaben, Aufsätze, Versuchsserien, alles mögliche.« Joachim blickt sie an. »Ja, dafür habe ich Geld verlangt.«

»Wieviel?«

»Je nachdem. Das war Verhandlungssache.«

»Hast du deshalb vor etwa einem Monat auf dem Schulparkplatz mit Sean Amos geredet? Er hat dir einen Umschlag gegeben. Hast du mit ihm einen Preis ausgehandelt?«

»Vor einem Monat?« Joachim schniefte. »Ich hab wirklich keine Ahnung, was ich vor einem Monat gemacht hab.«

»Es war ein Dienstag. Du hast mit Sean geredet ... oder er mit dir. Dann bist du losgefahren und hast die Werbezettel für das Scrabble-Turnier im Buchladen abgeworfen.«

»Mann, seid ihr gründlich!« Er stockte. »Für wen genau arbeitest du eigentlich?«

»Beantworte einfach meine Frage«, blaffte sie. »Warum hast du mit Sean Amos gesprochen?«

»Das ist einen Monat her. Ehrlich, ich weiß es nicht. Ich könnte in meinem Terminplaner nachsehen ...«

»Na, dann tu's!«

Joachim nahm ein Lederetui vom Schreibtisch, zog eine Art Taschenrechner heraus und drückte Knöpfe. »Vor einem Monat ... ein Dienstag ...« Er wartete. »Hier haben wir's. Ja, das war ein Dreiseitenaufsatz für Englisch. Gemeinsamkeiten und Unterschiede der englischen und amerikanischen Transzendentalisten. Könnte sein, daß ich mit Sean darüber gesprochen habe ... ihm meine Hilfe angeboten habe ...«

»Red kein Blech.«

Joachim machte sich steif. »Hör mal, Cynthia Cohen oder wie immer du heißt. Ich schreibe nur den verdammten Aufsatz. Den zeige ich ihm dann. Ist es etwa *mein* Problem, wenn er seinen Namen druntersetzt?«

»So was nennt man Betrug.«

»Das ist dasselbe, als würde man sich seine Informationen aus dem Lexikon holen.«

»Und das sagst du dann beim Aufnahmegespräch in Yale ...«

»Was willst du von mir!« rief Joachim entsetzt. »Bitte! Ich schwöre, daß ich's nie wieder tu. Bitte, bitte, bitte. Mein ganzes Leben hängt davon ab. Gib mir nur die eine Chance!«

»Was hast du noch so für Amos gemacht?«

Joachim riß die Augen auf. »Wie meinst du das?«

Cindy griff nach ihrer Tasche. »Hat er dich auch für andere Sachen angeheuert?«

»Was sollte ich denn sonst noch für ihn machen? Ich hasse den Typ! Ich hasse sie alle. Diese verfickten Schweine! Diese zugedröhnten Freaks!« Er lachte bitter.

Cindys Gedanken überschlugen sich. Meinte er Computerfreaks? Nein, du Idiotin, die andere Sorte. Drogenfreaks. David Garrison und seine Überdosis. »Heißt das, sie nehmen Drogen?«

»Und ob!«

»Hast du Sean jemals Drogen besorgt?«

Joachim riß die Augen auf. »Ich hab dir doch gesagt, daß er lügt. Der Typ ist ein dreckiger Lügner!«

»Beantworte meine Frage!«

»Nein«, sagte er. »Nein, nein, nein. Ich hab nie Drogen für ihn oder die anderen besorgt. Mit Drogen hab ich nichts am Hut, auch nicht mit Sean und schon gar nicht mit Mal. Dem hab ich ein paarmal Nachhilfe gegeben. Der Typ dealt und ist völlig hinüber. Den meide ich wie die Pest.«

Cindys Verstand raste. Jetzt mußte sie improvisieren. »Meinst du Mal Miller?«

»Wer ist Mal Miller?«

Sie sah ihn scharf an. »Welchen Mal meinst du denn nun?«

»Malcolm Carey.«

»Ach, den!« Cindy nickte wissend. »Wen versorgt er denn noch so?«

»Jeden, der will. Aber genau weiß ich's nicht. Ich sag doch, daß ich dem Typ aus dem Wege gehe. Bitte, du mußt mir glauben.«

Joachim war käsebleich, Schweiß stand ihm auf der Stirn. Cindy bekam Mitleid und bremste sich. »Bist du bereit, das vor Gericht zu beeiden?«

»Ja, natürlich!« Er war völlig verwirrt. »Kannst du mir bitte, bitte sagen, was das Ganze soll?«

»Gleich.« Cindy überlegte. Jetzt oder nie. Sie mußte es einfach riskieren. »Zeig mir doch mal deinen Terminplaner.«

Joachim sah auf seinen Taschencomputer, er schob ihn hinüber, aber sie nahm ihn nicht.

»Schalt ihn ein«, sagte sie.

Joachim gehorchte.

»Und da steht nichts drin von Verabredungen mit Malcolm Carey?«

»Keine einzige. Ich schwöre.«

»Und wenn ich ein paar Stichproben mache, mir den einen oder anderen Tag ansehe, finde ich nichts Belastendes?«

Joachim sah erbärmlich aus. »Nichts, wofür ich in den Knast käme.«

»Aber etwas wie *Aufsatz für Sean fertigmachen.*«

Er wischte sich den Schweiß von der Stirn und nickte.

»Ich kann dich nicht zwingen, mir den Planer zu zeigen. Nicht ohne richterliche Vollmacht.«

»Schon gut.« Wieder schob er ihr das Gerät hin. Seine Hände zitterten. »Was soll's ... Ich weiß nicht ... Ist schon gut.«

»Ich such mir ein paar zufällige Tage aus. Und du zeigst mir, was da steht. Verstanden?«

Er nickte.

»Dann zeig mir den Dienstag letzter Woche.«

Er drückte ein paar Tasten, und der Tag erschien auf dem Display. »Hier, schau's dir an.«

Ein paar Schularbeiten, ein Arzttermin, nichts für den Abend. Und nichts von Bedeutung.

»Und nun den Samstag vor zwei Wochen.«

Wieder drückte er die Tasten und drehte ihr das Display zu.

Nichts.

Mit klopfendem Herz nannte sie ihm das Datum des Massakers im Estelle. Ohne Zögern tippte Joachim das Datum ein und zeigte das Ergebnis.

Während im Estelle die Kugeln geflogen waren, hatte Joachim an einem Scrabble-Turnier beim YMCA teilgenommen. Cindy zeigte auf den Eintrag. »Bist du dort wirklich gewesen?«

Joachim las den Eintrag und zögerte. »Äh, da muß ich erst nachdenken. Das YMCA-Turnier? Ja. Klar war ich dort. Warum?«

»Ich stell hier die Fragen.«

»Okay.«

»Hast du dafür Zeugen?«

»Natürlich! Wieso?«

Cindy winkte ab. »Das wär's erst mal.«

Joachim erstarrte. »Was soll das heißen? Was wirst du machen?«

»Vorerst überhaupt nichts«, sagte Cindy.

»Überhaupt nichts?« Er konnte es nicht fassen.

»Wenn du mir versprichst, nie wieder Arbeiten für andere zu schreiben, laß ich die Sache möglicherweise fallen.«

»Ich schwöre, daß ich's nie wieder mache. Soll'n die doch alle baden gehen. Mir egal!«

»Okay. Ich melde die Sache nicht weiter. Aber ganz so billig kommst du mir nicht davon. Ich hab da noch ein paar Fragen.«

Joachim ließ sich erleichtert sacken. »Okay, worum geht's?«

»Um Malcolm Carey. Wo und wie zieht er seine Dealergeschäfte durch?« Cindy sah seinen fragenden Blick.

»Bist du etwa vom Drogendezernat?«

»Beantworte meine Frage, Joachim!«

»Ich weiß nicht, wo er das Zeug herhat. Aber wenn du willst, krieg ich's raus.«

»Nein, Joachim. Ich will nicht, daß du rumläufst und Fragen stellst. Hast du mich verstanden?«

»Klar.«

»Malcolm Carey ist gefährlich. Das hier bleibt strikt unter uns.«

»Wie du willst, Cindy. Darf ich dich noch Cindy nennen?«

Sie unterdrückte ein Lächeln. »Was kauft Sean bei ihm?«

»So ziemlich alles, nehme ich an. Uppers, Downers, Koks, Rohypnol, Schnee …«

»Sean kauft Heroin bei ihm?« unterbrach ihn Cindy.

»Ich nehm's an.«

»Aber sicher bist du nicht.«

»Ich weiß nur, daß er das Zeug ab und zu raucht. Wo soll er's sonst herkriegen? Malcolm versorgt doch die ganze Schule.«

»Und woher weißt du, daß Sean Heroin nimmt?«

»Das weiß doch jeder. Er gibt damit an. Der Typ hat 'ne große Klappe.«

Cindy wartete. »Womit prahlt er noch so?«

»Mit allem. Was für Drogen er nimmt, welche Mädchen er vögelt …«

»Spricht er auch über die …« Cindy schluckte, »über die ältere Frau, mit der er …«

»Du meinst Jeanine Garrison?« Er nickte. »Und ob. Und ständig sagt er allen, sie sollen es nicht weitersagen. Inzwischen weiß jeder, daß er sie vögelt. Zumindest behauptet *er* das.«

Cindy nickte. »Erzähl mir mehr von den beiden. Von Sean und Jeanine.«

Er zögerte. »Meinst du die ganzen Gerüchte?«

Cindy schlug das Herz bis zum Hals. »Ja, genau die. Was ist da dran?«

»Wer soll das wissen? Mein Gott, du scheinst ja wirklich alles zu wissen!«

»Ich hab meine Quellen«, log Cindy. »Aber im Moment rede ich mit dir. Also was sind das für Gerüchte?«

»Ich glaube, die gibt's, weil Sean sich in letzter Zeit so seltsam benimmt. Besonders seit dem Massaker im Estelle. Du weißt über die Eltern von Jeanine Garrison Bescheid?«

»Im Estelle erschossen. Sprich weiter.«

»Okay. Und daß Jeanines Bruder an 'ner Überdosis verreckt ist, weißt du das auch?«

»David Garrison. Wurde tot in seinem Apartment aufgefunden. Weiter.«

Joachim sah sie bedeutungsvoll an. »Erst verliert diese Frau ihre Eltern. Da hat sich noch keiner was dabei gedacht. Wir haben alle geglaubt, da hat ein Irrer ein Zielschießen veranstaltet. Aber als es auch noch ihren Bruder erwischte ...« Joachim knetete seine Finger. »Sie hat von ihren Eltern 'ne Menge Kohle geerbt. Und Sean sagte, sie hätte keine Lust, das Geld mit dem Bruder zu teilen, weil der ein Junkie ist.«

Cindy nickte. »Weiter.«

Joachim seufzte. »Dann kam das Gerücht auf, Sean hätte Malcolm Carey dafür bezahlt, daß er David Garrison den goldenen Schuß setzt. Es sollte aussehen wie ein Unfall.«

»Sean hat Malcolm angeheuert, um David Garrison zu erledigen?«

»So wurde gemunkelt. Und alle wissen, daß Mal durchgeknallt genug ist, um so was zu tun.« Er zögerte. »Aber wahrscheinlich ist das leeres Gerede. Wenn solche Sachen erst mal die Runde machen, werden sie aufgebauscht bis zum Gehtnichtmehr. Und am Ende steht Sean als der ganz große Bösewicht da.«

Cindy setzte sich aufs Bett. »Joachim, es ist von allergrößter Wichtigkeit, daß du unser Gespräch für dich behältst. Zu niemandem ein Wort. Im Interesse deiner eigenen Sicherheit.«

Joachim starrte sie an. »Du bist nicht von der Schule, stimmt's? Du kommst vom Drogendezernat.«

Cindy antwortete nicht. Statt dessen sagte sie: »Und jetzt möchte ich, daß du alles, was du über Sean Amos und Jeanine Garrison und Malcolm Carey gesagt hast, wiederholst.«

»Vor dir?«

»Nein, vor Lieutenant Decker.«

»Und wann?«

»Jetzt.«

»Jetzt?«

»Ja, jetzt.«

Joachim blickte sie an. »Er ist dein Boß, stimmt's?«

Endlich einmal mußte sie nicht lügen. »Ja, Joachim. Er ist mein Boß.«

33

Decker saß in Pyjama und Bademantel am Eßtisch und las die Zeitung. Es war ein Uhr nachts. Wozu machte er sich überhaupt die Mühe? Viel Erfreuliches stand sowieso nicht drin. Er schlürfte seinen dünnen Kaffee und hoffte, daß die Alpträume verfliegen würden. Eigentlich konnte er sich nicht beklagen. Das Massaker im Estelle lag erst sechs Wochen zurück, und meistens kam er leidlich gut durch die Nacht.

Er hörte eine Tür klappen und drehte sich um. Sammy blieb wie angewurzelt stehen, als er ihn sah, und lächelte verlegen. »Hallo!«

»Hallo!« Decker legte die Zeitung weg. »Kannst du nicht schlafen?«

Sammy zuckte die Schultern. »Ich wollte mir was zu trinken holen.«

»Bedrückt dich was?«

»Nein, alles in Ordnung.« Sam rieb sich die Hände. »Bist du immer so spät auf?«

»Manchmal. Ich hab's gern, wenn alles still ist.«

»Na dann ... Hat keiner angerufen in der letzten halben Stunde?«

Decker blickte seinen Sohn forschend an. »Wer sollte denn um ein Uhr morgens anrufen?«

»Hast recht. Blöde Frage.« Sam wich dem Blick aus. »Dann geh ich mal in die Küche. Bis dann.« Und weg war er.

Was zum Teufel hatte das zu bedeuten?

Nach ein paar Minuten tauchte er wieder auf. Wieder mit diesem seltsamen Lächeln. »Ich geh jetzt ins Bett.«

»Gute Nacht, Sam.«

»Nacht.«

Decker schaute Sam nach, der in seinem Zimmer verschwand, und wandte sich wieder der Zeitung zu. Wenig später hörte er Motorengeräusch, Scheinwerferlicht streifte das Fenster. Dann war alles still und dunkel. Er hörte Türenklappen, legte die Zeitung weg, stand auf und trat ans Erkerfenster.

Was um alles in der Welt ...

Ein Schatten, der aussah wie Cindy. Er öffnete die Haustür, und schon kam sie hereinmarschiert. Decker sah unwillkürlich aufs Handgelenk, wo er sonst die Uhr trug.

»Es ist Viertel nach eins«, klärte sie ihn auf. »Ein Glück, daß du auf bist. Ich hab da jemanden im Auto, mit dem du dienstlich sprechen solltest. Besser, du ziehst dir was an.«

Damit ging sie wieder hinaus. Decker stand wie vom Donner gerührt. Er unterdrückte den Impuls, ihr nachzurennen, zog sich hastig an. Als er wiederkam, stand Cindy mit einem Jungen da. Viel zu jung, um ihr Freund zu sein. Ein schlaksiger Typ um die Siebzehn, ausgeleierte Klamotten, Bartflaum ums Kinn. Aber sein Blick war wachsam und scharf. Und ängstlich.

Decker nickte, der Junge nickte zurück. Unbemerkt von seinem Stiefvater war Sam aufgetaucht, starrte Cindy und Joachim mit offenem Mund an. Cindy sah Sam hinter dem Rücken ihres Vaters gestikulieren. Sam rollte beschwörend mit den Augen, strich sich mit der Handkante über die Kehle.

Sie ließ sich nicht bremsen. »Lieutenant, das ist Joachim Rush. Ich glaube, der Name ist Ihnen bekannt. Joachim, das ist Lieutenant Decker.«

Deckers Herz fing an zu rasen. Das hatte ihm gerade noch gefehlt. Ein Herzanfall mitten in der Nacht. Der Junge streckte die Hand aus. »Sir.«

Decker schüttelte die Hand. Es gelang ihm, keine Miene zu verziehen. Hoffentlich war auch seiner Stimme nichts anzumerken. »Setz dich. Ich komme gleich zurück.«

Decker winkte seiner Tochter. Cindy blickte an ihm vorbei auf Sammy, der immer noch wild gestikulierte und mit den Lippen *Nein, nein, nein!* formte.

»Was guckst du da?« fragte Decker und drehte sich um. Sam winkte ihm unschuldig zu.

»Gute Nacht, Sam«, sagte Cindy.

»Moment mal, hiergeblieben!« befahl Decker. »Kann mir einer sagen, was hier vorgeht?«

»Gleich«, sagte Cindy, und zu Sam gewandt: »Kannst du dich inzwischen mit Joachim beschäftigen? Spiel ein bißchen Scrabble mit ihm.«

Ihr Stiefbruder zeigte wieder dieses seltsame Grinsen.

»Na los, mach schon! Bitte!« drängte sie.

Sam zog seinen Bademantel fester. »Okay.«

Bevor Decker etwas sagen konnte, schob Cindy ihn in die Küche, wo Joachim sie nicht hören konnte. Trotzdem flüsterte sie. »Dad, gib mir nur ein bißchen Zeit, und ich erkläre dir alles.«

Er war kurz vorm Explodieren. Nur der Gesichtsausdruck seiner Tochter hielt ihn zurück. So lebendig, so begeistert. Mit gepreßter Stimme sagte er: »Ich geb dir dreißig Sekunden.«

»Joachim weiß nichts von deinem Verdacht gegen Jeanine Garrison. Er hat auch nichts mit dem Anschlag im Estelle zu tun. An dem Abend war er auf einem Scrabble-Turnier. Wie ich das rausgefunden hab, erzähl ich dir später. Jetzt geht's nicht um das Estelle, jetzt geht's um David Garrison. In der Westbridge School kursieren Gerüchte, daß Sean Amos einen Mitschüler dazu gebracht hat, David Garrison den goldenen Schuß zu verpassen. Sollte wie ein Unfall aussehen, weil jeder wußte, daß er ein Junkie war. Hauptverdächtiger ist der Schüler und Drogendealer Malcolm Carey. Ich könnte mehr dazu sagen, aber die dreißig Sekunden sind um.«

Decker war sprachlos, dann würgte er hervor: »Mein Gott, worauf hast du dich eingelassen?«

»Ich? Auf gar nichts. Ich bring dir nur diesen Jungen.«

»Und wie hast du Sammy in die Sache reingezogen?« Er funkelte sie an.

Sie funkelte zurück. »Spielt das eine Rolle, Dad? Jetzt hast du endlich was gegen diese Garrison in der Hand ...«

»Ich hab nicht mal mehr die Ermittlungen in der Hand.«

»Ach, scheiß drauf!«

»Pst. Laß mich nachdenken. Ich muß erst mal schlucken.« Seine Gedanken rasten durcheinander. »Was sind das für Gerüchte?«

»Das läßt du dir besser von Joachim erzählen.«

»Cindy, woher weißt du, daß der Junge dir keinen Bären aufbindet?«

»Ich hab meine Gründe. Aber sprich selbst mit ihm. Wenn du anderer Meinung bist, werfe ich das Handtuch.«

»Du glaubst nicht, daß er was auf dem Kerbholz hat?«

»Höchstens Schummeleien an der Schule. Er schreibt Aufsätze und Hausarbeiten für Mitschüler wie Sean Amos.«

»Gegen Geld.«

»Ja, gegen Geld. Darum ging's auch, als Martinez ihn auf dem Parkplatz mit Amos reden sah. In dem Umschlag steckte Geld für einen Aufsatz.«

»Hast du ihn etwa danach gefragt?«

»Natürlich nicht! Das lief alles indirekt. Er hat mir nichts davon erzählt. Ich hab's selbst erraten. So hab ich ihn in die Zange genommen. Joachim schreibt nicht nur für Sean Amos, auch für andere. Ich hab mich als Cindy Cohen ausgegeben, von der Schule beauftragt, den großen Betrugsskandal aufzudecken ...«

»Hast du dir die Tarnung selbst ausgedacht?«

Cindy nickte.

»Einfach so?«

Sie strahlte. »Bist du beeindruckt?«

Und ob er das war! Aber er zeigte es nicht. Statt dessen sagte er: »Und er ist drauf reingefallen?«

»Nein, nicht ganz. Jetzt denkt er, ich bin vom Drogendezernat. Er glaubt, daß ich dir unterstellt bin. Oder er weiß selbst nicht mehr, was er eigentlich glauben soll. Er weiß nur, daß du wirklich Polizeileutnant bist. Das hat ihn zum Reden gebracht. Ich hoffe, du machst Gebrauch davon.«

Decker legte den Kopf schräg. »Und welche Rolle spielt Sammy dabei?«

»Er hat dich mit Rina über den Fall Garrison sprechen hören und sich seine eigenen Gedanken gemacht. Er wußte nicht, wie er mit dir reden sollte, also hat er mich angerufen.« Cindy machte eine Atempause. »Er hat es getan, weil du ihm etwas bedeutest. Und mir geht's genauso.«

Sie schwiegen.

»Dad, es könnte sein, daß Joachim nicht den Durchbruch bringt, den du brauchst. Daß es einfach nicht ausreicht, was er zu sagen hat. Aber er ist dein Mann in der Westbridge. Besser als jeder Privatdetektiv. Hab ich recht?«

Decker sagte nichts.

»Dieser Malcolm Carey hat die ganze Schule im Griff. Wer Drogen will, geht zu ihm. Er beschafft alles, von Gras bis Heroin. Und wenn es um Straftaten an der Schule geht, ist Joachim bereit, auszusagen. Hör ihn dir an. Dann weißt du, wovon ich rede.«

»Schon klar. Aber ich bin im Moment nicht ganz objektiv. Ich brauch einen unbefangenen Zeugen.«

»Wie wär's mit Rina?«

»Besser noch, ich rufe Marge an. Kümmer dich um deinen Schützling, es wird nicht lange dauern.«

»Danke, Dad, daß du nicht ausgerastet bist.«

»Das kommt noch.«

»Da bin ich sicher.« Sie küßte ihm die Wange. »Aber das halte ich aus.«

Marge brachte Oliver mit. Martinez und Webster hatten auch kommen wollen, aber Decker war dagegen. Zu viele Leute konnten den Jungen verschrecken.

Das hektische Treiben im Haus hatte Rina geweckt. Blinzelnd und benommen tappte sie ins hellerleuchtete Wohnzimmer. Vor allem wollte sie wissen, warum Sammy nachts um Viertel vor zwei Scrabble spielte. Cindy ging mit ihr in die Küche und versuchte alles zu erklären. Was Rina nur noch mehr verwirrte. Doch sie sagte nichts. Statt dessen machte sie koffeinfreien Kaffee und beschloß, die Dinge später zu sortieren.

Sam und Joachim hörten gegen zwei Uhr mit dem Spiel auf, Sam räumte es weg und zog sich in sein Zimmer zurück. Rina ging kurz darauf ebenfalls ins Bett und ließ die Gruppe am Tisch allein. Jetzt hatte Joachim das Wort. Er erzählte seine Geschichte, bedachtsam und geordnet.

Marge stellte ihm die erste Frage. »Kannte Sean die Gerüchte, die über ihn kursierten?«

»Ja, Madam.«

»Was hat er dazu gesagt?«

»Er hat nur abgewinkt.«

»Hat ihn das Gerede nicht nervös gemacht?« wollte Oliver wissen.

»Nein«, sagte Joachim. »Zumindest kam es mir nicht so vor. Ich hab zu Cindy gesagt ... ist das nun dein richtiger Name?«

»Ja. Sprich weiter, Joachim.«

»Ich glaube, er war eher stolz darauf. Kam sich vor wie eine große Nummer. Denn vorher war er auch nichts weiter als einer von diesen reichen Waschlappen. Keiner hat ihn ernst genommen.«

»Du hast doch gesagt, er wäre beliebt«, meinte Cindy.

»Wer soviel Knete hat, ist natürlich beliebt, zumindest vordergründig. Das hält aber niemanden davon ab, hinter seinem Rücken zu reden. Sean ist eine absolute Niete.«

»Aber er ist im Tennisteam«, wandte Cindy ein.

»Ja, im Sport ist er nicht übel. Aber ansonsten interessieren ihn nur Partys, er besäuft sich, dröhnt sich zu und vögelt rum. Am Wochenende macht er mit seinen Freunden gern einen auf Sprayer. Verkehrsschilder und so Zeug. Tun so, als wären sie die Superverbrecher.« Joachim verzog das Gesicht. Als würde er Amos nicht einmal ein ordentliches Verbrechen zutrauen. »Als die Sache mit Jeanine anfing, hat er damit ganz schön Eindruck geschunden. Erst waren alle baff, aber dann haben sie hinter seinem Rücken über ihn gelacht.«

»Vielleicht war es nur der Neid«, meinte Oliver.

»Klar waren sie neidisch« bestätigte er. »Trotzdem wirkte er irgendwie lächerlich. Sie soll ihn behandelt haben wie einen dressierten Köter. ›Mach Männchen, gib Pfötchen und Kusch!‹« Er überlegte. »Gesehen hab ich's nie. Aber man hört so dies und das.« Er leckte sich die Lippen. »Ich kenne Sean ziemlich lange und weiß, wie er reagiert. Das Gerede über ihn und Jeanine ... das hat ihn schon genervt. Er wurde komisch. Besonders, nachdem das im Estelle passiert ist. Da ging das Getuschel erst richtig los.«

»Und warum?« fragte Oliver.

»Alle meinten, daß Jeanine ihn abserviert, weil sie die Erbschaft gemacht hat. Denn vorher ... Keiner konnte sich vorstellen, warum die ausgerechnet mit ihm ... Daß er auf sie scharf war, jederzeit. Aber was soll sie an Sean finden? Alle dachten natürlich, sie will nur an seine Knete.«

»Aber Jeanine war auch nicht schlecht bei Kasse. Schon bevor ihre Eltern starben«, sagte Marge.

»Keine Ahnung. Ich weiß nur, daß Seans Vater stinkreich ist. Texanischer Ölbaron. Sean hat alle möglichen Spielzeuge.«

»Zum Beispiel?« fragte Oliver.

»Na ja, was man so an der Westbridge braucht – Sportwagen,

Skiausrüstung, Taucherausrüstung, Surfbretter, den neuesten PC, Winterurlaub in der Schweiz, Sommerferien an der Riviera. Und die Tennisstunden. Er spielt in Lokalturnieren, aber besonders gut ist er nicht. Ich weiß nur, daß Profitraining nicht gerade billig ist.«

»Sind viele Jungs von der Westbridge Mitglied im Greenvale?« fragte Marge.

Joachim nickte.

»Und die meisten von ihnen sind reich?«

»Ja.«

»Also hatte Jeanine Garrison freie Auswahl?«

»Schon möglich.«

»Und warum ist sie ausgerechnet auf Sean verfallen?«

»Keine Ahnung.«

»Du sagst, nach dem Tod von Jeanines Eltern wurde Sean von seinen Mitschülern erst so richtig aufgezogen«, fragte Decker nach.

»Ja, Sir.«

»Und er hat seltsam reagiert?«

»Ja.«

»In welcher Weise seltsam?«

Joachim dachte nach. »Irgendwie gereizt. Bei manchen Partys ist er offenbar ausgerastet, hat sich geprügelt. Außerdem ...« er seufzte »... hat er ein Mädchen vergewaltigt. Er behauptet, das lief eben auf der Party so. Alle wären betrunken gewesen und das Mädchen hätte mitgemacht, aber sie sagt, es war Vergewaltigung. Sie wissen ja, was da genommen wird – Rohypnol und solches Zeug.«

»Hat sie ihn angezeigt?«

»Nicht, daß ich wüßte.«

»Also kannst du auch nicht sagen, ob wirklich was dran ist.«

»Nein. Aber wenn man dieselbe Geschichte immer wieder hört ...«

»Was weißt du über Seans Drogenkonsum?« fragte Decker.

»Ich hab ihm Nachhilfe gegeben und hab ihn Drogen nehmen sehen.«

»Was hat er genommen?« bohrte Decker nach.

»Hasch, Koks ... Heroin. Er hat's geraucht. Als das mit Jeanine anfing, wurde es erst richtig schlimm.«

»Hat er gedrückt?«

»Ich glaub schon.« Er verstummte. »Richtig Eindruck macht man erst, wenn man an der Nadel hängt. Spritzen und Sex ohne Gummi. Das bedeutet, daß einem alles egal ist. Russisches Roulette mit Viren. Die sind alle durchgeknallt. Ich kapier das nicht. Die haben alles und wollen nur das eine: sich die Birne zudröhnen. Das ist mir einfach zu hoch!«

Im Zimmer wurde es still.

»Und als Sean mit dem Drücken anfing, kamen auch die Gerüchte auf, daß er David Garrison die Überdosis verpaßt hat«, fuhr Joachim fort und verstummte gleich wieder. Dann sagte er: »Es hat also funktioniert. Das mit dem Image als ganz schlimmer Finger, meine ich. Nachdem das mit David Garrison passiert war, hat ihn keiner mehr aufgezogen. Ich glaube, sie haben Angst vor ihm gekriegt.«

»Erzähl uns von Sean Amos und Malcolm Carey«, sagte Decker. »Sind sie befreundet?«

»Malcolm ist ein Einzelgänger. Aber seit dem Tod von Garrison hängen sie ständig zusammen.«

»Und Malcolm versorgt die Westbridge School mit Drogen?« fragte Decker.

»Ja.«

»Hat er Konkurrenten?«

»Nicht, daß ich wüßte.«

»Wo kriegt er das Zeug her?«

»Keine Ahnung. Aber er spricht fließend spanisch. Und in der Schule hatte er Französisch. Das weiß ich, weil ich ihm Nachhilfe gegeben hab.«

»Hat Malcolm auch reiche Eltern?« fragte Marge.

»Sein Vater ist Anwalt im Showbusineß und hat eine Agentur. Der macht bestimmt ein Schweinegeld. Trotzdem. Mal ist nicht Seans Kragenweite.«

Marge hakte nach. »Glaubst du, daß Malcolm Carey für Geld richtig schwere Dinger drehen würde?«

»Zum Beispiel Garrison eine Überdosis Heroin verpassen?« Joachim nickte. »Gar keine Frage. Und sei's nur wegen des Kicks. Aber ich weiß nicht, ob er's gemacht hat.«

»Hat Carey nach dem Tod von David Garrison mit irgendwelchen neuen Sachen geprotzt?« fragte Oliver.

»Sie meinen, ob er sich ein neues Auto oder so was gekauft hat?«

»Genau.«

Joachim überlegte. »Ich weiß nicht. Ich hab nicht drauf geachtet. Aber ich könnte es rauskriegen ...«

Einstimmig riefen alle drei Detectives: »Nein, das tust du nicht!« Und Decker fügte hinzu: »Auf keinen Fall darfst du da hineingeraten! Du mußt dich von denen fernhalten!«

»Nur so können wir ermitteln und sicher sein, daß dir nichts passiert«, erklärte ihm Marge.

Joachim wandte sich an Cindy: »Deine Fragen waren nur ein Vorwand, stimmt's? In Wirklichkeit ging es um David Garrison. Ich meine, dir war es eigentlich egal, ob ich Arbeiten für andere schreibe. Oder?«

»Total egal«, bestätigte ihm Cindy.

»Also krieg ich keinen Ärger mit der Schule oder mit Yale.«

»Nein.«

Joachim ließ sich nach hinten sacken. »Mann, das nenne ich Sadismus!«

Cindy zog den Kopf ein.

»Zerfließ bloß nicht gleich vor Reue«, tröstete er sie.

»Officer Cohen hat nur ihren Job gemacht«, sagte Decker.

»Also bist du wirklich ein Cop!«

Decker zwinkerte seiner Tochter verstohlen zu. »Und gar kein schlechter.«

Cindy unterdrückte ein Lächeln. »Tut mir leid, Joachim, daß ich dich an der Nase rumgeführt hab. Aber deine Hilfe ist sehr wertvoll.« Sie wartete die Wirkung ihrer Worte ab. »Und im Hinblick auf Yale kann ich dir nur raten, für den Rest des Jahres sauber zu bleiben.«

»Da hast du absolut recht.« Joachim blickte zu Boden. »Es ging mir nicht ums Geld, weißt du. Geld ist mir egal. Ich behaupte auch nicht, daß ich's tun mußte. Niemand hat mich dazu gezwungen. Aber manchmal macht man was ... um sich das Leben zu erleichtern.«

»Dagegen ist nichts einzuwenden«, meinte Decker. »Aber ich stimme Officer Cohen zu. Paß auf dich auf und bleib sauber.«

Joachim tappte mit dem Fuß. Er setzte einen bedeutsamen Blick auf. »Wenn Sie hinter Malcolm Carey her sind, könnte ich Ihnen helfen ...«

»Nein, Joachim«, sagte Decker. »Wir wollen deine Hilfe nicht.«

»Brauchen Sie denn keinen V-Mann, Lieutenant?«

»Nicht, wenn er minderjährig ist«, sagte Marge.

»Ich bin letzte Woche achtzehn geworden«, verkündete Joachim.

Keiner sagte etwas.

Joachim konnte die Füße nicht mehr stillhalten. »Ich muß mich ja auf nichts einlassen. Nur die Ohren spitzen. Ich gehe dort in der Masse unter. Keiner achtet auf mich, wenn sie quatschen.«

»Weißt du, Joachim ...« begann Marge.

Er unterbrach sie: »Wenn Sie Sean bei einem Deal mit Malcolm erwischen wollen, wird das schwer. Wahrscheinlich läuft die Sache bei Sean zu Hause. Aber wenn Sie Malcolm wollen ...« Er wedelte mit der Hand. »Das ist ein Kinderspiel. Der hat mehr Stoff in seiner Karre als das ganze Medellín-Kartell. Und auf den Partys verkauft er das Zeug ganz offen. Ich muß nur die Ohren offenhalten. Und Sie brauchen nichts weiter als ein paar Beamte und einen Durchsuchungsbefehl.«

»Mir gefällt das nicht«, sagte Decker.

»Äh, Loo, laß uns das bereden«, meinte Oliver.

»Und wenn rauskommt, daß der Tip von ihm stammt?« fragte Decker.

»Wie denn?« wandte Oliver ein. »Es reicht doch ein anonymer Anruf bei mir, bei dir oder beim Drogendezernat.«

»Lieutenant, mit Malcolm Carey habe ich wirklich nichts zu tun«, versicherte Joachim.

»Das ist es ja«, sagte Decker. »Am verdächtigsten ist der, der nichts mit dem Dealer zu tun hat.«

»Aber Lieutenant«, wandte Joachim ein, »er versorgt doch nicht die ganze Schule mit Drogen! Ich würde sagen, fünfzig Prozent der Schüler haben nicht das geringste mit Carey zu tun.«

Decker wandte sich an Cindy. »Officer Cohen, wolltest du Joachim nicht nach Hause bringen?«

Cindy zog ein Gesicht. In diesem entscheidenden Moment sollte sie verschwinden? Doch sie begriff das Problem ihres Vaters. »Was hältst du davon, wenn wir draußen warten?«

»Gute Idee. Es dauert nur einen Moment.«

Oliver wartete, bis die Haustür zufiel. »Deck, du kannst dir doch so eine Gelegenheit nicht durch die Lappen gehen lassen!«

»Scott ...«

Marge unterbrach ihn. »Er hat recht, Pete. Auch wenn's sonst nichts bringt, befreien wir die Schule von einem gefährlichen Dealer.«

»Deck, hör zu«, fügte Oliver hinzu. »Wir benutzen Carey, um an Sean Amos ranzukommen, wir benutzen Sean Amos, um an Jeanine Garrison ranzukommen. Ja, es gibt jede Menge Löcher in der Kette. Aber was soll's? Marge hat recht. Selbst wenn wir total danebenliegen, wenn Amos und Carey nichts mit David Garrisons Tod zu tun haben, haben wir wenigstens einen Dealer aus dem Verkehr gezogen.«

»Wir schalten das Drogendezernat ein, damit die Sache legitim wirkt«, meinte Marge.

»Unter der Bedingung, daß wir uns Carey zuerst vornehmen«, ergänzte Oliver. »Dieser Joachim ist ein wahrer Goldschatz für uns, Rabbi. Er muß nur einen einzigen Anruf machen, ohne Risiko, von zu Hause aus.«

»Ich mach mir trotzdem Sorgen, daß er was vermasselt«, sagte Decker.

»Wir reden mit ihm«, wandte Marge ein. »Es ist volljährig, Pete. Wir riskieren überhaupt nichts ...«

»Ich bleibe dabei, er ist ein Kind«, sagte Decker.

»Wir verkabeln ihn doch nicht«, protestierte Oliver. »Er soll nur anrufen, wenn er was hört. Mach dir keine Illusionen, Loo. Anders kommen wir an Amos nicht ran. Und wenn wir den nicht kriegen, kriegen wir auch Jeanine Garrison nicht. Denk doch an die Toten vom Estelle!«

»Das hat überhaupt nichts mit dem Estelle zu tun«, sagte Decker.

»Das weißt du nicht«, widersprach Oliver. »Vielleicht ist Malcolm Carey der zweite Schütze.«

»Oder auch nicht.«

»Vergeßt doch mal das Estelle!«, erregte sich Marge. »Wir ermitteln jetzt im Fall David Garrison. Der ist zwar als Drogenunfall deklariert, aber ein Gewaltverbrechen ist bis jetzt nicht ausgeschlossen worden. Wenn mir Hinweise auf einen Mord zu Ohren kommen, muß ich ihnen nachgehen. Das ist mein Job. Und wenn ich ganz nebenbei auch noch eine Dealerratte aus einer Schule entfernen kann ... na, um so besser.«

Keiner sagte etwas. Decker warf den Kopf zurück. »Mein Gott, was für eine Nacht!« Dann klatschte er entschlossen in die

Hände. »Wir machen es unter zwei Bedingungen. Erstens, wir holen uns Malcolm, um an Sean und Jeanine ranzukommen. Klar?«

Beide nickten.

»Wir können nicht erwarten, daß Carey bei einem ganz gewöhnlichen Drogenverfahren einen Mord gesteht. Das heißt, wir müssen ihm so viele Drogendelikte anhängen, daß er fürchten muß, nie wieder aus dem Knast rauszukommen. Und dazu müssen wir mindestens zwölf Schüler verhaften, die zugeben, daß sie von Carey Drogen gekauft haben. Wir können ihn nicht für einen einzelnen Drogendeal hochgehen lassen. Wir müssen ihn bei einer Drogenparty schnappen.«

»Das leuchtet ein«, sagte Marge.

»Einverstanden«, sagte Oliver.

»Und wenn dieser Knabe erst mal glaubt, daß wir seine einzige Rettung sind, bringen wir David Garrison ins Spiel ...«

»Du meinst Sean Amos«, korrigierte ihn Oliver.

»Nein, David Garrison.«

»Aber wir haben nichts in der Hand, was für eine Verbindung mit Garrison spricht.«

»Dann müssen wir eben nicht nur Carey, sondern auch seinen Anwalt davon überzeugen, daß wir zwingende Beweise haben«, sagte Decker. »Wir sagen, daß wir Careys gesamten Heroinvorrat im Gas-Chromatographen untersuchen lassen. Teilen ihm mit, daß die Zusammensetzung mit dem Heroin in Garrisons Apartment identisch ist.«

»Ist das wirklich ein zwingender Beweis?« fragte Marge.

Decker zuckte die Schultern. »Keine Ahnung. Aber es klingt gut. Holen wir Joachim wieder rein und erklären ihm die Lage. Er soll uns erst dann anrufen, wenn er genau weiß, daß ein ganz großes Ding im Anrollen ist. Und dann kommen wir. Keinen Moment früher. Eine vorschnelle Aktion, und alles ist im Eimer.« Er atmete tief durch. »Und nun die zweite Bedingung. Um die Sache so durchzuziehen, brauchen wir grünes Licht von Strapp.«

Marge zog ein Gesicht. »Können wir den nicht umgehen?«

»Nein. Ich muß ihm sagen, was läuft.« Decker rieb sich die Augen. »Wenn ich bloß wüßte, wie ich das hinkriege, ohne Cindy mit reinzuziehen.«

Marge bot sich an. »Ich nehm's auf meine Kappe. Wir erzählen genau dieselbe Geschichte, nur daß ich Cindys Rolle übernehme.«

»Und ich war deine Deckung«, sagte Oliver. »Ich hab mich im Hintergrund gehalten, als du mit dem Jungen geredet hast.« Er wandte sich an Decker. »Ganz schön clever von deiner Tochter, sich so eine Tarnung auszudenken.«

»Allerdings.« Decker schüttelte den Kopf. »Trotzdem – sich so in Gefahr zu bringen! Ich weiß nicht, ob ich sie ohrfeigen oder küssen soll.«

»Warum hat sie's denn gemacht?« fragte Oliver. »Was hat sie sich davon versprochen?«

»Sie wollte mir helfen.«

»Dann hat sie ihr Ziel erreicht.« Marge lächelte.

»Sie tritt in die Polizeiakademie ein«, platzte Decker heraus.

»Wie bitte?« rief Marge ungläubig.

»Seit wann weißt du das?« fragte Oliver.

»Vor einem Monat etwa hat sie's mir gestanden.«

»Und warum hast du uns nichts gesagt?« beschwerte sich Marge.

»Ich hab gehofft, sie überlegt es sich noch mal.« Decker seufzte. »Aber nach dieser Nummer heute kann ich das wohl vergessen. Habt ihr ihre Begeisterung gesehen, ihren Eifer? Als hätte ich ihr eine Adrenalinspritze verpaßt.«

»Sie hat ihre Sache gut gemacht«, sagte Oliver.

»Alles was recht ist«, bestätigte Marge. »Aus ihr wird mal ein prima Cop.«

Doch Decker wurde das Bild nicht los – das Neugeborene in seinem Arm. So zart, so rosa, so warm. Er schluckte und sagte: »Na los, reden wir mit Joachim.«

34

Es war kaum mehr als ein Schuppen. Aber der stand mitten in einem zauberhaften Waldgrundstück.

»Verwandelt sich das Ding in ein Schloß, wenn man es küßt?« fragte Decker.

»Funktioniert nur bei Fröschen.« Rina fingerte am Schlüsselbund. »Wollen wir mal rein?«

»Klar. Ich liebe das Abenteuer. Bist du sicher, daß diese Ruine an die Kanalisation angeschlossen ist?«

»Als ich das letzte Mal nachsah, hatte sie sogar Kabelanschluß.« Sie drehte den Schlüssel im Schloß. »Sehr nett vom Besitzer, uns hier freie Bahn zu lassen.«

»Er hofft wahrscheinlich, daß wir das Ding in Brand setzen, und er kassiert die Versicherung.«

Staub wirbelte im Sonnenlicht, als sie eintraten. Plumpe alte Möbel füllten das alte Haus. Decker trat fest auf die Dielen. Kein Knarren. »Sehr stabil ... festes Holz.«

»Welche Sorte?«

Er bückte sich und betrachtete die Maserung. »Kirschbaum.«

»Ist das gut?«

»Unser Eßtisch ist auch aus Kirschbaum.« Er kratzte mit dem Fingernagel an einer Diele. »Der Dreck ist nur oberflächlich. Geht ganz leicht ab.« Er beklopfte die Wände. Ein dumpfer Ton. »Holz und Putz.«

»Ist das gut oder schlecht?«

»Gut.« Decker klopfte die Wände weiter ab. »Hier ist ein tragender Balken ... und hier auch. Verdammt solide gebaut. Ich wette, man kann ohne weiteres aufstocken.«

Rina lächelte verhalten. »Dir gefällt das Haus.«

»Ich versuche nur, positiv zu sein.«

Zusammen besichtigten sie das schmale Arbeitszimmer. Zwei winzige Schlafzimmer, dazwischen eine gemeinsame Toilette. Die Küche war geräumig, aber offenbar seit fünfzig Jahren unverändert.

Decker stand breitbeinig mit verschränkten Armen da. »Das wird ja ein Großunternehmen.«

»Du entscheidest«, sagte Rina. »Wenn dir der Aufwand zu groß ist, suchen wir weiter.«

»Findest du es denn bewohnbar?«

»So, wie es ist?«

»Plus ein zweites Badezimmer.«

Sie zuckte die Schultern. »In Israel wär das eine Luxuswohnung.«

»Erstens sind wir nicht in Israel, zweitens hab ich dort auch ein paar Häuser gesehen, Schatz. Granit und Marmor!«

»Ich würde schon zurechtkommen. Aber irgendwann brauchen wir noch ein Zimmer.« Sie musterte die abgenutzten Küchenschränke. »Und eine ordentliche Küche. Lassen sich die Einbauten noch verwenden?«

Decker beschaute die Schränke und Türen, klopfte sie behutsam ab. »Solides Material. Kann alles drinbleiben.«

»Was denkst du?«

»Mit Geduld und Spucke läßt sich was draus machen.« Decker rollte die Schultern. »Ein zweites Badezimmer braucht etwa ... einen Monat. Aber das übrige ... die Küche, ein weiteres Zimmer, ein größeres Schlafzimmer ...« Er schnaufte. »Das kann dauern. Fürs nächste Jahr wären meine Sonntage ausgebucht.«

»Wird es dir zuviel?«

»Nein, mir macht das nichts aus«, sagte Decker. »Ich dachte an dich – und Hannah. Hier immer eingesperrt zu sein mit der Kleinen.«

»Wieso? Tagsüber ist sie im Kindergarten, und wenn nicht, kann sie draußen im Garten spielen. Er ist kleiner als unser jetziger, aber ist er nicht schön?«

»Ja, sehr schön.«

Deckers Pager piepste. Rina zog die Stirn kraus. »Kannst du das Ding nicht abschalten?«

»Dann hätte ich trotzdem keine Ruhe.« Er las die Nummer

ab. »Das Drogendezernat.« Er griff nach dem Handy. »Hallo Niels, hier ist Decker. Was gibt's?«

»Seid ihr noch hinter diesem Malcolm Carey her?«

»Aber immer!«

»Eben kam ein Anruf. In Westbridge soll eine große Party steigen. Im Haus eines Schülers. Eltern sind verreist, heute abend um neun geht's los. Der Anrufer sagt, daß Carey mit seiner Hausapotheke dort aufkreuzen wird.«

Decker zuckte zusammen. Joachim hatte tatsächlich Wort gehalten. Schon wieder ging sein Piepser los. Diesmal war es Marge. Zu Niels sagte er: »Bereitet ihr den Einsatz vor. Ich schick dir Bert Martinez und Tom Webster zur Koordinierung rüber. Das wird dein Ding, aber Malcolm Carey gehört uns.«

»Mit Haut und Haar.«

»Ich klär alles mit dem Captain und melde mich wieder.«

»Verstanden.«

Decker beendete das Gespräch und rief Marge an.

»Weißt du schon das Neueste?« kam sie ihm zuvor.

»Joachim hat angerufen. Heute steigt eine Drogenparty.«

Marge verstummte.

»Er hat sich beim Drogendezernat gemeldet. Und Niels hat mich als ersten benachrichtigt.«

»Joachim hat dort angerufen?« Marge staunte. »Der Junge ist aber gründlich!«

»Offensichtlich. Ist er auch eingeladen?«

»Er sagt, es wär eine offene Party.«

»Also vermißt ihn keiner, wenn er fehlt.«

»Wahrscheinlich nicht«, sagte Marge. »Wer koordiniert den Einsatz mit dem Drogendezernat?«

»Bert und Tom. Das läßt dir und Oliver Zeit, die nötigen Durchsuchungsbefehle zu besorgen, falls wir auf Gold stoßen. Welcher Richter hat heute Dienst?«

»Randall.«

»Der ist okay.« Decker machte eine Pause, versuchte, sich die Erregung nicht anmerken zu lassen. »Und ich muß die ganze Sache mit Strapp abklären.«

»Du hast noch nicht mit ihm geredet?«

»Warum sollte ich? Ich hatte doch keine Ahnung, ob sich Joachim wirklich melden würde. Es ist ja erst zwei, drei Wochen her.«

»Ja, so etwa.«

»Ich rufe Strapp sofort an.«

Marge zögerte. »Pete, ich glaube, er ist beim Tennisturnier.«

Das traf ihn wie ein Tiefschlag. »Ach ja. Dann erwische ich ihn eben dort.«

»Soll ich nicht lieber hin?«

»Nicht nötig.«

»Pete, ich glaube, das wäre wirklich besser.«

»Das muß ich schon selber machen, Marge.« Er legte auf.

»Hat Joachim angerufen?« fragte Rina.

»Ja.«

Sie lächelte. »Das ist doch gut, oder?«

»Ja, sehr gut.«

Sie blickte ihn an. »Es scheint dich aber nicht zu freuen.«

»Ich brauch erst noch grünes Licht von Strapp. Im Moment nimmt er wohl gerade seinen Logenplatz bei Jeanine Garrisons Rollstuhl-Tennisturnier ein. Zwanzig Dollar Mindesteintritt, für hundert Dollar hat man einen guten Blick, für fünfhundert einen guten Sitzplatz. Das Stadion ist ausverkauft, Rina.« Decker grinste verbittert. »Aber Strapp ist fein raus. Er hat eine Freikarte.«

Es war ein wolkenloser Novembertag, tiefblauer Himmel überspannte das Tal von L. A. und brachte die Herbstfarben zum Leuchten. Obwohl die meisten Laubbäume schon kahl wurden, sorgten der frische Rasen und die tropischen Pflanzen für lebhaftes Grün. Das West Hills Sports Center lag inmitten einer parkartigen Landschaft.

Decker benutzte den offiziellen Dienstwagen und blieb trotzdem im dichten Verkehr stecken. Obwohl großzügig angelegt, war das Sportzentrum diesem Andrang nicht gewachsen. Doch Jeanine hatte vorgesorgt: Auf dem Rasen war ein provisorischer Parkplatz angelegt worden. Er stellte sein Fahrzeug in einer Ladezone ab, ging zum Einlaß und zeigte seine Marke.

Während die Besucher hereinströmten, verschaffte sich Decker einen Überblick. Der Platz vor der Arena war voll mit Buden und Ständen, an denen Souvenirs verkauft wurden – T-Shirts, Augenschirme, Sonnenbrillen, Armbänder –, alles mit dem Aufdruck TENNIS FÜR DIE OPFER. Dazu Imbißstände mit den unterschiedlichsten Angeboten. Die Besucher konnten an Klapptischen oder gleich im Stehen essen.

Decker schaute zum Eingangsbereich zurück, wo eine Doppelreihe von acht Wohnwagen stand, bewacht und abgesperrt mit Seilen. Die Unterkünfte der Athleten. An der Absperrung drängten sich Reporter, Fotografen und Fans.

Decker überlegte kurz. Sehr unwahrscheinlich, daß Strapp sich dort aufhielt. Da hatte er wirklich nichts zu suchen. Aber Deckers Neugier siegte. Er schob sich durch die Menge und präsentierte einem der schlechtbezahlten Wachmänner die Dienstmarke. Der stellte die üblichen Fragen, auf die Decker die üblichen Antworten gab: eine Polizeiangelegenheit. Dann duckte er sich unter dem Seil hindurch.

Die Wohnwagen waren mit Plakaten bepflastert. Bekannte Namen, manche sogar Weltranglistenspieler. Jeanine hatte alle Register gezogen. Anstelle von Treppen führten Rampen zu den Eingängen hinauf, auch die waren bewacht. Einige Wachmänner saßen in Rollstühlen. Ein gelähmter Wächter starrte ihn an, sagte nichts, als Decker an ihm vorbeilief. Der lugte um die Ecken, warf einen Blick hinter die Wohnwagen und zuckte sofort zurück. Das Herz schlug ihm bis zum Hals.

Da standen sie ... Jeanine und Sean. Vorsichtig riskierte er einen weiteren Blick, schaute länger hin, um ihre Körpersprache zu deuten.

Es war nicht die Sprache der Liebe.

Jeanine blickte angeödet zur Seite, die Hände in den Hüften, mit dem Fuß tappend. Sean gestikulierte aufgeregt, sein Gesicht war gerötet, seine Stimme klang hektisch. Decker konnte immer noch kein Wort verstehen, nur die Gesten: ein Streit.

Jetzt eine Fliege an der Wand sein, dachte er. Er zog sich zurück, versuchte, von der anderen Seite näher heranzukommen. Ein Wachmann stoppte ihn, fragte ihn nach seinem Ausweis.

Decker zückte die Marke, doch der Wachmann traute ihm nicht. Er schob sich in seinem Rollstuhl zurecht und begann Fragen zu stellen. Decker kam nicht dazu, zu antworten, denn plötzlich erschien Jeanine – ohne Sean. Decker riß sich zusammen, bemühte sich, sie nicht anzustarren.

Sie war strahlend schön wie immer, trug ein langärmliges weißes Hemd unter einem grauen Wolljackett, dazu eine schwarze Hose. Der Jackenkragen war aufgestellt. Goldblondes Haar umrahmte das porzellanzarte Gesicht. Ihre himmelblauen Augen hefteten sich auf ihn. »Darf ich fragen, was Sie hier verloren haben?«

Decker hielt ihrem Blick stand. »Ich suche Captain Strapp.«

»Wie Sie sehen, ist er nicht hier.«

»Alles in Ordnung, Ms. Garrison?« fragte der Wachmann.

Jeanine lächelte großzügig. »Keine Sorge, Brock. Sie können uns allein lassen.«

»Ich gehe schon«, sagte Decker und entfernte sich.

Jeanine folgte ihm. »Ich begleite Sie gern ...«

»Nicht nötig.« Decker beschleunigte seine Schritte, doch Jeanine blieb ihm auf den Fersen.

»Möchten Sie vielleicht einen Sitzplatz für das Match, Lieutenant? Ich besorge Ihnen gern einen.« Sie nahm seinen Arm und zwang ihn zum Stehenbleiben. Ihr Lächeln war betörend. »Schließlich sind wir keine Feinde mehr.«

Das denkst du, Lady! Decker blickte auf die Hand, entfernte sie sanft, aber bestimmt von seinem Arm. Die Berührung hinterließ ein Kribbeln auf seiner Haut. »Nein, vielen Dank.«

Jeanine strahlte, zeigte die Zähne. »Er sitzt in Reihe vier. Kann ich Sie wirklich nicht überreden, Ihre Meinung zu ändern?«

Decker sagte nichts und rannte los, ohne sich umzudrehen. Die Begegnung hatte ihn zum Schwitzen gebracht. Niemand hatte das Recht, ihn so aus der Fassung zu bringen, zu beschämen, wütend zu machen.

Als er in die Arena kam, herrschte bereits Hochstimmung. Satzfetzen drangen an sein Ohr. Gerede über Tennis, über Berühmtheiten. In den ersten Reihen flackerten Blitzlichter und blendeten ihn, während er die Stufen hinabstieg. Natürlich nicht seinetwegen, sondern wegen der Film- und Fernsehstars, die schwarze Schärpen trugen und zu Dutzenden erschienen waren.

Alles für die Opfer eines schrecklichen Verbrechens. Aber wo waren die Überlebenden?

Ganz große Namen entdeckte er nicht, aber trotzdem, das Aufgebot konnte sich sehen lassen. Darsteller einer populären Arztserie, eine scharfe Blondine, die in einer Krimiserie die Detektivin spielte, ein paar junge neurotische Laienstars aus dieser Yuppie-Serie, die ohne Drehbuch auskam. Jede Menge Hollywood. Man trank Sekt und lachte unbändig. Und lächelte dieses unvergleichliche Lächeln, wenn die Autogrammjäger nicht lockerließen.

Ein wahres Großereignis für das sonst so stille Tal.

Decker hielt weiter Ausschau und entdeckte die Riege der gealterten Charakterdarsteller – Männer um die Siebzig oder Achtzig. Runzlig und wettergegerbt wie die Cowboys, die sie einst dargestellt hatten, nuckelten sie an kalten Zigarren und tauschten Anekdoten über die alten Zeiten aus.

Die Freunde von Walter Skinner.

Doch seine Witwe konnte er nirgends entdecken. Er suchte erneut die Menge ab, bis er, etliche Reihen weiter hinten, eine zweite Gruppe von Schärpenträgern sah, die jedoch von Fotografen und Verehrern unbehelligt blieb.

Die Überlebenden. Die Freunde und Verwandten der Opfer. Sie wirkten ganz und gar nicht heiter, sondern eher deplaziert – angespannt, nervös, verärgert. Trotzdem hatten sie sich zum Kommen entschlossen. Decker bahnte sich einen Weg zu ihnen.

Tess stand auf und streckte ihm die Hand entgegen. »Ich hatte so gehofft, daß Sie kommen würden!« Sie drehte sich um. »Carol, das ist Lieutenant Decker. Er war es, der mein Bein gerettet hat.«

Carol war Carol Anger – die Serviererin mit der Armverletzung. Der Arm lag zwar nicht mehr in der Schlinge, aber sie hielt ihn fest an den Leib gedrückt. Sie stand auf, reichte ihm die gesunde Hand, doch ihre Miene war abweisend. »Wie nett, daß sich die Polizei hier blicken läßt.«

»Captain Strapp müßte eigentlich auch hier sein«, sagte Decker.

»Ist er aber nicht!«

»Carol, bitte!« Ein breitschultriger Mann unterbrach sie und stellte sich vor. »Olaf Anderson.«

Decker schüttelte ihm die Hand. »Sie waren Koch im Estelle?«

»Ja, Sir. Das bin ich immer noch.«

»Das Restaurant hat wieder geöffnet, wie ich hörte.«

»Ja. Sehr gut besucht. Mehr als je zuvor. Die Leute sind ... neugierig.«

»Du meinst nekrophil«, zischte Carol.

»Carol, sei doch nicht so schroff«, seufzte Tess und blickte in die Runde. »Was für ein Theater!«

»Eine Riesenparty«, meinte Carol. »Als ob sich diese Hohlköpfe – und damit meine ich auch Jeanine – einen Dreck um die Opfer scheren würden!«

»Carol, sei nicht ungerecht«, sagte Tess. »Sie tut ein gutes Werk und verdient keinen Cent daran.«

»Das hat die ja auch nicht nötig«, schimpfte Carol weiter. »Wenigstens vorbeikommen und guten Tag sagen könnte sie. Schließlich hat sie ihre Eltern verloren ...«

»Jeder trauert auf seine Art.« Tess wandte sich Decker zu. »Sie müssen uns wirklich furchtbar finden. Mit all unserer Wut und überhaupt ...«

»Du bist nicht wütend, aber ich«, sagte Carol.

»Das Schreckliche, das Sie durchmachen mußten, kann jeden zum Zyniker machen«, beschwichtigte Decker.

»Sicher hatte Ihr Captain Wichtigeres zu tun«, bohrte Carol weiter. »Vielleicht eine Haushaltssitzung?«

»Wie geht's Ihrem Arm, Ms. Anger?« fragte Decker.

»Gut«, sagte sie und ließ ihn ein wenig sinken.

»Sieht aber aus, als hätten Sie Schmerzen.«

»Mir geht's gut!«

»Selbst wenn es weh tut, müssen Sie ihn mehr bewegen. Wenn Sie ihn so steifhalten, verkrampfen sich die Muskeln. Einmal stündlich Armkreisen. Und denken Sie an die Schmerztabletten. Wenn die nicht helfen, lassen Sie sich was Stärkeres geben. Sie gehören sicher nicht zu den Suchtgefährdeten, also nur nicht schüchtern!«

»Ich bin nie schüchtern!« entgegnete Carol.

»Wie wahr«, sagte Olaf Anderson.

Die Serviererin blickte Decker an. »Haben Sie schon mal einen Schuß abbekommen?«

Decker nickte.

»Im Dienst?«

Wieder nickte er. »Aber die Umstände waren kaum zu vergleichen.«

»Die Schmerzen sind dieselben.«

Decker lächelte. »Da haben Sie recht.«

»Was ist da los?« fragte eine Frau dazwischen.

»Das ist Lieutenant Decker«, erklärte Carol. »Er war ... am Tatort.«

Die energische Frau streckte die Hand aus. Rundlich, dunkles Kurzhaar, scharfer Blick. »Brenda Miller. Erfreut, Sie kennenzulernen.«

Brenda war sehr hübsch. Kein Wunder, daß Scott Oliver auf

sie abfuhr. Decker drückte ihr die Hand. »Sie sind von Ashman/Reynard ... die Chefin von Wendy Culligan, stimmt's?«

Brenda Miller warf den Kopf zurück. »Hat man Sie instruiert?«

Decker lächelte. »Mein Namengedächtnis ist gut. Ist Wendy auch da?«

Brenda zeigte mit dem Daumen ein paar Reihen höher.

»Sie ist aber dünn geworden«, bemerkte Decker.

»Das kommt davon, wenn man nichts ißt«, sagte Brenda Miller.

»Und neben ihr? Ist das Adelaide Skinner?«

»Ja.«

»Vielleicht geh ich mal hinauf und stelle mich vor.«

»Lassen Sie Wendy besser in Ruhe. Sie ist immer noch ...« Brenda Miller machte eine besorgte Geste.

»Das tut mir leid«, sagte Decker.

»Sie sollte sich ein Beispiel an dieser Jeanine Garrison nehmen.« Brenda Miller zog die Brauen hoch. »Die Frau kann wirklich Wind machen.«

»Noch ein Foto! Bitte lächeln!« äffte Carol nach.

Tess seufzte, schüttelte den Kopf. »Was für eine Bande!« Sie schenkte Decker ein tränenfeuchtes Lächeln. »Und wissen Sie, was das Traurigste ist, Lieutenant? Kenny wäre begeistert gewesen ... er hätte es so genossen. Alles, was ihm ein Gefühl gab, was Besonderes zu sein.«

»Setzen Sie sich doch, Lieutenant«, sagte Brenda. »Wie geht's Detective Oliver?«

»Ihm geht's gut.«

»Sagte ich nicht, Sie sollen sich setzen? Dazu müssen Sie die Knie einknicken«, beharrte Brenda.

»Ich kann leider nicht bleiben.«

»Die Frühstückspause naht wohl?« rief Carol.

»Sei nicht so unhöflich, Carol«, mahnte Tess. »Ihm hab ich zu verdanken, daß ich heute laufen kann.«

Carol verstummte und zog ein finsteres Gesicht.

»Es tut mir sehr leid, daß ich nicht bleiben kann«, erklärte Decker. »Ich treffe mich gern ein andermal mit Ihnen, wann und wo Sie wollen. Geben Sie mir nur kurz Bescheid. Mehr ist nicht nötig.«

»Wir danken Ihnen für das Angebot«, sagte Olaf Anderson.

Schweigen entstand. Decker sagte: »Offen gestanden, ich weiß auch nicht, warum Captain Strapp nicht da ist. Nur Ihretwegen hatte er sich entschlossen zu kommen.«

»Wahrscheinlich waren wir ihm nicht wichtig genug«, stichelte Carol.

»Im Gegenteil.« Decker holte sein Handy heraus, tippte Strapps Privatnummer ein. Er blickte zu Boden, wechselte ein paar Worte, dann schaltete er das Handy ab. »Ich hab mit seiner Frau gesprochen. Er liegt mit Grippe im Bett.«

»Aber klar!« rief Carol.

»Wenn sie sagt, er ist krank, dann ist er wirklich krank. Das können Sie mir glauben«, versicherte Decker.

Carol musterte ihn mißtrauisch. »Warum soll ich Ihnen glauben? Ich will Ihnen nicht glauben!«

»Sie verkrampfen wieder Ihren Arm«, sagte Decker.

Carol ließ den Arm sinken. »Und warum können *Sie* nicht bleiben?«

»Ich habe etwas Dringendes zu tun. So dringend, daß ich den Captain aus dem Krankenbett holen werde.« Er schüttelte reihum die Hände. »Ich weiß, daß Geld kein Ersatz ist. Aber keiner von Ihnen soll sich finanzielle Sorgen machen müssen. Ich hoffe, daß die Spenden reichlich fließen.«

»Das wäre eine große Hilfe«, sagte Tess. »Übrigens, ich hab den Job bekommen.«

»Wirklich wahr? Wann denn?« fragte Carol.

»Das ist großartig, Tess. Gratuliere!« meinte Olaf.

»Keine Ursache. Es ist nur Telefondienst. Aber besser als nichts. Eine leichte Arbeit. In den ruhigen Zeiten kann ich nebenbei für die Maklerprüfung lernen.« Sie blickte zu Brenda hinüber. »Falls das Angebot noch steht.«

»Natürlich«, sagte Brenda. »Daran ändert sich nichts.« Sie seufzte. »Was ist denn nun mit Detective Oliver?«

»Alles in Ordnung, Ms. Miller. Ich richte ihm Ihre Grüße aus.«

»Tun Sie das. Jetzt muß ich wieder zu Wendy.«

»Grüßen Sie Wendy und Mrs. Skinner von mir.«

»Ich bringe Sie raus«, sagte Carol zu Decker.

»Das ist nicht nötig.«

»Ich weiß. Aber ich mach's trotzdem.«

Also gingen sie zu zweit, arbeiteten sich schweigend durch das

Gedränge der Stars, Fans und Fotografen. Plötzlich, als ginge es mit dem Teufel zu, tauchte Jeanine vor ihnen auf. Sie setzte ihr strahlendes Lächeln auf, als sie Decker mit Carol sah. Ehe die beiden sich's versahen, hatte Jeanine sich zwischen sie geschoben und sich bei ihnen eingehängt. »Bitte ein Foto!« rief sie.

Eine Nikon blitzte auf.

Decker riß sich los, nahm dem Fotografen die Kamera weg, öffnete die Klappe und zog den Film heraus.

»He, was soll das?« rief der Fotograf.

Decker gab ihm die Kamera zurück, zückte die Brieftasche und drückte dem Mann einen Hundertdollarschein in die Hand. Zu der schockierten Jeanine sagte er: »Wenn Sie mich noch ein einziges Mal anfassen, verklage ich Sie wegen Belästigung. Das hätte ich gleich tun sollen. Und denken Sie daran, daß ich vor Zeugen spreche.«

Er vergaß Carol und stapfte davon. Erst ihre Rufe brachten ihn zum Stehen. Er atmete tief durch und wartete. Sie keuchte, als sie ihn eingeholt hatte.

»Alles in Ordnung?« fragte sie.

Decker zählte bis zehn. »Tut mir leid, daß ich einfach so losgestürmt bin.« Er schüttelte ihr die Hand. »Rufen Sie mich in ein paar Wochen an. Erzählen Sie mir, wie es Ihnen geht. Viel Spaß bei der Veranstaltung.«

Carol hielt seine Hand fest. »Lieutenant, was hatte das eben zu bedeuten?«

»Ist nicht von Wichtigkeit.«

Sie lächelte. Zum ersten Mal an diesem Tag wirkte sie echt. »Sie können diese Frau nicht ausstehen, stimmt's?«

Decker blieb stumm.

»Anscheinend verbindet uns mehr als nur eine Kugel im Arm. Kommen Sie, Lieutenant! Sie haben mich neugierig gemacht. Was geht da vor?«

»Fragen Sie mich das in zwei Wochen.«

»Mehr haben Sie mir nicht zu bieten?«

»Im Moment kann ich Ihnen nicht mehr verraten.«

»Sie klingen ja, als würden Sie auf Ihr Aussageverweigerungsrecht pochen!«

»Der fünfte Verfassungszusatz. Ein gutes Gesetz.« Decker setzte sich in Bewegung. »Das fünfte Gebot ist auch nicht zu verachten.«

Carol stand wie angewurzelt, rief ihm nach: »Und welches ist das fünfte Gebot?«

»Du sollst Vater und Mutter ehren«, brüllte Decker. »Tun Sie Gott einen Gefallen. Rufen Sie Ihre Mutter an!«

35

Sie trat beiseite und ließ Decker ein. »Hallo, Susan«, sagte er.

Sie schwenkte die Hüfte. Eine große, gutgewachsene Frau mit kastanienbraunem Haar und grünen Augen. Sie trug eine weiße Bluse, dreiviertellange Jeans und flache Schuhe. »Er hat hohes Fieber und behauptet, Sie hätten ihn verhext.«

Decker schmunzelte. »Vielleicht hat das Fieber sein Gehirn angegriffen. Ich muß mit ihm reden.«

»Er zieht sich gerade an ... will zum Tennisturnier.« Susan Strapp taxierte ihn. »Können Sie ihm das nicht ausreden?«

»Ich?«

»Auf Sie hört er.«

Decker überlegte kurz. »Und wenn ich ihn hinfahre?«

»Er braucht keinen Chauffeur, er braucht Bettruhe«, erklärte sie.

Strapp kam hereingewankt, bleich wie ein Gespenst, auf seiner Stirn stand der Schweiß. Er trug eine schwarze Jacke, einen Rollkragenpullover und eine Wollhose, dazu Stiefel. Trotzdem zitterte er und beäugte Decker mit fieberndem Blick. »Marge hat angerufen. Sie sucht nach Ihnen. Es geht um einen Joachim Rush, der sich bei ihr gemeldet hat. Was zum Teufel ist da los?«

»Ich erzähl's Ihnen auf dem Weg zum Turnier, Sir. Soll ich Sie hinfahren?«

»Keine Dienstgespräche am Sonntag!« schimpfte Susan.

»Ich hoffe, es ist was Wichtiges«, knurrte Strapp.

Susan gab es auf. »Keiner hört hier auf mich.«

»Ja, Sir, es ist sehr wichtig«, versicherte Decker. Zu Susan gewandt sagte er: »Ich kümmere mich um ihn.«

Susan seufzte, zupfte ihrem Mann den Kragen zurecht und küßte ihn auf die Wange. »Komm heil wieder nach Hause, Strapp.«

Strapp erwiderte den Kuß und sagte zu Decker: »Auf geht's.«

»Wer besorgt die Durchsuchungsbefehle?« fragte Strapp.

Die Ampel schaltete auf Grün, Decker gab Gas. Der Volare machte einen Satz. »Dunn und Oliver.«

»Für das Haus, in dem die Party stattfindet?«

»Ja, und für Malcolm Careys Auto.«

»Was ist mit Careys Haus?«

»Vorerst reichen die Verdachtsmomente nicht aus. Wenn wir bei ihm fündig geworden sind, können wir uns das Haus vornehmen. Ich hab die Papiere vorbereitet. Sie müssen nur noch unterschreiben.« Decker trommelte nervös auf das Lenkrad. »Eigentlich dürfte nichts schiefgehen. Ich hab Webster und Martinez und die Drogenleute angewiesen, mit dem Einsatz zu warten, bis Sie Ihre Zustimmung geben. Die warten auf Ihr Okay, Sir. Ich möchte so bald wie möglich loslegen ...«

Strapp unterbrach ihn. »Geben Sie mir das verdammte Mikro!«

»Danke, Sir ...«

Strapp winkte ungeduldig ab. Er rief das Drogendezernat an, gab seine Zustimmung. »Sie haben freie Bahn«, sagte er zu Decker, gab ihm das Mikrofon zurück und hustete in sein Taschentuch. »Seien Sie froh, daß ich nicht auf dem Posten bin. Sonst hätten Sie was erleben können!« Er knurrte. »Beten Sie zu Gott, daß dieser Rush keinen Unsinn erzählt hat. Da fällt mir ein: Stand er nicht unter Verdacht?«

»Jetzt nicht mehr. Der Verdacht ist ausgeräumt.«

»Wie das?«

»Was glauben Sie denn? Durch einen Privatdetektiv.«

»Den haben Sie aus der eigenen Tasche bezahlt?«

»Mit meinem eigenen Blut.« Decker umkrallte das Lenkrad. »Ich hoffe, es klappt. Wenn nicht, erwischen wir wenigstens einen Dealer. Das bringt Punkte bei der Presse, wenn schon sonst nichts.«

»Und viel Ärger mit ein paar reichen Eltern«, beklagte sich Strapp. »Aber scheiß drauf. Wenn die Krawall machen, sagen wir, sie sollen gefälligst vor der eigenen Tür kehren ... Fahren Sie nicht so schnell, mir wird schlecht! Sie haben mich verhext, Sie Ganove!«

»Ich? Wieso?« fragte Decker.

»Mir zu sagen, ich soll nicht zum Turnier gehen! Soll lieber krank werden und die Grippe kriegen. Wo haben Sie Ihre Voodoo-Puppe?«

Decker lachte auf, dann wurde er ernst. »Ich muß gestehen, Captain, Sie hatten recht. Die Überlebenden haben Anspruch darauf, daß die Polizei zum Turnier erscheint.« Er seufzte. »Egal, wer die Sache veranstaltet.«

»Na wunderbar«, stöhnte Strapp. »Ich fühl mich wie gerädert, und Sie verprügeln auch noch Fotografen.«

»Ich hab ihn nicht verprügelt, Sir.«

»Immer Ihre verdammten Ausbrüche in Gegenwart von Jeanine Garrison!«

»Sir, der Fotograf wird die Klappe halten. Ich hab ihm einen Hunderter zugesteckt. Vor Zeugen.«

»Sie bezahlen Detektive aus der eigenen Tasche, für einen lausigen Film legen Sie hundert Dollar hin ...«

Sie schwiegen eine Weile. Dann fragte Strapp: »Hatten Sie etwa vor, Malcolm Carey zu verhören? Eigentlich ist Ihnen ja der Fall entzogen.«

»Hören Sie, Sir: Wenn Sie mir die Ermittlungen zum Estelle entziehen, okay. Hier geht es aber nicht um das Estelle, hier geht es um David Garrison.«

Decker sortierte seine Gedanken. »Ich glaube, wir müssen dieses Dominospiel fortsetzen, wenn wir weiterkommen wollen. Wir müssen die Drogenparty hochgehen lassen, um Carey in die Zange zu nehmen. Wir brauchen Carey, um an Sean Amos ranzukommen. Und Sean Amos brauchen wir, um Jeanine zu kriegen. Und dann, wenn wir großes Glück haben, können wir vielleicht, aber nur vielleicht, Anklage gegen sie erheben.«

»Nur wegen Mordes an ihrem Bruder«, sagte Strapp. »Das Estelle hat damit nichts zu tun.«

»Stimmt. Dafür haben wir keine Beweise. Noch nicht.«

»Vielleicht war sie's gar nicht«, sagte Strapp.

»Okay. Gehen wir davon aus, daß die Schießerei im Estelle die einsame Tat von Harlan Manz war. Könnte sein, daß sie erst nach dem Tod der Eltern von der Gier gepackt wurde. Auch gut. Ein Mord reicht, um sie hinter Gitter zu bringen ...«

»Für den haben wir bisher auch keine Beweise, nur Gerüchte.«

»Selbst wenn die Gerüchte nicht stimmen, haben wir einen Dealer geschnappt. Und wenn sie stimmen, wenn sie ihren Bruder erledigt hat, wenn sie Carey dazu gebracht hat, ihm den Schuß zu setzen, dann soll sie schmoren.«

Strapp schüttelte den Kopf. »Habgier. Immer dasselbe Motiv.«

Für eine wilde Party wirkte alles sehr gedämpft. Etwa ein Dutzend Autos stand draußen, durch die Fenster drang kaum hörbare Heavy-Metal-Musik, ab und zu ein Aufschrei oder Gelächter. Niemand kotzte auf den Rasen, kein ausgelassenes Toben, kein Lärm. Den Drogenfahndern gefiel das nicht. Aber Decker bewahrte die Ruhe. Ein Gefühl sagte ihm, daß er auf der richtigen Fährte war.

Am schwierigsten war es gewesen, die Zivilfahrzeuge in die eingezäunte Siedlung hineinzubekommen, ohne Verdacht zu erregen. Unauffällig, eins nach dem anderen, mußten sie an den vorgesehenen Stellen plaziert werden. So verstreut, daß niemand etwas merkte. Alles wartete auf das Signal zum Einsatz.

Ruhige Straßen. Schwach beleuchtete Einfahrten, viele dunkle Zwischenräume zwischen grauen Hausfronten. Zielort war eine zweistöckige Villa im Kolonialstil auf einem Hügel. Magnolienbäume warfen verkrümmte Schatten, durch die Fenster sickerte gedämpftes Licht. Alles mußte blitzschnell gehen. Niels würde mit seinen Leuten das Haus stürmen, Deckers Trupp würde die Verhaftungen vornehmen, Beweise sichern, das Haus durchsuchen.

Und Malcolm Carey gehörte ihm.

Der Countdown, dann das Signal. Plötzlich Tumult in der verschlafenen Siedlung. Hastende Polizisten, Schläge gegen Türen. »Polizei! Aufmachen!«

Gleich darauf Gebrüll, das dumpfe Krachen der Rammböcke, splitterndes Holz. Sie waren im Haus.

Decker schloß die Augen und betete. Eine archaische Reaktion, aber hilfreich. Er zählte bis hundert, dann stürmte er hinein.

Rascher Blick durch den Raum. Ein Dutzend Halbwüchsige kreuz und quer auf dem Boden. Mehrere versuchten aus Fenstern und Hintertüren zu fliehen. Reingezerrt von Beamten und an die Wände gestellt.

Geschrei, Geheul, Uringeruch.

Auf einem Couchtisch Zellophantüten mit weißem Pulver, verstreute Pillen, Klumpen braun wie Kandiszucker. Eine Wasserpfeife, die vor sich hin qualmte. Auf dem Fußboden gebrauchte Spritzen und etliche Pistolen.

Danke, Joachim.

Danke, Gott.

Decker rannte durchs Haus. »Wo ist Carey? Ich will Carey!« brüllte er.

Zwei Schüsse knallten.

Jemand packte ihn am Arm.

»Oben im Badezimmer«, schrie Marge.

»Mein Gott!«

Sie hasteten hinter zwei anderen Polizisten die Treppe hoch, die Tür gab nach, sie sahen einen Jungen, der sich durchs Fenster nach draußen zwängte, ein anderer versuchte verzweifelt, etwas in die Toilette zu stopfen. Die Beamten schnappten sich ihn zuerst, warfen ihn zu Boden – Beine breit, Hände auf den Rücken –, sagten ihren Spruch auf, legten ihm Handschellen an. Er leistete keinen Widerstand. Schmolz dahin wie Schnee in der Sahara.

Decker schaute ihm ins kalkweiße Gesicht. »Hallo, Sean«, sagte er.

Sean Amos röchelte und würgte.

»Dreht ihm den Kopf zur Seite«, befahl Decker. »Und achtet auf seine Hände. Ich brauch einen Paraffintest. Will sehen, ob er geschossen hat.«

»Ich schwöre, ich hab nicht geschossen!«

Seine Worte gingen im Geschrei unter.

Der andere, der aus dem Fenster hing.

Beamte versuchten mit aller Kraft, die strampelnden, tretenden Beine zu packen. Tierische Laute, Gegrunz, Geknurr. Schwitzende Polizisten, die an ihm zerrten, als müßten sie einen dicken Fisch an Bord hieven. Inzwischen waren es schon sechs, darunter auch Niels van Gelder, ein Koloß mit Riesenpranken. Alle sechs schrien durcheinander.

»Hat jemand die Waffe gefunden?« brüllte Niels.

»Paßt auf die Hände auf!«

»Keine Kanone?«

»Langsam, bloß nicht so hastig!«

»Der krallt sich aber fest!«

»Hat er was in der Hand?«

»Ist dunkel, Mann. Wir sehn nichts!«

»Guckt auf die Hände!«

»Paßt bloß auf!«

»Fühl doch mal!«

»Hast du die Schußweste an, Condor?«

»Klar doch!«

Condor war Arnold Myerhoff. Einssiebzig groß, glatzköpfig, seit fünf Jahren beim Drogendezernat von L. A., zehn Jahre Erfahrung in Miami. »Pack doch mal einer den Arm. Ich halt die Beine«, knurrte er.

»Ich kann nichts sehen!«

»Paß auf dein Gesicht auf. Und ziehen!«

»Halt die Arme fest! Die Arme. Hast du ihn?«

Keine Antwort.

»Hast du den Arm?«

»Ja ... jetzt hab ich ihn.«

»Zieh ihn rein!«

»Der Kerl hat ihn verkantet. Ich will ihm nicht die Gräten brechen ...«

»Einfach ziehen, Marc!«

Marc Kirby, ein Drogenfahnder mit fünfzehn Dienstjahren auf dem Buckel, zog und zerrte an dem Arm, bis eine leere Faust zum Vorschein kam.

»Jetzt die andere Hand«, sagte Niels.

»Durchsuch die Taschen.«

»Haltet doch mal die eine Hand fest, damit ich die andere kriege.«

»Verdammt, der Hund will kratzen!«

»Wickel ihm die Hand ein!«

»Womit denn?«

»Dreh sie ihm auf den Rücken.«

»Hast du den anderen Arm?«

»Nein.«

»Jetzt?«

»Jaaaa, ich hab ihn.«

»Die Hand, die Hand!«

Endlich zerrte Marc die zweite leere Faust durch die Fensteröffnung.

»Alles klar!« rief Condor. »Auf den Boden mit dem Kerl!«

Ein Gesicht wie ein wildes Tier. Der Mund ein klaffendes Gebiß.

»Paßt auf, er beißt«, brüllte Decker.

Marc zog den Kopf weg, umklammerte fluchend Malcolms muskulösen Hals. Malcolm wand sich wie eine Schlange, bäumte sich auf, hieb und trat wahllos um sich. Doch gegen die sechs Beamten hatte er keine Chance. Sein ohrenbetäubendes Gebrüll dröhnte durchs Haus, als sie ihn zu Boden zwangen.

Dann war es vorbei, er lag in Handschellen und rührte sich nicht mehr.

»He, Malcolm«, sagte Decker. »Warum so stürmisch?«

Ein markerschütternder Schrei war die Antwort.

»Wer liefert sie ein?« fragte Decker.

»Ich«, erwiderte Condor.

»Arnie, mach unbedingt den Paraffintest, bevor sie sich die Hände waschen können. Ich will wissen, wer geschossen hat.«

»Wo ist die Waffe?«

»Hat das Arschloch wahrscheinlich rausgeworfen.«

Plötzlich stank es im engen Badezimmer. Decker blickte hinter sich und sah, daß Sean Amos in die Hose geschissen hatte.

»Wer spielt den Klempner und greift ins Klo?« fragte Niels.

»Gayola ist dran«, meinte Marc.

Gayola Weyman war einsachtzig groß und ein Karate-As. Sie zog lange Gummihandschuhe an. Malcolm schrie erneut.

»Kann dem mal einer das Maul stopfen?«

»Mann, hier stinkt's aber!« stöhnte Condor.

Marge sagte zu Decker: »Ich geh mal die Waffe suchen. Vielleicht hat er sie in den Garten geworfen, als er da hing.«

Marc durchsuchte Malcolms Taschen. »Ein nettes Päckchen Koks. Nein, zwei davon.«

Gayola stöhnte. »Mann, das Klo ist aber verstopft!«

»Die haben den ganzen Scheiß reingeschmissen. Paß auf, könnten auch Spritzen drin sein. Hast du zwei Paar an?«

»Ja, hab ich.« Gayola schob die Hand um die Biegung und holte die erste Ladung heraus. Ein paar Päckchen kristallines Kokain, Tütchen mit einer milchigen Flüssigkeit – durchnäßtes Pulver. Der zweite Tauchgang brachte ein paar sich auflösende Pillen und zerknülltes Papier.

»Was soll denn das sein?« fragte sie.

»Zeig her«, sagte Decker.

Gayola reichte ihm ein Bündel geknautschter, triefnasser Fotos und einen Zettel.

Decker strich die Fotos glatt. Ein Gesicht, das er kannte. Er brauchte einen Moment, bis ihm der Name dazu einfiel.

Wade Anthony.

»Was zum Teufel?« Decker nahm sich den Zettel vor, überflog den Inhalt. Es schien eine Liste zu sein, eine Art Tagesplan.

1. Acht Uhr, steht auf, zieht sich an, frühstückt, liest Zeitung.

2. Zehn bis vierzehn Uhr: Tennistraining. Darunter eine Adresse. Eine Vier, eine Sieben, dann eine Fünf oder eine Zwei, nur noch schwer zu erkennen. Der Straßenname war deutlich.

3. Vierzehn bis sechzehn Uhr: Sauna, danach Physiotherapie.

Gayola holte ein weiteres Foto aus dem Abfluß. Eine Ganzaufnahme von Wade Anthony. Er saß auf einem Sofa, blickte zufrieden und rauchte eine dicke Zigarre. Ein nettes Foto, wenn nicht die Zielscheibe aus zerlaufender roter Tinte gewesen wäre. Den Mittelpunkt bildete sein Herz.

Decker grinste. Plötzlich waren die Ereignisse des Tages klar. Besser hätte er es gar nicht planen können.

Malcolm brüllte schon wieder.

»Bringt die beiden in getrennten Wagen weg«, sagte Decker, »getrennte Einlieferung, getrennte Zellen, getrennte Anwälte. Kein Kontakt, kein Austausch. Und vergeßt nicht: den Paraffintest.«

»Willst du den Scheißer oder willst du den Schreier?« fragte Marc.

»Ich nehme den Scheißer«, entschied sich Condor.

»Wenn du die Abrücke genommen hast, gib ihm ein paar Knastklamotten und sieh zu, daß er sich saubermacht. Er soll wenigstens einen Rest Würde behalten«, ordnete Decker an.

36

Diese schlauen Kerlchen! Alle verlangten als erstes nach einem Anwalt.

Klar, Mann, kein Problem. Aber erst wirst du fotografiert.

Die Polizeiwache hatte sich in einen Hexenkessel verwandelt. Einundzwanzig Verhaftete. Berge von Drogen mußten als Beweismittel aufgenommen werden. Die Waffen wurden gesondert erfaßt. Ein Riesenfang – Kinder aus den besten Familien. Die Drogenfahnder waren im siebenten Himmel. Die Eltern tobten. Decker behielt inmitten des Tumults die Ruhe und machte seine Arbeit.

Da die Wache von Devonshire nicht annähernd genug Zellen besaß, wurden die Verhafteten sofort ins Gefängnis Van Nuys überstellt. Es war schon ein Uhr nachts, als Decker dazu kam, sich Malcolm Carey vorzunehmen. Marge brachte er als Assistentin mit.

Malcolm Carey hatte sich beruhigt und lümmelte entspannt rauchend auf einem Stuhl, schon in Gefängniskluft. Flächiges Gesicht, spärlicher Bartwuchs, hohe Stirn, kantiges Kinn, dünne geschwungene Augenbrauen, mattbraunes, kurzgeschorenes Haar, stumpfblaue Augen, die noch nicht allen Ausdruck verloren hatten. Das würde erst später passieren – wie bei den anderen Knastbrüdern.

Da Carey volljährig war, wurden seine Eltern vom Verhör ausgeschlossen. Aber Daddy hatte seine besten Wünsche in Gestalt von Rupert Flame geschickt – ein namhafter Strafverteidiger, dessen Friseurkosten wahrscheinlich Deckers Monatsgehalt überstiegen. Er war über fünfzig, mittelgroß, grauhaarig, dunkeläugig, sein rotes Gesicht glänzte wie frisch nach der Rasur. Er trug einen exzellent geschnittenen Zweireiher.

Decker und Marge setzten sich, wechselten einen Blick, warteten, daß der Anwalt den Anfang machte.

»Er ist noch ein Kind«, sagte Flame.

»Über achtzehn«, korrigierte Marge. »Seit zwei Monaten.«

»Er ist nicht der, den Sie suchen.«

»So? Wen suchen wir denn?«

»Wenn Sie wissen wollen, wer die großen Fische sind, machen Sie mir ein Angebot. Er redet nicht, bevor Sie was bieten.«

»Wissen Sie denn, was gegen Ihren Mandanten vorliegt, Mr. Flame?« fragte Decker.

»Ich weiß, was Sie haben.«

»Bis jetzt liegt folgendes gegen ihn vor: Versuchter Polizistenmord in zwei Fällen ...«

»Mann, ich dachte doch, das wär'n Raubüberfall!« redete Carey dazwischen.

»Wir haben uns eindeutig identifiziert, Malcolm«, sagte Decker.

»Ich hab nichts gehört«, behauptete er.

»Malcolm, du hast mit einer Halbautomatic durch die Tür des Badezimmers geschossen«, sagte Marge. »Die Paraffinabdrücke beweisen, daß du der Schütze warst.«

»Er war total in Panik, Detective«, sagte Flame. »Er konnte nicht mehr klar denken.«

»Dazu kommen illegale Weitergabe von Drogen in zwanzig Fällen und illegaler Drogenbesitz in fünf Fällen ...«

»Die haben mich reingelegt, Mann! Die Bullen haben mir das Zeug in die Tasche gesteckt!« nölte Carey.

»... Widerstand in einem Fall, fahrlässiger Waffengebrauch, ganz zu schweigen vom unerlaubten Waffenbesitz.«

»Niemand mag einen Dealer«, wandte sich Marge an Carey. »Mal ... Darf ich dich Mal nennen?«

Carey grinste höhnisch. »Sie können mich Herzchen nennen!«

»Lieutenant, hören Sie«, schaltete sich Flame ein. »Malcolm ist zwar volljährig, aber emotional ist er noch ein Kind, ein dummes Kind ...«

»Ein Vollkretin!« rief Carey dazwischen.

»Wenn du deinen Arsch retten willst, dann halt gefälligst die Klappe!« fauchte ihn Flame an.

Zur Überraschung aller wurde Carey rot und verstummte.

Flame atmete tief durch. »Sie sehen, er hat ein großes Maul. Dumm, frech und vorlaut. Man muß ihn nur hart anpacken, dann ist er wie ein Lamm.« Mit eisernem Blick hielt er ihn im Zaum. »Hält ganz brav den Hintern hin und steckt die Schläge ein. Und genauso ist es ihm ergangen, Lieutenant. Er hat ab und zu Drogen in der Schule verkauft, um sich wichtig zu machen. Keine harten Sachen. Höchstens ein bißchen Marihuana ...«

»Ein wahrer Unschuldsengel ...«

»Wir räumen ja ein, daß der Junge auf eigene Faust Marihuana verkauft hat. Aber schon nach ein paar Wochen saß er in der Falle. Er ist an die falschen Leute geraten. Leute, die keinen Spaß verstehen.«

»So?« sagte Decker. »Immerhin macht er dabei tausend bis zweitausend Dollar im Monat.«

»Er hat doch nicht gedealt, weil er das Geld brauchte«, sagte Flame. »Ja, wir geben zu, er hat weitergemacht. Aber nicht, weil er den großen Mann markieren wollte. Er hat nur gedealt, um seine Haut zu retten. Ein brutaler Ausländer hat ihm gedroht, ihm den Schwanz abzuschneiden und ins Maul zu stopfen.«

»Ah, verstehe«, sagte Marge. »Er war gezwungen, zweitausend Dollar im Monat zu kassieren. Reine Notwehr.«

»Es ist aber die Wahrheit, Detective«, behauptete Flame. »Als er aufhören wollte, wurde er bedroht, sogar geschlagen. Wir haben Beweise dafür.«

»So, so«, sagte Decker.

Flame beugte sich zu ihm hinüber. »Er ist nur ein kleiner Fisch. Nicht der, den Sie suchen.«

»Ich kann Ihnen versichern, daß Malcolm genau der ist, nach dem wir gesucht haben«, erklärte Decker.

»Sie sehen nicht den großen Zusammenhang«, belehrte ihn Flame. »Wir können Namen nennen, Lieutenant. Namen, bei denen Ihnen und dem Drogendezernat die Augen übergehen. Nur ein bißchen Entgegenkommen brauchen wir.«

»Wir würden gern über Sean Amos sprechen«, sagte Marge.

Flame schaute sie verblüfft an. »Sean Amos?«

»Das ist der, der zusammen mit Malcolm Carey verhaftet wurde.« Deckers Blick wanderte zu Carey hinüber. »Er sitzt in seiner Zelle. Ich hab noch nicht mit ihm gesprochen. Aber dem kann abgeholfen werden.«

Flame unterbrach ihn. »Wovon reden Sie überhaupt?«

»Das kann ich Ihnen genau sagen«, erwiderte Decker. »Ich rede von den Fotos, die Amos durch die Toilette jagen wollte. Was hattest du vor, Malcolm? Hat's beim ersten Mal so gut geklappt, daß du's gleich noch mal machen wolltest?«

Jetzt war Flame vollends verwirrt. Malcolm wurde bleich und sagte nichts mehr. Auch sein Grinsen verschwand.

»Worauf wollen Sie hinaus, Lieutenant?« rief Flame.

»Fragen Sie doch Ihren Mandanten«, sagte Decker.

»Dann lassen Sie mich eine Minute mit ihm allein.«

»Das können Sie haben, meinetwegen eine ganze Stunde. Und wissen Sie, was ich jetzt tun werde, Mr. Flame? Ich werde jetzt mit Sean Amos reden. Er möchte gern als Kronzeuge gegen Ihren Mandanten aussagen. Lieber so als andersrum, hat er gesagt. Mir soll's recht sein.«

»Kronzeuge?« stammelte Flame.

»Der blufft doch!« brüllte Carey. »Der will mich bloß anscheißen ...«

»Ich bluffe nie«, log Decker, »und ich scheiße niemanden an. Ich will den Kopf von Sean Amos. Entweder seinen oder deinen, Malcolm. Entweder du redest mit uns, oder wir reden mit ihm.«

»Wenn du jetzt auspackst, Mal, können wir vielleicht beim Staatsanwalt was für dich aushandeln. Wenn du den Stummen spielst, redet Sean Amos für dich.«

Flame schaltete sich ein. »Wenn Sie meinem Mandanten noch mehr anhängen wollen, müssen Sie schon die Karten auf den Tisch legen. Sie dürfen keine Beweise zurückhalten.«

»Ich halte überhaupt nichts zurück, Mr. Flame«, sagte Decker. »Noch ist keine Anklage erhoben worden, noch habe ich ihn nicht belastet ...«

»Lieutenant, wenn Sie Ihr Material zurückhalten, begehen Sie einen Verfahrensfehler.«

»Oh, mir wird angst und bange!«

»Worauf wollen Sie hinaus?«

»Wir werfen Ihrem Mandanten und Sean Amos die Vorbereitung eines Mordes vor.«

»Waas?« Flame starrte Carey wütend an. »Ich denke, du hast mir alles gesagt?«

Carey setzte zum Sprechen an, dann blickte er zu Boden und drückte die Zigarette aus.

»Der Anschlag war gegen einen Mann namens Wade Anthony geplant«, sagte Marge. »Deshalb hat Sean Amos die Fotos von ihm in die Toilette geworfen, zusammen mit dem Tagesablauf.«

»Wer ist Wade Anthony?« fragte Flame fassungslos.

»Ein querschnittsgelähmter Tennisspieler.«

»Kennst du diesen Wade Anthony?« wollte Flame von Carey wissen.

Carey flüsterte. »Der erzählt Scheiße, Mann.«

»Wahrscheinlich ist Sean Amos der treibende Teil«, erklärte Decker weiter. »Wade Anthony hat ihm die Freundin ausgespannt, meint er. Er war wütend und hatte gerade vor, Ihren Mandanten als Killer anzuheuern, als die Drogenparty hochging.«

»Es war noch gar nichts abgemacht!« rief Carey dazwischen.

»Halt die Klappe!« befahl Flame.

Malcolm hörte nicht auf seinen Anwalt. »Seit wann ist es denn verboten, sich zu unterhalten? Selbst über Mord kann man reden. Sagt doch jeder, daß er mal einen umbringen will.«

»Das Reden über Mord ist nicht illegal«, sagte Decker, »aber die Planung eines Mordes. Und erst recht die Durchführung. Zum Beispiel Leuten eine tödliche Dosis Heroin zu verpassen. Du weißt genau, wovon ich rede.«

Carey wurde kalkweiß.

»Würden Sie mich bitte aufklären?« protestierte der Anwalt.

»Wenn Sean als erster auspackt, siehst du alt aus, mein Kleiner«, sagte Marge.

»Sie haben keine Beweise ...« würgte Carey hervor.

»Wir haben die Fingerabdrücke«, log Decker.

»So ein Quatsch!« rief Carey empört. »Ich hatte doch Handsch...«

»Klappe!«

Es war still im Raum.

»Außerdem: dein Heroinvorrat. Im Gas-Chromatographen zeigt er exakt dieselbe Zusammensetzung wie das Heroin, das du David Garrison gespritzt hast. Das kann kein Zufall sein.«

»Die Beweise sprechen gegen dich«, sagte Marge.

»Wer ist David Garrison?« fragte Flame.

Carey fing an zu schwitzen. »Die wollen mich fertigmachen!«

»Du oder Sean Amos«, sagte Marge.

Flame stand auf. »Ehe Sie weiterreden, *muß* ich mich mit meinem Mandanten beraten. Hier geht es offensichtlich um sehr viel mehr.«

»Unsere Zeit ist knapp«, sagte Decker.

Marge schob nach: »Sean wartet schon. Er will ...«

»Nein!« protestierte Carey.

»Ich bestehe auf einem vertraulichen Gespräch mit meinem Mandanten!« rief Flame mit schneidender Stimme. »Bitte halten Sie den anderen Beklagten heraus. Ich brauch nur ein paar Minuten.«

»Wissen Sie was? Ich gebe Ihnen fünf Minuten«, sagte Decker, stand auf und ging zur Tür. »Die Zeit läuft.«

Dem Strafverteidiger stand die Wut ins Gesicht geschrieben. Aber seine Stimme klang vollkommen beherrscht. Als Gegengewicht zu Flame hatte Decker Morton Weller mitgebracht, einen Mann, der seit über zwanzig Jahren für die Staatsanwaltschaft arbeitete. Ausgemergelt, schmales Gesicht und tiefliegende Augen, dürrer Hals und ein riesiger Adamsapfel. Weißer Haarflaum. Er trug einen grauen Einreiher, ein weißes Hemd mit roter Krawatte. Er begrüßte Flame mit Handschlag und setzte sich.

»Machen Sie mir ein gutes Angebot«, sagte Flame ruhig.

Weller kratzte sich am Ohr. »Keine Todesstrafe«, schlug er vor.

Carey schrie auf. »Verdammt noch mal! Ich hab keinen umgebracht!«

»Malcolm, schön ruhig. Er will dich nur provozieren«, sagte Flame.

»Ich kann Ihnen versichern, Rupert ...«

Flame schnitt ihm das Wort ab. »Sie wollen, daß ich ein Angebot mache. Na gut. Dafür, daß er als Zeuge auftritt, lassen Sie alles fallen bis auf den Totschlag. Fünfundzwanzig Jahre, Mindesthaft fünf Jahre ...«

»Ich geh doch nicht fünf Jahre in den Knast!« brüllte Carey.

»Staatsgefängnis, Malcolm, nicht Knast«, belehrte ihn Decker.

»Lebenslänglich für vorsätzlichen Mord«, setzte Weller dagegen.

»Nein!«

»Mit der Aussicht auf Begnadigung ...«

»Okay, ich halte mich lieber an die Geschworenen«, sagte Flame und stand auf.

»Rupert, seien Sie vernünftig. Wie sollen wir sinnvoll verhandeln, wenn ich nicht weiß, was Ihr Mandant dazu sagt?«

»Entweder, ich mache den Deal mit Ihnen oder ich mache ihn mit den Geschworenen«, sagte Flame.

»Totschlag, fünfundzwanzig Jahre bis lebenslänglich, Mindesthaft fünfzehn Jahre«, sagte Decker.

»Sieben«, hielt Flame dagegen.

»Allein die Drogen bringen schon mehr als sieben Jahre«, sagte Weller.

»Nicht, nachdem ich die Geschworenen bearbeitet habe«, widersprach Flame.

»Totschlag, fünfundzwanzig Jahre bis lebenslänglich, Minimum zwölf Jahre«, bot Weller weiter.

»Sieben!«

»Jetzt blufft er aber, Morton«, sagte Decker. »Ich weiß genau, daß die anderen gegen Carey aussagen werden.«

Flame setzte hastig nach: »Totschlag, fünfundzwanzig Jahre bis lebenslänglich, Minimum sieben Jahre, dann erste Chance auf Begnadigung, kein Abzug wegen guter Führung. Ist das ein Angebot oder nicht?«

Decker tauschte einen Blick mit Weller. Weller nickte.

Carey schlug mit der Faust auf den Tisch. »Ich geh doch nicht sieben Jahre in den Knast!«

»Staatsgefängnis«, berichtigte ihn Decker.

»Leck mich!«

»Und es können auch mehr als sieben werden.«

Flame fuhr seinen Mandanten an: »Wenn du dich querstellst, Malcolm, machen sie den Deal mit deinem Freund. Dann kannst du sehen, wo du bleibst. Dieselben Beweise, dieselben Vorwürfe, nur daß sie dann einen Zeugen haben, mit dem sie dich auf vorsätzlichen Mord festnageln. Wenn du Sean Amos als Kronzeugen willst, nur zu. Daran verdiene ich mehr. Aber du solltest besser auf ein Wunder hoffen, mein Sohn. Denn das wirst du brauchen.«

Schweigen im Raum, bis Flame verkündete: »Wir nehmen das Angebot an.«

Jetzt wehrte sich Carey nicht mehr. Alle blickten ihn an.

»Na los«, sagte Flame. »Das Schlimmste ist vorüber. Du hast nichts mehr zu verlieren. Erzähl ihnen, was passiert ist.«

Carey sprach überlegt, mit leiser Stimme.

»Sean kam irgendwann zu mir und sagte, er hat ein Problem. Da wär so ein Typ, ein Junkie, der seiner Freundin auf den Nerv geht. Er wollte was dagegen unternehmen. Ob ich ihm helfen könnte.« Er kratzte sich am Kinn. »Ich hab gefragt, was er sich vorstellt. Vielleicht ein Denkzettel oder so, dachte ich. Aber wie er redet, merke ich, daß er mehr will.«

»Was genau solltest du denn für ihn machen?« fragte Weller.

»Sean hat gefragt, ob ich ihn abknallen könnte.« Carey blickte auf. »Ich war vielleicht geschockt! Mord ist wirklich nicht mein Ding. Ich sagte: Paß auf, du! Nicht mit mir!«

Er hielt inne und druckste.

»Weiter«, sagte Decker.

»Dann ... fing die Fragerei an. Ob ich nicht jemanden kenne, der's macht. Zum Spaß bin ich drauf eingegangen. Ich frage, wieviel, und er sagt: zehn Riesen. Ich wollte wissen, wo er den Schotter hernimmt.«

»Und?« drängte Marge.

»Er hat was von einem Vermögen gefaselt, das ihm in ein paar Jahren überschrieben wird. Zweihundertfünfzigtausend. Na ja, ich mach selber so meine ein- bis zweitausend im Monat. Warum sollte ich für zehn Riesen meinen Arsch riskieren? Aber es laufen ja Leute rum, für die sind zehn Riesen 'ne Masse Geld.«

Marge riß die Augen auf. »Kaum zu glauben, aber wahr.«

Weller warf ihr einen Blick zu und fragte weiter. »Was war dann?«

»Dann sagt Sean ... er weiß ja, daß ich so meine Kontakte habe.« Er lächelte stolz. »Also sagt er, wenn ich's nicht selber machen will, soll ich mich doch mal umhören. Ich hab immer noch mitgespielt und gesagt: Klar. Dann hab ich das Ganze vergessen.« Er stockte. »Im Monat drauf kommt er wieder an. Fragt mich, ob ich einen gefunden habe, der's macht. Ich sag nein. Ich hatte ja auch keinen gefragt und das Ganze vergessen.«

»Soweit waren wir schon. Red weiter!« ging Decker dazwischen.

Carey wollte aufbrausen, brauchte ein paar Sekunden, um sich zu fangen. »Sean war sauer. Wenn der sauer wird, das hält man nicht aus. Ehrlich gesagt, der hat mir Angst eingejagt.«

Haha, dachte Decker.

Malcolm kam in Fahrt. »Der fing an zu toben. Richtig aggressiv. Ich muß das für ihn machen, hat er gesagt.« Er stockte erneut. »Na ja, das war der Punkt, wo ich Scheiße gebaut hab. Wie Mr. Flame sagt: Ich hab 'ne große Klappe. Quatsche, ohne zu denken. Also sag ich zu Sean: Wenn der Typ sowieso ein Junkie ist, warum ihn dann abknallen? Mach's doch auf die natürliche Art! Er guckt mich an. Fragt, was ich meine. Ich sage, ich meine gar nichts. Aber wenn's schon ein Schuß sein soll, warum dann kein goldener?«

Carey brach ab, dann redete er weiter.

»Genauso hab ich das gesagt. Warum denn nicht ein goldener?« Er grinste. »Sean ist ja manchmal ein bißchen schwer von Begriff. Also überlegt er und überlegt, dann zeigt er mit dem Finger auf die Stelle am Arm. Ich nicke, und er fragt, wie es denn passieren soll. Ich sage: Mann, du hängst doch selbst an der Nadel! Was denkst du denn?«

Carey trank einen Schluck Wasser. »Sean überlegt 'ne Weile. Dann sagt er, daß der Junkie auch säuft. Ich sage: Mann, dann ist die Sache doch kinderleicht. Du holst dir den Schlüssel von deiner Flunze, wartest ab, bis er wieder voll ist, dann setzt du ihm den Schuß.« Er trommelte mit den Fingern auf der Tischplatte. »Die Idee fand er natürlich stark. Aber er hatte nicht den Nerv, das allein durchzuziehen. Also hat er mich gefragt, ob ich mitkomme, ihm Deckung gebe.«

Weller hob die Augenbrauen. »Du bist mitgegangen?«

»Hätt ich etwa nein sagen sollen?« Er zuckte die Schultern. »Ich sag ihm, Schmiere stehen kostet. Zehn Riesen. Hätte nie gedacht, daß er ernst macht, aber ich hab mich geirrt. Er wollte das Ding wirklich durchziehen ...«

»Du meinst, den Mord«, präzisierte Decker.

Carey blickte zur Seite. »Er sagt, daß die zehn Riesen klargehen. Aber dafür soll ich auch den Stoff besorgen. Er wollte reinen Schnee. Ich sag, das wär blöd. Wenn sich ein Junkie reinen Stoff spritzt, ist das verdächtig. Also hab ich ihm normales Heroin besorgt.« Er leckte sich die Lippen. »Er hat den Schlüssel besorgt, auf eine günstige Gelegenheit gewartet. Am Wochenende war Garrison fast immer besoffen. Wir waren ein paarmal da, um zu sehen, was abging. Wir mußten sichergehen, daß er richtig abgefüllt war. Beim dritten Mal war er total hinüber. Ich hab die Tüte mit dem Zeug in seinen Arzneischrank gelegt, und Sean hat ihm den Schuß gesetzt. Ich war nicht dabei, als er's machte. Ich hab den Typ nicht angefaßt.«

»Hast du das Geld bekommen, Malcolm?« fragte Weller.

»Ja, gezahlt hat er.« Er grinste. »Das hätte er mal wagen sollen!«

»Wo ist das Geld?« fragte Decker.

Malcolm nahm einen Schluck Wasser. »Ausgegeben.«

»In einem Monat hast du tausend Dollar ausgegeben?« fragte Weller leise.

Er grinste wieder. »Wein, Weib und Gesang, das kostet was. Ich hab mir auch Sachen gekauft.«

»Was für Sachen?« fragte Decker.

»Münzen, Briefmarken ... Waffen. Zeug, das mein Dad auch immer kauft. Der kann echt stolz auf mich sein.«

»Der Apfel fällt nicht weit vom Stamm«, murmelte Marge.

»Detective!« drohte Flame.

»Schon gut«, sagte Carey. »Ist doch wahr. Kriminell bleibt kriminell, ob einer nun im weißen Hemd rumläuft oder im Overall. Ich und mein Dad, wir sind uns ähnlich. Mir macht's nur nichts aus, ab und zu mal dreckige Finger zu kriegen.«

37

Strapp hustete. »Gute Nachrichten. Sean Amos muß drin bleiben. Keine Kaution.« Er warf einen Blick auf die Uhr und schauderte. »Schon fast drei. Mir platzt der Kopf. Nehmen wir uns den Knaben morgen vor. Ich sehe Sie hier um acht. Fahren Sie jetzt nach Hause.«

Decker schwieg, dann sagte er: »Zu Befehl.«

Strapp musterte seinen Lieutenant. »Mein Gott, Decker, was ist denn jetzt schon wieder los?«

»Irgendwas stimmt nicht mit diesem Carey«, sagte er.

»Was reden Sie da?« erregte sich Strapp. »Ich stand hinter dem Einwegspiegel und hab mir alles angehört. Was soll denn da nicht stimmen?«

»Klang das nicht ... eingeübt?« fragte Decker nach längerem Überlegen.

»Nein, kein bißchen! Er sah aus und klang wie ein gestörter Jugendlicher, der mit seinen Untaten prahlt.«

Decker rieb sich die Augen. »Vielleicht bin ich nur müde.«

»Das wird's sein. Gute Nacht, Lieutenant.«

»Nacht, Captain.«

»Übrigens: gute Arbeit«, murmelte Strapp.

»Danke«, sagte Decker und ging. Er war ganz und gar nicht zufrieden.

Ein Junge, der alles hatte – reich, gutaussehend, mit den besten Verbindungen –, und trotzdem baute er Mist.

Was wär aus mir geworden, wenn ich nur einen dieser Vorteile gehabt hätte? dachte Martinez. Er strich seinen schwarzen

Schnurrbart glatt. Sein Gesicht brannte noch von der morgendlichen Rasur. Vorm Captain wollte er sich keine Blöße geben.

Er holte sein Notizbuch heraus und warf einen Blick in die Runde. Sean Amos in Gefängniskluft, den Kopf gesenkt, verkniffener Mund. Kein Blickkontakt mit seinen Eltern. Die Mutter, eine magere Blondine, saß links von ihm. Rechts Edgar Ray Trit, der grobknochige, Jovialität verströmende Anwalt aus Texas. Er trug einen teuren Brioni-Anzug und einen Cowboyschlips.

Rechts neben Trit der Vater. Lamar Amos hatte seinen Bierbauch in einen schwarzen Anzug gezwängt, sein Gesicht war rötlich und aufgeschwemmt, die Nase voller geplatzter Äderchen, das kurze graue Haar nach hinten gekämmt. Wenigstens trug er keinen Cowboyhut.

Martinez hatte Webster und Staatsanwältin Katherine Villard neben sich, eine attraktive Mittvierzigerin. Schwarzes Haar, dunkle Augen, ernster Blick, eine Frau, mit der nicht zu spaßen war. Hinter dem Einwegspiegel saßen Strapp, Decker, Marge und Oliver. Martinez schob seine Krawatte zurecht. Für den Captain wollte er gut aussehen.

Webster begann die Vernehmung mit der üblichen Einleitung, die Personalien der Anwesenden wurden aufgenommen. Dann verlas er den Tatvorwurf gegen Sean Amos: Vorsätzlicher Mord an David Garrison.

Trits dröhnender Baß unterbrach ihn. »Also Kate, wir sind doch alle Freunde hier. Darf ich mal anfangen, auf die gute alte Art, offen und ehrlich? Was haben Sie sich eigentlich dabei gedacht, dem Jungen einen Mord anzuhängen?« Er rollte die Augen. »Wenn Sie diesem Psychopathen Carey auch nur ein Wort glauben ... wenn Sie mit diesem Märchen vor Gericht gehen, stehen Sie am Ende ganz dumm da!«

»Ich heiße Katherine«, erwiderte sie spitz. »Haben Sie Careys Aussage schon?«

»Noch nicht.«

Sie klappte ihre Tasche auf, nahm ein paar Seiten heraus und reichte sie hinüber. »Bitte sehr.«

Trit zog eine Grimasse. »Ah, wunderbar, jetzt gibt's was zu lachen.«

»Mr. Trit, wir stützen uns auf diese Aussage. Und die läuft auf eine Anklage wegen vorsätzlichen Mordes hinaus.«

»Ich hab niemanden ermordet!« rief Sean Amos.

»Sei still!« befahl ihm Trit. Er überflog die Seiten.

»Tut mir leid, daß Sie die Aussage nicht früher bekommen haben. Die müssen Sie gründlich durchgehen. Wir können uns bis zwei vertagen«, sagte Katherine.

»Carey ist ein verdammter Lügner!« rief Sean Amos.

»Junge, halt den Mund!«

»Ach, leck mich!«

Lamar Amos holte aus und schlug ihm mit dem Handrücken ins Gesicht. Er war krebsrot geworden. »Halt endlich deine verdammte Klappe und hör auf den Anwalt, verstanden?«

»Lamar, ich führe hier die Verhandlung ...« fuhr ihm Trit in die Parade.

»Willst du mir etwa widersprechen, Edgar Ray? Vergiß nicht, wer dich bezahlt!«

Sean hielt sich die Backe. Schniefend sagte er: »Du denkst wohl, dein Schwanz ist der größte!«

Der Ölbaron warf sich auf seinen Sohn. Die Mutter schrie, Trit und Martinez hielten den Tobenden von hinten fest, Wachen kamen hereingestürzt, um ihn zu bändigen. Lamar Amos gab auf und schüttelte sie ab. Er stapfte aus dem Raum. Die Mutter schaute auf ihren Sohn, dann zur offenen Tür hinüber. Sie stand auf, stakste ebenfalls hinaus.

»Meine Güte! Danke für die Unterstützung, Mom!« rief Sean ihr hinterher. »Seit zehn Jahren geschieden und leckt ihm immer noch die Stiefel ... blöde Kuh!«

»Stärker nagt's als Schlangenzahn, ein undankbares Kind zu haben«, sagte Webster.

»Hauptsache, man kann kräftig zubeißen«, konterte Sean Amos. »Das ist von Shakespeare. Ich bin nicht so bescheuert, wie Sie denken.«

»Sean, wir halten dich für sehr intelligent.«

»Jetzt reicht's mir!« dröhnte Trit und stand auf. »Wir vertagen bis zwei.«

»Ich denke gar nicht dran. Erst, wenn der Quatsch hier zu Ende ist. Malcolm Carey ist ein verdammtes Arschloch!«

»Warum warst du denn dann in der Nacht, als David Garrison ermordet wurde, mit Malcolm zusammen?« fragte Webster.

»David Garrison ist an einer Überdosis krepiert. Den hat keiner ermordet!«

»Sean, damit du weißt, was auf dich zukommt«, erklärte ihm Martinez, »wir haben Zeugen, die dich in der Mordnacht mit Malcolm Carey gesehen haben.«

Webster nannte das Datum. »Erst hast du mit ihm Pool gespielt, dann seid ihr zu dir nach Hause und habt gekifft, dann seid ihr zu David Garrison ...«

»Ich war nie bei David Garrison! Wenn Carey das sagt, dann lügt er!«

»Willst du auch behaupten, du hast nicht Pool mit ihm gespielt?«

»Ja. Ich meine nein. Ich habe Pool mit ihm gespielt, aber ...«

»Und Drogen genommen?«

»Aber ...«

»Sean!« mahnte Trit.

»Ich hab keinen umgebracht.«

»Warum hast du die Fotos von Wade Anthony in die Toilette gesteckt?« fragte Webster.

Sean begann zu schwitzen. »Was soll das?« empörte er sich.

»Als wir dich festnahmen, warst du dabei, die Fotos in die Toilette zu stopfen.«

»Außerdem einen Zettel mit dem Tagesablauf«, ergänzte Martinez.

»Keine Ahnung, warum«, sagte Sean. »Ich war in Panik.«

»Was hattest du mit den Fotos vor? Wolltest du einen Fanclub gründen?«

»Kein Wort mehr!« rief Trit.

»Was hat denn die Sache hier mit Wade zu tun?« fragte Sean.

»Er ist minderjährig. Wagen Sie nicht, irgendwas davon gegen ihn zu verwenden!« drohte Trit.

Die Staatsanwältin mischte sich ein. »Er wurde über seine Rechte belehrt.«

»Er ist minderjährig!«

»Er ist siebzehn und alt genug, zu begreifen ...«

»Wade Anthony ...« Sean Amos wurde bleich. »O mein Gott!«

»Was ist los?« fragte Martinez.

»Komm, wir gehen!« drängte Trit.

»Dieses Arschloch hat mich gelinkt!« rief Sean Amos. »Schon wieder!«

»Von welchem Arschloch sprichst du gerade?« fragte Webster.

Sean schlug sich vor die Stirn. »Wie konnt ich nur so blöde sein!«

»Wer hat dich gelinkt?« fragte Martinez.

»Malcolm Carey. Deshalb hat er mich gefragt ... Er wollte mich schon wieder aufs Kreuz legen. Wie letztes Mal. Mein Gott, bin ich bescheuert!«

»Wenn du schon unbedingt reden willst, laß mich wenigstens aushandeln, daß es nicht gegen dich verwendet wird«, zischte Trit.

»Kommt darauf an, wen er belastet«, sagte Katherine Villard.

»Wen wirst du belasten, Sean?« fragte Martinez.

»Nicht antworten!« rief Trit. »Ich lasse ihn reden. Aber nichts davon darf vor Gericht gegen ihn verwendet werden, wenn wir nicht zu einem Deal kommen ...«

»Vergessen Sie's!«

»Sie wollen also mit Carey als Kronzeuge in die Verhandlung gehen? Viel Glück!«

»Können wir uns vielleicht anhören, was der Junge zu sagen hat?« fragte Martinez.

»Nein, können wir nicht«, intervenierte die Staatsanwältin. »Ohne Deal ist die ganze Aussage wertlos, weil sie nicht verwendet werden kann.«

»Das wär doch nicht weiter schlimm«, beharrte Martinez. »Wir gehen mit Carey als Kronzeuge in die Verhandlung.«

»Hören Sie lieber auf Kate!« rief Trit.

»Ich heiße Katherine!«

»Also machen wir einen Deal?« fragte er.

Die Staatsanwältin warf die Hände hoch.

»Ich nehme das als Zustimmung.«

»Erzähl uns von David Garrison, Sean«, sagte Webster.

»Ich weiß nichts von David Garrison! Das will ich doch die ganze Zeit rüberbringen!«

»Ist er nicht der Bruder deiner Freundin?«

Sean wurde rot und sagte nichts.

»Wir reden von Jeanine Garrison«, sagte Martinez. »Versuch nicht, uns für dumm zu verkaufen. Wir wissen Bescheid.«

»Sie ist meine Tennispartnerin.«

»Du hast aber in der Schule damit geprahlt, daß sie deine Geliebte ist«, stellte Webster fest.

»Wir sind nur so befreundet.«

»Das hast du aber anders dargestellt.«

Sean Amos schwitzte. »Wie Gerüchte eben so gehen. Ich hab nicht widersprochen. Na und? Das heißt doch nicht ...«

»Sean, hör mir zu«, sagte Martinez. »Du bist siebzehn, sie ist achtundzwanzig. Wenn ihr zwei in irgendwas Schmutziges verwickelt seid, was denkst du, wer am Ende dafür geradestehen muß?«

»Wir sind in nichts verwickelt, schon gar nicht in was Schmutziges!«

Jetzt schwitzte er heftig.

»Und das sollen wir glauben?« fragte Webster.

»Warum sollte ich lügen?«

»Weil du dir vermutlich in den Kopf gesetzt hast, sie zu decken. Aus lauter Edelmut. Aber das ist kein Edelmut, das ist einfach nur dumm. Sieh lieber zu, daß du deine eigene Haut rettest.«

»Nein, dumm ist er nicht«, wandte Martinez ein. »Aber er liebt sie.« Er blickte den Jungen an. »Hab ich recht? Du liebst sie.«

Schweigen. Sean rieb sich die Augen. Leise sagte er: »So sollte das alles nicht laufen. Das Problem war nur, daß David sie ständig nervte.«

»Wen meinst du mit ›sie‹?« fragte Martinez. »Jeanine Garrison?«

Sean nickte.

»Inwiefern hat er sie genervt?«

»Er hat Geld verlangt – andauernd. Der Typ war ein Junkie, der brauchte ständig was, um zu drücken. Jeanine hat ... ihm geholfen. Aber sie hatte es satt bis hier. Und ich, ich wollte ihr helfen.«

»Jeanine war so genervt, daß du ihr einfach nichts abschlagen konntest«, sagte Martinez mit Mitleidsstimme.

»Wieso abschlagen?« Sean war verwirrt.

»Als sie dich um Hilfe bat.«

»Sie hat mich nicht um Hilfe gebeten«, sagte Sean gekränkt. »Sie hat nie was von mir verlangt.«

Webster wechselte einen Blick mit Martinez. »Es hat keinen Zweck, sie zu decken«, sagte Webster.

»Ich decke niemanden. Ich war es selbst ... Genaugenommen war es Malcolm. Er war derjenige, der ...«

»Sean, wer hier in der Klemme sitzt, das bist du«, erklärte

Martinez. »Dir droht eine langjährige Haftstrafe, wenn nicht Schlimmeres ...«

»Aber ich ...«

»Sei kein Idiot, Sean«, beschwor ihn Webster. »Du kannst doch nicht wollen, daß Jeanine ungeschoren aus der Sache herauskommt!«

»Aber sie hat nichts gemacht!«

»Sean, hör mir zu«, sagte Martinez. »Deine Freundin hat dich mit Wade Anthony betrogen ...«

»Nein ...«

»Und für diese Frau gehst du in den Knast, verpfuschst du dein ganzes Leben.«

»So muß es nicht kommen«, erklärte ihm Webster. »Jeanine ist volljährig, du bist minderjährig. Sie trägt die Verantwortung ...«

»Nein ...«

»Sean, sie hat dich reingeritten!«

»Nein!« Sean schüttelte energisch den Kopf. »Nein, das hat sie nicht. Sie hat mir nur *geholfen*, sonst nichts!«

»Sean ...«

»Es war Malcolm. Der hat mich reingeritten.« Sean war dunkelrot angelaufen. »Kapiert ihr Idioten das nicht? Es war Malcolm! ES WAR MALCOLM!«

Stille.

Trit brach das Schweigen. »Wenn Sie so scharf auf seine Aussage sind, warum lassen Sie ihn nicht ausreden?«

Sean spuckte aus. »Hören Sie mir doch einfach zu, verdammt noch mal! Es war Malcolm!« Plötzlich sank er zusammen, schüttelte den Kopf, rieb sich die Augen. »Ich bin müde.«

»Na los, Junge«, sagte Trit. »Sag, wie es war. Die Chance kriegst du nicht noch mal. Erzähl ihnen deine Story.«

»Ich brauche Ihre Lektionen nicht. Mein Problem ist, daß ich zuviel rede. Zuviel und mit den falschen Leuten. Ich hab einfach nur Dampf abgelassen bei Mal. Wie schwer es Jeanine hat. Daß alles leichter wäre, wenn er die Grätsche machen würde.«

»Er ... das ist David Garrison?« fragte Webster.

Sean nickte. »Und das nächste, was passiert: Er macht tatsächlich die Grätsche. Ich weiß noch, wie ich dachte, das kann doch nicht wahr sein!« Er lachte bitter. »Am nächsten Tag kam Mal zu mir und hielt die Hand auf. Fünfundzwanzig Riesen in bar wollte er. Ich fragte, was soll der Quatsch? Wieso? Er sagte nur:

David Garrison. Mich hat's total umgehauen. Ich schwöre bei Gott, daß ich ihm nie einen Cent versprochen hab, damit er einen Mord begeht. Auch nicht den an David Garrison.«

Schweigen im Raum.

»Mal hat das auf eigene Faust durchgezogen. Auch wenn er behauptet, ich hätte ihm den Auftrag gegeben – ich war's nicht. Das schwöre ich.«

»Er hat fünfundzwanzigtausend verlangt?« fragte Webster.

Sean nickte. »Ich war natürlich geschockt. Wie sollte ich an das Geld rankommen? Mein Dad hält mich gewaltig kurz. Zwar gibt es Mittel und Wege, aber das braucht Zeit. Das wollte ich Mal erklären, aber der fing an zu drohen. Und was der sagt, das macht er auch wahr. Drei Tage hat er mir gegeben.«

Er wischte sich den Schweiß von der Stirn.

»Ich wußte nicht weiter. Also bin ich zu Jeanine. Hab ihr erzählt, was passiert ist.«

»Und wie hat sie reagiert?« fragte Martinez.

»Getobt hat sie! Und wie! Sie wollte mich sofort anzeigen. Das hab ich auch verdient. Es war alles meine Schuld.« Er atmete schwer. »Ich hatte vielleicht einen Streß! Wegen ihr und überhaupt.«

»Aber warum, wenn du den Mord nicht in Auftrag gegeben hast?« fragte Webster.

»Weil ich diese Sachen gesagt habe.«

»Was für Sachen?« bohrte Martinez nach.

»Daß es doch zu schön wär, wenn ihm einer den goldenen Schuß setzen würde. Jeanine meinte, daß man mein Gequatsche mißverstehen könnte. Und weil ich diese ... persönliche Beziehung zu ihr habe und David ihr auf den Wecker gegangen ist, könnten die Leute denken, daß ich wirklich fähig wäre, so was ... auszuhecken.« Er blinzelte unsicher. »Sie hatte Mitleid mit mir, als es mir ganz dreckig ging. Obwohl sie stocksauer war, hat sie versprochen, mir zu helfen. Als sie das sagte, bin ich in die Knie gegangen und hab ihr die Füße geküßt. Sie glaubte mir! Sie können sich gar nicht vorstellen, was mir das bedeutet hat.«

»Doch, so in etwa«, meinte Webster.

»Was hat sie denn für dich getan, Sean?« fragte Martinez.

»Sie hat mir das Geld für Malcolm geliehen. Das hat sie gemacht. Geld aus ihrer eigenen Tasche.«

»Fünfundzwanzigtausend?«

»Etwa zehntausend.«

»In Cash?«

Sean schüttelte den Kopf. »Nein, in Wertpapieren. Eine Inhaberschuldverschreibung. Wissen Sie, was das ist?«

»Ja«, sagte Webster. »Die gibt's schon lange nicht mehr. Wo hat sie die her?«

Sean zuckte die Schultern. »Keine Ahnung.«

»Und du hast das Papier an Malcolm Carey weitergegeben?«

Er nickte.

»Was hat er gesagt?« fragte Martinez. »Das waren doch nicht die Fünfundzwanzigtausend, die er wollte.«

»Er sagte, ausnahmsweise gibt er sich damit zufrieden.« Sean verstummte.

»Und weiter?« fragte Martinez.

»Nichts weiter. Jeanine hat nicht mehr darüber gesprochen und ich auch nicht.«

»Was ist mit den Gerüchten? Die halbe Schule denkt, du hast David Garrison umgebracht.«

»Das hat Mal wahrscheinlich verbreitet. Und ich hab mitgespielt. Hatte viel zu viel Angst vor ihm, um was dagegen zu unternehmen.«

»Und du warst nie in David Garrisons Apartment?« fragte Webster.

»Nie!«

»Was war mit den Fotos von Wade?« fragte Martinez.

Sean stöhnte. »Am selben Tag ... mein Gott, was bin ich für ein Idiot!« Er stöhnte wieder. »Ich hatte Krach mit Jeanine, wegen Wade. Das Turnier – ständig war sie mit ihm zusammen. All diese Fotos von den beiden ... Es ist ja ihr Beruf, aber trotzdem, ich war stocksauer. Wie der sich aufführte. Als wäre sie sein Eigentum. Kommandierte sie rum. Wie King Rollstuhl persönlich. Ich hab wahrscheinlich Malcolm davon erzählt.«

»Und?« drängte Martinez.

»Was soll ich sagen? Ehe ich denken konnte, hatte der sich schon die Fotos von Wade besorgt. *Er* hat sie mitgebracht, nicht ich. Und er hatte wieder diesen komischen Ausdruck im Gesicht. Dann fing er an, wie leicht es wäre, den umzulegen. Genau in dem Moment kamen die Bullen rein ...«

»Und warum hast du die Fotos in die Toilette geworfen?« beharrte Martinez.

»Ich sag doch, das war die Panik. Ich hab alles gegriffen, was ich kriegen konnte, und ins Klo geschmissen.«

»Soll ich das etwa glauben?« fragte Webster.

»Sie können mich ja an den Lügendetektor hängen.«

»Wenn du lügst, wirst du die Prüfung nicht bestehen, Sean.«

Sean lächelte schief. »Glauben Sie mir, Sir. Das wird die leichteste Prüfung, die ich je bestehen mußte.«

38

Marge schloß die Tür zu Deckers Büro. »Was ist nur mit der Jugend los? Sind das alles Psychopathen?«

Oliver zog einen Stuhl heran. »Weißt du was? Ich glaube, Sean Amos ist ehrlich ...«

»Ja, du glaubst ihm seine Märchen«, meinte Webster.

»Wenn einer hier Märchen erzählt, dann Carey. Der lügt, wenn er nur den Mund aufmacht.«

Marge wandte sich an Oliver: »Wir haben Amos gleich zu Anfang mit dem Mordvorwurf konfrontiert. Was erwartest du denn? Soll er sagen, ja, ich war's? Natürlich schiebt er auf Carey ab, soviel er nur kann.«

»Scott, du glaubst doch nicht im Ernst, daß Carey den Mord an David Garrison auf eigene Faust begangen hat!« Webster runzelte die Stirn. »Das ergibt doch keinen Sinn.«

»Carey dachte, er könnte damit bei Sean Amos abkassieren«, sagte Oliver. »Außerdem ist er ein Psychopath, ein Triebtäter, der Opfer sucht.«

Farrell Gaynor blätterte in einer Dreißigseitenliste von Inhaberschuldverschreibungen, die in letzter Zeit eingelöst oder verkauft worden waren. »Das kann dauern, bis ich da fündig werde.«

»Warum machst du dir überhaupt die Mühe?« fragte Oliver.

»Loo will wissen, von wem das Papier stammt.« Er zuckte die Schultern. »Irgendwo muß ich anfangen. Wenigstens wissen wir, daß es ein kalifornisches Wertpapier ist.«

»So ein Glück. Das schränkt die Zahl der möglichen Inhaber auf dreißig Millionen ein.«

»Nicht ganz.«

»Decker hat sich verrannt, als er auf Carey setzte. Er hätte sich an Amos halten sollen«, meinte Oliver.

»Scotty, wir brauchten Sean, um an Jeanine ranzukommen«, erinnerte ihn Marge.

»Ja, schon, aber sein Plan ging nicht auf. Wir sind ihr keinen Schritt nähergekommen.«

»Das stimmt nicht ganz«, sagte Martinez. »Wenn wir uns an Seans Story halten, können wir sie immer noch wegen Beihilfe, Anstiftung und Begünstigung rankriegen.«

»Noch so eine Sache, die ich nicht glaube«, meinte Webster, »nämlich, daß sich Jeanines Mitwirkung auf Beihilfe und Anstiftung beschränkt. Nach allem, was wir wissen, läßt sie die Männer nach ihrer Pfeife tanzen. Jetzt wollt ihr mir erzählen, daß sie ihren Arsch riskiert, nur um so einem Rotzlümmel zu helfen? Daß ich nicht lache! Amos hat David Garrison ermordet, und er hat es für Jeanine getan.«

Decker kam herein, sah auf die Uhr. Es war halb zwei. »Hat jemand Hunger? Wir können uns was kommen lassen.«

»Wie lief es beim Lügendetektor?« fragte Oliver.

»Elaine Reuter redet noch mit Carey.«

»Und das schon eine geschlagene Stunde!« beschwerte sich Webster.

»Für Elaine ist das wenig«, sagte Decker. »Sie redet stundenlang mit den Leuten, ehe sie mit dem Test anfängt. Ich fürchte, wir müssen warten. Wer hat Hunger?«

»Schwarzbrot mit Thunfisch«, sagte Marge.

»Ich auch«, schloß sich Martinez an. »Zwei für mich. Ich hab Kohldampf.«

»Für mich Roastbeef«, sagte Oliver.

»Pute«, entschied Webster.

Es entstand eine Pause.

»Du auch was, Farrell?« fragte Marge.

»Klingt gut«, antwortete er.

»*Was* klingt gut?« fragte Oliver.

»Pute. Aber ohne Majo. Und Obst statt Fritten. Ich muß abnehmen.«

Marge nahm den Hörer ab, um die Bestellung aufzugeben. »Loo, du auch was?«

»Ich hab schon.« Decker hielt ihr eine Tüte hin und öffnete sie. Ein Sandwich mit gegrilltem Rindfleisch und Nudelsalat.

Der Geruch brachte seinen hungrigen Magen in Aufruhr, aber aus Höflichkeit wartete er auf die anderen.

Oliver wandte sich an Decker: »Wir haben gerade drüber gesprochen, daß du dir den falschen Knaben zur Brust genommen hast.«

»Diesmal gibt es keinen falschen. Sie sind beide Psychopathen.«

»Die Frage ist nur, wer der Schlimmere ist«, meinte Oliver.

»Nein, die Frage ist, wen die Geschworenen glaubwürdiger finden«, sagte Decker. »Sean wird an seiner Story festhalten und Carey genauso. Beide Versionen sind voller Löcher. Und beide lassen Jeanine Garrison ungeschoren.«

»Mit Seans Version können wir sie wenigstens wegen Begünstigung drankriegen«, meinte Martinez. »Das ist besser als gar nichts.«

»Das ist schlechter als gar nichts«, widersprach Decker. »Stell dir vor, wir setzen sie wegen Begünstigung auf die Anklagebank. Sie erzählt den Geschworenen eine Rührstory, tragischer Tod der Eltern, dann ihr Bruders, ihre Trauer, sie konnte keinen klaren Gedanken fassen, bla-bla-bla...« Decker ballte die Fäuste. »Angenommen, wir kommen damit durch. Und sie wird verurteilt. Sie hat keine Vorstrafen. Die ideale Kandidatin für eine Bewährung. Und schwupps, ist sie wieder draußen.« Er machte eine Denkpause. »Dann, ein halbes Jahr später, kriegen wir raus, daß sie wirklich in den Mord an ihrem Bruder verwickelt war. Wir stellen sie erneut unter Anklage. Und was passiert? Ihr Anwalt macht uns die Hölle heiß, weil wir sie nicht zweimal wegen derselben Straftat belangen können.«

»Aber Pete!« wandte Marge ein. »Die Mordanklage ist doch dann ein neuer Tatvorwurf. Also keine doppelte Strafverfolgung.«

»Trotzdem ist es derselbe Tatbestand. Die Gesetze sind da nicht so eindeutig. Es wäre so, als würde man O.J. Simpson wegen Einbruch erneut vor Gericht bringen ...«

»Eine verdammt gute Idee!« rief Oliver.

»Ich will damit nur sagen«, fuhr Decker fort, »daß der Richter alle Vorwürfe abschmettern kann, weil sie schon im ersten Verfahren gegen sie hätten erhoben werden müssen. Bevor wir Jeanine unter Anklage stellen, möchte ich sicher sein, daß sie nichts mit dem Mord an David Garrison zu tun hat.«

»Keiner von beiden behauptet, daß sie den Mord in Auftrag gegeben hat«, sage Martinez.

Decker runzelte die Stirn. »Ich weiß. Das Problem ist nur, wenn wir Careys Aussage nicht berücksichtigen, können wir nichts von dem verwenden, was er über den Mord an Garrison ausgesagt hat. Und Seans Aussage ist nicht verwendbar, weil wir keinen verbindlichen Deal mit ihm haben. Außerdem hatten wir ja nicht vor, über Sean an Carey heranzukommen. Gegen den haben wir genug in der Hand. Sean sollte uns zu Jeanine führen. Aber da hat er nicht mitgespielt.«

»Vielleicht hat sie wirklich nichts mit dem Mord zu tun, Loo«, meinte Martinez.

Decker ließ sich in seinen Schreibtischsessel fallen. »Wir müssen David Garrisons Ende beiseite lassen, bis wir genug Belastungsmaterial haben. Beschränken wir uns auf die Drogengeschichte.«

»Da haben wir jede Menge Material gegen Carey, aber kaum etwas, womit wir Sean Amos kriegen.« Webster unterdrückte seinen Ärger. »Als Ersttäter bekommt er wahrscheinlich Bewährung. Nicht schlecht für einen kaltblütigen Mörder ...«

»Tom, bitte!«

»David Garrison ist tot, und nun findet sich kein Schuldiger.«

»Dann schlag doch einen vor, Tom«, knurrte Decker.

»Ich würd mich an Carey halten.«

»Was ist mit dem Revolver, der bei der Festnahme sichergestellt wurde?« fragte Gaynor dazwischen.

»Was soll mit dem sein?«

»Ich dachte, es wäre von Interesse, daß er vor drei Monaten als gestohlen gemeldet wurde«, meinte Gaynor.

»Wann ist das reingekommen?« fragte Decker gereizt.

»Vor einer halben Stunde.« Gaynor zuckte die Schultern. »Sorry, ich hab's vergessen.«

Decker beherrschte sich mühsam. »Wer hat ihn als gestohlen gemeldet?«

»Lily Amos.«

Im Zimmer wurde es still.

»Also war es Seans Revolver?« fragte Marge.

»Nein, der von Lily Amos«, sagte Gaynor.

»Ich wußte doch, daß der Bursche lügt«, Websters Stimme klang düster. »Warum sollte er eine Kanone zu dieser Party mitbringen, wenn er nichts damit vorhatte?«

»Nämlich was?« bohrte Oliver nach.

»Er wollte sie Carey geben, damit der damit Wade Anthony umlegt. Genau, wie Carey ausgesagt hat. Logisch, daß Sean behauptet, er wüßte nicht, was die Fotos von Wade Anthony bedeuten sollten. Trotzdem hatte er die Bilder und die Kanone, als Loo und Marge das Klo stürmten.«

»Wir wissen, daß Amos ein paar Stunden vorher Krach mit Jeanine hatte«, sagte Martinez. »Loo hat die beiden beobachtet.«

»Der Streit hat das Faß zum Überlaufen gebracht«, meinte Webster. »Amos drehte durch. Plante den nächsten Mord ... genau wie Carey behauptet.«

»Du übersiehst was Wichtiges, Tom«, entgegnete Oliver. »Laut Paraffintest hat Carey geschossen.«

»Das besagt doch gar nichts. Er hörte die Polizei kommen, griff nach der nächstbesten Waffe und schoß. Bevor du reinkamst, Loo, sagte ich gerade, daß ich Sean seine Geschichte nicht abkaufe. Warum sollte Carey den Mord begehen, wenn er nicht von Sean Amos den Auftrag dazu hatte?«

»Kohle«, sagte Oliver. »Sean ist stinkreich. Malcolm hat ihn abkassiert.«

»Aber warum hatte Sean die Fotos, den Tagesablauf und den Revolver dabei, wenn er nicht vorhatte, Carey mit dem Mord an Wade Anthony zu beauftragen?« fragte Decker.

»Vielleicht wollte Carey ein zweites Mal abkassieren«, sagte Oliver.

Alles stöhnte. »Leg doch mal 'ne andere Platte auf«, sagte Webster genervt.

Plötzlich fiel bei Decker der Groschen. Er schlug sich vor die Stirn. »Mein Gott! Scott hat recht!«

»Ich hab recht?« Oliver grinste. »Ich meine, natürlich hab ich recht!« Er blickte Decker schräg an. »Und warum?«

Es klopfte. Das Essen wurde gebracht. Als alles verteilt war und sie mit vollen Backen kauten, fragte Decker: »Wer hat den Revolver als gestohlen gemeldet?«

»Lily Amos«, sagte Gaynor mampfend. »Hab ich doch gerade gesagt. Oder ist mein Gedächtnis noch schlechter, als ich dachte?«

»Das war 'ne rhetorische Frage, Farrell.« Decker lächelte. »Überlegt doch mal, Leute. Wenn Sean den Revolver seiner Mutter braucht, warum soll er ihn dann stehlen?« Er biß herzhaft in sein Sandwich, kaute hastig, schluckte. »Ist für ihn doch viel einfacher, ihn sich zu nehmen und danach wieder zurückzulegen. Und das bedeutet ...«

»... daß der Revolver von einem anderen gestohlen wurde«, beendete Marge seinen Satz.

»Nämlich Malcolm Carey«, sagte Oliver. »Der Drecksack hat die Waffe mitgehen lassen.«

»Und deshalb hat *Carey* auf uns geschossen«, erklärte Decker. »Da hatte *er* die Waffe, und nicht Sean.«

Martinez nahm einen Schluck lauwarmen Kaffee. »Nun versteh ich gar nichts mehr. Noch mal von vorn. Wade Anthony. Wer hat den Mord an ihm geplant?«

»Malcolm Carey«, sagte Decker.

»Aber Loo!« sagte Webster skeptisch. »Dem ist doch dieser Wade Anthony völlig wurscht!«

»Allerdings, Tom«, bestätigte Decker. »Carey wollte ihn nur benutzen, um Sean Amos zur Kasse zu bitten. So wie beim ersten Mal mit David Garrison.«

Webster blieb skeptisch: »Mir will nicht in den Kopf, daß Carey den aus freien Stücken und ganz allein umgebracht haben soll.«

»Hat er auch nicht, Tom. Er hatte einen Mittäter.«

»Jeanine!« schrie Marge plötzlich auf. »Carey hat den Mord zusammen mit Jeanine geplant und durchgezogen!«

»Volltreffer!«

»Und deshalb hat Jeanine Sean so bereitwillig die Wertpapiere ›geliehen‹«, kombinierte Oliver. »Sie hat ihm damit nicht geholfen, hat nur den Verdacht auf ihn gelenkt. In Wirklichkeit hat sie die Sache von Anfang an mit Carey geplant.«

Marges Gedanken überschlugen sich. »Um ihren Arsch zu retten, hat sie es so aussehen lassen, als wäre der Mord an ihrem Bruder Seans Idee gewesen. Für den Fall, daß die Polizei die Überdosis nicht glaubt.«

»Und das Zehntausenddollar-Wertpapier war von Anfang an der vereinbarte Preis«, ergänzte Oliver. »Statt Carey direkt zu bezahlen, hat sie so getan, als würde sie Sean helfen. Und damit war er fest in ihrer Schuld.« Er grinste Webster an. »Na, was sagst du nun, Tommyboy?«

»Okay, okay, ich geb zu, das klingt schon eher nach Jeanine.«

»Sie hat die Männer im Griff, Tom«, bestätigte Decker. »Du

hast das gleich gesagt. Sie hat Carey genauso manipuliert wie Harlan Manz. Mir war von Anfang an klar, daß sie Manz aufgehetzt hat. Wahrscheinlich wußte sie, daß er sich über seinen Rausschmiß aus dem Estelle ärgerte. Wollt ihr hören, wie die Sache meiner Meinung nach abgelaufen ist?«

Alle schauten ihn erwartungsvoll an.

»Jeanine will ihre Eltern loswerden, aber es soll aussehen wie ein Zufall. Warum dann nicht gleich ein Massenmord, mit Harlan Manz als Massenmörder? Sie wußte garantiert, daß er dem Profil entsprach.«

»Das ist ja absolut bösartig!« sagte Marge.

»Absolut typisch für Jeanine«, sagte Decker. »Was tut sie also? Sie fängt ein Verhältnis mit Harlan Manz an. Von seiner Freundin wissen wir, daß er ständig was mit anderen hatte. Wir wissen auch, daß es ihn in die besseren Kreise zog: Highlife, Geld und Prominente.«

»Er muß ja gedacht haben, er ist im siebenten Himmel, als ihm diese Traumfrau ins Bett fiel«, bemerkte Oliver.

»Der konnte sein Glück gar nicht fassen. Einziger Haken: Die Beziehung mußte geheim bleiben«, sagte Decker. »Aber das war ihm nur recht. Er hatte ja schon eine Freundin, und das macht die Affäre extra spannend.«

»Okay«, sagte Martinez, »die beiden haben also eine Affäre. Und dann verwandelt sich Manz plötzlich in einen Massenmörder?«

»Überleg mal, Bert«, erklärte ihm Decker, »Jeanine und Harlan haben eine Affäre. So bringt sie ihn zum Reden, was sicher nicht schwer war. Er beklagt sich über seinen Rausschmiß. Und sie schürt systematisch seine Wut. Die Zeugen haben ja bestätigt, wie sehr ihn die rabiate Kündigung wurmte. Sie treibt ihn so weit, daß er ins Restaurant geht ... Mann, jetzt kriegt das alles Hand und Fuß!«

Decker nahm einen Schluck Wasser.

»Sie bringt ihn dazu, ins Restaurant zu gehen und sich bei der Geschäftsleitung zu beschweren. Sie besorgt ihm sogar die Jacke, die er tragen soll. Eine auffällige grüne Jacke. Und der Tag, den sie bestimmt, ist zufällig der Tag, an dem ihre Eltern im Estelle einen Tisch reserviert haben. Was sicher nichts Ungewöhnliches war. Vielleicht hatten sie auch eine Dauerreservierung.«

»Eiskalt«, murmelte Oliver.

Decker fuhr fort. »Inzwischen hat sie noch einen zweiten Killer angeheuert, der Harlan Manz folgen soll. Sie sagt dem zweiten Killer, was Harlan Manz anhat.«

»Erinnerst du dich, was Tess Wetzel über den anderen Mann gesagt hat?« unterbrach Marge. »Der trug doch auch eine grüne Jacke.«

»Genau«, bestätigte Decker. »Ist einer von euch der Meinung, daß das Zufall war?«

Keiner sagte etwas.

»Zum verabredeten Zeitpunkt tritt dieser Mr. Unbekannt auf den Plan und richtet ein Blutbad an.«

»Heißt das, es gab doch nur einen Schützen?« fragte Marge. »Wie erklärst du dann die unterschiedlichen Schußbahnen?«

Decker überlegte. »Vielleicht hatte der Schütze zwei Pistolen. Mit der einen hat er Harlan Manz erschossen und sie dagelassen. Die andere hat er mitgenommen. Auf diese Weise konnte er in so kurzer Zeit soviel Schaden anrichten. Und wahrscheinlich ist er herumgelaufen und hat aus verschiedenen Richtungen geschossen. Er wußte, daß Harlan Manz als Täter herhalten mußte. Ich möchte wetten, er hat die Garrisons und Harlan als erste erschossen. Die Garrisons, um Jeanines Auftrag zu erfüllen, Harlan Manz, um der Polizei einen Täter zu liefern. Einen, der nicht mehr plaudern konnte.«

»Aber Deck, irgendjemand muß doch den eigentlichen Täter gesehen haben!« wandte Martinez ein.

»Allerdings«, sagte Decker. »Tess Wetzel hat einen zweiten Mann gesehen. Und vielleicht ein paar andere auch. Aber keiner war sich dessen sicher. Weil sie ähnlich gekleidet waren. Und wenn die Schüsse pfeifen, zieht man den Kopf ein, kneift die Augen zu und betet um sein Leben.«

»Also war Harlan nur ein Bauernopfer«, sagte Marge.

»Genau wie Sean Amos«, bestätigte Decker. »Der eigentliche Übeltäter ist Carey. Läßt uns glauben, daß er die Sache mit Sean zusammen ausgeheckt hat. In Wirklichkeit steckt er mit Jeanine unter einer Decke. Deswegen hat er den Deal mit uns gemacht. Weil er David Garrison tatsächlich ermordet hat. Also rettet er seinen Arsch, indem er als Kronzeuge gegen Sean Amos antritt, der nichts mit dem Mord zu tun hat. Carey hat uns aufs Kreuz gelegt, aber gewaltig!«

»Jetzt machst du aber logische Sprünge«, sagte Webster.

»Klar mach ich das. Aber es kommt auch was dabei raus. Wißt ihr, was wir machen? Statt die Anklage auf Careys Aussage zu stützen, lassen wir den Mordvorwurf gegen ihn fallen und beschränken uns auf die Drogen. Ich suche mir den härtesten Richter für Drogenprozesse, den es gibt. Einer, der diesen Carey für immer hinter Gitter bringt.«

»Was wird aus Sean?« fragte Webster.

»Er kriegt eine Anklage wegen Drogenbesitz, Widerstand und so weiter ... kommt wahrscheinlich mit einem blauen Auge davon.«

»Das stinkt zum Himmel«, sagte Webster. »Carey mit seinem Deal kriegt sieben Jahre Haft. Wenn Jeanine tatsächlich hinter dem Mord an David Garrison steckt, hätte Carey sie uns liefern müssen, um seinen Arsch zu retten.«

Marge machte plötzlich große Augen. »Das konnte er deshalb nicht, weil sie noch ein anderes Ding zusammen gedreht haben ... das Estelle.«

»Carey war der Schütze im Estelle?« Webster war konsterniert. »Wo sind die Beweise dafür?«

»Die Pistole von Lily Amos wurde zwei Wochen vor dem Mord im Estelle als gestohlen gemeldet« sagte Decker. »Wir haben mehr Geschosse gesichert, als man mit einer Waffe feuern kann. Und die Waffe, die wir Carey abgenommen haben, ist eine Halbautomatic.«

Martinez war nicht zufrieden. »Trotzdem frag ich mich, warum diese Frau ihre Eltern umgebracht haben soll. Angeblich kam sie doch gut mit ihnen zurecht, oder?«

»Wir wußten von Anfang an, daß sie von Daddys Wohlwollen abhing«, sagte Decker. »David Garrison meinte, daß der Vater ihre Launen satt hatte. Vielleicht fürchtete sie, er würde ihr irgendwann den Geldhahn zudrehen. Oder er hatte es bereits getan.«

39

»Selbst wenn man die Zulässigkeit des Lügendetektors als Beweismittel außer acht läßt ...« Elaine Reuter zauste sich die Locken, entblößte ihr vorstehendes Gebiß. Sie hatte ein langes, knochiges Gesicht und weit auseinanderstehende Augen. Heute trug sie eine Bluse mit Zebrastreifen unter dem Kostüm, das ihr pferdeartiges Naturell kräftig unterstrich. »Um ehrlich zu sein: Ich würde die Ergebnisse nicht vor Gericht verwenden. Zu ungenau.«

»Das gilt für beide?« fragte Decker.

»Bei beiden kommt es zu oft zu untypischen Reaktionen. Lügen – oder vielleicht nur Nervosität.«

»Wie viele Fragen haben Sie jeweils gestellt?«

»Einschlägige Fragen? Sechs. Und das sind mehr als gewöhnlich. Wenn ich einem von beiden Glauben schenken müßte, wäre das Sean Amos. Wenn man mit ihm spricht, kommt man vielleicht an ihn heran. Möglich, daß er lügt, aber es kann auch sein, daß er nur sehr durcheinander ist. Carey dagegen ist eine harte Nuß. Ich glaube, er hat das Gerät ausgetrickst.«

Decker nickte.

»Und Sie haben schon einen Deal mit ihm gemacht.«

»Ja. Ich hab auf Carey als Zeugen gesetzt. Aber das spielt keine Rolle. Weil wir die Mordanklage gegen ihn sowieso fallenlassen.«

»Sie haben ihn wegen Drogen, stimmt's?«

»Genau.«

»Das bringt ihm etliche Jahre Gefängnis.« Sie lächelte matt. »Da wird er erst zum richtigen Gewalttäter.«

»Wahrscheinlich.«

Elaine seufzte. »Schade. Es tut weh, wenn wieder ein großer Fisch durch die Maschen schlüpft.«

»Den großen Fisch haben wir noch nicht mal im Netz«, sagte Decker und zuckte die Schultern. »Eine Schande. Aber das Leben geht weiter.«

Die Herbstkühle kribbelte Decker in der Nase, als er aus dem Wagen stieg. Die Luft roch gut – frisch, kühl, ein bißchen modrig vom Herbstlaub. Er war todmüde – nach zwei Nächten fast ohne Schlaf –, aber trotzdem guter Dinge. Er schnupperte noch einmal, schaute auf die Uhr. Er hatte es geschafft, vor sechs zu Hause zu sein.

Drinnen umfing ihn anheimelnde Wärme und der Duft des fertigen Essens. Der Tisch war schon gedeckt, auch für ihn. Er lächelte. Ging in die Küche, um Rina zu begrüßen. Statt ihrer saßen da seine Tochter, seine beiden Söhne und Joachim Rush und spielten Scrabble am Küchentisch. Rush hatte ein Mädchen mitgebracht, das wie vierzehn aussah, klein und zierlich, blond mit braunen Augen, keine Spur von Schminke. Sie war die erste, die ihn mit einem Lächeln beehrte. Decker lächelte zurück.

Cindy stand auf, nahm Haltung an und nickte ihm dienstmäßig zu. »Hallo, Sir.«

»Hallo, Officer Cohen«, erwiderte er.

Sam blickte auf. »Brauchst du was, Dad?«

»Nein, danke. Wo ist eure Mutter?«

»Draußen im Stall, zusammen mit Hannah.«

Die Pferde. Ihn packte das Schuldgefühl. Wann hatte er sich das letzte Mal um sie gekümmert, sie auch nur gefüttert? Sollte er hinübergehen? Nicht sofort. »Ich dachte, Scrabble kann man höchstens zu viert spielen«, sagte er.

»Ich kibitze nur«, antwortete das Mädchen. Sie stellte sich als Allison Berg vor.

»Setzen Sie sich doch zu uns, Sir«, sagte Joachim.

Decker warf ihm einen prüfenden Blick zu. »Du solltest lieber nicht hierher kommen, Joachim.«

»Wahrscheinlich haben Sie recht.«

»Ich hab ihn eingeladen«, sagte Cindy. »Ihm war ein bißchen mulmig nach der Razzia, deshalb sind wir zusammen rumgefahren und dann hier gelandet. Gibt es ein Problem?«

»Nein, das nicht.«

»Lief alles wie geplant?« fragte Joachim. »Ich meine die Razzia. In der Schule gab's heute kein anderes Thema. Es heißt, die Polizei hat gewaltig Beute gemacht. Und Carey wird alt und grau, bevor er wieder aus dem Knast rauskommt. Stimmt das?«

»Dein Tip war goldrichtig«, sagte Decker. »Und der Einsatz war ein voller Erfolg. Aber in deinem eigenen Interesse solltest du keinen Kontakt mit der Polizei haben. Und schon gar nicht hier auftauchen.«

Joachim versuchte seine Nervosität zu überspielen. »Mein Name ist doch nicht gefallen, oder?«

»Nein, Joachim. Keiner hat von dir gesprochen.«

Er wirkte erleichtert.

»Komm, Joachim, ich bring dich nach Hause«, sagte Cindy.

Decker wandte sich an seine Tochter. »Einen Moment bitte, Officer.« Sie gingen ins Eßzimmer hinüber. »Hat er dich angerufen oder du ihn?« fragte er.

»Er mich, Dad. Er war wirklich furchtbar nervös. Ich hatte Angst, daß er Dummheiten macht. Irgendwas ausplaudert. Also bin ich mit ihm losgefahren, damit er sich beruhigen und aussprechen konnte. Ich dachte, das zumindest bin ich ihm schuldig.«

»Das stimmt. Ist er okay?«

»Ja, jetzt geht's wieder.«

»Ich laß ihn bewachen. Also vielen Dank.«

»Hat keiner seinen Namen genannt?«

»Nein, er ist nicht mal in den Sucher geraten, geschweige denn in die Schußlinie.«

»Du siehst enttäuscht aus.«

»Müde.«

»Vielleicht müde und enttäuscht. Du hast sie nicht erwischt?«

»Man muß nur warten können, dann kriegt man alles. Wenn nicht, dann stirbt man drüber, und dann ist es sowieso egal.«

»Du hast ja einen goldigen Optimismus!«

Die Tür ging auf, Rina kam herein. Hannah zog an ihrem Arm, hielt einen ihrer berühmten Vorträge. Als sie ihren Vater sah, sprang sie ihm in die Arme. »Daddy, wir haben die Pferde gefüttert!«

»Das ist ja großartig.«

»Die haben aber viel gefressen. Ihre Bäuche sind gaaaanz dick!«

»So muß es sein.«

Rina gab ihm einen flüchtigen Kuß. »Du bist zu Hause. Wunderbar.« Sie wandte sich Cindy zu. »Wie läuft das Spiel?«

»Ich fahr jetzt mit Joachim los.«

»Kommst du zum Essen zurück?«

»Heute nicht, Rina, aber vielen Dank.« Sie ging in die Küche.

Decker hob seine Tochter auf die Schulter.

»Wir haben im Hof Wegwerfkullern gefunden, Daddy.«

»Ist das was Gutes oder was Schlechtes?« fragte er Rina.

»Sie meint die Styroporchips zum Verpacken. Die sammelt sie und klebt sie auf Papier zu Bildern. Ich frage mich, ob Andy Warhol auch so angefangen hat.«

»Also ist es gut, Wegwerfkullern zu finden«, sagte er.

»Sehr gut.«

»Vier Stück«, erzählte Hannah weiter.

»Wunderbar, Hannah Rosie. Ich bin stolz auf dich.« Decker überlegte kurz. »Wenn Cindy mit Joachim gekommen ist – wer ist dann das Mädchen in der Küche?«

»Das ist Allison Berg. Sie geht mit den Jungs in die High-School der Jeschiwa, das heißt, in die Mädchenklasse der High-School ...«

»Rina, ich weiß, daß Jungs und Mädchen in getrennte Klassen gehen.« Er lächelte. »Aber offenbar ist die Trennung doch nicht so scharf. Hat Sammy sie mitgebracht?«

»Nein, Jacob.«

»Jacob?« Er grinste. »Jetzt kapier ich, warum er unbedingt umziehen will.«

»Benimm dich.«

»Warum? Ich hab doch gar nichts gesagt.«

Die Küchentür ging auf, und die Scrabblespieler kamen heraus. Sammy hielt die Autoschlüssel in der Hand. »Ich bringe alle nach Hause. Dauert etwa eine halbe Stunde.«

»Aber nicht länger, Schmuel«, sagte Rina. »Dein Vater hat bestimmt Hunger.«

»Ich kann warten«, sagte Decker. »Nur nicht ewig.« Er gab Joachim die Hand. »Ruf mich an, wenn du was brauchst.«

»Mach ich.«

»Eine halbe Stunde«, mahnte Rina. Sammy nickte und ging mit seinem Bruder, Allison und Joachim zum Auto.

Cindy holte ihre Schlüssel heraus, küßte Hannah auf das zarte Bein. »Hmmm ... ich könnte dich fressen!«

»Neeein! Nicht fressen!«

»Das sagt man doch nur so.« Cindy lachte. »Ich muß los«, sagte sie. »Grandma hat vorhin angerufen.«

Decker wurde hellhörig. »Was wollte sie?«

Cindy kicherte. »Der Anruf war für Rina, Daddy. Sie bringt ihre eigenen Zutaten mit – Mais, grüne Bohnen und den Kürbis für das Thanksgiving-Essen nächste Woche. Spart euch das Geld und kauft nichts ein.«

»Hat sie das wörtlich so gesagt?« fragte Rina.

»Ja, hat sie.« Cindy warf Hannah einen Handkuß zu. Hannah legte die Finger auf die gespitzten Lippen und erwiderte ihn. Winkend ging Cindy hinaus.

Decker überlegte einen Moment. »Hier gibt's genug Läden. Weißt du, was ein Kürbis wiegt?«

»Wahrscheinlich hat sie das Gemüse aus dem eigenen Garten«, sagte Rina. »Wenn ihr das so wichtig ist, kann ich nur sagen: warum nicht?«

»Einverstanden.«

Sie schwiegen. »Ich glaube, wenn es was Ernstes wäre, hätte sie uns inzwischen Bescheid gesagt.«

»Da irrst du dich. Selbst wenn sie todkrank wäre, würde sie sagen, ihr ginge es gut.«

»Dann können wir nichts machen.«

Decker nickte hilflos und beklommen.

Obwohl Rina bedrückt war, schlug sie einen heiteren Ton an. »Gute Nachrichten! Die Frau deines Bruder hat heute morgen angerufen. Randy hat seine Schicht getauscht, und jetzt können sie auch kommen. Sieht aus, als hätten wir nächste Woche ein volles Haus.«

»O Freude!«

»Sie gehören doch zur Familie!« Rina nahm die Schürze ab und hängte sie in den Schrank. »Ich habe auch Marge zum Essen eingeladen. Sie sagte, sie wäre gern gekommen, sei aber für Thanksgiving schon mit Scott Oliver verabredet. Da war ich im Zugzwang, also hab ich beide eingeladen.«

»Warum eröffnen wir nicht gleich eine Kantine?«

»Keine schlechte Idee. Wer genug hat, soll von seinem Reichtum abgeben.«

»Die heilige Rina.«

Sie gab ihm einen sanften Schubs. »Da du gerade so übermütig bis, kann ich dir ja einen Dämpfer aufsetzen. Es gibt ein Zweitgebot für das Haus.«

»So schnell?«

»Der Mann ist eben umtriebig.«

»Das kann ich mir denken. Er hat einen gefunden, der mehr bietet, der Hund ...«

»Peter!«

»Ist er mit dem Preis raufgegangen?«

»Er hat die Differenz halbiert.«

»Das ist zuviel!«

»Peter!«

»Na gut, bring mir die Papiere, und ich unterschreib den verdammten Vertrag!« Ihm fiel wieder ein, daß er Hannah im Arm hielt. »Den verflixten Vertrag. Ich unterschreib das verflixte Ding. Wie wär's mit einem Video, Schätzchen?«

Hannah strahlte. »Ich möchte die *Wunderwelt der Insekten* sehen. Guckst du mit mir, Dad?«

Decker unterdrückte ein Stöhnen. Hannah hatte den Film schon hundertmal gesehen und weidete sich jedesmal an den grausigen Szenen, wenn Tausende Ameisen die toten Käfer verspeisten und die Venusfliegenfalle ihr ahnungsloses Opfer kaltblütig verschlang. »In ein paar Minuten. Erst muß ich noch mit Mommy reden. Okay?«

»Okay.«

»Zieh ihr den Mantel aus, Peter. Sie soll nicht schwitzen.«

»Ja, mach ich.« Decker schaltete den Fernseher ein, setzte seine Tochter – ohne Mantel – vor den Bildschirm und wartete auf die düster-dramatische Eröffnungsmusik. Als sie erklang, quietschte Hannah vor Freude. Dann kamen der Vorspann und die ersten Bilder. »Da ist der Käfer!« jubelte sie. »Und der Tausendfüßler. O Daddy, guck mal! Die kleine Gottesanbeterin! Ist die niedlich!«

»Bin gleich wieder da, Süße.«

»Guck mal, Daddy! Die zischende Schabe!«

»Ganz allerliebst. Bin sofort zurück.« Er ging in die Küche, wo Rina das Essen abschmeckte. »Ein seltsames Kind«, sagte er.

»Sie mag Insekten. Du solltest dich freuen, daß sie nicht zimperlich ist.«

»Ich bin begeistert.«

Rina musterte ihren Mann. »Es lief nicht gut, oder?«

»Im Gegenteil. Die Razzia war ein Volltreffer. Wir haben einen üblen Jungen aus dem Verkehr gezogen.«

»Und Jeanine?« fragte Rina nach kurzem Zögern.

Decker zuckte die Schultern. »Gottes Wege sind unerforschlich. Wie sollte ich da richten?«

»Sie ist dir also entwischt?«

»Es gibt noch einen Hoffnungsschimmer. Eine Waffe, die wir bei der Razzia gefunden haben, wird jetzt in der Ballistik untersucht. Ich möchte wissen, ob vielleicht im Estelle Geschosse daraus abgefeuert wurden. Aber ich erwarte nichts. Ich erwarte nie was. Auf diese Weise werde ich nicht enttäuscht.«

Marge kam in Deckers Büro. Er legte den Hörer auf, wies auf den Stuhl und schob ihr die Zeitung hin. »Sie bringt's groß raus.«

»Wie bitte?«

»Im Sportteil. Das Rollstuhlturnier ist so gut gelaufen, daß sie damit auf Tournee geht. Zusammen mit Wade. Im Artikel wird er als ihr *Verlobter* bezeichnet. Soll ich ihm eine Glückwunschkarte schicken?«

»Wohl eher einen Beileidsbrief.« Decker lachte leise. »Jedenfalls bist du die Frau, auf die ich gewartet habe. Du kommst doch am Donnerstag zum Essen zu uns, oder?«

»Na klar! Was soll ich mitbringen?«

»Du bringst Scott mit. Ich glaube, das reicht.«

»Pete, was konnte ich denn machen!«

»War doch bloß Spaß. Bring einfach Blumen mit.« Decker blickte ihr in die Augen. »Aber eins müssen wir vorher noch klarstellen. Meine Mutter wird auch da sein ...«

»Wirklich?« Marge grinste. »Das kann ja spannend werden.«

»Und mein Bruder. Wenn du oder Scott auch nur ein Wort über meine Jugend verliert, seid ihr gefeuert.«

Marge lachte und wurde gleich wieder ernst. Sie schob ihm einen Zettel hin.

»Was ist das?« fragte Decker.

»Nicht die Nachricht, auf die du gehofft hast. Die Ballistik hat angerufen. Sie sind nicht fündig geworden.«

Decker schlug mit der flachen Hand auf den Schreibtisch. »Die können doch unmöglich alles untersucht haben! Nicht in so kurzer Zeit!«

»Nein, sie haben nur ein paar Stichproben gemacht.«

»Was soll das heißen? Sie haben zwei oder drei Geschosse untersucht?«

»Vielleicht ein paar mehr.«

»Marge, wir haben über hundert Kugeln sichergestellt!«

Sie seufzte. »Hör mal, Scott und ich haben uns den Mund fußlig geredet, damit sie es noch vor den Feiertagen machen. Mehr war wirklich nicht drin.«

Decker zählte bis zehn. »Na schön, ihr wart großartig.«

»Pete, wir können noch mehr Druck machen, aber ich weiß nicht, ob das Sinn hat. Du weißt doch, wie lange die immer brauchen.«

Decker nickte. Die kriminaltechnischen Labors waren veraltet und chronisch unterbesetzt. Unschuldige mußten ewig im Gefängnis sitzen, hartgesottene Kriminelle wurden vorzeitig entlassen, weil die Labors nicht mit der Arbeit hinterherkamen. Ein Fall wie das Estelle – zwei Monate her, und der Täter stand fest – war eben nicht besonders dringlich.

»Wir haben Zeit«, sagte Decker. »Wir können warten, bis sie mit ihren Untersuchungen fertig sind.«

»Wenn du meinst ... Das kann aber noch Monate, wenn nicht Jahre dauern.«

Decker unterdrückte einen Fluch. »Wie wär's mit einem Privatlabor?«

»Ob du's glaubst oder nicht, das hab ich gecheckt. Ist schweineteuer. So was kann ich nicht mal eben von meinem Taschengeld bezahlen.«

Decker dachte an sein neues Grundstück. Wenn er nicht kräftig in das Haus investierte, würde es für immer eine Bruchbude bleiben. »Ich auch nicht.«

»Machen wir also weiter.« Marge zuckte die Schultern. »Wir haben getan, was wir konnten.«

»Wir können noch auf ein Wunder warten.«

Marge lachte auf. »Gut, warten wir auf ein Wunder. Das kostet nichts, macht nicht schwanger und auch nicht fett.«

40

Hannah saß gebannt vor dem Fernseher und verfolgte die Thanksgiving-Parade. Ein riesenhafter Saurier, aus dessen Rachen weißer Rauch aufstieg, hatte es ihr angetan. Sie versuchte alle im Raum zu überzeugen, daß der Saurier nicht echt war. Aber es war zu viel Betrieb, und ihr dünnes Stimmchen wurde vom Lärm der Erwachsenen übertönt.

Rina küßte sie auf die Stirn.

»Das ist kein richtiger Dino«, sagte Hannah.

»Nein, der ist nicht echt.«

»Der ist falsch.«

»Ja, Liebling.«

»Nicht echt.«

Rina lächelte und rieb sich die Schläfen. Das Haus war voll. Peters Eltern, sein Bruder Randy mit Frau Lurene und ihren drei Kindern im Schulalter, dazu Clark, Randys siebzehnjähriger Sohn aus erster Ehe. Sam und Jacob hatten sich im Wohnzimmer breitgemacht und warfen sich einen Ball zu. Lurene war mit ihren Kindern draußen im Garten und pflückte Orangen.

Lyle Decker lief im Eßzimmer umher, die Blaupause des neuen Hauses in der Hand, und blieb vorm Fernseher stehen.

»Ich seh nichts! Ich seh nichts!« schrie Hannah.

Rina schob ihren Schwiegervater sanft ein Stück beiseite. »Warum setzt du dich nicht auf die Terrasse, Dad?«

»Wie bitte?« brüllte er.

»Komm!« Sie hakte ihn unter und führte ihn hinaus zum Tisch mit dem Sonnenschirm und den sechs Plastikstühlen. »Hier hast du Ruhe, und es ist bequem. Möchtest du noch Kaffee?«

»Kaffee?«

»Ja, Kaffee. Ich hab gerade frischen gebrüht.«

»Ich nehm eine Tasse Kaffee.«

»Großartig!« Rina wandte sich zum Gehen.

»Wo ist Peter?« fragte Lyle.

»Mit Randy in der Scheune.«

»Wo?«

»Drüben in der Scheune, Dad. Soll ich ihn rufen?«

»Wann sehen wir das Haus?«

»Du meinst das neue?«

»Ja, das neue Haus.« Er hielt die Blaupause hoch. »Das hier.«

»Ich glaube, Peter will in einer halben Stunde mit euch los.«

»Noch vor dem Spiel?«

»Ja. Ich weiß, das Spiel darfst du nicht versäumen.«

Lyle lachte. »Was ist Thanksgiving ohne Truthahn und ohne das Spiel?«

»Genau.« Rina freute sich über ihren Schwiegervater. So ein freundlicher alter Mann! Blaue Zwinkeraugen, ein rotes, rundes Gesicht, silberweißes Haar.

»Ich hab das Abflußrohr gefunden«, rief er.

Rina brauchte einen Moment, bis sie geschaltet hatte. »Ist ja toll. Kann man das neue Badezimmer anschließen?«

»Kein Problem!« Wieder sein Lachen.

»Ich bring dir den Kaffee«, sagte Rina beschwingt.

»Au ja, den kann ich brauchen.«

»Bis gleich!« Sie ging durch die Hoftür in die Küche. Ida Decker begoß gerade den gefüllten Truthahn mit Brühe. Sie war groß und knochig, die verkrümmten Hände knotig von einer schmerzhaften chronischen Arthritis. Ihr schmales Gesicht war von kurzem grauen Haar eingerahmt. Hohe Wangenknochen, tiefblaue Augen. Eine imposante Frau. Sie preßte die Lippen fest aufeinander – eine Frau, die selten Gefühle, geschweige denn Liebe zeigte. Die kein Wort zuviel sagte und sich nie beklagte.

»Wie sieht er aus, Mom?« fragte Rina.

»Ganz passabel.«

»Dad möchte noch eine Tasse Kaffee.«

»Er hatte schon drei.«

»Ist doch koffeinfreier.«

»Das Herz ist nicht das Problem, eher der Magen. Zuviel Säure.«

»Ich kann ihm Kräutertee machen, wenn du meinst.«

»Tee kann er nicht ausstehen.« Ida schnaufte und machte eine wegwerfende Handbewegung. »Soll er Kaffee trinken. Schließlich ist Feiertag. Siehst du mal nach den Pasteten im anderen Backofen, Rina? Sie dürfen nicht zu lange drinbleiben, sonst schmecken sie wie Gummi.«

Rina begutachtete die Pasteten. »Sehen prächtig aus! Goldbraune Kruste, die Füllung hat sich gesetzt, ist aber noch feucht.« Sie nahm eine heraus.

»Mag sein, daß sie gut aussehen. Aber ich weiß nicht, ob sie auch schmecken. Normalerweise nehme ich Kondensmilch.«

»Garantiert werden sie schmecken!«

»Mit Kaffeeweißer hab ich sie noch nie gemacht.«

»Sie werden besser als je zuvor!«

»Na, wir werden ja sehen.«

Rina zog das Blech mit den Pasteten aus dem Ofen und goß eine Tasse Kaffee ein. »Ich bringe Dad nur den Kaffee.«

Ida schnaubte erneut und nahm sich die kandierten Süßkartoffeln vor. Draußen blickten Peter und Randy gerade ihrem Vater über die Schulter und ließen sich den Grundriß erklären. Ginger war unter dem Tisch eingeschlafen. Da Randy und Peter Adoptivkinder waren, hatten sie keine Ähnlichkeit miteinander. Peter war der größere von beiden, aber auch Randy war kein Zwerg. Er hatte einen massigen Brustkorb, kurze Beine, lange Arme. Seine Stirn war breit, seine Haut gerötet. Das schwarze Haar trug er kurz, dazu einen Schnurrbart.

Lyle sprach über die Dielenbalken, als Rina die Tasse abstellte.

»Oh, Kaffee!« rief Randy.

»Ich bring dir auch eine Tasse.«

»Laß mal, das mach ich«, sagte Decker.

Randy lachte auf. »Sie hat dich ja gut erzogen, Brüderchen!«

Decker warf ihm einen düsteren Blick zu, legte den Arm um Rina und flüsterte ihr zu: »Wir nehmen den *langen* Weg, okay?«

Rina nickte erfreut.

Randy brüllte: »Mit Milch und Zucker, Peter!«

»Kein Problem.« Mit Rina im Arm und Ginger im Gefolge ging er ins Haus zurück, ins Wohnzimmer. Ida hatte Hannah auf den Schoß genommen, und beide bewunderten die Thanksgiving-Parade. Ginger beschnüffelte Hannah, dann Ida. Die alte Frau gab ihm einen sanften Nasenstüber.

»Platz!« sagte sie.

Zu Deckers Überraschung parierte der Hund. »Bei mir klappt das nie.«

»Weil er dich nicht ernst nimmt«, sagte Ida und drehte sich zu ihnen um. »Die arme Hannah. Sie saß hier ganz allein, und keiner hat sich um sie gekümmert.«

»Danke, Ida.« Rina lächelte.

»Sieh mal, die Vögel, Grandma!« rief Hannah. »Die fliegen hoch in den Himmel.«

Ida schenkte ihr ein warmes, aber kurzes Lächeln. »Willst du mit ihnen fliegen? Bis hoch zur Sonne, zum Mond und den Sternen?«

Hannah erwog den Vorschlag. »Darf Mommy auch mit?«

Ida zwang sich, ernst zu bleiben. »Natürlich darf sie auch mit.«

»Setz ihr keinen Floh ins Ohr«, sagte Rina.

»Ich will sie nur ein bißchen unterhalten«, knurrte Ida. »Ich glaube, der Truthahn muß übergossen werden. Und glasiert. Weißt du, wie das geht? Mit Sirup und Orangensaft?«

»Aber klar.« Rina ging in die Küche, und Decker setzte sich zu seiner Mutter.

»Wie läuft's bei dir, Mom? Alles in Ordnung?«

»Natürlich ist alles in Ordnung! Warum fragst du?«

»Du fühlst dich also gut?«

»Hör endlich auf!«

»Guck mal, Grandma, ein riesiger Hund!« rief Hannah und zeigte auf die Mattscheibe.

»Na, der ist ja toll! Peter, welche Rasse ist das?«

»Sieht aus wie ein Spaniel.«

»So einen Hund hab ich noch nie gesehen.«

»Künstlerische Freiheit.«

Ida schnaubte. Decker benutzte es als Abgang und verschwand in die Küche zu Rina. »Wie lange wollen sie bleiben?« fragte er über die Theke gelehnt.

Rina blickte vom Backofen auf, klappte ihn zu und stand auf. »Bis wir gute Amerikaner sind.«

Decker verdrehte die Augen. »Macht sie dir etwa das Leben schwer?«

»Nein, sie ist nur sauer, weil sie keine Kondensmilch für die Pasteten verwenden konnte.«

»Tut mir leid.«

»Ich mach doch nur Spaß, Peter! Nein, sie schafft die Kocherei mit Bravour. Für ihre Siebenundsiebzig ist sie einfach fabelhaft in Form.«

»Sie hat irgendwelche Tabletten genommen«, sagte Peter. »Hat sie dir gesagt, weswegen?«

Rina schüttelte den Kopf. »Ich passe auf, daß sie sich nicht übernimmt. Sie achtet besser auf sich, als man annehmen sollte. Jetzt sitzt sie bei Hannah, um ein bißchen zu verschnaufen.«

»Glaubst du, daß ihr was fehlt?«

»Nichts, was mir aufgefallen wäre. Und sie sagt uns sowieso nichts, wenn wir bohren. Ihr scheint's hier zu gefallen ... an Hannah hat sie einen Narren gefressen. Und das beruht wohl auf Gegenseitigkeit.«

»Wo bleibt der Kaffee?« brüllte Randy vom Eßzimmer herüber.

»Hör auf mit dem Geschrei!« fuhr ihn Ida an.

Decker rollte mit den Augen, trug den Kaffee hinüber und versetzte seinem Bruder einen Hieb. »Denkst du, ich bin deine bescheuerte Magd?«

Randy fing an zu lachen.

»Haltet den Mund!« schimpfte Ida erneut. »Seht ihr nicht, daß das Kind fernsehen will?«

Sie flohen ins Wohnzimmer, wo Sam und Jacob noch immer Ball spielten.

»Raus mit euch, Jungs!« rief Decker.

Statt dessen warf Sam den Ball so flink zu Randy hinüber, daß ihm fast die Kippah vom Kopf flog. Randy gab den Ball an Decker weiter, der ihn geübt fing. »He, was soll das?«

Randy nahm ihm den Ball ab und tätschelte ihm die Schulter. »Immer locker bleiben!« Dann warf er Jacob den Ball zu.

Es klingelte. Marge und Oliver. Sie hielt einen Riesenstrauß herbstfarbener Astern im Arm. »Ich fürchte, wir kommen ein bißchen früh«, sagte sie.

Decker warf einen Blick auf die Armbanduhr. Mehr als zwei Stunden zu früh. »He, ist doch schön, daß ihr da seid. Hier ist nicht viel los.«

Jacob warf Oliver den Ball zu, der ihn an Clark abgab. Clark, dem die blonden Locken ins Gesicht hingen, schoß ihn zu Sammy zurück.

»Jungs, Ballspielen könnt ihr draußen«, rief Decker.

»Kommt, machen wir ein Spiel«, schlug Randy vor. »Wir losen die Mannschaft aus.« Er streckte Oliver die Hand entgegen. »Ich bin Randy Decker.«

»Scott Oliver.«

»Du bist wohl auch einer von uns?« fragte Randy.

»Seh ich so aus?«

»Laß mich raten: Verkehrspolizei.«

»Nein, Mordkommission.«

»Ah, einer aus Peters Stall.«

Oliver lachte. »Kann man wohl sagen. Peter Decker und seine Preisbullen.«

Randy lachte mit.

»Freut mich, daß ihr euch amüsiert«, bemerkte Decker.

Sam warf den Ball wieder Clark zu, der verwandelte ihn, zielte auf seinen Vater und verfehlte Deckers Kopf nur knapp. »Aber jetzt raus mit euch!« rief Decker.

»Kommst du auch mit?« fragte ihn Randy.

»Ja doch, gleich. Verschwindet schon mal und nehmt den Hund mit.«

Randy stieß einen Pfiff aus, der Setter kam angeschossen.

Marge überreichte Decker die Blumen. »Ich spiele mit.«

»Wirklich?« fragte Randy.

»Sie ist nicht meine Frau, sondern meine Kollegin«, erklärte Oliver.

»Ach so. Tut mir leid.« Randy streckte die Hand aus. »Randy Decker.«

»Ach ja, der Mann von Miami Vice. Ich bin Marge Dunn.«

»Du bist also die berühmte Marge? Na dann!« Er schüttelte ihr eifrig die Hand. »Du bist Mittelstürmer, ich geh in die Verteidigung. Kommst du auch, Dad?«

»Ich dachte, wir besichtigen das neue Haus!« Lyle war enttäuscht.

»In einer halben Stunde, Dad«, meinte Decker.

»Komm mit raus, Dad«, forderte Randy seinen Vater auf. »Wir spielen zusammen. Du hilfst mir bei der Verteidigung.«

»Randy, nun hör aber auf!« sagte Decker. »Er ist siebenundsiebzig!«

»Ich paß schon auf. Kommst du nun oder nicht?«

Decker wies auf den großen Blumenstrauß, den er im Arm hielt. »Ich muß die erst in die Vase stellen.«

Randy tätschelte seinem Bruder den Hintern. »Ich wußte gar nicht, daß du so häuslich bist.«

Decker wollte einen Fluch ausstoßen, beherrschte sich, weil sein Vater im Zimmer war. »Bin gleich da. Nur eine Minute.«

Als alle draußen waren, ließ er sich auf die Couch sinken. »Welch himmlische Ruhe!«

Doch die Ruhe war von kurzer Dauer. Die Tür ging auf, und Cindy trat ein.

»Cindy!« rief Decker.

»Hallo, Dad.« Cindy schaute auf die Astern. »Wie schön. Sind die für mich?«

»Nein, eigentlich sind sie von Marge.«

»War doch nur ein Scherz, Daddy.« Cindy musterte ihren Vater. »Du siehst ja völlig fertig aus!«

Decker erwiderte nichts.

Sie nahm ihm den Strauß ab. »Ich werd ihn mal in die Vase stellen.«

»Nett von dir.« Decker blinzelte nervös. »Jetzt ist es mir wieder klar«, sagte er.

»Was?«

»Warum ich von zu Hause weggezogen bin.« Decker wandte ihr den Blick zu. »Ich dachte, du wolltest Thanksgiving mit deiner Mutter verbringen.«

»Wir sind um sechs bei Freunden eingeladen. Ich hab ihr gesagt, bis dahin bin ich zurück.«

»Weiß sie, daß du hier bist?«

»Ich glaube, sie war klug genug, nicht zu fragen.«

»Sehr vernünftig.« Decker stand auf, umarmte seine Tochter und wandte sich abrupt ab.

»Wofür war das jetzt?« fragte sie lächelnd.

»Dafür, daß du bist, wie du bist. Und weil du mir so geholfen hast.«

»Tut mir leid, daß ich nicht mehr tun konnte.«

»Na hör mal! Wir haben einen Riesenfang gemacht.«

»Was passiert mit Carey?«

»Zehn bis fünfundzwanzig Jahre. Mit Aussicht auf Bewährung nach viereinhalb Jahren.«

»Das darf doch nicht wahr sein!« schrie Cindy .

Decker zuckte die Schultern. »Das ist kein Pappenstiel. Wir hatten schon schlechtere Deals.«

»Gemessen an dem, was Carey getan hat, ist das ein Justizskandal.«

»Wir können ihn nicht aufgrund von Mutmaßungen verurteilen. Das wirst du schon noch begreifen, wenn du ein bißchen mehr Praxis hast.« Decker schluckte. »Ich bin sehr stolz auf dich. Du bist eine wunderbare Tochter, und aus dir wird mal eine erstklassige Polizistin ...«

»O bitte, hör auf!« Cindys Augen wurden feucht.

Decker lachte. »Deine Tränen mußt du aber im Zaum halten.«

»Ich weiß«, sagte Cindy. Sie wischte sich die Augen. »Es ist furchtbar.«

»Nein, das ist nicht furchtbar«, sagte Decker und küßte sie auf die Wange. »Aber im Beruf nicht sonderlich nützlich.«

»Jetzt muß ich endlich die Blumen versorgen«, schniefte sie.

»Dann kannst du gleich Grandma guten Tag sagen.«

»Grandma? Ist sie etwa hier?«

»Höchstpersönlich. Grandpa auch. Mit Randy, Lurene und deinen Cousins. Die spielen draußen Fußball. Mach doch auch mit!«

»Danke, ich verzichte. Lieber höre ich mir das Geknurre von Grandma an.«

Beide lachten. Sie stellte sich auf die Zehenspitzen und gab ihm einen Kuß. Dann schlug sie ihm scherzhaft mit dem Blumenstrauß auf den Kopf und verschwand in der Küche. Decker war wieder allein. Er atmete tief durch. Endlich mal entspannen!

Die verdammte Klingel! Er riß die Haustür auf und machte große Augen, als er den Besucher sah. Dann umarmte und drückte er ihn, aber nicht zu heftig, denn der Mann war dürr wie eine Vogelscheuche, sein Mantel hing ihm lose von den Schultern. Er hatte sich das Haar ordentlich geflochten, den Bart gekämmt, und roch auffällig nach Kiefernnadeln.

Abel befreite sich aus der Umarmung und stützte sich auf seinen Stock. »Du siehst ja aus wie'n Tausenddollarschein«, sagte er.

»Ja, grün und knautschig«, erwiderte Decker. »Ich kann's nicht glauben! Wem verdank ich diese Überraschung? Willst du ein Festessen abstauben oder was anderes?«

»Eher was anderes.«

Decker blickte ihm in die Augen. »Was ist los? Gibt's Probleme?«

»Nein, diesmal nicht.« Abel strahlte. »Ich hab sogar einen Job gefunden.«

»Wirklich? Und was für einen?«

»Du weißt doch, das große Tennisturnier vor zwei Wochen.«

Es gelang Decker, keine Miene zu verziehen. »Klar. Für die Opfer des Massakers im Estelle.«

»Ja. Das war ein Wahnsinn, was?«

»Wahnsinn ist das treffende Wort, allerdings«, sagte Decker. »Und wie bist du da dran gekommen?«

Abel klopfte sich auf die Beinprothese. »Beziehungen. Ich hatte gehört, daß sie Behinderte einstellen. Da könnte ich meine Kasse aufbessern, dachte ich, und mal wieder richtig gut futtern. Diese Frau – Jeanine Garrison –, die hat vielleicht aufgetischt. Eine Freßorgie nach der anderen. Wir Hilfskräfte waren natürlich nicht eingeladen, aber für uns fielen die Reste ab. Ihr Verehrer, Wade Anthony, hat uns das Zeug am nächsten Tag bringen lassen.«

»Sehr umsichtig von ihm.«

»Allerdings. Sie hätte garantiert alles in den Müll geworfen. Interessante Frau, diese Garrison.«

»Kann man wohl sagen.«

»Und so was von gutaussehend.«

»Tja.«

Abel strich sich den Bart. »Eigentlich bin ich ihretwegen gekommen, Doc.«

Beide schwiegen.

»So?« fragte Decker schließlich.

Abel stützte sich schwer auf den Stock.

Decker schlug sich vor die Stirn. »Wo sind denn meine Manieren geblieben? Komm rein und setz dich!«

»Ist schon gut. Ich wollte das bloß loswerden ... mit dieser Jeanine Garrison. Wenn du irgendwo als Hilfskraft rumhängst, beachtet dich keiner so richtig, weißt du? Manche denken, daß technische Kräfte gehirnamputiert sind. Sie reden, als wäre man nicht da. Also schnappt man so das eine oder andere auf ... besonders, wenn es Krach gibt.«

Abel stockte.

»Weiter«, sagte Decker.

»Diese Jeanine Garrison. Kennst du die?«

»Flüchtig.«

»Jetzt ist Wade Anthony ihr Macker. Aber vorher ... sie hat massenhaft Verehrer, prominente und unbekannte, alte und junge. Auch sehr junge. Insbesondere einen Knaben namens Malcolm Carey. Hast du den Namen schon mal gehört?«

Decker starrte Abel ins Gesicht. Es verriet nichts. Er zwang sich, ruhig zu bleiben. »Ja.«

Abel nickte. »Er kam immer zu ihr, aber heimlich.«

»Interessant. Warum heimlich?«

»Wahrscheinlich, weil Jeanine das so wollte. Trotzdem, wir Domestiken, wir hören so einiges, sehen so einiges. Verstohlene Küsse. Er war mächtig scharf auf die Lady.« Abel überlegte. »Scharf ist nicht der richtige Ausdruck. Er war völlig hinüber. Aber sie wurde nervös, wenn er in der Nähe war. Sagte ihm, es wäre gefährlich, wenn er käme. Hat trotzdem jedesmal mit ihm geredet, wenn er angeschlichen kam.«

»Hast du gehört, worüber?« fragte Decker.

»Nein, sie haben immer nur geflüstert. Ging aber oft heiß her. Bis sie das Gespräch abbrach und sagte: ›Es wird schon gutgehen, aber du mußt Geduld haben.‹ Wie zwei Verschwörer. Man konnte denken, daß sie einen Drogendeal aushecken.«

Millionen Gedanken gingen Decker durch den Kopf, aber jetzt durfte er Abel nicht mit Fragen bombardieren. Sein alter Freund hatte es gern ruhig und sachlich. Und so war es auch am besten. »Willst du dich wirklich nicht setzen?« fragte er.

»Nein danke, es geht so. Du siehst richtig gut aus.«

»Du bist mir zu dürr. Wir müssen dich aufpäppeln.«

»Gleich. Muß erst noch ein paar Sachen loswerden.«

»Klar.«

Abel räusperte sich. »In der Zeitung hab ich gelesen, daß Malcolm Carey bei einer großen Drogenrazzia verhaftet wurde.«

»Stimmt.«

»Bearbeitest du den Fall?«

»Ja. Deshalb kenne ich den Namen.«

»Aha ...« Abel zögerte. »Weißt du, ein bißchen tat mir der Junge leid. Kam mir so vor, als müßte er den Kopf für einen anderen hinhalten.«

»Wie meinst du das?«

»All das Gerede, daß er Geduld haben muß, daß es schon gut wird. Und kurz darauf ist er verhaftet. Ich hab mich gefragt, wie die Polizei von der Drogenparty Wind gekriegt hat.«

»Durch einen Hinweis«, sagte Decker.
»Von wem?«
»Nicht von Jeanine.«
»Bist du dir sicher?«
»Ja.«
»Du weißt also, wer dir den Tip gegeben hat?«
»Das Drogendezernat hat den Tip bekommen, aber ich weiß, von wem.«
Abel tappte mit seinem verbliebenen Fuß. »Und bist du sicher, daß es nur den einen Hinweis gab?«
Decker wurde es heiß. Nur den *einen* Hinweis. Niels hatte nicht gesagt, von wem der Hinweis gekommen war.
Warum ... warum sollte Joachim das Drogendezernat anrufen, wenn er Deckers Nummer hatte, Olivers Nummer und die Nummer von Marge?
Marge hatte er tatsächlich angerufen. Der Junge ist aber gründlich; das waren ihre Worte gewesen.
Jetzt war alles sonnenklar: Joachim hatte das Drogendezernat nicht angerufen. Es hatte zwei verschiedene Hinweise gegeben. Von Joachim stammte nur der eine. Den anderen hatte Jeanine lanciert.
Mit Malcolm Carey als Komplizen hatte sie sich ihrer Eltern entledigt und Harlan Manz als Täter hingestellt. Dann ihren Bruder umgebracht und es Sean Amos in die Schuhe geschoben. Und nun schaffte sie sich Carey vom Hals, indem sie der Polizei den entsprechenden Tip gab und die Drogenparty auffliegen ließ.
Unglaublich, unvorstellbar, abgrundtief böse – mit einem Wort: Jeanine.
Decker rieb sich das Kinn, kratzte sich den Hals.
»Denkst du nach, Pete?« fragte Abel.
»Eine interessante Theorie.«
Abel nickte. »Der Junge ist zwar ein Ganove, aber irgendwie tat er mir leid. Verlierer tun mir immer leid.«
»Du hast ein gutes Herz, Abel.«
»Hör mal, ich glaube wirklich, daß er reingelegt wurde ...«
»Hast du zufällig Telefongespräche mitbekommen?«
»Wenn du dir die Daten einer bestimmten Telefonzelle geben läßt, findest du vielleicht den Anruf, der ans Drogendezernat ging.«
»Interessant.«

Abel wippte ungeduldig auf dem Fuß. »Aber ich bin nicht nur deshalb hier. Ich komm gerade vom Gefängnis, mußt du wissen. Ich hab den Jungen besucht ...«

»Waaas?«

»Der wollte mich nicht sehen, bis ich dem Wärter sagte, ich hätte eine Nachricht von Jeanine.«

»Hattest du die?«

»Gewissermaßen. Aber nicht die Nachricht, die er hören wollte. Ich hab ihm erzählt, was ich denke. Wie Jeanine ihn benutzt und betrogen hat. Hat ihn nicht begeistert. Meinte, ich soll mir das in den Arsch stecken.«

»Klingt ganz nach Malcolm.«

»Ich wollte schon gehen. Dann hab ich ihm meine eigentlich wichtige Nachricht überreicht. Ein Foto in der Zeitung vom Dienstag: Jeanine und Wade Anthony geben ihre Verlobung bekannt.« Abel lachte. »Der Junge ist total ausgerastet. Ich bin sicher, Jeanine hat ihm Versprechen gemacht und nicht gehalten. Leere Versprechen, die sie überhaupt nicht halten wollte. Und damit hat sie ihn aufs Kreuz gelegt.«

»Was für Versprechen, Abel?«

»Sagen wir, Liebesversprechen, wenn er bestimmte Dinge für sie tat.«

»Welche Dinge?«

Abel zuckte die Schultern. »Er soll Geduld haben und abwarten. Wenn er seine Zeit absitzt und diskret bleibt, wartet sie auf ihn. Und er hat sich darauf eingelassen. Was soll ich sagen? Männer machen die verrücktesten Sachen, wenn's um eine schöne Frau geht. Besonders, wenn der Mann verknallt ist, noch keine Zwanzig ist und dauernd einen Ständer hat.« Abel räusperte sich. »Aber wenn der Groschen dann fällt und der Kerl kapiert, daß er sich in die Scheiße gesetzt hat, dann sieht alles anders aus. Als er den Artikel über die Verlobung gelesen hat, war er wie ausgewechselt und brüllte, man hätte ihn reingelegt. Hat nach seinem Anwalt verlangt und lauter Zeug von sich gegeben ...«

»Was für Zeug?«

»Über den Bruder von Jeanine zum Beispiel. David. Daß sie ihm den Schuß gesetzt hat. Dann über den Mord im Estelle. Ganz anders als die offizielle Version. Ich hab ihm gesagt: ›Malcolm, mein Freund, sieht aus, als hätte dich jemand ganz gewaltig aufs Kreuz gelegt. Und jetzt stehst du dumm da. Du kannst dir schon mal Eselsohren wachsen lassen.‹«

»Warum hast du das gesagt?« Decker war der Verzweiflung nahe.

»Weil es die Wahrheit ist.«

Beide standen schweigend da.

»Der Junge war echt fertig«, sagte Abel. »Das mußt du ihr heimzahlen, hab ich gesagt. Dann dachte ich an dich. Hab deinen Namen genannt. Das war wohl ein Fehler. Er wurde wieder wütend, meinte, du hättest ihn hochgehen lassen. Deinetwegen säße er jetzt in der Scheiße ...«

»Verdammt!«

»Moment, warte doch. Ich hab ihm gesagt, nicht du wärst schuld, sondern Jeanine. Aber du könntest beim Staatsanwalt ein gutes Wort für ihn einlegen. Das fand er irgendwie plausibel, und ich hab ihm vorgeschlagen, daß er mit dir spricht ... über David Garrison ... über das Estelle.«

Decker schwieg, stieß dann einen schweren Seufzer aus. »Und? Ist er bereit?«

»Ja, ich denke schon. Er sagt, er hat ein paar interessante Dinge für dich. Briefe von Jeanine an Harlan Manz. Offensichtlich war er nach dem Massaker in der Wohnung von Manz und hat die verfänglichen Sachen beiseite geschafft. Briefe von Jeanine, ein paar sehr interessante Tonbänder. Und diese Sachen hat er irgendwo versteckt – für alle Fälle.«

Decker hatte das Gefühl, abzuheben. »Wann will er denn mit mir reden?«

»Am besten sofort.«

»*Sofort?*«

»Der Junge ist außer sich vor Wut, Pete. Warum warten, bis er sich beruhigt?«

»Ich hol meine Jacke.« Decker versuchte seine Gedanken zu ordnen. »Ein paar von meinen Leuten sind hier ...«

»Es wär nicht klug, den Jungen an die Wand zu drücken, Pete. Wir zwei, das reicht. Wir können auf der Fahrt ein bißchen die alten Zeiten hochleben lassen.«

»Gut. Ich muß nur noch Rina ...« Decker stockte. Rina stand ein paar Schritt hinter ihm. Sie senkte den Kopf und wurde rot.

»Wie lange stehst du schon da?« fragte Decker.

»Lange genug, Schatz.«

Decker schnaufte. »Erinnerst du dich an Abel?«

»Klar.« Sie gab ihm die Hand. »Ihr beide fahrt also jetzt ins Bezirksgefängnis.«

Decker nickte.

»Wie lange dauert es?«

»Keine Ahnung, Rina. Diese Chance darf ich mir nicht entgehen lassen ...«

»Ist doch klar.«

Decker raufte sich die Haare. »Ich kann Oliver und Marge jetzt nicht einweihen. Noch nicht. Denk dir irgendwas aus. Sag ihnen ... Mist, ich kann die Arbeit nicht als Ausrede benutzen!«

»Nimm mich, Doc«, sagte Abel. »Die wissen doch, daß wir alte Kumpel sind. Sag ihnen, ich brauchte deine Hilfe.«

»Gute Idee«, meinte Rina.

Decker drückte Abels Schulter. »Du bist wirklich ein guter Freund.«

»Danke gleichfalls.«

»Ich halte euch das Essen warm«, sagte Rina.

»Das machst du doch jeden Abend.« Decker lächelte, aber es war ein wehmütiges Lächeln. »Nie bin ich da, wenn du mich brauchst.«

»Unsinn! Außerdem brauch ich dich jetzt nicht. Ab mit euch!«

»Du weinst ja. Tut mir leid, daß ...«

»Nein, ich weine doch nicht! Das kommt vom Zwiebelschneiden in der Küche.« Rina wischte sich die Augen und sah Abel an. »Also, ihr kommt zum Essen zurück. Und wenn es zwei Uhr nachts ist. Widerspruch ist zwecklos. Ich bin sehr hartnäckig.«

»Das kann ich mir vorstellen«, sagte Abel. »Ich komme mit Vergnügen.«

Decker zog die Jacke über, steckte seine Dienstmarke und die Waffe ein. »Na dann los!«

Abel hielt ihm die Tür auf. Bevor Decker hinausging, drehte er sich noch einmal um und zwinkerte Rina zu.

Sie zwinkerte zurück und schluckte die Tränen hinunter. Eines Tages würde Peter begreifen. Aber dann war es Vergangenheit. Sie schaute dem Wagen nach, der mit durchdrehenden Rädern um die Ecke schoß. Sie ging zurück in die Küche und begoß den Truthahn.

41

Und es begab sich um Mitternacht.

Eine Zeile aus dem Pessach-Seder. Decker wußte nicht, warum sie ihm gerade jetzt in den Sinn kam. Das Pessachfest war noch Monate entfernt. Vielleicht lag es an der Magie der Geisterstunde, die Hoffnung für den neuen Tag versprach. Sie hatten hektische Stunden hinter sich, voller Aufregungen, mit unendlich viel Schreibarbeit. Aber vielleicht zahlte sich die Mühe aus.

Er hielt an der Ampel. Alles war wie ausgestorben. Er blickte sich um und fuhr bei Rot weiter. Oliver auf dem Rücksitz des Volare lachte kurz auf.

»Zur Hölle mit der Ampel«, knurrte Decker. »Ich bin müde. Die sollen mich mal!«

»Schließlich sind wir im Einsatz.« Marge saß angespannt auf dem Beifahrersitz und nippte kalten Kaffee aus dem Pappbecher. »Du hast ein unglaubliches Dinner verpaßt, Pete. So was hab ich noch nicht gesehen. Rina hat sich selbst übertroffen.«

»Rina und meine Mutter. Eine unschlagbare Kombination.«

Oliver grinste. »Deiner Mutter ist wohl ein ganz schöner Feger, was?«

»Reiß dich zusammen!«

»He, ich hab doch gar nichts gesagt!« Er wandte sich an Marge. »Hab ich was gesagt?«

»Du warst ein braver Junge.«

Deckers Magen knurrte. »Und ich krieg die Reste. Na, manchmal schmecken die sogar noch besser.« Ungeduldig klopfte er auf das Lenkrad. »Ich will endlich ein Ende machen und dann nichts wie nach Hause.«

Marge schlug sich mit dem zusammengerollten Haftbefehl ans Knie. »Kaum zu glauben, daß es jetzt soweit ist.«

»War lange überfällig«, sagte Decker.

»Mehr als überfällig«, bekräftigte Oliver. »Ist das nicht verrückt? Da taucht dieser Abel auf. Wie das Kaninchen aus dem Hut.«

»*Deus ex machina*«, sagte Decker. »Eine Fügung des Schicksals. Was soll es sonst sein? Abel hat seit Jahren keinen Job mehr gehabt. Nicht mal halbtags.«

»Okay, die Sache mit dem Job leuchtet mir ja noch ein«, meinte Oliver. »Schließlich war es ein Behindertenturnier, und er ist behindert.«

»Kriegsversehrt«, korrigierte Decker.

»Okay, ein Krüppel.« Oliver ließ sich nicht beirren. »Also hat er da gearbeitet. Aber ich versteh nicht, warum er sich für so einen Typ wie Carey interessiert hat.«

»Das weiß der Himmel«, sagte Decker. »Abel hatte immer einen Riecher fürs Absurde.«

Keine sehr plausible Erklärung. Irgendwas war da faul. Oberfaul! Aber jetzt konnte er sich nicht damit befassen. Es gab Wichtigeres zu tun.

Schweigend fuhren sie durch die Straßen. Die Minuten vor einer Festnahme waren immer besonders angespannt. Die Zeit dehnte sich und zog sich zusammen. Alles war auf dem Sprung, voll auf den entscheidenden Moment konzentriert. Die Nacht kam ihnen hell erleuchtet vor. Die Lichter spiegelten sich im nebelfeuchten Asphalt.

»Du hättest Carey mir und Scott überlassen sollen, Pete«, sagte Marge mit gepreßter Stimme. »Dann wär wenigstens dein Thanksgiving-Dinner nicht ins Wasser gefallen.«

»Carey wollte ausdrücklich mit mir sprechen. Das Risiko konnte ich nicht eingehen und ...«

»Ich weiß, wie schwierig Kriminelle sein können«, belehrte ihn Marge. »Aber du hättest uns nicht anzuschwindeln brauchen.«

Decker wußte, daß sie gekränkt war. Er hätte beide ins Vertrauen ziehen müssen. Aber alles mußte schnell gehen. »Ich hab getan, was in der Situation nötig war«, sagte er mit ruhiger Stimme, »und euch dazugeholt, sobald es ging.«

»Ich weiß«, sagte Marge. »Ich schmolle ja nur.« Sie seufzte. »Ich wär so gern dabeigewesen!«

»Wenigstens hast du was Gutes zu essen gekriegt.«

»Ein phantastisches Essen!« schwärmte Oliver. »Und dein Bruder ist ein richtig witziger Typ. Nicht so steif...«

... wie du, ergänzte Decker im stillen. Er lachte, zu erschöpft, um gekränkt zu sein. »Freut mich, daß ihr euch verstanden habt.«

»Ihm ging's wohl ähnlich wie mir. Irgendwann war er mal total am Arsch. Ich hab das Gefühl, du hast ihm aus der Klemme geholfen, Pete.«

»Was soll ich dazu sagen? Er ist mein Bruder.«

»Randy, Marge, Abel und ich: Irgendwie hast du eine Schwäche für schräge Vögel, was, Rabbi?« meinte Oliver.

»Wie meinst du das?« fragte Marge pikiert.

Decker lächelte. Das Geplänkel lockerte die Anspannung.

»Ich kann nicht glauben, daß Jeanine dachte, sie käme an Carey vorbei«, sagte Marge plötzlich.

»Solange er im Knast ist, hat sie Ruhe. Mindestens vier Jahre.«

»Aber sie konnte sich doch denken, daß Carey von der Verlobung erfährt«, beharrte Marge.

»Im Gefängnis? Wie denn? Er war ganz auf ihre Informationen angewiesen.«

»Es gibt Zeitungen«, sagte Oliver.

»Die hat er offensichtlich nicht gelesen. Er war wie vom Blitz getroffen, als Abel ihm den Ausschnitt zeigte. Hat immer noch geglaubt, sie würde auf ihn warten. So war es ihm ja versprochen: Du hältst die Klappe, und ich warte auf dich.«

»Er hätte die Verlobungsgeschichte auch von Amos erfahren können«, sagte Marge.

»Amos wird einen weiten Bogen um Carey machen. Durch Careys Geständnis ist er unverdient gut weggekommen. Selbst Amos ist nicht so blöd, sein Glück mit Füßen zu treten.« Decker strich sich über den Schnurrbart. »Jeanine hatte Carey völlig in der Hand. Solange sie ihn nicht fallenließ, hat er geschwiegen wie ein Grab.«

»Bescheuert, wie er ist«, bekräftigte Oliver.

Decker korrigierte ihn: »Bescheuert, wie er war. Er glaubte, sie wäre seine große Liebe.«

»Wie ist er überhaupt an sie geraten?« fragte Oliver. »Über Amos oder Greenvale?«

»Sowohl als auch«, sagte Decker. »Carey war zufällig dort, als Jeanine und Sean Tennis spielten. Sean stellte ihn vor, und schon war's um ihn geschehen. Oder, wie er selbst sagte: ›Verdammt, ich war sofort scharf auf sie.‹ Er wurde gar nicht fertig damit, was er für einen Ständer hatte.«

Oliver lächelte. »Das reinste Kind.«

»Aber ein mörderisches.«

Sie schwiegen.

»Wer hat Carey für den Mord im Estelle angeheuert?« fragte Marge. »Sean oder Jeanine?«

»Sean hatte nichts mit dem Estelle oder mit Garrison zu tun. Er war nur der Trottel, der den Kopf hinhalten sollte.«

»Genau wie Harlan Manz?«

»Absolut.« Decker lockerte die steifen Schultern. »Laut Carey kam der Auftrag, das Restaurant zusammenzuschießen, von Jeanine. Zwar ist seine Aussage nichts wert, aber er hat die Tonbänder, die das bestätigen.«

»Die kennen wir noch nicht«, sagte Oliver. »Ist darauf zu hören, wie Jeanine den Mord in Auftrag gibt?«

»Das wär zu schön. Aber die beiden reden über den Plan. Jede Menge Details. Wir werden sie morgen gründlich auswerten.«

Wieder Schweigen, das diesmal von Decker gebrochen wurde. »Carey sagt, daß Jeanine schon länger vorhatte, ihre Eltern zu beseitigen. Als er sie kennenlernte, war sie dabei, Harlan Manz zu bearbeiten. Wollte ihn dazu aufstacheln, die Schießerei im Lokal zu veranstalten. Aber damit ist sie gescheitert. Harlan Manz war zwar alles andere als ein Musterknabe, aber auch kein Killer. Ihn den Kopf hinhalten zu lassen, war Careys Idee. Jeanine hat Manz soweit gebracht, ins Estelle zu stürmen, um der Chefin die Meinung zu geigen. Malcolm folgte ihm auf dem Fuße, ballerte wild rum und hängte dem toten Manz die Täterschaft an.«

Marge zerquetschte ihren leeren Pappbecher. »Jeanine und Carey. Was für ein Pärchen!«

»Zwei wirklich bösartige Menschen, die sich gesucht und gefunden haben«, sagte Decker. »Das Estelle war zwar Jeanines Idee, aber Carey war Feuer und Flamme. Ganz heiß darauf, auf Menschen schießen. Und obwohl er Jeanine hörig war, hat er Geld für den Job verlangt. Wollte ein richtiger Auftragskiller sein. Von irgendwelchen Ninjas hat er gefaselt. Von einer edlen Mission. Unglaublich, wie tief dieses Land gesunken ist.«

»Aber die Schießerei im Estelle war Jeanines Idee«, hielt Marge fest.

»Ja. Hat sicher eine Weile gedauert, bis sie die geeigneten Akteure beisammen hatte. In einem Punkt hat die Frau recht. Sie ist ein Organisationsgenie.«

»Hat sie jemals durchblicken lassen, warum sie ihre Eltern beseitigen wollte?« fragte Marge.

»Geldgier, Margie, was sonst?« Oliver räusperte sich. »Das trifft wahrscheinlich auch auf Carey zu. Wieviel hat sie ihm gegeben? Dreißigtausend in Inhaberschuldverschreibungen?«

»Fünfunddreißig«, korrigierte Decker. »Carey war wild auf das Geld. Ich glaube, bei dem Mord an David Garrison ging's ihm auch vor allem um das Geld. Natürlich war er Jeanine hörig und wollte ihr imponieren. Daß Jeanine tatsächlich was für Wade Anthony empfinden könnte, kam ihm nicht in den Sinn. Da Anthony gelähmt ist, hat er ihn nicht als Rivalen betrachtet. Aber später ging ihm langsam ein Licht auf. Besonders, als Amos sich über das Verhältnis der beiden ausließ. Trotzdem konnte er nicht glauben, daß Jeanine einen Typ im Rollstuhl heiraten würde.«

»Aber irgendwann muß er die Bedrohung gespürt haben, die von Anthony ausging«, sagte Oliver. »Die Fotos, die wir bei ihm gefunden haben. Sieht ganz so aus, als hätte er den Anschlag auf ihn schon geplant.«

»Durchaus möglich. Der war in einem richtigen Blutrausch.«

»Und wollte es wahrscheinlich auch auf Sean Amos schieben«, ergänzte Marge. »Wie schon bei David Garrison.«

»Klingt plausibel.«

Decker merkte, daß sich seine Finger am Lenkrad verkrampft hatten, und lockerte den Griff. »Ich vermute, daß Jeanine ihn solange benutzen wollte, wie er funktionierte. Aber als Wade Anthony auftauchte, mußte sie ihre Pläne beschleunigen. Sie wußte, daß Carey sie verpfeifen würde, wenn sie ihm den Laufpaß gab. Also kam sie ihm zuvor und verpfiff ihn beim Drogendezernat.«

Oliver schüttelte den Kopf. »So ein Idiot, dieser Carey. Wenn er sich als Kronzeuge für das Estelle-Massaker anbietet, verkürzt er damit seine Haft nicht .«

»Keine Minute.«

»Er verliert nur die Aussicht auf Bewährung und muß noch viel länger sitzen.«

»Allerdings.«

»Wenigstens kann er nicht wegen des Estelle verurteilt werden«, sagte Marge.

»Aber Marge! Ohne Carey als Kronzeuge und ohne die Tonbänder käme der Fall gar nicht vor Gericht. Er hat sich mit seinem Gefühlsausbruch nur selbst geschadet.«

»Teenager sind eben impulsiv«, sagte sie. »Die denken die Sachen nicht bis zu Ende.«

»Na komm! Da steckt noch viel mehr dahinter.«

»Habt ihr nie Rachegelüste gehabt?« fragte Decker.

»Nicht, wenn ich mir damit selber schade«, sagte Oliver.

»Ein kluger Mann«, bemerkte Marge.

»Zum Glück für uns war Carey nicht so klug«, sinnierte Decker. »Eher impulsiv, wie Marge vermutet. Denn in diesem Moment wollte er nichts anderes als Rache. Und weißt du was, Scott? Als der gute Malcolm Carey es ihr richtig heimzahlen wollte, hab ich genau dasselbe empfunden.«

Die Wohnanlage befand sich auf einem Hügelrücken, der die Lichter der Stadt und die tiefen Cañons mit ihrem wuchernden Grün überragte. Die Luft war feucht und würzig, ein sanfter Wind wehte durch die Büsche. Ein schöner Ort, um einen Massenmord zu planen.

Decker tastete instinktiv nach seinem Dienstrevolver. Niemand konnte wissen, was hinter der Tür lauerte. Aber er rechnete eigentlich nicht mit Widerstand. Er nickte Scott und Marge zu, dann gingen sie zum Eingang hinauf. Durch die Glastür sahen sie einen Pförtner am Empfang sitzen. Er war beleibt und bewegte sich schwerfällig. In seinem Mondgesicht malte sich Überraschung, als er die Dienstmarken des nächtlichen Kommandos sah. Umständlich schloß er auf und ließ sie ein. Er war mißtrauisch, aber er hielt sie nicht auf.

»Soll ich bei Ms. Garrison anrufen?«

»Nein«, sagte Decker. »Aber ich möchte, daß Sie mit hochkommen.«

»In Ordnung.«

»Und wenn nötig die Tür aufschließen.«

Im Gesicht des Dicken bildeten sich rote Flecken. »Ich weiß nicht, ob ich dazu befugt bin.«

»Sie wollen doch nicht, daß wir sie aufbrechen, oder?« fragte Oliver.

»Dieser Lärm«, fügte Marge hinzu. »Und es könnte dauern.«

Der Wächter warf einen hilfesuchenden Blick über die Schulter. »Nun gut. In Ordnung. Ich vermute ...« Er nickte.

»Wissen Sie, ob Ms. Garrison im Moment Besuch hat?« fragte Decker.

»Nur Mr. Anthony.«

Decker drückte auf den Fahrstuhlknopf. »Na, dann los.«

Die Fahrt zum Penthouse hinauf verlief in gebanntem Schweigen. Der Fahrstuhl hielt. Sie stiegen aus. Decker atmete tief durch, ballte die Fäuste. Das Klopfen an Jeanines Tür klang energisch und laut.

Warten.

Nichts.

Decker versuchte es erneut. Noch lauter.

Schlurfende Geräusche. Schritte. Sekunden später Jeanine Garrisons ärgerliche Stimme: »Wer ist da?«

»Polizei, Ms. Garrison. Machen Sie bitte auf.«

»Das *kann* doch nicht wahr sein!« Jeanine riß die Tür auf. Sie trug einen schwarzen Gymnastikanzug, ihr rosiges Gesicht wirkte leicht erhitzt, auf ihrer Oberlippe standen Schweißtröpfchen, blonde Strähnen hingen ihr ins Gesicht. Es war offensichtlich, wobei sie gerade gestört worden war.

Eine Männerstimme rief aus der Tiefe der Wohnung, was denn los sei.

Mit wutverzerrtem Gesicht starrte sie Decker an. »Was bilden Sie sich ein!«

Decker sagte: »Jeanine Holly Garrison, ich verhafte Sie wegen Mordes an ...«

In dem Moment flog die Tür zu. Er blockte mit der Schulter ab, schob sie wieder auf. Jeanine wartete, die Hand hoch erhoben. Wollte ihn ins Gesicht schlagen. Er packte sie am Handgelenk und drehte ihr den Arm auf den Rücken. Griff nach dem anderen Arm, legte ihr Handschellen an.

Als Jeanine gebändigt war, schmolz ihr Widerstand dahin. Sie brach in hemmungsloses Schluchzen aus.

Endlich echte Tränen, dachte Decker. Camus wäre stolz auf sie gewesen.

»Sie haben kein Recht!« schluchzte sie.

Decker sagte: »Ms. Garrison, wir sind in Amerika. Hier hat jeder Rechte. Und jetzt werde ich Ihnen Ihre Rechte erläutern.«

Worterklärungen

Abba	hebräisch für Papa, Vater
Baruch Haschem	Gott sei Dank
bentschen	Tischgebet sprechen
Eruv	symbolische Umgrenzung, innerhalb derer am Sabbat das Tragen von Gegenständen auch außerhalb des Hauses erlaubt ist.
Ima	hebräisch für Mama, Mutter
Jarmulke	Scheitelkäppchen, hebräisch Kippah genannt
Kollel Bochers	verheiratete Studenten einer Talmud-Hochschule, der Jeschiwa
Mizwa	Erfüllung eines Gebots, gute Tat
Mikwe	Tauchbad für die rituelle Reinigung z. B. der Frau nach Menstruation und Geburt
Newiim	Propheten
Schmock	Schimpfwort
Talmud	Grundwerk der religiösen Gesetze des Judentums, bestehend aus zwei Teilen: der hebräischen Rechtssammlung (Mischna) und den aramäischen Kommentierungen (Gemara)